AILEEN P. ROBERTS

Das vergessene Reich

GOLDMANN
Lesen erleben

Buch

Zusammen mit ihrem Freund Kayne und dem Drachen Robaryon macht sich Leána durch ein magisches Portal auf in die Elfenwelt Sharevyon. Dies scheint der einzige Weg, die Elfen Albanys vor dem Aussterben zu bewahren. Als die Freunde jedoch dort eintreffen, sind sie entsetzt – die Paläste der Elfen sind verfallen, deren Bewohner nur noch ein Schatten ihrer selbst. Von der Elfenherrin erfährt Leána, dass in Sharevyon schon lange fast alle Magie erloschen ist und die Drachen ausgestorben sind. Nur, wenn es gelingt, durch das Portal Drachen und andere magische Wesen in die Elfenwelt zu holen, kann diese gerettet werden. Was als einfache Rettungsaktion beginnt, wird zur tödlichen Falle …

Während Leánas und Kaynes Abwesenheit ziehen auch in Albany selbst düstere Sturmwolken auf. Ein grausamer Nebelhexenmörder treibt sein Unwesen, und der Zwergenkönig Hafran droht mit einem verheerenden Krieg.

Werden die Freunde sich selbst und ihre Heimat retten können?

Weitere Informationen zu Aileen P. Roberts sowie zu lieferbaren Titeln der Autorin finden Sie am Ende des Buches.

Aileen P. Roberts

Das vergessene Reich

Weltenmagie

Band 2

Roman

GOLDMANN

Dieses Buch ist auch als E-Book erhältlich.

MIX
Papier aus verantwortungsvollen Quellen
FSC® C014496
FSC
www.fsc.org

Verlagsgruppe Random House FSC® N001967
Das FSC®-zertifizierte Papier *Super Snowbright* für dieses Buch
liefert Hellefoss AS, Hokksund, Norwegen.

1. Auflage
Originalausgabe April 2015

Umschlaggestaltung: UNO Werbeagentur, München
Umschlagmotiv: Nikki Smith / Arcangel Images;
FinePic®, München
Lektorat: Kerstin von Dobschütz
Karte S. 7: © Andreas Hancock
Th · Herstellung: Str.
Satz: DTP Service Apel, Hannover
Druck und Bindung: GGP Media GmbH, Pößneck
Printed in Germany
ISBN: 978-3-442-48045-6
www.goldmann-verlag.de

Für Mara und Stephan

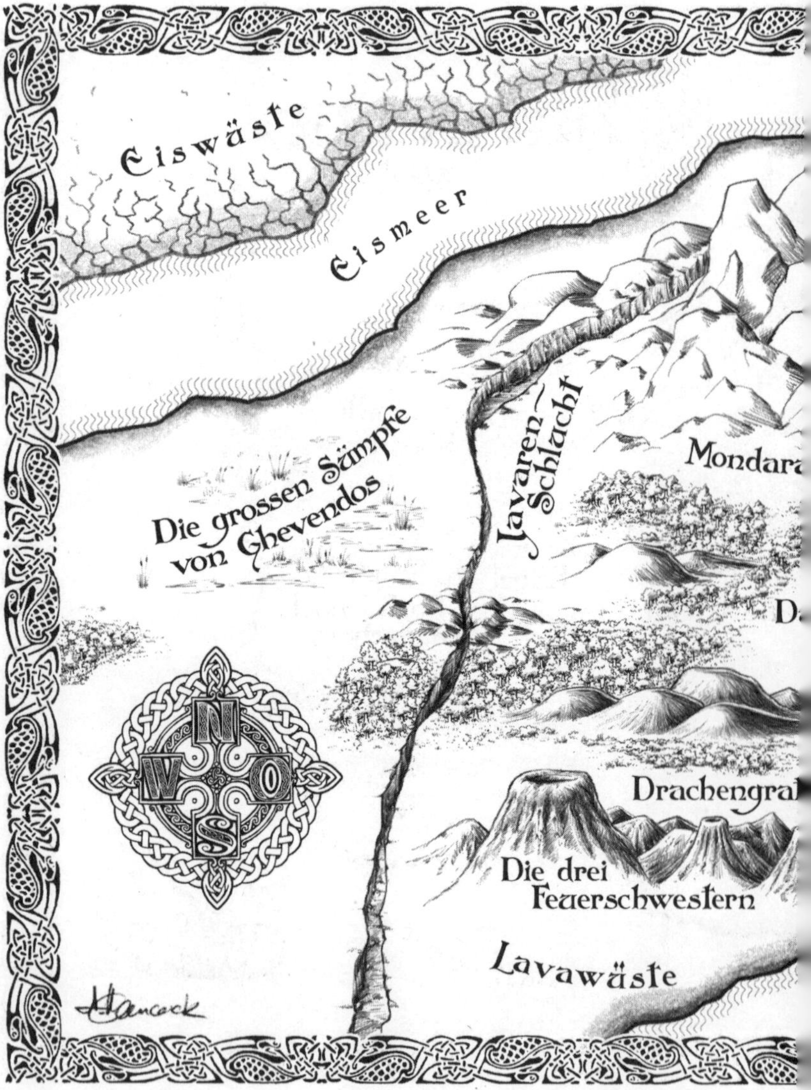
Eiswüste
Eismeer
Die grossen Sümpfe von Ghevendos
Lavaren-Schlucht
Die drei Feuerschwestern
Lavawüste
N
W
O
S
Hancock

Sharevyon
Das alte Waldreich
lassiv
Die roten Hügel
raue Portal
Portal nach Glastonbury
Ruine von Tharnod
Palast der Winde
Silbersee
Inseln der Meerelfen

Prolog

Eisig kalt umschlossen ihn die Wasser des Walkensees. Das Leuchten des Portals umfing ihn noch immer wie ein schützender Mantel, hüllte ihn ein in jene ursprüngliche Magie, die alle Welten und auch ihn durchströmte, denn er war ein Teil von ihr. Myriaden von silbernen und goldenen Lichtpunkten funkelten in den Tiefen des Gewässers, und selbst hier am Grunde des Sees tanzten Nebelgeister um ihn herum. Ein Prickeln erfüllte jede Faser seines Körpers. Beinahe bedauerte es Robaryon, nicht seine Drachengestalt angenommen zu haben, denn dann hätte ihn die Kälte weitaus weniger gestört, jetzt, da das Glimmen des Portals versiegte. Die Atemluft wurde knapp, und so katapultierte er sich mit einigen kräftigen Schwimmzügen hinauf an die Oberfläche. Auch dort erwartete ihn wenig Erfreuliches. Mit brachialer Gewalt peitschte ein Orkan über den See und türmte hohe Wellen auf.

Ob die Geister von Albany mich warnen wollen, oder verfluchen sie gar meine Rückkehr?, schoss es ihm durch den Kopf.

Doch da war diese Sehnsucht nach Leána, der jungen Nebelhexe, und er fühlte sich verpflichtet, sie über die Vorkommnisse an dem magischen Portal von Glastonbury in der anderen Welt zu unterrichten. Eine boshafte kleine Stimme in seinem Inneren flüsterte ihm zu, dass das nur eine Ausrede war, er lediglich Leána wiedersehen wolle und seiner Schwäche für menschliche Frauen einfach nicht Herr werden könne. Die Stimme hatte nicht ganz unrecht, hatte ihn die Zuneigung zu einer Frau doch schon mehrfach an den Rand des Verderbens geführt. Alles in ihm drängte danach, die junge Nebelhexe mit den wundervollen blauen Augen, dem lockigen schwarzen Haar und diesem faszinierenden Lächeln erneut in seine Arme zu schließen. Leána war so natürlich, so unbeschwert. Auf den ersten Blick hatte er sich in sie verliebt.

Robaryon kämpfte sich durch die aufgewühlten Fluten des Walkensees und stieg schließlich tropfnass aus dem Wasser. Dann drehte er sich um, ganz langsam, fast schon andächtig, und blickte hinaus auf das aufgewühlte Gewässer. Zu Hause – er konnte kaum glauben, das Portal nach all der Zeit endlich durchschritten zu haben. Jahrhundertelang war ihm durch einen Bann der Ältesten seines Volkes der Rückweg in seine Heimatwelt abgeschnitten gewesen. Dank Leána hatte sich nun alles geändert. Robaryon küsste das Amulett an seinem Hals und betrachtete es eingehend. War es dieses magische Artefakt gewesen, das ihm die Rückkehr nach Albany ermöglicht und das Portal für ihn geöffnet hatte? Für jeden normalen Drachen öffnete sich ein Weltenportal sofort, aber Robaryon war anders. Halb Mensch, halb Drache, war er mit einem Fluch belegt worden, der es ihm nur von Mitternacht bis Sonnenaufgang ermöglichte, seine wahre Gestalt anzunehmen, und der es ihm auch verwehrte, in andere Welten zu reisen. Lediglich zwei Versuche hatte er dieses Mal unternehmen müssen, bis die Weltennebel sich in den Tiefen von Loch Ness verdichtet und den Weg nach Albany für ihn freigegeben hatten.

Sicher ist es Leánas Gabe, Portale zu öffnen, die auf das Schmuckstück übergegangen ist, überlegte er. Dann rannte er los, immer nach Westen, denn er wollte zu ihr, zu seiner Geliebten, die er auf der geheimnisumwitterten Nebelinsel an der Westküste von Albany wähnte.

Kapitel 1

Trauer

Wie ein Leichentuch hatten sich Nebel und Sprühregen über die Nebelinsel gelegt, und es war, als würden sie jedwedes Leben ersticken. Die Stimmung war ohnehin gedämpft. Erst vier Tage war es her, dass sie die Trauerfeier zu Ehren von Siah, einer jungen Nebelhexe, in dem kleinen Hain abgehalten hatten. Mit düsteren Gedanken saß Leána in dem Steinhaus ihrer Eltern an der Westküste und starrte in die Flammen des offenen Kamins. Winzige Feuergeister führten darin ihren Tanz auf, aber Leána konnte sich heute nicht daran erfreuen. Zu vieles ging ihr durch den Kopf. Wer hatte Siah, ihre beste Freundin aus Kindertagen, geschändet und grausam ermordet? Würde ihr Cousin Toran, der Thronerbe von Northcliff, ihr jemals verzeihen, dass sie ihn und Kayne dazu überredet hatte, mit ihr auf jene abenteuerliche Reise durch das Portal am Walkensee zu gehen? Sie wusste, sie hätte jetzt bereits bei Lharina sein und der jungen Elfenkönigin von dem Portal in der anderen Welt, in der Nähe von Glastonbury, erzählen sollen, doch sie war wie erstarrt. Beinahe hatte Leána das Gefühl, ein Teil von ihr wäre mit Siah gestorben. Kayne war ihr in den letzten Tagen ein guter Freund und eine große Stütze gewesen, und so war auch er es gewesen, der gestern über den magischen Eichenpfad ins Elfenreich zu Lharina gereist war, um der Elfenkönigin die Neuigkeiten zu überbringen. Ihr war klar, wie viel Überwindung ihn das gekostet hatte, denn er als Sohn des zwielichtigen Zauberers Samukal, der vor etwa zwanzig Sommern

Albany beinahe ins Verderben gestürzt hätte, fühlte sich von anderen magischen Wesen und Zauberern nicht akzeptiert und misstrauisch beäugt – und mit dieser Einschätzung lag er leider nicht völlig falsch.

Umso dankbarer war Leána ihrem Freund, ihr den Weg zu den Elfen abgenommen zu haben. Vielleicht würde ja sogar die Kunde, die er zu überbringen hatte, für ein wenig Wohlwollen seitens der Elfen ihm gegenüber sorgen.

Wenngleich es in dem kleinen Wohnraum so nahe am Feuer warm war, zog Leána sich ihre Decke fröstelnd um die Schultern, als sie über Siah, Kayne und auch Rob nachdachte.

»Robaryon«, flüsterte sie, während sie noch immer in die knisternden Flammen starrte. Als sie seinen Namen aussprach, schienen die Feuergeister ihren Reigen etwas wilder auszuführen, doch das mochte auch täuschen.

Robaryon war jenseits des Portals zurückgeblieben. Sosehr sie ihn im ersten Moment vermisst hatte, Siahs Tod überschattete nun alles andere. Wie sich Asche auf junges Gras legt und es am Wachsen hindert, so hatte sich die grausame Tat auf ihrer Seele niedergelassen.

Leána hörte Schritte, kurz darauf öffnete sich die Tür. Ihr Vater kam herein, setzte sich neben sie auf die Holzbank, die mit weichen Daunenkissen bestückt war, und legte ihr ohne ein Wort den Arm um die Schultern. Dankbar lehnte sie sich an ihn, genoss Darians Trost und fühlte sich beinahe in Kindertage zurückversetzt. Sie seufzte tief. Damals war alles so viel leichter gewesen, wie es ihr schien. Das Leben war ein großes Abenteuer gewesen, das sich für sie an versteckten Orten der Nebelinsel abgespielt hatte. Andererseits hatte sie auch schon als kleines Mädchen einige Verluste ertragen müssen. Freunde und Familienangehörige waren während des Dämonenkrieges gestorben. Dennoch war es als Kind anders gewesen. Keine Schuldgefühle hatten sie geplagt, und sie hatte sich von den Beteuerungen ihrer Freunde und Familie getröstet gefühlt, dass sie alle im Reich des Lichts glücklich weiterlebten und sie sich eines Tages wiedersehen würden.

Auch heute glaubte Leána noch daran, dass die Seelen der Toten mit der untergehenden Sonne ins Reich des Lichts getragen wurden und dort in Frieden weiterlebten, bis sie eines Tages vielleicht wiedergeboren wurden. Trotzdem wollte es ihr einfach nicht aus dem Kopf gehen, wie grausam Siah gestorben sein musste.

Ein leises Schluchzen entstieg ihrer Kehle.

»Nicht, mein Schatz, du kannst es nicht mehr ändern«, sagte Darian sanft.

»Ich hätte bei ihr sein und sie beschützen müssen.« Leánas Stimme zitterte so sehr, dass sie kaum die Worte über ihre Lippen brachte.

Wieder und wieder fuhren Darians Hände über ihre schwarzen Haare. »Wir wissen nicht, ob das etwas geändert hätte oder ob du am Ende ebenfalls ...« Er stockte, drückte sie fest an sich. »Manchmal geschehen entsetzliche Dinge, auf die du einfach keinen Einfluss hast.«

»Toran hat sich nicht einmal von mir verabschiedet. Er wird mich für den Rest meines Lebens hassen.«

»Nein, das wird er nicht, Leána. Er ist nur sehr jung, hat seine erste zart erblühte Liebe verloren, und jetzt steigert er sich in den Wahn hinein, den Mörder in jedem Fall stellen zu wollen, und sucht zudem verzweifelt nach einem Schuldigen.«

»Ist er zurück in Northcliff?« Leána richtete sich auf, blickte ihrem Vater in die blauen Augen, die den ihren so ähnlich waren, wie viele sagten.

Darian von Northcliff war schon Mitte fünfzig, aber niemand würde ihn für älter als dreißig Menschensommer halten, denn alle männlichen Northclifferben waren mit einem bis zu fünfhundert Sommer und Winter andauernden Leben gesegnet – so sie nicht einem Attentat, einem Unfall oder einer schweren Krankheit zum Opfer fielen. Leána selbst war neunundzwanzig

Sommer alt, aber auch sie hielten Unwissende für deutlich jünger, denn sie durchströmte das Blut von Dunkelelfen und die konnten eintausend Sommer und älter werden.

»Er ist nach Northcliff geritten«, erzählte Darian. »Kaya ist nicht sehr glücklich darüber, denn er will hundert Soldaten und auch einige Dunkelelfen selbst befehligen und jeden Winkel nach Siahs Mörder absuchen.«

»Jel wird ihn beschützen.« Tränen rannen über Leánas Wangen. »Mich lässt er ja nicht.«

»Leána, ich bin mir sicher, er wird bald zur Vernunft kommen. Kaya hat sich schon bei mir für ihn entschuldigt. Abgesehen von Toran macht dir niemand einen Vorwurf!«

»Doch, ich mir selbst.«

Darian küsste sie auf die Stirn. »Lass dich nicht von deinen Schuldgefühlen auffressen. Das hätte Siah nicht gewollt. Wann wollte Kayne eigentlich wieder zurück sein?«

Sie wusste genau, ihr Vater beabsichtigte, sie auf andere Gedanken zu bringen, und vielleicht war das nicht einmal das Schlechteste. Sie trocknete ihre Tränen und richtete sich auf. »Sobald er mit Lharina gesprochen hat und zu den Geisterinseln gereist ist, um Nordhalans Rat einzuholen.«

»Ein Portal am Glastonbury Tor, das in die Elfenwelt führen soll. Als ich noch in der anderen Welt gelebt habe, hätte ich das nicht zu träumen gewagt.«

»Wir wissen nicht sicher, ob es in die Elfenwelt führt. Nicht einmal …« Sie unterbrach sich selbst, musste an Rob denken, dem sie jedoch versprochen hatte, nichts über ihn zu verraten. Und so verschwieg sie Darian den Mann, den sie jenseits des Portals kennen- und lieben gelernt hatte. Sie räusperte sich und fuhr fort: »Nicht einmal die Elfen werden sich vollkommen sicher sein, vermute ich.«

»Ihr habt doch die in Stein gemeißelten Elfenrunen gefunden«, gab Darian zu bedenken. »Für meinen Teil gehe ich davon aus, es handelt sich um das Elfenportal.«

»Mag sein, aber weshalb ist es verschlossen?«

»Das wiederum ist eine gute Frage, und ich weiß nicht, ob es mir gefällt, dass meine kleine Tochter dorthin reisen möchte, wo möglicherweise Gefahr droht!«

»Ich bin nicht mehr klein.« Sie biss sich auf die Lippe. *Und ich weiß auch gar nicht mehr, ob ich noch in die Elfenwelt reisen möchte. Seit Siahs Tod ist alles so sinnlos für mich geworden*, fügte sie in Gedanken hinzu.

»Selbst wenn du einhundert bist, Leána, du wirst immer meine Kleine bleiben«, sagte ihr Vater mit einem liebevollen Lächeln.

Leána legte ihren Kopf auf seinen Schoß, genoss seine Zuwendung und hatte in diesem Moment gar nicht das Bedürfnis, erwachsen zu sein.

»Weshalb ist Kaya von Northcliff noch immer nicht tot?«, zischte Selfra einem schmierigen Kerl mit Wieselgesicht zu, mit dem sie sich in einer Taverne nahe der nördlichen Handelsstraße traf. Der Mann war lediglich ein Bote, ein Unterhändler, aber er hatte den Kontakt zu einem 'Ahbrac-Meuchelmörder hergestellt. Er unterhielt enge Beziehungen zu Ilmor, einer berüchtigten Stadt im Süden von Albany, wo sich Mörder, Diebe und andere Tunichtgute zu treffen pflegten.

Die Schweinsäuglein des Mannes blickten nervös umher, und er trank so hastig von seinem Bier, als befürchte er, man könne es ihm wegnehmen. Aber bis auf zwei hoffnungslos betrunkene Bauern waren sie ohnehin allein. Sie hatten sich beide die Kapuzen ihrer Umhänge weit ins Gesicht gezogen, denn besonders Selfra wollte nicht erkannt werden. Immerhin war sie die Schwester von Elysia, die mit Darian von Northcliff verheiratet gewesen war, bevor die Zauberer deren Ehe annulliert hatten.

»Jetzt red schon, oder hast du die Sprache verloren?«, raunte Selfra ihm zu. »Urs'Ahbrac hätte mehr als genügend Gelegenheit gehabt, Kaya zu töten, so hysterisch wie sie in letzter Zeit war. Jetzt ist ihr verzogener Spross wieder in Northcliff, und sie wird schwieriger zu fassen sein, weil sie nicht länger wie ein aufgescheuchtes Huhn durch die Gegend reitet und alle verrückt macht!«

»Es … gab doch einen Anschlag auf Kaya«, wagte der Mann zu sagen.

»Aber er misslang.« Selfra schlug mit der Faust auf den Tisch, sodass die Bauern am Nebentisch empört grölten, doch sie achtete nicht auf die Männer.

Der Wieselmann, wie sie ihn nannte, schluckte so heftig, dass sein Kehlkopf sichtbar auf und ab hüpfte und trank erneut – wohl um Mut zu fassen.

»Urs … also Urs … ähm …«

»Stammele nicht herum, sonst suche ich mir einen neuen Unterhändler.« Sie legte ihren Dolch an seine Seite und pikste ihn ein wenig. Die Augen des Mannes drohten aus den Höhlen zu quellen.

»Ihr seid eine … Frau!«

»Auch Frauen können töten, und jetzt sprich!«

Ein heftiges Keuchen entwich seiner Kehle. »Nun gut … also … Urs'Ahbrac behauptet, kein Gold bekommen zu haben, deshalb …«

Selfra beugte sich näher zu ihm heran, musterte ihn durchdringend und bemerkte die Schweißperlen, die von der Stirn des Wieselmannes rannen. Er roch ohnehin penetrant nach altem Schweiß. »Meine Schwester selbst hat ihn bezahlt. Sag mir nicht, er will mehr Lohn.« Sie stockte. »Oder bist es am Ende du, der doppelt kassieren möchte.«

»Nein, nein!«, versicherte er hektisch. »Aber Ihr wisst doch, wie die Dunkelelfen sind. Er sagte, er fühle sich hintergangen, weil er sein Gold nicht erhalten habe. Es kränkt seine Ehre.«

»Gierige Kreatur«, schimpfte Selfra. Sie erhob sich von ihrem Stuhl, beugte sich zu dem Wieselmann hinab und legte zwei Silbermünzen vor ihn, wobei sie eine absichtlich zu Boden fallen ließ. »Das ist für dich. Betrachte die Geschäftsbeziehung mit Urs'Ahbrac hiermit als beendet.« Der Kopf des Mannes tauchte wieder unter dem Tisch auf, aber da hatte Selfra bereits unbemerkt ein klein wenig Pulver in sein Bier rieseln lassen.

»Soll ich Euch einen neuen Mörder suchen?«, fragte das Wiesel.

Flüchtig streichelte sie ihn am Kinn. »Mit dir habe ich anderes im Sinn. Hab ein wenig Geduld, dann wirst du schon sehen.« Sie deutete auf das Bier und ging mit wiegenden Hüften zur Tür.

Als der Wirt, ein alternder Mann mit grauem Haar, ihr die Tür öffnete, fragte sie mit verführerischer Stimme: »Benötigt Ihr vielleicht die Dienste einer Nebelhexe?«

»Nebelhexe?«, brummte er und beäugte sie misstrauisch, bemühte sich, einen Blick unter Selfras Kapuze zu erhaschen. Absichtlich ließ sie eine Strähne des falschen roten Haares darunter hervorspitzen und drehte die Locke um den Finger.

»Ich trage einen Teil Zwergenblut in mir.«

Der Wirt spuckte auf den Boden. »Pah, pfui, dann hast du am Ende einen Bart im Gesicht, sieh zu, dass du weiterkommst!«

»Bedauerlich – dieser Mann dort hinten wusste meine Dienste ebenfalls nicht zu schätzen.« Selfra schlüpfte zur Tür hinaus, beobachtete durch den Schlitz jedoch noch, wie sich der Wirt umdrehte und loseilte, als der Wieselmann stöhnend vom Stuhl kippte und sich zusammenkrümmte.

Ein Geschäft war fehlgeschlagen, dafür hatte sie etwas anderes in die Wege geleitet, was für ihre langfristigen Pläne ebenfalls nicht zu verachten war.

»Das Schwein hat zwei auffällige dunkle Punkte am Rücken. Ich habe es wiedererkannt!« Ein Bauer aus der Nähe von Culmara war am heutigen Tage auf die Burg gekommen, um sein Anliegen vorzutragen. Diese Gerichtstage, bei denen das Volk auch Beschwerden und Wünsche anbringen konnte, waren in

Northcliff von jeher Tradition und wurden stets am zehnten Tag nach dem letzten Vollmond abgehalten. Vom Volk wurden sie unterschiedlich stark wahrgenommen. Manchmal sprach nur ein einziger Bürger vor, gelegentlich bildeten sich lange Schlangen von Bewohnern aus dem gesamten Menschenreich vor dem Thronsaal. Doch so etwas wie heute hatte Kaya seit Beginn ihrer Regentschaft noch nicht erlebt. Menschenmassen drängten sich in der Eingangshalle, und schon seit dem frühen Morgen musste sie sich teilweise lächerliche Beschwerden wie angeblich gestohlenes Saatgut oder ebenjenes Schwein, von dem der Bauer sprach, anhören.

»Nun gut«, Kaya rieb sich die Schläfen und blickte in die erwartungsvollen Gesichter der beiden Streithähne. »Hast du Zeugen dafür, dass dieses Schwein tatsächlich dir gehört?«

»Meine Mutter!«, rief der Bauer aus, aber jener, der die Sau angeblich gestohlen hatte, lachte höhnisch auf.

»Deine Mutter kann seit fünf Sommern nicht mehr weiter als bis zu ihren Füßen sehen. Sie könnte eine Kuh nicht von einem Schwein unterscheiden!«

»Beleidige nicht meine Mutter!«

Die beiden standen sich mit geballten Fäusten gegenüber, und Toran, der gelangweilt neben Kaya auf einem gepolsterten Stuhl saß, beugte sich zu ihr.

»Kann ich endlich gehen? Solch einen Schwachsinn muss ich mir nun wirklich nicht anhören!«

»Du bleibst«, zischte Kaya ihm zu. »Schließlich sollst du lernen zu regieren.«

»Ich habe Wichtigeres vor.« Das Gesicht ihres Sohnes, das in den letzten Tagen alles Kindliche verloren zu haben schien und an dessen Stelle ein verbissener, verhärmter Ausdruck getreten war, spannte sich noch mehr an. »Ich muss einen Mörder suchen!«

»Darüber habe ich noch nicht entschieden.«

»Mutter!«

Die Bauern blickten fragend zu ihnen empor.

»Solange du deine Weihe nicht erhalten hast, entscheide ich über dein Wohlergehen«, fauchte sie, dann lächelte sie die Männer huldvoll an.

»Ich gehe davon aus, ihr seid früher Freunde gewesen?«

Mit einem einstimmigen Brummen nickten die Bauern, funkelten sich jedoch weiterhin an.

»Nachdem ich die Sau niemals mit eigenen Augen gesehen habe, kann ich mir auch kein Urteil darüber erlauben, wem sie nun gehört. Im Übrigen sind solche Angelegenheiten normalerweise von Dorfvorstehern oder den Lords eurer Ländereien zu regeln«, fügte sie tadelnd hinzu, woraufhin die Männer kurz die Schultern einzogen. »Dennoch möchte ich euren Streit beilegen.«

»Und wer darf sie nun behalten?«, bellte jener, der möglicherweise der Dieb war.

»Keiner.«

Beide Männer starrten mit offenen Mündern zu Kaya empor.

»Wollt Ihr die Sau am Ende für Euch?«, rief der Kläger empört aus.

»Nein, das wäre nicht rechtens.« Kaya reckte ihr Kinn in die Höhe. »Ich schlage vor, ihr schlachtet die Sau, teilt euch das Mahl und schließt Frieden. Keine Freundschaft sollte wegen eines Schweins zerbrechen.«

Zunächst brummten die beiden überrascht, musterten sich mit Seitenblicken, aber als der eine nickte, hielt ihm der andere eine Hand hin.

»Ich spendiere noch ein Fass Bier, wenn du eine Flasche von deinem alten Morscôta rausrückst.«

»Das ist doch ein Wort.«

Daraufhin gingen die Männer zu der mächtigen Holztür, die in die Eingangshalle führte. Als die Wachen ihnen nicht sogleich öffneten, besannen sie sich, drehten sich um und verneigten sich vor Kaya.

Die atmete tief aus, nachdem sie endlich verschwunden waren.

»Wartet, bevor ihr den Nächsten einlasst«, rief sie den Soldaten zu.

»Toran«, sie wandte sich an ihren missmutigen Sohn, »diese Gerichtstage sind wichtig für die Menschen. Über dein Anliegen werde ich später entscheiden.«

»Mir ist es wichtig, Siahs Mörder zu fassen. Ich kann mich auch allein mit Jel auf die Suche machen, wenn du keine deiner wertvollen Soldaten verschwenden möchtest.«

Kaya streckte ihre Hand aus, wollte Toran über die Wange streicheln, aber er zuckte zurück. »Darum geht es doch gar nicht, Toran. Ich möchte nur nicht, dass du dich blind in eine mehr als gefährliche Unternehmung stürzt. Hunderte von Northcliffsoldaten, Nebelinselbewohner und sogar Trolle suchen nach Siahs Mörder. Wir werden ihn finden!«

Ungehalten sprang Toran auf. »Ich will ihn finden, Mutter! Ich will ihn töten, so wie du Vaters Mörder mit deinen eigenen Händen gerichtet hast!«

Sie bemerkte, wie seine Augen feucht zu glänzen begannen, und hätte sich so sehr gewünscht, ihn einfach nur in den Arm nehmen und trösten zu können, aber im Augenblick würde er das nicht zulassen, das wusste sie genau.

»Toran, ich verstehe dich«, sagte sie leise.

»Nein, das tust du nicht, sonst würdest du mich gehen lassen.« Er drehte sich abrupt um, hielt auf jene Stelle an der Wand zu, neben der sich ein Zugang zu den Geheimgängen befand, und war wenige Augenblicke später verschwunden. Auch wenn er hätte bleiben müssen, diesmal ließ Kaya ihn gewähren. Toran konnte seinen Schmerz nicht ertragen, und das konnte sie nur zu gut nachempfinden.

»Lasst den Nächsten ein!«

Die Tür öffnete sich, und ein Mann mit schlohweißem Haar kam hereingehumpelt.

»Lord Finlen von Torvelen«, stellte er sich mit heiserer Stimme vor. »Ich mache Euch meine Aufwartung, Königin Kaya, und komme in einer delikaten Angelegenheit zu Euch.«

Hoffentlich nicht noch ein gestohlenes Schwein oder eine Kuh, dachte Kaya und bedachte den Mann mit einem auffordernden Lächeln. Sie glaubte, den alten Lord schon einmal gesehen zu haben, vermutlich bei einer Festlichkeit auf der Burg, aber gut kannte sie ihn nicht. Sicher unternahm er aufgrund seines Alters keine allzu weiten Reisen mehr, und der Landsitz Torvelen, zu dem drei kleine Dörfer gehörten, lag an die achtzig Meilen südlich von Northcliff.

»Bringt Lord Finlen einen Stuhl«, wies sie die Wachen an.

Kurz darauf ließ sich der Lord umständlich auf ihm nieder.

»Eine Nebelhexe hat die Frau meines Enkelsohnes ermordet«, begann er nun ohne Umschweife und hörbar empört. »Mein armer Enkel ist ein gebrochener Mann und steht nun allein mit zwei kleinen Kindern da!«

»Eine Nebelhexe?«, wiederholte Kaya verwundert. »Was bringt Euch zu dieser Annahme?«

Lord Finlen räusperte sich, dann klopfte er mit seinem Stock auf den Boden. »Ich mache keinen Hehl daraus, dass ich Nebelhexen von jeher skeptisch gegenüberstand. Doch als die Frau meines geliebten Enkels krank wurde und sich einfach nicht erholen wollte, überwand ich meine Bedenken und ließ nach einer Heilerin schicken.«

»Um wen handelt es sich und was hat sie sich zuschulden kommen lassen? Was hat der Frau Eures Enkels überhaupt gefehlt?«, hakte Kaya nach. Besonders Menschen, die Vorurteile gegen Nebelhexen hegten, waren schnell darin, ihnen Schuld zuzuweisen, wenn sie keine raschen Erfolge aufweisen konnten, aber auch einer Nebelhexe gelang es nicht, jede Krankheit zu kurieren.

»Elina fühlte sich seit einer ganzen Weile schwach, ein garstiger Husten plagte sie, und sie musste sich häufig ausruhen.«

Der Lord zog seine buschigen Augenbrauen zusammen. »Aber nachdem Ashila, diese Nebelhexe, in unser Haus kam, wurde es nur noch schlimmer! Elina konnte ihr Bett kaum noch verlassen, kein Essen bei sich behalten und starb vor wenigen Tagen.«

»Das bedauere ich sehr, nur sehe ich nicht, was Ashila damit zu tun haben soll. Vielleicht schritt Elinas Krankheit nur einfach sehr rasch fort, sodass die Nebelhexe ihr nicht mehr helfen konnte.«

Der Lord erhob sich ächzend und trat näher zu Kaya heran. »Diese Kreatur hatte ein Auge auf meinen Enkel geworfen, wollte ihn für sich selbst haben.« Er rümpfte die Nase. »Dabei trägt sie Haare im Gesicht wie ein Mann – und diese krummen Beine!«

Eine Halbzwergin also, dachte Kaya.

»Werter Lord Finlen«, sagte sie laut, »alle Heilerinnen von der Nebelinsel unterliegen einem strengen Kodex. Sie bewahren Leben und nehmen es nicht, selbst wenn sie Gefühle für jemanden hegen sollten, der bereits vergeben ist.«

»Ich habe Beweise!«, rief der alte Lord aufgebracht aus. »Ich hatte große Zweifel, als es unserer geliebten Elina nicht besser ging, und eines Nachts, als die Nebelhexe schlief, nahm ich einen Schluck jener Medizin, die für Elina bestimmt war.« Er verzog mitleiderregend sein faltiges Gesicht. »Die halbe Nacht lang habe ich mich übergeben und mich zwei Tage lang sehr, sehr schlecht gefühlt!«

Auf diese ganze Geschichte konnte sich Kaya schwerlich einen Reim machen. »Manch eine Medizin, die einem Kranken hilft, schadet einem Gesunden, habe ich gehört«, erwähnte sie vorsichtig.

»Aber die Gemahlin meines Enkels ist tot!«, polterte der Lord und sank dann in sich zusammen.

»Lord Finlen, ich werde dies durch Lilith, die bekannte Heilerin von der Nebelinsel und Ausbilderin der Diomár, überprüfen lassen.«

»Eine Nebelhexe wird einer anderen keine Schuld zuweisen!«, rief er aus, und nun funkelten seine Augen mit einer gewissen Boshaftigkeit, die ihn in jungen Tagen sicher zu einem gefährlichen Mann gemacht hatte. »Ich habe die Täterin hierherbringen lassen und bestehe darauf, dass sie hingerichtet wird!«

»Wo ist sie?«, fragte Kaya scharf.

»Vor der Tür.«

»Bringt sie herein!«, wies sie die Wachen an.

Kurz darauf wurde eine gefesselte Frau mit deutlichem Haarwuchs im Gesicht von zwei Männern zu ihr geschleift.

Kaya stieg von ihrem Thron und fauchte: »Lasst sie los!«

Die Männer, die wohl zu dem alten Lord gehörten, gehorchten widerwillig.

»Meine Königin, ich habe mir nichts zuschulden kommen lassen«, sprach da Ashila. Große Angst stand in ihren braunen Augen. »Ich habe die junge Lady nach bestem Gewissen behandelt, doch ihr wollte es einfach nicht besser gehen. Am Tag, als ich nach Lilith geschickt habe, ist sie gestorben«, schluchzte sie.

»Schon gut.« Kurz strich sie der Nebelhexe über das zerzauste Haar.

»Ihr werdet doch nicht dieser Mörderin glauben!«, echauffierte sich Lord Finlen, dann wandte er sich an die anderen beiden Männer. »Lord Etjen und Lord Reval, meine werten Nachbarn, waren so freundlich, mir zu helfen, denn mein Enkel ist zu verzweifelt, um zu handeln. Wir bestehen auf einem Urteil.«

Beide Männer nickten grimmig und verschränkten die Arme vor der Brust, während Ashila leise weinte.

»Ich kann niemanden hinrichten lassen, dessen Schuld nicht zweifelsfrei bewiesen ist.«

»Das ist sie doch!«, schrie Lord Finlen und schwankte mit einem Mal.

Lord Etjen eilte zu ihm und stützte ihn. »Seht nur, was dieses Weibsbild anrichtet! Nicht dass auch er noch das Leben aushaucht!« Er warf Ashila einen bösen Blick zu.

Kayas Gedanken rasten. Dass Finlen gleich zwei Adlige mitgebracht hatte, war geschickt von ihm, denn so hatte er einflussreiche Männer auf seiner Seite.

»Ashila, aufgrund der schweren Vorwürfe muss ich dich leider in den Kerker bringen lassen.«

Die Halbzwergin riss ihre Augen weit auf, und Kaya hatte wirklich Mitleid mit ihr, denn sie glaubte nicht an ihre Schuld.

»Sobald Lilith von der Nebelinsel kommt, soll sie die junge Lady Elina untersuchen und …«

»Sie wurde bereits verbrannt«, hauchte der alte Lord, augenscheinlich mit letzter Kraft, auch wenn Kaya sich nicht sicher war, ob er diese Schwäche nicht nur spielte.

»Das macht die Untersuchung schwieriger«, gab Kaya zu. »Dennoch wird Lilith sich genau berichten lassen, woran die junge Frau litt.« Absichtlich legte sie eine gewisse Schärfe in ihre nächsten Worte. »Lilith ist die begnadetste Heilerin unserer Zeit, selbst aus der Beschreibung von Symptomen kann sie ablesen, um welche Krankheit es sich handelt.« Kaya beobachtete Finlen sehr genau und glaubte, kurz einen Hauch von Schrecken in seinen kleinen Krähenaugen zu erahnen, aber dann neigte er nur huldvoll den Kopf.

»So soll es sein.«

Kaya ging zurück zu ihrem Thron und entließ die Männer mit einer Handbewegung.

»Wir Menschen zählen wohl gar nichts mehr«, hörte sie die gemurmelten Worte von dem jüngeren Adligen, dann führten die Männer Lord Finlen hinaus, die Wachen schafften Ashila fort.

Kayne zügelte sein Pferd, als er die Spitze des kleinen Hügels erreichte, und blickte nach Westen. Dort unten, hinter der dichten Grenze aus Büschen und knorrigen Bäumen, begann das Elfenreich. Noch lag feiner Morgennebel über den Wäldern, hüllte das Land ein wie der sichtbar gewordene Atem eines Lebewesens, kurz bevor ihn der Wind davontrug. Der junge Mann fragte sich, wie die Elfen, insbesondere ihre Königin Lharina, die Neuigkeiten von dem Portal, das womöglich in die Urheimat der Elfen führen könnte, aufnehmen würde. Und wie würden sie auf ihn reagieren? Ihm, dem Sohn jenes Mannes, der die Dämonen beschworen und beinahe ganz Albany ins Verderben gestürzt hatte, stand keine leichte Aufgabe bevor. Doch Kayne hatte darauf bestanden, diese Herausforderung zu übernehmen, notfalls auch allein. Leána trauerte noch immer um Siah, und Toran war mit seinen Gedanken an Rache beschäftigt.

Also holte er tief Luft und drückte die Schenkel an den Bauch seines Pferdes. Das Tier trabte los, verfiel in einen leichten Galopp, und erst am Rande der Wälder zügelte er den Hengst und ließ ihn im Schritt weitergehen. Noch bevor er unter die Bäume ritt, hatte er das Gefühl, beobachtet zu werden. Die Grenzen des Elfenreiches waren gut bewacht, und sicher waren in diesem Moment nicht nur Augenpaare auf ihn gerichtet, sondern auch die Pfeile elfischer Langbogen. Unbeirrt setzte er seinen Weg fort.

Absichtlich hatte er nicht den Eichenpfad von der Nebelinsel ins Elfenreich gewählt, eine direkte Verbindung, die nur gute Freunde der Elfen benutzen durften wie Leána, Lilith oder auch Aramia und Darian. Kayne zählte sich nicht zu diesen gern gesehenen Gästen, daher hatte er lieber einen Eichenpfad gewählt, der unweit der Grenze zum Elfenreich lag, und ritt das letzte Stück – wenn er ehrlich mit sich war, auch um sich selbst ein wenig zu sammeln und Mut zu fassen.

Leise raschelten die Farne unter den Hufen des Pferdes, ein Wind strich durch die Wipfel der hohen Bäume, in denen Vögel zwitscherten. Eine ganz besondere Stimmung herrschte in diesen Wäldern. Kayne kam es so vor, als ob die Zeit hier stillstehen würde. Vielleicht tat sie es auch, vielleicht war dies der Grund, weswegen viele Elfen zeitlos aussahen.

Das Gefühl, beobachtet zu werden, verstärkte sich. Die Haare an Kaynes Armen richteten sich auf, auch sein Pferd tänzelte über den weichen Waldboden. Tyron war gut ausgebildet, nicht so nervös oder impulsiv wie Leánas Maros, und folgte ihm mittlerweile selbst auf den magischen Eichenpfaden, ohne sich zu fürchten. Doch heute konnte er den Braunen kaum halten. Kayne nahm eine Bewegung aus den Augenwinkeln wahr und brachte sein Pferd zum Stehen. Er glaubte, etwas gesehen zu haben, ein Flüstern zu vernehmen, ganz am Rande seiner Wahrnehmungskraft, doch mochten ihn seine überspannten Sinne auch täuschen. Schon wollte er weiter, aber da war es wieder. Zunächst hatte er es für wallenden Nebel gehalten, erkannte nun jedoch, dass es sich um eine Gestalt handelte, die sich ihm langsam näherte. Die Elfe mit dem dunkelblonden Haar verharrte einen Moment, so als wäre sie verwundert über sein Erscheinen, dann lächelte sie ihm zu und hob eine Hand zum Gruß. In diesem Augenblick scheute Kaynes Pferd. Tyron sprang schnaubend zurück, und als Kayne ihn wieder unter Kontrolle hatte, wunderte er sich, denn die Gestalt unter den Bäumen konnte das Tier nicht aufgeschreckt haben, sondern jemand vor ihm. Und schon sah er sie – die Wächter dieses Waldes. Zwei in Grün gekleidete Elfen traten hinter den Bäumen hervor, die Pfeile an die Sehnen ihrer Bogen gelegt, zeigten auf Kayne. Noch einmal sah er nach rechts, doch die Elfe war verschwunden.

Kayne hatte allerdings keine Zeit, sich weitere Gedanken um sie zu machen, denn einer der Wächter richtete das Wort an ihn.

»Ein Mensch, der ungefragt unsere Wälder betritt«, begann er mit melodischer Stimme. »Suchst du die Stille unter diesen Bäumen oder den Tod?«

»Weder das eine noch das andere«, entgegnete Kayne hastig. »Ich bringe eine wichtige Botschaft von Leána von der Nebelinsel für eure Königin.«

Während der eine Elf seinen Bogen nach wie vor gespannt hielt, senkte ihn nun der, der eben gesprochen hatte, und strich sich die Kapuze zurück. Ein ebenmäßiges Gesicht mit langen blonden Haaren kam zum Vorschein.

Irgendwie sehen die alle gleich aus, dachte Kayne.

»Welcher Art ist die Botschaft?«, wollte der Elf wissen.

»Sie könnte das Überleben eurer Rasse bedeuten.«

Auch der andere Elf ließ seine Waffe nun sinken und enthüllte sein Gesicht. Es war eine Frau, und zu Kaynes Überraschung waren es dieses Mal schwarze Haare, die über schmale Schultern fielen. »Es gibt keine Feindschaft zwischen den Menschen und dem Elfenreich«, sagte sie. »Lharina soll entscheiden, ob deine Nachricht von so großer Bedeutung ist, wie du sagst. Folge uns!«

Damit wandten sich die beiden Elfen um und schritten ohne ein weiteres Wort voran, Kayne ritt ihnen hinterher. Die Wächter führten ihn auf einem schmalen Pfad, der sich wie von Geisterhand vor ihnen auftat, gerade breit genug, damit auch ein Pferd darauf Platz fand. Wie eine Schlange wand sich der Weg durch die Bäume hindurch, und je weiter sie in den Wald vordrangen, desto höher wurden die Farne zu beiden Seiten, bis sie irgendwann die Sicht komplett verdeckten, obwohl Kayne auf einem Pferd saß. Er fühlte sich unwohl, denn er hatte nicht die geringste Ahnung, wohin ihn die beiden Elfen brachten. Letztendlich war er ihnen ausgeliefert. Nachdem jedoch der Hengst entspannt dahinschritt und leise schnaubte, legte sich seine Sorge ein wenig.

»Lharina ist an den Wassern der Stille«, erklärte der Elf schließlich, als hätte er Kaynes Gedanken erraten.

»Und wie weit ist es noch bis zu diesem Ort?«

»Wenn der Weg das Grün des Waldes annimmt, sind es nur noch wenige Atemzüge«, antwortete die schwarzhaarige Elfe. Sie drehte sich kurz zu ihm um und warf ihm sogar ein Lächeln zu.

»Wenn der Weg des Waldes grün wird«, grummelte Kayne und schüttelte den Kopf.

Nach einer Weile bemerkte er allerdings, dass der Pfad mit Moos bewachsen war. Die Hufe des Pferdes verursachten keinerlei Geräusche mehr, kein Ästchen knackte, kein Blatt raschelte. Und dann, nach einigen Biegungen, weitete sich der Pfad plötzlich und endete auf einer weitläufigen Lichtung, in deren Mitte ein großer See lag. Schilf und hohes Gras umsäumten das Gewässer, das sich wie ein stiller Spiegel vor ihnen ausbreitete. Vom Ufer aus führte ein offenbar natürlicher Felsensteg hinaus auf die Mitte des Sees, wo sich das Gestein verbreiterte. Einige Kiefern krallten sich dort in den moosbewachsenen Stein.

»Lharina erwartet dich«, sagte die Elfe und deutete auf die kleine Insel.

»Sie erwartet mich?«, wunderte sich Kayne.

Wieder lächelte die Elfe. »Dein Kommen blieb nicht unbemerkt. Schon bevor du unser Land auch nur gesehen hast, haben unsere Wächter dich entdeckt und Lharina unterrichtet. Geh nun zu ihr.«

Ein wenig irritiert stieg Kayne aus dem Sattel. Wortlos ergriff die schwarzhaarige Elfe Tyrons Zügel. Kayne folgte dem Steg in Richtung des Kiefernwäldchens. Bald schon erkannte er Lharina, die auf einem Felsen saß und auf den See hinausschaute. Blondes Haar fiel über ihre Schultern, ihr Körper wirkte so leicht und zart, dass Kayne fürchtete, ein Windhauch könne ihn davontragen. Gerade wunderte er sich, dass man ihn allein zur Königin vorließ, doch da wurde er eines blonden Elfen gewahr, der im Schatten eines Baumes stand und ihn aufmerksam musterte. Es hätte ihn auch gewundert, wäre der ruhige Krieger mit den für Elfen ungewöhnlichen rehbraunen Augen nicht in ihrer Nähe gewesen. Stets hatte Tahilán die junge Königin beschützt – es sei denn, sie war ihm entwischt, darin hatte sie Erzählungen zufolge Leána sehr geglichen. Ganz besonders, als Lharinas Eltern noch gelebt hatten.

»Tritt näher. Tahilán wird dir kein Leid zufügen.«

Kayne tat wie ihm geheißen, beäugte aber den Elfenkrieger misstrauisch.

»Setz dich zu mir, Sohn von Samukal«, forderte die Elfenkönigin ihn auf und klopfte mit ihrer schlanken Hand neben sich.

»Mein Name ist Kayne!« Im Vergleich zu Lharinas sanfter Stimme erklangen, hier in dieser friedlichen Umgebung, seine Worte selbst ihm barsch und ruppig. Dennoch ließ er sich neben der Elfe nieder. Diese sah ihn aus ihren hellblauen Augen an, die ihn schon immer an klares Meerwasser in der Nähe der Küste erinnert hatten. Kayne musste zugeben, dass es faszinierend war, ihre feinen Züge zu betrachten, beinahe glaubte er, die Leichtigkeit ihres Wesens fühlen zu können. Er kannte Lharina nicht so gut wie Leána, aber von allen Elfen, die er bislang getroffen hatte, war sie ihm stets die liebste gewesen.

»Du bist zornig, Kayne. Zornig und angespannt«, stellte die Elfenkönigin fest.

»Ich werde nur nicht gern an meine Herkunft erinnert.«

»Ich kannte deinen Vater, und ich weiß um seine Taten, doch ich verurteile nicht dich dafür. Selbst ich, die ihre Eltern durch Samukal verloren hat, habe ihm längst verziehen. Also lass deine Bedenken los.«

»Das ist nicht einfach, wenn man einen solchen Vater hatte. Und was mich angeht, ich verurteile seine Taten sehr wohl.«

Lharina betrachtete ihn, dann nickte sie. »Ich verstehe, was du meinst.« Sie seufzte und sah hinaus auf den See. »Ist es nicht wunderschön an den Wassern der Stille?«, fragte sie dann.

Kayne zuckte nur mit den Schultern.

»Betrachte den See genau, Kayne. Blicke hinein in das Wasser und sag mir, was du siehst.«

Kayne beugte sich nach vorne und schaute auf das stille Gewässer. »Ich sehe Bäume und den Himmel, die sich widerspiegeln«, antwortete er nach einer Weile.

Die Elfenkönigin schmunzelte. »Mehr nicht?«

Ungeduldig schüttelte Kayne den Kopf und wusste nicht, was sie damit bezweckte. Er spürte, wie er sich anspannte, jene Mauer um sich aufbaute, die ihn stets vor Angriffen geschützt hatte.

»Ich sehe dich! Ich sehe Kayne, einfach nur Kayne.«

Kayne betrachtete sein Spiegelbild, auf das er gar nicht geachtet hatte. Sein Gesicht kantig und in der Tat angespannt, Stoppeln hatten sich nach der morgendlichen Rasur bereits wieder um Mund und Wangen herum gebildet.

»Wirf einen Stein hinein«, forderte Lharina ihn auf. Kayne wusste zwar nicht, was das sollte, aber er tat es.

Zu seiner Überraschung schluckte der See den Stein regelrecht auf, nicht eine einzige Welle beeinträchtigte sein Spiegelbild.

»Der See spiegelt alles unverzerrt wider. Sei wie das Wasser hier. Hafte nicht an Samukals Taten, sei du selbst.«

Verwundert betrachtete Kayne die Elfe. Er war sprachlos, dann schluckte er.

Lharina klopfte ihm fast schon freundschaftlich auf die Schulter. »Sicher bist du nicht gekommen, um über deinen Vater zu sprechen, nicht wahr?«

»Äh, nein«, gab Kayne zu. »Ich … also eigentlich Leána, Toran und ich haben in der anderen Welt ein Portal gefunden, das womöglich in die Urheimat deines Volkes führt.«

Gespannt richtete sich Lharina auf. »Erzähl mir davon.« Ein Drängen lag nun in ihrer Stimme, und so berichtete er von seiner Reise mit Leána und Toran und was er über das Portal wusste. Dies war nicht viel, und es war ihm klar, dass es nur eine Vermutung blieb, ob es sich wirklich um besagtes Elfenportal handelte. Leána zuliebe verschwieg er auch Rob und den anderen Drachen.

»Das Volk der Elfen wird vergehen«, sagte Lharina, nachdem Kayne geendet hatte. »Daher müssen wir jede Möglichkeit nutzen. Dennoch birgt ein solches Unterfangen auch Gefahren, und wir sollten uns beraten.«

»Also müssen wir zu den Diomár auf die Geisterinseln reisen.«

Lharina nickte. »Das sollten wir. Ich habe Nordhalan und Estell ohnehin schon eine Weile nicht mehr gesehen. Noch heute brechen wir auf.«

Damit war es beschlossen.

»Da ist noch etwas«, begann Kayne, als er sich an die Elfenfrau erinnerte, die er unter den Bäumen des Elfenreiches gesehen hatte und die urplötzlich wieder verschwunden war.

»Auf dem Weg zu dir sah ich eine Frau. Ihr Kleid wallte um sie herum wie weißer Rauch, und sie wirkte irgendwie durchscheinend, so als ob sie nicht real wäre«, schloss Kayne. »Vielleicht habe ich es mir nur eingebildet, oder es war ein flüchtiger Traum.«

»Für die Realität deiner Erfahrung ist es nicht von Belang, ob es ein Traum war, eine Einbildung oder mit welchem deiner Sinne du die Wahrnehmung hattest. Hier im Elfenreich verschwimmen Vergangenheit, Gegenwart und Zukunft. Auch ich werde immer wieder von den Erinnerungen meiner Ahnen heimgesucht.«

Kayne seufzte. Er verstand ihre Worte nicht wirklich, wollte dies aber auch nicht zugeben. Daher nickte er einfach und ließ die Angelegenheit auf sich beruhen.

Sie hatten eine Reise vor sich, und diese war nun wichtiger. Noch am gleichen Tag packten sie ihre Sachen und beschritten den Elfenpfad auf die Geisterinseln.

Kapitel 2

Sturmwolken

Die urtümliche Gewalt, mit der die Stürme über Albany fegten, hatte Robaryon schon immer fasziniert und zugleich mit Furcht erfüllt. In seiner Drachengestalt war er stets darin bestrebt gewesen, die Luftströmungen zu nutzen, sich ihnen hinzugeben oder sie gegebenenfalls zu meiden. Eine unbedachte, der Jugend oder Geltungssucht eines Drachen entsprungene Aktion und man wurde gegen einen Berghang geschmettert oder konnte in die Wogen des Meeres stürzen.

Jetzt in seiner Menschengestalt fühlte sich Robaryon verletzlicher denn je. Während er sich Richtung Westen vorankämpfte, schlugen ihm die Windböen heftig ins Gesicht und zwangen ihn immer wieder, Schutz hinter Felsen oder in Senken zu suchen. Das Gefühl, zu frieren, war ihm normalerweise fremd, konnte er doch genügend der Feuermagie in sich bewahren, wenn ihn das Sonnenlicht zwang, seine Menschengestalt anzunehmen. Heute jedoch kauerte er sich am ganzen Körper bebend in eine Felsspalte. Er war erschöpft und hungrig. Zudem wusste er, Mitternacht, wenn seine Drachenmagie erwachte, war noch fern. Sollte er es wagen, sich zu verwandeln? Konnte er nach all den vergangenen Sommern und Wintern erneut über Albanys Wälder und Berge fliegen? Oder würden die anderen Drachen ihn dann sofort entdecken und töten? In Menschengestalt würde seine Reise mehrere Tage dauern. Nicht einmal ein Pferd konnte er sich besorgen, denn diese Tiere spürten sehr schnell, dass er nicht rein menschlich war, und fürchteten sich vor ihm.

Falls der Sturm etwas nachlässt, aber die Wolken den Himmel verdunkeln, werden mich die Drachen nicht sogleich entdecken, dachte er, *und falls doch – können sie kaum erahnen, dass ich zurück bin. Galavenios ist nicht mehr am Leben – er kann mich nicht mehr richten.*

Robaryon schloss seine Augen, und kurz darauf übermannte ihn der Schlaf.

Die Blicke der anderen Zauberer machten Kayne nervös. In mehr als einem Gesicht glaubte er Verachtung und Misstrauen zu erkennen, und selbst Nordhalan nahm er seine väterliche Zuwendung und seine Fürsprache mal wieder nicht ab.

Gemeinsam mit Tahilán und Lharina war er über einen der magischen Eichenpfade zu den Geisterinseln gereist, die von dem Unwetter, das zurzeit über ganz Albany wütete, noch viel heftiger heimgesucht wurden als andere Landstriche. So war es meist – die Elemente tobten sich auf diesen westlichen Inseln ganz besonders aus, und die Alten sagten, dass es der Wille der Götter sei, den Menschen und allen anderen Kreaturen zu zeigen, wie klein und unbedeutend sie doch waren. Kein Wesen, ganz gleich wie mächtig, konnte sich den Naturgewalten entziehen.

Klein und unbedeutend fühlte sich auch Kayne. Er saß hier vor dem Rat der Diomár, die sich im Halbkreis auf mit Ornamenten verzierten Holzstühlen niedergelassen hatten. Schaffelle polsterten die Sitzgelegenheiten der Ausbilder und Zauberer, während hinter ihnen auf einer stufenförmigen Empore aus Stein jene jungen Zauberer und Zauberinnen lauschten, die auf den Inseln ausgebildet wurden und vielleicht eines Tages Teil der Diomár werden würden. Fünf Nebelhexen, drei Menschen, zwei Zwerge und sogar zwei Dunkelelfen harrten bewegungslos auf den vermutlich kalten und unbequemen Stufen aus. Sprechen durften sie nur auf Aufforderung eines ihrer Ausbilder, sie sollten zuhören und lernen. Sie alle hatten die mehr als fünf Sommer andauernde Grundausbildung der Magier durchschritten, einige lernten bereits deutlich länger. Den jüngsten Zauberschülern war es noch nicht erlaubt, bei solchen Ratssitzungen dabei zu sein, sie mussten zunächst ihre Sinne schärfen. Die Anwesenden hingegen waren bereits dabei, ihre besonderen Begabungen herauszuarbeiten. Eine anmutige Halbelfe mit hellbraunem Haar und ein menschlicher Mann um die dreißig waren, wie Kayne wusste, *Diener der Steine*. Wenn sich ihre Gabe, Geister zu sehen und mit den Drachen zu sprechen, festigte, würden sie *Hüter der Steine* werden, eines Tages für Northcliffs Erben die Drachen rufen und mit Readonn, dem Orakel, sprechen. Da diese Begabung äußerst selten war und mit dem Tod der früheren Hüter der Steine, die auf den Dracheninseln gelebt hatten, beinahe ausgestorben war, wurden diese jungen Zauberer umso mehr geachtet. Hüter der Steine hatte es in vergangener Zeit unter den Nebelhexen nicht gegeben, was unter Umständen aber auch daran lag, dass niemand ihr Talent erkannt und gefördert hatte.

Die dicken Mauern der erst vor wenigen Sommern fertiggestellten Diomárfeste trotzten dem Sturm. Doch das Feuer in der Ecke flackerte, und Windgeister rangen mit Feuergeistern um die Vorherrschaft. Seitdem Kayne denken konnte, hatte er zum auserlesenen Kreis der Diomár gehören wollen und stets davon geträumt, ein mächtiger Magier zu werden, dem die anderen Respekt zollten. Nordhalan war nach dem Dämonenkrieg zum Oberhaupt der Diomár gewählt worden. Auch Estell, der nun einer der Ausbilder auf den Geisterinseln war, und Lharina gehörten dazu, ebenso wie Leánas Ururgroßvater Ray'Avan, Vertreter der Dunkelelfen. Nur hielt sich der greise Dunkelelf ungern an der Oberfläche auf und besuchte die Geisterinseln in unregelmäßigen Abständen. Lilith mit ihrem ungewöhnlich ausgeprägten Talent in Heilkunde gab ihr Wissen häufig als Ausbilderin auf den Geisterinseln weiter, und viele gingen davon aus, dass auch sie eines Tages zum Rat der Diomár zählen würde. Den alten Regeln zufolge durfte niemand, der nicht mindestens einhundert Sommer und Winter gesehen hatte, Teil dieser mächtigen Vereinigung werden. Doch heutzutage gab es kaum noch Zauberer, selbst Lharina erreichte diese Altersgrenze nur knapp, und von Leána wusste Kayne, dass es Überlegungen gab, die Diomárgesetze zu lockern, um jüngeren, ausgewählten Magiekundigen wie Lilith zu einer bedeutsamen Position zu verhelfen. Kaynes Blick fiel auf die beiden dunkelhaarigen Zwerge, die etwas abseits der anderen saßen. Ihr Volk hatte sich noch immer nicht dazu durchgerungen, einen Diomárvertreter zu stellen. Den Zwergenzauberer Revtan hatten die Diomár abgelehnt, da er sich im Dämonenkrieg aus allem herausgehalten und nicht für Albany eingesetzt hatte. Von den beiden Zwergenschülern war noch niemand stark und erfahren genug für diese wichtige Aufgabe, vielleicht gab es auch schlicht und einfach keinen älteren Zwergenzauberer in Hôrdgan. Hafran hielt sich in dieser Angelegenheit sehr bedeckt. Daher waren nun lediglich Nordhalan und die beiden Elfen als Diomárvertreter anwesend.

Dass Kayne weit davon entfernt war, in Magierkreisen auch nur als Mensch akzeptiert zu werden, wurde ihm heute mal wieder allzu schmerzlich bewusst.

Besonders die beiden Diener der Steine betrachteten ihn, wie es ihm schien, mit stechendem Blick, und auch wenn ihre Gesichter unbewegt waren, glaubte er, einen verborgenen Vorwurf darin zu erkennen. Er konnte es ihnen nicht einmal verübeln. Durch Samukals Schuld waren die Hüter der Steine auf den Dracheninseln ausgelöscht worden – ihre Vorfahren. Selbst wenn sie nicht blutsverwandt gewesen waren, im Geiste hatten sie sich geähnelt. In alten Tagen hatten alle Hüter der Steine mit ihren Familien auf den nördlichsten Inseln, den Dracheninseln, gelebt. Von Generation zu Generation war ihre Gabe, Geister zu sehen und mit Drachen zu sprechen, weitergegeben worden, und für alle war es beinahe wie ein Wunder gewesen, dass sie nun zumindest zwei Zauberer mit dieser Begabung auf dem Festland gefunden hatten.

»Drei junge Menschen, die durch Zufall in einem See ein vergessenes Portal finden und ein weiteres in einer Welt, von der wir uns nur ausmalen können, wie fremdartig sie ist. Eine äußerst vage Ausgangslage, um eine Entscheidung zu treffen.« Kalt und abwertend erklangen die Worte des Elfenmagiers Estell durch den großen Beratungsraum. Was seine Worte sagten, spiegelten auch seine seltsamen hellen Augen wider, die Kayne durchbohrten. »Überhaupt nur darüber nachzudenken erachte ich als Zeitverschwendung«, fügte er hinzu.

»Werter Estell, es geht hier um das Überleben unseres Volkes!« Selten hatte Kayne Lharina derart aufgebracht gesehen. Ihre Haut, die sonst an den hellsten Sand von Albanys Stränden erinnerte, war heute an den Wangen gerötet, und einige Strähnen hatten sich aus ihren geflochtenen Zöpfen gelöst. »Ich denke sehr wohl, dass wir etwas Zeit aufbringen sollten, um über Kaynes Neuigkeiten nachzudenken«, fuhr sie fort. »Wenn es nur den Hauch einer Möglichkeit gibt, unser Volk vor dem Aussterben zu retten, so bin ich nicht gewillt, sie ungenutzt zu lassen.«

»Ob in jener Welt noch Elfen existieren, ist ungewiss«, schoss Estell zurück. »Das Portal ist, wie es aussieht, verschlossen, und ich halte es nicht für sinnvoll, weitere Krieger unseres Volkes nur wegen einer Vermutung in Gefahr zu bringen!«

Lharinas Wangenknochen traten heftig hervor. »Das Volk der Elfen vergeht, das weißt du, Estell!«

»Deshalb möchte ich bewahren, was ist, und nicht weitere Leben riskieren.«

»Nun«, erhob Dimitan die Stimme. Normalerweise zählte er nicht zum Rat der Diomár, aber er war gekommen, um für Northcliff zu sprechen. »Auch ich bin dafür, Dinge, die nicht die schlechtesten sind, so zu belassen, wie sie sind.«

Dimitans Lehrling Morthas nickte selbstverständlich beipflichtend und mit äußerst wichtiger Miene.

»Weshalb wundert mich das jetzt nicht«, murmelte Kayne vor sich hin. Selten hatte sich Dimitan durch große Taten oder

Wagemut hervorgetan. Er war ein guter Zauberer, wenn auch kein herausragender, der stets gerne den bequemen Weg ging.

»Wir könnten erneut versuchen, Readonn zu befragen«, schlug Nordhalan vor.

»Es misslang am gestrigen Tage, dann wird es uns auch heute nicht gelingen«, wandte Dimitan ein.

»Das hätte Horac nicht anders formuliert«, beschwerte sich Lharina, was Kayne beinahe zum Schmunzeln gebracht hätte.

»Selbst wenn Revtan nicht zu den Diomár zählt, sollten wir ihn ebenfalls in unsere Überlegungen mit einbeziehen«, erwähnte Nordhalan, »ebenso wie die Dunkelelfen und einen Vertreter der Nebelinsel. Lilith beispielsweise.«

»Ich wüsste nicht, was Zwerge, Nebelhexen und Dunkelelfen mit Elfenangelegenheiten zu tun haben«, warf Estell abwertend ein.

»Wo Elfen sind, mögen auch ihre dunklen Brüder sein«, erwiderte Nordhalan mit einer Verneigung zu den jungen Dunkelelfenmagiern Tah'Righal und Tev'Alvir hin. Auch die beiden waren etwas ganz Besonderes. Kaum ein Dunkelelf zeigte Begabung in magischen Dingen, dieses Volk war brillant in der Kriegs- und Baukunst, manch einer ging gar so weit, zu behaupten, das sei ihre Form von Magie, aber Zauberei gehörte nicht dazu. Nach Ray'Avan und Zir'Avan waren Tah, Mitglied der Herrscherfamilie von Kyrâstin, und der junge Tev die ersten seit Generationen, die ein Talent für Zauberei in sich trugen. Tev'Alvir hatte man eher zufällig bei einer Musterung in der Dunkelelfenstadt Kyrâstin entdeckt. Geradezu schmächtig war er für einen Dunkelelfen, und von Leána wusste Kayne, dass Tev sich lange als Schande betrachtet hatte, da er nicht einmal in die Mhragâr, die Kriegertruppe der Dunkelelfen, aufgenommen worden war. Als einfacher Händler hatte er glimmende Moose verkauft, sein Dasein gefristet und nicht geahnt, welche Fähigkeiten in ihm schlummerten. Ray'Avan hatte Tevs Gabe entdeckt, und seitdem war der junge Dunkelelf aufgeblüht. Nun drückte sein edles Gesicht, das wie das der meisten Dunkelelfen eine bräunliche Färbung trug, den typischen Stolz seines Volkes aus.

Die beiden Dunkelelfen verneigten sich leicht zu Nordhalan hin, und Tev'Alvir lächelte Kayne sogar flüchtig zu, was ihn im ersten Moment verwunderte. Er kannte Tev kaum, aber da er mit Leána befreundet war und auch Jel'Akir gut kannte, hielt ihn Tev offenbar nicht für eine Bedrohung – eine der besonderen und kaum durchschaubaren Denkweisen der Dunkelelfen, vermutete Kayne. Aber nun wandte er seine Aufmerksamkeit wieder Nordhalan zu, bekam jedoch nur noch das Ende seiner Ausführungen mit.

»… sollten auch die Bewohner des Zwergenreiches mit einbezogen werden.«

»Die Zwerge!«, höhnte Dimitan hingegen. »Als ob die sich um die Belange der Elfen scheren würden. Ich schätze Revtan, aber der Rest seines Volkes macht Northcliff ohnehin nur Ärger. Und bis man den alten Ray'Avan aus seiner miefenden Höhle gezerrt hat, mögen drei Monde oder mehr vergehen, und ob er dann etwas Sinnvolles von sich gibt, bleibt dahingestellt.«

Der junge Tev'Alvir sprang auf, seine Hand lag unter seiner Robe. Wie Kayne vermutete, trug er einen Dolch, aber er setzte sich wieder, als Nordhalans Stimme beinahe zeitgleich durch den Raum donnerte.

»Sprich nicht in solch einem Ton von einem Mann, der so viel mehr Tage gesehen hat als du.« Alles Väterliche in seinem bärtigen Gesicht war verschwunden und einer Ehrfurcht gebietenden Miene gewichen.

Dimitan und selbst Morthas, der ja nichts dergleichen hatte verlauten lassen, zogen die Schultern ein.

»In alten Tagen wurden stets alle Völker mit in wichtige Belange einbezogen«, fuhr Nordhalan streng fort. »Wenn wir ein unbekanntes Portal öffnen, so mag dies eine Gefahr bergen, die schnell alle Völker betreffen kann. Zudem ist das Fortbestehen der Elfen für uns alle wichtig, denn sie sind die Träger großer Magie. Niemand weiß, ob ein Aussterben der Elfen nicht ähnliche Konsequenzen hätte wie das Verschwinden der Drachen!«

»Dann sollten wir die Drachen ebenfalls befragen«, schlug Lharina vor.

»Kayne, würdest du eine Botschaft auf die Nebelinsel schicken?«, fragte Nordhalan. »Ich selbst kümmere mich um die Zwerge. Dimitan, ich denke, es ist nicht zu viel verlangt, wenn du einen Boten ins Unterreich schickst. Ob Ray'Avan kommt oder nicht, das sei ihm überlassen.« Der große Zauberer erhob sich. »Lharina, sollte einer der Drachen in den folgenden Tagen über dem Elfenreich kreisen, könntest du versuchen, mit ihm in Kontakt zu treten. Auch ich werde Ausschau halten, und Kayne kann zudem Leána und Darian bitten, Davaburion oder einen der anderen zu benachrichtigen, sollte er zufällig über die Nebelinsel fliegen. Ansonsten müssen wir erneut versuchen, Readonn zu rufen.«

Nordhalan zuckte zusammen, als eine heftige Windböe in den Kamin fuhr, das Feuer aufflackern ließ und kleine Aschepartikel in den Raum wirbelte. »Bei diesem garstigen Wetter verlassen nicht einmal die Drachen ihre nördlichen Inseln freiwillig.«

Was war nur los in Albany? Dimitan war auf die Nachricht eines Botenvogels hin in einer, wie er es ausgedrückt hatte, – wichtigen Elfenangelegenheit – auf die Geisterinseln aufgebrochen und noch nicht zurückgekehrt. Toran zog sich mehr und mehr in sich zurück, ohne dass Kaya etwas dagegen tun konnte, und nach dieser seltsamen Anklage von Lord Finlen war auch noch ein völlig aufgelöster Wirt nach Northcliff gekommen und hatte behauptet, eine Nebelhexe hätte einen seiner Gäste vergiftet. Sofort hatte Kaya einen Botenvogel auf die Nebelinsel gesandt, um Lilith herzubitten, und auch mit Dimitan wollte sie sich nach seiner Rückkehr beraten. Er konnte den Leichnam des Mannes untersuchen. Nebelhexen kannten sich mit Giften aus, das war allgemein bekannt, aber dass gleich zweimal so kurz hintereinander eine von ihnen zur Mörderin werden sollte – das war seltsam.

»Mundet Euch der Fasan nicht?«, riss Lord Petres Kaya aus ihren Gedanken.

»Doch, er ist vorzüglich.« Erst jetzt bemerkte sie, dass sie den Fasanenbraten lediglich zerteilt und über den ganzen Teller geschoben hatte. »Verzeiht, ich war in Gedanken.«

Seine Hand legte sich auf die ihre, und er lächelte sie an. »Das ist doch verständlich. Wollen wir uns hinübersetzen?« Er deutete auf das prasselnde Holzfeuer im großen Kamin, der zum Meer zeigte. »An einem solch garstigen Abend kann man die Wärme eines Feuers gut gebrauchen.«

Kaya erhob sich und setzte sich neben Petres auf einen der gepolsterten Stühle. Auch wenn es bei den Adligen bereits Gemunkel gab, momentan war sie über die häufigen Besuche des Lords froh. Hin und wieder gelang es ihm, sie von ihren Sorgen abzulenken, und beinahe verspürte sie in diesem Moment das Bedürfnis, ihren Kopf an seine Schulter zu lehnen. Doch da fiel ihr Blick auf Atorians Schwert, das über dem Kamin hing. Es war jene Waffe, die er bis zu seinem Tode getragen hatte. Unwillkürlich rutschte Kaya ein Stück in die entgegengesetzte Richtung von Petres.

»Seid Ihr in der Angelegenheit des Mordes an der Gattin des jungen Lords von Torvelen weitergekommen?«

»Nein, bedauerlicherweise nicht«, seufzte Kaya. »Ich muss mich mit Lilith beraten. Aber ich kann mir einfach nicht vorstellen, dass eine Nebelhexe eine junge Frau aus Eifersucht tötet.«

»Nun, ohne als ein Feind der Nebelhexen gelten zu wollen«, er lachte ein wenig übertrieben auf, winkte einem der Diener und ließ sich Wein nachschenken. »Nicht alle von ihnen können über jeden Zweifel erhaben sein.«

Kaya hob lediglich eine Schulter, woraufhin Petres sich zu ihr beugte. »Denkt Ihr nicht, bei jeder Völkergruppe gibt es gute und weniger gute Individuen? Oder macht allein der Stand einer Heilerin eine Frau zu einem zwangsläufig guten Wesen? Liebe kann mitunter krankhafte Formen annehmen und eine schwache Seele zu böswilligen Taten hinreißen lassen.«

»Da habt Ihr nicht ganz unrecht«, räumte Kaya ein. Tatsächlich lag es im Rahmen des Möglichen, dass auch eine der Heilkunst zugetane Bewohnerin der Nebelinsel einmal all ihre gute Erziehung und Ausbildung vergaß.

Dankbar nahm sie von einer Dienerin ein Glas Wein entgegen und starrte in die Flammen des flackernden Feuers. Kurz glaubte sie, winzige Flammenwesen darin zu entdecken. Wäre sie nicht mit Magiekundigen wie Aramia und anderen befreundet gewesen, sie wären ihr vermutlich gar nicht aufgefallen. Beiläufig lauschte sie Lord Petres' angenehmer Stimme und wie er ihr von einem bevorstehenden Bankett seines Bruders berichtete. Ihre Gedanken weilten jedoch bei Toran, den Problemen mit Ashila und auch bei den Zwergen. Sicher stand Northcliff noch so einiges bevor.

»Ich sage euch«, tönte der alte Lord Finlen im Gasthaus von Culmara, »bald werden Menschen in unserem eigenen Land überhaupt nichts mehr zählen! Nebelhexen, Trolle und Dunkelelfen werden die Herrschaft übernehmen.«

Einige Besucher nickten grimmig und prosteten ihm zu, andere schüttelten empört die Köpfe und tuschelten miteinander.

Sogleich eilte Godana, die betagte Wirtin, auf ihren stämmigen Beinen herbei und schenkte jenen, die Finlen nicht sogleich zustimmten, Bier nach.

»Habt ihr noch nicht gehört, was der Gattin von Lord Finlens Enkel widerfahren ist?« Eilig verneigte sie sich nach Westen. »Mögen ihre Ahnen sie in ihren Hallen aufgenommen haben, die arme Seele.«

»Was ist denn geschehen?«, erkundigte sich ein Postreiter, und weitere Bauern und Händler drängten herbei.

Nun musste Finlen noch einmal seine Geschichte erzählen, deutlich dramatischer ausgeschmückt als noch am früheren Abend. Selbst wenn ihre Knochen ächzten und ihre sparsame Seele bei jedem unbezahlten Krug innerlich rebellierte, schenkte Godana großzügig Bier und Morscôta aus, denn auch sie war keine Freundin der Nebelinselbewohner, und die Entwicklungen der vergangenen Sommer und Winter missfielen ihr. Stets hatte sie es ihrem verstorbenen Gatten übel genommen, sich für Darian von Northcliff und die Nebelhexen eingesetzt zu haben. Nein, ihr war Fehenius, der alte Regent, lieber gewesen. Bei dem hatten zumindest geordnete Verhältnisse geherrscht. Dunkelelfen und Trolle, die sich frei in Culmara bewegten, Nebelhexen und andere Mischwesen – auf derartige Gäste konnte sie gut verzichten. Erst kürzlich hatte ihr ein Halbtroll mehrere Krüge zertrümmert.

»Die Hexe hätte hingerichtet werden müssen«, tönte nun ein Bauer mit schwerer Zunge.

»Auf die Zinnen der Burg gespießt, so wie es die Dunkelelfen zu tun pflegen«, steuerte der Postreiter bei.

Begeistert bemerkte die alte Wirtin, wie viele Zuhörer sich äußerst aufgebracht darüber zeigten, wie zurückhaltend sich Königin Kaya gegenüber einer gerechten Hinrichtung geäußert hatte, und der Alkohol heizte die Stimmung nur noch an. Godana war froh, dass die Gruppe um den geheimnisvollen Bärtigen mehr und mehr wuchs. Sie hatte es geahnt – nicht alle Bewohner des Menschenreichs waren mit den Neuerungen, die Kaya und Darian gebracht hatten, einverstanden und sehnten die alten Zeiten herbei.

Kapitel 3
Heimlichkeiten

Im Licht des Mondes und der Sterne saß Leána im Rahmen ihres geöffneten Fensters und beobachtete, wie langsam das Morgenlicht die Nebelinsel mit seinem sanften Schein erhellte. Kurz nach Mitternacht hatte dieser entsetzliche Sturm endlich nachgelassen, und mit ihm waren auch die kalten Temperaturen gegangen. Nebel stieg von den östlichen Feldern auf; alles lag noch in einem tiefen Schlaf. Nur Leána hatte abermals keine Ruhe gefunden. Jedes Mal, wenn sie die Augen schloss, sah sie Siah vor sich. Lachend, fröhlich, manchmal auch nachdenklich – aber stets lebendig. Sie schlang sich ihre Decke um die Füße und musste an Kayne denken. Er fehlte ihr. Sie vermisste seine Freundschaft, seine Art, sie einfach nur durch einen Händedruck zu trösten. Kayne hatte seine Fehler, war häufig ruppig und unbeherrscht, aber trug nicht jeder eine finstere Seite in sich? Und abgesehen davon war er einer der wenigen, die sie ohne große Worte verstanden.

Mit einem Mal erinnerte sie sich an das Schriftstück, das ihr Jel bei Siahs Trauerfeier überreicht hatte. Bislang hatte sie es nicht gelesen, und wenn sie ehrlich mit sich war, dies auch deshalb hinausgeschoben, weil sie sich nicht um ihre vertrackte Situation mit Nal'Righal kümmern wollte. Doch ewig konnte sie sich nicht davor drücken. Schon von Kindesbeinen an hatten ihr ihre Eltern beigebracht, unangenehme Dinge nicht auf die lange Bank zu schieben. Daher ging sie zu ihrer Truhe, nahm die inzwischen stark zerknitterte Schriftrolle heraus, brach das

Siegel und las im schummrigen Sternenlicht. In der für ihn typischen gestochen scharfen Schrift bat Nal'Righal sie, sobald es ihr möglich wäre, ihn aufzusuchen. Mehr hatte er nicht geschrieben. Leána musste schlucken. Wollte er nun doch auf eine Heirat drängen? Jetzt, da sie Rob kannte, kam ihr das umso absurder vor. Andererseits enthielt dieser Brief keine Liebesbekundungen; aber schließlich war er ein Dunkelelf, ein Còmhragâr-krieger, und dass die glühende Liebesbriefe schrieben, konnte sie sich kaum vorstellen. Ein Schmunzeln stahl sich auf ihr Gesicht, als sie daran dachte, wie Nal ihr als Zeichen seiner Wertschätzung den abgeschlagenen Kopf eines 'Ahbrac geschenkt hatte – das war eher seine Art, um eine Frau zu werben. Doch sogleich stiegen wieder Tränen in ihre Augen. Damals war Siah dabei gewesen und hatte mit ihr gemeinsam über dieses bizarre Geschenk gelacht.

»Siah, ich vermisse dich so«, flüsterte sie in die Dunkelheit. Ein leises Zischen lenkte ihre Aufmerksamkeit auf etwas anderes. Sie musste lächeln, als ein winziger schwarzer Schatten vor ihrem Fenster auf und ab flatterte, und sie streckte die Hand aus.

»Vhin, das ist aber schön.« Die Fledermaus ließ sich auf ihrem Handgelenk nieder und klappte die Flügel ein. Winzige Augen sahen sie an. »Möchtest du mich trösten?«

Ganz sachte strich sie über das kleine Köpfchen. Als sie ein Kind gewesen war, war Vhin sehr häufig zu ihr gekommen. Sie hatte mit ihm gespielt, wilde Jagden durch die Nacht veranstaltet und ihn häufig auch unerlaubterweise mit nach Northcliff genommen. Seit einer Weile blieb die Fledermaus aber lieber auf der Nebelinsel und begleitete Leána nicht mehr auf ihren Streifzügen. Vielleicht wurde er alt, oder Elysias Besenattacke hatte ihn derart verschreckt, dass er die Sicherheit seiner Heimatinsel vorzog.

»Wollen wir ein wenig durch die Nacht gehen?«, fragte sie die Fledermaus. Als sie sich erhob, flog Vhin hinaus, wartete jedoch auf sie, so als hätte er verstanden, und setzte sich dann auf ihre Schulter.

Leánas Gedanken wanderten erneut zu Kayne. Wie mochten Lharina und die Zauberer entschieden haben? Sie beobachtete, wie eine Krähe auf Liliths kleinem Haus landete und laut krächzte. Nun beschleunigte Leána ihre Schritte. Vielleicht brachte der Vogel ja Botschaft von Kayne. Barfuß und nur in ihr dünnes Nachtgewand gekleidet schritt sie über die Wiese. Unverhofft erhob sich Vhin in die Lüfte. »Bis bald, mein Freund«, flüsterte sie. Das nasse Gras kitzelte an ihren Füßen, und der nun zu einer leisen Meeresbrise abgeflaute Wind spielte mit ihren langen Haaren.

Wie eine Göttin in den ersten Momenten, in denen eine neue Welt entsteht, ertönte da eine vertraute Stimme in ihrem Kopf. Augenblicklich zuckte Leána zusammen.

»Rob!« Leána drehte sich hastig im Kreis. Sie glaubte schon zu träumen, aber da löste sich eine Gestalt aus dem Nebel und kam auf sie zu. Er sah aus wie in ihrer Erinnerung. In jenen seltsamen Kleidungsstücken der fremden Welt wirkte er in Albany ein bisschen fehl am Platz. Trotzdem standen ihm die Hose, die man dort als Jeans bezeichnete, das schwarze T-Shirt und die Lederjacke gut, und Leánas Herz schlug schneller. Rob war kein auffälliger Mann. Die dunklen Haare hingen ihm ein wenig zottelig und ungepflegt in die Stirn, weder war er besonders groß noch muskulös wie die meisten Krieger von Albany. Trotzdem trug er eine Aura von Stärke an sich, und als sie in seine ungewöhnlichen Augen blickte, glaubte sie, darin versinken zu müssen. Schon lagen sie sich in den Armen, und sie spürte die lang vermisste Wärme, die er verströmte.

»Wo kommst du her? Wie konntest du am Culahan, dem Wächter der Berge, vorbeikommen? Mein Amulett, es hat dich also durch das Portal geleitet!« Mit so vielen Fragen bestürmte Leána Rob, dass er leise lachen musste.

»Dass ich hier bin, kann ich selbst noch nicht glauben. Euer

Culahan mag das Land bewachen, doch nicht die Lüfte. Ich bin hierhergeflogen und habe mich an der Küste in meine Menschengestalt verwandelt.« Er schnitt eine Grimasse und zupfte an seiner Jacke herum. »Nennst du eine Hütte dein Zuhause? Ich würde mich gerne aufwärmen.«

»Selbstverständlich.« Leána fasste ihn an der Hand und ging mit ihm zurück zum Haus ihrer Eltern. Bemüht, kein Geräusch zu verursachen, kletterten sie durch das Fenster in ihr Zimmer zurück. Rob zog das Amulett mit dem von verschlungenen Silbersträngen umfassten Rubin unter seinem Hemd hervor und strich behutsam darüber, bevor er es Leána um den Hals legte. Die sanfte Berührung seiner Hände erzeugte ein wohliges Kribbeln an ihrem ganzen Körper, das zu einem Gefühlssturm wurde, als er seine Lippen ganz dicht an ihr Ohr brachte. »Das Amulett hat mich hierhergebracht. Deine Magie ist darauf übergegangen und hat mir den Übertritt ermöglicht, da bin ich mir sicher. Deine Magie ist sogar stärker als ein Drachenbann.«

Vielleicht war es nicht nur die Magie des Amuletts sondern auch meine Liebe, oder vielleicht beides, dachte Leána, während sie sich umdrehte und postwendend in Robs Augen versank. Dunkel wie die tiefsten Seen von Albany waren sie, mit einem schmalen hellblauen Rand um die Pupille. Sie küsste ihn stürmisch und ließ sich von ihm auf ihr Bett ziehen. Kurz darauf lagen sie unter ihren Decken, wo sie sich wild und leidenschaftlich liebten. Danach erzählte Rob Leána von dem Portal und dem Hilferuf, den er vernommen hatte.

Sie lauschte staunend und dachte kurz darüber nach. »Das müssen wir Lharina und die anderen Zauberer wissen lassen«, erklärte sie.

»Ich bin deiner Meinung, nur möchte ich nicht preisgeben, dass ich mich in Albany aufhalte«, gab Rob zu bedenken. »Zudem muss ich rasch wieder durch das Portal. Du weißt, keine Welt sollte ohne Drachen sein.«

»Ja, das ist mir bewusst.« Leána streichelte die glatte Haut auf seiner Brust, fuhr über eine der langen Narben, von denen sich eine vom Schlüsselbein bis zu seiner Hüfte zog. Noch immer hatte er ihr nicht verraten, woher sie stammten, und als einige Tränen auf seinen Bauch tropften, hob er sanft ihr Kinn an.

»Du wusstest immer, dass ich nicht hierbleiben kann.«

»Ja, aber das ist es nicht«, erwiderte sie heiser, und ihre Unterlippe bebte, als sie fortfuhr. »Rob, meine beste Freundin wurde ermordet.«

Sie berichtete von ihrer Rückkehr, von Siahs Tod und ihren Schuldgefühlen. Rob war ein aufmerksamer Zuhörer, er ließ sie ausreden, schloss sie in seine Arme und zeigte sich ehrlich entsetzt über Siahs Ermordung.

»Leána, sollte mir dieser feige Mörder jemals über den Weg laufen«, versprach er, »werde ich ihn in hundert Fetzen reißen – gleichgültig in welcher Gestalt ich mich gerade befinde.«

»Das bringt sie auch nicht zurück«, entgegnete Leána bedrückt, woraufhin er sie auf die Stirn küsste und einfach nur festhielt.

Es war wunderbar, sich an ihn zu schmiegen, sich von ihm trösten zu lassen, und schließlich schlief Leána doch noch ein.

Als es plötzlich laut an der Tür klopfte, schreckte Leána hoch. Doch noch bevor sie »Warte!« geschrien hatte, stand ihr Vater in der Tür. Die dunkelblonden Haare standen ihm so früh am Morgen noch etwas wirr vom Kopf ab, er trug nur ein einfaches hellbraunes Hemd, ausgeblichene Hosen und keine Schuhe.

Sein eben noch so freundliches Lächeln wandelte sich in eine erschrockene Miene. »Verzeih … ich wollte nur … verdammt, Leána, kannst du uns nicht zumindest vorwarnen?« Er knallte die Tür von außen zu.

»Mein Vater, Darian von Northcliff«, erklärte Leána und schnitt eine Grimasse.

»Ich freue mich darauf, ihn näher kennenzulernen«. Rob kleidete sich an, und Leána schoss etwas durch den Kopf.

»Warte, Rob.«

»Möchtest du noch einmal …?« Ein Funkeln spielte in seinen Augen, aber Leána schüttelte den Kopf.

»Ich besorge dir Kleidung. Wenn du in Jeans und Shirt in den Wohnraum kommst, werden Mutter und Vater dich sofort entlarven. Warte hier.« Sie küsste ihn auf den Mund, sprang abermals durch das Fenster und lieh sich aus der Wäschekammer einige frisch gereinigte Kleider eines Halbelfen, der momentan nicht im Dorf war.

In aller Eile dachten sie sich eine Geschichte aus, und als sie in den kleinen Wohnraum traten, blickten sie Aramia und Darian erwartungsvoll an.

»Mutter, Vater, das ist Rob.«

»Rob.« Aramia musterte ihn von oben bis unten, nicht unfreundlich, aber dennoch irgendwie lauernd.

»Und wo kommt Ihr so plötzlich her – Rob?«, wollte Darian wissen.

»Ich habe ihn auf unserer Reise kennengelernt, er stammt aus dem Süden«, erzählte Leána eilig. »Wir hatten uns hier auf der Nebelinsel verabredet, nur hatte ich leider nicht mehr daran gedacht.«

»Die Wachen haben von keinem Eindringling berichtet«, sagte Aramia scharf.

»Ich kam über den Seeweg«, antwortete Rob rasch.

»Ach?« Darian zog seine Augenbrauen zusammen. »Wozu die Heimlichtuerei?«

»Verdammt, ich wollte nicht gleich die ganze Nebelinsel über Rob in Kenntnis setzen«, rief Leána ungeduldig aus.

»Dann hättet ihr euch besser an einem anderen Ort getroffen«, erwähnte Darian trocken.

»Die Überraschung wäre uns allen erspart geblieben, hätte sich der junge Mann am Abend zuvor vorgestellt, so wie es der Anstand gebietet«, sagte Aramia streng.

Leána öffnete den Mund, doch Rob kam ihr zuvor. »Verzeiht,

Lady Aramia, Ihr habt natürlich recht. Doch ich traf spät ein und die Vorfreude auf Leána ließ mich …«, er räusperte sich.

»Allen Anstand vergessen«, beendete Darian den Satz. »Nun, bei Leánas Mutter ging mir das nicht anders.«

Jetzt lächelte ihr Vater freundlich und schlug Rob auf die Schulter. »Es freut mich, Euch kennenzulernen, junger Mann.«

»Mir ist es ebenfalls eine Ehre, einen Prinzen von Northcliff persönlich zu treffen.« Rob verbeugte sich formvollendet, aber Darian winkte ab.

»Wir sollten Du sagen, die Förmlichkeiten bei Hofe haben mich immer abgestoßen.«

»Und ich bin keine Lady!« Provokativ rammte Aramia ihr Messer in ein Stück Käse und ließ Rob dabei nicht aus den Augen.

»Lilith hat übrigens frische Haferkuchen gebacken.« Darian zauberte ein Blech voll duftendem Gebäck aus dem Regal hinter seinem Rücken hervor und zwinkerte Leána zu.

Rob bedachte er mit einem freundlichen, aber dennoch abwartenden Blick. Noch war er für ihre Eltern ein Fremder, und Leána wusste, besonders ihre Mutter würde Rob genau auf den Zahn fühlen. »Das Gebäck war auch der eigentliche Grund, weshalb dein Vater dich geweckt hat«, fügte Aramia hinzu.

»Du solltest künftig den Riegel vorschieben, wenn du ungestört sein willst«, brummte Darian gutmütig.

»Dafür werde ich sorgen«, versicherte Rob.

Sie ließen sich die köstlichen Haferkuchen schmecken, und Leána war froh, dass ihre Eltern sich mit Fragen zurückhielten, denn vieles konnte sie einfach nicht erklären. Trotzdem spürte sie, wie neugierig die beiden auf Rob waren, aber ihr Vertrauen hatte Leána schon immer geschätzt – nie hatten die beiden peinliche Fragen über Leánas bisherige Partner gestellt, sich kaum in ihre Liebesdinge eingemischt. Gerade von Kayne und anderen jungen Leuten wusste sie, dass Eltern in dieser Beziehung ganz anders sein konnten.

Jetzt redeten die beiden jedoch nur über ihre bevorstehende Hochzeit, und ein gutmütiger Streit entbrannte darüber, ob die Feier auf der Nebelinsel, so wie Aramia es wünschte, oder in Northcliff stattfinden sollte. Darian war der Meinung, das Volk würde das erwarten.

»Mutter wird sich durchsetzen«, flüsterte Leána Rob zu, als sie sah, wie Aramia mit ihrem Messer vor Darians Gesicht herumfuchtelte, bevor sie sich ein neues Stück Haferkuchen abschnitt und dieses mit Butter bestrich.

»Die Adligen können erwarten, was sie wollen. Das hier ist unsere Heimat, und wenn sie an der Feier teilnehmen wollen, sollen sie ihre dicken Hintern in eine Kutsche bemühen.«

»Die Hälfte der Ladys würde in Ohnmacht fallen, sobald ihnen der Culahan in den Weg tritt«, gab Darian eindringlich zu bedenken.

»Umso besser, dann muss ich mir ihr Gegacker nicht anhören!« Übertrieben klimperte Aramia mit ihren langen Wimpern und blickte Darian von oben herab an. »Seht nur, diese primitiven Hütten. Der gute Jarredh von Northcliff würde sich im Grabe umdrehen, könnte er sehen, wo sein Sohn haust.« Anschließend blies sie ihre Wangen auf und machte die beleibte Lady Ruvelia derart treffend nach, dass Leána sich vor Lachen bog. »Richtig, er haust dort mit Trollen und Zwergen – ein Skandal. Vor allem, dass er eine *Nebelhexe* ehelichen muss, obwohl er doch die schönsten Damen des Landes haben könnte!«

»Mia!«, stöhnte Darian und schlug die Hände vor das Gesicht.

»Ich gehe davon aus, du hast sowohl ihre Durchsetzungsfähigkeit als auch ihre spitze Zunge geerbt.« Robs weiche Lippen berührten zart ihren Hals, und Leána kicherte leise.

»Schreckt dich das ab?«

»Nicht im Geringsten! Deine Mutter ist eine faszinierende Frau.«

Unversehens durchfuhr Leána eine absurde Eifersucht, als sie bemerkte, wie Robs Blick über ihre Mutter glitt. Die war tatsächlich eine Schönheit mit ihrem hüftlangen, glänzend schwarzen Haar, den feinen Gesichtszügen, die dem kundigen Betrachter etwas von ihrem Dunkelelfenerbe verrieten, selbst wenn sich die dunkle Hautfarbe bei ihr nicht durchgesetzt hatte. Ihre grünen Katzenaugen schimmerten wach und voller Leidenschaft. Altersmäßig würde Aramia deutlich besser zu Rob passen. Was war, wenn Rob sie auf Dauer zu jung und unerfahren fand, und wie sollte ihre Beziehung über zwei Welten überhaupt Bestand haben? Doch dann wischte sie derartige Gedanken eilig beiseite und lachte laut auf, als ihr Vater ihre Mutter, vermutlich um deren weitere Schimpftiraden auf einige der eingebildeten Adligen im Keim zu ersticken, einfach auf den Mund küsste.

»Komm, Rob, wir stören hier nur.« Sie fasste ihn an der Hand und zog ihn hinaus ins Freie.

Sie schlenderten am Rande des Dorfes entlang, und Leána mied absichtlich die anderen Bewohner, um neugierigen Fragen aus dem Weg zu gehen. Eine Weile spazierten sie durch die grünen Wiesen, über Hügel und durch Täler, und Leána zeigte Rob ihre Lieblingsplätze. Die Eiche, an der sie als kleines Mädchen Lharina getroffen hatte, die lauschigen Haine, in denen alle Nebelinselbewohner als Kinder Verstecken gespielt und Beeren gesammelt hatten. Auch heute waren Bäume, Felsen und Bäche der liebste Spielplatz aller kleinen Nebelinselbewohner. Von Weitem sahen sie Urs und Frinn durchs Unterholz stromern, und ein kleines Mädchen mit feuerrotem Haar und Knollennase winkte ihnen von der höchsten Astgabel eines Baumes zu.

»Du hattest eine glückliche Kindheit«, stellte Rob fest, als sie Hand in Hand über den nächsten Hügel wanderten. Der Wald lichtete sich, und eine frische Meeresbrise wehte ihnen ins Gesicht. Unter ihnen grasten eine der Pferdeherden und zahlreiche Schafe, die es überall auf der Insel gab.

»Ja, da hast du recht«, stimmte Leána aus vollem Herzen zu. »Gut, nicht alles war perfekt. Erst mit fünf habe ich Darian kennengelernt und ihn vorher vermisst. Aber trotzdem wusste ich schon damals, dass es mir vergleichsweise gut ging. Ich hatte Aramia und die Hoffnung, meinen Vater eines Tages zu treffen. Andere Kinder mussten völlig ohne Eltern aufwachsen.«

»Die Nebelinsel als Refugium für Mischlingswaisen – das hätte ich nicht zu träumen gewagt, als ich noch in Albany lebte.« Rob blieb stehen und küsste sie auf die Schläfe. »Aber es gefällt mir. Albany hat sich weiterentwickelt und das zum Guten.«

»Mein Großvater Jarredh hat die Nebelinsel zum Refugium der Nebelhexen erklärt – angeblich hatte er eine Affäre mit einer von ihnen. Ich möchte dir später Lilith vorstellen. Sie ist so etwas wie die gute Seele der Nebelinsel.«

»Die Heilerin?«

»Richtig.«

Robs Hand fuhr zu seiner Schulter, dann nickte er. »Es würde mich freuen, sie zu treffen.«

»Maros!«, rief Leána unvermittelt aus. Ihr graubrauner Hengst mit der wallenden schwarzen Mähne kam in rasendem Galopp den Berg hinaufgestürmt. Aber statt, wie sie vermutet hatte, sich eine Streicheleinheit abzuholen, legte er die Ohren flach an den Kopf und ging auf Rob los.

Der hob die Arme, wich zurück und stolperte über einen Stein. Leána warf sich zwischen ihn und den tobenden Hengst, denn Maros hatte sich auf die Hinterbeine erhoben und schlug mit den Vorderhufen.

»Hör auf damit!« Leána fuchtelte wild mit den Armen herum und ging energisch auf Maros zu. »Was soll denn das?«, schrie sie ihn an. »Geh zurück!« Aus dem Augenwinkel erkannte sie, dass Rob sich wieder aufgerappelt und hinter einem Felsen in Sicherheit gebracht hatte.

Maros unterdessen sprang nach hinten, bockte auf der Stelle und kam dann schnaubend und mit gewölbtem Hals auf Leána zu.

»Bist du verrückt geworden, Maros?«, schimpfte sie.

»Er erkennt mich als Drache. Die meisten Pferde fürchten sich vor mir.«

»Sehr furchtsam sieht er gerade nicht aus – eher mordlustig.« Leána stellte sich neben ihr Pferd, legte einen Arm um seinen Hals und streichelte ihn am Kopf. Der Hengst bebte vor Anspannung, und seine Nüstern waren weit gebläht.

»Ja, du hast recht, Rob ist ein Drache«, sagte sie sanft zu ihm, »aber er tut mir nichts. Genauso wenig wie mir Aventura und die anderen etwas antun. Dein Vater hat sogar im Dämonenkrieg gemeinsam mit ihnen gekämpft.« Behutsam kniff sie ihm in die Nüstern und deutete dann ins Tal hinab, wo Menhir, der nahezu die gleiche Färbung wie Maros trug, entspannt neben seiner Stutenherde graste. »Nimm dir ein Beispiel an dem alten Knaben.«

Sicher hatte Maros nicht wortwörtlich verstanden, was sie gesagt hatte, aber seine Ohren stellten sich nun ein wenig nach vorne, er entspannte den Hals und stupste sie sanft an.

»Komm wieder her, Rob.«

»Bist du sicher?« Langsam und mit misstrauischem Blick schob er sich um den Felsen herum. »In dieser Gestalt habe ich ihm kaum etwas entgegenzusetzen.«

Erneut stieß Maros ein scharfes Schnauben aus.

»Rob frisst dich nicht. Er gehört jetzt zu uns«, sagte sie und lehnte ihre Wange vertrauensvoll gegen den großen Kopf des Hengstes.

»Da kann man ja beinahe eifersüchtig werden«, sagte Rob lachend.

»Ihr werdet euch aneinander gewöhnen müssen, ihr seid mir beide wichtig.«

Schritt für Schritt tastete sich Rob vorwärts, und seine Augen blickten ebenso misstrauisch wie die des Hengstes. Sie war sich sicher, nur ihr zuliebe hielt sich Maros zurück, sonst hätte er Rob gnadenlos unter seinen Hufen zerstampft.

»Ich kann es ihm nicht einmal übel nehmen. Die Furcht vor Drachen ist bei Pferden tief verankert«, erklärte Rob leise und blieb vorsichtshalber ein wenig auf Abstand. »In alten Tagen standen Wildpferde durchaus auf dem Speiseplan von uns Drachen.«

»Barbaren!«, schimpfte sie und verwuschelte Maros den dichten Schopf, dann ließ sie das Pferd los.

Rob verharrte stocksteif auf der Stelle, Maros trat einige Schritte zurück, scharrte jedoch mit dem rechten Vorderhuf und schleuderte dann den Kopf in die Höhe, während er Rob herausfordernd anstarrte.

»Weshalb erinnert er mich jetzt nur an deinen Freund Kayne?«, grummelte Rob.

Leána lachte laut auf und bewarf Rob mit einem Büschel Moos. »Beide sind meine Freunde, und sie vergeben ihre Freundschaft nicht leichtfertig an Fremde«, erklärte sie, dann gab sie Maros einen Klaps auf die Schulter. »Geh jetzt und ärgere die jungen Hengste!«

Das Pferd schnaubte, trabte noch einmal mit hoch aufgestelltem Schweif um sie herum, so als wolle er Rob warnen, dass er Leána mit Hufen und Zähnen verteidigen würde, dann galoppierte er davon, sodass Gras und kleine Steine davonflogen – ein Dreckbrocken traf Rob an der Stirn und hinterließ eine braune Spur, als er ihn wegwischte.

»Nette Freunde hast du. Ich hoffe, Lilith versucht nachher nicht gleich, mich zu vergiften. Sie soll sich ja gut mit Kräutern auskennen.«

Mit einem breiten Grinsen fiel Leána ihm um den Hals. »Ich vermute, sie könnte es, aber Lilith ist harmlos – wirklich!«

Noch eine ganze Weile spazierten sie an der Küste entlang und setzten sich später ans Meeresufer. Das Sonnenlicht tanzte auf den Wogen, und Wassergeister formierten sich zu Meeresbewohnern und schwammen mit Delfinen und Seehunden um die Wette.

»Du könntest sagen, du hättest einen Traum oder eine Vision gehabt«, schlug Rob vor, als sie gemeinsam überlegten, wie sie Lharina von dem geheimnisvollen Hilferuf erzählen sollten.

»Ich hatte noch niemals Visionen«, Leána rümpfte ihre Nase, »mir wird man das nicht glauben. Wäre es Lharina selbst, läge die Sache anders.« Sanft streichelte sie seinen Unterarm. »Rob, willst du ihnen nicht verraten, wer du bist? So vieles wäre dann einfacher. Ich müsste meine Familie und Freunde nicht belügen, und einem Drachen würde man …«

»Das geht nicht!« Seine Miene verschloss sich, und er ballte eine Faust. »Allein Albanys Boden zu betreten birgt ein großes Risiko für mich. Bekommen mich die Drachen in ihre Klauen, ist mein Leben verwirkt.«

»Aber du hast doch nichts Schlimmes getan!« Wütend sprang Leána auf. »Die Drachen, die heute hier leben, werden vieles anders sehen, bitte glaube mir, Rob!«

Stur schüttelte er den Kopf.

»Lass mich wenigstens Lharina von dir erzählen«, beschwor sie ihn. »Sie muss wissen, was an dem Portal vor sich geht.«

Eine Weile schwieg Rob, blickte nur auf das wogende Meer hinaus, bevor er wieder sprach. »Vertraust du ihr so wie deinem Cousin und Kayne?«

Der Gedanke an Toran versetzte ihr einen Stich, aber sie nickte nachdrücklich. »Lharina würde eher ihr Leben geben, als etwas zu verraten, das ich ihr anvertraut habe.«

»Ich vertraue deiner Einschätzung. Erzähle ihr von mir, aber nur ihr!« Rob erhob sich von dem Stein, küsste Leána mit einer Leidenschaft, die ihr den Atem raubte, und verkündete dann: »Ich muss noch heute Nacht gehen. Sobald ich mich verwandeln kann, kehre ich zurück.« Zärtlich streichelte er ihr über die Wange. »Dich zu sehen, jeder Augenblick mit dir war die Gefahr, in die ich mich begeben habe, wert, und ich sehne schon jetzt den Tag herbei, an dem du wieder bei mir bist.«

»Dann haben wir ja noch bis Mitternacht Zeit.« Leánas Finger schlossen sich fest um seine, und gemeinsam wanderten die beiden an den Klippen entlang.

»Damals am Loch Ness, als du mit dem weißen Drachen gekämpft hast, haben sich die Dinge überschlagen«, begann Leána mit etwas, über das sie sich schon seit geraumer Zeit Gedanken machte. »Weshalb gibt es in der Welt, in der mein Vater aufwuchs, keine weiteren Drachen?«

Wie jedes Mal, wenn sie von dem anderen Drachen oder Robs Verbannung anfing, legte sich ein Schatten über sein Gesicht.

»Es gab andere. Doch sie waren schon alt, woher sie kamen, kann ich nicht sagen. Ein Drachenweibchen lebte in den dichten Regenwäldern von Südamerika, aber sie war aggressiv und nicht daran interessiert, mit anderen in Kontakt zu treten. Ein uralter blauer Drache hatte sich, so wie ich, in den Anden versteckt. Er erzählte, diese Welt sei nach und nach am Vergehen, weil die Menschen so sehr überhandnehmen, die Natur zerstören. Elementargeister verschwinden und werden schwächer, und magische Wesen wie Elfen, Kobolde und andere Wesen haben sich vor langer Zeit zurückgezogen. Drachen seien zu Legenden verblasst und hätten besonders in finsteren Zeiten als böse gegolten und seien gejagt worden. Als Drachennachkommen ausblieben, seien viele Drachen durch Portale verschwunden und hätten sie wohl von der anderen Seite zerstört, denn sie wollten nicht, dass, wie sie es nannten, die Menschenseuche auch auf andere Welten übergreift.«

»Aber damit haben sie die andere Welt doch umso mehr dem Untergang geweiht.«

Rob hob die Schultern. »Mag sein, der blaue Drache war, wie gesagt, sehr betagt, ob er alles noch genau in Erinnerung hatte, kann ich nicht sagen. Vieles, von dem er sprach, klang wirr und zusammenhanglos. In jedem Fall meinte er, wir Drachen müssten uns verborgen halten, bis die Ära der Menschen endet und neue magische Wesen sich wieder in dieser Welt ansiedeln würden.«

»Gibt es Elfen oder Dunkelelfen?«, erkundigte sich Leána.

»Auch das kann ich nicht genau sagen. Die andere Welt ist weitläufig, vielleicht halten sich einige Elfen versteckt. Ich habe keine gesehen, sie jedoch auch nicht gesucht. Wenn man den Legenden der Menschen Glauben schenkt, gab es sie zumindest, aber vielleicht sind auch sie in andere Welten abgewandert. Elementargeister konnte ich wahrnehmen, sie sind jedoch schwach und halten sich von großen Städten fern. Hier und da habe ich Gnome oder Kobolde in menschenverlassenen Wäldern umherhuschen sehen. Ich glaube, auch sie haben Angst vor der Technik und Umweltverschmutzung.«

Gedankenverloren strich Leána über die Blätter eines windgebeugten Haselnussstrauches.

»Was geschah mit den anderen Drachen?«

Robs Gesichtsausdruck wurde noch düsterer. »Das Weibchen starb vor gut zweihundert Sommern, ich konnte wahrnehmen, wie sich die Magie der anderen Welt noch mehr zurückzog. Als ich den alten Drachen in den Anden vor etwa fünfzig Sommern besuchen wollte, ich war lange nicht mehr bei ihm gewesen, lag er in den letzten Zügen. Ich war bei ihm, als er seine Reise ins Licht antrat.«

Tröstend streichelte Leána Robs Wange. »Es war sicher hart für dich, mit niemandem mehr sprechen zu können.«

»Ich hatte ohnehin nicht viel Zeit mit dem alten Drachen verbracht«, erwiderte er abweisend. »Er war eigenbrötlerisch, frustriert und verfluchte das Weibchen, weil es nicht einmal versuchen wollte, neue Nachkommen zu zeugen.«

»Vielleicht wollte sie einfach keine Drachenkinder in die für sie feindliche Welt setzen«, überlegte Leána. Was sie gehört hatte, machte sie traurig. Vieles, was ihr Vater ihr früher erzählt hatte, konnte sie nun besser verstehen, vor allem, da sie vor kurzer Zeit selbst diese riesigen Städte, die kranken Bäume und verschmutzten Flüsse gesehen hatte.

»Vielleicht hättest du Menschen wie Michael und seiner Familie erzählen sollen, dass es noch Drachen gibt. Michael scheint eine gewisse Begabung für Magie zu haben, schließlich hat er diese Visionen. Und sein Vater mag die alten Legenden. So wie er klang, glaubte er sogar daran.«

Doch Rob schüttelte entschieden den Kopf. »Das hätte vieles verkompliziert. Sie führen ein gutes Leben dort auf der Insel. Ich wollte ihnen das nicht nehmen und sie nicht in etwas hineinziehen, das alles für sie auf den Kopf stellen würde.«

»Du könntest Michael mit durch das Portal bringen«, beharrte Leána. »Vielleicht gibt es weitere Menschen wie ihn. Wir könnten sie ausbilden, versuchen, ihr Verständnis für magische Wesen wiederzuerwecken und ...«

Ein Schatten verdunkelte den Himmel über ihnen, und während Leána neugierig in die Höhe blickte, zuckte Rob zusammen, als hätte ihn ein giftiger Dahman aus dem Unterreich gebissen. Schnell duckte er sich und riss seine Augen weit auf. Für einen Augenblick glaubte Leána, er würde davonrennen oder sich gar kopflos ins Meer stürzen.

Doch da ließ sich ein gewaltiger grüner Drache vom Himmel herabsinken und landete direkt auf dem Feld aus Heidekraut vor ihnen.

Robaryon!, donnerte eine Stimme durch Leánas Kopf, und Robs Gesicht spiegelte pures Entsetzen wider.

Die Saat des Misstrauens gegen Kaya war gelegt. Sowohl Lord Finlen als auch Godana, die betagte Wirtin aus Culmara, hatten Selfra berichtet, wie viele aus dem Volk mittlerweile empört über Kayas Zögern hinsichtlich der Nebelhexe Ashila waren. Vielleicht hätten Selfra und ihre Verbündeten Ähnliches schon sehr viel eher in die Wege leiten sollen. Aber damals, nach dem Sieg über die Dämonen, Kayas Krönung und Atorians Tod war das Volk viel zu sehr den Northcliffs zugetan gewesen. Im Nachhinein hatte sich Selfras Geduld ausgezahlt, den Ereignissen ihren Lauf zu lassen, und letztendlich hätte Kayne ja auch tatsächlich Darians Sohn sein können, dann hätten die Dinge ohnehin anders gelegen und Selfra hätte andere Maßnahmen ergriffen.

Kopfschüttelnd beobachtete sie ihre jüngere Schwester, die selbstzufrieden in dem mit Samt bezogenen Sessel am Kamin saß. Das Herrenhaus des ehemaligen Regenten Fehenius war dank Elysia in neuem Glanz erstrahlt. Dicke Teppiche lagen auf dem abgetretenen Boden, Kandelaber aus Silber und Bronze zierten Tische und Kommoden, aber trotzdem war dieses alte Haus zugig und deutlich weniger komfortabel, als Elysias Gemächer es gewesen waren.

»Bald werden wir in Northcliff herrschen, Schwester.«

»Das ist noch ein langer Weg«, stellte Selfra klar. »Manch einer mag empört sein, dennoch musst du weiterhin auf Kayne Einfluss nehmen.«

»Er hat sich nicht einmal bei mir blicken lassen, nachdem er durch das Portal zurückgekehrt ist«, beschwerte sich Elysia.

»Bist du dir sicher, er entspricht deinen Wünschen und wirbt weiterhin um Leána?«

»Er ist mein Sohn!« Stolz reckte Elysia ihr spitzes Kinn in die Luft. »Selbstverständlich wird er meinen Wünschen Folge leisten. Dennoch möchte ich betonen, dass seine Vermählung mit dieser Nebelhexe die allerletzte unserer Optionen sein sollte, um rechtmäßig über Northcliff zu herrschen.«

»Ja, ja«, ungeduldig winkte Selfra ab, »ich kümmere mich um Denira und Toran. Der arme Junge wird im Augenblick für jeglichen Trost zu haben sein. Und wenn die junge Lady sich ein wenig seinen Wünschen anpasst und sich bemüht, könnte aus ihnen ein Paar werden. Haben die beiden geheiratet, müssen wir nur dafür sorgen, dass Toran sich zu seinen Ahnen gesellt.«

»Der Fluch …«, unterbrach Elysia.

»… wird uns nicht treffen«, fuhr Selfra scharf fort. »Wir werden andere das für uns erledigen lassen. Und dann können Kayne und Denira den Bund eingehen, und wir herrschen rechtmäßig über Albany.«

»Sehr gut.« Elysia fuhr sich durch die Haare. »Ich hoffe, alles gelingt. Toran soll sich nicht so haben. Der Junge kann froh sein, wenn sich solch eine anmutige junge Frau für ihn interessiert.« Sie zog ihre spitze Nase kraus. »Sehr viel passender als eine Nebelhexe!«

»Ich habe sogar den Eindruck, Denira mag ihn tatsächlich.«

Elysia prostete ihrer Schwester zu. »Das macht vieles einfacher. Aber sag«, sie räusperte sich und dachte offenbar angestrengt nach, »wäre es nicht verwerflich, wenn Kayne und Denira …«

»Blödsinn«, keifte Selfra, »in Adelskreisen sind derartige Beziehungen nicht selten, um zu bewahren, was zu bewahren sich lohnt.«

»Nun denn.« Elysia nieste, als ein Windstoß die Asche im Kamin aufwirbelte, und tupfte sich pikiert die Nase. »Hoffen wir, Denira weiß es, ihre Reize einzusetzen!«

»Können wir aufbrechen?« Erwartungsvoll hängte sich Jel'Akir ihren Bogen über die Schulter, als Toran mit seinem Bündel auf dem Rücken auf sie zukam.

»Ja.«

»Dann hat deine Mutter zugestimmt?«

»Nein«, verkündete er, marschierte jedoch zielgerichtet auf die Stallungen zu.

Als Jel ihn am Arm festhielt, blieb er ruckartig stehen.

»Wir können nicht gehen.«

»Weshalb nicht?«, fragte er ungehalten. »Du wartest doch schon seit Tagen darauf.«

»Ohne das Einverständnis deiner Mutter dürfen wir nicht aufbrechen. Du bist noch nicht im vollen Mannesalter, in dem du entscheiden kannst, was du tust.«

»Ich bin alt genug«, knurrte Toran.

»Toran, mit deinem eigenmächtigen Handeln würdest du deine Mutter und deine Ahnen entehren.« Ihre dunkelgrauen Augen, die beinahe die gleiche Farbe wie ihr langes glattes Haar aufwiesen, funkelten ihn an, und bevor er etwas einwenden konnte, fuhr sie fort: »Und mich entehrst du damit ebenfalls, denn besonders Nal'Righal würde mich dafür verantwortlich machen und möglicherweise ins Unterreich zurückschicken und schwer bestrafen.«

»Wenn er es herausfindet, sagen wir, es wäre mein Einfall gewesen und ich hätte dich gezwungen. Du bist hier, um Northcliffsoldaten auszubilden, also kann ich dir befehlen, mich zu begleiten.« Toran wollte sich von Jel nicht irritieren lassen. In der Nacht hatte er seinen Entschluss gefasst aufzubrechen, und er dachte nicht daran, irgendjemanden um Erlaubnis zu bitten.

»Das wird mein Volk anders sehen«, sagte Jel und schlug ihre langen schwarzen Wimpern nieder. »Man wird meine Familie erneut ächten, denn ich bin die Ältere von uns und muss auf dich achten.«

Wütend rammte er sein Schwert in die Erde. »Ständig belehren mich alle wegen meines Alters! Ist jemand, der neunzehn Sommer gesehen hat, es nicht wert, denjenigen zu rächen, der einem genommen wurde?«

»Doch, das bist du, nur musst du bedacht vorgehen. Wenn du einen guten Plan und die Unterstützung mehrerer Soldaten hast, wird deine Mutter einverstanden sein. Dann werde auch ich die Erlaubnis von Nal'Righal bekommen, und wir können Siah rächen.«

Toran atmete tief durch, hob seine Hände gen Himmel und rief: »Im Namen der Götter von Albany, dann lass uns einen Plan schmieden, Jel.«

»Denira, meine Liebe, wie geht es dir?« Selfra hatte Glück, dass die junge Adlige heute auf dem Markt Einkäufe tätigte. Gerade betrachtete sie eingehend Haarspangen, die an einem Stand ausgelegt waren. Einige Stoffe hatte sie offenbar bereits eingekauft, denn diese hingen über ihrem Arm. Wieder einmal bewunderte

Selfra Deniras makellos helle Haut, ihre zierliche Nase und das volle blonde Haar, das sie heute am Hinterkopf zu einem Knoten gebunden hatte. Einige lange Strähnen fielen in sanften Wellen über ihren Rücken.

Ein wenig erinnerte Denira sie an Elysia, als diese im gleichen zarten Alter gewesen war, nur hatte Denira zumindest Rundungen an den richtigen Stellen. Eine wirklich anziehende junge Frau, die diesem Dummkopf von Toran in der Tat besser gefallen sollte als eine Nebelhexe! Selfra seufzte tief, dann setzte sie ihr charmantestes Lächeln auf. »Wunderbare Stoffe hast du eingekauft. Möchtest du dir ein neues Kleid nähen lassen?«

»Nein, das ist für einen Umhang für Toran. Ich möchte ihm selbst einen nähen.« Ein sanftes Rot überzog Deniras blasse Haut, was ihr gut stand, wie Selfra fand.

Liebevoll strich sie ihr über das blonde Haar. »Das ist sehr umsichtig von dir. Toran eine Freude machen zu wollen ist ein hervorragender Gedanke.«

»Seit Siahs Tod ist er so in sich gekehrt und verbissen«, jammerte Denira, strich dabei versonnen über eine goldene Haarnadel, legte diese dann aber wieder zurück. »Er spricht kaum mit jemandem.«

Vertraulich hakte sich Selfra bei ihr ein, und Denira ließ es geschehen. Gemeinsam schritten sie weiter.

»Bleib nur in seiner Nähe, versuch, ihn auf andere Gedanken zu bringen, ohne aufdringlich zu wirken.« Selfra lächelte sie an. »Wenn er aufbricht, um den Mörder zu suchen, könntest du ihn nicht begleiten?«

Entsetzt riss Denira ihre großen blauen Augen auf. »Ich bin keine Kriegerin!«

»Du müsstest nur lernen, ein Schwert zu führen, das gefällt Toran, soweit ich das mitbekommen habe.«

Steh nicht da und glotz mich an wie eine dumme Kuh, dachte Selfra, bemühte sich jedoch weiterhin um eine einnehmende Miene.

»Selbst wenn ich heute noch mit dem Training beginnen würde, wäre ich ihm doch nur eine Last!«, erwiderte Denira. »Außerdem behagt es mir nicht, ein Schwert zu schwingen und andere womöglich damit zu töten.«

»Nun gut, wenn dir das Kriegshandwerk gar so widerstrebt, wie wäre es, wenn du dich ihm als Heilerin anbietest?«

»Ich verstehe mich nicht sonderlich auf Heilkunst.«

»Im Namen aller Götter«, entfuhr es Selfra, »ein wenig in Heilkunst wirst du dich doch auskennen, und du kannst auch auf die Schnelle noch einiges von irgendeiner Nebelhexe in Culmara erfragen!«

»Weshalb ist es Euch denn so wichtig, dass ich Toran begleite?«, erkundigte sich Denira, nun mit einem gewissen Misstrauen in der Stimme. Die junge Adlige war stehen geblieben und blickte Selfra fragend an.

»Weißt du, meine Liebe«, Selfra drückte ihren Arm, »ich denke, das bin ich deiner Mutter schuldig«, sie verneigte sich zu den westlichen Klippen hin, »möge sie im Reich des Lichts Frieden gefunden haben. Zudem, wer weiß, ob du nicht an eine alte Freundin deiner geliebten Mutter denken würdest, wenn du erst Königin bist.«

»Selbstverständlich würde ich das«, versicherte Denira, dann stellte sie eine äußerst betrübte Miene zur Schau. »Leider konnte ich Mutter nicht kennenlernen, aber aus den Aufzeichnungen aus ihrem Tagebuch weiß ich, wie gut ihr befreundet wart.«

Wenn du wüsstest, wer diese Aufzeichnungen angefertigt hat, dachte Selfra, strich Denira jedoch noch einmal über das blonde Haar.

»Ja, wir waren die besten Freundinnen, Denira, das solltest du nicht vergessen.«

Kapitel 4

Robaryons Vergangenheit

Derart zornig und bedrohlich hatte Leána noch niemals zuvor einen Drachen erlebt. Smaragonns gewaltiger, mit Dornen besetzter Schwanz peitschte hin und her, sein Maul öffnete sich zu einem boshaften Fauchen, das nadelspitze Zähne entblößte. Der grüne Drache und Rob funkelten sich an, und auch wenn die beiden sie aus ihrer Gedankensprache ausschlossen, war ihr klar – diese Situation war mehr als bedrohlich.

»Rob«, sie fasste ihn am Arm, aber er drehte sich nicht einmal um, sondern stieß sie gar zurück.

»Nicht jetzt«, presste er wütend hervor.

Smaragonn senkte den Kopf und kam grollend näher.

Aus einem Impuls heraus stellte sich Leána mit ausgebreiteten Armen schützend vor Rob.

»Hör auf, Smaragonn, das ist nicht fair. In seiner Menschengestalt bist du ihm weit überlegen!«

Der Drache brüllte und schleuderte dabei seinen Kopf hin und her.

Dies ist eine Sache, in die du dich nicht einmischen darfst!

»Rob hat mir alles erzählt! Es ist schon so lange her, und er hat dieses Mädchen geliebt. Das könnt ihr ihm nicht zum Vorwurf machen.«

Alles erzählt! Tiefster Hohn sprach aus Smaragonns Antwort. Seine geschlitzten Augen wandten sich Rob zu, der aufs Äußerste angespannt neben Leána stand. *Hat er dir auch gestanden, dass er seinen eigenen Vater umgebracht hat?*

Ein lautes Klopfen an der Tür schreckte Kaya aus ihren Gedanken. Gerade erst hatte sie sich in ihr Arbeitszimmer zurückgezogen, um noch einmal in Ruhe über die Anklagen gegenüber den Nebelhexen nachzudenken. Lord Petres hatte verkündet, zu seinem Haus in Culmara zu reiten, sobald sein Pferd neu beschlagen war. Er hatte sie allerdings zu einem Ausritt am Nachmittag überredet.

»Königin Kaya, ein Botenvogel aus dem Zwergenreich ist eingetroffen. Die Nachricht trägt ein rotes Band.«

Sogleich war sie auf den Beinen. Rote Bänder bedeuteten dringliche Neuigkeiten. »Komm herein.«

Der Diener trat ein und überreichte ihr mit einer Verbeugung das zusammengefaltete Schriftstück. Rasch überflog Kaya den Inhalt, dann schüttelte sie den Kopf.

»Hauptmann Sared, mein Sohn und Nal'Righal sollen sich auf der Stelle im Thronsaal einfinden!«

»Nal'Righal.« Der Diener schluckte schwer und wurde ein wenig bleich um die Nase. Kaya konnte sich vorstellen, dass ihm dieser Auftrag wenig behagte. Dunkelelfen pflegten bei Tage zu schlafen, und den finsteren Krieger aus seiner wohlverdienten Ruhe zu reißen, war sicher keine angenehme Aufgabe. Doch das war ihr nun gleichgültig. »Warte«, rief sie dem Diener hinterher. »Lass auch nach Lord Petres schicken, sofern er noch in Northcliff ist. Sieh in der Schmiede nach.«

Sie selbst setzte sich an den Schreibtisch und verfasste eine Nachricht für Darian, eine weitere sollte zu den Zauberern auf die Geisterinseln gehen.

»Was ist nur los in Albany?«, murmelte sie vor sich hin und tauchte ihre Feder in das kleine Tintenfass.

Wenig später hatten sich tatsächlich alle im Thronsaal eingefunden. Toran trug eine erwartungsvolle, wenn auch angespannte Miene zur Schau, Nal'Righal eine eher ungehaltene, selbst wenn er sich selbstverständlich nicht beschwerte.

»Meine Herren«, sie verneigte sich vor allen, »eine wichtige

Nachricht von dem Zwerg Edur hat mich veranlasst, Euch herkommen zu lassen.«

Die Versammelten spannten sich an, ein jeder schwieg und wartete auf die Neuigkeiten.

»Hafran hat dreihundert Zwergenkrieger aus Hordgân entsandt, um die Zwerge des Nordens nach Süden umzusiedeln, notfalls mit Waffengewalt. Zwar laufen Verhandlungen, doch die Wahrscheinlichkeit, dass alles unblutig ausgeht, ist gering. Mit Edur wollte er nicht einmal sprechen. Auf Nordhalans Nachricht, dass der Rat eines Zwergenmagiers erwünscht ist, erfolgte übrigens ebenfalls keine Reaktion.«

Die Männer stutzten, einige murmelten leise vor sich hin. Nal'Righal streckte sich als Erstes und legte seine Hand an das tödlich scharfe Schwert, das er stets bei sich trug.

»Die Zwerge des Nordlands waren eure Waffenbrüder im Kampf gegen die Dämonen. Die Ehre gebietet euch, ihnen zur Seite zu stehen. Andererseits riskiert ihr dadurch einen Krieg mit Hafran.«

»Dessen bin ich mir bewusst«, sagte Kaya etwas schärfer, als sie beabsichtigt hatte.

»Und wie entscheidet Ihr?« Es war nur eine nüchterne Frage von Nal'Righal, kein Drängen lag in seiner Stimme.

»Wir werden eine Gesandtschaft von dreihundert entsenden«, antwortete Kaya.

»Wir könnten bedeutend mehr Männer aufbieten«, warf Sared ein.

»Ja, das könnten wir«, gab Kaya zu. »Doch dies würde Hafran nur noch mehr provozieren. So können wir noch auf die Verhandlung setzen und gleichzeitig ebenbürtige Stärke demonstrieren.«

Sared deutete eine Verbeugung an und schwieg.

»Und was ist mit Siah?«, fragte Toran scharf.

»Toran.« Kaya legte ihre Hände an die Nase. »Ich wollte noch eine Weile darüber nachdenken, denn noch weiß ich nicht, was das Beste ist.« Ihr Sohn öffnete den Mund, aber sie hob abwehrend eine Hand. »Doch nun ist die Sachlage eine andere. Die Zwerge benötigen unsere Hilfe, aber ich will auch dir deinen Wunsch nicht verwehren.«

Torans angespannte Schultern senkten sich ein wenig. Siahs Mörder zu finden war eine wichtige Angelegenheit, und sie wusste, dass ihr Sohn niemals Ruhe finden würde, bliebe diese Tat ungesühnt. Zudem befand er sich auf dem Weg vom Jüngling zum Mann, also musste sie ihn mit dieser Aufgabe betrauen, an der er wachsen konnte, ohne sich in eine allzu große Gefahr zu begeben.

»Ich überlasse dir fünfzig Soldaten und zehn Dunkelelfenkrieger, sofern Nal'Righal einverstanden ist und mit ihnen geht«, entschied sie.

Der große Dunkelelfenkrieger neigte verdutzt den Kopf. Sicher war er davon ausgegangen, ins Zwergenreich beordert zu werden.

»Außerdem wird Hauptmann Sared dich begleiten«, ordnete Kaya weiterhin an. »Du wirst auf seinen und Nal'Righals Rat hören und umsichtig handeln!«

»Mutter, ich ...«

Sie sah Toran genau an, dass er gehofft hatte, die Krieger allein befehligen zu dürfen, aber sie zog warnend ihre Augenbrauen zusammen. »Das ist meine Entscheidung. Hauptmann Sared, lasst dreihundert Eurer besten Krieger antreten, wir reisen im Morgengrauen ab.«

»Sollen Euch keine Dunkelelfen begleiten?«, erkundigte sich Nal'Righal.

»Es ehrt mich, dass Ihr uns unterstützen wollt, dennoch möchte ich nicht unnötig Öl ins Feuer gießen. Dunkelelfen und Zwerge waren niemals die besten Freunde. Ich denke, die Menschenkrieger aus Northcliff sollten genügen, um ein Zeichen zu setzen, und ich würde es sehr begrüßen, wenn Ihr Siahs Mörder jagt.«

»So soll es sein.« Nal verneigte sich und marschierte aus dem Raum.

Auch Hauptmann Sared und Toran machten sich auf den Weg, nur Petres blieb.

»Lord Petres.« Kaya reckte ihr Kinn in die Höhe. »Würdet Ihr mich mit Euren Männern zu den Zwergen begleiten?«

»Ich hatte gehofft, dass Ihr dies fragt.« Er nahm ihre Hand und küsste sie. »Es wird mir eine Ehre sein, und falls Ihr es wünscht, werde ich auch ein paar vertrauenswürdige Krieger mit Eurem Sohn schicken.«

»Das ist nicht nötig«, sagte sie leise, und ihr Blick wanderte zu der Tür, durch die ihr einziger Sohn gerade verschwunden war. »Sared und Nal werden auf ihn achten.«

Zunächst war Leána fassungslos vor Rob zurückgeschreckt, aber nun sah sie ihm nur fragend in die Augen. »Ist das die Wahrheit?«

So einfach ist das nicht zu erklären, sagte er in ihre Gedanken hinein.

Er schließt mich aus, demzufolge lügt er, behauptete Smaragonn.

»Ich sagte«, fuhr Rob ihn zornig und in Menschensprache an, »nicht alles lässt sich so einfach erklären!«

Ein leises Grollen entstieg Smaragonns Kehle. *Du kannst in den Worten der Menschen sprechen. Erstaunlich! Nun gut. Begleite mich und stelle dich dem Urteil deines Volkes. Du wirst auch erklären müssen, wie es dir gelungen ist, die andere Welt zu verlassen.*

»Ich habe ihm geholfen!«, rief Leána aus.

Leána, du musst das nicht für mich tun, es wird nichts ändern, teilte er ihr sanft und spürbar gerührt mit.

Dann musst auch du mit auf die Dracheninseln kommen, Leána von der Nebelinsel, sprach Smaragonn.

»Nein!« Diesmal stellte sich Rob schützend vor sie. »Ich werde nicht noch einmal zulassen, dass ihr jemanden, den ich …«, er unterbrach sich selbst, »der mir geholfen hat, von einem von euch ermordet wird!«

»Wer wurde ermordet?«, fragte Leána entsetzt, aber Rob bedeutete ihr zu schweigen.

Niemand will Leána Schaden zufügen, stellte Smaragonn klar, *wir sind den Menschen und Nebelinselbewohnern in Freundschaft verbunden. Niemals würden wir diese Verbindung wegen eines Schandflecks unserer Art, wie du einer bist, riskieren.*

Leána bemerkte, wie ein Muskel an Robs rechter Wange zuckte, und sie war sich sicher, hätte er nun seine Drachengestalt, er hätte sich auf Smaragonn gestürzt.

»Ich komme heute um Mitternacht auf die Dracheninseln.« Spöttisch hob er seine Lippe an. »Dank deiner glorreichen Verwandten ist es mir zuvor nicht möglich, mich zu verwandeln.«

Du solltest besser auf meinem Rücken sofort mit mir kommen.

»Nein, so tief bin ich noch nicht gesunken!«, rief Rob entschieden aus.

Dann warte ich hier, bis es so weit ist. Smaragonn legte sein grünes Haupt auf einen der sonnengewärmten Felsen, ließ Rob und Leána jedoch nicht aus den Augen.

»Ich werde nicht fliehen«, knurrte Rob.

Doch Smaragonn ließ sich zu keiner Antwort herab.

»Rob, weshalb verhält sich Smaragonn dir gegenüber so aggressiv, und …«, sie schluckte schwer, »… was hat es mit deinem Vater auf sich?«

»Komm«, sagte er nur und führte sie ein Stück fort, näher ans Meeresufer heran.

Sofort hob Smaragonn seinen Kopf, rührte sich sonst jedoch nicht von der Stelle und beobachtete sie lediglich, was allerdings nicht weniger bedrohlich wirkte.

Leise wogten die Wellen an die Westküste der Nebelinsel, und Leána vermutete, Rob wollte verhindern, dass Smaragonn mit ihr sprach. Mit einem Mal verzerrte sich sein Gesicht wieder vor Hass, er ballte die Fäuste und starrte zu dem grünen Drachen hinüber.

»Rob, was hast du denn?«

»Er verhöhnt mich, beschimpft mich, und mir gelingt es in dieser verfluchten Menschengestalt nicht völlig, ihn aus meinen Gedanken zu verbannen!«, zischte er.

Schenke ihm keinen Glauben, Leána von der Nebelinsel, vernahm sie nun selbst Smaragonns Warnung. *Er ist ein Verräter an seinem eigenen Volk, verstoßen wegen grausamer Verbrechen.*

Ich möchte mir mein eigenes Urteil bilden, antwortete sie. *Lass ihn sprechen.*

Doch an Robs Gesicht erkannte sie, dass Smaragonn das nicht tat, und schließlich erhob sich Rob wieder. »So geht das nicht, ich erkläre es dir später.«

Allein und mit verschränkten Armen setzte er sich auf einen Felsen und starrte auf die blauen Wogen hinaus.

Er hätte dir nur Lügen erzählt.

Und selbst wenn, Smaragonn, entgegnete sie aufgebracht, *du hast nicht das Recht, uns zu unterbrechen!*

Ich will dir berichten, was vorgefallen ist, fuhr Smaragonn fort, eindringlich und ohne auf Leánas Einwand zu hören. *Robaryon hat sich stets von uns unterschieden. Er war rebellisch, hat sich von den anderen jungen Drachen abgesondert, war mehr den Menschen zugetan.*

Das ist kein Verbrechen!, verteidigte Leána ihren Freund.

Ich stimme dir zu. Aber du musst wissen, für unser Volk und letztlich auch für diese Welt ist es von größter Wichtigkeit, dass wir Einigkeit bewahren, uns vermehren, unsere Art erhalten. Schon damals wurden nur wenige Drachen geboren, und Robaryon sollte einen Bund mit Aventura eingehen.

Das hat er mir erzählt. Aber er hat sie nun einmal nicht geliebt!

Liebe ist etwas Wunderbares, ein wichtiges Gut, und hätte er Liebe für ein anderes Drachenweibchen empfunden, wir hätten ihn gewähren lassen. Nur musste er erneut einen Menschen erwählen.

Wenn du uns Menschen so sehr verachtest, weshalb gibst du dich dann überhaupt mit uns ab?

Ein tiefes Seufzen entstieg Smaragonns Kehle, und als er antwortete, klang er sehr viel sanfter als zuvor.

Ich verachte euch nicht, im Gegenteil, ich habe euch zu schätzen gelernt. Nur ist eine Verbindung zwischen Mensch und Drache nicht möglich, es ist wider die Natur! Wie du auch weißt, Leána, durchdringt Drachenmagie alle Welten. Sterben wir aus, stürzt auch die Welt, die wir bevölkern, ins Chaos und geht zugrunde. Du siehst also, die Verantwortung, die wir tragen, ist groß, die Bürde schwer.

Das mag ja alles sein, stimmte sie zu. *Dennoch kann man Liebe nicht einfach unterbinden. Sie folgt weder den Gesetzen der Menschen noch jenen der Drachen. Liebe folgt ihren eigenen Gesetzen, wie ihr ja bei Rob gesehen habt!*

Liebst du ihn am Ende? Messerscharf peitschten die Worte durch Leánas Geist, und eilig bemühte sie sich, ihre Gefühle zu verbergen – etwas, das sie während ihrer Ausbildung auf den Geisterinseln gelernt hatte. Im Augenblick hatte sie nämlich den Eindruck, der grüne Drache könne sie lesen. Sie wusste, es war besser, jetzt nicht die Wahrheit zu sagen.

Nein. Rob ist mein Freund, ich habe ihn gern und möchte ihm helfen!

In ganz Albany bist du für dein mitfühlendes und freundliches Wesen bekannt, Leána. Dennoch solltest du diesmal überdenken, wem du deine Freundschaft schenkst. Smaragonn drehte seinen Kopf ein wenig und blickte ihr direkt in die Augen. *Zu der Zeit, als Robaryon sich mit Irelia, der Hüterin der Steine, einließ, war von der Freundschaft, die heute zwischen Menschen, Drachen und anderen Völker besteht, noch nicht viel zu spüren. Wir respektierten uns, dennoch hielten unsere Ältesten unsere Rasse für überlegen.*

Sich allen anderen gegenüber für überlegen zu halten kann eine große Schwäche sein!, unterbrach Leána ihn.

Sie spürte ein Lachen, etwa so wie ein leichtes Beben in ihrem Geist, und Smaragonn klang nun recht amüsiert.

Stets habe ich deinen Mut und deine Ehrlichkeit geschätzt, junge Nebelhexe! Ich gebe zu, auch wir Drachen sind nicht unfehlbar. Und mir ist bewusst, worauf du anspielst. Während der Kämpfe gegen die Dämonen haben wir erkannt, dass wir nicht allmächtig sind und nur im Einklang mit anderen Völkern überleben können. Aber als Robaryon angeklagt wurde, herrschten andere Regeln. Ich war noch jung, wenngleich ich damals schon mehr Sommer und Winter gesehen hatte als Robaryon oder Aventura. Zu jener Zeit stellte ich die Gesetze der Drachen nicht infrage, gehorchte den Ältesten, so wie es sich für einen jungen Drachen gehört. Robaryon hingegen setzte sich von jeher über sämtliche Verbote hinweg. Mehrfach wurde er gewarnt, mehrfach legte man ihm nahe, die junge Hüterin nicht mehr aufzusuchen, sondern stattdessen eine Drachengefährtin zu wählen und auch Irelia die Möglichkeit zu geben, sich mit einem der ihren zu verbinden.

Erneut lag Leána auf der Zunge: *Aber wenn sie sich doch geliebt haben …* Doch der Drache schien ihr dies angesehen zu haben. Oder sie hatte ihre Gedanken nicht ausreichend verborgen, manchmal geschah das, denn sie hatte, abgesehen von Rob, in letzter Zeit wenig mit Drachen zu tun gehabt.

Eine Liebe zwischen Mensch und Drache kann nicht von Dauer sein. Sie sind zu unterschiedlich, und bedenke nur die verschieden langen Lebensspannen.

Irelia war eine Hüterin der Steine und damit eine Magierin, die ein hohes Alter erreicht.

Der Drache schnaubte aus. *Das ist nichts im Vergleich zur Lebensspanne eines Drachen.*

Auch ein Drache kann durch einen Unfall, eine Krankheit, oder wie ihr gesehen habt, durch die Hand von Dämonen sterben, widersprach Leána. *Es mag immer sein, dass einer mit gebrochenem Herzen zurückbleibt. Sieh dir nur Kaya an, sie hätte niemals gedacht, dass sie Atorian überlebt.*

Nun neigte Smaragonn bedächtig sein Haupt. *Du bringst gute Argumente vor, junge Nebelhexe. Dennoch hatten es sich Apophyllion und die anderen ältesten Drachen zur Aufgabe gemacht, den jungen Robaryon von dieser unangemessenen Verbindung abzuhalten. Robaryon lehnte sich gegen das Verbot, Irelia zu sehen, auf, floh wiederholt von seiner Insel, und als sein Bruder, deutlich älter als er, und einer der Drachen, der viel auf die alten Traditionen Wert legte, erkannten, dass man Robaryon niemals von der jungen Hüterin fernhalten konnte, tötete Robaryons Bruder die Hüterin der Steine.*

Entsetzt riss Leána ihre Augen auf, wusste nicht, was sie darauf sagen sollte, doch da fuhr Smaragonn fort.

Robaryon war außer sich vor Zorn, forderte seinen Bruder heraus und lieferte sich einen erbitterten Kampf mit ihm, bei dem beide schwere Verletzungen davontrugen. Als es zu schlimm wurde, mischte sich der Vater der beiden ein, und in seiner Raserei tötete Robaryon ihn.

Eisige Schauer liefen über Leánas Rücken. Sie mochte sich gar nicht ausmalen, was damals geschehen war. Einerseits war sie entsetzt, andererseits konnte sie Rob auch verstehen. Zumindest den Kampf mit seinem Bruder.

Sicher hat er seinen Vater nicht absichtlich getötet. Sie merkte selbst, dass sie nicht ganz überzeugt klang, und auch Smaragonn schnaubte durch seine gewaltigen Nüstern.

Man weiß es nicht. Diejenigen, die einen Funken Verständnis für den jungen Robaryon aufbrachten, sagten, es wäre im Zorn und versehentlich geschehen. Andere waren der Auffassung, er hätte seinen Vater absichtlich ermordet, weil dieser strikt gegen die Verbindung zu der Menschenfrau war. Ich kann es heute nicht mehr sagen.

Ein dicker Kloß saß in Leánas Kehle, und sie blickte hinüber zu Rob, der allein am Meer saß.

Sein Bruder hat ebenfalls Schuld auf sich geladen. Was geschah mit ihm? Ist er seinen Verletzungen erlegen?

Nein, widersprach Smaragonn, *er wurde ebenfalls verurteilt, genau wie Robaryon in die andere, beinahe magielose Welt verbannt, in der schon damals kaum noch Drachen lebten. Dymoros sollte Robaryons Wächter sein, für dreitausend Sommer und Winter; dies war seine Strafe, die Hüterin getötet zu haben. Robaryon wurde mit dem Zauber belegt, am Tage ein Mensch sein zu müssen und sich nur nachts verwandeln zu können. Die Silberplatte an seinem Arm verband ihn mit Dymoros, der so alle starken Gefühle von Robaryon erspüren konnte. Nie wieder sollte er sich an einen Menschen binden, jedoch gleichzeitig einer von ihnen sein. Dymoros hingegen ist es möglich, sich nach Belieben zu verwandeln, um Robaryon jederzeit überwachen zu können. Verwunderlich, dass dein Amulett den Portalbann aufheben konnte!*

Leána versteifte sich, als sie den Namen von Robs Bruder vernahm. Dymoros! Also war der weiße Drache Robs Bruder gewesen! Sie versuchte, das Zittern ihrer Hände zu verbergen, hoffte inständig, Smaragonn würde ihre Verwirrung nicht bemerken.

»Das ist grausam«, flüsterte Leána einfach in ihrer Sprache.

Der grüne Drache legte den Kopf schräg. *Es ist auch grausam, seinen Vater zu ermorden*, donnerte er, *eine Schande für unsere Art. Was geschah mit Dymoros? Ist er gestorben, oder weshalb hat er nicht verhindert, dass Robaryon hierherkam?*

Ich … weiß es nicht. Leána wollte nicht verraten, dass Rob seinen Bruder ebenfalls umgebracht hatte, hatte jedoch das ungute Gefühl, Smaragonn ahne ohnehin schon etwas.

Du musst nichts sagen, wir werden es herausbekommen. Damit legte der Drache den Kopf auf seine gewaltigen Pranken, und auch Leána wollte jetzt nichts mehr hören.

Dichter Rauch hing in dem niedrigen Raum, verursacht durch schwelendes Torffeuer und den Qualm einiger Pfeifen. Wieder einmal hatte Godana ihre Schänke geschlossen, um dem geheimen Bund, der sich gegen Königin Kaya und die Brut von der Nebelinsel gebildet hatte, Raum zu geben. Der Bärtige musste husten, dann ließ er seinen Blick schweifen.

»Mir ist klar, dass nicht alle meinem Ruf folgen konnten.«

»War ja auch verflixt kurzfristig«, krächzte Lord Finlen. »Wäre ich nicht ohnehin in Northcliff gewesen …«

Ungeduldig unterbrach der Bärtige den alten Mann. »Schon gut. Nur werde ich für eine Weile unterwegs sein und unsere Sache schwerlich vorantreiben können.«

Unwilliges Gemurmel erhob sich. Abgesehen von Godana handelte es sich hier nur um Männer, selbst wenn ihrem Bund auch einige Frauen – überwiegend Adlige – angehörten.

»Lored!« Ein kräftiger Mann mit annähernd ergrautem Haar blickte von seinem Bier auf. »Du wirst meinen Part übernehmen und einige Nebelhexen beseitigen.«

»Ich?« Seine wässrigen Augen weiteten sich vor Entsetzen.

»Willst du nun verhindern, dass sich diese Brut mit ihren magischen Kräften ausbreitet und eines Tages zu einer unkontrollierbaren Bedrohung für die reinblütigen Völker heranwächst, oder etwa nicht?«, fuhr ihn der Bärtige an.

»Ja, schon, aber …«

»Willst du sie von Albanys Antlitz tilgen?«

»Das möchte ich, nur …«

»Dann tu etwas für unsere Sache!« Mit einer zornigen Geste warf ihm der Bärtige ein Bündel hin.

Der dümmliche Gesichtsausdruck von Lored brachte das Blut des Bärtigen in Wallung. Aufreizend langsam zog Lored abgewetzte Kleider und ein Büschel dunkler Haare hervor, Letzteres betrachtete er ganz besonders fragend.

Getuschel erhob sich, einige Anwesende nickten sich verstehend zu, nur Lored schien sich der Sinn des Ganzen nicht zu erschließen.

»Du gibst vor, ich zu sein«, erklärte der Bärtige langsam, so als hätte er einen Schwachkopf vor sich – was möglicherweise tatsächlich der Fall war. »Ganz Albany wird nach einem kräftigen, bärtigen Mann durchsucht. Du ähnelst mir von allen am meisten.«

»Ja, aber … ich habe doch gar keinen Bart!« Er kratzte sich das lockige Haupthaar. »Und zudem graues Haar!«

Die Faust des Bärtigen krachte auf den Tisch. »Ich trage normalerweise auch keinen Vollbart, du Narr!« schrie er. »Dafür sind diese Haare. Eine Paste aus Baumharz ist in dem Bündel, mit der du dir den falschen Bart ins Gesicht kleben kannst.« Wütend entriss er Lored das Bündel und knallte auch noch einen kleinen Tiegel auf den Tisch. »Diese Salbe lässt Rötungen, die durch das Harz entstehen, über Nacht abklingen.«

»Ach so«, Lored drehte den falschen Bart bewundernd in der Hand, »ich konnte ja nicht wissen, dass Ihr gar keinen Bart tragt.« Neugierig versuchte Lored, tiefer ins Dunkel der Kapuze des Bärtigen zu spähen. »Keiner weiß, wer Ihr wirklich seid.«

»Wer es weiß, stirbt«, schoss der Bärtige zurück, und Lored zuckte zusammen. »Du klebst dir diesen Bart ins Gesicht, färbst dir das Haar mit der Wurzel der Loharine.« Als der Mann den Mund öffnete, fuhr der Bärtige eilig fort: »Du findest sie in der Tasche. Lass den Sud über Nacht köcheln, dann ist dein Haar für sieben Tage dunkel.«

»Hm.«

»Du tötest die Nebelhexen und lässt sie irgendwo liegen, wo man sie auch findet. Zeige dich immer wieder in der Nähe von Siedlungen.« Der Bärtige beugte sich näher zu ihm heran. »Tu dies in verschiedenen Landstrichen. Hast du das verstanden?«

»Ja, schon.« Unruhig rutschte Lored auf seinem Schemel herum.

»Was ist denn noch, im Namen der Götter!«

»Ich … also …« Der Mann lief knallrot an, er nahm einen Schluck Bier, seine Hände krampften sich um den Krug. »Ich … ich hasse Nebelhexen, aber … aber …«

»Was? Hast du am Ende Skrupel, sie zu töten?«

»Nein, das ist es nicht.«

»Was dann?«

»Ich nehme an«, krächzte Lord Finlen, »er fürchtet sich davor, erwischt und Kayas Gesetzen nach verurteilt zu werden.« Der greise Lord machte mit den Fingern eine Schere nach, und so manch ein Mann kniff instinktiv die Beine zusammen.

»Dann soll er sich nicht erwischen lassen.«

»Tue ich nicht«, versicherte Lored. »Aber …«

»Was ist dein Problem?« Seine Geduld war erschöpft. Der Bärtige zog seinen Dolch, jenen, den er Siah vor einiger Zeit in den Leib gerammt hatte, und dieser Gedanke erregte ihn noch immer, spülte all die mühsame Zurückhaltung, die er sonst zur Schau stellen musste, davon, und seine Männlichkeit drückte schmerzhaft gegen die nun zu enge Hose. Der Bärtige unterdrückte ein Keuchen. Am liebsten wäre er hinausgestürmt und hätte sich an einer Nebelhexe vergangen.

Lored hingegen beugte sich mit herausquellenden Augen so weit wie möglich zur Wand. »Ich … hasse sie, kann sie auch töten, nur …«

»Sprich!«

»Ich … finde sie widerwärtig, und … glaube nicht, dass ich …« Unglücklich schaute er hinab auf seine Hose, und endlich begriff der Bärtige; unterdrücktes Gelächter wurde laut.

»Ich lasse dir ein Kraut schicken, das deine Männlichkeit in jedem Falle anschwellen lässt.« Eilig erhob sich der Bärtige und verließ durch einen geheimen Tunnel die Schänke.

In die Schatten von Häusern geduckt schlich er durch Culmara, beobachtete Adlige, Bauern und Händler, die durch die Straßen gingen. Niemand kannte ihn, wusste, wer er wirklich war. Eine kleine Frau mit krausem Haar erregte seine Aufmerksamkeit, und er quetschte sich in eine Gasse, die zwischen zwei Häuser führte. Ihre dunkle Haut, die Knollennase und die verschrobene Erscheinung deuteten auf Gnomenblut hin. Der Bärtige leckte sich über die Lippen. Sicher handelte es sich um eine der Heilerinnen der Stadt. Seine Männlichkeit schwoll derart an, dass der Bärtige glaubte zu bersten. Am liebsten hätte er sie genau hier, in dieser Gasse ergriffen, geschändet und dann ermordet. Schweiß lief seinen Rücken hinab. Sollte er es wagen? Hier in Culmara, beinahe unter den Augen von Kaya von Northcliff? Die Gefahr, entdeckt zu werden, war groß. Die Stadt war im Laufe der vergangenen Sommer und Winter gewachsen, und gerade jetzt kamen zwei Händler hinter der Nebelhexe her. Der Bärtige bebte am ganzen Körper. Wie nur sollte er seine Rolle weiterspielen? Wie, ohne seinen Trieben ihren Lauf zu lassen? Er wünschte sich nach Ilmor. Dort gab es jede Menge Hurenhäuser, auch welche, in denen Mischlingswesen ihre Dienste anboten und in denen niemand genau nachfragte, was man mit ihnen tat, wenn nur genügend Münzen ihren Weg in die Beutel der Hausvorsteherinnen fanden. Früher hatte er sich damit begnügt, und gelegentlich, wenn es sich einrichten ließ, auch mal eine einsam lebende Mischlingsfrau getötet und verschwinden lassen. Aufgefallen war das bislang nicht. Nebelhexen lebten auch heute noch häufig zurückgezogen. Aber seitdem er seinen Neigungen mehr und mehr freien Lauf ließ, und vor allem seitdem er sich an Siah vergangen hatte, konnte sich der Bärtige kaum noch zurückhalten. Am liebsten hätte er jeden Tag eine Nebelhexe genommen, sich an ihrem Leid erfreut, sie wieder und wieder geschändet. Mittlerweile überlegte er sogar, dass er, wenn er erst an der Macht war, sein eigenes Hurenhaus eröffnen würde, in dem er sich Nebelhexen als Sklavinnen hielt. Sosehr es ihn drängte, die Nebelhexen auszurotten, sein triebhaftes Verlangen würde das Ende dieser Gattung nicht ertragen. Daher wollte er sogar einige von ihnen Nachkommen bekommen lassen, um stets genügend von ihnen zu haben, die er nehmen und töten konnte. Wimmernd öffnete er seine Hose, versuchte, sich selbst Erleichterung zu verschaffen, und beobachtete dabei, wie die Nebelhexe arglos an ihm vorbeitippelte, in ihrem Bündel kramte und ihn nicht einmal bemerkte. Der Bärtige hielt inne, warf einen Blick zurück. Niemand folgte ihr, die anderen Menschen waren verschwunden. Sollte er es wagen? Er trat einen Schritt vor, das Blut rauschte in seinen Adern. Doch dann riss er sich zusammen. Würde er entdeckt werden, wäre seine Zukunft besiegelt und sein ganzer Plan zunichte.

Dennoch drohten ihn seine zwanghaften Bedürfnisse jegliche Vorsicht vergessen zu lassen. Er zwang sich, tief ein- und auszuatmen, um seine Fassung zurückzuerlangen. Dann war die Gelegenheit, die Nebelhexe doch noch in die Gasse zu zerren, verstrichen. Dafür kam jetzt eine spärlich bekleidete Frau mit üppigen Formen und lockigem Haar die Straße entlang. Eilig band der Bärtige seine Hose zu und trat zu ihr.

Für einen Moment weiteten sich ihre Augen vor Schreck, doch dann setzte sie ein verführerisches Lächeln auf.

»So ganz allein, schöner Mann?«, gurrte sie.

»Bietet Ihr Eure Dienste an?«, presste der Bärtige mit verstellter Stimme hervor. Kaya von Northcliff duldete kein Hurenhaus in Culmara. Hurerei war nicht erwünscht, aber auch nicht direkt verboten. Solange die Frauen freiwillig ihre Dienste anboten und die Männer sie anständig behandelten und bezahlten, wurde dieses Gewerbe geduldet.

»Das tue ich.« Ihre Hand fasste in seinen Schritt, woraufhin sich ihre Augen weiteten. »Wie ich sehe, sind sie vonnöten«, lachte sie.

Eilig zerrte der Bärtige ein Silberstück aus seinem Geldsäckchen, dann zog er die Hure in die dunkle Gasse und nahm sie an Ort und Stelle. Er stellte sich vor, er hätte die Halbgnomin vor sich, und die Laute der Lust wurden nach und nach zu Schmerzensschreien. Bevor er sich völlig vergaß, presste der Bärtige der Hure eine Hand auf den Mund, stieß noch einmal zu und gab sich dann seinem Höhepunkt hin. Er zwang sich, ihr in die vor Angst geweiteten Augen zu blicken und sich klarzumachen, dass es nur eine normale Frau war, woraufhin seine Mordlust versiegte.

Nachdem er fertig war und die Hure in sich zusammengesunken auf dem Boden kauerte, warf er ihr ein Goldstück vor die Füße.

»Ich mag es gern etwas härter«, erklärte er. »Dies sollte dich ausreichend entlohnen.«

Die Hure schniefte ein wenig, dann grapschte sie nach dem Goldstück. »Es war … ungewöhnlich.« Sie erhob sich und strich sich den bauschigen Rock glatt. »Seid Ihr aus Culmara? Gegen diesen Lohn bin ich gerne bereit …«

»Bin ich nicht. Und ich werde dich nicht wieder aufsuchen.«

Damit eilte der Bärtige durch die finstere Gasse davon und hoffte, die Hure würde nicht zu sehr mit ihrem Lohn prahlen. Aufmerksamkeit wollte er nicht erregen.

Ein wenig von seiner Anspannung war von ihm abgefallen, und er begab sich zurück auf die Burg – nicht ohne sich zuvor seiner Verkleidung zu entledigen.

Kapitel 5
Verräter

Königin Kaya?«

»Was ist denn jetzt schon wieder?« Kaya befand sich in ihrem Gemach, hatte gerade das Nötigste für ihre Reise ausgewählt und wollte sich anschließend mit Lord Petres treffen, um über das Vorgehen im Zwergenreich zu beratschlagen. Sie hatte gehofft, noch etwas Zeit für sich zu haben, denn Petres war zu seinem Herrenhaus geritten, um ebenfalls zu packen.

»Es ist dringend, verzeiht«, rief der Diener durch die Tür. »Dun'Righal persönlich ist mit seiner Gefolgschaft angereist und wartet im Thronsaal.«

Dun'Righal? Der Herr der Dunkelelfen selbst hatte sich aus dem Unterreich herbemüht und kam – noch dazu vor Einbruch der Nacht – nach Northcliff? Da musste etwas sehr Wichtiges dahinterstecken.

»Gebt ihnen vom besten Wein, lasst ein Mahl auftragen und sagt, ich sei in Kürze bei ihnen.« Sie hörte, wie sich Schritte entfernten, warf einen Blick in den Spiegel und ging anschließend zu ihrem großen Schrank aus dunklem Holz. Sie zog ein Festgewand hervor, hängte es jedoch nach kurzem Zögern wieder zurück. Der Respekt gegenüber dem Herrn der Dunkelelfen hätte es geboten, dass sie sich angemessen kleidete, doch sie war kurz davor, einen Kriegszug anzuführen, und vermutlich kam der Dunkelelf ohnehin wegen der Zwerge. Sicher war die Kunde zu ihm durchgedrungen. Daher bürstete sie lediglich ihr Haar, warf sich den blauen Umhang, der sie als Mitglied der

Königsfamilie auszeichnete, über und legte den Torc an. Wie immer zitterten ihre Hände, wenn sie dieses Schmuckstück aus verschlungenem Gold und Silber um ihren Hals legte, musste sie doch an die Weihe im Kreis der Seelen denken, als Atorian sie zur Königin gemacht hatte – es war seine letzte Berührung gewesen. Diese Erinnerungen musste sie nun aber verdrängen und ging festen Schrittes die Treppe hinab, um die Dunkelelfen zu empfangen.

Ihre unerwarteten Gäste saßen an der langen Tafel, und Dun'Righal kostete mit der unübertrefflichen Anmut eines Dunkelelfenanführers von dem Wein, bevor er den Kelch in einer schwungvollen Bewegung zurückstellte und sich erhob. Nachdem er Kaya eines raschen, aber prüfenden Blickes unterzogen hatte, verneigte er sich.

»Verzeiht unser unangemeldetes Kommen, aber diese Angelegenheit war von größter Dringlichkeit.«

Mit einer Handbewegung bedeutete sie ihm, sich zu setzen, und nahm selbst an der Stirnseite der Tafel Platz.

»Ihr seid stets ein gern gesehener Gast, Dun'Righal«, erwiderte sie, und das war nicht nur eine höfliche Floskel, denn bei dem Herrscherpaar der Dunkelelfen handelte es sich um äußerst kultivierte Vertreter ihrer Art, wie Kaya fand, und sie war – sofern man ihre Eigenarten beachtete – stets gut mit ihnen ausgekommen.

Dun'Righal neigte seinen Kopf, prostete ihr zu, und anders als es sonst bei Dunkelelfen der Fall war, begann er nicht mit unverfänglichen, allgemeinen Themen, sondern kam auf der Stelle zur Sache. »Ich hörte von Euren Schwierigkeiten mit den Zwergen und bedauere dies.«

»In der Tat keine einfache Lage, in der sich Northcliff befindet«, stimmte Kaya zu. »Dennoch werde ich denen, die uns einst geholfen haben, zur Seite stehen.«

»Eine ehrenvolle Einstellung.« Dun'Righal neigte den Kopf näher zu ihr heran. »Und aus ebendiesem Grund suche ich

Euch auch persönlich auf. Wir stehen in Eurer Schuld, weil es ein Mensch war, der Dal'Ahbrac Einhalt gebot. Wir hätten die Gefahr, die durch ihn für ganz Albany drohte, erkennen müssen.«

»Nicht doch«, wehrte Kaya ab. »Ihr habt uns Unterstützung geschickt und Euch mit uns verbündet, uns sogar Dunkelelfen als Ausbilder zur Verfügung gestellt. Von Schuld, sofern es eine solche überhaupt je gab, kann keine Rede mehr sein.«

»Es erfreut mein Herz, dass Ihr dies so seht. Dennoch möchte ich Euch davon in Kenntnis setzen, dass Euch möglicherweise Gefahr aus Euren Reihen droht.«

Überrascht blickte Kaya den Dunkelelfenherrscher an.

Dann geht es gar nicht um die Zwerge, dachte sie. Kaya hatte sich ohnehin gewundert, dass Dun'Righal persönlich erschien. Die Unruhen mit Hafran und seinen Zwergen aus dem Süden waren nämlich im Wesentlichen ein Problem der Oberflächenwelt und kein Ereignis, das die Dunkelelfen beunruhigen sollte.

»Ein Dunkelelf kam zu mir; er gehört keiner angesehenen Familie an und erschlich sich den Zutritt zum Palast von Kyrâstin mit einer List.« Duns silbergraue Haare umrahmten sein schmales Gesicht mit der leicht gebogenen Nase, und die deutlich hervortretenden Wangenknochen zeigten nun die Anspannung des Dunkelelfen. »Unter anderen Umständen hätte ich ihn für diese Anmaßung auf der Stelle hinrichten lassen.«

Gespannt lauschte Kaya. Dass Dunkelelfen jemanden hinrichten ließen, der sich ihren Vorstellungen nach unangemessen verhielt, war nicht ungewöhnlich – ihn trotz allem leben zu lassen hingegen schon.

Der Dunkelelf atmete kurz tief ein und wieder aus. »Luth'Maruc behauptet, von einer Menschenfrau in einer Taverne angeheuert worden zu sein, Euch zu töten. Man hielt ihn für einen 'Ahbrac.«

Kaya spannte sich an. »Auf mich ist in der Tat ein Anschlag verübt worden.«

»Das ist mir bekannt, denn er wurde auch tatsächlich von Luth'Maruc durchgeführt.«

Nun war Kaya verwirrt. »Mir ist nicht ganz klar, weshalb dieser Dunkelelf zu Euch kam und Euch dies gestand. Hat ihn am Ende sein schlechtes Gewissen geplagt?«

Dun'Righal deutete ein Lächeln an. »Er sagt, er wäre zufällig in der Taverne gewesen und hätte den Umstand genutzt, für einen 'Ahbrac gehalten zu werden. Den Anschlag hat er selbst ausgeführt, um die Auftraggeberin in Sicherheit zu wiegen. Euch zu töten hätte er nicht beabsichtigt.«

Hastig trank Kaya einen Schluck. Dieses Verhalten ergab durchaus einen Sinn – zumindest in der Denkweise eines Dunkelelfen, und sie war sich sicher, dass noch weitere interessante Details folgen würden. »Bitte, fahrt fort.«

»Luth'Maruc behauptet, er habe einige Erkundigungen über seine Auftraggeberin eingezogen. Bis er ins Unterreich reiste und es ihm gelang, bei mir vorzusprechen, sind viele Tage verstrichen.«

Das konnte sich Kaya gut vorstellen, denn einem Dunkelelfen einer in Ungnade gefallenen Familie fiel es sicher schwer, zu seinem Herrn vorgelassen zu werden.

»Was Luth'Maruc allerdings in Erfahrung gebracht hat, ist äußerst prekär und auch der Grund, weshalb ich Euch erst jetzt aufsuche. Der Angriff auf Euch ging anscheinend nicht auf eine Einzelperson zurück. Luth'Maruc will herausgefunden haben, dass dies das Werk einer ganzen Gruppe ist. Sollte die Königin von Northcliff also einem Anschlag zum Opfer fallen und die Zwerge gleichzeitig einen Krieg heraufbeschwören, so ist dies auch für uns Dunkelelfen nicht ohne Belang.«

Kaya nickte schweigend, und Dun'Righal berichtete weiter.

»Luth'Maruc überbrachte mir diese Neuigkeiten und bat mich darum, seine Familie dafür zu rehabilitieren.« Die Nasenflügel des Dunkelelfen weiteten sich eine Spur. »Da ich nicht über alle Vorkommisse der Oberflächenwelt im Bilde bin, sagt mir bitte, ob die Kunde dieser Kreatur glaubhaft ist. Ansonsten werde ich ihn auf der Stelle hinrichten.«

»Er ist hier?«, fragte Kaya nur. Ihre Gedanken jedoch kreisten um Dun'Righals Ausführungen. Der Anschlag auf sie, die Zwerge, der Mord an Siah und der Postreiterin – vielleicht steckte hier ja wirklich mehr dahinter als zufällige Ereignisse.

»Ich ließ ihn in Euren Kerker werfen«, antwortete Dun'Righal inzwischen und verneigte sich. »Er weigerte sich, mir den Namen der angeblichen Auftraggeberin preiszugeben. Nun ist es an Euch. Denkt Ihr, es gäbe jemanden in Euren Reihen, der zu solch einer frevelhaften Tat fähig wäre.«

Ruckartig erhob sich Kaya. »Das möchte ich nicht ausschließen. Lasst uns zu ihm gehen!«

Mit einer einzigen fließenden Bewegung standen sowohl Dun'Righal als auch seine Gefolgsleute auf. Er machte jedoch eine Geste, woraufhin sich die Kriegerin und der Krieger wieder setzten.

»Geht voran, Königin Kaya.«

Gemeinsam verließen sie den Thronsaal und stiegen hinab in den Kerker. Viele Verbrecher fristeten hier nicht ihr Dasein, lediglich zwei Diebe und ein Mann, der mehrfach beim betrügerischen Kartenspiel ertappt worden war, mussten einige Monde in der Dunkelheit und Feuchte der Verliese verbringen. Vor einer Zelle jedoch hielten zwei weitere Dunkelelfenkrieger Wache und traten rasch zur Seite, als sie ihren Herrn erkannten.

Kaya nahm eine Fackel von der Wand, schob selbst den Riegel zurück und betrat die Zelle. An der hintersten Wand stand ein Dunkelelf. Schlank wie alle Vertreter seines Volkes, dunkle Haut und etwas dunkleres Haar als Dun'Righal. Sein Gesicht wirkte kantiger als das des Herrschers über Kyrâstin. Seine Augen funkelten zornig, und eine Spur von Trotz lag in ihnen.

»Verneige dich vor der Königin der Menschen«, befahl Dun'Righal mit eisiger Stimme, die Kaya Schauer über den Rücken jagte.

Der Dunkelelf gehorchte, und Kaya trat näher. Abgerissen sah er aus, nachlässig gekleidet, seine rechte Wange war geschwollen, vermutlich das Resultat einer Befragung nach Dunkelelfenart.

Eine Weile musterte sie ihn, hielt seinem Blick stand und begann dann, ruhig und bestimmt zu sprechen.

»Dun'Righal sagte, du hättest wichtige Informationen für mich.«

»Die habe ich.« Unterschwellige, für Dunkelelfen häufig nicht untypische Arroganz schwang in seinen Worten mit. »Dennoch hat alles seinen Preis.«

»Wenn ich dir den Kopf von den Schultern trenne, wirst du den Preis zahlen«, drohte Dun'Righal.

Doch der andere hob lediglich sein Kinn.

»In die Angelegenheiten von Kyrâstin werde ich mich nicht einmischen«, stellte Kaya klar. »Dennoch wäre ich dir dankbar, wenn du mir verraten würdest, wer mich tot sehen möchte.«

»Ich verlange …«, setzte der Dunkelelf an, doch Kaya hob eine Hand.

»Du bist sicher nicht in der Position, Forderungen zu stellen. Aber ich nehme an, Dun'Righal wäre dir eher zugetan, wenn du mir, einer Verbündeten, behilflich wärst. Sollten sich deine Anschuldigung als glaubhaft erweisen, würde ich mich mit ihm beraten, und vielleicht könnten wir uns darauf einigen, dass du und deine Familie sich an der Oberfläche, in der Nähe des Kratersees, niederlassen.« Fragend blickte sie den Dunkelelfenherrscher an, aber der schwieg.

»Mein Bruder hat niemals eine 'Righal entehrt, das war stets eine Lüge«, stieß Luth'Maruc leidenschaftlich hervor, doch Dun'Righal ließ nicht erkennen, was er davon hielt.

»Wie bereits erwähnt, ich kann mich in die Entscheidungen des Unterreichs nicht einmischen, aber sollte die Verfehlung deiner Familie nicht zu schwer wiegen, könnte sich deine Hilfe für die Wiederherstellung eurer Ehre bezahlt machen.«

Nach einer kurzen Weile des Schweigens neigte Dun'Righal endlich ganz leicht den Kopf, ein Zeichen, dass er zumindest nicht abgeneigt war.

Die angespannten Schultern von Luth'Maruc sackten nach vorne. Trotzdem schien er seinem Herrn noch nicht zu trauen, denn sein Blick blieb misstrauisch.

»Eine für Eure Art sehr schlanke Frau mit spitzem Gesicht sprach mich an. Sie war keine Kriegerin, verhielt sich sehr nervös und war abstoßend ängstlich.« Jedes seiner Worte sprach von Verachtung. Kriegskunst und Mut waren den Dunkelelfen heilig. »Sie glaubte, ich sei ein 'Ahbrac, und da mich interessierte, was sie zu sagen hatte, spielte ich das Spiel mit. Sie bot mir Gold für Euren Tod.«

»Und es war dein Bogen, von dessen Sehne der Pfeil auf mich abgeschossen wurde?«

»Ja, am Walkensee. Doch nur, um die Menschenfrau in Sicherheit zu wiegen, denn ...«, seine weißen Zähne wurden sichtbar, »ich gedachte, mein Wissen zu nutzen.«

»Gut, wer ist sie? Sprich!«

Der Blick des Dunkelelfen flackerte zu Dun'Righal. Sicher fragte er sich, ob er vielleicht doch auf der Stelle sterben würde, wenn er jetzt diesen Namen verriet.

»Ich spreche für dich bei Dun'Righal, sofern sich die Anschuldigung nicht als völlig haltlos erweist«, stieß Kaya daher hervor. Für einen Dunkelelfen zu sprechen war etwas sehr Bedeutungsvolles und bot ihm größtmöglichen Schutz, denn jeder wusste, dass Northcliff und Kyrâstin Verbündete waren.

»Es handelt sich um Elysia von Rodvinn – ehemalige Gemahlin von Darian von Northcliff.«

Der beständige Wind der Geisterinseln spielte mit Kaynes Haaren. So wie schon die letzten Male glaubte er, ein Flüstern im Wind zu hören. Seitdem er auf den Geisterinseln eingetroffen war, plagte ihn ein dumpfer Kopfschmerz, der sicher von der Anspannung hergerührt hatte, vor den Diomár zu sprechen, aber leider noch immer nicht verschwunden war. Und jetzt versuchte er, dieses lästige Flüstern zu verdrängen, rieb sich die Schläfen und kniff die Augen zusammen. Zahlreiche Legenden rankten sich um diese Inseln, die nun wieder Refugium der Diomár geworden waren. Die Alten erzählten, auf den Inseln gingen die Geister der Seeleute um, deren Schiffe an den Küsten zerschellt waren; manche waren gar der Überzeugung, alle Toten, die keinen Frieden fanden, würden hier verweilen, bis sie ihre endgültige Reise ins Licht antraten. Vieles waren Ammenmärchen, wie Kayne wusste; in alten Tagen hatten sich die Diomár den Aberglauben der anderen Völker zunutze gemacht und waren hier im Geheimen ihren Intrigen und Studien nachgegangen. Tatsächlich hatte so manch verlorene Seele unbescholtene Seefahrer in den Tod gelockt, aber Nordhalan und die anderen starken Zauberer hatten Readonn schon längst gebeten, sich dieser Seelen anzunehmen und sie ins Reich des Lichts zu geleiten. Trotzdem haftete den Geisterinseln etwas Besonderes, aber auch Bedrohliches an. War es nur die überwältigende Präsenz des Kreises der Seelen? Kayne scheute sich, auch nur dorthin zu blicken, zu sehr erinnerte es ihn an seine Schmach, von den Drachen abgelehnt worden zu sein. Daher verschloss er sich der magischen Aura, die von den Steinen ausging. Anders als in Northcliff, wo er stets zu den Klippen gegangen war, wenn er sich nicht gut fühlte, blies hier die steife Brise seine Gedanken und seinen Zorn nicht davon. Er war ungeduldig, wollte eine Entscheidung, vor allem für Leána, um sie von Siahs Tod abzulenken. Die Beratungen waren unterbrochen worden, bis Vertreter von der Nebelinsel, von den Zwergen und Dunkelelfen hierhergereist waren. Kayne überlegte schon, zurück zu Leána zu gehen, denn im Augenblick gab es nichts mehr, das er hätte tun können. Gedankenverloren wanderte er an der Küste entlang, beobachtete, wie die Sonne langsam im Meer versank, und blieb dann unvermittelt stehen.

Auf einem Felsen vor ihm zeichnete sich eine hagere, große Gestalt gegen den Horizont ab und führte seltsame Gesten aus. Eine Beschwörung konnte das schwerlich sein, auch Kampfübungen sahen anders aus. Und schließlich sank der Mann auf die Knie. Wortfetzen wehten zu Kayne herüber. »Götter des Meeres … gebt mir ein Zeichen … euer Diener … weiß nicht, was Ihr mir sagen wollt.«

Kayne wollte schon umdrehen, denn er hatte nicht das Bedürfnis, ein Gespräch mit Morthas zu führen, da entdeckte ihn Dimitans Zauberschüler und kam mit großen Schritten näher.

»Ich grüße dich, Kayne.«

»Guten Tag«, antwortete er unfreundlich.

Unruhig flackerte der Blick des Zauberers über die Hügel. »Die Geisterinseln – berühren sie dich auch derart im Zentrum deines Seins?«

»Ich weiß nicht, was du mit *derart* meinst«, brummte Kayne.

»Nun … ich habe den Eindruck, sie … sprechen zu mir«, flüsterte Morthas, und so wie stets hatte Kayne den Eindruck, Morthas würde seine Worte absichtlich mystisch und bedeutsam klingen lassen.

»Wer spricht zu dir?«

»Die Geister vergangener Tage, die ihr Leid klagen.«

»Nun, bei mir beklagt sich niemand.« Damit drehte Kayne sich abrupt um, aber das leise Platschen auf feuchtem Untergrund zeigte an, dass Morthas ihm folgte, und nur wenig später schritt er neben ihm her, die Schultern gebeugt wie ein alter Geier.

»Sei froh, dass die Geister dich nicht behelligen.« Wieder ein bedeutungsschwerer Blick über die Schulter. »Schon seit Tagen fühle ich mich verfolgt. Ich glaube, ich bin doch ein Sidhane!«

»Morthas, das solltest du mit deinem Meister besprechen, nicht mit mir.« Sidhane, Geisterseher, waren sehr selten, und wäre Morthas einer, hätte sich das bestimmt bereits während seiner Ausbildung gezeigt.

»Ich hatte vernommen, du wärst talentiert. Möchtest du dich nicht hier ausbilden lassen, Kayne?«

»Nein.« Er kniff die Lippen zusammen und beschleunigte seine Schritte, sodass Morthas, wenn auch deutlich größer, kaum mithalten konnte. Schon nach kurzer Zeit rasselte der Atem des größeren Mannes hörbar.

»Dafür, dass du ... verletzt warst ... legst du ... ein ordentliches ... Tempo vor!«

»Schließlich möchte ich wieder in Form kommen«, entgegnete er, selbst wenn ihm der stramme Marsch zu schaffen machte, was er natürlich nicht zugab.

Er war froh, als Nordhalan ihnen entgegenkam und ihn am Arm fasste. »Da bist du ja, Kayne. Komm mit, ich wollte mit dir sprechen.«

Gern folgte Kayne dem Zauberer, dessen grauer Bart vom Wind über seine Schulter gepeitscht wurde.

»Ich werde zu meinen Studien zurückkehren«, verkündete Morthas.

»Hervorragend, vielleicht findest du etwas über Geistererscheinungen in den Schriften.« Offenbar entging Morthas Kaynes verborgener Spott, denn er verneigte sich und stolzierte hocherhobenen Hauptes von dannen.

Nordhalan hingegen musterte ihn fragend, aber Kayne winkte ab. Sie gingen in eine der kleinen Steinhütten, die es im Inneren der Feste gab.

»Sind deine Rippen ausgeheilt?«

»Lilith hat sich darum gekümmert.«

»Schwingst du schon wieder das Schwert?«

»Ich habe damit begonnen.« Er fragte sich, was Nordhalan wirklich von ihm wollte.

»Lass es langsam angehen, Junge. Wie kommt Leána mit Siahs Tod zurecht?«, erkundigte sich der Zauberer besorgt.

»Gar nicht, und deshalb möchte ich auch so schnell wie möglich ...«

Die Tür flog auf, und eine massige Gestalt füllte den Türrahmen mehr als aus. Sie stieß sich sogar den Kopf, als sie eintrat, beachtete dies jedoch gar nicht.

»Zauberer Nordhalan. Nachrichten! Viele!« Aufgeregt hielt die Halbtrollin Elora vier Finger in die Höhe, reichte Nordhalan jedoch nur zwei zusammengeknüllte Blätter.

Behutsam faltete Nordhalan sie auseinander, doch das eine Pergamentstück zerfiel beinahe, die Tinte war größtenteils verwischt, wie Kayne erkennen konnte, als er Nordhalan über die Schulter spähte. »Elora, waren die Nachrichten nicht in einer wasserdichten Rolle am Bein des Vogels befestigt?«

»Doch.« Unruhig trat Elora auf der Stelle herum.

»Und weshalb hast du sie nicht darin gelassen?«

»Wollt nicht wieder Vogel totmachen«, murmelte sie betreten. »Vogel Freund.«

Kayne unterdrückte ein Glucksen. Er konnte sich daran erinnern, dass Leána erzählt hatte, wie Elora früher versehentlich einige Botenvögel umgebracht hatte, schlicht und einfach, weil es Wesen mit Trollblut beinahe unmöglich war, etwas vorsichtig anzufassen, selbst wenn sie sich bemühten.

»Schon gut, Elora.« Nordhalan kniff die Augen zusammen, stutzte und las anschließend die zweite Nachricht.

Dann fasste er Kayne fest am Oberarm. »Wir müssen nach Northcliff! Hafran macht mit seinen Drohungen Ernst und beabsichtigt, ins Nordreich einzumarschieren und … irgendetwas ist mit deiner Mutter. Ich konnte es nicht vollständig entziffern.«

»Durch diesen Kamin zieht es dermaßen herein«, beschwerte sich Elysia und zog ihr wollenes Schultertuch enger um sich, »da ist es ja kein Wunder, wenn man sich erkältet.« Wie auf Kommando nieste sie und putzte sich ihre spitze Nase mit einem Seidentuch.

Gelassen nippte Selfra an ihrem Pokal mit Brandwein, den eine dicke Schicht Sahne und eine leckere Gewürzmischung bedeckte. »Sobald wir in Northcliff sind, gehören derartige Unannehmlichkeiten der Vergangenheit an.«

»Wenn es nur schon so weit wäre.« Elysia schniefte ein wenig. »Dieses Haus ist unangemessen, und ich habe noch immer keine Hofdame bekommen.«

»Wenn ich Denira nicht nahegelegt hätte, mit Toran zu reisen, hätte ich versuchen können, sie zu dir zu bringen …«

»Das wäre wunderbar.« Elysia richtete sich hoch auf, aber Selfra schüttelte ärgerlich den Kopf.

»Nein, das wäre nicht sehr weitsichtig gewesen. Man hätte ihr unterstellen können, unter deinem Einfluss zu stehen. Nein, so ist es besser.«

»Das ist wahr, nur benötige ich dringend …«

Mit einem lauten Krachen flog die Tür auf. Fünf Soldaten aus Northcliff stürmten herein, gefolgt von Kaya, die ein Gesicht machte, als wäre sie eine leibhaftig gewordene Sturm- und Rachegöttin in einem.

»Elysia, ich habe eine neue Unterkunft für dich!«, sagte sie mit eisiger Stimme.

»Wie meinst du?« Weiter kam Elysia nicht, denn schon ergriffen sie die Wachen. Erschrocken quietschte Elysia auf, während sich Selfra schwerfällig von ihrem Samtsessel erhob.

»Was wirft man meiner Schwester vor?«

Kayas abschätzender Blick streifte sie. »Anstiftung zum Königsmord.«

»Königsmord?«, hakte Selfra in gespielter Empörung nach.

»Sie wollte mich ermorden lassen.«

»Wie kommst du auf solch eine Unterstellung?«, kreischte Elysia hysterisch auf, ihr Hilfe suchender Blick richtete sich auf Selfra.

Selbstverständlich ignorierte ihre Schwester diesen.

»Das ist eine infame Unterstellung«, widersprach Selfra gelassen. »Jeder, der etwas gegen Elysia hat, könnte das behaupten, Königin!«

Kayas Kieferknochen spannten sich an. »Ich habe einen Zeugen. Ein Dunkelelf, der sich bei ihr als 'Ahbrac ausgab, hat Elysia eindeutig identifiziert!« Wütend deutete Kaya mit dem Finger auf die zitternde Elysia.

Du dummes Huhn, dachte Selfra und beherrschte ihren Zorn nur durch äußerste Disziplin, *hast du nicht besser aufpassen können?*

Die Soldaten führten die kreischende und wimmernde Elysia ab, während Selfra selbst einen Heulkrampf vortäuschte und sich lautstark bei Kaya darüber beklagte, dass sie ihrer kleinen Schwester niemals eine solch hinterlistige Tat zugetraut hätte. Jetzt war es besser, den Schein zu wahren, statt einen aussichtslosen Kampf für Elysia zu kämpfen.

Kapitel 6
Alte Schuld

Große Besorgnis war in Darians und Aramias Gesichtern zu lesen gewesen, als sie von den Neuigkeiten aus Northcliff erzählt hatten. Dass König Hafrans Truppen ins nördliche Zwergenreich einzumarschieren planten und hinter dem Mordversuch auf Kaya offensichtlich mehr steckte, als die Tat eines Einzelnen, war mehr als beunruhigend. Elysia, Kaynes Mutter, sollte selbst den Mord in Auftrag gegeben haben – Leána war entsetzt!

Jetzt, da Rob von den Drachen entdeckt worden war, gab es auch keinen Grund mehr, ihre Eltern anzuschwindeln. Zudem zog Smaragonns mächtige Gestalt ohnehin schon die Blicke der Dorfbewohner auf sich, und da Darian, ebenso wie Leána, mit den Drachen kommunizieren konnte, würde alles auffliegen, sobald ihr Vater mit dem grünen Drachen sprach. Aus diesem Grund war Leána zu Aramia und Darian gegangen, die gerade packten. In möglichst knappen Worten hatte sie von Rob und seiner wahren Herkunft erzählt. Nun saßen die beiden mit fassungslosen Gesichtern auf ihrem Holzbett.

»Ich wollte ja nichts sagen, aber einiges kam mir sofort an diesem jungen Mann seltsam vor. Ich konnte etwas Magisches an ihm spüren, das ich nicht einordnen konnte«, stellte Aramia fest. Eine Falte hatte sich zwischen ihren Augenbrauen gebildet.

»Ich muss ihn zu den Drachen begleiten und für ihn sprechen«, erklärte Leána entschieden.

»Mir wäre es lieber, du kämst mit nach Northcliff«, merkte Darian an.

»Nein, dort ist Toran, ich kann ihm nicht begegnen!«

»Eines Tages werdet ihr das klären müssen.« Tröstend streichelte Darian ihre Wange, aber Leána presste die Lippen aufeinander und schüttelte den Kopf.

Mal ganz abgesehen von Toran, möchte ich auch Nal nicht über den Weg laufen! Sie schauderte bei dem Gedanken daran, was geschehen würde, wenn der stolze Dunkelelfenkrieger herausbekam, dass sie sich in einen Drachen verliebt hatte. Aber das war im Augenblick nebensächlich, es ging um Robs Überleben.

»Leána, Schatz, konntest du dir nicht einen ganz normalen jungen Menschen oder meinetwegen Elfen als Partner wählen?«, stöhnte Darian und raufte sich die Haare.

»Das sagt der Prinz von Northcliff, der mit einer Nebelhexe, zumal einer mit Dunkelelfenblut, liiert ist«, scherzte sie und fing sich einen spaßhaften Klaps auf den Hinterkopf ein.

»Ich hoffe, Torgal wird in dieser Beziehung vernünftiger!«

»Wo ist er eigentlich?« Schon den ganzen Tag hatte Leána ihren kleinen Bruder nicht zu Gesicht bekommen.

»Er ist mit Urs und Frinn unterwegs«, erklärte Aramia. »Ich möchte gar nicht wissen, was sie anstellen! Wir müssen ihm klarmachen, dass er hier auf der Insel bleibt.«

»Sofern er bei den Zwillingen übernachten darf, wird ihn das kaum stören«, stellte Leána lachend fest.

Sie küsste ihre Eltern nacheinander auf die Wange und ging wieder hinaus zu Rob.

Kurz darauf verließen ihre Eltern das Haus, sattelten ihre Pferde und ritten davon. Aramias Blick auf Rob drückte eine klare Warnung aus, und auch Darian schaute nicht allzu begeistert drein. Ihr Vater beauftragte die Halbelfe Evellith, auf Torgal zu achten, denn gerade kam der Junge schmutzstarrend mit den Koboldmischlingen aus dem Wald. Leána hatte gar nicht mitbekommen, dass Lilith schon auf eine früher eingetroffene Nachricht hin nach Northcliff aufgebrochen war, da sie Kaya wegen des angeblichen Mordes einer Nebelhexe beraten sollte. Auch von den Geisterinseln war eine Botschaft eingetroffen, doch nun würden sich vermutlich ohnehin alle in Northcliff treffen.

Was all diese seltsamen Vorkommnisse in Albany wohl zu bedeuten hatten? Leánas Herz schlug vor Aufregung, als sie nach Mitternacht auf Smaragonns Rücken gen Norden flog. Rob war dicht an ihrer Seite, immer wieder streifte sie sein Blick. *Ich könnte Smaragonn dafür zerfetzen, dass er dich nicht hat mit mir fliegen lassen. Aber ich passe auf dich auf*, versprach er ihr in seiner Gedankensprache.

Das rührte sie, aber sie glaubte nicht, dass sie hier diejenige war, um die man sich Sorgen machen musste.

Leána hatte Angst um Rob, Angst vor dem, was die Drachen vielleicht mit ihm tun würden. Mächtige Wogen peitschten das Meer unter ihnen auf und donnerten gegen die Klippen der nun näher kommenden Dracheninseln. Als sie über den zerstörten Steinkreis von Borogánn hinwegflogen und sie die teils geborstenen, teils umgekippten Monolithen erblickte, lief ein Schauer über ihren Rücken. Hier waren Hunderte Hüter der Steine gestorben und zudem Apophyllion, der weiße Drache. Sie kannte dies alles nur aus Erzählungen, war damals noch ein kleines Mädchen gewesen, aber trotzdem hatte sie das Gefühl, auch heute noch würde die Bosheit der Dämonen diesem Ort anhaften. Doch nun hielten sie auf eine der nördlicheren Inseln zu, wo die meisten Drachen in Höhlen in den Klippen hausten.

Die rote Aventura kreiste am Himmel, und Leána bemerkte, wie Robs Flügelschlag sich verlangsamte. Sie ging davon aus, dass sich die beiden kurz in Gedankensprache unterhielten, denn Aventura fauchte urplötzlich und ließ sich steil in die Tiefe fallen.

Der Rat der Drachen erwartet uns. Smaragonns Worte klangen nach einer Drohung, und Leánas Magen krampfte sich zusammen.

Sowohl der grüne Drache als auch Rob schraubten sich in Kreisen in Richtung Boden. In einer von Felsen und Hügeln umsäumten Senke, die Schutz vor dem Wind bot, landeten sie und bildeten einen Kreis.

Insgesamt acht Drachen hatten sich hier versammelt, von denen Leána jedoch nur Turmalan, Smaragonn, Aventura und den silberweißen Davaburion kannte. Letzterer war Apophyllions Nachfolger, der Herr des Nordens. Den mächtigen blauschwarzen Drachen, der neben Davaburion stand, hatte sie schon häufiger über der Nebelinsel kreisen sehen, ein gelber Drache mit goldenen Flügeln hielt sich zumeist in Anmhorán auf, auf der Insel der Riesen, und bewachte das dortige Portal in die Drachenwelt. Die anderen beiden, ein kupferfarbener und ein rötlicher, waren ihr nicht bekannt. Sie alle musterten Leána, und sie konnte keine Bedrohung in ihren Blicken erkennen – sehr wohl aber, wenn sich ihre geschlitzten Augen Rob zuwandten. Dieser verwandelte sich nun in einen Menschen – weshalb konnte sie nicht sagen, aber sollte er angegriffen werden, hätte er so oder so keine Aussicht auf Rettung gehabt – und stellte sich in die Mitte des Kreises. Am liebsten wäre sie zu ihm gegangen, doch sie blieb neben Smaragonn stehen. Leána bewunderte Rob für seinen Mut, wie er dort hocherhobenen Hauptes vor den Drachen stand und ihren Blicken trotzte.

Robaryon, begrüßte ihn Davaburion. Er war einer der kleinsten Drachen und für sein Volk noch recht jung. Dennoch verspürte Leána so wie stets große Ehrfurcht vor diesem Wesen, und sie glaubte zu wissen, dass der silberweiße Drache nicht voreilig handeln, sich nicht von alten Anschuldigungen leiten lassen würde – vielleicht war das aber auch reines Wunschdenken.

»Kayne, du musst mich aus diesem entsetzlichen Loch herausholen«, jammerte Elysia. Ihr Haar hatte sich aus der sonst so akkuraten Hochsteckfrisur gelöst, ihr Gesicht war gezeichnet von Tränenspuren, und die Falten, die das Leben in ihre Züge gegraben hatte, wirkten im flackernden Licht der Fackel noch tiefer als sonst. Beinahe hätte Kayne Mitleid gehabt, aber als sie weitersprach, flammte Wut in ihm auf. »Benutze deine Magie«, flüsterte sie ihm zu.

»Du hast meine Magie stets geleugnet, sie verachtet und verdammt«, stellte er richtig.

»Kayne«, Elysia quetschte ihre Hand durch die Gitterstäbe und streckte sie flehend nach ihm aus, »ich werde hier sterben!«

»Wirst du nicht.« Er deutete auf den kleinen Holztisch in der Ecke. »Man gibt dir zu essen, Wasser, und du hast sogar eine Waschgelegenheit und einen Nachttopf – mehr als man zu den Zeiten von Fehenius erwarten konnte, wie man mir sagte.«

»Hast du denn gar kein Mitleid mit deiner eigenen Mutter?«

»Du wolltest Kaya umbringen lassen! Das geht eindeutig zu weit.« Er wandte sich ab, aber Elysia rief ihn zurück.

»Nicht doch, mein Junge, das ist alles eine infame Lüge! Du weißt, Kaya hat immer einen Weg gesucht, mich loszuwerden.«

Er hielt inne, drehte sich noch einmal um. »Und du hast Kaya ebenso gehasst. Schon so oft musste ich mir deine Verwünschungen anhören.«

»Aber ein Mord, Junge, dazu wäre ich doch gar nicht fähig«, beschwor sie ihn.

Kayne kämpfte mit sich. Er traute Kaya zu, seine Mutter unschuldig in den Kerker zu werfen – ob nun aus reiner Willkür, denn sobald es um Elysia oder Samukal ging, neigte sie dazu, ihre sonst häufig besungene Ehre zu vergessen – oder nur weil sie nicht genügend nachfragte. Gleichzeitig wusste er, auch seine Mutter scheute sich nicht, schamlos zu lügen, besonders wenn Selfra ihre Finger im Spiel hatte, und das war meistens der Fall.

Mit zwei langen Schritten war er wieder bei ihr und presste sein Gesicht gegen die Stäbe, um jede ihrer Regungen zu beobachten. »Schwörst du, den Mord an Kaya nicht in Auftrag gegeben zu haben?«

»Wie kannst du das denn nur von mir denken?«, rief sie mit schriller Stimme.

Er fasste sie an den Handgelenken, woraufhin sie empört aufschrie. »Schwörst du es bei meinem Leben?«

Elysia öffnete den Mund, blickte kurz zu Boden und sah ihm anschließend direkt in die Augen. »Ich schwöre bei deinem Leben, mein Sohn, den Mord an Kaya nicht geplant zu haben!«

Starr vor Anspannung lauschte Leána Rob, wie er mit knappen, sachlichen Worten berichtete, was sich in der Welt zugetragen hatte, in die er verbannt worden war. Wie er auch schon Leána erzählt hatte, sprach er über die beiden anderen Drachen, die schwache Magie der anderen Welt, nur fügte er diesmal mit einem entschuldigenden Blick auf Leána hinzu, dass Dymoros das Drachenweibchen im Kampf umgebracht hatte. Sie hatte sich geweigert, sich mit ihm zu paaren, und ihn angegriffen.

Aufgebrachtes Gemurmel ertönte von den anderen Drachen, Smaragonn warf gar ein, vielleicht wäre es Robaryon selbst gewesen.

Wie du sehr wohl weißt, habe ich kein Interesse daran, mich mit anderen Drachen zu paaren, schoss er zurück. *Und in meiner verfluchten Gestalt weiß ich nicht einmal, ob es überhaupt möglich wäre, Nachkommen zu zeugen.*

Der Tod des Drachenweibchens steht momentan nicht zur Debatte, rief Davaburion sie zur Ordnung. *Er ist bedauerlich, da die Magie jenseits des Portals noch schwächer sein wird. Nun möchten wir aber von Dymoros hören.*

Den Kampf mit Dymoros beschönigte Rob nicht, verschwieg nichts, und er erzählte auch von dem Portal in der Nähe von Glastonbury, das möglicherweise in die Urheimat der Elfen führte.

Robaryon, Vatermörder, donnerten da die Worte des goldenen Drachenweibchens Delwaria durch Leánas Geist, *ich kannte und schätzte sowohl deinen Vater als auch deinen Bruder. Weshalb, wenn nicht aus gutem Grunde, sollte dich Dymoros nach all den vielen Sommern und Wintern grundlos angreifen? War es nicht, um zu verhindern, dass du dich erneut mit einer Menschenfrau einlässt?* Ein kleiner Feuerstrahl züngelte in Leánas Richtung, und sie konnte erkennen, wie Rob sich anspannte, vermutlich wollte er in ihre Richtung springen. Doch zum Glück blieb er stocksteif stehen.

Ich half diesen drei jungen Menschen aus Albany, und ich empfinde Freundschaft für sie. Daran ist nichts Verwerfliches.

Leána ist eine Schönheit, warf Aventura ein, schärfer als Leána es jemals von dem Drachenweibchen gehört hatte. Sie fragte sich, ob sie eifersüchtig war und Rob vielleicht doch gerne als ihren Gefährten gesehen hätte.

Hast du dich erneut in einen Menschen verliebt, Robaryon?

Nein. Sie verstand mich, deshalb fühlte ich mich zu ihr hingezogen, und ich half dem Thronerben von Northcliff, so wie es unsere Vorfahren taten. Mehr hat das alles nicht zu bedeuten. Ich hörte auf, wahre Liebe empfinden zu können, als ihr mir Merina nahmt, selbst die Liebe zu Irelia war nur ein schwaches Abbild davon. Niemals wieder werde ich so wie damals lieben können.

Unwillkürlich durchlief Leána ein scharfer Schmerz, so überzeugend wie Rob das vorgebracht hatte, konnte sie ihm beinahe glauben. Jedes seiner Worte war eine Anklage an die Drachen, und sie spürte, wie sie einige von ihnen trafen, bemerkte die Köpfe, die sich beschämt senkten, wie manch einer die Augen kurz schloss.

Es war zu deinem Besten, Robaryon, beharrte der blauschwarze Drache. Seine Schuppen zeigten nicht mehr den Glanz, der den anderen zu eigen war, seine Haut an Hals und Bauch wirkte welk. Vielleicht war er sogar ein Drache aus jenen Tagen, als Rob verurteilt worden war, und kurz darauf bestätigte sich Leánas Verdacht.

Apophyllion war ein weiser Führer unseres Volkes. Der alte Drache neigte sein Haupt gen Westen. *Durch ihn konnte ich, so wie viele, in die Urheimat der Drachen fliehen. Sein Urteil, dich zu verbannen, ist unumstößlich! Du musst zurück in die andere Welt gehen, denn nun ist sie ohne die Magie der Drachen. Solltest du dich weigern,* kurz flackerte sein Blick zu Leána, *werden wir dich töten und einen Freiwilligen durch das Portal im Walkensee schicken, auf dass er das Gleichgewicht wahrt.*

Ich hatte ohnehin die Absicht zurückzukehren, beteuerte Rob, *nur erachtete ich es als meine Pflicht, Leána von den Vorkommnissen an dem Portal zu berichten. Sie und ihre Freunde waren auf der Suche nach einem Elfenportal, um dem Elfenvolk von Albany zu helfen. Das Fortbestehen dieser Rasse kann für uns alle wichtig sein. Leána war es, die einige von euch nach Albany zurückbrachte, schon einmal hat sie eine Welt gerettet. Ihr seht, es geht hier nicht um die Liebe zu einer Menschenfrau.* Er breitete seine Arme aus. *Aber tötet mich ruhig, wenn es euch gefällt. Dann bin ich endlich mit Merina vereint!*

Leána sog scharf die Luft ein. *Bitte nicht!* Sie bemühte sich, diesen Gedanken sorgsam vor dem Drachen zu verbergen. Doch ihr Gesichtsausdruck musste Bände sprechen, denn Davaburions Worte erklangen bereits in ihrem Kopf.

Sorge dich nicht, junge Nebelhexe. Ich bin nicht Apophyllion, ich treffe meine eigenen Entscheidungen.

Erleichtert ließ sie ihre Schultern sinken und beobachtete, wie Davaburion mit schweren Schritten zu Rob trat. Lange standen die beiden sich schweigend gegenüber, vielleicht suchte Davaburion auch nach einer Lüge in Robs Geschichte, oder sie schlossen Leána einfach aus ihrem Gespräch aus. Sie hatte das Gefühl, eine Ewigkeit würde vergehen, auch wenn der Mond nur wenig weiter nach Westen gewandert war, als der Herr des Nordens endlich erneut sprach.

Die Entscheidungen unserer verehrten Ahnen respektiere ich, dennoch ist eine neue Ära angebrochen, und nun bin ich Herr des Nordens. Er legte eine Pause ein und blickte einem jeden der anderen Drachen in die Augen, so als wolle er sich vergewissern, dass die Anwesenden seine Worte auch wirklich verstanden. *Wir alle kennen die Geschichte um Robaryon nur aus unseren Legenden. Lediglich Soladhion*, er drehte seinen Kopf zu dem alten blauen Drachen, *war zu jener Zeit bereits in dem Alter, das ihn berechtigte, für Robaryons Verbannung zu stimmen. Doch selbst er hat den Kampf zwischen Robaryon und seinem Vater nicht mit eigenen Augen gesehen. Ist es nicht so, Soladhion?*

Der blauschwarze Drache neigte leicht den Kopf, wodurch er wohl seine Zustimmung bekundete.

Robaryon war viele Sommer und Winter verbannt, fuhr Davaburion fort. *Er hat sich geändert, unsere Welt hat sich geändert, ja, das gesamte Drachenvolk ist anders als zu jener Zeit. Leána, kannst du bezeugen, dass sich der Kampf zwischen ihm und seinem Bruder so zutrug, wie er es geschildert hat?*

Ihr Mund war knochentrocken, und sie brachte zunächst nur ein heiseres Krächzen heraus, bevor sie in Menschenworten sprach: »Es war, wie er es beschrieben hat.«

Ein seltsames Gemurmel erklang in ihrem Kopf, die Drachen sprachen nun durcheinander. Das laute Brüllen und der Feuerstoß, der aus Davaburions Rachen kam, ließen sie verstummen.

Ich, Davaburion, Herr des Nordens, verkünde folgendes Urteil …

Kayne wusste einfach nicht, was er glauben sollte. Sein Gefühl sagte ihm, dass seine Mutter alles tun würde, nur um aus dem Kerker zu kommen, andererseits – sie blieb seine Mutter, und ob sie ihm wirklich offen ins Gesicht lügen würde noch dazu bei seinem Leben, das konnte er auch nicht mit Gewissheit sagen. Langsam spazierte er den Wehrgang entlang in Richtung Burghof.

»Mögen dich die Götter strafen, wenn du nicht die Wahrheit gesprochen hast, Mutter«, flüsterte er in den Wind, dann wurde er jedoch abgelenkt, denn er erkannte im Schein der Fackeln, die den Burghof erhellten, Toran. Was tat er hier so weit nach Mitternacht? Leánas Cousin trug die von den Dunkelelfen entwickelte Schutzkleidung, bestehend aus mehreren Lagen dünnem, aber erstaunlich widerstandsfähigem Leder, das die größtmögliche Bewegungsfreiheit bot, den Krieger jedoch schützte. Schultern und Arme waren mit beweglichen Metallplatten verstärkt. An Torans Seite hing sein Schwert, ein armlanger Dolch, und ein junger Bursche trug Satteltaschen und weitere Gepäckstücke.

»Toran!« Kayne eilte die Treppen hinab und blickte in das Gesicht des jungen Prinzen, das in den letzten Tagen so erwachsen, beinahe schon verhärmt geworden war. Nun ähnelte er mehr denn je Atorian, und etwas Hartes, Bitteres, lag um seinen Mund. Seine Lippen waren fest aufeinandergepresst und zeugten von seiner Entschlossenheit.

»Was ist? Ich will gerade aufbrechen.«

»Toran, meine Mutter …«

Eigentlich hatte er mit einem höhnischen oder zynischen Kommentar gerechnet im Sinne von: *Oh, Muttilein sitzt also endlich dort, wo sie hingehört.* Aber im Gegenteil, Torans Züge entspannten sich ein wenig.

»Du bist nicht deine Mutter, und ich weiß, du hast nichts damit zu tun.«

»Oh … ja.« Kayne neigte dankbar den Kopf. »Es freut mich, dass du das so siehst, aber sag, möchtest du nicht Leána …«

»Leána ist eine andere Sache.« Abrupt wandte Toran sich ab. »Jel und Hauptmann Sared warten auf mich. Wir müssen einen Mörder jagen. Geh du mit Leána durch das Portal, oder lasst es bleiben, es ist mir gleichgültig. Zumindest dir wünsche ich viel Glück.« Schon war er davongeeilt, und Kayne wusste, es hatte keinen Sinn, ihm nachzugehen. Vielleicht würde ja die Zeit Torans Wut auf Leána vergehen lassen. Wenn der Mörder erst gestellt war, wollte er noch einmal mit ihm reden.

»Pass auf dich auf, Toran«, murmelte er. Jetzt verspürte er eine bleierne Müdigkeit und ging auf den Eingang zur Burg zu, um sich schlafen zu legen. Dummerweise öffnete sich die mächtige Holztür gerade, und seine Tante kam heraus, erblickte ihn und beschleunigte ihre Schritte. Ihm schwante nichts Gutes.

Was schleicht Selfra denn mitten in der Nacht herum? Wie immer erinnerte sie ihn an eine watschelnde Ente, als sie so geschäftig auf ihn zukam. Bedauerlicherweise gelang es ihm nicht, unauffällig zu verschwinden. Schon war sie bei ihm, ergriff ihn am Oberarm und führte ihn zu einer Nische in der Mauer.

»Wir müssen Elysia aus dem Kerker holen«, zischte sie.

»Ich muss gar nichts«, stellte er nüchtern klar.

Ihre Finger drückten kräftig zu, fester, als es ihre schwammige Erscheinung erahnen ließ.

»Mein lieber Neffe, das bist du ihr schuldig! Sie hat dich geboren und stets …«

»Ja, ja, sie hat stets zu mir gehalten. Wie oft habe ich das gehört! Aber Kaya ermorden zu lassen geht zu weit!« Er machte sich von ihr los und verschränkte die Arme vor der Brust. »Oder kann es sein, dass die Falsche im Kerker sitzt?«

Seine Tante stieß die Luft durch die Nase aus. »Lass diese Unverschämtheiten!« Sie griff in ihren Umhang und drückte ihm ein Bündel in die Hand, in dem es verdächtig klimperte.

»Was soll das?«

»Das könnte helfen, einen Knecht oder eine Dienerin dazu zu bewegen … nun sagen wir … Elysias Kerkerzelle nicht ordnungsgemäß zu schließen. Wenn du noch ein wenig mit deiner Magie nachhilfst, würde es gelingen.« Ein Lächeln, das wohl einnehmend erscheinen sollte, überzog ihre fleischigen Wangen. »Die kleine blonde Magd, mit der du …«

Entschieden drückte Kayne das Bündel mit den Münzen zurück in Selfras Hand. »Das kannst du schön allein tun – und deinen Kopf hinhalten, falls es misslingt!«

Ohne auf die empörten Rufe seiner Tante zu hören, ging er davon. Er würde Kaya nicht warnen, aber helfen wollte er Selfra und seiner Mutter ebenfalls nicht. Ihm war zu Ohren gekommen, wie seine Tante in der Öffentlichkeit über Elysia schimpfte, und nun wollte sie ihr hintenherum doch zur Flucht verhelfen. Spätestens jetzt hatte er die Gewissheit, dass Selfra und seine Mutter gemeinsame Sache machten.

Ein Teil von ihm wäre froh, wenn Elysia entkommen würde,

ein anderer sagte ihm, sie hatte genau das verdient, was ihr gerade widerfuhr.

Noch immer konnte Leána nicht ganz glauben, was Davaburion entschieden hatte, aber es war besser gelaufen, als sie sich jemals erträumt hätte. Nach dem Urteil waren sie sofort nach Northcliff geflogen, mussten nun aber warten, bis auch die Zauberer und Elfen eintrafen.

Toran war nicht mehr auf der Burg und offenbar bereits in der Nacht aufgebrochen, was Leána einerseits erleichterte, andererseits auch traurig stimmte. Eine Aussprache wäre dringend nötig gewesen. Nun schlenderte Leána über den alten Friedhof, legte an den Gräbern ihrer Ahnen ein paar Blumen nieder und setzte sich schließlich auf die Mauer, die zum Drachenmeer hinauszeigte. Rob hatte ein wenig allein sein wollen und war zum Strand hinabgegangen. Er wollte sich auf sein Gespräch mit Kaya vorbereiten, denn er musste ihr erzählen, wer er wirklich war. Später würde er eine öffentliche Ansprache vor Zauberern und Elfen halten, und alle würden gemeinsam entscheiden, ob sie versuchen sollten, den Bann am Elfenportal zu brechen oder nicht. Leána hoffte auf eine rasche Einigung, würde eine Reise in die andere Welt sie doch ein wenig von Siahs Tod ablenken.

Während das unablässige Donnern der Wogen gegen die Klippen Leána langsam beruhigte, versuchte sie sich vorzustellen, wie es im Reich des Lichts aussah. Würden Siah und all jene, die vor ihr gestorben waren, tatsächlich dort auf sie warten, oder wie die Dunkelelfen glaubten, an Marvachâns Tafel speisen? Leána für ihren Teil glaubte, alle Vorstellungen von einer Welt, in die man nach dem Tod ging, entsprangen dem Wunsch, diejenigen wiederzusehen, die man liebte und vermisste. War es möglich, sich dort zu treffen, verschwammen vielleicht die Grenzen zu jenen Reichen, an die die jeweiligen Völker glaubten? Möglicherweise war es ähnlich, wie einen Eichenpfad oder ein Portal zu benutzen, oder auch ganz anders. Sie würde es erst erfahren, wenn sie selbst die Reise ins Licht antrat.

Eine Gestalt, die energischen Schrittes über den Friedhof ging, sich umsah und dann direkt auf sie zukam, erweckte ihre Aufmerksamkeit. Der erste Impuls war, unbemerkt das Weite zu suchen, aber dafür war es zu spät. Daher sprang sie von der Mauer und ging dem Dunkelelfen entgegen.

»Nal? Ich dachte, du begleitest Toran?«, wunderte sie sich.

Der muskulöse Dunkelelf verneigte sich vor ihr, dann stellte er sich mit dem Rücken zur Sonne, die hinter einer Wolke hervorkam.

»Leána von der Nebelinsel, ich vernahm Kunde, du wärst in Northcliff eingetroffen. Deshalb ritt ich zurück hierher.« Auch wenn er schon lange an der Oberfläche lebte, kniff er bei Tageslicht noch immer die Augen zusammen, was ihm ein grimmiges Aussehen verlieh. Sein dunkelgraues Haar hatte er zu einem langen Pferdeschwanz zurückgebunden, wodurch die hohen Wangenknochen mehr als sonst zur Geltung kamen.

Leánas Gedanken rasten. Was wollte Nal von ihr?

»Erweist du mir die Ehre, mich ein Stück zu begleiten?«

»Selbstverständlich«, antwortete sie mit dünner Stimme. Sie musste ihm von Rob erzählen, hatte jedoch keinen blassen Schimmer, wie sie das tun sollte, ohne ihn zu kränken. Während sie über den Friedhof schritten und anschließend den Burghof überquerten, legte sie sich mehrere Ansprachen zurecht, verwarf sie jedoch gleich wieder. Überraschenderweise sprach auch Nal kein Wort, sondern ging nur aufrecht neben ihr her, und sie musterte den Dunkelelfen von der Seite. So wie jeder in Albany war auch Leána von ihm beeindruckt. Nal war größer als die meisten ohnehin schon hochgewachsenen Vertreter seines Volkes. Seine Schultern konnten mit denen des menschlichen Schmieds mithalten, an dem sie gerade vorbeikamen – sehr ungewöhnlich für das eher filigrane Volk der Dunkelelfen.

Wie immer lag seine Hand, wohl aus Gewohnheit, am Knauf

seiner tödlichen Klinge. Leána wusste, in seiner Menschengestalt wäre Rob Nal hoffnungslos unterlegen, und so zermarterte sie sich den Kopf, wie sie einen Kampf zwischen den beiden verhindern konnte.

»Zu den Klippen?«, wandte sich Nal mit knappen, beinahe schon gepressten Worten an sie.

Derart aus ihren Gedanken gerissen zuckte sie zusammen, dann nickte sie.

Seite an Seite passierten sie das erste Tor, die hölzerne Brücke, die über den mächtigen Burggraben führte, und verließen auch das geöffnete Außentor. Kutschen mit Lebensmitteln und Stoffen rollten herein. Ein Bauer trieb ein paar Schafe vor sich her.

An den Klippen hielten sie an, und Nal'Righal hielt sein markantes Gesicht in den Wind.

»Woher …«, Leána räusperte sich, »wusstest du denn, dass ich in Northcliff bin?«

»Eine Magd sprach davon, dass du auf einem Drachen geflogen bist. Ich konnte ihr Gespräch mit einer Obsthändlerin belauschen, als wir unsere Vorräte an der Handelsstraße aufstockten.«

»Oh.« Leána blickte zu Boden, aber Nal hob ihr Kinn mit seinem Zeigefinger an, und sie musste den Kopf in den Nacken legen, um ihm in die Augen zu sehen – was sie äußerst ungern tat.

»Ich muss mit dir sprechen.«

»Nal – ich …«

»Es beschmutzt meine Ehre ebenso wie die deine, und sobald ich meinen Auftrag, Prinz Toran zu schützen und den Mörder der Nebelhexe aufzuspüren, ausgeführt habe, werde ich ins Unterreich reisen, um abzuwenden, was mein Onkel beabsichtigt zu tun.«

Verdutzt bemerkte Leána, wie gepresst und hektisch Nal'Righal sprach. Sonst war er die Beherrschung in Person.

»Worum geht es denn, Nal?«, erkundigte sie sich daher vorsichtig.

Der große Krieger holte tief Luft. »Seitdem unsere Leidenschaft im Unterreich füreinander entbrannt ist, galten meine Gedanken an eine gemeinsame Zukunft nur dir.«

Sie holte zu einer Entgegnung Luft, aber er hob die Hand. »Selbstredend akzeptiere ich die Tradition der deinen und werde nicht darauf drängen, vor deinem fünfzigsten Geburtstag den Bund mit dir einzugehen.«

»Das ist sehr aufmerksam«, antwortete sie kläglich. Sie hatte nicht vor, Rob in nächster Zeit zu heiraten, aber es war auch keine Option, ihre Liebe ewig geheim zu halten.

Nal straffte die Schultern noch mehr, sein Gesicht war mit einem Mal zum Zerreißen gespannt, und plötzlich schoss ihr durch den Kopf, er könne bereits von ihrer Beziehung zu Rob wissen und fühle sich betrogen. Langsam wanderte ihre Hand zu ihrem Schwert. Sie hielt es nicht für ausgeschlossen, dass er sie angriff, sollte ihre Vermutung zutreffen.

»Mein Onkel will mich zu einem Bund mit Rin'Alvir zwingen«, brach es jedoch aus Nal heraus, und Leána riss die Augen auf, als sie erkannte, dass es nicht Wut, sondern Verzweiflung war, die ihn derart aus der Fassung brachte.

Nun kniete er sich gar vor sie, nahm ihre Hand in seine und blickte zu ihr auf. »Lieber würde ich mich selbst töten, als dich zu entehren, Leána!«

»Aber Nal!« Am liebsten hätte sie laut und erleichtert aufgelacht, beherrschte sich jedoch und wählte ihre Worte sorgsam, um ihn ja nicht zu beleidigen. »Es würde mich keinesfalls entehren, wenn du jemand anderen heiratest. Ich selbst habe dich hingehalten, da ich noch nicht bereit dazu bin.«

Zweifel standen in Nals edlem Gesicht. »Du musst nicht lügen, um meine Ehre zu wahren«, versicherte er. »Unsere Leidenschaft flammte auf wie die Feuer von Kyrâstin und …«

»Ich war noch jung, sehr jung, Nal«, warf Leána vorsichtig ein. »Eine Dunkelelfe in diesem Alter …«

Nal neigte den Kopf, und Leána befürchtete schon, etwas

Kränkendes gesagt zu haben, und fuhr daher nicht fort. »… hätte sich nicht einmal mit dem Gedanken getragen, sich auf Dauer mit einem Mann einzulassen, sondern sich nur der Kriegskunst hingegeben?«, beendete er, ebenfalls sehr zögerlich, ihren Satz.

Leána nickte erleichtert. »Nal, nach den Gesetzen meines Volkes – also dem der Menschen – bin ich keinerlei Verpflichtungen mit dir eingegangen.«

Er zog eine seiner Augenbrauen in die Höhe. »Ist dein Feuer für mich erloschen?«, erkundigte er sich.

Nun wusste Leána nicht, was sie antworten sollte. Ganz gleich, was sie sagte, alles konnte seine Ehre beleidigen. Sie spürte noch immer eine gewisse Faszination für Nal, doch mit Liebe oder Begehren hatte das nichts zu tun. Er war ein beeindruckender Kämpfer, ein perfekter Krieger, und als junges Mädchen war sie von seiner leidenschaftlichen Seite, die man ihm auf den ersten Blick nicht ansah, tatsächlich überwältigt gewesen.

»Ich schätze dich«, antwortete sie daher, »und ich bewundere deine Beherrschtheit und deine Kampfkunst.« Sie holte tief Luft. »Aber ich liebe dich nicht.«

Er zeigte keine Regung, nicht einmal eine Ader pochte an seinem Hals. »Liebe wird beim Volk der Menschen sehr hoch geachtet«, erwähnte er dann, und Leána war froh, als sich seine Schultern ein wenig senkten.

»Bei den Dunkelelfen auch«, antwortete sie lächelnd. »Meine Mutter liebt meinen Vater sehr, Großvater Zir'Avan liebte Lilith, auch wenn sie nicht die Gelegenheit hatten, diese Liebe wirklich zu leben.«

»Wir sind ein langlebiges Volk.« Nal'Righal setzte sich auf einen Stein. »Wir gehen nicht leichtfertig Bindungen ein. Häufig geschehen sie aus politischen Entscheidungen heraus.«

Das hatte auch Leána schon gehört. Sie legte ihre Hand auf Nals Unterarm. »Liebst du Rin'Alvir denn?«

»Ich kenne sie kaum.« Nal schnaubte und bohrte mit seiner Stiefelspitze im Sand herum. »Mein Onkel wünscht eine Blutsverbindung, da sich ihr Bruder als Magiekundiger herausgestellt hat. Er möchte weitere Zauberer unter den 'Righal.«

»Du bist doch kein Zuchthengst«, rutschte es Leána unüberlegt heraus.

Nal'Righal spannte sich an. »Du hast recht, mein Onkel beleidigt mich. Ich werde ihn zum Kampf herausfordern.«

Verdammt, Leána, denk nach, bevor du sprichst, schalt sie sich selbst.

»Nein, Nal«, beschwichtigte sie ihn daher. »Sicher hatte dein Onkel nichts Entwürdigendes im Sinn. Er will das Beste für deine Familie. Aber ich denke, du solltest seinem Wunsch nur nachgeben, wenn du dich auch zu Rin hingezogen fühlst.«

Wieder durchbohrte der Krieger sie mit Blicken, aber dann entspannten sich seine harten Züge.

»Die 'Alvir waren noch vor Kurzem keine angesehene Familie, dennoch haben sich nun, nachdem einer von ihrem Blute auf den Geisterinseln weilt, mehrere Mitglieder der Prüfung unterzogen, bei der sich zeigt, ob sie es würdig sind, die Ausbildung zum Còmhragârkrieger zu beginnen. Eine erstaunliche Anzahl von ihnen trat sowohl den Mhragâr als auch den Còmhragâr bei. Rin'Alvir soll von großer Anmut sein und sich dem Tanz mit der Klinge mit voller Leidenschaft hingeben.«

»Siehst du, das sind doch alles Eigenschaften, die du schätzt«, entgegnete Leána lächelnd. »Lerne sie kennen, verbring ein wenig Zeit mit ihr. Wer weiß, vielleicht entflammt eure Liebe.« Sie drückte Nals Hand. »In keinem Fall entehrst du mich oder dich, wenn du jemand anderen zur Frau nimmst.«

Nal'Righal erhob sich und zog auch Leána in die Höhe. »Ich danke dir für deine Worte und hoffe, wir bleiben *keravânn*. Stets gehört mein Schwertarm dir, sollte er gebraucht werden.«

»Natürlich bleiben wir Freunde!« Leána umarmte Nal, und auch wenn dieser sich für einen Moment versteifte, erwiderte er diese Vertraulichkeit kurz darauf und lächelte beinahe schon freundlich, als er sie ein Stück von sich weg hielt.

»Leána, du bist eine beachtliche Frau, doch befürchte ich, ich hätte deine Denkweise niemals völlig ergründen können.«

»Kein Mann kann die Denkweise einer Frau völlig ergründen.« Sie zwinkerte ihm zu und schlenderte, durchströmt von Erleichterung, zurück zur Burg. Zumindest eine Sache hatte sich endlich geklärt, und sie wünschte Nal von Herzen, dass er sein Glück fand.

Zur gleichen Zeit saßen Darian, Aramia und Kaya gemeinsam im königlichen Arbeitszimmer und sprachen über die neuesten Entwicklungen.

»Ich würde Northcliffs letztes Goldstück darauf verwetten, dass Selfra mit in diese Intrige verwickelt ist. Nur kann ich ihr nichts nachweisen!«, schimpfte Kaya und schlug zornig mit der flachen Hand auf den Tisch.

Sowohl Darian als auch seine Gefährtin waren sprachlos nach dem, was sie erfahren hatten.

»Moment, Kaya.« Aramias Augenbrauen zogen sich zusammen. »Hat Luth'Maruc nicht behauptet, eine größere Gruppe stünde hinter dem Anschlag auf dich?«

Bedächtig wiegte Kaya ihren Kopf. »Das entsprach nicht ganz der Wahrheit, und Nal'Righal war mehr als aufgebracht. Nachdem Elysia verhaftet worden war, sprachen wir noch einmal mit ihm, und er sagte nur, er wäre sich sicher, ein solch einfältiges, närrisches Geschöpf wie Elysia könne das alles nicht geplant haben. Vor allem hätte sie Urs'Ahbrac nicht persönlich gekannt, demnach müsse jemand anderes den Kontakt hergestellt haben.«

»Ich glaube auch nicht, dass Elysia alles allein in die Wege geleitet hat«, stimmte Darian zu.

Aramia hingegen blickte zum Fenster hinaus und spielte gedankenverloren an dem Ring an ihrer linken Hand herum. Er bestand aus filigranen, ineinander verschlungenen Strängen aus Silber und Bronze. Vor langer Zeit hatte Darian ihn ihr als Zeichen seiner Liebe geschenkt und um ihre Verbundenheit zu demonstrieren. In Albany kannte man den Brauch nicht, Ringe zu tauschen, in der Welt, in der Darian aufgewachsen war, hingegen schon, und ihm bedeutete dies sehr viel. Er hatte Aramia nicht heiraten dürfen, solange er mit Elysia vermählt war. Und jetzt stand es in den Sternen, ob ihre Hochzeit überhaupt zum letzten Sommermond stattfinden konnte. Doch im Augenblick hatten sie ganz andere Probleme.

»Sieh dich vor, Kaya«, bat er.

»Elysia sitzt im Kerker, wer auch immer mich im Reich des Lichts sehen will, er wird gewarnt sein.«

»Du könntest auch Selfra verhaften lassen«, schlug Aramia vor.

Kaya lachte bitter auf. »Ohne Beweise? Der Adel nimmt mir schon die Sache mit Ashila übel. Wenn ich jetzt auch noch Selfras dicken Hintern in den düsteren Kerker schaffen lasse, wo er hingehört, wird es einen Aufschrei der Empörung geben. Sie versteht es, die Menschen zu manipulieren.«

»Dann lass sie zumindest beobachten«, verlangte Aramia.

Gereizt rieb sich Kaya die Schläfen. »Sared ist auf sie angesetzt, und während er fort ist, einer der Soldaten. Nur leider ist Selfra geschickt und ein intrigantes Miststück. Sie wird jetzt noch vorsichtiger sein.«

»Und Toran …«, begann Darian vorsichtig.

»Der ist auf der Spur des Mörders«, fiel ihm Kaya ins Wort. Er wusste genau, wie sehr es sie belastete, dass ihr Sohn sich in Gefahr brachte.

Er beugte sich über den Tisch und legte seine Hand auf ihre. »Es war richtig, ihn gehen zu lassen, und vor allem ist er nicht allein!«

Kaya deutete ein Lächeln an und nickte knapp.

»Gut, dann lasst uns zusehen, was aus dieser eigenartigen Sache mit dem Drachen wird.«

»Wie du siehst, haben auch wir es nicht einfach mit unserem Kind.« Aramia schnitt eine Grimasse.

»Ihr habt recht.« Ruckartig erhob sich Kaya und begann, im

Raum auf und ab zu gehen. »Was ihr mir über diesen Robaryon erzählt habt, klingt nicht sehr vertrauenerweckend.«

»Er ist mir nicht unsympathisch«, beschwichtigte Darian, »dennoch …«

»Er hat sowohl seinen Vater als auch seinen Bruder ermordet!«, warf Aramia mit vor Zorn funkelnden Augen ein.

»Nicht der Traum von einem potenziellen Schwiegersohn«, gab Darian zu, dann betrachtete er Aramia mit einem liebevollen Lächeln. »Dennoch vertraut Leána ihm, und sie ist wirklich kein naives Mädchen mehr. Sei ehrlich, Mia, hätte dein Bruder deine erste große Liebe ermordet, du wärst auch nicht zimperlich mit dem Schwert gewesen.«

Aramia spielte verlegen an einer ihrer langen schwarzen Haarsträhnen herum. »Ich würde jeden durchbohren, der dir etwas antut«, räumte sie ein.

»Ehrlich gesagt hätte es mich auch gewundert, wenn sich Leána einen Zahlmeister oder Händler als Gefährten ausgesucht hätte.« Kaya lächelte sie nacheinander an. »Unsere Kinder sind, wie sie sind, und wir müssen auf ihr Urteil vertrauen. Im Übrigen möchte Robaryon heute Nachmittag bei mir vorsprechen, und ich bin gespannt, seine Bekanntschaft zu machen.«

Nachdem endlich Elfen und Zauberer eingetroffen waren, lauschte Leána Rob deutlich entspannter als zuvor auf den Dracheninseln. Im Auftrag der Drachen verkündete er nun öffentlich auf der Burg von Northcliff, wozu sich sein Volk entschieden hatte. Kayas Miene war ernst, und sicher hatte sie lange darüber nachgegrübelt, was sie vor dem Rat sagen sollte. Leána wusste, sie hatte schon längst ins Zwergenreich aufbrechen wollen, doch die Dinge hatten einen Aufschub verlangt. Daher war nur eine Vorhut an Soldaten zu Edurs Unterstützung geritten. Mittlerweile waren Leána die übelsten Gerüchte über Elysias Verhaftung zu Ohren gekommen, jedoch war Kayne entweder während der letzten Tage nicht auf der Burg gewesen oder ihr absichtlich aus dem Weg gegangen. Er tat ihr leid, denn es musste entsetzlich sein, wenn seine eigene Mutter eine Verbrecherin war, zumal er ja wegen seines Vaters Samukal ohnehin schon vorbelastet war.

»Es ist der Wunsch der Drachen, das Portal zu öffnen«, begann Rob mit fester, klarer Stimme. »Ich soll, um meine Schuld gegenüber meinem Volk zu begleichen, jene Zauberer und Krieger begleiten, die ihr in die Welt jenseits des Portals von Glastonbury Tor zu entsenden gedenkt. Damit mir der Übertritt gelingt, darf ich erneut Leánas Amulett tragen. Zwei weitere Drachen werden in die Welt entsandt, aus der einst Prinz Darian von Northcliff kam«, Rob verneigte sich zu Leánas Vater, »um das magische Gleichgewicht aufrechtzuerhalten, bis ich wieder dorthin zurückkehren werde, um meinen Platz einzunehmen.«

»Mit Verlaub, selbst wenn uns Dunkelelfen dies nur am Rande betrifft.« Dun'Righal erhob sich von seinem Stuhl. Nach Elysias Verhaftung war er an der Oberfläche geblieben, um einige hierlebende Dunkelelfen zu besuchen, und war nun als Vertreter seines Volkes anwesend, denn Ray'Avan war bislang noch nicht eingetroffen. »Wäre es nicht besser, durch das Drachenportal in Anmhorán in die Drachenwelt und von dort aus in die Elfenwelt zu reisen? Vielleicht ist dieses Portal nicht versiegelt.«

Gemurmel erhob sich, einige bekundeten ihre Zustimmung, doch Estell, Gesandter der Elfen, nickte dem Herrn der Dunkelelfen zu und ergriff das Wort. »Ein guter Einwand, Dun'Righal. Doch bereits einige Sommer nach dem Dämonenkrieg, als die Drachen wieder Vertrauen fassten, baten wir mit Prinz Darians Hilfe darum, dass sie nach einem Portal in die Urheimat der Elfen in ihre Welt suchen. Nur leider sind nicht alle Welten miteinander verbunden, nicht immer gibt es Portale, die in die Welten anderer Wesen führen. Die Drachen versicherten uns, es gäbe kein Elfenportal und hätte es jemals eines gegeben, würde es heute nicht mehr existieren. In ihrer Welt brach vor Tausenden von Sommern ein Vulkan aus, der vieles zerstörte und auch ihre Welt verwandelte. Altes Wissen ging verloren, ähnlich wie bei uns in Albany, nachdem der Zorn der Götter uns getroffen hat.«

Der Herrscher aus dem Unterreich setzte sich wieder und legte die Fingerspitzen aneinander.

»Das Elfenreich entsendet mich als Magier sowie drei Krieger in die andere Welt«, verkündete Estell mit seiner kühlen Stimme, die zu den hellgrauen Augen passte.

Leána wunderte sich, dass nicht Lharina selbst diese Expedition begleiten wollte, aber sicher hatte sie ihre Gründe.

»Wird die Elfenkönigin nicht hinüberreisen, um ihre verloren geglaubten Ahnen zu sehen?«, schallte da Dimitans Stimme durch den Raum und stellte somit die Frage, die Leána beschäftigte.

»Das war ihr Wunsch, aber der Elfenrat war dagegen. Unser Volk stirbt aus, und die Königin ziehen zu lassen, noch bevor die Welt hinter diesem Portal erkundet ist, birgt ein viel zu großes Risiko«, fuhr Estell den anderen Zauberer an, und Dimitans Hakennase zuckte ein wenig.

Kaya erhob sich von ihrem Thron. »Ich kenne Lharina und bin mir sicher, sie wäre gerne dabei gewesen. Ich halte die Entscheidung der Elfen für klug, zumal noch nicht abzusehen ist, welche Gefahr von der Situation mit den Zwergen ausgeht. Hieraus könnte rasch ein Krieg entstehen, der auch die Elfen betrifft.«

»Das Portal öffnet sich nicht von allein«, schaltete sich Darian nun ein. Der Blick ihres Vaters rührte Leána, denn er wusste, sie würde hinüberreisen. Man brauchte sie, um das Portal zuverlässig zum Erstrahlen zu bringen.

»Ich zwinge niemanden zu gehen«, erklärte Kaya sanft. »Jeder soll aus freien Stücken in die andere Welt reisen.« Sie straffte ihre Schultern. »Zauberer Dimitan, Euch und Nordhalan hätte ich gern als Begleiter für Leána, sofern sie der Reise überhaupt zustimmt.«

Noch ehe Darian etwas einwenden konnte, erhob sich Leána. »Ich komme mit!«

Der hagere Zauberer indes fuhr zusammen und strich sich nervös über die Glatze.

Nordhalan hingegen verneigte sich. »Es wäre mir eine Ehre.«

»Königin Kaya.« Dimitan räusperte sich lautstark. »Mich ehrt es ebenfalls, dass Ihr mir diese … verantwortungsvolle Aufgabe für Northcliff übertragt …« Nur mühsam konnte Leána sich ein Grinsen verkneifen, als sie die Schweißperlen bemerkte, die nun Dimitans Schläfen hinabrannen. Der Hofzauberer war kein schlechter Mensch, wenn auch ein etwas eigener, aber durch große Abenteuerlust oder Wagemut hatte er sich noch nie hervorgetan. Deshalb war sie gespannt, wie er sich aus der Affäre ziehen würde.

»Wäre es … « Erneut hüstelte er. »Sagen wir, für die Expedition hilfreicher, wenn ein jüngerer Zauberer mit ihnen gehen würde?«

»Nun, für einen Zauberer habt Ihr noch kein allzu hohes Alter erreicht«, stellte Kaya klar, doch sie deutete ein Lächeln an. »Wie gesagt, ich werde niemanden zwingen. Wen schlagt Ihr an Eurer Stelle vor?«

»Morthas!« Beinahe schon enthusiastisch schlug Dimitan seinem Lehrling auf den Rücken. Morthas hatte sich vermutlich nicht in der Auswahl gewähnt und gerade ein Stück Gebäck verspeist. Dieses landete nun in einer unappetitlichen Masse auf der langen Tafel, als er sich verschluckte und hustete, während er seinen Meister aus großen Augen anstarrte.

»Morthas.« Kaya hob die Hände. »Wenn Ihr ihn für weit genug ausgebildet haltet, soll es so sein.«

»Das ist er! Und die Reise wird einen wichtigen Meilenstein in seiner Ausbildung darstellen.« Dimitan nickte nachdrücklich, und sein Lehrling hob stolz das Kinn.

»Ich bin bereit, Northcliff mit all meinem Können zu dienen.«

»Schleimiges Gewürm«, murmelte Leána und fing sich einen Seitenhieb von Aramia ein.

»Es ist nicht weise, seine Gedanken laut auszusprechen, wenn Zauberer in der Nähe sind«, zischte sie, dann wurde ihr Blick ganz sanft, und sie streichelte unter dem Tisch Leánas Hand. Ebenso wie die Zauberer, Dun'Righal und die Elfen, saßen alle Angehörigen der Herrscherfamilie an der langen Tafel links des Thrones, weitere Adlige, Dunkelelfen und Soldaten drängten sich im Thronsaal und lauschten den Entscheidungen, die ihre Anführer trafen. Da es nicht direkt um das Menschenreich oder ihre Ländereien ging, ja nicht einmal um Albany selbst, wurden sie nicht in die Entscheidung mit einbezogen. Neugierig waren sie jedoch allemal, und bestimmt würde sich die Kunde von der bevorstehenden Expedition in die fremde Elfenwelt wie ein Lauffeuer verbreiten.

»Mir war klar, dass du dir dieses Abenteuer nicht entgehen lässt, aber bitte, Leána, sieh dich vor.«

»Natürlich, Mutter«, sie zwinkerte ihr zu, »du hättest das Gleiche getan und wärst Vater gefolgt.«

An dem Schmunzeln, das über Aramias Züge huschte, erkannte Leána, dass sie recht hatte, dann starrte Aramia kurz Rob an. »Bist du dir sicher, dass der Drache das ist, was Darian für mich bedeutet?«

»Ist er«, versicherte sie spontan, auch wenn sie zugeben musste, dass Robs Geständnis wegen seines Vaters und Bruders und auch der Kampf mit Dymoros sie ein wenig verstört hatten. Er war ein fremdes Wesen, anders als alle, die sie kannte.

Auch in den Augen ihrer Mutter erkannte sie Zweifel und Sorge, aber Aramia drückte nur noch einmal ihre Hand und wandte sich dann wieder Kaya zu, die erneut sprach.

»Auf die Entscheidung der Zwerge können wir nun nicht mehr warten, jetzt da Robaryon diesen seltsamen Hilferuf vernommen hat, zumal sie gerade andere Probleme haben. Dennoch werde ich Nachricht an sie senden«, fuhr Kaya fort.

»Möchte sich noch jemand, der über Magie oder herausragende Kampfkunst verfügt, der Reise in die fremde Welt anschließen?«

Leises Gemurmel wurde hörbar, dann drängte sich Kayne vor den Thron.

»Ich möchte mit ihnen gehen.« So wie immer, wenn er vor Entscheidungsträgern oder einflussreichen Leuten stand, drückte seine ganze Haltung Ablehnung und Anspannung aus. Seine Kiefer waren zusammengepresst, eine Hand geballt, die andere lag an seinem Dolch, ob jetzt absichtlich oder nicht.

»Er ist mutig«, vernahm Leána die geflüsterten Worte einer Hofdame, die mit ihrer Freundin tuschelte.

»Zudem sieht er ausgesprochen gut aus«, erwiderte die zweite und strich sich eine kunstvoll frisierte blonde Locke zurück.

»Ich weiß nicht, mir ist er unheimlich. Schließlich ist er Samukals Sohn!«

Die beiden nickten sich einstimmig zu, und Leána seufzte. Die jungen Frauen hatten recht. Durchtrainiert, hochgewachsen und mit seinem kurzen dunklen Haar und dem Stoppelbart war Kayne durchaus ein attraktiver Mann, doch er strahlte eine solche Unnahbarkeit aus, dass es ihm sicher schwerfallen würde, einmal eine feste Partnerin zu finden.

»Ich werde dich nicht aufhalten«, antwortete Kaya gerade mit kühlen Worten, dann wandte sie sich demonstrativ von ihm ab, und Kayne trat zurück. Selbst auf die Distanz konnte Leána spüren, wie es in ihm brodelte. Überall wurde diskutiert, manch einer blickte unsicher in die Runde und hoffte wohl, sein Nebenmann würde sich der Reise anschließen.

»Leána, dein Vater und ich könnten dich begleiten, wenn du das möchtest«, versicherte Aramia leise.

Leána legte ihr eine Hand auf den Arm. »Geht nur mit Kaya und helft Edur. Ich habe Nordhalan, Kayne, Rob und die Elfen bei mir. Sicher kommen wir zurecht.«

»Zumindest einer von uns sollte mit euch gehen«, warf Darian ein und war schon dabei, sich zu erheben.

Doch Leána schüttelte entschieden den Kopf. »Bitte bleib. Ihr wart lange getrennt, als ich noch klein war. Mir wäre es lieber, ihr …«, sie musste heftig schlucken, »achtet ein wenig auf Toran. Und Torgal braucht euch ebenfalls. Ich bin erwachsen und werde meinen Weg schon gehen.«

Die beiden sahen sich an, dann beugte sich Darian zu ihr, um sie auf die Stirn zu küssen. »Wenn der Drache dich nicht beschützt, werde ich ihn eigenhändig enthaupten.«

Sie lachte leise. »Diese Worte hätte ich eher Mutter zugetraut.«

»Wie du siehst, färben manche Dinge ab, wenn man erst eine Weile zusammenlebt«, scherzte Darian, wurde aber anschließend wieder ernst. »Pass auf dich auf, Leána.«

Ihre Aufmerksamkeit wurde auf Dun'Righal gelenkt, der drei Dunkelelfenkrieger zur Unterstützung anbot, doch Estell lehnte ab, was vermutlich klug war, denn niemand wusste, wie Dunkelelfen und Elfen in dieser anderen Welt zueinander standen. Zum Glück war er umsichtig genug, Dun'Righal zu versichern, sie würden auf sein großzügiges Angebot zurückkommen, sollten sie in Schwierigkeiten geraten oder sich freundschaftliche Bande zwischen Elfen des Lichts und jenen der Dunkelheit herausstellen. So war der stolze Herrscher von Kyrâstin nicht in seiner Ehre gekränkt.

Kapitel 7
Das Portal

Nach der Entscheidung, wer durch das Portal reisen sollte, trafen sich alle Betroffenen in einer der Trainingshallen, in der in Northcliff bei schlechtem Wetter trainiert wurde. Waffen wurden ausgewählt und Proviant verteilt, außerdem sollten sich alle Teilnehmer der Expedition miteinander bekannt machen.

»Zumindest bin heute nicht ich es, der wie ein seltsames Insekt betrachtet wird«, stellte Kayne fest. Er traf als Letzter ein und gesellte sich zu Leána, die gerade Proviant, Kräuter und Kleidung zusammensuchte. Tatsächlich wurde besonders Rob, der neben Nordhalan stand und unterschiedliche Schwerter ausprobierte, von den drei Elfen sehr eingehend gemustert. Morthas stand mit zusammengekniffenen Augen und verschränkten Armen neben seinem Bündel. Offenbar hatte er bereits alles beisammen; auch ihm schien der Drache suspekt zu sein.

»Dann wollen wir uns mal bekannt machen«, schlug Leána vor und zog den widerstrebenden Kayne mit sich.

»Ich bin Leána«, stellte sie sich ohne große Umschweife vor. »Ich glaube, wir sind uns schon einmal begegnet«, sagte sie dann zu dem blonden Terion, dessen glattes Haar ihm bis zu den Hüften hing.

»In der Tat haben sich unsere Wege im Elfenreich gekreuzt, als du noch ein Kind warst, Leána«, bestätigte er und deutete eine Verbeugung an. »Darf ich vorstellen: Meine Gefährten sind Marathis und Ennedal, Beschützer des Elfenreichs und unserer Königin Lharina.«

Die beiden lächelten Leána freundlich zu. Marathis war einer der wenigen dunkelhaarigen Elfen, die Leána jemals zu Gesicht bekommen hatte. Wie eine blanke Kastanie glänzte sein Haar. Er war kräftiger als die schlanke Ennedal. Letztere warf sich gerade ihre dunkelblonden Haare, die sie an den Seiten zu Zöpfen geflochten hatte, über die Schulter. »Wir haben schon viel über dich gehört, Leána von der Nebelinsel. Deine Fähigkeit, Portale zu finden, ist einzigartig und sehr beeindruckend.« Melodisch und ein wenig rauchig kamen die Worte aus ihrem harmonisch geschwungenen Mund. »Und du sollst ein Meister mit dem Schwert sein, Kayne.«

Auch wenn Ennedal dies freundlich vorgebracht hatte, spürte Leána, wie Kayne sich versteifte, und seine Antwort kam ziemlich patzig aus seinem Mund.

»Ich kann es sogar mit einem Dunkelelfen aufnehmen, wenn es sein muss.«

Sie zog ihre schmalen Augenbrauen nach oben. »Wir alle hoffen, dass dies nicht nötig sein wird und sich keine boshaften Kreaturen wie die 'Ahbrac in der anderen Welt aufhalten.« Nun schritt sie mit ihren Freunden zu Morthas, der sich auf der Stelle kerzengerade aufrichtete und selbst den hochgewachsenen Marathis überragte.

»Womit haben wir es verdient, Morthas mitnehmen zu müssen?«, grollte Kayne, während er seinen Proviant einpackte.

»Wäre dir Dimitan lieber gewesen?«

Prüfend roch Kayne an einem Tiegel mit Salbe und schnitt eine Grimasse.

»Das musst du nicht mitnehmen. Die Paste ist hilfreich bei Schnittwunden, ich habe schon etwas eingepackt.«

»Gut. Was Dimitan betrifft – ich weiß nicht. Der ist zwar griesgrämig, aber nicht so ein Wichtigtuer.«

»Ich mag Morthas auch nicht sonderlich, doch wenn Dimitan ihn als neuen Hofzauberer ausbildet, muss er zumindest einiges an Können aufweisen.«

Kayne schnaubte jedoch nur.

»Was hältst du von den Elfen?«, erkundigte sie sich.

Im Augenblick lieferten sich die drei – vermutlich auf Nordhalans Geheiß hin, der sie gemeinsam mit Rob und Morthas beobachtete – einen Schwertkampf. Anmutig und wendig, menschliche Augen vermochten ihnen kaum zu folgen, wirbelten sie ihre Klingen durch die Luft.

»Sie sind verdammt gut«, stellte Kayne ohne hörbaren Neid fest. Als Nordhalan kurz mit Rob sprach und dieser sich zu den Kämpfern gesellte, zeigte sich ein verächtlicher Zug um Kaynes Mund.

»Es sieht nicht so aus, als hätte dein Drache während der letzten Sommer ein Schwert geschwungen.«

Tatsächlich stellte sich Rob nicht gerade geschickt an und konnte kaum einen Angriff parieren. »Das hatte er in der anderen Welt auch nicht nötig«, verteidigte sie ihren Freund. »Und als Drache erst recht nicht.«

Kurz darauf kam Rob mit Nordhalan zu ihnen und legte seinen Arm um Leánas Schultern. »Sag nichts, das war keine Meisterleistung, ich weiß!« Er war noch immer außer Atem.

Aufmunternd drückte sie seine Hand und wunderte sich, als Nordhalan sich an Kayne wandte.

»Du wirst Rob in der Kunst des Schwertkampfs unterweisen.«

»Ich?«, fragte dieser, und sein Widerwille war deutlich hörbar.

»Du kannst meisterhaft mit der Klinge umgehen, du bist ein Mensch und kannst Rob einiges lehren.«

»Kannst du ihn nicht …«

»Nein«, unterbrach der Zauberer ihn entschieden. »Ich kann das Schwert schwingen, wenn es sein muss, dennoch ist meine Waffe dies hier.« Beinahe schon liebevoll strich er über seinen schulterhohen Zauberstab. So unscheinbar er im Augenblick war, wenn er mit Magie erfüllt wurde, glühten seine Runen und verstärkten Nordhalans Zauberkraft um ein Vielfaches.

»Was ist mit Leána oder den Elfen?« Alles in Kaynes Gesicht drückte Ablehnung aus.

»Ich habe dir diese Aufgabe übertragen und bin nicht bereit, darüber zu diskutieren. Kayne, Leána, Rob, ihr solltet die Kleidung, die ihr bei eurer letzten Reise in der anderen Welt getragen habt, mitnehmen. Falls sich keine Gelegenheit gibt, sofort zum Portal in Glastonbury zu gehen, ohne entdeckt zu werden, müsst ihr Proviant für uns kaufen und uns vielleicht Kleidung besorgen.« Damit schien für Nordhalan alles gesagt zu sein, und er ignorierte, wie es ganz offenkundig in Kayne brodelte.

Um ihren Freund aufzumuntern, stieß sie ihn in die Seite. »Nordhalan und Morthas in Jeans und Pullover – das sieht sicher lustig aus.«

»Ja, ich lache mich tot.« Wütend riss Kayne sein Bündel an sich und stapfte aus dem Raum.

Mit einem entschuldigenden Lächeln wandte sich Leána an Rob. »Er meint das nicht so. Kayne ist einfach häufig wütend, weil er denkt, die Zauberer verweigern es ihm, seine Magie richtig zu schulen.«

An Robs hochgezogenen Augenbrauen erkannte sie, dass er genau wusste, dass das nicht alles war. Ein wenig traurig blickte Leána Kayne hinterher. Bei näherem Nachdenken kam sie zu dem Schluss, dass Nordhalan bewusst Kayne damit betraut hatte, Rob im Schwertkampf zu unterrichten. So konnten sich die beiden besser kennenlernen und kamen hoffentlich bald miteinander aus.

Das wäre auch in meinem Sinne, dachte sie. *Nordhalan, du bist ein kluger Mann.*

Was war nur in Nordhalan gefahren, ausgerechnet ihn mit Robs Schwertkampftraining zu betrauen? Erfüllt von Zorn stürmte Kayne zu seiner Kammer. Wollte der alte Zauberer ihn prüfen oder quälen? Normalerweise war das nicht Nordhalans Art, und vielleicht hatte er auch einfach nicht mitbekommen, dass zwischen ihm und Rob eine gewisse Spannung herrschte. Kayne atmete tief durch, zerrte die Kleidungsstücke aus der anderen Welt aus seiner Truhe und stopfte sie in sein Bündel. Gerade war er auf dem Weg zur Tür, als diese sich einen Spaltbreit öffnete. Darians dunkelblonder Haarschopf erschien.

»Darf ich hereinkommen, Kayne?«

»Selbstverständlich.« Verwundert legte Kayne sein Bündel auf den schmucklosen Eichenholztisch und schaute Darian auffordernd an.

Der runzelte kurz die Stirn, kratzte sich an der Schläfe, dann zog er wortlos sein Schwert aus der Scheide. Es handelte sich um eine einfache Klinge mit leicht gebogener Parierstange und einem braunen Griff, der aus abgewetztem Leder bestand. Der Knauf war rund und nur ganz fein mit dem Siegel von Northcliff, der schwebenden Klinge über der Festung, graviert. Dennoch wusste Kayne, so wie jeder in Albany, dass Darians Klinge von den Drachen geweiht war und vor langer Zeit Dämonen getötet hatte.

»Ich möchte dir mein Schwert mitgeben, Kayne.«

»Dämonenbann?« Ehrlich erstaunt, beinahe schon entsetzt, starrte Kayne die Klinge an. »Weshalb mir?« Als ihm etwas durch den Kopf schoss, lachte er bitter und zynisch auf. »Möchtest du sichergehen, dass ich die Dämonen, die ich vielleicht beschwöre, während ich durch das Portal trete, auch gleich wieder töten kann?« Die letzten Worte waren ihm unbedacht herausgerutscht, und als er einen verletzten Ausdruck über Darians Gesicht huschen sah, schämte er sich dafür, reckte jedoch trotzig das Kinn vor und entschuldigte sich nicht.

»Du hast es mir nie geglaubt, Kayne, aber mir liegt viel an dir.«

Alles in Kayne sehnte sich danach, Darian endlich zu vertrauen, aber so wie immer ließ er keine tieferen Gefühle für seinen Ziehvater zu. Als Darian fortfuhr, sprach er das aus, was Kayne auf der Zunge gelegen hatte.

»Wahrscheinlich denkst du jetzt, ich gebe dir Dämonenbann, damit du Leána beschützt, aber das ist es nicht.« Darian trat vor, legte das magische Schwert auf den Tisch, dann fasste er Kayne an den Schultern. »Ich weiß, ihr werdet aufeinander achten, auch ohne dass ich dich darum bitten muss. Das habt ihr immer getan, zudem ist Nordhalan dabei, und Rob wird auf sie aufpassen.«

»Weshalb gibst du mir dann das Schwert und nicht Leána? Sie kann es ebenso gut führen wie ich.«

»Leána ist gut mit dem Schwert, aber noch sehr viel besser mit dem Bogen, und ihr Ururgroßvater hat ihr eine hervorragende Klinge aus dem Elfenreich geschenkt. Du hingegen hast es mit der Kunst des Schwertkampfes so weit gebracht, dass du …« Darian zögerte, dann atmete er tief ein und sah Kayne direkt in die Augen. »… dass du Samukal ebenbürtig bist, und das ist durchaus als Kompliment gemeint. Er war ein Schwertmeister. Ich möchte, dass du Dämonenbann nimmst, dich und all deine Kameraden damit verteidigst und gesund wieder nach Hause zurückkehrst. Bitte, Kayne, vertraue mir endlich!«

Viele widerstrebende Gefühle tobten in Kayne. Am liebsten hätte er Darian geglaubt, sich von ihm in die Arme schließen lassen, so wie es ein Vater mit seinem Sohn tat, der zu einer gefährlichen oder zumindest ungewissen Reise aufbrach. Sosehr er sich genau das wünschte, er konnte einfach nicht aus seiner Haut; eine boshafte kleine Stimme flüsterte ihm zu, Darian sei doch nur um Leána besorgt und wolle das Nötige für ihre sichere Rückkehr tun.

Zumindest deutete er ein Lächeln an. »Ich werde gut auf dein Schwert achten, Darian.«

»Ich möchte, dass du auf dich achtest.« Nun drückte ihn Darian doch noch kurz an sich, strich ihm über die Haare und verschwand dann eilig aus der Kammer.

Kayne indes berührte voller Ehrfurcht das legendäre Schwert und fragte sich, ob er bald gezwungen wäre, es auch zu benutzen.

Dicht gedrängt standen Leána, Rob und die drei Elfenkrieger Terion, Marathis und Ennedal an dem alten Turm, genannt Glastonbury Tor, und suchten Schutz vor dem prasselnden Regen.

Vor drei Tagen waren sie vom Portal am Loch Ness auf dem Rücken der beiden Drachen Ruberia und Phenakos nach Südengland gereist. Während die rote Ruberia sich in der Nähe des Portals versteckt hielt, um sie im Notfall zum Loch Ness zurückzubringen, war Phenakos davongeflogen. Schon ein Drache war auffällig, Phenakos, dessen Schuppen wie Eisen glänzten, sollte sich in einem weniger bewohnten Teil der Welt niederlassen und sie mit seiner Magie vor dem Untergang bewahren.

Der ruhige Elfenkrieger Terion würde auf Lharinas Wunsch hin ebenfalls in dieser Welt bleiben und das Portal bewachen. Für den Fall, dass sie weitere Hilfe benötigten, konnte einer von ihnen zurückreisen und durch Terion und die Drachen Hilfe aus Albany holen.

Das klare Sommerwetter hatte sie während der letzten Tage davon abgehalten, zum Weltenportal zu gehen, denn selbst bei Nacht hielten sich häufig Pärchen oder junge Leute auf dem Hügel auf und wären somit unfreiwillige Zeugen geworden. Doch endlich, am Tag vor dem nächsten Vollmond, hatte das Wetter umgeschlagen. Das Tal unter ihnen lag in Nebel gehüllt, der vor den Augen der Menschen verbarg, was hier oben auf dem Hügel vonstattenging. Die Zauberer Nordhalan, Estell und Morthas standen unmittelbar vor dem silbern und golden schimmernden Portal und rezitierten bereits seit einer gefühlten Ewigkeit Zaubersprüche. Wieder hatte sich diese milchige Scheibe im Zentrum gebildet, die ihnen den Durchgang verwehrte. Trotz des garstigen Wetters war Kayne dicht zu ihnen herangetreten, wohl um genau mitzubekommen, welche Beschwörungen sie von sich gaben. Schon immer war Kayne ehrgeizig gewesen, hatte sich bemüht, sich so viel wie möglich von Nordhalan und Dimitan abzuschauen – häufig heimlich und nicht selten mit Leánas Hilfe.

Vielleicht solltest du einfach fragen, ob du mit dabei sein darfst, dachte sie bedrückt.

»Für den Fall, dass sie heute Nacht noch Erfolg haben, sollte ich mich umziehen«, sagte sie dann ohne große Begeisterung zu Rob. Im Gegensatz zu den anderen, die wieder ihre Kleidung aus Albany angelegt hatten, trug Leána noch immer Jeans und Jacke aus dieser Welt, denn sie war vor Kurzem gemeinsam mit Kayne in der kleinen Stadt unterhalb des Berges gewesen, um noch Proviant für ihre mögliche Reise durch das Portal zu kaufen.

»Du kannst es auch anlassen«, flüsterte Rob ihr ins Ohr, und seine Hand fuhr besitzergreifend über ihr Hinterteil. »Niemand weiß, was man in der Elfenwelt trägt, und in dieser Menschenkleidung gefällst du mir ausnehmend gut.«

Grinsend schob sie seine Hand fort. »Nicht jetzt!« Sie spielte an der Kordel seines schwarzen Baumwollhemds herum, das unter einem grauen Umhang verborgen war; Kleider, die man ihm in Northcliff gegeben hatte und in denen er sich kaum von den anderen unterschied. Menschen und Elfen trugen unauffällige Leder- oder Wollkleidung aus Albany, meist in Braun- und Grüntönen. Lediglich die beiden Zauberer waren nun wieder in ihre typischen weiten Roben gekleidet, wobei sowohl Morthas als auch Nordhalan auf gedeckte Brauntöne geachtet hatten; niemand hätte Nordhalan nun noch für ein Oberhaupt der Diomár gehalten. Leána musste schmunzeln, als sie daran dachte, wie fehl am Platz besonders Morthas in Jeans und Pullover gewirkt hatte. Diese Kleidung hatte Rob ihnen besorgt, da sie gezwungen gewesen waren, einige Nächte in einer kleinen Pension nahe dem Glastonbury Tor zu verbringen. Zum Glück handelte es sich bei Glastonbury um ein Städtchen, in dem sich einiges an seltsamem Volk tummelte, und so war nicht einmal Nordhalan mit seinem gewaltigen Bart sonderlich aufgefallen. Viele hielten sich für Hexen und Zauberer, aber vermutlich handelte es sich bei den meisten um Scharlatane oder Spinner. Die Elfen hatten befürchtet, trotz der Kleidung dieser Welt zu auffällig zu sein, um sich in der Stadt zu zeigen, und waren in einem Waldstück geblieben. Lediglich Ennedal hatte sich an einem Tag, getarnt mit einem breiten Strohhut, der ihre spitzen Ohren und das ungewöhnlich zarte Gesicht verbarg, in die Stadt gewagt. Sie war aus dem Staunen nicht herausgekommen, hatte sich jedoch ebenso wie ihre Gefährten über die wenigen Naturgeister, den Gestank von Autos und Müll beklagt. Mit Nordhalan hatte Leána Mitleid. Vor langer Zeit hatte er in dieser Welt gelebt, und die wenig erfreulichen Erinnerungen, die ihn heimsuchten, waren an seiner ernsten Miene erkennbar gewesen. Als sie endlich zum Glastonbury Tor aufgebrochen waren, waren alle froh gewesen.

»Auch wenn ich dir gefalle«, stellte Leána nun klar, »ich unterscheide mich zu sehr von euch.« Sie küsste ihn auf die kalte Nasenspitze und wollte schon den Schutz des Turmes verlassen und sich hinter einem Busch umkleiden. Doch in diesem Augenblick drehte sich Nordhalan zu ihnen um. Tiefe Spuren der Erschöpfung ließen sein bärtiges, von zahlreichen Runzeln durchzogenes Gesicht heute sehr viel älter wirken als gewöhnlich.

»Kayne, wir benötigen deine Magie. Leána, bitte komm ebenfalls. Der Zauber, der auf dem Portal liegt und uns den Durchgang verwährt, ist mächtig! Vielleicht helfen deine Kräfte als Portalfinderin, wenn du unmittelbar davorstehst.«

Kurz drückte sie Robs Hand, dann setzte sie sich dem unangenehmen Wetter aus. Nun frischte auch noch der Wind auf und klatschte ihr die Regentropfen ins Gesicht.

Konzentriert standen die Zauberer im Kreis. Morthas' Gesichtshaut spannte sich derart über seine Wangenknochen, dass es aussah, als würde sie jeden Moment reißen. Vermutlich war dies eher der Aufregung geschuldet, mit den älteren Zauberern ein Beschwörungsritual auszuführen, als den Abenteuern, die sie auf der anderen Seite des Portals erwarten mochten.

Nicht nur die Magie des Weltenportals durchströmte Leána,

sie konnte auch die Kräfte eines jeden Zauberers spüren, die sich verbanden und im Zentrum des Kreises sammelten.

Sie bedauerte es sehr, den Magiern nicht aktiv helfen zu können, aber letztendlich mussten sie wohl froh sein, dass dank ihr das magische Portal überhaupt erschien. Auch einer der Drachen hätte die Fähigkeit dazu besessen, wäre jedoch viel zu auffällig gewesen, hier in der Nähe von Menschensiedlungen.

»Ich glaube, nein, ich bin mir sicher, dass es ein Elfenzauber ist«, hörte Leána Estell zu Nordhalan sagen. »Wind – ich glaube, er bannt den Wind. Wenn wir einen Schutzschild um uns herumziehen und das Element Luft aus unserer Beschwörung herauslassen, könnte es gelingen.«

»Lass es uns versuchen«, stimmte Nordhalan zu.

Leána wusste nicht, wie genau dieser Zauber funktionieren sollte, aber die Männer hoben erneut ihre Hände. Estell stimmte ein leises Summen an, das von Nordhalan aufgenommen wurde, und auch Morthas und Kayne schlossen sich ihm an. Plötzlich vibrierte die Luft regelrecht, der garstige Wind kam zum Erliegen, und auch wenn weiterhin Regen auf sie herabfiel, war die beißende Kälte doch verschwunden. Wie unter einer schützenden Glocke standen sie vor dem Portal. Ein hellgelber Energieball entstand im Zentrum des Kreises, und als Estell und Nordhalan gleichzeitig ihre Zauberstäbe ausstreckten, schoss dieser auf das Portal zu. Kurz prallte er gegen die milchige Wand, doch dann explodierte er mit einer Leuchtkraft, die Leána dazu veranlasste, die Augen zu schließen – und schlagartig konnte sie jenseits des Portals schemenhaft eine steinige, von Mond und Sternen beschienene Landschaft wahrnehmen.

»Wir haben den Bann gebrochen«, stieß Nordhalan hervor.

»Der Zauber wurde von der anderen Seite gesprochen«, behauptete Estell, und wie immer klangen seine Worte kühl und emotionslos. Etwas, das seine gesamte Erscheinung ausdrückte, selbst wenn Leána mittlerweile wusste – der Elf würde alles für Lharina und sein Volk tun, und das rechnete sie ihm hoch an.

»Ja, in der Tat. Das ist …« Nordhalan stutzte, denn plötzlich verdichtete sich der milchige Nebel innerhalb des Portals wieder und fing an, sich von den Seiten her zuzuziehen.

»Wir müssen hindurch, solange es möglich ist!«, rief der Elfenmagier.

Nordhalan zögerte, aber dann nickte er. »Wir konnten das Portal einmal öffnen, es wird uns auch von der anderen Seite gelingen.«

»Rob, Marathis, Ennedal! Ihr müsst kommen«, rief Leána ihren Gefährten zu.

Die drei setzten sich in Bewegung.

»Terion, wenn wir beim übernächsten Vollmond nicht zurück sind, reise mit Ruberia zurück nach Albany«, erinnerte Nordhalan den blonden Elfen.

»Möge eure Reise von den Göttern gesegnet sein«, sagte Terion.

Mit seinem Zauberstab aus Eberesche in der Hand schritt Nordhalan als Erster auf das Portal zu. Nur die ältesten und fähigsten Zauberer konnten wirksame Stäbe wie diesen herstellen. Es bedurfte komplizierter Zauber, der Weihe durch alle Elemente, und es musste auch ein bestimmter Baum sein, der dem Lebensbaum eines jeden Zauberers entsprach. Jener von Estell, ein sehr schlankes, in der Mitte leicht gekrümmtes Exemplar, stammte vom hellen Holz der Birke und passte hervorragend zu dem Elfen, wie Leána fand. Sie glaubte zu ahnen, wie sehr sich auch Kayne einen solchen Stab wünschte, doch er würde viele Sommer und Winter lernen müssen, und selbst dann blieb es mehr als fraglich, dass man ihm gewähren würde, ein solch machtvolles Artefakt zu tragen.

Doch nun wurde ihre Aufmerksamkeit auf etwas anderes gelenkt, denn nach und nach traten alle bis auf Terion durch das Portal. Ein Prickeln erfasste Leána, geboren aus purer, ursprünglicher Magie und der Aufregung, nun gleich eine andere Welt zu entdecken.

Kapitel 8

Reise ins Ungewisse

Leere – absolute und alles verschlingende Leere herrschte in Torans Innerem, seitdem er von Siahs Tod erfahren hatte. Er spürte den kalten Wind und den Regen auf seiner Haut, sah, wie sich die Bäume im Wind bogen, als sie südwärts trabten. Doch alles war bedeutungslos und drang nicht wirklich zu ihm durch. Das Einzige, an das er denken konnte, war, Siahs Mörder zu stellen und zur Strecke zu bringen.

»Toran?« Wie aus weiter Ferne drang Jels Stimme zu ihm durch, und als er sich nach rechts drehte, erkannte er an ihrem Gesichtsausdruck, dass sie ihn nicht das erste Mal gefragt hatte.

»Was ist?«

»Wohin reiten wir?« Ihre dunkle, leicht raue Stimme ließ keine Kritik hören. Das mochte er an der jungen Dunkelelfe. Sie versuchte ihn nicht mit sinnlosen Worten zu trösten, sprach wenig und half ihm auf eine stille, unaufdringliche Art, irgendwie mit der Situation umzugehen.

»Tut mir leid, Jel«, sagte Toran. »Ich habe nur nachgedacht.«

»Worüber denn?«

»Vorhin, als ich in der Postreiterstation nach Nachrichten aus Northcliff gefragt habe, ist mir ein Gerücht zu Ohren gekommen«, erklärte Toran. »Eine weitere Nebelhexe soll ermordet worden sein, im Südosten, unweit des Flusses Sherelon.«

»Unglaublich.«

Toran nickte. »Allerdings. Erst Siah, jetzt schon wieder eine Nebelhexe und dann noch die Anschuldigungen gegenüber

Ashila und der Nebelhexe, die angeblich den Mann in dem Gasthof vergiftet hat.«

»Da steckt sicher mehr dahinter«, folgerte Jel. Ihre feinen, anmutigen Gesichtszüge spannten sich an, und Hass funkelte in ihren Augen, aber dann zog sie eine ihrer schmalen Brauen in die Höhe und deutete unauffällig hinter sich, von wo ein leises Stöhnen, dann ein Schimpfen zu hören war. »Denkst du, es war eine kluge Entscheidung, Denira mitzunehmen?«

Toran drehte sich um, und als sein Blick die blonde Frau traf, lächelte diese rasch, obwohl sie eben noch ein unleidliches Gesicht gezogen hatte.

»Sie reitet noch schlechter als ich und stöhnt bereits, obwohl wir erst wenige Tage unterwegs sind«, raunte Jel ihm zu.

»Sie hat angeboten, uns zu begleiten, und jemand mit Kenntnissen in Heilkunst kann nicht schaden«, entgegnete Toran. »Sollte sie nicht mithalten oder anfangen wie ein Waschweib zu jammern, lassen wir sie zurück.«

Jel entblößte ihre weißen Zähne. »Besser hätte auch Nal'Righal das nicht sagen können.«

In diesem Augenblick galoppierte der Dunkelelfenausbilder an ihnen vorbei, eine finstere Kreatur, der einige der Reisenden, die zu Fuß unterwegs waren, sofort ängstlich an den schlammigen Rand der Straße auswichen. Ohne die Menschen zu beachten, schloss er zu Hauptmann Sared auf, der an der Spitze ritt.

»Auf Weichlinge kann ich keine Rücksicht nehmen.« Toran reckte sein Kinn in die Höhe. »Ein Mörder muss zur Strecke gebracht werden.«

Ein rötliches Zwielicht herrschte, als Leána mit ihren Gefährten durch das Portal schritt. Sie hielt ihren Bogen gespannt vor sich, ein Pfeil lag abschussbereit auf der Sehne. Auch alle anderen hatten ihre Waffen in den Händen. Die Anspannung war beinahe greifbar. Vor sich erkannte sie Nordhalan und Estell, die mit ihren ausgestreckten Zauberstäben in einem Tal standen, vor dem sich ein Felsmassiv aus rötlich braunem Gestein erhob. Leána ging einige Schritte, wandte sich dann um und beobachtete, wie das Portal langsam verblasste. Anschließend gesellte sie sich zu den Männern. Die eigenartigen Lichtverhältnisse machten es ihr schwer, etwas Genaueres zu erkennen, denn das rötliche Leuchten lag über der Landschaft und ließ Umrisse unscharf werden. Wie es jedoch aussah, befanden sie sich in einem Gebirge; weder Gras noch Moos bedeckten den Boden, nur grauer Sand und Steine. Da keine unmittelbare Bedrohung zu bestehen schien, ließ sie ihren Bogen sinken.

»Ich hätte liebliche Wälder und Auen in einer Elfenwelt erwartet«, murmelte Rob neben ihr, und Leána musste ihm zustimmten.

»Wir müssen vorsichtig sein und uns die Umgebung gut einprägen«, sagte Nordhalan und strich sich über seinen imposanten Bart, während sein Blick die Gegend absuchte. »Wer auch immer den Hilferuf gesendet hat, er ist nicht hier.«

»Oder hält sich aus gutem Grund versteckt«, warf Estell ein.

»In welche Richtung gehen wir?«, fragte Leána.

Morthas hielt sein knochiges Profil in den leichten Wind und zuckte dann mal wieder herum. Leána musste sich ein Grinsen verkneifen, denn erst gestern hatte Kayne den älteren Zauberer so treffend nachgemacht, nachdem der ihm erzählt hatte, er würde überall Geister sehen.

Nordhalan blickte ihn kritisch an, woraufhin Morthas verlegen innehielt.

»Ich spüre etwas – eine Präsenz«, jammerte er.

»Du bist erst das zweite Mal in deinem Leben durch ein Portal getreten. Vielleicht handelt es sich um magische Nachwirkungen. Ich schlage vor, wir steigen auf diesen Berg.« Nordhalan deutete nach rechts, wo sich die rötliche Felswand abzeichnete. »Dann können wir uns einen Überblick verschaffen.« Die anderen nickten zustimmend, während der alte Zauberer die Stirn krauszog. »Ich frage mich, wo die Sonne ist und ob hier Tag und Nacht ähnlich wie in Albany wechseln.«

»In der Drachenwelt, die ich einst als Kind betreten habe, war das Licht auch ein anderes als in Albany.« Leána stieß mit dem Fuß gegen einen verdorrten Busch. »Hier ist alles vertrocknet.«

»Vielleicht hat es lange nicht mehr geregnet«, sagte Estell, nahm eine der Pflanzen in die Hand und schüttelte betrübt sein hellblondes Haupt. »Bleibt dicht zusammen«, riet er.

Sie gingen die kleine Anhöhe hinab und hielten sich dann nach links, wo der Felsen nicht steil in die Höhe ragte, sondern ein etwas sanfterer Abhang ihnen den Aufstieg erleichterte. Allen war ihre Anspannung anzusehen. Besonders die Elfen Marathis und Ennedal huschten mal hier um einen Felsen herum oder sprangen dort auf einen Hügel. Tödliche Schatten, geschmeidig und schnell; sie waren zwei von Lharinas besten Kriegern und standen einem Dunkelelfen sicher in nichts nach.

Nach und nach verlosch das rötliche Glimmen, und Sterne begannen am Himmel zu funkeln. Aber selbst die weit entfernten Himmelskörper wirkten gedämpft, wie durch einen Schleier von dieser Welt verdeckt. Auch der Mond wies eine eigenartige Form auf, zeigte sich hier nicht voll oder sichelförmig wie in Albany oder der anderen Welt, in der das Portal von Glastonbury stand. Hier glomm er in einem verschwommenen Rotton, war sehr viel größer als in allen Welten, die Leána kannte, und in der Mitte war ein dunkler Kreis zu sehen, der mehr als die Hälfte der Himmelsscheibe bedeckte und pulsierte.

Als Leána oben an der Felskante stand, fröstelte sie, selbst wenn es nicht wirklich kalt war. Wohin sie sich auch wandte, sie konnte nur kahles Ödland erkennen.

»Eine seltsame Welt.« Kayne stellte sich neben sie, und sie war froh, ihn und die anderen bei sich zu wissen.

»Finde ich auch«, erwiderte sie leise.

»Etwas fühlt sich … falsch an … Dieses Land ist krank«, meinte Rob.

Kayne nickte nachdenklich, wobei er sich auf sein Schwert stützte. »Habt ihr diesen Mond gesehen?« Leána bemerkte, wie ihr Freund schauderte, und ihr ging es ähnlich.

Plötzlich fiel ihr etwas auf. »Was hast du denn da für eine alte Klinge? Dein Schwert aus Dunkelelfenstahl war doch …« Sie stutzte und riss die Augen auf. »Das ist Dämonenbann!«

Rob beugte sich vor und blickte verwundert drein, als Leána über den abgewetzten Ledergriff strich. Kayne hingegen wirkte verlegen.

»Dein Vater hat es mir aufgedrängt, ich wollte es gar nicht. Nimm es, es steht dir viel mehr zu als mir.« Hektisch hielt er ihr das Schwert hin.

»Nein, Kayne, Vater hat *dir* das Schwert gegeben und sich etwas dabei gedacht.« Sie schloss ihre Finger um seine und drückte sie aufmunternd. »Ich habe dir immer gesagt, Darian liebt dich.«

Auf der Stelle verschloss sich Kaynes Miene, und er atmete schwer durch die Nase aus. Bevor er etwas antworten konnte, strich Rob behutsam über die blanke Klinge. »Das ist also das legendäre Schwert, von dem du erzählt hast, Leána. Geweiht von meinem Volk. Sicher ist es gut, eine solche Waffe bei sich zu haben.« Er blickte über das kahle Land. »Man weiß niemals, worauf man in einer fremden Welt trifft.«

Während Kayne noch immer auf das von den Drachen geweihte Schwert starrte, das Leána ihm tatsächlich von Herzen gönnte, beobachtete sie Nordhalan und Estell, die in ein leises Gespräch vertieft waren. An ihren Gesichtern erkannte sie die gleiche Besorgnis, die auch sie verspürte.

Kurz darauf kamen die beiden zu ihnen.

»Wir schlagen unser Nachtlager hier auf«, bestimmte Nordhalan. »Leána, Rob, würdet ihr während der dunkelsten Zeit Wache halten?«

Die beiden nickten einstimmig.

»Marathis und ich lösen euch ab«, bot Estell an.

Leána war froh, für die erste Wache eingeteilt zu sein. Sie

hätte ohnehin nicht schlafen können. Und so beobachtete sie, wie ihre Gefährten im Schutz der Steine die Decken ausbreiteten, während sie selbst in die Nacht starrte. Rob lehnte einige Schritte entfernt an einem Felsen und behielt die Gegenrichtung im Auge.

Irgendetwas war dort draußen, etwas, das Leána nicht greifen konnte, aber es vibrierte geradezu in ihr. War es eine reale Bedrohung oder lediglich Einbildung? Würden die Elfen, so sie denn nach Hilfe gerufen hatten, sie finden?

Angespannt konzentrierte sich Leána auf ihre Wache und überlegte, was sie in den folgenden Tagen erwarten mochte. Diese Welt unterschied sich deutlich von Albany und besonders vom Elfenreich. Aber vielleicht war dieser Landstrich auch einfach verödet – aus welchem Grund auch immer –, und andere Teile des Landes glichen mehr Lharinas lieblicher Heimat mit ihren sprudelnden Flüssen, Quellen und Seen, lauschigen Lichtungen und knorrigen Bäumen. Stets hatte sich Leána gerne im Elfenreich aufgehalten – diese Welt hingegen kam ihr trostlos vor.

Nachdem Leána von Estell abgelöst worden war, überfiel sie eine bleierne Müdigkeit, wie sie es selten erlebt hatte. Sie rollte sich auf dem Boden neben Kayne zusammen, der sich unruhig im Schlaf hin- und herwälzte. Rob kam zu ihr, und sie war froh, als er einen Arm um sie legte. Ein kleines bisschen Trost und Sicherheit in dieser seltsamen und ihr fremden Welt.

Eigenartige Träume plagten Leána, Bilderfetzen, die sich nicht zu einem Gesamtbild formen wollten. Eine bedrohliche graue Wolke schwebte über ihr und ihren Freunden. Zunächst vernahm sie eine betörende Melodie, die sie einlullte und zum Schweben brachte. Plötzlich jedoch panische Schreie, ein Wind erhob sich, der alles verschlang, und als sie aus dem Schlaf schreckte, wusste sie nicht, was Wahrheit oder Illusion gewesen war.

Rob, die Haare vom Liegen verstrubbelt, stand angespannt neben ihr.

»Hast du auch etwas gehört?«

»War es real oder ein Traum?«, fragte sie und griff sofort nach ihrem Bogen.

»Im Augenblick bin ich mir auch nicht sicher, aber wenn, dann habe ich ebenfalls schlecht geträumt.«

»Wo ist Kayne?«, fragte Leána erschrocken.

»Ich vermute, er ist mit der Wache an der Reihe.« Rob deutete auf eine fahle Sonne, die gerade im Begriff war, über den Rand dieser Welt zu klettern. Anders als der Mond war sie zumindest vollständig. Aber auch diese Himmelsscheibe unterschied sich von der Albanys, denn hinter ihr war ein blassblauer Planet zu erkennen, doppelt so groß und irgendwie bedrohlich.

Außer Morthas, der fest schlief, befand sich niemand in ihrer unmittelbaren Nähe, aber kurz darauf kam Nordhalan hinter einem Findling hervor. Seine braune Robe wehte hinter ihm her.

»Die Elfen sind verschwunden. Kayne und ich wollten sie ablösen gehen. Wir haben eigenartige Musik und dann einen Schrei vernommen.«

»Dann war es doch kein Traum«, flüsterte Leána.

»Morthas, aufwachen!«, fuhr Nordhalan den jüngeren Zauberer an und stieß ihn mit der Spitze seines Stiefels in die Seite.

Der hagere Mann fuhr aus dem Schlaf und strich sich seine dünnen Haare nach hinten, die sein Gesicht wie schwarze Fäden umgaben. »Ist etwas geschehen?«

»Wir müssen unsere Gefährten suchen«, erklärte Nordhalan knapp.

»Was ist mit Kayne?«, erkundigte sich Leána.

»Er sucht nach Spuren.«

Eine gewisse Unruhe macht sich in ihr breit, denn das Verschwinden ihrer elfischen Begleiter war mysteriös. Sie wären nicht ohne ein Wort fortgegangen und hätten sie alle schutzlos schlafen lassen.

In diesem Moment entdeckte Leána Kayne. Er führte Ennedal am Arm mit sich, und auf den ersten Blick befürchtete sie schon, die blonde Elfe hätte sich verletzt.

Bei näherem Hinsehen wirkte jedoch lediglich ihr Blick verschleiert, aber jetzt blinzelte sie, machte sich von Kayne los und schüttelte geradezu verstört den Kopf.

»Wo war ich?«

»Das frage ich mich auch.« Kayne fuhr sich durch seine dunklen Haare. »Ich habe dich völlig geistesabwesend an einer Klippe gefunden. Du hast einfach dort gestanden und in die Tiefe gestarrt.«

Langsam ließ sich die Elfe auf einem Felsen nieder. »Ich kann mich nicht erinnern«, flüsterte sie.

»Was ist mit den anderen?«, wollte Nordhalan wissen.

»Keine Spur von ihnen.«

»Elfen hinterlassen in der Regel auch keine Spuren«, stellte Nordhalan klar.

»Sind sie entführt worden?«, überlegte Morthas laut.

»Ennedal wurde auch nicht entführt«, wandte Kayne ein, dann fasste er die Elfe behutsam an der Schulter. »Das stimmt doch, oder?«

Mit weit aufgerissenen Augen sah sie zu ihm auf. »Wenn ich das wüsste. Aber ich denke nicht. Nein.«

»Estell ist ein mächtiger Magier, Marathis ein erfahrener Krieger. Die lassen sich nicht einfach entführen«, gab Rob zu bedenken und wandte sein Gesicht der kränklich fahlen Sonne zu. »Dennoch sind sie unauffindbar. »Ich kann mich nicht mehr verwandeln, sonst hätte ich die Gegend aus der Luft auskundschaften können.«

»Wir suchen in Zweiergruppen die nähere Umgebung ab«, schlug Nordhalan vor. »Ich gehe mit Ennedal, Morthas mit Rob und Kayne.« Er legte den Kopf schräg. »Gelingt es dir, bei Gefahr einen Feuerstrahl in die Luft zu schießen?«

»Ja«, antwortete er einfach und mit einer Spur von Herausforderung in der Stimme.

»Dann begleitest du Leána.«

Ein bedauernder Blick von Rob traf sie, aber ihr war auch klar, dass es besser war, wenn jeder einen Zauberer bei sich hatte. Er küsste sie flüchtig, bevor Leána ihre Sachen zusammensuchte.

»Hat jemand mein Bündel gesehen?«, rief sie ihren Freunden zu.

Kayne packte gerade seine Sachen zusammen und schüttelte den Kopf. Sie suchte hinter den umherliegenden Steinen und Felsbrocken – nichts. Schwert und Bogen waren noch da, aber die hatten auch direkt neben ihr auf der Decke gelegen.

»Das kann doch nicht wahr sein«, schimpfte sie.

»Leána und ihre Ordnung«, scherzte Kayne. »Kein Wunder, dass Lilith immer mit dir geschimpft hat.«

»Das ist nicht lustig, Kayne.« Ungeduldig band sie sich ihre dunklen Locken zu einem Pferdeschwanz. »Ich finde den Gedanken beunruhigend, dass unsere Freunde verschwunden sind und jemand ins Lager geschlichen ist und meine Sachen gestohlen hat!«

Nun kam Kayne näher und suchte ebenfalls alles ab. Leider hatte auch er keinen Erfolg.

»Du kannst von meinem Proviant nehmen«, bot er an.

Ungeduldig zupfte Leána an ihren Kleidern herum. »Ich hätte meine Kleidung aus Albany bevorzugt.«

»Vielleicht kann Ennedal dir aushelfen.«

Leána lachte auf. »Sie ist sehr viel größer und schlanker als ich.«

»Wenn du frierst, gebe ich dir meinen Umhang«, erwiderte er.

Aber Leána war nicht kalt. Doch mit weiterer Sucherei wollte sie sich jetzt auch nicht aufhalten und machte sich mit Kayne Richtung Süden auf.

Schweigend schritten sie über dieses karge Land, hielten Ausschau nach ihren Gefährten oder auch nur einem Zeichen von ihnen. Bis auf ein paar scheue Echsen, die rasch zwischen den Steinen das Weite suchten, waren nicht einmal Tiere zu sehen –

ein seltsames und bedrückendes Gefühl. Wieder und wieder spekulierten sie darüber, was mit Ennedal geschehen sein mochte. Hatte sie jemand betäubt und fortgeführt? Aber wie hätte ein Fremder ins Lager gelangen sollen? Die Elfen waren zuverlässige Wächter.

»Diese Welt – sie ist trostlos, nicht wahr?«, sagte Leána irgendwann.

Kayne nickte zustimmend, nahm kurz ihre Hand und lächelte sie aufmunternd an. »Wir suchen die Elfen, und falls wir keine weiteren Vertreter von Lharinas Rasse finden, sollten wir rasch verschwinden.«

»Die Schuld von Ashila konnte nicht zweifelsfrei erwiesen werden«, erklärte Kaya mit energischen Worten, als sie vor Lord Finlen, seinen Begleitern sowie der beschuldigten Nebelhexe und Lilith stand.

»Ihre Unschuld aber ebenfalls nicht!«, krächzte der betagte Lord.

»Das ist richtig. Nur hättet Ihr den Körper Eurer Schwiegertochter nicht dem Feuer übergeben dürfen.« Mittlerweile war Kaya so einiges mehr als suspekt. Siahs Tod und der einer weiteren Nebelhexe, der Anschlag auf sie selbst und gleich zwei Nebelhexen, die des Mordes bezichtigt wurden.

Lilith hatte alle Beteiligten ausgiebig befragt, doch nachdem der Körper der Toten nicht mehr für Untersuchungen zur Verfügung stand und auch kein weiterer Heiler hinzugezogen worden war, konnte die Heilerin nicht mit Gewissheit sagen, woran die junge Frau gestorben war. Wenn auch in diesem Fall nicht zweifelsfrei nachvollziehbar, ging Lilith den Beschreibungen von Ashila nach von einem Versagen der inneren Organe aus – wodurch auch immer das verursacht worden war. Der Mann, den man tot in der Taverne aufgefunden hatte, war eindeutig vergiftet worden. Nur kannte niemand eine Nebelhexe mit Zwergenblut, auf die die Beschreibung des Wirtes zutraf.

Kaya erhob sich von ihrem Thron. »Ich stelle Ashila auf der Nebelinsel unter Arrest.«

Die Halbzwergin entspannte sich spürbar, während die Menschen tuschelnd ihre Köpfe zusammensteckten.

»Diese Mörderin soll weiter frei herumlaufen?«, echauffierte sich Lord Finlen und lief knallrot im Gesicht an. »Das hat meine geliebte Verwandte nicht verdient!«

»Mir ist zu Ohren gekommen, Ihr wart mit der Wahl Eures Enkels gar nicht so glücklich«, warf Kaya provokativ ein.

Kurz stutzte der alte Lord, dann hob er sein spitzes Kinn. »Zu Anfang hatten wir unsere Schwierigkeiten, doch ich lernte sie lieben, und ihr Dahinscheiden geht mir sehr nahe, besonders da mein Enkel arg darunter leidet. Selbstverständlich wünschte ich nicht ihren Tod herbei!«

»Ashila läuft nicht frei umher«, stellte Kaya richtig. »Sie bleibt unter ihresgleichen auf der Nebelinsel und wird fortan keine Menschen mehr behandeln.«

»Andere Mörder habt Ihr leichtfertiger hinrichten lassen!«, rief einer der beiden Lords aus, die Finlen begleitet hatten. »Ich kann mich sehr genau an einen wohlhabenden Bauern erinnern, der auf meinen Ländereien lebte. Seine Tochter behauptete, er hätte sie geschändet, doch der Mann bestritt dies. Trotzdem wurde er entmannt und zwei Winter später hingerichtet.«

Erneut wurde Gemurmel laut.

»Niemanden lasse ich leichtfertig hinrichten!« Kaya verlieh ihrer Stimme einen harten Klang und beobachtete mit Genugtuung, wie der Mann einen Schritt zurücktrat und alle anderen verstummten. Früher war sie nicht so selbstbewusst gewesen, hatte sich diese Autorität hart erarbeitet. »Ich kann mich erinnern. Der Mann, von dem Ihr sprecht, war eindeutig schuldig. Selbst seine eigene Gemahlin hat schließlich zugegeben, dass er die Kinder missbraucht hat. Aber diese Sache liegt schon lange zurück. Jetzt geht es um Ashila. Ich werde keine Frau zum Tode verurteilen, deren Schuld nicht zweifelsfrei feststeht.«

»Ha, Frauen haben wohl Sonderrechte!«, empörte sich der alte Lord aus Torvelen.

»Auch zwei Nebelhexen wurden getötet, wie Euch sicher zu Ohren gekommen ist. Wer sagt mir also, dass nicht Ihr der Mörder seid, Lord Finlen, und ich Euch hinrichten lassen sollte? Immerhin habt Ihr ein Motiv!«

Der beschuldigte Lord riss die Augen auf. »Ihr könnt nicht … dafür habt ihr keinen Beweis«, stammelte er schließlich.

»Stimmt!«, sagte Kaya. »Genauso wenig wie ich einen für Ashilas Verurteilung habe. Meine Entscheidung steht fest. Meine Herren, Lilith, Ashila«, sie verneigte sich vor allen Anwesenden, »meine Anwesenheit wird im Zwergenreich dringend erwartet.« Festen Schrittes ging sie Richtung Tür.

»Die Zwerge sind wichtiger als Euresgleichen«, keuchte Lord Finlen mit brechender Stimme.

Sie drehte sich nicht noch einmal um, verharrte jedoch, als Lord Etjen das Wort erhob.

»Das wird Euch nicht den Respekt Eures Volkes einbringen. In Zeiten von König Jarredh hätte es das nicht gegeben! Kein Wunder, dass alles verkommt, wenn kein wahrer Northcliff auf dem Thron sitzt!«

Ruckartig fuhr Kaya herum und trat vor den gedrungenen Mann. »In Zeiten von König Jarredh hätte man *Euch* für diese Unverschämtheit in den Kerker geworfen«, sagte sie kalt und gelassen und bemerkte mit Genugtuung, wie Etjen blass wurde. »Also seid froh, dass Ihr nicht zu seinen Zeiten lebt.«

Diesmal gab niemand ein Widerwort, und Kaya verließ den Thronsaal. Sie wusste, politisch betrachtet war ihre Entscheidung nicht ohne Risiko, aber sie konnte nur auf ihr Gefühl und Liliths Einschätzung hören, und die kleine Nebelhexe hatte für Ashila gebürgt. Die Verbannung empfand Ashila angesichts der Morde an Nebelhexen vermutlich sowieso eher als Erleichterung denn als Strafe.

Nun ließ Kaya nach Lord Petres schicken und ihr Pferd holen. Es war höchste Zeit, nach Osten ins Zwergenreich zu reiten, ihre Soldaten waren ohnehin schon aufbruchbereit.

»Hier wachsen sogar ein paar Sträucher«, bemerkte Leána, als sie zusammen mit Kayne ein Stück den Berg hinabging. In all dieser kargen und wie tot wirkenden Felsenlandschaft waren selbst die stacheligen Büsche eine willkommene Abwechslung. Kayne hielt an einem ausgetrockneten Flussbett an und zog seinen Umhang aus. Jetzt nach Sonnenaufgang waren die Temperaturen gestiegen und erinnerten an einen Tag, wie er im Frühsommer Albanys nicht ungewöhnlich gewesen wäre.

»Ich befürchte, wir werden mit Nahrungsmitteln und Wasser Probleme bekommen.«

»Da hast du recht«, stimmte Leána zu.

Ein Wind erhob sich, säuselte um sie herum, und es war, als würde der Luftzug auch in ihr etwas bewegen. Das Gefühl war kaum greifbar, eher eine flüchtige Berührung gewesen. Sie bemerkte, wie auch Kayne innehielt. Einen Moment später war diese Berührung fort.

»Kayne, hast du das gespürt?«

Er atmete heftig aus, legte eine Hand auf die Brust und schüttelte sich. »Was war das?«

»Kann ich dir nicht sagen. Es war … schön und beängstigend zugleich«, versuchte Leána, das Erlebte in Worte zu fassen.

Der Wind versiegte, streichelte noch einmal ihre Gesichter, dann zog er weiter. Sie blieben an Ort und Stelle stehen, warteten und suchten den Himmel nach einem Zeichen ab. Ihre Freunde hätten sicher um Hilfe gerufen, wären sie in Gefahr.

»Schnell, hierher!«, erklang da eine unbekannte Stimme hinter ihnen.

Schon hielt Kayne sein Schwert reflexartig vor sich. Mit einer geübten Bewegung griff Leána in den Köcher an ihrem Rücken, zog einen Pfeil heraus und spannte den Bogen.

Über den Rand eines Felsens spitzte ein schmales Gesicht

hervor, das eine eigentümliche graubraune Hautfarbe hatte. Zottelig verfilzte Haare wehten im Wind und erinnerten an einen alten Besen.

»Tut mir nichts. Kein Leid. Will euch helfen!« Ein gebogener Finger, der in einer spitzen Kralle endete, bedeutete ihnen, näher zu kommen.

»Wer oder was bist du?«, fragte Kayne herausfordernd, und auch Leána war mehr als misstrauisch.

»Ich bin Takh. Ihr müsst fort von hier«, drängte das Wesen.

»Ist dir aufgefallen, dass er in Elfensprache spricht?«, flüsterte Leána Kayne zu.

Dieser nickte knapp.

»Weshalb müssen wir fort?«, rief Kayne Takh zu.

»Weil sie euch sonst holen. Holen und verschleppen«, wisperte er, und seine großen runden Augen weiteten sich vor Entsetzen.

Kayne trat, sein Schwert vor sich ausgestreckt, noch einen Schritt vor. »Was meinst du mit *holen*?«

»Sie holen die schönen Wesen, rauben sie und …« Takh zog seine Schultern ein.

Mit einem großen Satz war Kayne bei Takh, während Leána die Umgebung genau beobachtete. Schließlich wussten sie nicht, ob Takh allein gekommen war.

»Haben sie unsere Freunde geholt?« Kaynes gesamte Körpersprache war eine einzige Drohung, und das Wesen, das Leána nicht einmal bis zur Schulter reichte, duckte sich und wich zurück.

»Die Dunklen, die Dunklen«, flüsterte Takh. »Sie nehmen sich alles.«

Mit fest zusammengepressten Kieferknochen hielt Kayne Takh die Klinge an die Kehle, und dem pelzigen Geschöpf drohten die Augen aus den Höhlen zu quellen.

»Kayne, hör auf, du machst ihm Angst.« Leána drückte seine Hand herunter. »Schließlich will er uns warnen.«

Takh atmete auf, aber Kayne blieb in angespannter Haltung.

»Wir wissen nicht einmal, welcher Rasse er oder sie angehört.«

»Buggane-Horc bin ich«, entgegnete Takh stolz.

»Das sagt mir nichts«, knurrte Kayne.

»Horc!« Takh deutete auf Kayne. »So wie du.«

»Demnach ein Mann«, schlussfolgerte Leána. »Buggane, das ist dein Volk?«

Begeistert nickend trat Takh wieder einen Schritt vor. »Buggane-Hora sind wie du.« Er deutete auf Leána und legte den Kopf schief. »Was seid ihr? Du bist nicht so schön wie die Herrin und die anderen. Und du«, er deutete auf Kayne, wobei er die Nase rümpfte, »du bist gar nicht schön, trägst Haare im Gesicht!« Der kleine Kerl schüttelte sich.

»Na, hör mal«, empörte sich Kayne. »Ich kenne deine Herrin nicht. Aber Leána ist eine der hübschesten Frauen und …«

Lachend unterbrach sie ihn. »Kayne, die Geschmäcker sind verschieden!«

»Dieser … Buggane hat deutlich mehr Haare am Körper als ich«, brummte er. »Von Wesen wie ihm habe ich noch niemals gehört.«

Wenn Leána ehrlich mit sich selbst war, wunderte auch sie sich über dieses fremde Wesen. Sie betrachtete Takhs schlammfarbene Haut, die kräftigen, mit schwarzen Haaren bedeckten Arme und seine unauffällig braune Kleidung. Seinen Oberkörper bedeckte ein knielanger, gegürteter Kittel, eine ausgefranste Hose reichte bis zu den muskulösen Waden, und der Buggane trug keine Schuhe. Seine Füße endeten in nur vier dicken Zehen. Eine äußerst bizarre Kreatur, die bis auf ein Messer am Gürtel keinerlei Waffen trug, nur die Krallen und die nicht weniger spitzen Zähne durfte man vermutlich nicht unterschätzen, auch wenn Takh bisher keine Aggressionen zeigte.

»Folgen? Wollt ihr mir folgen oder lieber sterben?«, fragte er nervös. »Ein Sturm zieht auf!« Er deutete nach Westen, wo sich ein gewaltiges Felsmassiv abzeichnete. Die schwarzen Sturmwolken, an deren Rändern ungesund gelbliche Farbreflexe flackerten, verliehen der Szenerie eine bedrohliche Atmosphäre. »Holen euch nicht die Dunklen, holt euch der Sturm.«

»Wer sind denn die *Dunklen*?«, erkundigte sich Leána. Im Augenblick konnte sie zumindest keine Bedrohung erkennen.

»Takh kann euch führen, zum Palast der Winde, dorthin, wo die Schönen leben, die werden auf euch achten.« Der Buggane wich Schritt für Schritt zurück.

»Die Schönen«, hakte Leána nach, »sind das Elfen?«

»Ja, ja, das Elfenvolk. Aber nun kommt!«

Kayne trat ganz dicht zu Leána heran. »Dieser Kerl ist unglaublich nervös. Ich weiß nicht, was er im Schilde führt.«

»Ich bin mir ebenfalls nicht sicher«, gab sie zu. »Aber wenn er uns zu den Elfen bringen kann …«

Ein weiterer Blick über die Schulter zeigte Leána ein erschreckendes Bild. Von dem Bergmassiv war mit einem Mal nichts mehr zu sehen, nur diese bedrohliche Wetterfront schob sich unaufhaltsam näher.

»Wie auch immer wir uns entscheiden, wir sollten Schutz suchen«, sagte sie zu Kayne.

Da fuhr ein dünner bläulicher Lichtblitz unweit von ihnen in den Himmel – eindeutig magisches Feuer.

Takh wimmerte leise, tapste auf der Stelle herum, und Kayne fasste Leána am linken Unterarm, wobei er sie in Richtung des Signals schob.

»Kannst du uns einen geschützten Ort zeigen, Takh?«

»Ja, das kann Takh, Takh kann's!«

»Los, wir versuchen es«, flüsterte Kayne Leána in der Sprache von Albany zu, »er ist klein, und wenn ein erfahrener Zauberer wie Nordhalan erst wieder bei uns ist, sollte die Gefahr gering sein.«

»Man soll kleine Wesen nicht unterschätzen«, warnte Leána. Auf seine fremde Art war Takh durchaus niedlich. Aber etwas machte sie misstrauisch, auch wenn sie zugeben musste, dass das unter Umständen nur der unheimlichen Gewitterstimmung geschuldet sein mochte.

Im auffrischenden Wind suchten sie nach demjenigen, der den magischen Blitz hatte aufleuchten lassen, und fanden kurz darauf zum Glück Nordhalan, Morthas, Rob und Ennedal in einer Senke.

Sie alle richteten sich alarmiert auf, als sie Takh erblickten.

»Er hat gesagt, er kann uns vor der Sturmfront in Sicherheit bringen – und zu den Elfen!«

Nordhalan trat vor, stellte sich vor den kleinen Buggane, der unter dem Blick des mächtigen Zauberers schier in sich zusammensackte.

»Du sprichst die Sprache der Elfen. Kannst du uns zu ihnen führen?«

Nervös leckte sich Takh über die dünnen Lippen und nickte.

»Nun denn, zunächst müssen wir Schutz finden.« Er bedeutete Takh, ihnen voranzugehen, und der Buggane eilte den Berg hinab. Unterwegs erzählten Leána und Kayne, was sie von diesem seltsamen Wesen erfahren hatten.

»Zuerst müssen wir herausbekommen, wer diese Dunklen sind«, warnte Nordhalan. »Und ob sie etwas mit dem Verschwinden unserer Gefährten zu tun haben.«

»Aber es scheint Vertreter meines Volkes zu geben, sofern diese Kreatur nicht lügt«, stellte Ennedal fest, und ihr ernstes Gesicht zeigte nun eine Spur von Hoffnung.

Mit erstaunlicher Schnelligkeit wuselte der Buggane voran, fand auf dem rauen, von Steinen, Geröll und Dornengebüsch überzogenen Gelände stets festen Halt, und lediglich Ennedal war ihm in dieser Hinsicht ebenbürtig. Die Menschen stolperten deutlich häufiger, Morthas rutschte gar aus und rollte einen kleinen Abhang hinab, erfreulicherweise jedoch ohne größere Blessuren davonzutragen.

»Hier, hier herüber«, rief Takh ihnen zu.

Der gesamte Himmel hatte inzwischen eine gelbliche Farbe angenommen, und entferntes Donnergrollen erschütterte die Luft.

»Seid vorsichtig«, ermahnte Nordhalan sie. Er folgte dem kleinen Wesen, den Zauberstab weit vor sich gestreckt, in einen Felsspalt hinein, sein schwarzsilberner Bart wehte ihm über die Schulter wie Hunderte von Schlangen, die ein Eigenleben führten.

Eilig fasste Leána ihre eigenen Haare zu einem Knoten zusammen und zog sich ihre Kapuze über den Kopf.

»Ihr könnt kommen«, rief Nordhalan ihnen zu, und so trat zuerst Rob, dann Leána und hinter ihr schließlich die anderen auf ein von Felsen umrahmtes kleines Plateau, auf dem sogar hartes Gras wuchs. Überhängende Felsen boten Schutz vor dem Wind, und an einer Felswand sickerte ein Rinnsal hinab, sodass sie ihren Durst würden stillen können.

Bald hatten sie die am meisten geschützte Stelle ausgemacht, breiteten ihre Decken auf dem Boden aus und teilten das wenige an Proviant auf, das sie noch zur Verfügung hatten. Nordhalan reichte Takh ein Stück Käse und etwas Brot, was der kleine Kerl mit dem struppigen Haar misstrauisch, aber doch interessiert entgegennahm.

»Gut, das ist gut«, brabbelte er vor sich hin, nachdem er gekostet hatte.

Der Himmel verdunkelte sich mehr und mehr, und hatte Nordhalan gerade noch damit angefangen, Takh auszufragen, musste er dies bald aufgeben. Das Toben des Sturmes übertönte jedwedes Geräusch, es wurde so düster, als wäre die Nacht hereingebrochen. Blitze erhellten den Felskrater in kürzer werdenden Abständen, und das Donnergrollen kam näher. Sie drängten sich alle möglichst tief in den Felsüberhang, um aufgewirbeltem Staub und umherfliegenden Steinen und Unkraut zu entgehen. Rob legte seinen Arm um Leána, die seine beruhigende Nähe genoss. Sie hatte schon zahlreiche Unwetter in

Albany erlebt, achtete die Kräfte der Natur und empfand nur selten Furcht davor. Aber dieser Sturm war anders, uneinschätzbar und bedrohlich, zumal sie alle nichts über diese Welt wussten. Das flackernde Licht der Blitze, der nun beständige Donner, der den Boden erbeben ließ, die pure Gewalt des Orkans, der über sie hinwegfegte und von dem man nur erahnen konnte, was er draußen auf freiem Gelände anrichtete; das alles verursachte eine große Unruhe in Leána, und sie musste an ihre vermissten Gefährten denken.

Leána schmiegte ihren Kopf in Robs Armbeuge und zog sich ihren Umhang über das Gesicht, da Staub in ihre Augen wirbelte. Als das Unwetter endlich nachließ und sie ihre Kapuze anhob, blickte sie in Kaynes dunkelgrüne Augen, die sie betrachteten. Sie wusste, er hielt ihre Beziehung zu Rob für bedenklich, und manchmal fragte sie sich, ob er gar eifersüchtig auf den Drachen war.

Viele Sommer und Winter lang waren Kayne und sie die engsten Freunde und Vertrauten gewesen. Jeder hatte kurzzeitig mal einen Partner gehabt, aber es waren nie ernste Beziehungen gewesen. Aber nun war Rob in Leánas Leben getreten, und sie glaubte etwas in Kaynes Blick zu sehen, was zuvor nicht dort gewesen war. Eilig schüttelte sie diese Gedanken ab, denn sie konnte sie nicht wirklich greifen und wollte sie auch gar nicht zu Ende denken.

»Das Schlimmste scheint vorüber zu sein«, sagte sie, erhob sich und klopfte sich den Staub von den Kleidern.

»Ein Gewitter ohne Regen – sehr seltsam.«

»Wasser.« Takh schüttelte sich. »Kaum einmal kommt Wasser vom Himmel.«

»Takh, wie viele Buggane gibt es in dieser Welt und wie nennt ihr sie?«

»Sharevyon«, flüsterte der Buggane, »so nennen sie die Schönen. Buggane gibt es viele«, erklärte er weiter, »viel mehr als die Schönen.«

»Könntest du das präzisieren?«, fragte Morthas und wedelte vor seinem Gesicht umher, so als müsse er Spinnweben entfernen, die niemand außer ihm sah. »Verflucht, ich dachte, ich hätte die Geister abgeschüttelt!«

»Dass sich der Kerl immer wichtigmachen muss«, brummte Leána wütend, und auch Kayne verdrehte die Augen.

»Wie viele Buggane und wie viele Elfen leben denn in Sharevyon?« Das kleine Wesen wich unter Nordhalans Blick bis zur Wand zurück, auch wenn der Zauberer das im Gegensatz zu Morthas freundlich gefragt hatte. Beinahe schien es, als wolle Takh mit dem Fels verschmelzen.

»W… weiß ich nicht … v… viele.«

»Er kann vermutlich nicht zählen«, spekulierte Nordhalan. »Du musst dich vor uns nicht fürchten.«

Takh rieb sich seine Knollennase und nickte, wenn auch nicht sehr überzeugt.

»Unsere Freunde«, wandte sich Ennedal mit sanften Worten an ihn, »weißt du, was mit ihnen geschehen ist? Wir vermissen sie.«

Voller Bewunderung starrte er die Elfe an, deren blondes Haar von Staub und kleinen Moosteilen bedeckt war. »Du bist so schön … so schön wie die Herrin!« Er zuckte zusammen, als hätte ihn jemand geschlagen. »Nein, sie ist schöner, aber du, du ähnelst ihr.«

Ennedal lächelte freundlich. »Unsere Freunde?«, wiederholte sie ihre Frage. »Wo sind sie?«

»Fort! Sicher haben die Dunklen sie geholt«, stieß er heftig hervor und schlang die Arme um den Oberkörper. »Ja, die Dunklen. Stets sind es die Dunklen, sie haben Schuld, ja, sie sind es!«

»Wer oder was sind denn nun die Dunklen?« Morthas' hageres Gesicht näherte sich drohend dem kleinen Buggane. Der quetschte sich noch weiter an den Fels, knurrte nun jedoch und bleckte seine Zähne.

Kayne riss den Zauberer nach hinten. »Es nützt nichts, ihn zu verängstigen. Takh hat uns diesen geschützten Ort gezeigt!«

Morthas schnaubte aus und verneigte sich spöttisch vor Rob. »Vielleicht kann ein …«

»Wir sollten nicht zu viel preisgeben«, fuhr Nordhalan ihn in der Sprache von Albany an, woraufhin Morthas beleidigt zurückwich.

Takhs Augen flackerten, er war ein einziges Nervenbündel – nicht verwunderlich in Anbetracht der ihm fremden und so viel größeren Wesen.

Ennedal setzte sich im Schneidersitz vor ihn, eine gute Idee, wie Leána fand, denn offensichtlich war der kleine Takh von der anmutigen Elfe fasziniert.

»Wir möchten Marathis und Estell wiederfinden. Bitte sag uns, wer die Dunklen sind.«

Takh wimmerte leise. »Sie sehen ein wenig aus so wie du, nur sind sie dunkel, dunkel und böse. Das sagen die Schönen!«

Ennedal wandte sich an die anderen. »Denkt ihr …«

»Dunkelelfen«, mutmaßte Kayne.

»Dunkel, dunkle Elfen«, bestätigte Takh eilig. »Nachtelfen sagen die Schönen! Sie kommen bei Nacht und jagen mein Volk. Sie sind schuld am Vergehen der Schönen«, jammerte er.

Leána runzelte die Stirn. Wie es aussah, gab es auch in dieser Welt Schwierigkeiten zwischen Elfen und Dunkelelfen, wenngleich die in Albany auf vielen Missverständnissen beruht hatten. Jetzt herrschte Frieden zwischen einem Großteil der beiden Elfenvölker.

Wenn allerdings Dunkelelfen am Verschwinden von Estell und Marathis Schuld hatten, war das zumindest eine nachvollziehbare Erklärung, wenn auch keine erfreuliche.

»Takh, wohin könnten die Dunklen unsere Freunde gebracht haben?«

Unruhig trat der Buggane auf der Stelle herum. »Da können nur die Schönen helfen. Ich kann euch zu ihnen führen!«

»Er scheint überaus erpicht darauf zu sein, uns zu den Elfen zu bringen«, stellte Kayne fest, und Leána musste ihm zustimmen.

War es reine Gefälligkeit, oder steckte mehr hinter Takhs Hilfsbereitschaft?

»Nun gut, dann führ uns. Wie weit ist es, bis wir auf eine Elfensiedlung stoßen?«, wollte Ennedal wissen.

»Weit, weit, viele Schritte«, plapperte Takh los. »Zum Palast der Winde, dorthin muss ich euch leiten!«

Er zögerte, rieb sich die Nase und kritzelte dann etwas in den Staub. Bald entpuppte sich dies als grobe Karte, und er deutete auf die Küste. »Dort liegt der Palast der Winde.«

Kapitel 9
Rache

»Du bist für die Wache vor der Morgendämmerung eingeteilt, Jel'Akir«, teilte ihr Nal'Righal mit harschen Worten mit, und sie nickte dem Ausbilder geistesabwesend zu. Ihre Aufmerksamkeit galt Toran, der am Feuer saß und an einem Pfeil schnitzte. Ein leichter Stoppelbart bedeckte sein blasses Gesicht. Schon immer war Toran sehr schlank gewesen, aber jetzt wirkten seine Züge hager und ausgezehrt, sodass sie sich Sorgen um ihn machte. Hätte Hauptmann Sared nicht energisch darauf bestanden, dass sie rasteten, Toran hätte sie auch in dieser Nacht weiter vorangetrieben. Natürlich konnte Jel ihn verstehen: Er wollte den Mörder aufspüren. Offenbar hatte der erneut zugeschlagen, denn Reisende, denen sie auf Samukals Handelsstraße begegnet waren, hatten von einer weiteren toten Nebelhexe berichtet, und dass sie zuvor geschändet worden war, ließ nur einen Schluss zu – sie waren Siahs Mörder auf der Spur. Trotzdem durfte Toran sich nicht derart verausgaben und sich nicht in seine Rache hineinsteigern, ohne auf seine eigene Sicherheit zu achten. Erst gestern wäre er mit seinem Pferd beinahe in eine Schlucht gestürzt, nur weil er eine Abkürzung hatte nehmen wollen.

Sie stand auf, setzte sich neben ihn und reichte ihm ein Stück der harten Haferkekse, die sie auf Reisen dabeizuhaben pflegte.

Toran deutete ein Lächeln an, auch wenn dieses seine Augen nicht erreichte. Er nahm den Keks, biss hinein und legte ihn anschließend unbeachtet beiseite, während er weiter an dem Pfeil schnitzte.

»Vielleicht kann ich Siah bald rächen«, sagte er, und der unterdrückte Zorn in seiner Stimme war unverkennbar.

»Rache ist meinem Volk nicht fremd.«

»Deshalb bin ich froh, dich dabeizuhaben, Jel.«

»Meine Großmutter war eine Mhragârkriegerin.« Jel legte sich auf die harte Erde, und ihre Augen blickten in die Sterne. »Zwei ihrer Söhne wurden von einer verfeindeten Familie ermordet.«

Interessiert sah Toran sie an. »Und was tat sie?«

»Mit meinem Großvater hat sie diese Familie gnadenlos durchs Unterreich verfolgt. Großvater ist dabei ums Leben gekommen, und sie hat mir etwas Wichtiges mit auf den Weg gegeben.«

»Und das wäre?«

»Rache kann helfen, mit Unrecht umzugehen, nur wird es die, die du verloren hast, nicht zurückbringen. Und wenn du dich davon verzehren lässt, kann sie nicht nur dir, sondern auch anderen, die du liebst, den Untergang bringen.«

»Willst du mich am Ende auch noch davon abhalten, Siahs Mörder zu suchen?« Alles an Torans Haltung drückte jäh Ablehnung aus, daher schüttelte Jel eilig den Kopf, berührte ihn sogar kurz an der Schulter.

»Nein, das will ich nicht, denn das ist es, was du im Augenblick am meisten begehrst. Nur solltest du nicht zu sehr darauf bauen, dass es dir besser geht, wenn du den Täter stellen kannst.«

»Sicher nicht«, entgegnete Toran trocken. »Aber wenn ich ihn danach getötet habe, ganz bestimmt!«

Jel seufzte. »Das Verlangen nach Rache treibt dich weiter, Toran. Aber die Leere, die kommt, sobald dein Rachedurst gestillt ist, kann dich verschlingen.«

»Und wenn schon. Mir ist es egal.« Zornig schnitzte er an seinem Pfeil weiter, und Jel beobachtete, wie die Späne davonflogen.

»Manche Dunkelelfen schaffen sich noch während ihres Rachefeldzuges ein neues Ziel, sodass sie die Leere sofort mit etwas Neuem füllen können.«

»Ich wüsste nicht, welches Ziel ich verfolgen sollte.« Toran hielt mit seiner Arbeit kurz inne und blickte in die Dunkelheit. Dann schüttelte er den Kopf. »Die Rache an Siahs Mörder ist alles, was mich ausfüllt.«

»Wäre die Liebe es vielleicht wert, an die Stelle der Rache zu treten?« Mit einem beinahe schon wehmütigen Gesichtsausdruck blickte Jel hinüber zu Denira, die erschöpft an einem Baum lehnte.

»Liebe!« Fast schon abfällig stieß Toran dieses Wort aus und schnitzte weiter. »Ich habe Angst vor der Liebe, und Angst davor, sie würde das Feuer der Rache in mir ersticken.«

»Achte auf dich, Toran, sonst wird das Feuer deiner Rache dich noch verbrennen!

»Das werden wir ja sehen.« Wütend ließ Toran sein Messer über das Holz schaben, glitt ab und schnitt sich in die Hand.

Fluchend sprang er auf, saugte an der blutenden Wunde und hastete zu seiner Satteltasche.

Abermals seufzte Jel tief und fragte sich nicht zum ersten Mal, was Siah wohl denken würde, wenn sie Toran so sehen würde.

Auch nach dem Sturm, der nach Osten abgezogen war, herrschte dieses seltsame Zwielicht, und die Sonne kam nicht mit der strahlenden Helligkeit heraus, wie es in Albany der Fall war. Es war, als hätte jemand einen riesigen Schleier vor das Firmament gezogen, um die Sonne auszusperren. Befremdlich war auch dieser blaue Planet, oder vielleicht handelte es sich auch um eine weitere Sonne, die sich dahinter zeigte.

»Nordhalan, ich kann nicht fort von hier und meine Freunde im Stich lassen«, sagte Ennedal, nachdem sie ein karges Frühstück zu sich genommen hatten und nun zusammenpackten.

Kayne und Rob absolvierten unterdessen ihr tägliches

Schwertkampftraining und würden vermutlich im Gehen essen. Leises Schwertergeklirr schallte von ihnen herüber.

Überrascht zog Nordhalan seine buschigen Augenbrauen hoch. »Ich dachte, wir waren uns einig, die Hilfe der Elfen zu suchen.«

»Ja … nur …« Die Elfenkriegerin rang nach Worten. »Es kommt mir nicht richtig vor. Ich muss hier nach ihnen suchen, an dem Ort, an dem sie vermisst werden.«

»Ich halte es nicht für sehr klug, wenn wir uns für längere Zeit trennen«, gab der Zauberer zu bedenken.

»Geht ruhig, ich komme zurecht«, versicherte sie. »Takh kann den Elfen berichten, dass er mich gesehen hat, dann werden sie euch glauben.«

»Dieser Sturm, die mögliche Gefahr durch Dunkelelfen, das gefällt mir nicht. Zudem fand Kayne dich vor Kurzem in einem eigenartigen Zustand, den wir uns nicht erklären können. Wir werden dich nicht allein lassen.«

Leána konnte Nordhalan nur beipflichten und überlegte sogar, ob sie anbieten sollte, bei Ennedal zu bleiben, doch da rief der alte Zauberer Morthas zu sich.

»Morthas, du wirst mit Ennedal die nähere Umgebung absuchen. Seid vorsichtig, geht kein Risiko ein und bleibt in der Nähe des Portals, damit wir euch wiederfinden.«

Der herausstehende Knorpel am Kehlkopf des jüngeren Zauberers hüpfte heftig auf und ab. »Ich soll … allein mit Ennedal …«

»Den Worten deines Lehrmeisters zufolge ist deine Ausbildung weit fortgeschritten, sonst hätte er dich nicht mit uns geschickt«, stellte Nordhalan klar.

Morthas wand sich wie ein Wurm, und Leána konnte sich ein Grinsen nicht verkneifen, denn im Augenblick glich er Dimitan auf geradezu frappierende Weise.

»Fürchtest du dich allein mit Ennedal?«, fragte sie unschuldig.

»Nein, selbstverständlich nicht. Ich dachte nur …«

»Morthas, mein Wunsch ist es, dass du Ennedal bei ihrer Suche zur Seite stehst.« Wohl kaum jemand hätte es nun gewagt, Nordhalan zu widersprechen, und tatsächlich verneigte sich auch Morthas.

Ennedal lächelte erleichtert und machte zu Morthas hin eine einladende Handbewegung. »Komm.« Schon war sie zwischen den Felsen verschwunden. Morthas folgte etwas langsamer, drehte sich mehrfach um, bevor auch er nicht mehr zu sehen war.

Nordhalan murmelte etwas in seinen Bart, und Leána glaubte zu erahnen, dass es sich um nichts Freundliches handelte.

Takh hatte die ganze Zeit über in einiger Entfernung und völlig gedankenverloren unter einem Busch gegraben. Nun kam er mit einigen Maden in der Hand zurück, und auch Kayne und Rob beendeten ihr Training.

»Wollt ihr?«

»Nein danke!« Leána rümpfte die Nase, aber der kleine Kerl ließ sich nicht beirren und verspeiste die zappelnden Insekten mit wenigen Bissen.

»Wir sollten aufbrechen«, schlug Rob vor.

»Die Schöne und der große, dürre Horc, wo sind sie?« Suchend sah sich Takh um.

»Sie bleiben hier.«

»Nein, nein, sie müssen uns begleiten! Gefahren, viele Gefahren gibt es hier. Holt sie zurück!«

»Das geht nicht. Willst du uns nun zu den Elfen führen oder nicht?«

Der kleine Buggane starrte verstört zu Nordhalan hinauf und war sichtlich unentschlossen. »Mitbringen, muss die Schöne mitbringen, nun ist sie fort«, brabbelte er vor sich hin, dann sah er alle Anwesenden nacheinander an, fuhr sich über die Lippen und zuckte mit seinen Schultern. »Kommt mit mir.«

Eifrig wuselte er voran, und unterwegs fragte sich Leána, ob Takh sie tatsächlich würde zu den Elfen bringen können. Vielleicht war es gar nicht einmal so schlecht gewesen, Ennedal und Morthas zurückzulassen, denn falls Marathis und Estell doch noch lebten und sich befreien konnten, würden sie das Portal als Erstes aufsuchen.

An dem Rinnsal hatten zwar alle ihre Wasserbeutel gefüllt, doch etwas Essbares hatten sie noch nicht gefunden. Nur Takh stopfte sich unterwegs Käfer und andere Insekten in den Mund, und nicht nur Leána zuckte jedes Mal zusammen, wenn es hörbar aus seiner Richtung knackte.

»Wenn wir nicht bald auf Wild oder essbare Pflanzen stoßen, werden wir auf ähnlich unappetitliche Nahrungsmittel zurückgreifen müssen wie Takh«, stellte Nordhalan während einer kurzen Rast fest.

Wenn Leána über dieses karge Land blickte, hatte sie wenig Hoffnung, in absehbarer Zeit etwas Essbares zu Gesicht zu bekommen. »Die Elfen können uns sicher weiterhelfen«, sagte sie daher hoffnungsvoll.

Rob stand abseits der anderen auf einem Felsen und starrte nach Süden. Sein schmales Gesicht war reglos, wie in Stein gemeißelt. Ein leichter Wind spielte mit seinem Haar und wehte ihm eine schwarze Strähne in die Stirn. Leána fragte sich, was in ihm vorging. In vielerlei Hinsicht war ihr Rob noch immer fremd. Doch im Augenblick glaubte sie zu erahnen, dass er sich am liebsten in seine Drachengestalt verwandeln und die Umgebung erkunden würde. Wie mochte es sein, in einem Körper gefangen zu sein, der aus Robs Sicht so viel schwächer war und einem verwehrte, jederzeit an jeden beliebigen Ort zu fliegen? Für sie war das schwer vorstellbar.

Auf ihrem weiteren Weg zur Küste versuchte vor allem Nordhalan, etwas aus Takh herauszubekommen. Weshalb war dieses Land so verdorrt, vegetationslos und beinahe ohne Leben? Wie viele Elfen und Buggane gab es? Bislang hatten sie noch keine weitere der kleinen Kreaturen gesehen. Doch Takh vertröstete sie immer nur auf die Schönen, die ihnen weiterhelfen würden.

Während der Tage, die sie durch diese Steinwüste wanderten, fragte sich Leána häufig, wie es Ennedal und Morthas ergehen mochte. Hatten sie Marathis und Estell schon gefunden? Die Situation musste für Ennedal ganz besonders schlimm sein, und Leána überlegte, wie sie sich wohl fühlen würde, wären Kayne und Rob verschollen. Daher war sie mehr als froh, beide Männer und auch Nordhalan an ihrer Seite zu wissen.

Im Gegensatz zu ihrer Reise durch England vor einiger Zeit verhielt sich Kayne Rob gegenüber zumindest nicht mehr feindselig. Dabei hatte sicher das gemeinsame Schwertkampftraining geholfen, aber trotzdem vermutete Leána, dass Kayne sich hauptsächlich ihr zuliebe zurückhielt. Trotzdem merkte sie mit jedem Tag mehr, dass sich die beiden zumindest als Reisegefährten akzeptierten. Bei jeder Rast zeigte Kayne Rob neue Angriffs- oder Verteidigungstechniken, und sie halfen sich gegenseitig, wenn das Gelände schwierig wurde. Bei ihren gemeinsamen Nachtwachen hatte Leána sie sogar schon miteinander reden hören, wenn auch über eher belanglose Dinge wie die Vor- und Nachteile von Schwert, Bogen und anderen Waffen. Auch hier war die gemeinsame Wacheinteilung Nordhalans Weitsicht zu verdanken. Offene Feindseligkeit könnte sich in einem fremden Land zu einem großen Problem entwickeln.

Zunehmende Schwierigkeiten bereitete ihnen das Fehlen von Wasser. Takh schien problemlos damit zurechtzukommen, ihm genügte offenbar etwas Morgentau, der sich an Felsen oder den wenigen Sträuchern niederschlug und den er mit seiner Zunge ablecken konnte. Doch Leána und ihre Freunde litten nach drei Tagen wirklichen Durst, und die wenigen Wasserstellen, die Nordhalan oder Kayne dank ihrer Zauberkräfte finden konnten, reichten meist kaum aus, um auch nur ihre Beutel zu füllen.

Mehrfach sprach Rob davon, sich bei Nacht in einen Drachen zu verwandeln, doch bisher waren sie alle dagegen gewesen. Sie wollten seine Identität weder vor Takh preisgeben noch mögliche Feinde auf ihn aufmerksam machen. Bislang hatten sie keine anderen Drachen gesehen. Das war aber auch nicht unbedingt verwunderlich. Hier würden die gewaltigen Himmelskreaturen keine Nahrung finden. Vielleicht hielten sie sich in den westlichen Bergen auf oder am Meer.

Alles in allem herrschte bedrückte Stimmung. Nicht nur Leána wünschte sich sehnlichst ein Bad und frische Kleidung. Alle waren staubig und verschwitzt. Mit jedem Tag spürte sie, wie Robs Ungeduld wuchs. Er hatte ihr anvertraut, wie sehr er sich wünschte, sich in seine Drachengestalt zu verwandeln. In seinen ungewöhnlichen Augen flackerte häufig Unruhe, er reagierte nun oft gereizt, was sicher auch an der trostlosen Gegend und dem mangelnden Wasser lag.

»Ich sehe mich um«, sagte er während einer Rast an einem ausgetrockneten Flussbett, das sich durch ein steiniges Tal wand. Die rötlichen Berge hatten sie hinter sich gelassen. Hier erstreckten sich gräulich braune Höhen und Senken, von Steinen und Staub bedeckt.

»Ich habe vorhin Vögel gesehen. Irgendwo müssen auch sie Wasser finden.«

»Rob«, Leána nahm sein Gesicht in ihre Hände. *Du verwandelst dich aber nicht*, verlangte sie von ihm in Gedankensprache.

Beinahe ruppig machte er sich von ihr los. »Es ist Tag, wie du sehr wohl weißt.« Schon hatte er sich den Wasserbeutel geschnappt und war in Richtung einer Hügelkette gerannt.

Ächzend ließ sich Nordhalan auf den staubigen Boden sinken. Sein buschiger Bart und das Haar wirkten vom Staub beinahe vollständig grau.

»Takh, wie weit ist es noch?«, rief Kayne dem kleinen Buggane zu, der trotz der anstrengenden Wanderung noch eifrig zwischen den Felsen umherkrabbelte, mal wieder auf der Suche nach Insekten.

»Bald, bald sind wir da!«

»Das sagst du schon seit zwei Tagen«, beschwerte sich Kayne. Er setzte sich auf einen flachen Felsen und stützte das Gesicht in die Handflächen.

Leána ließ sich neben ihm nieder und reichte ihm eine der wenigen halb vertrockneten Beeren, die sie an einem Dornenstrauch gefunden hatte. Doch er schüttelte den Kopf. »Wahrscheinlich führt er uns zu seinem Volk, und die fressen uns dann auf, weil es hier sonst nichts gibt.« Kayne blickte so düster drein, dass Leána lachen musste.

»Bei deiner Miene würde das niemand wagen«, kicherte sie. Grummelnd verstrubbelte Kayne ihr die Haare, und sie legte ihren Kopf müde auf seinen Oberschenkel.

»Sollten wir hier auf Elfen stoßen, kommen sie sicher gerne mit nach Albany. Es erscheint mir im Augenblick wie das Paradies.«

Dem musste Leána zustimmen. Sie schloss die Augen, sah die dichten Wälder des Elfenreichs vor sich, grüne Wiesen, über denen Heidefeen tanzten, und sprudelnde Bäche.

»Falls wir nicht sehr schnell zurück nach Hause können, werden meine Eltern ihre Hochzeit erst im kommenden Frühling feiern«, sagte Leána gedankenverloren.

»Waren sie böse deswegen?«, erkundigte sich Kayne.

»Nein, denn sie wissen, wie wichtig diese Reise ist. Ich habe ihnen vor unserer Abreise sogar versichert, sie könnten auch ohne uns den Bund eingehen, weil ich weiß, wie lange sie sich das schon wünschen, aber sie haben darauf bestanden, uns dabeizuhaben.« Sie drehte ihren Kopf und blickte ihn eindringlich an. »Und ich sage bewusst *uns*, Kayne.«

»Sicher möchten sie lieber von Nordhalan als von dem grimmigen Dimitan vermählt werden«, murmelte er.

»Du weißt genau, was ich meine«, schimpfte sie, dann schloss sie bedrückt die Augen. »Wie es Toran wohl geht?«

»Nicht sehr gut, befürchte ich«, antwortete Kayne nach kurzem Überlegen. Tröstend legte er seine Hand auf ihren Rücken. »Aber ich könnte meinen letzten Wassertropfen darauf wetten, mittlerweile bereut er, was er dir bei Siahs Trauerfeier an den Kopf geworfen hat.«

In dieser Beziehung war sich Leána nicht so sicher, und sie spürte, wie sich mal wieder ein Kloß in ihrer Kehle bildete.

»Ich vermisse Siah.«

»Ich ebenfalls«, gab Kayne zu. »Manchmal …« Er stockte, dann streichelte er behutsam über ihre Wange. »In Albany habe ich sogar schon mehrfach von ihr geträumt. Sie wollte mir etwas sagen, aber dann ist sie wieder verblasst.«

»Ich wünschte, ich könnte Siah zumindest im Traum noch sehen«, flüsterte sie.

»Das ändert auch nichts daran, dass sie nicht mehr bei uns ist.« Als Leána hörte, wie traurig auch Kayne klang, drehte sie erneut den Kopf. Ihre Blicke trafen sich, und sie war froh, einen Freund wie Kayne zu haben. Schon immer hatten sie sich auch ohne große Worte verstanden.

Leánas feine Dunkelelfensinne nahmen plötzlich ein Geräusch in ihrem Rücken wahr, deshalb fuhr sie herum und erstarrte.

Hinter Kayne stand Rob, sein Schwert hocherhoben und bereit zuzustechen.

»Rob!«, schrie sie entsetzt, und im gleichen Moment schreckten sowohl Nordhalan als auch Kayne auf. Eiskalte Berechnung stand in Robs Blick. Für einen entsetzlichen Moment dachte Leána, Rob wolle Kayne erstechen. Vielleicht wegen der vertrauten Szene, die sie ihm geboten hatten. Sie sprang auf, streckte ihre Hand aus, um Kayne zurückzureißen. Gleichzeitig war ihr bewusst, es wäre zu spät. Wie in einem bösen Albtraum, in dem man sich nicht rühren kann, sauste die Klinge herab, doch nun erkannte sie, dass Robs Schwert ein gut handtellergroßes Tier mit acht Beinen in der Mitte geteilt hatte. Aus seinem Hinterteil ragte ein rötlicher Stachel, der Kopf endete in zwei scharfen Greifzangen.

Sofort war Takh zur Stelle. »Ah, hm, ein Ursh«, erklärte er. »Sein Stachel ist giftig.« Er machte sich daran, den Panzer zu knacken. »Rest kann man essen.«

Angewidert wandte sich Leána ab, dann blickte sie zu Rob auf.

»Danke«, sagte Kayne verdattert.

»Woher wusstest du, dass das Ding giftig ist?«, wollte Leána wissen, der Schrecken steckte ihr noch gehörig in den Knochen und vor allem, dass sie in Erwägung gezogen hatte, Rob könnte Kayne ernsthaft schaden wollen. Jetzt kam ihr das dumm vor.

»Es sah nicht sehr freundlich aus. Zudem hat es mich an giftige Tiere der Welt erinnert, in der ich zwangsweise eine Weile gelebt habe. In den Regenwäldern von Südamerika, wo ich mich ein paar Jahre versteckt hielt, gab es einige unangenehme Zeitgenossen.«

»Gibt es viele dieser Tiere hier?«, erkundigte sich Nordhalan voller Unbehagen und stieß mit seinem Stock einen der kleinen Gesteinsbrocken beiseite.

Takh kaute unterdessen genüsslich, schüttelte jedoch seinen Kopf. »Nein, leider nicht. Nicht viele, wer sie findet, isst sie. Oder ist tot, weil er gestochen wurde. Aber dann ist der Ursh auch bald tot. Kann nur einmal stechen, der Ursh.«

»Trotz allem eine gefährliche Welt«, sinnierte Nordhalan.

Leána ließ sich von Rob in den Arm nehmen, und er reichte den Wasserbeutel herum. Zumindest einen halben Beutel konnten sie sich heute teilen. Rob hatte unter einem Felsen eine Vertiefung mit etwas schalem Wasser gefunden.

Am fünften Tag ihrer Reise ragte dann endlich in der Ferne ein mächtiges Felsmassiv vor ihnen empor, und der unverkennbare Meeresgeruch ließ Hoffnung aufkeimen. Am Fuße des Höhenzuges, der sich über viele Meilen nach West und Ost erstreckte, wuchsen sogar einzelne Bäume, spärliches Gras bedeckte den Boden.

Nordhalans Finger strichen über eine weiße Blume, die sich in den Schutz eines Felsens duckte.

»Es tut gut, wieder Leben zu spüren«, sagte er.

Leána fuhr sich über die ausgetrockneten Lippen und nickte. Ihr war ganz schwummrig von dem tagelangen Wassermangel. »Ich hoffe, die Elfen verfügen über Wasservorräte.«

Nachdem sie einen weiteren Hügel erklommen hatten, deutete Takh aufgeregt in das nächste Tal. »Dort ist eine Bugganesiedlung. Ich kann Nachricht schicken lassen. Dann holen euch die Schönen!«

In einiger Entfernung konnte man schätzungsweise zwanzig bis dreißig der kleinen Kreaturen erkennen, wie sie zwischen den Felsen umherwuselten. Hier und da gab es Felder, bei genauerem Hinsehen erkannte Leána sogar runde Behausungen aus Stein und Erde, die sich an die Felsen duckten.

»Dort lebst du also?«, äußerte Leána ihre Vermutung.

Takh schüttelte den Kopf. »Nein, Takh reist umher, aber diese hier, diese Buggane, die dienen den Schönen, sorgen für ihre Nahrung.« So wie er das sagte, klang das wie etwas höchst Erstrebenswertes.

»Aber Takh hat euch hergeführt«, er leckte sich über die Lippen, »vielleicht darf ich nun auch hier dienen.«

Leána blickte Rob fragend an, aber der zuckte lediglich mit den Schultern.

»Wir warten hier, du kannst eine Nachricht schicken lassen«, bestimmte Nordhalan, und Leána begrüßte den Gedanken, nicht in das Buggane-Dorf zu gehen. Schließlich wussten sie viel zu wenig über diese Kreaturen.

»Ihr geht … nicht fort?« Takh riss seine Augen weit auf und zog die Schultern ein.

»Wir schleppen uns nicht tagelang durch diese verfluchte Steinwüste, nur um im letzten Moment umzudrehen«, fuhr Kayne ihn an und quetschte den letzten Rest Wasser aus seinem Wasserbeutel.

Der kleine Buggane verneigte sich hastig, bevor er davonrannte, nicht ohne sich mehrere Male nach ihnen umzudrehen.

»Ich kann mir nicht helfen«, ächzend ließ sich Nordhalan auf einem Findling nieder, »irgendetwas an ihm macht mich misstrauisch, auch wenn er bisher Wort gehalten hat.«

Seufzend entwirrte der alte Zauberer sein verfilztes Haupthaar. »Bei diesem ständigen Wind würde ich sogar Leánas Flechtkunst in Betracht ziehen, die ich in ihrem Kindesalter stets verschmäht habe.«

»Ich kann dir gerne behilflich sein«, bot Leána grinsend an. »Und falls es dir nichts ausmacht, würde ich mir gerne deinen Kamm ausleihen, denn meiner war in dem Bündel.«

Sofort reichte der Zauberer Leána seinen Holzkamm, und, um sich die Zeit zu vertreiben, erzählten sie und Kayne abwechselnd von den Streichen, die Leána früher als kleines Mädchen ausgeheckt hatte. Dabei versuchten sie beide, sich ständig mit den verrücktesten Kindheitserlebnissen zu übertrumpfen, und brachen bald in schallendes Gelächter aus. Rob beobachtete sie mit einem leichten Lächeln, konnte jedoch nichts beisteuern, und manchmal glaubte Leána auch ein wenig Wehmut oder gar Eifersucht auf seinen Zügen zu erahnen. Vielleicht beneidete er sie insgeheim um ihre lange bestehende Freundschaft. Rob hatte lange Zeit niemanden gehabt, dem er sich anvertrauen konnte, vielleicht sogar niemals einen richtigen Freund. Ihr Gelächter erstarb aber ohnehin schlagartig, als wie aus dem Nichts eine bleiche Gestalt vor ihnen auftauchte.

Ein Hilferuf schallte durch den Wald. Die Abenddämmerung hatte sich mit ihrem weichen Zwielicht über das Land gelegt, die Zeit, in der die Menschen in Albany normalerweise zur Ruhe kamen.

Auch Toran und seine Gefährten hatten begonnen, ihr Lager aufzuschlagen. Doch dieser Schrei ließ sie alle innehalten. Woher kam der Hilferuf?

Mit einem Satz war Toran im Sattel, hörte weder auf Jels Ruf noch reagierte er, als Nal'Righal nach seinen Zügeln griff, um ihn aufzuhalten.

Seit drei Tagen jagten sie Hinweisen auf einen bärtigen Mann hinterher, der hier in der Gegend sein Unwesen trieb. Seinen Weg pflasterten tote Nebelhexen.

Eben noch war Toran müde gewesen, aber jetzt pulsierte das Adrenalin durch seinen Körper. Er trieb sein erschöpftes Pferd an, zügelte es mit harter Hand, lauschte und galoppierte dann in die Richtung, aus der erneut weibliche Schreie kamen.

»Ja, schrei nur, schrei nur!«, hörte er eine beinahe schon hysterische männliche Stimme, erkannte auf einer Lichtung nun einen Mann, der über einer sich windenden Frau kniete und ihr die Bluse aufriss. »Das wird dir nichts nützen – ich muss dich jetzt nehmen … es ist widerwärtig, aber ich muss es. Du Abartigkeit der Natur!«

Der Kerl versetzte der Frau eine schallende Ohrfeige, die sie verstummen ließ, erhob sich und nestelte an seiner Hose herum.

Toran beugte sich über den Hals seines Hengstes. Der Wind stand für ihn günstig, der Mann hörte ihn offenbar nicht oder war zu sehr mit seiner perversen Tat beschäftigt.

Nur noch wenige Sprünge, aber ein Knacken verriet Toran doch. Der Mann mit dem buschigen Bart im Gesicht fuhr herum. Entsetzen spiegelte sich in seinen Augen wider.

Toran sprang ihn aus dem Sattel heraus an und warf ihn zu Boden. Sie rollten über Moos, Steine und Äste, der Mann wehrte sich, sein Messer schnitt in Torans Hand, aber das war ihm in diesem Moment gleichgültig. Er packte den kräftigen Mann an der Kehle, würgte ihn, drückte ihn zu Boden und schlug ihm ins Gesicht, wieder und wieder.

»Endlich habe ich dich! Das ist die letzte Nebelhexe, an der du dich vergehst.«

»Ich … Ihr … Prinz …« Der Mann versuchte etwas zu sagen,

aber Toran schlug abermals zu. Blut benetzte die Lippen und den buschigen Bart des Fremden.

Hinter sich hörte er Rufe, galoppierende Hufe, aber er hieb gnadenlos zu, trat seinem Gegner in den Unterleib und ins Gesicht. Schließlich zerrte er den halb Bewusstlosen in die Höhe und drückte ihn an einen Baum.

»Wie fühlt sich das an?«, schrie er, und rammte dem Mann seinen Dolch in den Oberschenkel.

Der Kerl gab lediglich ein Gurgeln von sich.

»Das, was du Siah und den anderen angetan hast, kann ich dir nicht einmal antun«, spie Toran aus und trat ihm mit seinem Stiefel zwischen die Beine.

Der Mann stöhnte, sackte in sich zusammen, aber Toran hielt ihn fest.

»Prinz Toran, Ihr müsst ihn Eurer Mutter ausliefern«, erklang da die nüchterne Stimme von Sared hinter ihm. Mit dem Reiterbogen in der Hand saß der Hauptmann im Sattel.

»Wage ja nicht, ihn zu erschießen«, drohte Toran und zitterte vor Wut. »Er gehört mir. Nicht dir, nicht meiner Mutter! Mir!«

Etwas wie Hoffnung keimte in dem panischen Blick des Mannes auf, doch Toran ließ ihm diese nur einen Wimpernschlag.

»Ich werde dich eigenhändig entmannen, und dann wirst du sterben. Aber nicht am gleichen Tag, sondern jeden Tag ein bisschen mehr.«

»Mein … P … rinz ich … habe nicht.« Der Gefangene wollte etwas sagen, aber Toran schlug ihn nur erneut, wandte sich kurz zu den anderen um – und da geschah etwas, womit er nicht gerechnet hatte. Der Mann wimmerte kurz, dann ergriff er urplötzlich Torans Hand, mit der er seinen Dolch hielt. Hauptmann Sared, Jel und Nal'Righal riefen ihm beinahe gleichzeitig eine Warnung zu, da zischte ein Pfeil an Toran vorbei und traf den Vergewaltiger mitten in die Stirn.

»Sared!« Toran konnte es nicht fassen. »Sared, wie konntest

du!«, brüllte er in seiner Wut, zerrte den Pfeil heraus und schüttelte den Mann.

»Toran, er wollte dich angreifen!«

Ungeduldig wischte er Jels Hand von seiner Schulter, ließ den Toten auf die Erde fallen und schlug mit seiner Faust gegen den nächsten Baum, bis sie blutete.

»Verzeiht, Prinz Toran«, entschuldigte sich Hauptmann Sared, »tatsächlich wollte ich Euch nur beschützen, so wie Eure Mutter es mir aufgetragen hat. Dieser Mann wollte Euren Dolch an sich bringen, das konnte ich nicht erlauben.«

»Ich kann mich selbst schützen!« Toran bemerkte, wie seine Stimme sich überschlug, ohne etwas dagegen tun zu können.

»Oder er wollte sich selbst töten. Ihm muss bewusst gewesen sein, dass es kein Entkommen für ihn gab«, stellte Nal'Righal fest.

»Dazu hatte er nicht das Recht«, schäumte Toran. »So ein verfluchter Feigling!« Mit dem Fuß trat er auf die Leiche ein.

»Toran, er ist tot, Siah ist gerächt. Wir können ihn zerstückeln und seine Leiche in der Sonne verdorren lassen.«

Nal'Righal nickte zustimmend.

»Aber dann muss der Rache Genüge getan sein.« Jels Augen bohrten sich kurz in seine, dann wandte sie sich ab und ging nun zu der Nebelhexe, die in einiger Entfernung weinend am Boden kniete.

Toran hingegen fühlte sich betrogen. Betrogen um seine Rache.

»Sared, lass einen der Soldaten eine Zeichnung von dem Dreckskerl anfertigen«, sagte er müde. »Ich will wissen, wer er ist. Dann verscharr ihn irgendwo, sollen die Würmer ihn fressen.«

»Wie Ihr wünscht, Prinz Toran.«

Kapitel 10

Der Palast der Winde

Leána musste zweimal hinsehen, bis sie die Frau vor sich als Elfe identifizierte. Strähniges mittelblondes Haar wehte im leichten Wind, ihre Hautfarbe konnte man nur als fahl bezeichnen. Die meisten Elfen waren schlank, doch diese hier war ausgemergelt, sogar ihre Hüftknochen zeichneten sich durch das cremefarbene Kleid ab. Dennoch zeigte ihr Gesicht noch keine Spuren von hohem Alter, ihre Haut war glatt.

»Mein Name ist Nevira«, sprach sie mit müder, fast teilnahmsloser Stimme. »Thylios, unser Herr, erwartet Euch.«

»Denkst du, sie haben uns kommen sehen?«, flüsterte Leána Rob zu, während Nordhalan sie alle vorstellte.

Das Entsetzen stand noch immer in Kaynes Augen, und Leána konnte selbst kaum fassen, was Nevira für ein elendes Abbild jenes sonst so schönen und stolzen Volkes darstellte.

»Wir begleiten dich«, versicherte Nordhalan sogleich, trat zu der Elfe und nahm deren Hand in seine. »Bitte erzähle uns, was mit euch geschehen ist.«

»Geschehen?« Sie wirkte verwundert. »Was soll mit uns geschehen sein? Über unser Volk zu sprechen obliegt Thylios und der Herrin«, entgegnete Nevira und ging voran.

Irgendwann gesellte sich auch Takh wieder zu ihnen, den Nevira jedoch kaum beachtete. Mit starrem Blick schritt sie weiter, an dem Buggane-Dorf vorbei und erreichte schließlich einen gewundenen Pfad. Dieser schlängelte sich den Berg hinauf. Ausgetrocknete Flussbetten, Reste von Steinreliefs, die in den Fels gehauen worden waren, jetzt jedoch verwittert und zu großen Teilen zerstört, säumten ihren Weg und bezeugten stumm die vergangenen besseren Tage dieser Berge.

Leána bemerkte, wie ihre Gefährten immer wieder fassungslos auf die vernachlässigten Skulpturen und Reliefs blickten, denn sie alle wussten, wie sehr die Elfen die Natur und alles Kunstvolle liebten. Die Zeit und der säuselnde Wind hatten, wie es schien, den Glanz alter Tage weggewaschen. Flechten krallten sich in den rissigen Gebilden fest – im Gesicht einer verwitterten Statue erinnerten sie an Tränen, die niemals zu Boden fallen würden.

Endlos wand sich der Weg hinauf, Überreste von Toren waren zu sehen, verfallen, so wie alles andere auch. Hatten sie früher der Verteidigung gedient? Vermutlich. Aber entweder wurden diese Bollwerke heute nicht mehr benötigt, oder die Elfen hatten schlicht und einfach aufgegeben.

Nachdem sie endlich den Gipfel erklommen hatten und an den Rand dieses Hochplateaus traten, bot sich ihnen ein fantastischer Anblick. Mehrere Hundert Fuß tief und beinahe senkrecht fielen die Klippen zum Meer hin ab. Unter ihnen wogten die Wellen an den rötlichen Fels, schäumende Brecher, höher noch als sie selbst zu Sturmzeiten an Northcliffs Mauern brandeten, krachten gegen das Gestein.

»Im Sonnenlicht sähe das faszinierend aus«, sagte Leána zu Rob, der ihr einen Kuss auf den Scheitel hauchte.

»Die Sonne scheint über Sharevyons grüne Auen«, sagte Nevira verträumt. »Folgt mir«, verlangte die Elfe.

»Von welchen grünen Auen redet sie, verdammt?«, brummte Kayne und stieß mit dem Fuß gegen einen der zahlreichen Steine.

Durch die Überreste eines Parks, dessen einstige Schönheit man nun nur noch an versiegten Brunnen, verdorrten Ranken und Baumstümpfen erahnen konnte, bewegten sie sich auf ein gewaltiges Bauwerk zu, das nach und nach zwischen zwei Bergspitzen, die wie die Zähne eines zu Stein erstarrten Drachen wirkten, sichtbar wurde. Aus hellem Gestein blitzte ein schlanker Turm hinter dem natürlichen Felsentor hervor, auf das sie zuhielten. Nicht nur Leána schaute ehrfürchtig in die Höhe.

»Die perfekte Verteidigungsanlage.« Kayne strich nachdenklich über das aus dem Stein gehauene Felsentor, mehr als vier Mann hoch und so breit, dass bequem zwei Kutschen hätten hindurchkommen können. Über ihnen konnte man noch die verrosteten Reste eines Scharniers erahnen.

»Nevira, wurdet ihr angegriffen?«, erkundigte sich Nordhalan.

»Es gibt nichts, gegen das wir kämpfen müssen«, erfolgte die wenig befriedigende Antwort.

Der Weg zum Palast, der bei näherem Hinsehen aus drei Türmen dieser Art bestand, die in Dreiecksform angeordnet, mit einer Ringmauer verbunden waren und nach Westen hin eine Spitze bildeten, war mit verschlungenen Mosaiken aus unterschiedlichem Gestein gepflastert. Leána wusste gar nicht, wo sie zuerst hinblicken sollte bei all dieser Kunst, nur leider war auch hier vieles abgebröckelt, verschmutzt und von Staub bedeckt.

Hin und wieder eilten pelzige Buggane an ihnen vorbei, die irgendetwas auf dem Rücken trugen, Steine schleppten oder sich lediglich kurz vor ihnen verbeugten.

»Nevira, können wir etwas zu trinken bekommen? Wir sind am Verdursten«, fragte Leána die Elfe nach dem anstrengenden Aufstieg.

Die trüben Augen der Elfe wandten sich ihr zu, dann neigte sie ihren Kopf. »Im großen Saal ist euch Wasser und auch Wein gewiss.«

Eine stetige Brise zerrte an Leánas Haaren, und sie freute sich darauf, im Inneren des Palastes Schutz zu finden. Doch leider wurde sie enttäuscht. Auch hier wehte ein garstiger Wind durch die Gänge. Einige Mauern waren vollständig heruntergebrochen. Leána fragte sich, ob es hier Glasscheiben gegeben hatte, wie sie in den Herrenhäusern von Albany üblich waren. Sie konnte sich kaum vorstellen, dass früher, zu Glanzzeiten dieses Palastes, nichts Schutz vor dem Wetter geboten hatte. Von alldem sichtlich unberührt schritt Nevira voran, beachtete weder die kleinen Buggane, noch machte sie sich die Mühe, sie den wenigen Elfen vorzustellen, denen sie begegneten. Allen waren dieser gebrochene Blick und ihr ausgemergeltes Äußeres gemein.

Nevira führte sie in eine große Halle, deren Stützpfeiler ein Meister der Architektur das Aussehen von Bäumen verliehen hatte. Gemeißelte Efeublätter umrankten die steinernen Stämme. Selbst hier war der Wind spürbar, aber zumindest ein wenig gedämpft, da sie sich in der Mitte des Palastes befanden.

»Thylios und Eriyane werden bald hier sein, ich lasse Essen bringen«, verkündete Nevira, deutete kurz auf einen Krug, der auf dem Tisch stand, und verschwand wie ein Schatten aus dem Raum.

Leána konnte sich nicht mehr zurückhalten. Sie nahm den Krug, ohne auf Gläser oder Becher zu warten, und setzte ihn an die Lippen. Am liebsten hätte sie alles ausgetrunken, doch sie beherrschte sich und reichte das Wasser an Nordhalan, der ebenfalls wenige Schlucke trank und den Krug weitergab.

»Das alles gefällt mir nicht!« Rob rieb sich seine Nase.

»Was du nicht sagst.« Kopfschüttelnd berührte Kayne eine Steinblume an der Wand. Halb zerbrochen war dieses filigrane Kunstwerk, die Reste lagen als Steinkrümel auf der Erde.

»Es ist nicht die Art der Elfen, ihr Zuhause so verkommen zu lassen«, stellte Nordhalan fest.

Schaudernd schlang sich Leána ihre Arme um den Oberkörper und suchte nach einer Erklärung.

»Diese Welt mag Elfen mit anderen Wertvorstellungen und Verhaltensweisen hervorgebracht haben«, gab Rob zu bedenken.

Können sich Rassen derart unterschiedlich entwickeln?, überlegte Leána, schritt den Raum ab und entdeckte in einer Ecke eine verdorrte Ranke. Erstaunt bemerkte sie, dass sich in diesem Augenblick eine kleine weiße Blüte öffnete.

»Aber hier ist noch Leben«, flüsterte sie und strich mit den Fingern über das zarte Pflänzchen.

Als sie sich umdrehte, stand Rob hinter ihr, das Gesicht ernst und verschlossen, und auch er betrachtete die winzige Blüte.

»Fremde, Freunde. Ihr habt unseren Ruf erhört!«, erklang da eine weibliche Stimme fest und befehlsgewohnt, aber zugleich auch sanft und einnehmend.

Leána ging mit Rob zurück zu ihren Freunden, die beieinanderstanden und miteinander flüsterten. Nordhalan hatte sich auf seinen mannshohen Zauberstab gestützt.

Durch einen der offenen Türbogen schritt ein auffallend ungleiches Paar. Ein gebeugter Elf, ähnlich bleich wie Nevira, und eine Elfe, gegen die selbst die strahlende Anmut der Elfen aus Albany verblasste.

»Ich bin Eriyane«, stellte sie sich vor. »Die Herrin der Elfen. Dies ist mein Gemahl Thylios.«

Ihre melodische Stimme und ihr ganzes Auftreten waren betörend. Eriyanes Gesicht erinnerte an blanken Marmor, so glatt und ebenmäßig war es. Ihre grünen Augen strahlten im Gegensatz zu allem anderen hier Lebenskraft aus. Das Gewand aus hellblauer und gelber Seide wehte um ihren schlanken Körper, und auch wenn ihr Gemahl ordentlich in schwarze Lederhosen, ein blau besticktes Seidengewand und einen hellblauen Umhang gekleidet war, wirkte er im Gegensatz zu Eriyane doch farblos. Sein blondes Haar zeigte nicht den Glanz der geflochtenen weißblonden Haarpracht von Eriyane, sein Gesicht war eingefallen, die Augen stumpf. War dieser Elf vielleicht deutlich älter als seine Gemahlin und am Ende seiner Lebensspanne angekommen? Nur einmal war Leána ein hochbetagter Elf in Lharinas Reich zu Augen gekommen, aber selbst der hatte frisch im Vergleich zu Thylios gewirkt.

»Wir heißen euch willkommen«, sagte er und deutete zu der steinernen Tafel in der Mitte des Raumes.

Eriyane betrachtete jeden Einzelnen prüfend, nicht unfreundlich, aber doch mit einem gewissen Misstrauen. Besonders auf Leána in ihrer Jeans und der engen Jacke blieb ihr Blick haften.

»Bitte verzeiht mir meine Frage, aber welcher Rasse gehört ihr an? Dem Elfenvolk seid ihr nicht unähnlich, dennoch …«

»Menschen, wir sind Menschen«, erklärte Nordhalan mit einem freundlichen Lächeln. »In der Welt, aus der wir kommen, teilen sich viele Rassen das Land.«

»Menschen.« Wie aus weiter Ferne drangen Thylios' Worte aus seinem Munde. »Legenden, alte Legenden von Wesen wie Menschen und Zwergen hörte ich einst als Kind.«

Eriyane strich ihm beruhigend über das Haar, flüsterte etwas in sein Ohr, woraufhin er verstummte.

»Menschen – faszinierend. Ich würde mich freuen, mehr über euch zu erfahren«, verkündete die Elfenherrin mit glockenheller Stimme.

Nacheinander nannten sie ihre Namen, und auch bei ihren Freunden spürte Leána die Verwirrung über dieses Herrscherpaar.

Fünf Buggane eilten mit dicken Kissen herbei, die sie auf die steinernen Hocker legten. Kurz darauf wurden Töpfe, Kelche und Besteck aufgetragen. Leána war froh, denn die Buggane stellten mehrere Steinkrüge auf den Tisch. Sofort stürzte sie einen weiteren Kelch voll Wasser ihre verdörrte Kehle hinunter.

»Thylios, Eriyane«, Nordhalan verneigte sich, »wir sind erfreut, Eure Bekanntschaft zu machen. Dennoch drängt es mich, Euch eine Frage zu stellen. Wir vermissen zwei unserer Gefährten. Zwei Elfen. Könnt Ihr uns helfen, sie zu finden?«

Thylios seufzte schwer, ging schleppenden Schrittes zu einem der Hocker und ließ sich darauf nieder.

»Ihr seid unserem Hilferuf gefolgt, nicht wahr?« Anmutig und geschmeidig, wie es den Elfen zu eigen war, setzte sich Eriyane und bedeutete ihren Gästen, es ihr gleichzutun. »Ihr kamt durch das Portal.«

»Ihr habt den Hilferuf gesandt.« Nordhalan betrachtete die Elfenherrin eingehend.

»So ist es. Unsere Freunde, die Buggane, entdeckten das Portal durch Zufall.« Sie streichelte einem der kleinen Wesen, das wartend neben ihrem Stuhl verharrte, über den Kopf. »Es war für uns wie die Antwort all unserer Wünsche und Hoffnungen, als es sich ein weiteres Mal öffnete, und so konnten wir einen Hilferuf hinüber in die andere Welt, eure Welt, schicken.«

»Weshalb war das Portal verschlossen?«, erkundigte sich Nordhalan, ohne zu erwähnen, dass es nicht Albany war, wo das Portal stand.

Eriyane machte eine Handbewegung, woraufhin zwei Buggane das Essen verteilten. Eine seltsame grünliche Masse schimmerte auf Leánas Teller, daneben lagen kleine weiße Stäbchen, der braunen Kruste nach zu urteilen, waren sie über dem Feuer geröstet worden.

»Verzeiht, unsere Nahrungsmittel sind knapp«, entschuldigte sich Eriyane, und Leána fiel auf, dass sie selbst und der Elfenherr eine sehr viel kleinere Portion auf dem Teller hatten. »Das Portal«, sie seufzte schwer. »Seit vielen Generationen ist es uns nicht mehr möglich, Sharevyon zu verlassen. Unsere Magie ist zu schwach.« Elegant teilte sie eines der weißen Stäbchen in zwei Hälften und führte die Gabel zum Mund.

Auch Kayne kostete gerade davon und verzog für einen Moment das Gesicht, bevor er sich räusperte und »köstlich« hervorpresste.

»Ich bedauere den Verlust eurer Freunde. Dennoch erfreut uns euer Kommen«, bemerkte die Elfenherrin.

»Verlust?«, fragte Nordhalan scharf.

Eriyane nahm einen der Kelche, trank bedächtig, wobei sie Nordhalan nicht aus den Augen ließ.

»Sie fielen sicher den Nachtelfen zum Opfer«, erklärte sie und schlug kurz ihre langen Wimpern nieder. »So wie vermutlich auch unsere Wächter. In der Hoffnung, jemand würde unserem

Ruf folgen, stellten wir einige Elfen ab. Da sie euch nicht begleiten, gehe ich davon aus, auch sie fanden ihr Ende.« Mit der Spitze ihres Gewandes tupfte sie sich über die Augen.

»Weshalb sollten Dunkelelfen – oder Nachtelfen, wie ihr sie nennt – unsere Freunde ermorden?«, stieß Leána hervor und spürte selbst, wie ihre Stimme bebte.

Eriyane sah sie an, lächelte traurig und milde.

»Jeder in unserer Welt kämpft ums Überleben, und die Nachtelfen haben sich für einen Pfad entschieden, dem wir nicht folgen können.« Sie legte eine Pause ein. »Sie schrecken nicht davor zurück, unseresgleichen zu verzehren.«

Kayne sprang kerzengerade in die Höhe, Nordhalan verschluckte sich an dem grünen Brei, bei dem es sich Leánas Ansicht nach um gekochte Algen handelte, und auch alle anderen hielten schockiert inne.

»Dunkelelfen essen Elfen?«, würgte Leána hervor.

»Jeder versucht zu überleben.« Anmutig schritt Eriyane zu Nordhalan. »Aber es mag sein, dass sich das Rad des Schicksals wendet. Sagt, seid Ihr Magier? Stammt Ihr aus einer Welt, in der es noch Drachen gibt? Drachen, Elfen und wahre Magie?«

Eriyanes Augen funkelten in den unterschiedlichsten Grüntönen, ihr Gesicht strahlte unendlich viel Hoffnung aus.

Leánas und Robs Blicke trafen sich, dann warteten sie gespannt auf Nordhalans Antwort, die erst nach kurzem Zögern erfolgte.

»Wir waren auf der Suche nach dem Elfenportal, da auch in unserer Welt das Volk der Elfen ausstirbt.«

»Aber es gibt Elfen? Und Drachen?« Mit einem Mal kehrte Leben in Thylios zurück, der gerade noch so unbeteiligt dagesessen hatte.

»Könnt ihr uns helfen?« Eriyane stellte sich vor Nordhalan, ihre Hände umfassten die seinen. »Könnt ihr Drachen in unsere Welt bringen?«

Der Zauberer starrte sie an, eine ganze Weile, schüttelte sich kurz und fuhr sich über den Bart.

»Erzählt mir zunächst, was Euch widerfahren ist. Und ich bitte Euch! Seid Ihr sicher, unsere Gefährten sind verloren?«

Die Elfe senkte den Kopf und nickte.

Ein dicker Kloß bildete sich in Leánas Kehle, Angst um Ennedal und Morthas ergriff sie. Letzterer zählte nicht zu ihren besten Freunden, die blonde Elfe kannte sie kaum, dennoch wollte sie nicht, dass ihnen etwas zustieß.

»Wir müssen Ennedal und Morthas auf der Stelle finden«, sagte Leána daher zu Nordhalan.

Interessiert hob Eriyane den Blick. »Kamen weitere Menschen mit euch?«

»Ein Mensch und eine Elfe«, erklärte Nordhalan.

»Wir schicken Buggane, die sie zum Palast der Winde geleiten.« Eriyane klatschte in die Hände, woraufhin ein Buggane, der nahe der Tür gekauert hatte, zu ihr kam. Sanft streichelte sie über sein borstiges Haar, flüsterte ihm etwas zu. Seine Augen begannen zu strahlen, und er nickte eifrig.

»Buggane haben sich den Gegebenheiten von Sharevyon am besten angepasst. Sicher habt ihr es bemerkt. Diese Welt vergeht«, begann Eriyane zu erzählen, wobei sie langsam auf und ab schritt. Das Seidengewand enthüllte knöchelhohe Lederstiefel und gelegentlich sogar ein Stück ihrer schlanken Beine.

»Alles begann mit einer Seuche, die die Drachen dahinraffte …«

»Ja, eine Seuche!« Durch eine Türöffnung hinter dem Elfenherrn trat ein weiterer Elf, der eine gewisse Ähnlichkeit mit Thylios hatte. Er musste deutlich jünger sein, auch wenn Schatten unter seinen Augen lagen und sein Gesicht bereits ähnlich verhärmte Züge aufwies. Eine mit Flecken übersäte, zerrissene Hose steckte in abgewetzten Stiefeln, und ein schmuddeliges Hemd schlackerte um seinen Körper. Er nahm den Kelch, der vor seinem Vater stand, und trank.

»Welch eine entsetzliche Seuche«, höhnte er. »Die Drachen fielen vom Himmel, die Völker wandten sich gegeneinander, die

Magie versiegte.« Er prostete allen Anwesenden zu. »Ihr seid Menschen. Ich hielt euch für eine Legende, aber das ist nun auch gleichgültig.«

»Gharion, lass deine Mutter erzählen«, verlangte Thylios müde.

»Aber selbstverständlich – *Mutter*!« Gharion ließ sich an einem Pfeiler auf den Boden sinken, schlug die Füße übereinander und betrachtete alle Anwesenden mit lauerndem Blick.

Eriyane beachtete ihn nicht weiter. »Wie gesagt, die Seuche raffte die Drachen dahin, und mit den Sommern und Wintern, die folgten, starb Sharevyons Magie. Selbst die Sonne verdunkelte sich, und das Himmelsgestirn des Wassers sandte kaum noch Regen.«

Aus Gharions Richtung kam ein boshaftes Lachen. »Na los, Buggane, hol mehr Wein«, fuhr er eines der kleinen Wesen an, die allen Takh dermaßen ähnelten, dass es Leána nicht möglich war, sie zu unterscheiden.

Eriyane musterte ihn strafend, aber er rülpste lediglich und trat den kleinen Kerl sogar, nachdem dieser seinen Kelch gefüllt hatte.

»Mäßige dich!«, zischte die Elfenherrin.

»Sonst was?«

Der Blick der beiden bohrte sich ineinander. Die Luft zwischen ihnen vibrierte förmlich. Schließlich war es Gharion, der sich abwandte, zur Tür schlenderte und sich übertrieben verbeugte, bevor er hinausging.

»Willkommen im Palast der Winde!«, schallte seine Stimme aus dem Gang.

»Hafran hat uns bis zum nächsten Vollmond Zeit gegeben, unsere Dörfer zu räumen«, berichtete Edur, als Kaya ihn in einem Zwergendorf an der Grenze zu Northcliff traf. An allen Tischen des gut besuchten Gasthauses wurde getuschelt und gemurmelt. Dass Edur und sein Onkel, Dorfvorsteher der Zwerge, die in der Nähe von Grottna lebten, sowie die Königin von Northcliff samt Gefolge endlich eingetroffen waren, hatte sich rasch herumgesprochen.

»Was will er nur damit bezwecken?«

Edur strich sich über seinen buschigen roten Bart. »Schon seit vielen Sommern wollen uns Hôrdgans Zwerge überreden, unsere Siedlungen im Norden aufzugeben und ins östliche Zwergenreich zu kommen. Doch die meisten von uns fühlen sich wohl. Wir wollen nicht in Höhlen und unterirdischen Städten hausen. Bislang konnten wir sie mit Bier und Morscôta ruhigstellen, und dass Korn bei uns im Norden einfach besser gedeiht, war auch Hafran klar. Sein Drängen verstummte nach dem Dämonenkrieg für einige Sommer und Winter beinahe völlig. Er verhielt sich wohl ruhig, weil er sich schämte, Menschen, Elfen und Dunkelelfen nicht zur Seite gestanden zu haben. Wir dachten sogar, er würde uns unsere Unabhängigkeit geben. Nur scheint er jetzt einen neuen Vorstoß zu machen. Dass er allerdings sogar mit Waffengewalt droht, das hätte ich nicht gedacht!«

»Hafran war niemals einfach«, bestätigte Kaya. »Soll ich mit ihm sprechen? Dank unserem Bund mit Elfen und Dunkelelfen sind wir eine ernst zu nehmende Streitmacht.«

»Ohh jeeh, als würde das etwas ändern«, unkte Edurs Onkel Horac und schob gar sein Bier beiseite. »Selbst das schmeckt mir heute nicht!«

»Auch ich weiß nicht, ob es einen Unterschied macht«, räumte Edur ein. »Aber vielleicht überdenkt Hafran seine Entscheidung, wenn er sieht, dass es Northcliff mit seiner Hilfe ernst ist.«

»Hafran hat in seinem Leben noch niemals gedacht«, keifte Horata, Horacs Schwester. »Weshalb sollte er nach über vierhundert Sommern damit beginnen?«

Auf die beiden miesepetrigen Zwerge wollte Kaya nicht weiter eingehen, sondern bat freundlich: »Könntet Ihr meinen Kriegern wohl etwas von dem hervorragenden Wildschweingulasch bringen?«

»Hat es Euch geschmeckt?« Die dürre Zwergin blickte in

Kayas geleerte Schale, und als die Menschenkönigin nickte, breitete sich sogar ein Lächeln auf ihren faltigen Zügen aus. »Zumindest habt ihr Menschen Geschmack! Horac, hilf mir.«

»Ich bin der Dorfvorsteher, ich muss doch …«, beschwerte er sich, aber seine Schwester zerrte ihn resolut mit sich.

»Der eigentliche Dorfvorsteher ist ohnehin Edur, du solltest endlich zurücktreten«, zeterte seine Schwester. »Und jetzt komm, der Koch hier im Gasthaus taugt nichts. Wenn wir das nicht in die Hand nehmen, werden die Soldaten doch noch umdrehen und …«

Edur verdrehte die Augen, aber Kaya lächelte beruhigend. »Schon gut, die beiden sind durcheinander, kein Wunder. Im Übrigen würde ich es sehr begrüßen, wenn du tatsächlich der neue Dorfvorsteher wärst«, betonte sie.

Edur seufzte nur und kratzte sich an der Wange. »Wenn du wirklich mit Hafran sprechen möchtest, können wir gemeinsam zu ihm reiten. Seine dreihundert Zwergenkrieger befinden sich bereits auf der Höhe von Rodgill.«

»Königin Kaya wird ihn sicher zur Vernunft bringen«, tönte Lord Petres, aber Kaya war sich da nicht so sicher.

»Wir werden sehen. Vielleicht sollten wir unsere Soldaten auch besser versteckt halten. Falls Hafran sich gleich einsichtig zeigt, muss er gar nicht wissen, dass wir Edur und sein Volk auf jeden Fall unterstützen werden.«

Edur brummte mit verhaltener Zustimmung, doch Petres kratzte sich an der Stelle, wo er vor einiger Zeit einen üblen Ausschlag gehabt hatte. Noch immer war seine Haut ein wenig gerötet. »Wenn das, was ich über den Zwergenkönig gehört habe, stimmt, handelt es sich bei ihm …«, er verneigte sich zu Edur hin, »… Ihr verzeiht meine rüden Worte? Um einen sturen, aufbrausenden kleinen Mistkerl. Wir sollten sofort Stärke demonstrieren. Ich befürchte, das ist die einzige Sprache, die er versteht.«

»Edur, was sagst du dazu?«

Abwägend wiegte der Zwerg seinen Kopf hin und her. »Ich bin mir nicht sicher. Beides kann gelingen oder gründlich danebengehen. Hafran konnte ich noch niemals wirklich einschätzen.«

»Wir reiten nach Rodgill, dann entscheiden wir«, schloss Kaya.

»Für das ungebührliche Verhalten unseres Sohnes bitte ich um Verzeihung!«, entschuldigte sich Eriyane, und große Trauer spiegelte sich auf ihren Zügen wider. »Die Seuche, das Sterben unseres Volkes und unseres Landes hat viele schwermütig werden lassen. Gharion gibt sich mehr und mehr dem Wein hin.« Zärtlich fuhren ihre Finger über die Wange des dumpf vor sich hin starrenden Elfenherrn neben ihr.

»Das ist bedauerlich ...« Nordhalan räusperte sich. »Ich hoffe, Ihr gestattet mir die Frage. Wie konntet Ihr selbst dieser Schwermut entgehen? Ihr scheint Euch all diesem Niedergang entziehen zu können.«

»Ich gebiete über mächtige Magie«, sagte sie sanft. »Wenigen von uns sind solche Kräfte gegeben, und sie versiegen.« Eine Träne rann über ihre Wange. »Doch auch ich kann die letzten Quellen der Macht nicht mehr allein aufrechterhalten. Es gibt nicht mehr viele wie mich in Sharevyon. Deshalb benötigen wir so dringend Hilfe!«

So bizarr Gharions Verhalten und sein Abgang gewesen waren, so eigenartig gestaltete sich der gesamte Abend. Insgesamt zehn Elfen gesellten sich noch zu ihnen, außer einer einzigen, die wie Eriyane durch ihre filigrane Anmut und ihr strahlendes Äußeres hervorstach, ähnelten alle anderen eher Nevira und dem Elfenherrn. Ob auch diese honigblonde Elfe eine der mächtigen Magierinnen war, die noch die Magie dieser Welt aufrechterhielten? Leána wusste es nicht, vermutete es aber. Shirina, so war ihr Name, sprach nicht, lächelte lediglich vor sich hin und betrachtete sich ständig in einem der mannshohen Spiegel des großen Saales. Im Gegensatz zu ihr widmeten sich die meisten anderen ausgemergelten Elfen mit gebrochenem Blick dem kargen Mahl, und nicht einmal als Eriyane verkündete, es seien Gäste aus einer fremden Welt hier, schienen sie großartig Anteil an diesen Neuigkeiten zu nehmen.

Wesen, die Leána als stolz, kämpferisch und edel kannte, waren hier einfach nur teilnahmslos. Lediglich Shirina wandte ihre Augen voller Hoffnung an Nordhalan.

»Werdet ihr helfen? Unsere Welt retten? Sie bewahren?« Sie sprach anders als Eriyane, abgehackt, aufgeregt und recht hektisch.

Leána hatte den Zauberer stets um seine Gabe beneidet, sich umsichtig und geschickt bei Verhandlungen zu verhalten. Auch heute gab er sich freundlich, höflich, ohne jedoch viel von sich, den Gefährten oder Albany preiszugeben, und Leána hielt das für klug. Vieles hier wirkte merkwürdig, und sie würden sich genau umsehen müssen, bevor sie entschieden, was zu tun war. »Selbstverständlich müssen wir uns mit dem Königshaus der Elfen von Albany beraten«, erklärte Nordhalan. »Ebenso wie mit den Drachen. Doch ich vermute, sie werden nicht zögern, eine Welt vor dem Untergang zu retten, wenn es in ihrer Macht steht.« Kurz flackerte sein Blick zu Rob, der sich jedoch nichts anmerken ließ.

»Gibt es viele mächtige Zauberer und Drachen in eurer Welt?«, erkundigte sich Eriyane, dann nippte sie von ihrem Wein und sah Nordhalan gespannt an.

»Es gibt einige«, antwortete er ausweichend, »dennoch musste auch Albany für eine Weile den Untergang fürchten, als die Drachen uns verließen.«

Nun blickten doch einige Elfen auf.

»Eine Seuche?«, erkundigte sich die Elfenherrin.

»Nein, Dämonen.« Für einen Augenblick hatte Leána den Eindruck, Nordhalan wolle sich in Kaynes Richtung wenden, hielt sich aber gewaltsam davon ab und sprach stattdessen weiter mit Eriyane. »Herrin, bitte erzählt uns, wie sich diese Seuche äußerte und ob sie auch heute noch für Drachen gefährlich ist.«

Leána zuckte zusammen und unter dem Tisch nahm sie Robs Hand. Auch er wirkte ein wenig angespannt und lauschte Eriyane aufmerksam.

»Die Drachen eurer Welt müssen sich nicht sorgen, wenn sie hierherkommen«, versicherte sie. »Der letzte Drache starb bereits vor sehr langer Zeit. Die Seuche ist damit ausgerottet.«

»Wie hat sich die Drachenkrankheit gezeigt?«, wollte Rob wissen.

Anmutig fuhr sich Eriyane durch ihr weißblondes Haar. »Sie wurden schwächer, konnten nicht mehr jagen, fliegen, ihre Nachkommen blieben aus. Wir haben die Kadaver verbrannt. Es ist sicher in Sharevyon für eine neue Generation von Drachen.«

Trotz Eriyanes Beteuerungen beschlich Leána Angst, Rob könne etwas zustoßen. Wie konnte diese Elfe gewiss sein, dass nicht noch einmal das Gleiche geschah? Normalerweise waren Drachen starke und widerstandsfähige Wesen. Wenn sie vollständig ausgestorben waren, musste eine schlimme Krankheit unter ihnen gewütet haben.

»Wie gesagt, wir werden das mit Albanys Drachen besprechen müssen«, wiederholte Nordhalan, »wenngleich auch ich davon ausgehe, dass eine Seuche mit dem Dahinscheiden des letzten ausgerottet ist.«

»Würdet ihr uns von euren Drachen und den Dämonen berichten?«, fragte Eriyane und legte gespannt die Fingerspitzen aneinander.

Nun erzählte Nordhalan, was Albany widerfahren war. Die Elfen lauschten seiner beruhigenden Stimme, und Leána bemerkte irgendwann, wie sie schläfrig wurde.

Bald senkte sich die Dunkelheit über das Land, und Eriyane erhob sich.

»Sicher seid ihr müde. Wir werden euch Quartiere zur Verfügung stellen.«

»Das wäre sehr freundlich.« Nordhalan nickte ihr zu. »Nur bitte erlaubt mir eine Frage. Weshalb befinden sich in Eurem Palast keine Fenster und Türen?«

Eriyanes Gesichtszüge spannten sich an. »Wir huldigen den Windgeistern, sie schützen und führen uns und warnen uns, wenn Feinde angreifen, wie Nachtelfen und andere bösartige Kreaturen.«

»Haben Nachtelfen Euer Schloss zerstört?«, erkundigte sich Rob, der bislang kaum etwas gesagt hatte.

»Nichts ist zerstört, unser Leben ist wunderbar«, hauchte eine Elfe, die neben ihm saß, sich nun erhob und schleppenden Schrittes an ihm vorbeiging. Auch die übrigen Elfen standen auf. Wie ein Trauerzug schlurften sie durch den offenen Torbogen.

Ein kleiner Buggane eilte zu Nordhalan, zappelte unruhig auf der Stelle herum und deutete dann auf eine Türöffnung, die ebenfalls aus dem Saal führte.

»Vim zeigt euch eure Räume, Vim leitet euch.«

»Das ist also nicht Takh«, murmelte Leána. Bei näherem Hinsehen hatte der kleine Buggane auch nicht ganz so wilde Haare wie ihr vorheriger Führer.

»Eriyane, verfügt Euer Palast über Baderäume?«, wandte sich Leána noch einmal an die Elfenherrin, bevor sie hinter Vim herging.

»So ist es. Nur sind unsere Vorräte an Wasser knapp«, erklärte sie bedauernd. »Dennoch möchte ich euch einige Eimer Wasser zur Verfügung stellen. Ihr habt eine lange Reise hinter euch.«

»Danke, das wäre wunderbar.« Leána zupfte an ihren schmutzigen Kleidern herum. »Dürfte ich auch um frische Kleidung bitten? Mein Bündel ist verschwunden.«

»Du wirst bezaubernd in einem Elfenkleid aussehen, Leána.« Eriyane lächelte ihr liebenswürdig zu. »Ich schicke einen Buggane, der euch holt, sobald alles bereitet ist.«

»Danke!« Leána beeilte sich, den anderen zu folgen.

Durch kahle Gänge mit verwitterten Reliefs führte Vim sie zu einem Raum, in dem man das Donnern der Wellen vernehmen konnte. Betten aus Moos und anderem Gestrüpp lagen auf dem Boden. Vim deutete in den angrenzenden Raum.

»Dort ist mehr Platz.«

»Danke, Vim«, sagte Leána freundlich.

Mit düsterer Miene ließ sich Kayne an einer der Wände nieder. »Nicht sehr angenehm mit diesem ständigen Wind, der einem durch die Knochen weht.«

Dem musste Leána zustimmen.

»Was haltet ihr von diesem Palast – und den Elfen?«

»Alles ausgesprochen eigentümlich.« Nordhalan schloss kurz die Augen, hob seine Hände, murmelte etwas, und nur wenige Augenblicke später verstummte das Rauschen zu einem gedämpften Säuseln, der Wind wehte nicht mehr um sie herum.

»Ewig kann ich den Zauber nicht aufrechterhalten«, warnte Nordhalan. »Aber zum einen kann uns so niemand belauschen, zum anderen sind wir zumindest für eine Weile vor dem Wind geschützt.«

»Denkst du, man belauscht uns?«, fragte Rob.

Nordhalan deutete nur auf einen halb eingestürzten Torbogen, der die Galerie über ihnen säumte, und kurz sah Leána einen wirren schwarzen Haarschopf dort, der jedoch gleich wieder verschwand.

»Vielleicht wollte er uns nur sagen, dass das Bad bereitet ist.« Leána sprang auf, doch als sie die Treppe hinaufgeeilt war, konnte sie den Buggane nicht mehr entdecken. Daher ging sie zurück zu ihren Freunden. Bevor sie den von Nordhalan erschaffenen Schutzbereich betrat, konnte sie tatsächlich nichts von dem Gespräch mithören. Erst als sie durch den unsichtbaren Schutzschild trat – sie bemerkte lediglich ein leichtes Prickeln auf der Haut –, konnte sie die Diskussion ihrer Freunde wieder vernehmen.

»Es ist alles mehr als seltsam. Diese gebrochen wirkenden Elfen, ihre strahlend schöne Herrin, die Buggane, die hier offenbar als Diener umherlaufen.« Nordhalan strich sich durch seinen Bart.

»Der Sohn des Elfenherrn ist auch eigentümlich. Beinahe erinnert er mich an diesen Cousin von Edur«, fügte Kayne säuerlich hinzu.

»Dimpel«, lachte Leána. »Na, der ist aber im Gegensatz zu Gharion ein Sonnenschein. Das Einzige, was sie gemein haben, ist ihr zu hoher Alkoholkonsum.«

»In jedem Fall ebenfalls ungewöhnlich für einen Elfen«, bestätigte Nordhalan. »Wir müssen vorsichtig sein. Jetzt sollten wir versuchen zu schlafen. Wie gesagt, den Schutz vor dem Wind kann ich nicht die ganze Nacht aufrechterhalten.« Nordhalans Stirn legte sich in Runzeln. »Ich vermute, Dimitan hat Morthas bereits derartige Zauber beigebracht.«

»Nur ist er nicht hier«, seufzte Leána.

»Kayne?«, fragte Nordhalan.

»Niemand hat mich einen solchen Zauber gelehrt.« Wieder einmal sprach große Verbitterung aus seiner Äußerung.

»Ich kann ihn dich lehren, Kayne«, bot Nordhalan an.

Kurz stutzte Kayne, dann nickte er und setzte sich zu dem alten Zauberer. Eine ganze Weile sprachen sie miteinander, aber Leána lauschte nur beiläufig, was Nordhalan Kayne über das Verweben von Energieströmen erzählte. Beinahe hätte sie die Hoffnung aufgegeben, sich noch an diesem Abend säubern zu können, aber da erschien ein strubbeliger Kopf in dem Türbogen.

»Die Herrin sagt, Takh soll die Gäste führen.« Er verzog das Gesicht zu einer Grimasse. »Waschen wollen sie sich.« Der pelzige Kerl schüttelte sich, als wäre das etwas unfassbar Widerwärtiges, und Leána musste lachen.

»Ja, darauf freue ich mich schon die ganze Zeit.« Sofort sprang sie auf die Füße, und auch Rob erhob sich.

»Ich begleite dich.«

Nordhalan und Kayne hatten in ihrem Gespräch innegehalten, und Kayne starrte mit gerunzelter Stirn zu ihnen herüber.

»Ich denke, es ist klug, zu zweit zu gehen«, merkte Nordhalan an.

»Wir lassen euch Wasser übrig, keine Sorge«, versprach Leána augenzwinkernd.

»Wasser. Brrr. Garstiges Zeug«, brabbelte Takh vor sich hin. Er geleitete Leána und Rob durch zugige Gänge und anschließend eine lange Treppe hinab. Verwitterte Gemälde säumten ihren Weg, aber Leána nahm sich nicht die Zeit, alles genau zu betrachten.

In einem Raum, der gut und gerne die Ausmaße des Thronsaals von Northcliff hatte, befanden sich mehrere Becken aus hellem, glatt poliertem Gestein. Brunnen, in Form von Meerestieren gemeißelt, mochten einst Wasser gespien haben, aber jetzt waren sie trocken.

Takh deutete auf vier hölzerne Eimer und ein blassblaues Kleid sowie zwei zusammengefaltete Tücher, die auf einer Kommode lagen, in die Blumen und Blätter eingeschnitzt waren. Fasziniert strich Leána über diese kunstvolle Arbeit.

»Takh geht. Findet ihr zurück?«, erkundigte sich der Buggane.

»Ja, vielen Dank!«

Das Pelzwesen wuselte auf seinen krummen Beinen aus dem Raum, und Leána blickte seufzend auf die großen Becken.

»Wie gern hätte ich hier ein ausgiebiges Bad genossen!«

»Und ich erst – gemeinsam mit dir.« Robs Arme umschlangen sie von hinten, und er knabberte zärtlich an ihrem Ohrläppchen herum.

»Warte, ich möchte mich erst waschen«, protestierte sie halbherzig, dann deutete sie seufzend auf die Eimer. »Mit diesen Eimern werden wir allerdings nicht weit kommen.«

»Wir könnten sagen, es waren nur zwei.«

»Robaryon von der Dracheninsel«, schalt sie ihn und machte sich von ihm los, »Kayne und Nordhalan sind unsere Freunde!«

»Deine Freunde«, stellte er trocken richtig. »Bislang sind sie nur meine Reisebegleiter, und besonders bei Kayne kann ich nicht den Wunsch verspüren, dass wir Freunde werden.«

»Kaynes Freundschaft erlangt man nicht einfach, das habe ich dir schon einmal gesagt«, erwiderte sie, während sie sich ihrer schmutzigen Kleider entledigte und sich, so gut es ging, den Dreck der anstrengenden Reise vom Körper wusch. Zu gerne hätte sie auch ihre Haare gewaschen, aber bei ihrem dichten, langen Haar wäre ein weiterer Eimer Wasser nötig gewesen. Aus dem Augenwinkel beobachtete sie, wie Rob sich säuberte. Sie bewunderte seinen athletischen Körper mit Muskeln an den richtigen Stellen. Nur die wulstigen Narben an seiner Brust und einige dünnere am Rücken störten das harmonische Bild und machten Leána traurig, jetzt, da sie wusste, dass sie von einem Kampf stammten, den Rob ausgefochten hatte, als man seine Geliebte ermordet hatte. Die Silberplatte an seinem linken Oberarm schimmerte in dem diffusen Licht der Kristalle, ebenso wie ihr magisches Amulett, das er noch immer um den Hals trug. Nachdem Rob seinen Wassereimer aufgebraucht hatte, kramte er in seinem Bündel und kam dann nackt auf sie zu. Ein Schmunzeln spielte um seinen Mund. »Wollen wir gleich zurück oder Nordhalan und Kayne noch ein wenig warten lassen?«

Sie trat zu ihm, strich über seine Schultern und wollte sich gerade von ihm in die Arme schließen lassen, als er ruckartig den Kopf nach rechts drehte.

Jemand beobachtet uns, teilte er ihr in Gedankensprache mit.

Wo denn? Leána griff nach ihrem Kleid und versuchte dabei, unauffällig den Raum zu überblicken.

Rechts hinter uns, in der finsteren Ecke, wo der Wasserspeier in Form eines Seepferdchens steht, habe ich eine Bewegung entdeckt.

Eilig schlüpfte Leána in ihr Kleid. *Dann werden wir uns noch ein wenig gedulden müssen. Ich habe keine Lust, dass Buggane uns bei unserem Liebesspiel zusehen.*

Das würde auch mir missfallen. Rob schlüpfte in seine Ersatzkleidung, die er aus Albany mitgebracht hatte, eine schwarze Hose und ein graubraunes Hemd, das er vorne schnürte und mit seinem Schwertgurt in der Hüfte zusammenband.

»Du siehst in der Tat bezaubernd in diesem Kleid aus«, stellte er bewundernd fest und strich über den weichen Stoff. Dieser war so leicht, dass Leána beinahe glaubte, überhaupt keine Kleidung zu tragen. »Auch wenn du mir ohne noch besser gefällst«, flüsterte er ihr zu.

Sie lächelte und hielt noch immer nach dem eventuellen Beobachter Ausschau. Rob zuckte nur leicht mit den Schultern, offenbar war auch er sich nicht ganz sicher. Leána tat so, als wäre sie damit beschäftigt, die Bilder von Wasserfällen, Bergseen und Wäldern zu betrachten, und schlenderte zum Wasserspeier. Für einen flüchtigen Moment glaubte sie, eine huschende Bewegung dahinter wahrzunehmen, konnte es aber nicht mit Gewissheit sagen. Gut möglich, dass sie tatsächlich beobachtet wurden. Nun wurde ihre Aufmerksamkeit jedoch auf etwas anderes gelenkt. Ein Wandgemälde zeigte einen endlosen Sandstrand, türkisblaues Wasser und ein Wesen, das Leána noch niemals zuvor gesehen hatte. Auf den ersten Blick erschienen die Gesichtszüge elfenhaft, fein geschnitten mit den typischen leicht spitz zulaufenden Ohren. Doch das Haar, das dem Wesen über den Rücken floss, schimmerte silberblau, und auch die Haut hatte einen Silberton wie bei einem Fisch. Sie hörte, wie Rob hinter sie trat.

»Hast du schon einmal so eine Elfe gesehen?«

»Nein.« Er kam näher heran und musterte das leicht verblichene Gemälde. »Vielleicht ist es der Fantasie des Malers entsprungen.«

»Mich erinnert sie an eine Märchengestalt. Vater erzählte mir als Kind manchmal von Meerjungfrauen, einer Legende der Welt, in der das Portal in Glastonbury steht. Nur haben Meerjungfrauen angeblich Flossen statt Füße und sind am Unterleib geschuppt.«

»Mag sein, dass es derartige Wesen in Sharevyon gibt – oder zumindest gab.«

Nur schwer konnte sich Leána von dieser faszinierenden Gestalt losreißen und nahm sich vor, Eriyane danach zu fragen. Sie packten ihre Sachen zusammen und machten sich auf den Weg zurück zu ihrer Unterkunft, und Leána zeigte Nordhalan und Kayne, wo sich der Baderaum befand. Vorsichtshalber warnte sie die beiden, dass sie sich beobachtet gefühlt hatten.

Leána und Rob legten sich dicht aneinander und küssten sich. Da sie sich auch hier nicht ungestört fühlten, blieb es bei einigen heißen Küssen, zudem dauerte es nicht lange, bis die beiden Zauberer wieder auftauchten und Nordhalan Kaynes Unterweisungen fortführte.

Im Halbschlaf bekam Leána mit, wie die Barriere, die den Wind abhielt, mal aufrechterhalten wurde und dann wieder in sich zusammenfiel. Irgendwann glaubte sie ein entferntes Lied zu vernehmen, sphärisch, klagend und zugleich auch lockend, doch sie wusste nicht, ob das Traum oder Realität war, denn bald schon hatte sie ein tiefer Schlaf übermannt.

Rötliches Dämmerlicht weckte Leána. Kayne lehnte an der Wand und lächelte ihr müde zu, von Nordhalan war im Augenblick gar nichts zu sehen.

»Soll ich Wache halten?«, erkundigte sie sich leise, aber er schüttelte den Kopf.

»Nein, ich kann nicht mehr schlafen.«

Leána erhob sich, stieg vorsichtig über Rob, der neben ihr schlummerte, und trat hinaus auf die Balustrade. Der seltsame Mond hing noch im Westen, während die rötliche Sonne bereits ein wenig Licht in diese eigenartige Welt brachte. Der blaue Planet, den Eriyane als Gestirn des Wassers bezeichnet hatte, hing wie eine riesige Kugel hinter der Sonne. Faszinierend und befremdlich zugleich. Eine Elfenwelt, die Urheimat des schönen Volkes, hatte sich Leána so ganz anders ausgemalt. Liebliche

Auen, weite Wälder und plätschernde Flüsse hatte sie erwartet. Vielleicht war es ja zu den Zeiten der Drachen so gewesen, aber jetzt war nichts mehr davon übrig.

Nun entdeckte Leána Nordhalan, der rechts von ihr an der Mauer lehnte. Der stetige Wind wirbelte Haare und Bart auf, aber der Zauberer starrte dennoch aufs Meer hinaus.

Leána trat zu ihm. Unter ihr brandeten gewaltige Wellen gegen die Klippen. Die Gischt sprühte mit Sicherheit an die hundert Fuß hoch.

Nordhalan lächelte, als er sie sah, legte einen Arm um sie und schützte sie mit seinem Körper so vor den schlimmsten Böen. Auch wenn das dünne Elfenkleid überraschend wärmte, war sie doch froh, denn der Wind war garstig und riss mit brutaler Gewalt an ihr.

»Stets habe ich Kraft aus den Elementen gezogen«, sagte er nachdenklich. »Doch hier habe ich eher den Eindruck, sie wird mir genommen. So als würde Sharevyon mir meine Kräfte entziehen.«

Schaudernd blickte Leána zu ihm auf. »War es nicht damals, als die Drachen Albany verlassen hatten, ähnlich? Wurden nicht die Kräfte der Zauberer ebenfalls schwächer.«

»Ja, dennoch empfand ich es anders.« Er drückte sie dichter an sich, eine Falte bildete sich zwischen seinen Augenbrauen. »Ich kann es kaum in Worte fassen. Irgendetwas zerrt an mir, so als wolle es mich von hier fortholen, nur weiß ich nicht, wohin. Hast du dieses eigenartige Singen heute Nacht vernommen?«

»Ich bin mir nicht sicher«, antwortete sie zögernd. »Ich glaubte, etwas gehört zu haben, aber ich dachte, es wäre ein Traum.«

»Ich bin losgezogen und habe den Ursprung dieser Musik gesucht, aber dann war sie verklungen.«

»Viele Sachen sind rätselhaft in Sharevyon. Nordhalan, wenn hier kaum noch Magie vorhanden ist, kann es sein, dass wir das Portal gar nicht mehr öffnen können?« Diese Frage war ihr gerade durch den Kopf geschossen und erschreckte sie zutiefst.

»Ich hoffe, dass dem nicht so ist«, murmelte er. »Wir müssen mehr über diese Drachenseuche und die Elfen dieser Welt in Erfahrung bringen, dann könnte ich dich und Kayne zurückschicken.« Ein Lächeln erhellte sein Gesicht. »Der junge Mann verfügt über bemerkenswerte Magie, nur ist er sich manchmal selbst im Weg.«

»Wie meinst du das?«

»Er leidet so sehr unter der Tatsache, dass Samukal sein Vater ist, dass er ständig denkt, niemand wolle ihn etwas Bedeutsames lehren. Damit blockiert er seine Talente. Gestern Nacht konnte er den Schutzzauber deutlich länger aufrechterhalten als Schüler, die während ihres Unterrichts auf den Geisterinseln schon sehr viel mehr Erfahrung und Wissen ansammeln konnten als er. Sobald ich ihn aber gelobt habe, hat er sich verschlossen.«

»Er mag nicht glauben, dass ihm jemand etwas Gutes will«, sagte Leána traurig.

Nordhalan nickte zustimmend. »Ich habe den Eindruck, du bist eine der wenigen, denen er wirklich vertraut.«

»Nur leider bin ich keine Zauberin, die ihn etwas lehren könnte. Jetzt ist er volljährig, und Elysia kann ihn nicht mehr davon abhalten, auf die Geisterinseln zu gehen. Er könnte endlich seiner Bestimmung als Zauberer folgen.«

»Ich wollte ihm das schon vor einer Weile anbieten, als er wegen der Beratungen dort war, nur leider wurden wir unterbrochen. Als ich letzte Nacht davon anfing, begannen seine Augen zu glänzen, aber plötzlich fuhr er mich an, es hätte ohnehin keinen Sinn. Könntest du mit ihm sprechen, Leána? Ich sehe eine große Zukunft als Magier für ihn.«

»Kayne ist stur«, gab sie zu bedenken. »Als Kind wünschte er sich nichts sehnlicher, als auf den Geisterinseln unterrichtet zu werden. Später behauptete er, wohl zu seinem eigenen Schutz, es sei ihm gar nicht wichtig und die Klüngel der Zauberer zu undurchsichtig. Aber ich werde niemals seinen Blick vergessen, als ich mich von ihm verabschiedete, um meine Grundausbildung zu absolvieren. Ich könnte Elysia heute noch dafür erwürgen, dass sie ihm verboten hat, wonach er sich so sehr sehnte.«

»Kayne müsste lernen zu vertrauen«, sinnierte Nordhalan.

»Traust du ihm denn?«

Die Art, wie Nordhalan kurz unschlüssig zur Seite blickte, verriet Leána, dass dem nicht so war.

»Er ist nicht Samukal«, betonte sie. »Er wird sein Wissen nicht missbrauchen.«

»Dennoch scheuen wir alle uns, ihm starke Zauber beizubringen«, gab Nordhalan zu und legte sich dabei eine Hand aufs Herz. »Es schmerzt mich selbst, denn ich mag Kayne, aber genau wie die anderen Zauberer könnte ich es mir nicht verzeihen, würde er eines Tages seine Macht zu etwas Schändlichem benutzen.«

Wütend machte sich Leána von Nordhalan los und funkelte ihn an. »Genauso gut könnten sich Morthas, Elora oder einer der anderen zum Schlechten entwickeln. Ihr könnt euch niemals sicher sein.«

»Leána, ich weiß, nur ist dieser unterdrückte Zorn in Kayne schon jetzt spürbar.«

»Den hat er nicht ohne Grund. Wir sollten ihm helfen, ihn zu überwinden, statt ihn noch zu schüren. Würdet ihr Kayne richtig ausbilden, so könntet ihr ihn auch führen.«

»Ich weiß, Leána. Und es ist mir auch bewusst, dass – sofern wir es nicht tun – er ein ebenso großes Gefahrenpotenzial darstellt, weil sich seine Fähigkeiten unkontrolliert entwickeln könnten.« Als er ihr jetzt über die Wange strich, wich sie nicht zurück. »Manchmal wünschte ich mir deinen Mut und dein Vertrauen.«

Kapitel 11

Licht und Schatten

»Wie gut, dass dieser Mörder nun endlich von Albanys Angesicht getilgt wurde.« Teilnahmslos beobachtete Toran, wie Denira seinen Verband wechselte. Er zuckte kurz zusammen, als sie den Stoff von der Kruste löste, dann betrachtete sie die Wunde, die ihm der Nebelhexenmörder an der Hand zugefügt hatte, eingehend.

»Es wird verheilen«, rief sie mit spürbarer Erleichterung aus.

»Gut«, antwortete er lahm.

»Kann ich Euch noch etwas bringen?« Sie kniete sich vor ihn, ihre blauen Augen musterten ihn besorgt, wenn auch freundlich.

Siah hatte ebenfalls blaue Augen, dachte er, dann zwang er sich, Denira zu antworten. »Nein, danke.«

»Ruft mich, wenn Ihr mich braucht.« Er musste zugeben, sie war eine freundliche und unaufdringliche junge Frau, anders als die meisten Töchter aus Adelshäusern, die sonst um ihn herumschwänzelten und sich als zukünftige Königin von Albany sahen. Denira hatte sich auf der Reise besser gehalten als erwartet, aber mit ihr über seine Sorgen sprechen konnte er nicht.

Er stand auf, entfernte sich vom Lager, wobei er sich des Blickes von Nal'Righal sehr wohl bewusst war.

Toran ging zu dem kleinen Bach, der in der Nähe plätscherte, und beobachtete, wie das klare Wasser unaufhaltsam über die runden Steine floss.

Egal, wer über Albanys Boden wandelt, egal, wie viele sterben oder leben, dieser Fluss wird immer weiter fließen, ihm ist alles gleichgültig. Ich wünschte, ich wäre so wie dieser Fluss.

»Manchmal beneide ich das Wasser.« Er fuhr herum und blickte in Jels ernstes Gesicht. Sie kniete sich vor den kleinen Flusslauf und hielt ihre Hand hinein. »Es tut, was es tun muss, fließt von den Bergen zum Meer und ist nicht gezwungen, Entscheidungen zu treffen.«

Verwirrt starrte er sie an, denn Jel hatte gerade seine Gedanken ausgesprochen. Nun drehte sie sich zu ihm um.

»Doch was wissen wir schon vom Wasser? Von den Geistern, die ihm innewohnen. Vielleicht haben sie durchaus ihre Sorgen und Nöte.« Ein Schmunzeln huschte über ihr Gesicht. »Am Ende sehen sie uns und wünschten, sie wären wie wir.«

Einige Atemzüge lang betrachtete er einfach Jels dunkelgraue Augen, die schon hundertzehn Sommer und Winter mehr gesehen hatten als er. Dennoch war Jel für die Maßstäbe ihres Volkes jung – und damit ihm selbst gar nicht so unähnlich, auch wenn sie bedeutend mehr erlebt haben mochte als er.

»Man kann schwerlich über so fremde Wesen urteilen«, antwortete er schließlich und wandte sich wieder dem plätschernden Wasser zu.

»Was willst du tun, wenn wir zurück in Northcliff sind?«

»Ich weiß es nicht.« Toran bemerkte, wie er am ganzen Körper zu beben begann, und als Jel zu ihm trat, ihn zunächst vorsichtig an der Schulter berührte und schließlich umarmte, ließ er es geschehen. Das war ungewöhnlich für eine Dunkelelfe, aber Jel war schon immer ein wenig anders gewesen als die Krieger, die er kennengelernt hatte.

»Die ganze Zeit über war ich nur auf Rache aus«, presste er hervor. »Nun habe ich sie, aber sie hat nichts geändert. Es ist, wie du gesagt hast. Nur die Leere bleibt.«

»Ich weiß«, flüsterte Jel. »Keine Rache dieser Welt wird dir Siah zurückbringen. Aber bitte versuch, für sie wieder der zu werden, der du einmal warst, der Toran, den sie geliebt hat.«

Tränen brannten in seinen Augen, Tränen, die schon so lange hervorbrechen wollten, die er jedoch nicht fähig war zu weinen. Nicht jetzt und schon gar nicht vor einer starken und beherrschten Dunkelelfenkriegerin wie Jel. Dennoch hatte er den Eindruck, sie verstand ihn. Vielleicht war auch sie schon einmal mit einem schlimmen Verlust konfrontiert gewesen.

»Ich werde nie wieder der sein, der ich einmal war«, sagte er heiser.

»Nein«, stimmte sie zu, »aber es wäre schön, wenn du das Gute und Wertvolle, das den alten Toran ausgemacht hat, wiederfinden könntest.«

Der Kloß in seiner Kehle drohte ihn zu ersticken, trotzdem nickte er. Wie sollte sein Leben jetzt weitergehen? Ohne Siah und ohne ein wirkliches Ziel im Leben?

Ein Buggane hatte Leána und ihre Freunde zum Frühstück abgeholt. Mehr als ein paar rote Früchte, säuerlich und wenig nahrhaft, hatte es nicht gegeben. Weder Eriyane noch Thylios waren aufgetaucht, lediglich drei Elfen saßen an der langen Tafel und nahmen mit ihnen ein karges Mahl zu sich. Die Elfen redeten nicht, nicht einmal, als Leána sich nach dem Gemälde im Baderaum erkundigte. Stattdessen starrten alle nur mit verschleiertem Blick vor sich hin. Selbst Nordhalan war ratlos und schien den sonderbaren Zustand ihrer Gastgeber nicht ergründen zu können.

Nachdem sie fertig waren und sich erhoben, schwebte mit einem Mal Eriyane in den Raum. Sie strich jedem einzelnen Elfen kurz über das Haar und ging dann zu Leána und ihren Freunden.

»Verzeiht, ich hätte mit euch speisen sollen!«

»Wir hatten anregende Gesellschaft.« Kayne verzog den Mund, und Leána stieß ihn unauffällig mit dem Fuß an.

Doch die Elfenherrin schien nicht beleidigt zu sein. »Soll ich euch durch unseren Palast führen? Späher sind unterwegs und suchen eure Freunde. Besonders Ennedal erwarte ich mit großer Ungeduld.«

»Es wäre uns eine Ehre, Euren Palast zu sehen«, erwiderte Nordhalan.

»Ihr könnt eure schmutzigen Kleider später einem der Buggane geben, sie werden sie säubern.« Ihre grünen Augen glitten anerkennend über Leánas Erscheinung.

Die Elfenherrin schritt, in ihr hellgelbes Seidengewand gehüllt, voran durch den weitläufigen Palast. Das Heulen des Windes war allgegenwärtig. Viele Räume wiesen noch immer architektonische Kunstwerke wie in Stein gehauene Bäume, Brunnen in Form von Meereswesen oder Mosaike aus Marmor auf. Vieles war jedoch vom Wind oder der salzhaltigen Luft zerstört und herabgebröckelt. Immer wieder knirschten Sand und kleine Steinchen unter ihren Füßen.

»Uns ist im Baderaum das Gemälde eines ungewöhnlichen Wesens aufgefallen«, erwähnte Leána, als sie an einem Brunnen vorbeikamen, der die Form eines Seesterns hatte. »Gibt es tatsächlich Elfen mit silberblauem Haar, oder ist es der Fantasie des Künstlers entsprungen?«

Eriyane war vor Leána hergegangen, nun blieb sie stehen, verharrte kurz, bevor sie sich umdrehte, dann lächelte sie traurig. »Große Künstler hat das Volk der Elfen hervorgebracht, doch sie sind längst vergangen, so wie Sharevyons Drachen und Magie. Was sie im Sinn hatten, kann ich heute nicht mehr sagen.«

»Dieser Tage hat wohl niemand mehr die Muße, die Kunstwerke Eures Palastes zu erhalten«, spekulierte Nordhalan, während seine Finger über das abgebrochene Ende eines Seesternzackens strichen.

»So ist es, werter Zauberer.« Eriyane stieg eine Wendeltreppe empor.

Die obersten Türme des Palastes verband zur Seeseite hin eine breite Schildmauer mit Balustraden. Mit brachialer Gewalt schlug ihnen der Wind ins Gesicht, aber Eriyane schritt gleichmütig hindurch, sie wirkte gar, als würde sie es genießen, wenn die Böen an ihr rissen. Leána hingegen war froh, als sie endlich den Nordwestturm erreicht hatten. Erstaunlicherweise sah Eriyane aus, als hätte sie sich gerade eben erst für einen festlichen Empfang zurechtgemacht. Leána hingegen ertastete überall Haarsträhnen, die sich aus ihrem Zopf gelöst hatten.

»Die Macht der Stürme, ist sie nicht faszinierend?«

»In der Tat.« Nordhalan räusperte sich. Dieser Turm war noch mehr verfallen als der erste, verkohltes Gestein kündete von einem lange vergangenen Feuer.

»Eriyane, was ist hier geschehen?«, fragte der Zauberer ohne Umschweife.

Zärtlich fuhr die Elfenherrin über das verrußte Gemäuer. »Nachtelfen – sie wollten diesen Palast erobern. Doch wir waren siegreich.«

»Wie versorgt Ihr Euch? Welche Rolle spielen die Buggane und weshalb«, schaudernd zog sich Kayne hinter einen Pfeiler zurück, als eine neue Böe Staub aufwirbelte und sie alle einhüllte, »ist Euer gesamtes Volk derart … bedrückt und in sich gekehrt? Ich vermisse den Kampfgeist und die Lebensfreude, die Elfen normalerweise zu eigen ist.«

Die Herrin der Elfen trat ganz dicht an Kayne heran, und Leána bemerkte, wie er zurückwich, seine Hand zu seinem Schwert wanderte, und auch sie selbst spannte sich an.

»Junger Zauberer, du magst anderes von den Elfen deiner Welt gewohnt sein. Der Geist meines Volkes blickt in eine lange zurückliegende Vergangenheit. Uns fehlen die Drachen, ihre Stärke, ihre Magie, die alles erfüllt, was uns umgibt. Bringt sie uns, und sie alle werden ihre Lebensfreude zurückerlangen.« Beschwörend und einlullend hallten Eriyanes Worte in dem verfallenen Gemäuer wider. Selbst der Wind schien sie nicht davontragen zu können. Leána beobachtete, wie Kayne mechanisch nickte, und als sie ihm einen Kuss auf die Wange hauchte, weiteten sich seine Augen, und er blickte verklärt drein.

»Folgt mir, der Palast der Winde …« Eriyane wollte schon weitergehen, hielt jedoch jäh inne und starrte auf eine Knospe, die sich an einer Ranke am Pfeiler gebildet hatte.

»Magie – sie ist mit euch in unser Land zurückgekehrt«, sagte sie leise und voller Ehrfurcht. »Ihr müsst wahrhaft stark sein.« Nacheinander blickte sie allen in die Augen, und was sie noch hinzufügte, säte in Leána eine unerklärliche, kaum greifbare Furcht um Rob. »Es ist, als wären die Drachen heimgekehrt. Wir brauchen die Drachen, ihre Magie, um jeden Preis!«

»… dennoch traue ich Hafran nicht«, vernahm Toran die Stimme seiner Mutter, als er die Tür zu ihrem Arbeitszimmer einen Spaltbreit öffnete. »Ich hätte mit sehr viel mehr Widerstand des Zwergenkönigs gerechnet.«

»Vielleicht liegt es daran, dass gar nicht er selbst, sondern sein Unterhändler zu den Verhandlungen erschienen ist«, erwiderte Lord Petres. Ein aufgesetztes Lächeln überzog Petres' Gesicht, als Toran die Tür ganz aufstieß.

»Junger Prinz! Ich gratuliere Euch herzlich zu Eurem Sieg über diesen abscheulichen Mörder!«

»Toran!« Mit wenigen Schritten war seine Mutter bei ihm und schloss ihn in die Arme. Unterdessen ließ es sich Petres nicht nehmen, drei Pokale mit Brandwein zu füllen.

»Wir sollten auf Eure geglückte Rache anstoßen und …«

»Lasst es gut sein, Petres«, unterbrach Toran ihn mit scharfen Worten und löste sich aus den Armen seiner Mutter, wobei er zumindest ihr gegenüber ein Lächeln andeutete, denn Kaya musterte ihn mit spürbarer Besorgnis.

»Die Bestie ist tot, ich möchte nicht mehr darüber reden.«

Der schlanke Lord zog eine Augenbraue nach oben und stellte die Pokale wieder ab.

»Nun, ich fände eine Siegesfeier für das Volk …«

»Lord Petres, ich wäre gerne eine Weile mit meinem Sohn allein«, fiel ihm diesmal Kaya ins Wort.

Der Lord stutzte, verneigte sich vor ihr und hauchte ihr einen Kuss auf den Handrücken. »Selbstverständlich. Lasst nach mir rufen, sobald Euch meine Gesellschaft genehm ist.«

Eine erneute Verbeugung zu Toran hin, und der Lord verließ den Raum. Seufzend setzte sich Toran auf den Stuhl und trank einen der Kelche in einem Zug aus, was seine Mutter dazu veranlasste, kritisch die Stirn zu runzeln, doch sie sagte nichts.

Toran hatte den blasierten Lord noch niemals sonderlich leiden können. Grundsätzlich hatte er nichts dagegen, wenn seine Mutter einen Mann an ihrer Seite hatte, ja er wünschte sich ein neues Glück für sie. Ob Petres jedoch der Richtige war, das bezweifelte er stark.

»Deine Rache hat dir nicht die Erleichterung verschafft, die du dir erhofft hast?«, stellte Kaya fest, wobei ihr Blick auf Atorians Bild an der Wand haftete.

»Nein.« Toran stürzte auch den zweiten Pokal mit Brandwein hinunter.

»So erging es auch mir nach Kaz'Ahbracs Tod.«

»Willst du mir jetzt sagen, du hättest es ja gleich gewusst und alles war umsonst?«, brauste Toran auf.

»Nein, Toran, nein«, freundlich und beschwichtigend redete Kaya auf ihn ein. »Es war sicher gut und richtig, dass Siahs Mörder durch deine Hand gestorben ist. Nur wirst du noch eine lange Zeit brauchen, um über ihren Tod hinwegzukommen.«

Toran biss die Zähne fest aufeinander und stand auf. Er stellte sich ans Fenster und betrachtete die Wellen des Nordmeeres, die gegen Northcliffs Klippen brandeten. Unaufhaltsam, ungerührt ob des Schicksals aller Generationen von Königen und deren Kindern und Kindeskindern, die hier geherrscht hatten. Er musste an Jel denken und das, was sie über das Wasser gesagt hatte.

»Was hast du jetzt vor, Toran?« An den raschelnden Röcken hörte Toran, dass seine Mutter sich niederließ, aber er drehte sich nicht um und zuckte nur die Schultern.

Er wusste es wirklich nicht, fühlte sich wie ausgebrannt, hatte kein Ziel mehr vor Augen, jetzt, da der Täter zur Strecke gebracht worden war.

»Vielleicht gehe ich für eine Weile ins Unterreich und lasse mich von den Còmhragâr weiter ausbilden«, antwortete er nach einer Weile.

»Das wäre eine Möglichkeit.« Kaya klang sehr zögerlich, und Toran wusste, sie wollte ihn nicht gerne dort unten in den Tiefen der Erde wissen. Ehrlich gesagt verspürte er selbst nur geringe Lust dazu, doch ansonsten fiel ihm einfach keine sinnvolle Betätigung ein.

»Ich glaube kaum, dass du einen besseren Lehrmeister als Nal'Righal findest«, erwähnte sie vorsichtig.

»Ich möchte ein so guter Krieger wie mein Vater werden«, verkündete Toran. »Vielleicht kann ich ihn gar übertrumpfen.«

Kaya nickte lediglich, große Trauer lag auf ihrem Gesicht.

»Du siehst, Mutter, ich konnte auf mich achten, weder Nal noch Sared mussten mir helfen.«

»Ich habe nie an deinen Fähigkeiten gezweifelt, Toran«, versicherte sie, »nur daran, ob du auch auf deine Sicherheit und deine eigene Unversehrtheit achtest.«

Meine Unversehrtheit, dachte er, *die ist mir nichts mehr wert.* Laut sagte er das jedoch nicht, um seine Mutter nicht zu beunruhigen.

»Was war denn mit den Zwergen?«, erkundigte er sich stattdessen. »Müssen wir Edur in einem Krieg gegen sein Volk beistehen? Dann könnte ich meine Reise ins Unterreich verschieben.«

»Du möchtest im Ernst gegen die Zwerge kämpfen?«, fragte Kaya entsetzt. »Ich erkenne dich nicht wieder, Toran!«

Toran zuckte mit den Schultern. »Wir sind mit Edur und den Zwergen des Nordreichs befreundet.«

»Unter allen Umständen müssen wir uns dafür einsetzen, dass es keinen Krieg zwischen ihnen gibt«, betonte seine Mutter.

»Dann hat Hafran eingelenkt?« Im Grunde genommen war das Toran gar nicht so wichtig. Er wollte eine Aufgabe, etwas das ihn ablenkte.

»Hafran lagerte mit dreihundert Zwergenkriegern an der Grenze zum nördlichen Zwergenreich. Ich traf mich mit einem seiner Unterhändler, jeder in Begleitung von fünf Kriegern. Der Unterhändler war jung und überraschend umgänglich. Er zeigte sich interessiert an unserem Angebot, statt wie früher die Dracheninseln nun die Geisterinseln mit Handelswaren zu beliefern und weiterhin Boote für Northcliff zu bauen. Das hat aber nur Sinn, wenn im Norden Zwerge leben, denn die noch stürmischere Ostküste mit ihren scharfen Riffs eignet sich nicht für einen Seehandel. Ich gehe davon aus, ein Großteil von Hafrans Volk möchte gar nicht gegen seinesgleichen kämpfen.«

»Dann heißt es abwarten«, vermutete Toran.

Rauchschwaden vernebelten die Sicht in dem kleinen Raum unterhalb der Schenke von Culmara. Zudem erschwerten die Ausdünstungen von ungewaschenen Männern und schalem Bier das Atmen. Leider war es der Wirtin diesmal zu gefährlich gewesen, die Schenke nur für ihr Treffen zu schließen. Es hatte schon Unmut unter den Bewohnern gegeben, und ewig konnte sie eine Krankheit auch nicht vorschieben, selbst wenn sie bereits sehr betagt war. Man hätte Godana eine Nebelhexe geschickt, und das war das Letzte, das die Wirtin gebrauchen konnte. Daher hatte sie einen Lagerraum räumen lassen, und oben ging der normale Schankbetrieb weiter. Selfra drückte sich ihr parfümiertes Taschentuch an die Nase und versuchte dann, ein möglichst einnehmendes Gesicht zu machen, denn der Zwerg mit dem Bart, der ihm gut eine Hand breit vom Gesicht abstand, echauffierte sich gerade entsetzlich.

»Mein König will mit Eurem Anführer sprechen«, bellte er in das allgemeine Gemurmel. »Wo bleibt er denn? Wir kommen doch nicht mit halb Hôrdgan hinauf in den Norden, nur um eine Ewigkeit auf ihn zu warten!« Seine kräftige Hand donnerte auf den abgewetzten Holztisch und brachte die Bierkrüge zum Beben.

Selbstverständlich war *halb Hôrdgan* maßlos übertrieben, denn dreihundert Zwerge waren lächerlich im Vergleich zu den Tausenden, die in den Bergen und unter der Erde hausen mussten. Auch für Hafrâns Beschwerde gab es keinen wirklichen Grund, denn Kaya war selbst erst vor Kurzem zurückgekehrt. Doch der Zwergenkönig war für seine Ungeduld und cholerische Art bekannt und nicht zu unterschätzen.

»Unser aller Freund wird sicherlich gleich eintreffen«, besänftigte Selfra den Boten zum wiederholten Male.

»Angeblich ist der doch tot«, höhnte Lord Finlen. »Ich weiß überhaupt nicht, was das soll! Zuerst baut er sich eine Identität als *der Bärtige, der Schrecken aller Nebelhexen* auf und dann …«

»Der Tod des guten Lored war ein bedauerlicher Zwischenfall.« Lautlos war der Mann, den alle hier als den Bärtigen kannten, durch die geheime Tür getreten. Der Blick, den er Selfra zuwarf, und vor allem sein Tonfall sagten ihr allerdings, dass Loreds Tod alles andere als ungeplant gewesen war.

»Unser lieber junger Prinz war recht schnell mit seiner Klinge.« Der Bärtige lehnte sich gegen die Wand, nahm einen tiefen Zug aus dem Bierkrug, den die Wirtin ihm reichte, und fixierte den Zwerg, der schon wieder zu einer Erwiderung Luft holte.

»Na endlich! König Hafran muss Euch sprechen.«

Der Zwerg nickte grimmig und presste die Lippen so fest aufeinander, dass sie unter seiner voluminösen Gesichtsbehaarung überhaupt nicht mehr zu erkennen waren.

»Weshalb möchte er mir seine Botschaft nicht durch Euch mitteilen lassen, so wie stets?«

»Es geht um eine brisante Angelegenheit«, antwortete der Zwergenhauptmann widerwillig. »Königin Kaya hat ihm ein gutes Angebot unterbreitet.«

»Hat sie das?« Lauernd wie ein Wildtier betrachtete der Bärtige den Zwerg, und dieser verschränkte die Arme vor seiner gewaltigen Brust. Das Leder seiner Rüstung knarrte dabei. »Und jetzt will Hafran mit eingekniffenem Schwanz nach Hôrdgan zurückrennen und den zügellosen Nordzwergen freie Hand lassen?«

»Wenn ich ihm diesen Wortlaut wiedergebe, seid Ihr ein toter Mann«, bellte der Zwerg.

»Das glaube ich kaum. Aber gut. Ich treffe ihn in fünf Tagen in der Spelunke, die sich in dem Dorf befindet, das östlich der letzten Postreiterstation vor Culmara liegt. Sie nennt sich *Der rauchende Kessel.* Hafran soll sich verkleiden und nicht mehr als zwei Wachen mitbringen. Ich komme allein.«

Der Zwerg stieß einen leisen Fluch in seiner Sprache aus, dann nickte er und stapfte aus dem Raum.

Alle Anwesenden blickten unbehaglich auf den Bärtigen.

»Die Zwerge werden weiterhin unsere Verbündeten sein«, versprach er. »Die Dinge entwickeln sich nach unseren Wünschen.« Die Männer begannen leise miteinander zu tuscheln, Selfra trat zu dem Bärtigen.

»Ich weiß nicht, ob es klug war, den Zwergenkönig zu beleidigen«, sagte sie leise.

»Brambur wird das nicht weitergeben. Falls Hafran tatsächlich so aufbrausend ist, wie man sagt, wird der gute Hauptmann ansonsten selbst Opfer von Hafrans Zorn werden.«

»Von mir aus. Aber wir müssen dringend über meine Schwester sprechen!«

»Sagt nur, der guten Elysia gefällt es nicht mehr in ihrem hochherrschaftlichen Domizil?«

Dieses süffisante Lächeln verärgerte Selfra ungemein, und so fasste sie den Bärtigen am Arm. »Vergesst nicht, dass Ihr allein niemals die Herrschaft über Northcliff erlangen werdet«, zischte sie, woraufhin der Bärtige wieder eine unnahbare Miene zur Schau stellte.

Energisch zog Selfra ihn aus dem Raum, das Gemurmel und erfreulicherweise auch der Gestank verflüchtigten sich rasch, als sie über die schmale Stiege hinauf in den Lagerraum gingen, der hinter dem eigentlichen Gastraum lag. Von dort drangen ebenfalls gedämpfte Stimmen herein, Stimmen von Menschen, die keine Ahnung hatten, dass man hier schon seit geraumer Zeit gegen ihr Königshaus intrigierte.

»Was ist mit Denira?«, wollte Selfra wissen. »Wäre sie nicht die einfachere Art, Einfluss auf Northcliff zu nehmen? Dann bräuchten wir die Zwerge vielleicht gar nicht.«

Der Bärtige machte eine unwirsche Handbewegung. »Toran und Denira scheinen sich nicht völlig unsympathisch zu sein, aber der junge Prinz trauert dieser widerwärtigen Kreatur viel zu sehr nach, um sich auf eine neue Liebe einzulassen. Zudem wäre da noch Kaya. Wollt Ihr zehn, fünfzehn oder zwanzig Sommer warten, bis sie abdankt?«

»Nein, eher nicht«, gestand Selfra widerwillig ein. »Aber Ihr könntet dafür sorgen, dass sie endlich zu ihrem geliebten Atorian kommt!«

»Dieser Versuch ist bereits fehlgeschlagen«, erinnerte sie der Bärtige. »Kaya wird gut bewacht, und wegen des Fluches wage ich nicht, selbst Hand an sie zu legen. Wenn es mir jedoch gelingt, Toran dazu zu bringen, seiner Cousine in die andere Welt zu folgen, und Kaya in einen Krieg gegen Hordgân verwickelt ist …«

»Ihr seid ein kleiner Dämon!«, gurrte Selfra und kraulte den Bärtigen am Kinn.

Dieser schob ihre Hand ungeduldig fort. »Was ist nun mit Eurer Schwester? Denkt Ihr nicht, die Aussicht, Kayne doch noch auf dem Thron von Northcliff zu sehen, könnte sie noch eine Weile ausharren lassen? Ich möchte nicht in Verdacht geraten. Kaya vertraut mir, und das soll so bleiben!«

Selfra ließ sich auf eine alte Holztruhe sinken und ächzte dabei schwer. »Sie weiß gar nicht, dass Kayne in der anderen Welt ist«, überlegte sie laut. »Das wird ihr nicht gefallen. Vielleicht habt Ihr recht, und wir lassen sie besser, wo sie ist.«

»Ich dachte, Eure Schwester strebte ohnehin eine Verbindung zwischen Kayne und Leána an.«

Belustigt bemerkte Selfra, wie der Bärtige unruhig wurde und seine Männlichkeit sich gegen seine Hose abzeichnete, als er fortfuhr: »Und sobald Kayne mit dieser Nebelhexe verbunden ist und auf dem Thron sitzt, kann ich sie haben.« Nervös fuhr seine Zunge über die Lippen. »Ich werde sie nehmen, vielleicht in einem der alten Kerker, viele Male, bis …«

Selfra hob abwehrend eine Hand. »Macht mit ihr, was Ihr wollt, ich möchte es nicht wissen.« Manchmal ängstigte sie seine wachsende Besessenheit, und auch wenn sie nichts für Nebelhexen übrighatte, so war sie doch eine Frau und wollte sich lieber nicht zu genau ausmalen, was er mit ihnen tat.

Kapitel 12

Rätsel um Sharevyon

»Deine Mitte, Rob, du musst deine Mitte finden!« Nach einer weiteren Nacht in dem zugigen Raum und einem schweigsamen Frühstück saß Leána draußen im Park und beobachtete Rob und Kayne, wie sie mit ihren Schwertern übten. Mit konzentrierter Miene stand Kayne hinter Rob und drückte ihn wenig sanft in die Position, die er für richtig hielt. An Robs Gesichtsausdruck erkannte Leána, dass ihm Kaynes Tonfall gar nicht gefiel.

»Stell dich auf die Mauer«, verlangte Kayne.

»Was soll das denn?«

»Stell dich auf einem Bein auf die Mauer und finde deine Mitte.«

»Der Wind bläst mich um«, behauptete Rob. »Zudem sehe ich keinen Sinn in dieser Übung.«

»Wenn du Gefahr läufst, in die Tiefe zu stürzen und als Fischfutter zu enden, wirst du dich mehr anstrengen«, erwiderte Kayne mitleidlos.

Robs Blick suchte den von Leána, und er wandte sich nun in der Gedankensprache an sie. *Der Kerl hat tausend Sommer weniger gesehen als ich und kommandiert mich herum wie einen Stallburschen!*

Leána unterdrückte ein Kichern und sagte laut: »Das ist keine sinnlose Übung. Die dunkelelfischen Ausbilder haben uns das auf Northcliff bis zum Erbrechen üben lassen.«

Das brachte ihr ein zustimmendes Nicken von Kayne ein,

aber Rob sah noch immer sehr ungehalten aus. Mit misstrauischem Blick ging er zur Mauer, von der aus der Fels mehrere Hundert Fuß steil in die Tiefe abfiel und im tosenden Meer endete. Gewaltige Wellen brachen sich an der Küste, und die Gischt wurde vom Wind teilweise bis über die Mauer getragen.

Ich kann mich nicht verwandeln, Leána. Wenn ich abstürze, ist es vorbei mit mir.

Dann solltest du versuchen, nicht abzustürzen.

Empört sah er zu ihr herüber, verlor prompt das Gleichgewicht und wackelte auf dem bröckeligen Gestein herum.

»Breite die Arme aus, Rob«, riet Kayne in genervtem Tonfall.

Ich werde ihn heute Nacht fressen, drohte Rob.

Leána sprang vom Rand des Brunnens und ging zu Kayne. Sie verwuschelte ihm freundschaftlich die Haare und drückte ihm einen Kuss auf die Wange.

»Du machst das sehr gut, Kayne.« Anschließend sprach sie noch einmal in Gedanken zu Rob. *Er mag jünger sein als du, aber im Schwertkampf ist er dir weit überlegen. Nimm seine Ratschläge an, Rob, ich kenne kaum einen Menschen, der besser ist als Kayne. Hauptmann Sared könnte sich vielleicht mit ihm messen, aber der hatte auch um die zwanzig Sommer und Winter mehr Zeit zu üben.*

Ja, dein Kayne ist ein Held! Robs Augen sprühten Funken, dennoch blieb er in dem beißenden Wind auf der Mauer stehen und bemühte sich, sein Gleichgewicht zu halten.

»Ich suche Nordhalan und sehe mich ein wenig um«, verkündete Leána laut. »Ärgere Rob nicht zu sehr«, riet sie Kayne mit einem Augenzwinkern.

Sie schlenderte auf den Palast zu, vor dem sich einige Buggane versammelt hatten und dicht zusammengedrängt den beiden Männern zusahen. Dabei plapperten sie aufgeregt durcheinander. Offenbar faszinierte sie die Darbietung. Nordhalan hatte gesagt, er wolle die zahlreichen Gemälde in dem großen Saal und den umliegenden Gängen genauer anschauen, um vielleicht so etwas mehr über Sharevyon herauszufinden. Tatsächlich stand er noch im Saal und betrachtete das Bild eines bewaldeten Bergmassivs.

»Wie machen sich Rob und Kayne?«, erkundigte er sich.

»Rob ist verärgert, etwas von einem Jüngeren annehmen zu müssen.«

»Einen älteren Lehrmeister für ihn zu finden wäre uns schwerlich gelungen«, bemerkte Nordhalan amüsiert. »Es sei denn, wir hätten deinen Ururgroßvater bemüht.«

Dieser Gedanke ließ ein Lachen in Leánas Kehle aufsteigen. »Sie werden sich schon zusammenraufen. Die Buggane sind zumindest außerordentlich fasziniert von ihrer Darbietung.«

Nun drehte sich Nordhalan doch zu ihr um. »Ist dir aufgefallen, dass keiner der Elfen eine Waffe trägt?«

»Du hast recht«, stimmte Leána zu. »Nicht einmal Wachen stehen am Tor.«

»Ungewöhnlich«, meinte Nordhalan, dann ging er zum anderen Ende des Saales und deutete auf ein beinahe vollständig verblasstes Bild, das Reiter in einem lichten Wald zeigte. »Diese Elfen hier führen Bogen und teilweise auch kurze Schwerter oder Wurfspeere mit sich. Demnach müssen sie zumindest früher auf die Jagd gegangen sein.«

»Jetzt gibt es nichts mehr zu jagen«, warf Leána traurig ein.

Nordhalan fasste sie am Arm und geleitete sie in einen anderen Raum. Dieser zeigte sich ähnlich schlicht, mit wenigen Möbeln und einem Kamin in der Ecke, der offenbar schon seit Langem nicht mehr benutzt worden war. Dicker Staub lag darauf, keine Holz- oder Kohlereste waren zu erkennen.

Plötzlich kam eine Elfe mit gebeugten Schultern herein. Sie schritt wie in Trance an ihnen vorbei, nahm sie offenbar nicht einmal wahr und verschwand im Nebenraum.

»Ist dir noch etwas aufgefallen?«, fragte Nordhalan.

Leána blies die Wangen auf und stieß die Luft aus. »Hier ist so ziemlich alles anders als in Lharinas Elfenreich. Elfenkinder – ich habe noch kein einziges Kind gesehen.«

»Ja, auch das ist richtig«, bestätigte Nordhalan. »Aber das ließe sich mit dem Schwinden der Magie erklären. Vielleicht reicht sie nicht aus, um neues Leben hervorzubringen, oder die Elfen wollen keine Nachkommen in diese vergehende Welt setzen. Wesentlich auffälliger finde ich die völlige Abwesenheit von Büchern und Schriftrollen.«

»Das stimmt!« Leána drehte sich im Kreis. Hier gab es nicht einmal Schränke oder Regale. »Vielleicht haben sie eine eigene Bibliothek. In einem so großen Palast wäre das doch denkbar.«

»Nein, ich habe Eriyane vorhin gebeten, ihre Bibliothek besuchen zu dürfen, allerdings sah sie mich nur fragend an und erklärte dann knapp, es gebe kein geschriebenes Wort in Sharevyon.«

»Tatsächlich?« Leána lehnte sich gegen die helle Steinwand. »Wenn ich an die vielen alten Bücher und Schriftrollen denke, die es allein in Lharinas Baumhaus gibt.«

»So ist es«, bestätigte Nordhalan. »Andererseits zeigt Lharina auch nicht jedem Fremden ihre Schätze. Vielleicht möchten Eriyane und ihr Volk uns erst besser kennenlernen.«

»Mag sein, trotzdem würde es mich wundern, wenn nicht zumindest einige Bücher in den vielen Räumen zu finden wären. Elfen lieben Geschichten und Gedichte. Ich kann kaum glauben, dass sich die Völker derart unterschiedlich entwickelt haben.«

Unschlüssig hob Nordhalan seine kräftigen Schultern. »Vielleicht geben sie tatsächlich alles nur mündlich oder in Form von Liedern weiter.«

»Der nächtliche Gesang?«

»Das kann sein. Hast du die Worte verstanden, Leána?«

»Nein, es kam mir weniger vor wie Worte oder eine fremde Sprache«, versuchte sie, ihre nächtlichen Empfindungen zu beschreiben. »Eher wie ein … Schwingen tief in mir.« Sie deutete auf ihre Brust.

Nordhalan nickte bestätigend. »So ging es auch mir.«

Seite an Seite wanderten sie durch den Palast, betrachteten verwitterte Gemälde und lugten in weitere verlassene und größtenteils verkommene Räume.

Irgendwann gelangten sie nach draußen in den großen Hof, dessen Wege aus Mosaiken bestanden.

»Wollen wir noch ein Stück gehen?«, fragte Nordhalan.

»Ich hoffe, Rob und Kayne haben sich noch nicht die Köpfe eingeschlagen.«

»Das kann ich mir nicht vorstellen. Ich vertraue auf den guten Kern, der in beiden steckt. Du nicht, Leána? Sonst bist du doch Kaynes größte Verfechterin.«

»Doch, sicher werden sie sich arrangieren«, antwortete sie zögernd. Beide konnten aufbrausend und unbeherrscht sein, aber sie würden sich nicht absichtlich Schaden zufügen.

Wie schon zuvor eilten auch heute Buggane geschäftig umher. Viele trugen Körbe auf dem Rücken, andere strichen anscheinend ziellos durch die Gegend.

Draußen vor dem großen Torbogen hielten Leána und Nordhalan an und ließen ihren Blick über das weite Land schweifen. Heute war ein klarer Tag, und auch wenn Leána das rötliche Sonnenlicht noch immer nicht gewöhnt war, konnte sie doch recht weit über das karge Land blicken. Nordöstlich von ihnen glaubte sie, eine Berg- oder Hügelkette zu erahnen.

»Ich werde Eriyane oder Thylios nach einer Karte von Sharevyon fragen«, sagte Nordhalan.

»Das wäre nützlich«, stimmte Leána zu. »Wo Ennedal und Morthas jetzt wohl sind? Hoffentlich geht es ihnen gut.«

»Das wünsche ich mir ebenfalls.« Nordhalan schnitt eine Grimasse. »Nur befürchte ich, Morthas wird nach dieser Reise erneut mit geheimnisvollen Geistererscheinungen ankommen.«

»Nordhalan, Oberhaupt der Diomár, Ihr werdet doch nicht über Euren Zauberschüler lästern«, empörte sich Leána, jedoch mit einem sehr breiten Grinsen, das Nordhalan dazu veranlasste, sie am Ohr zu ziehen.

»Etwas, das sich eine gewisse Nebelhexe niemals zuschulden kommen lassen würde! Nun aber im Ernst. Morthas macht sich wichtig, das hat er schon immer. Als er auf die Geisterinseln kam, stellten wir eine latente Begabung zur Wahrnehmung von Geistern bei ihm fest. Er sah sich wohl schon als neuer Hüter der Steine, doch seine Gabe festigte sich nicht. Als er bemerkte, dass Kayne ihm in vielen Dingen überlegen ist, dachte er anscheinend, er müsse mit irgendetwas Spektakulärem auftrumpfen.«

»Dann könnte es tatsächlich sein, dass er Geister wahrnimmt?«

Unschlüssig zuckte Nordhalan mit den Schultern. »Ausgeschlossen ist es nicht, dass er etwas spürt, aber die Geister – wer auch immer sie sind – werden kaum zu ihm durchdringen können. Morthas hat schon mehr als vierzig Sommer gesehen, es wäre das erste Mal, dass sich eine neue Gabe so lange nach dem fünfundzwanzigsten Geburtstag entwickelt, wo wir Menschen ja bekanntlich auf dem Höhepunkt unserer Kräfte sind.«

»Was ist denn Morthas' besondere Begabung?«

»Ich würde sagen – er hat keine.« Das klang etwas verächtlich, und Nordhalan bemerkte das wohl auch und räusperte sich. »Nein, das war jetzt nicht angemessen. Morthas kann von allem ein wenig. Er beherrscht ein wenig Heilkunst, kann einfache Feuer- oder Angriffszauber wirken und versteht sich darauf, das Wetter vorherzusagen. Deshalb wurde er auch als Schüler des Hofzauberers Dimitan erwählt.«

»Weil der ebenfalls ein breit gefächertes Können hat, nur kein spezielles, das besonders heraussticht«, schlussfolgerte Leána.

»Das stimmt. Denk nur an deine Mutter. Sie kann mit den Elementarwesen kommunizieren und dank der Feuergeister mächtige Feuerzauber weben. Auf der Burg von Northcliff hätte man deswegen Angst vor ihr.«

»Nicht nur deswegen.« Leána zog die Nase kraus. »Mutter würde kurzen Prozess mit jedem arroganten Lord machen, und Elysia wäre schon längst im Kerker verrottet!«

»Eben deshalb sollte ein Hofzauberer zwar stark, jedoch nicht zu mächtig sein und trotzdem zahlreiche Talente aufweisen.«

»Das hat durchaus seinen Sinn.« Leána beobachtete eine Gruppe von Buggane, die schnatternd den Berg heraufkamen. Einer von ihnen blieb stehen, entblößte die spitzen Zähne zu einem Lächeln und verbeugte sich.

»Gefällt euch die Herrin? Hat Takh euch gut geführt?«

»Du bist Takh?« Leána beugte sich zu dem kleinen Kerl hinab. Wieder einmal versuchte sie vergeblich, ein Unterscheidungsmerkmal herauszufinden. Waren Takhs Augen vielleicht eine Spur heller als die der anderen Buggane?

»Ja, bin Takh, das bin ich!« Aufgeregt zappelte das Wesen auf der Stelle herum. »Wurde belohnt, lebe nun im Dorf.«

»Würdest du uns dein Dorf zeigen?«

Takh nickte eifrig. »Folgt mir. Takh hat eine Hütte! Eine eigene Hütte!«

Über diese Euphorie musste Leána lachen. »Kommst du mit, Nordhalan?«

Der alte Zauberer wiegte den Kopf. »Es wäre besser, wenn du nicht allein gingst.«

»Aber du scheust den steilen Weg«, spekulierte sie.

»Selbstverständlich begleite ich dich«, setzte er an, doch Leána winkte ab.

»Ich glaube nicht, dass das nötig ist. Du weißt, wohin ich möchte, und ich werde auch nicht lange bleiben.«

Noch immer wirkte der alte Mann unschlüssig, aber dann nickte er. »Ich warte hier auf dich. Ich möchte mir die alten Mauern noch ansehen.«

»Bis später.« Leána winkte ihm zu und folgte dem aufgeregten Takh den Berg hinab bis in das Dorf. Über dreißig Hütten, größtenteils komplett aus Stein erbaut, einige mit Stroh gedeckt, standen teils frei, teils an die Felswand geschmiegt, und die kleinen Pelzwesen eilten geschäftig umher. Viele schleppten Körbe mit Algen herbei, wahrscheinlich gab es in der Nähe einen Zugang zum Meer. Andere kümmerten sich um Felder, auf denen hüfthohes, dürres Getreide wuchs. Sicher war es äußerst schwierig, dem trockenen und kargen Boden überhaupt eine Ernte abzuringen. Zumindest hier an den Berghängen zeigte sich etwas Gras oder einzelne Büsche – ein Zeichen, dass es unterirdische Quellen gab, die dieser Region Leben spendeten. Von den meisten Buggane wurde Leána neugierig, aber zurückhaltend angesehen. Einige wenige wichen leise brabbelnd vor ihr zurück – Menschen kannten sie wohl nicht. Niedlich waren die kleinen Buggane-Kinder, die mit Steinen spielten, über den Boden krabbelten oder von ihren Müttern während der Arbeit in Tüchern auf dem Rücken getragen wurden.

Takhs Hütte war so niedrig, dass Leána den Kopf einziehen musste und auch im Inneren nicht aufrecht stehen konnte. Ein Bett aus Moos in der Ecke, eine Kochstelle in der Mitte und ein unordentlicher Kleiderhaufen – mehr beherbergte sie nicht.

»Wunderbar, oder?«, fragte Takh. »Ist die Herrin nicht gütig?«

»Ja, ganz wunderbar«, versicherte Leána. »Wo hast du denn früher gelebt, Takh?«

Der Buggane fuhr sich nervös mit der Zunge über die Lippen. »Bin umhergezogen, habe … gedient.«

»Und weil du uns hierhergeführt hast, darfst du in der Hütte leben?«

Takh nickte eifrig und bot Leána ein getrocknetes Insekt an, das er unter einem Stein hervorholte.

»Nein, danke. Wusstest du denn, dass manchmal jemand durch das Portal kommt?«, wollte sie wissen.

»Portal? Was für ein Portal?« Aufgeregt begann Takh, seine Decken auszuschütteln, eigentlich völlig sinnlos, denn anschließend warf er sie zurück auf den unordentlichen Haufen. »Wir Buggane suchen. Suchen verirrte Wanderer und bringen sie zur Herrin. Und wir suchen Wild.« Er fuhr sich über die Lippen. »Fleisch ist gut. Schmeckt lecker.«

»Ja, das glaube ich dir gern.« Leána verließ die enge Hütte

wieder und schlenderte mit Takh durch das Dorf. Sie fragte sich, wie viele verirrte Wanderer es in Sharevyon geben mochte. Sicher wollten Eriyane und Thylios die letzten Elfen hier im Palast versammeln und vor den Dunkelelfen beschützen, sofern diese tatsächlich ihre hellhäutigen Verwandten verspeisten – eine Vorstellung, die Leána noch immer schockierte.

»Ich sollte jetzt besser wieder zurückgehen«, erklärte sie, nachdem sie sich zu sämtlichen Hütten hatte führen lassen, die einander alle glichen und sehr einfach erbaut waren, Takh offenbar jedoch begeisterten. »Nordhalan macht sich sonst Sorgen.«

»Muss sich nicht sorgen, der Horc mit den vielen langen Haaren im Gesicht. Bei den Schönen geht es euch gut. Und wenn ihr Drachen bringt, wird die Herrin euch ehren!«

»Hast du schon einmal einen Drachen gesehen, Takh?«

Eilig schüttelte der Buggane seinen Kopf. »Nein, nein, Takh nicht, Takhs Vater nicht und auch sein Vater nicht.«

Wie alt mochte ein Buggane werden? Die Drachen waren offenbar schon seit Generationen ausgestorben, kein Wunder also, dass es so schlecht um Sharevyon bestellt war. Vielleicht stand die Elfenheimat gar kurz vor dem völligen Niedergang.

Langsam schritt Leána über die trockene Erde, beobachtete, wie kleine Staubwolken von ihren Schuhen aufgewirbelt wurden und auch den Saum des hübschen Kleides schmutzig machten. Gerade als sie das Dorf verlassen hatte, fiel ihr Blick auf zwei halbwüchsige Buggane-Kinder, die sich um etwas balgten, das ihr bekannt vorkam.

Sie stutzte kurz, dann spurtete sie los und entriss einem der kleinen Wesen ihre hellbraune Lederhose.

»Das gehört mir! Wo hast du es her?«

Beide Buggane duckten sich erschrocken, krochen zurück, und es dauerte nicht lange, da hatte sich eine Vielzahl an Buggane eingefunden, die laut durcheinanderredeten.

»Takh, die Hose stammt aus meinem Bündel, und das ist mir in der Nähe des Portals gestohlen worden.« Leána spürte, wie

Zorn in ihr aufstieg. Takh trat verlegen auf der Stelle herum und hielt den Kopf gesenkt.

»Weiß nicht. Weiß nicht. Weiß nicht, woher die kleinen Horas das haben.« Er versetzte den Kindern jeweils einen Klaps auf den Hinterkopf, woraufhin sie wimmernd am Boden krochen.

»Lass sie!« Leána kniete sich zu ihnen hinab. »Woher habt ihr meine Hose? Und gibt es noch weitere ähnliche Dinge hier bei euch im Dorf?« In ihrem Bündel hatten sich Ersatzkleidung, Kräuter, Feuerstein, ein Messer und Proviant befunden. Letzterer war sicherlich verspeist worden, doch alles andere hätte sie gerne wiedergehabt.

Furchtsam blinzelten die Buggane-Mädchen zu ihr auf, sagten jedoch keinen Ton. Takh hingegen redete wirr auf die umstehenden Buggane ein. »Woher kommt das? Das Beinkleid der Menschen-Hora? Wer hat es? Wer hat es gefunden? Sie wird es der Herrin sagen!«

Leána fragte sich, ob er tatsächlich nichts wusste. Zumindest hatte Takh nichts bei sich getragen, als er sie begleitet hatte.

Die anderen Buggane brummelten vor sich hin, hielten die Köpfe gesenkt und wichen langsam zurück.

»Takh, lass es gut sein«, sagte Leána schließlich. »Ich bin froh, zumindest meine Hose wiederzuhaben.« Sie klopfte den Staub von dem Kleidungsstück.

Doch der kleine Kerl schien sich überhaupt nicht beruhigen zu können. »Muss es der Herrin sagen. Wird es erfahren. Sie wird uns strafen«, sagte er immer wieder, während sie den Berg hinauf und zurück zu Nordhalan gingen.

Als der bärtige Zauberer in Sicht kam, huschte Takh eilig an ihm vorbei und verschwand hinter dem Tor.

»Was hat er denn?«, erkundigte sich Nordhalan.

Nachdenklich strich sie über ihre Lederhose. »Die hier habe ich zufällig im Dorf entdeckt.«

»Das ist ja interessant.« Nordhalans Augenbrauen zogen sich zusammen. »Dann hat dich ein Buggane bestohlen?«

»Ich weiß es nicht.«

Leána starrte zum Palast hinauf. Was hatte das alles zu bedeuten? Das Verschwinden von Marathis und Estell, ihr gestohlenes Bündel und dieses seltsame Elfenreich. Sie hoffte inständig, dass Ennedal und Morthas bald und vor allem gesund eintrafen.

Kapitel 13

Feinde und Verbündete

Nach einigem Suchen fanden Leána und Nordhalan ihre beiden Gefährten. Einträchtig saßen sie vor der Mauer, die zum Meer zeigte, tranken abwechselnd aus einem Krug und verspeisten irgendetwas, das Leána auf die Ferne nicht erkennen konnte.

»Sie verstehen sich immer besser«, stellte sie erfreut fest.

»Ich sagte doch, sie werden sich nicht die Köpfe einschlagen.«

Leána rannte los und ließ sich neben Rob auf den Boden sinken, dann drückte sie ihm einen eiligen Kuss auf die Wange. »Hier ist man gut vor dem Wind geschützt.«

»In der Tat«, bestätigte Rob, dann schnitt er eine Grimasse. »Ich werde den Elfen einen weiteren Eimer Wasser abschwatzen müssen. Dein Freund hat mich ganz schön hart rangenommen.«

»Rob stellt sich gar nicht so dumm an.«

»Aus Kaynes Munde kann man das durchaus als Kompliment auffassen«, übersetzte Leána augenzwinkernd.

Kayne schnaubte jedoch nur. »Ich frage mich, ob man nicht auch irgendwo im Meer baden könnte, das wäre eine Alternative, da das Wasser doch so knapp ist.«

»Diese Brandung, die hier an der Küste herrscht, würde dich gnadenlos zerschmettern«, meinte Rob. »Ich wünschte, ich könnte die Küste abfliegen, vielleicht gelänge es mir, eine ruhige Bucht ausfindig zu machen.«

Tröstend drückte Leána seine Hand, dann hielt sie ihre Hose in die Höhe. »Seht nur, was ich gefunden habe!«

Sie erzählte von ihrem Besuch in dem Buggane-Dorf, und alle spekulierten darüber, was das wohl zu bedeuten hatte. Sie waren noch in ihr Gespräch vertieft, als Eriyane durch den Park auf sie zugeeilt kam.

»Meine lieben Gäste, ich hörte, was geschehen ist!« Betrübt schüttelte sie den Kopf, und eine Strähne ihres weißblonden Haares fiel dabei über ihre Schulter. »Ich muss mich für die Buggane entschuldigen.«

»Nicht Ihr wurdet zur Diebin, nehme ich an, sondern die Buggane«, stellte Kayne mit einer gewissen Herausforderung in der Stimme klar.

»So ist es.« Elegant ließ sich Eriyane auf einem Felsbrocken nieder und schlug die schlanken Beine übereinander. »Nur sind die Buggane unsere Schützlinge, womit wir für sie verantwortlich sind.«

»Ich hielt sie eher für Diener«, warf Rob ein.

»Das eine schließt das andere nicht aus.« Eriyane lächelte einnehmend. »Sie dienen uns, dafür sind sie sich unseres Schutzes und unserer Fürsorge sicher. Ich konnte herausfinden, wer Leánas Bündel an sich genommen hatte«, erklärte die Elfenherrin dann überraschend.

»So schnell?«, wunderte sich Leána. »Ich bin noch nicht sehr lange zurück und …«

Die Elfe hob eine Hand. »Verzeih, wenn ich unterbreche. Takh berichtete mir auf der Stelle, was sich zugetragen hatte. Ich ging hinab ins Dorf und stellte die Buggane zur Rede. Es dauerte nicht lange, bis einer von ihnen gestand. Er war wenige Tage nach euch von einem Streifzug durch das Land zurückgekehrt und gab zu, er habe in einer Felsspalte ein Bündel gefunden und es behalten, ohne mir davon zu berichten.« Sie hob ihr Kinn, und ihre Augen funkelten. »Selbstverständlich habe ich ihn bestraft.«

»Was … ist mit ihm?«, erkundigte sich Leána mit einem unguten Gefühl. Sosehr sie der Verlust ihrer Sachen geschmerzt hatte, falls der kleine Kerl ihr Bündel tatsächlich zufällig gefunden hatte, wollte sie nicht, dass er dafür am Ende mit seinem Leben bezahlte.

»Er wurde des Dorfes verwiesen«, erklärte sie jedoch zu Leánas Beruhigung. »Einige Dinge waren noch brauchbar, ich lasse sie reinigen und dir später bringen. Ein Hemd war allerdings bereits zerschnitten. Seine Frau hatte sich daraus ein neues Gewand geschneidert. Nun müssen sie ohne den Schutz des Palastes der Winde auskommen.«

»Wenn er mein Bündel irgendwo gefunden hat, konnte er doch gar nicht wissen, dass es mir gehört hat«, versuchte Leána den Buggane, den sie nicht einmal kannte, in Schutz zu nehmen.

Doch Eriyane erhob sich. »Jeder, der Nahrung oder sonst etwas Wertvolles findet, hat es zuerst zum Palast zu bringen. Das ist ein Gesetz. Wer sich nicht daran hält, wird der Gemeinschaft verwiesen und muss sich seinen Platz erst wieder verdienen.«

»Hart, aber gerecht«, kommentierte Nordhalan, woraufhin Eriyane ihr Haupt neigte. »Ich gehe davon aus, in einem Land, in dem man nur unter großen Entbehrungen leben kann, muss man harte Gesetze erlassen.«

»So ist es. Noch einmal bitte ich dich um Entschuldigung, Leána. Einem Buggane gelang es heute, einen Meeresfisch zu fangen, deshalb gibt es ein Festessen. Ich hoffe, euch zum Abendessen begrüßen zu können.«

»Selbstverständlich«, versicherte Leána, während Kayne leise vor sich hin brummte: »Endlich etwas anderes als Algen.«

Rob verzog das Gesicht zu einem zustimmenden Grinsen.

Nordhalan räusperte sich; vermutlich befürchtete er, Eriyane könnte ihn gehört haben, doch wenn dem so war, so ließ sich die Elfenherrin nichts anmerken, sondern ging mit wehendem Kleid auf ihren Palast zu.

Die vier blickten ihr hinterher, und Rob war der Erste, der zu sprechen begann.

»Glaubt ihr diese Geschichte?«

»Sie ist schlüssig, nur irgendetwas stört mich daran«, antwortete Kayne.

»So geht es auch mir«, stimmte Rob zu.

»Eriyane hat alles erstaunlich schnell geklärt«, meinte Nordhalan. »Es ist möglich, wenn auch ungewöhnlich, sich als Herrscherin mit solch einer Kleinigkeit auf der Stelle selbst zu befassen.«

»Es ist ein anderes Reich«, warf Leána ein. »Viel zu regieren gibt es wohl nicht. Ich weiß auch nicht. Mir geht es ähnlich wie Kayne. Alles kann sich so zugetragen haben, wie Eriyane es erzählt hat, aber ein Funke Misstrauen bleibt.«

»In jedem Fall kannst du dich jetzt wieder über deine Kleidung aus Albany freuen«, sagte Rob. »Obwohl du in diesem Kleid jeder Elfe den Rang abläufst.«

»Schmeichler«, schimpfte sie spaßhaft. »Aber du hast recht, in meiner Reisekleidung fühle ich mich wohler. Und das hier«, sie zupfte an dem Kleid herum, »hebe ich mir für besondere Anlässe auf.«

Wie versprochen bekam Leána zwei Hosen, ein Hemd und ihre Unterwäsche zurück. Messer und Feuerstein blieben verschwunden ebenso wie die Kräuter. Selbst wenn der Buggane ihre Sachen unrechtmäßig an sich genommen hatte, so hoffte sie doch, dass das kleine Pelzwesen mit seiner Familie auch außerhalb des Dorfes überleben konnte. Sharevyon war ein raues Land, das sicher mehr nahm, als es gab.

Ungeduldig warteten sie während der nächsten Tage auf das Eintreffen von Ennedal und Morthas und erkundeten weitere Teile des Palastes. Wie Nordhalan gesagt hatte, gab es weder Bibliotheken noch Regale mit Schriftstücken. Das Einzige, was ihnen zur Geschichte von Sharevyon an Information blieb, waren die wenigen Einzelheiten, die Eriyane bei ihren gemeinsamen Mahlzeiten preisgab, und ein paar verblasste Bilder an den Wänden. Aus Thylios bekam man kaum etwas heraus. Wenn einer von ihnen Gharion traf, war der meist hoffnungslos betrunken, und weder die übrigen Elfen noch die hektischen Buggane stellten eine zuverlässige Informationsquelle dar. Eriyanes Warnung zum Trotz, es gebe beinahe ausschließlich Steinwüsten und unbewohnbare Gebiete, hätte Leána gerne weitere Teile dieser Welt erkundet. Den Gemälden zufolge musste sie faszinierend, fruchtbar und artenreich gewesen sein. Vielleicht war ja irgendwo im Norden oder Westen noch etwas davon übrig. Aber leider brabbelten auch die Buggane immer wieder, der Palast der Winde sei der letzte Zufluchtsort, weiter draußen warte nur der Tod.

Die vielen Eindrücke der vergangenen Tage ließen Kayne keine Ruhe finden. Auch wenn seine Wache gerade erst vorüber war, wälzte er sich von einer Seite auf die andere. Was Nordhalan ihm vor Kurzem angeboten hatte und auf das er bislang nicht geantwortet hatte, beschäftigte ihn. Die Geisterinseln, eine Ausbildung als Zauberer, alles, was er sich wünschte, seit er denken konnte, lag mit einem Mal in greifbarer Nähe. Aber gleichzeitig scheute er sich, das Angebot anzunehmen. Die Zauberschüler sowie die meisten Ausbilder würden entweder Angst vor ihm haben oder auf ihn herabsehen, ihm misstrauen, ihn wie einen Aussätzigen behandeln. Ein Diomár konnte er niemals werden, eine derart einflussreiche Position war für ihn ausgeschlossen, aber das war es, was er wirklich anstrebte. Und nur als einfacher Hofzauberer einem Adligen zu Diensten sein oder durch Albany ziehen und Zauberschüler suchen, das konnte er sich nicht vorstellen, zudem ihm auch da Misstrauen entgegenschlagen würde. Manchmal verfluchte er seine Gabe, selbst wenn er wusste, ohne seine Magie würde er sich nicht vollständig fühlen. Sie war sein Leben, ein Teil von ihm. Kayne grübelte die halbe Nacht und fand einfach keine Lösung, wie sein Leben weitergehen sollte. Zudem zehrte der fortwährende Wind an seinen Nerven. Selbst hinter den verbliebenen Wänden oder Stützpfeilern fand man kaum Schutz, geschweige denn erholsamen Schlaf. Wiederholt hatte er diese eigentümliche Musik vernommen, die auch den anderen schon aufgefallen war. Stets am Rande ihrer Wahrnehmung, lockend, klagend und doch nicht greifbar. Eriyane hatte auf ihre Frage nach dem Ursprung der Musik seltsam reagiert und behauptet, es sei der Nachhall einer vergangenen Zeit und gelegentlich würden die Elfen ihre Lieder anstimmen. Doch niemals hatten sie diese bedrückten Kreaturen bei Tage singen gehört.

Er beobachtete Nordhalan, der seinen Zauberstab umklammert hielt und vor sich hin starrte. Sie alle waren übereingekommen, auch weiterhin Wache zu halten. Vieles hier war doch zu eigenartig. Schemenhaft konnte Kayne Leánas und Robs Lager erkennen. Sie hatten sich mehrere Decken über die Köpfe gezogen, um sich vor dem ewigen Wind zu schützen. Nur das Licht des fahlen, verschleierten Mondes fiel herein. Fackeln wären sinnlos gewesen. In manchen Teilen des Palastes gab es glimmende Edelsteine, die einem bei Nacht den Weg leuchteten, aber auch sie waren schwach; Nordhalan war der Meinung, ihre Magie sei dabei zu verlöschen, so wie alles in Sharevyon.

»Ich vertrete mir die Beine«, sagte Kayne leise zu dem alten Zauberer. Dieser antwortete lediglich mit einem kaum wahrnehmbaren Nicken.

Leisen Schrittes ging Kayne durch die verlassenen Gänge, betrachtete die teils bis zur Unkenntlichkeit verblassten Kunstwerke einer vergangenen Elfenkultur. Während der letzten Tage zeigten sich an zahlreichen Stellen Hinweise auf die Rückkehr von Leben. Hier eine Ranke, die sich an alten Stützpfeilern hinaufzuschlängeln begann, dort eine Knospe an einem verdorrten Ast.

»Ob das alles tatsächlich an Rob liegt?«, sagte Kayne zu sich selbst, während er mit den Fingerkuppen über eine ergrünte Efeuranke strich. Unter einem Gewirr aus verdorrtem Geäst hatte sie sich ihren Weg gebahnt. Schmal, zerbrechlich, aber doch ein Zeichen von Hoffnung. Um dem zarten Pflänzchen ein wenig zu helfen, entfernte er einige der trockenen Triebe und stutzte, als der Mond genau auf diese Wand fiel. Darunter kam ein verblasstes Bild zum Vorschein. Aus Neugierde brach er weitere tote Zweige ab und konnte bald ein meisterhaft gezeichnetes Bild erkennen: eine wilde, von mächtigen Wäldern bedeckte Berglandschaft, durchsetzt von malerischen Seen, Flüssen und Wasserfällen, in denen sich das Sonnenlicht brach.

»So hat es hier also einmal ausgesehen«, murmelte er. Ein Windhauch streifte ihn im Nacken, und er drehte sich um. Doch da war nichts, lediglich ein entferntes Säuseln, ganz am Rande seiner Wahrnehmungskraft. Klagend und lockend flaute eine Melodie auf und ab.

Kayne erschauerte und legte seine Hand ans Schwert. Was stimmte nur nicht mit diesem Palast? Weshalb fühlte er sich die ganze Zeit beobachtet? Schritt für Schritt und mit aufmerksamen Blicken ging er zurück zu ihrer Unterkunft. Ein Geräusch alarmierte ihn, er schlich um die Ecke, sein Schwert griffbereit in der Hand. Nichts. Er ging langsam weiter, doch da hörte er, vermutlich nur dank seiner geschärften Zauberersinne, ein Tapsen auf dem steinernen Boden. Rasch drückte er sich in einen Seitengang und spähte um die Ecke. Es dauerte nicht lange, bis zwei Buggane erschienen. Bei näherem Hinsehen entdeckte Kayne, dass einer von ihnen ein Tablett mit Algen trug, der andere einen Eimer, aus dem mehrere Lappen hingen. Ihr Gebrabbel konnte er erst verstehen, als sie direkt an ihm vorüberschlurften.

»Die Herrin, die Herrin, sie ist so schön.«

»Das ist sie, schön und anmutig.«

»Wird sie wieder einen von uns segnen?« Der linke Buggane blickte über die Schulter, dann antwortete er in einer zischenden, grollenden Sprache, die Kayne nicht verstand.

Ob das die Sprache der Buggane ist?, überlegte Kayne. Bislang hatte er sie nur in Elfenworten sprechen hören. Abgehackt und wenig melodisch klangen diese pelzigen Wesen, aber sie waren stets gut zu verstehen gewesen. Hatten die kleinen Kerle gerade etwas Geheimes gesagt, oder war es Zufall, dass sie in die andere Sprache gewechselt hatten? Kayne wartete kurz ab, bevor er den beiden hinterherschlich. Wiederholt musste er sich in Ecken drücken oder blitzschnell hinter einem Pfeiler verstecken, denn die beiden Buggane wirkten nervös und blickten häufig über die Schulter. Diesem Volk haftete ohnehin eine Unruhe und Nervosität an, die sich Kayne nicht erklären konnte. Gerade eben hielt wieder einer der Buggane inne, und Kayne sprang hektisch in eine dunkle Nische. Als er gegen etwas Weiches, Warmes prallte, riss er seine Klinge hoch, um zuzuschlagen.

Wenn Kaya Ruhe suchte, saß sie meist auf der steinernen Bank vor Atorians Grab. Der Wind war heute nur eine schwache Brise, und die mächtigen Eschen, die zwischen den Grabsteinen wuchsen, spendeten an diesem warmen Sommertag Schatten. Den Kopf in die Handflächen gestützt beobachtete Kaya einige Baumgeister, winzige grüne Wesen, die man auf den ersten Blick für fallende Blätter halten konnte. Sie spielten im lauen Wind und ließen sich in den Luftströmungen treiben, bevor sie erneut im Astwerk verschwanden. Manchmal fragte sich Kaya, ob sie diese Elementarwesen deshalb wahrnehmen konnte, weil sie häufig mit Magiekundigen wie Nordhalan, Aramia oder Dimitan zu tun hatte, oder ob es nicht erst seit ihrer Vermählung mit Atorian im Kreis der Seelen der Fall war. Damals war etwas mit ihr geschehen. Vielleicht war ein Teil der Magie auf sie übergegangen und hatte ihre Sinne geschärft. Weit in der Ferne zogen zwei Drachen am Himmel vorbei, und für einen Moment beneidete Kaya diese freien Wesen. Rechts von ihr knirschte der Kies, und Kaya wurde Sareds aufrechter Gestalt gewahr. Als sie aufblickte, blieb der Hauptmann stehen und wollte wohl schon wieder umkehren.

»Sared, kommt nur näher«, rief sie, auch wenn sie gerne noch ein wenig Zeit für sich gehabt hätte.

»Königin Kaya!« Er salutierte, und als sie mit der Hand auf die

Steinbank klopfte, zog er für einen winzigen Augenblick seine rechte Augenbraue hoch. Dann legte er seinen Schwertgurt ab und setzte sich neben sie.

»Habt Ihr mich gesucht?«, wollte sie wissen.

»Zauberer Dimitan möchte Euch sprechen. Doch ich kann ihm sagen, Ihr seid beschäftigt, wenn Ihr allein sein wollt.«

»Schon gut, Sared. Sicher geht es wieder um den Ausbau seiner Alchemistenkammer«, seufzte sie und rieb sich die Schläfen. »Er möchte mehr glimmende Kristalle und Moose aus dem Unterreich erwerben und dem Geheimnis ihrer Vermehrung auf die Spur kommen.«

»Was erhebliche Kosten verursacht«, meinte Sared.

Doch Kaya winkte ab. »Das ist im Augenblick meine geringste Sorge.«

Sie spürte den Seitenblick des Hauptmanns, und als sie den Kopf drehte, sah sie in sein markantes Gesicht mit der aristokratischen Nase und dem Kinnbart.

»Plagen Euch Sorgen?«, wagte er nun zu ihrer Überraschung zu fragen. Meist hielt sich Sared sehr im Hintergrund, wartete stets, bis sie von sich aus zu sprechen begann. Aber vielleicht hatte heute ihr Gesicht verraten, was sie fühlte.

»Toran, seine Trauer, die Schwierigkeiten mit den Nebelhexen, die Adligen, die ich gegen mich aufgebracht habe, und dann auch noch die Zwerge!«

Der Hauptmann nickte ernst. »Ihr habt eine schwere Last zu tragen – und das ganz allein.«

»Könnt Ihr Euch noch an Atorian erinnern?«, fragte Kaya unvermittelt.

»Ich war ein junger Mann«, erwiderte Sared. »So wie alle Soldaten von Northcliff habe ich ihn bewundert. Ich kann mich daran erinnern, wie er im Dämonenkrieg kämpfte. Unerschrocken, leidenschaftlich – so wie Ihr.«

Kaya lächelte zögernd, dann schüttelte sie den Kopf. »Ich frage mich, ob er mit dem einverstanden wäre, was ich tue.«

»Selbstverständlich!«, behauptete Sared.

»Wirklich? Ich versuche, König Hafran ruhigzustellen. Aber wer sagt mir, dass er nicht erneut versuchen wird, die Nordzwerge unter Druck zu setzen?«

»Niemand«, antwortete Sared nüchtern, und Kaya blickte ihn mit zusammengezogenen Augenbrauen an. Er räusperte sich. »Verzeiht.«

»Nein, Ihr habt recht. Es wird wohl immer Spannungen zwischen den beiden Zwergenreichen geben. Sie haben sich einfach zu unterschiedlich entwickelt.«

»Nun, meine Königin«, begann Sared, doch da näherte sich mit energischen Schritten Lord Petres. Sofort hielt er auf sie zu, als er sie entdeckte, und stellte sich herausfordernd vor Sared, der jedoch keine Anstalten machte, sich zu erheben. Zwar halten sie beide den Rang eines Adligen inne, doch ging Petres wohl davon aus, dass ihm der Platz neben Kaya gebührte. Um einer Konfrontation zu entgehen, erhob sich Kaya, und Sared tat es ihr gleich.

Lord Petres verneigte sich und küsste Kaya die Hand. »Ich wollte Euch fragen, ob Ihr mich an diesem schönen Tag nach Culmara begleiten wollt. Aber wie ich sehe, seid Ihr beschäftigt.« Abschätzig glitt sein Blick über Sared, der wieder seine unnahbare militärische Miene aufgesetzt hatte.

»Wir sprachen über die Zwerge.«

»Wahrlich eine Plage«, stöhnte der Lord.

»Edur und seine Freunde liegen mir sehr am Herzen«, stellte Kaya klar.

»Selbstverständlich, ich meinte nur …«

»Die Nordzwerge sind sehr viel offener, unabhängiger und den Menschen und Dunkelelfen mehr zugetan, als ihre Verwandten in Hôrdgan. Sehr bedauerlich, dass sie so von Hafran abhängig sind. Aber der ist nun einmal der rechtmäßige König«, fiel ihm der Hauptmann ins Wort, woraufhin Lord Petres ihn anfunkelte.

»Das ist in der Tat sehr schade«, stimmte Kaya zu, was Lord Petres, der Sared gerade noch verächtlich angeblickt hatte, nun zu einem zustimmenden Nicken animierte.

»Sie sollten sich selbst regieren«, rief der Lord aus. »Vielleicht gar … einen eigenen König wählen und ihr Nordreich für sich haben.«

»Hafran wäre begeistert von Eurem Vorschlag«, erwiderte Sared nur trocken.

Schon holte Lord Petres zu einer Entgegnung aus, aber Kaya legte ihre Hand auf seinen Unterarm. »Wartet!« Sie dachte kurz nach, und in ihrem Kopf nahm eine Idee Form an. »Selbstverständlich könnten die Nordzwerge nicht einfach ihre Unabhängigkeit erklären, ohne Hafran aufs Äußerste zu erzürnen. Aber wenn wir geschickt vorgehen, zu unserem Wort stehen, dass wir weiterhin Geschäfte mit Hôrdgan machen und den Nordzwergen Gold leihen, damit sie Hafran das Land im Norden abkaufen, könnten wir sicher auf lange Sicht einen Krieg verhindern. Ich denke, es wäre auch besser, Hafran nicht zu verkünden, dass die Nordzwerge einen König wählen – man sollte es eher einen Anführer oder Verwalter des Nordreiches nennen.«

»Königin Kaya, wie stets zeugen Eure Einfälle von großer Weitsicht!« Erneut nahm Petres ihre Hand und drückte einen inbrünstigen Kuss darauf. »Lasst mich einen Boten zu Edur schicken. Sollen die Zwerge entscheiden, ob sie Euer großzügiges Angebot annehmen wollen. Wenn sie einen Anführer gewählt haben, könnt Ihr ihn gebührend mit einem Fest empfangen. Das wird die Lords und Ladys von Albany erfreuen.«

»Was selbstverständlich von größter Bedeutung ist«, murmelte Sared, jedoch so laut, dass auch Petres es hörte.

»Die Unterstützung des Volkes ist für jeden König wichtig!«

»Das ist richtig.« Sie lächelte Sared beruhigend zu, dann seufzte sie tief. »Nach der furchtbaren Sache mit den Nebelhexenmorden täte mir ein wenig Unterstützung aus dem Volk gut.«

»Wie gut, dass Euer Sohn den Täter zur Strecke gebracht hat.«

Petres verneigte sich zu Atorians Grabstein hin. »Sein Vater wäre mit großem Stolz erfüllt, könnte er ihn sehen.«

Petres übertrieb es mal wieder mit seiner Lobhudelei, das war auch Kaya klar, aber vor allem lag es wohl daran, dass er versuchte, Sared auszustechen. Schon immer hatte er dem einige Sommer und Winter jüngeren Mann seine Position geneidet. Vermutlich wäre er sogar selbst gerne Hauptmann geworden.

»Lord Petres, ich schicke einen Botenvogel zu Edur«, erklärte sie und wandte sich anschließend Sared zu. »Hauptmann, bittet Dimitan um Geduld, denn wenn wir Hafran das Land im Norden abkaufen wollen, wird er tatsächlich mit seiner Alchemistenkammer noch eine Weile warten müssen.«

Kapitel 14
Geheimnisvolle Begebenheiten

Der Nachtwind kühlte Torans Wangen. So wie häufig stand er an der Westmauer und blickte auf das Meer hinaus. Mond und Sterne, immer wieder verdeckt von Wolken, zauberten die unterschiedlichsten Lichtreflexe auf das heute ungewöhnlich stille Meer. Die Beratungen im Thronsaal hatten wegen des Zwergenproblems mal wieder bis weit in die Nacht angedauert. Der Vorschlag seiner Mutter war für Toran überraschend gekommen, doch bei genauerem Nachdenken war es nicht einmal so abwegig, wenn die Nordzwerge ihr eigenes Königreich gründeten. Selbst die meisten Adligen, die sich in Northcliff befanden und bei wichtigen Fragen mitentschieden, waren nicht abgeneigt gewesen, den Zwergen Gold und Silber zu leihen, wenn sich so tatsächlich ein Krieg vermeiden ließ. Die Zwerge des Nordreichs brauten hervorragendes Bier und Morscôta, zudem verstanden sie sich auf den Bau von Schiffen. Sie würden ihre Schulden gegenüber den Menschen begleichen. Von jeher war Hafran gierig gewesen, und der Kauf des Landes würde die Abgaben, welche die Zwerge aus dem Norden ihm leisteten, auf lange Sicht mehr als aufwiegen.

Doch nicht nur um die Zwerge war es an diesem Abend gegangen. Lharina war nach Northcliff gekommen, um zu erfahren, ob es Neuigkeiten aus der anderen Welt gab. Noch war keine Nachricht von Nordhalan und den anderen eingetroffen, aber während Kaya zur Ruhe gemahnt hatte, war Lharina der Auffassung gewesen, bald weitere Zauberer und Elfen durch das

Portal schicken zu müssen. Hauptmann Sared und Lord Petres waren sich mal wieder in die Haare geraten, weil einer den anderen beschuldigt hatte, nicht den Mut zu besitzen, gegebenenfalls durch das Portal zu reisen. Besonders Lord Petres hatte lautstark verkündet, er würde sich nicht scheuen – ob er es tatsächlich tat, stand in den Sternen, denn der Zauberei stand er schon immer kritisch gegenüber. Toran war unschlüssig, ob er selbst gehen wollte. Lag seine Aufgabe möglicherweise in der anderen Welt? Würde ihn das endlich von seiner Trauer ablenken? Wie mochte es Kayne und Leána im Elfenreich ergehen? Mittlerweile tat ihm leid, was er seiner Cousine bei Siahs Trauerfeier an den Kopf geworfen hatte. Ein Teil von ihm gab ihr allerdings nach wie vor die Schuld, auch wenn er genau wusste, dass er damit seine eigenen Schuldgefühle verdrängen wollte. Ruckartig wandte er sich ab, um in die Burg zurückzugehen, da erkannte er im Mondlicht eine schlanke Gestalt, die auf einer der inneren Mauern saß und ihr Schwert polierte.

»Jel«, rief er leise und ging zu ihr.

Die Dunkelelfe nickte ihm zu, ohne mit ihrer Arbeit innezuhalten.

»Kannst du auch nicht schlafen?«

Weiße Zähne blitzten, als sie lächelte. »Ich bin ein Wesen der Nacht, nur selten nutze ich diese Zeit, um Ruhe zu finden.«

»Auch wieder wahr«, murmelte Toran, dann lehnte er sich müde gegen die Mauer.

»Könntest du dir vorstellen, Albany zu verlassen?«

»Möchtest du nach Anmhorán?«, erkundigte sich Jel verwundert.

»Nein.« Toran verschränkte die Arme vor der Brust. Die ehemalige Insel der Riesen im Südwesten, auf der sich nach dem Dämonenkrieg einige Familien angesiedelt hatten, hatte er nicht im Sinn. »Lharina ist nervös und ungeduldig und überlegt, weitere Elfen durch das Portal zu schicken.«

Die junge Dunkelelfe sprang von der Mauer herab, legte ihr

Schwert sorgfältig darauf ab und atmete tief durch. »Durch jene Welt zu reisen, in der dein Onkel Darian gelebt hat, und durch ein magisches Portal ins Elfenreich gelangen – das birgt Gefahren, aber auch einen gewissen Reiz. Vielleicht gibt es dort auch Vertreter meines Volkes.«

»Dann würdest du gehen?«

»Sofern Dun und Xin'Righal mich dorthin entsenden – ja.« Sie legte eine kurze Pause ein. »Oder wenn meine Freunde mich brauchen.« Dabei sah sie ihn mit ihren katzenhaften Augen an, und Toran bohrte unruhig mit der Fußspitze in der Erde herum.

Sicher spielte sie auf seine Probleme mit Leána an.

»Nordhalan hat noch keine Nachricht geschickt. Daher werden sie auch keine Hilfe benötigen. Gute Nacht, Jel.« Jäh drehte sich Toran um und ging zurück zur Burg. Der Gedanke, sich einer Elfenexpedition anzuschließen, wurde jedoch drängender.

»Verhalte dich ruhig, Kayne.«

Im letzten Moment hielt Robs leise Stimme Kayne davon ab, zuzuschlagen oder seine Magie gegen ihn einzusetzen.

»Verdammter Drache, was tust du denn hier?«, presste er wütend hervor.

»Mein Name ist Robaryon, schließlich nenne ich dich auch nicht *verdammter Mensch*.« Rob streckte seinen dunklen Haarschopf in Richtung Gang und nickte dann. »Im Übrigen könnte ich dich das Gleiche fragen.«

Kayne knirschte mit den Zähnen. Auch wenn er sich jetzt etwas besser mit Rob verstand, provozierte ihn dessen Art immer wieder. Selbst im Dunkeln konnte er Robs intensiven Blick spüren. Doch nun wurde dessen Stimme deutlich freundlicher.

»Ich sehe mich ein wenig um. Dieser Palast birgt seine Geheimnisse, denkst du nicht?«

»Doch«, stimmte Kayne widerwillig zu. »Konntest du etwas Spektakuläres herausfinden?«

Rob ging auf seinen ironischen Tonfall nicht ein, sondern

fasste ihn am Arm und drängte ihn in die Richtung, aus der Kayne zuvor gekommen war. »Mag sein.«

»Wohin willst du?«, fragte Kayne unwirsch.

»Dir etwas zeigen.«

Was hatte dieser Drache vor? Hatte er am Ende etwas herausgefunden, was Kayne entgangen war? Das würde ihm überhaupt nicht gefallen.

Raschen Schrittes führte Rob ihn durch den leeren Palast, bog irgendwann in einen finsteren Gang ein und warnte: »Dort kommen Stufen.«

Kayne verlangsamte seinen Schritt und tastete sich vorsichtig voran, bis sie einen schmalen Gang erreichten, der von blaugrauen Kristallen spärlich beleuchtet wurde.

»Was ist hier unten?«

Ungeduldig bedeutete Rob ihm weiterzugehen. »Vor zwei Nächten habe ich die Treppe entdeckt, als ich Eriyane und ihrem eigenartigen Sohn gefolgt bin.«

Kayne hatte gar nicht mitbekommen, dass Rob sich nachts davongeschlichen hatte, und nun ärgerte er sich darüber, nicht schon längst selbst auf die Suche gegangen zu sein.

»Letztes Mal habe ich es nicht gewagt weiterzugehen, weil man sich hier kaum verbergen kann.« Rob drehte seinen Kopf von rechts nach links, und als unverhofft ein Windhauch durch das Gemäuer strich, legte er eine Hand an die Lippen.

»Was?«, fragte Kayne, aber der Drache in Menschengestalt schüttelte den Kopf. Nachdem der Wind versiegt war, neigte er seinen Kopf dicht zu Kayne heran. »Kannst du diesen Schutzzauber wirken, den Nordhalan dich gelehrt hat?«

»Natürlich kann ich das«, blaffte Kayne ihn an. »Nur wozu soll der jetzt gut sein?«

»Ich bitte dich, wirke den Zauber«, drängte Rob.

Kayne konnte sich auf Robs eigenartiges Verhalten keinen Reim machen. Wollte der Drache ihn prüfen? Spielte er ein seltsames Spiel? Auch wenn er aus purem Trotz nicht tun wollte, was Rob von ihm verlangte, zwang er sich, nicht kindisch zu sein, konzentrierte sich und spürte, wie Magie ihn durchfloss und jede Faser seines Körpers ausfüllte. Seine Fingerspitzen begannen zu kribbeln, dann errichtete er nach und nach jene undurchdringliche Mauer um sie beide, ähnlich einer schützenden Kuppel.

»Hervorragend, Kayne«, lobte Rob, und das Lächeln wirkte sogar ehrlich und beeindruckt.

Trotzdem wollte Kayne sich nicht täuschen lassen. »Also, was ist und wozu der Aufwand?«

Rob drehte sich kurz um. »Dieser Wind, hast du nicht manchmal den Eindruck, er ist anders, als man ihn kennt? Dichter, bedrohlicher. Beinahe als …« Rob zögerte. »Als hätte er ein eigenes Wesen und würde eine seltsame Melodie in sich tragen?«

Verwirrt sah Kayne ihn an. Jetzt, da Rob es aussprach, konnte er dem eigentlich nur zustimmen. Der allgegenwärtige Wind war lästig, selbst wenn man an der Küste von Northcliff aufgewachsen war. Doch hier war es anders, und diese gelegentlichen Windböen in eigentlich geschützten Winkeln waren auch Kayne schon aufgefallen.

»Mag sein«, gab er daher zu.

»Ich halte es für klug, Vorsicht walten zu lassen.« Rob schritt weiter voran, und Kayne erhielt den Schutzbann aufrecht, denn der Drache fuhr fort.

»Heute Nacht habe ich am Ende dieses Ganges eine verschlossene Tür vorgefunden. Und nachdem letztes Mal Eriyane und Gharion nicht wieder zurückgekommen sind, gehe ich davon aus, sie haben sie durchschritten.«

»Und du möchtest nachsehen, was sich dahinter verbirgt«, schlussfolgerte Kayne.

»Da im oberen Teil des Palastes alles offen und frei zugänglich ist, würde mich durchaus interessieren, was Eriyane hier einoder wegschließt.«

»Vielleicht ist es die Schatzkammer«, überlegte Kayne und

drehte sich voller Unbehagen um. »Falls sie uns erwischen, könnte es übel für uns ausgehen.«

»Wenn ich mir ihren sogenannten Palast ansehe, glaube ich kaum, dass sie noch über Schätze verfügen«, wandte Rob ein.

»Gold kann man nicht essen«, widersprach Kayne. »Und sofern es in dieser Welt niemanden gibt, der es gegen etwas anderes eintauschen kann, ist es nutzlos.«

»Damit hast du recht, aber in diesem Fall würde uns auch niemand dafür verurteilen, da es ohnehin wertlos ist.«

»Seltsame Logik«, grummelte Kayne und drückte gegen die Tür.

Zu ihrer beider Überraschung öffnete diese sich lautlos und ohne Schwierigkeiten.

»Also eher keine Schatzkammer.« Kayne beobachtete Rob, der seinen Oberkörper durch den Spalt schob.

»Ein dunkler Gang. Ich werde nachsehen, wohin er führt.«

»Was ist, wenn jemand kommt?«, wandte Kayne ein.

»Die Tür ist nicht verschlossen, niemand hat uns gesagt, dass wir bestimmte Teile des Palastes nicht betreten dürfen.« Rob drehte sich noch einmal zu Kayne um, und seine weißen Zähne blitzten auf, als er lächelte. »Du kannst an der Treppe warten und mich warnen, falls jemand kommt.«

»Und was soll das bitte bringen?«, schimpfte Kayne. »Wie du selbst gesagt hast, kann man sich nirgends verbergen, und ich kann dir auch kaum eine Warnung durch den ganzen Gang zuschreien.«

Für einen Moment runzelte Rob die Stirn. »Was ist mit deinen Zauberkräften? Kannst du mich nicht durch Magie warnen?«

»Ich bin kein ausgebildeter Zauberer«, entgegnete Kayne abweisend.

»Wenn ich mich daran erinnere, wie du mich durch den Angriffszauber auf Dymoros gerettet hast, würde ich sagen, du bist ein ausgebildeter Zauberer – oder hast zumindest großes Talent.« Mit den seltsam intensiven Augen blickte Rob Kayne forschend an, aber er hatte keine Lust, dem Drachen persönliche Dinge anzuvertrauen. »Ich spüre große Magie in dir, Kayne«, fügte er jetzt auch noch hinzu.

Um das Ganze zu beenden, ließ Kayne eine winzige, bläulich schimmernde Kugel über seiner Hand entstehen. »Die kann ich dir hinterherschicken. Aber ich bin nicht sicher, ob sie dich auch erreicht und ob du dich im Notfall irgendwo verstecken könntest.«

»Gut, ich bleibe nicht lange.« Schon war Rob verschwunden.

»Verrückter Kerl, hoffentlich geht das auch gut«, grummelte Kayne vor sich hin. Gegen seinen Willen ertappte er sich dabei, dass er sich Sorgen um Rob machte. Aber er war nun mal einer seiner Gefährten, hatte sich bislang nichts zuschulden kommen lassen, und Leána liebte ihn, ob es ihm nun gefiel oder nicht.

Kayne ging zur Treppe zurück und spähte hinauf, lauschte aufmerksam auf verdächtige Geräusche. Er war gespannt, ob Rob etwas herausfinden würde, und hoffte gleichzeitig, er käme bald zurück, denn eine schlüssige Erklärung, was sie hier unten taten, hätte er nicht parat, falls ihn einer der Elfen entdeckte.

Für Kayne war es schwierig, die Zeit zu messen. Er hatte das Gefühl, eine Ewigkeit würde vergehen, war sich jedoch bewusst, dass das auch bloße Einbildung sein konnte. Um sich die Warterei zu vertreiben, setzte er sich auf die unterste Stufe und begann mit einfachen magischen Übungen. Er war nervös, weil er befürchtete, entdeckt zu werden, aber nach und nach gelang es ihm, ein Mindestmaß an Ruhe zu finden, ohne die Treppe aus dem Blick zu lassen. Bald konnte er eine winzige silberblaue Kugel über seiner Hand entstehen lassen, die er mal hierhin, mal dorthin schweben ließ. »Ich hätte wirklich mehr schlafen sollen«, brummte er vor sich hin, gähnte und verschränkte die Hände vor der Brust. Die magische Kugel ließ er in der Luft schweben, denn sie spendete ein wenig Licht und Trost in diesem dunklen, ungemütlichen Gang.

Sein Kinn sackte auf die Brust, und um ein Haar wäre er eingenickt, zuckte jedoch zusammen, als ihn ein kühler Windhauch berührte. Kayne sprang auf. Es war wieder jener seltsame Wind, doch hier unten sollte eigentlich kaum ein Luftzug zu spüren sein. So als würden winzige Wesenheiten ihn berühren, umschmeichelte ihn der Lufthauch. Waren das Windgeister? Zauberern gelang es häufig, Elementarwesen wahrzunehmen, aber diese hier, so es sich um Windgeister handelte, waren anders als in Albany. Beinahe hatte Kayne das Gefühl, sie würden an ihm zerren, wieder glaubte er, leise Stimmen darin hören zu können. Und urplötzlich war der Spuk vorbei, die Brise verschwunden. Kayne atmete auf, aber eine seltsame Unruhe befiel ihn, und so stieg er hinab zu der Tür, hinter der Rob verschwunden war.

»Rob«, rief er mit gedämpfter Stimme und schickte vorsichtshalber die magische Kugel hinter ihm her. Das Gefühl, hier verschwinden zu müssen, wurde mit jedem Atemzug drängender. Bange Momente vergingen, und ob seine Warnung Rob erreicht hatte, konnte Kayne nicht sagen. Die kleine Kugel war verschwunden, verschluckt von alles verschlingender Dunkelheit. Unschlüssig, was er tun sollte, verharrte er eine Weile, lauschte und hoffte auf Robs Rückkehr.

»Jetzt beeil dich doch!«, schimpfte er leise vor sich hin, rannte zur Treppe, lauschte angespannt und ging wieder zur Tür.

Wo im Namen der Götter blieb Rob? Kayne war sich nicht sicher, wie weit solch eine magische Kugel fliegen konnte, bevor sie zerplatzte. Außerdem stellte sich ihm die Frage, ob tatsächlich Gefahr drohte. Andererseits war Rob schon seit geraumer Zeit verschwunden, und so entschloss sich Kayne schließlich, ihm zu folgen.

»Das tue ich nur für dich, Leána«, grummelte er. »Von mir aus könnte der Kerl bleiben, wo die Sumpfnyaden ihre Beute verschlingen.« Dies war einer von Tenas Lieblingsflüchen gewesen, und Kayne musste schmunzeln, als er an seine einstige Geliebte dachte. Verliebt war er nicht mehr in sie, aber sie hatte ihn sowohl zum Mann gemacht als auch in Zauberei unterrichtet, wofür er ihr dankbar war. Er schlüpfte durch die Tür, vergewisserte sich, dass sich der Riegel auch von innen öffnen ließ, dann eilte er durch den hallenden, stockdunklen Gang. Er beschwor eine kleine Lichtkugel über seiner Hand. Von Rob war keine Spur zu sehen. Seitengänge zweigten nicht ab, der Weg führte stetig bergab. An den Wänden konnte er Reste von steinernen Halterungen entdecken. Sicher hatte es hier einmal glimmende Edelsteine oder zumindest Fackeln gegeben. Die Wände waren kunstvoll bemalt mit Bildern von Drachen, bewaldeten Berghängen und sprudelnden Flüssen. Zu gerne hätte sich Kayne die Zeit genommen, alles genau zu betrachten, aber er eilte voran. Käme ihm hier jemand entgegen, gäbe es kaum eine Möglichkeit, sich zu verbergen. Nur hier und da zeigte sich eine Vertiefung im Fels, kaum groß genug, dass sich ein erwachsener Mann darin verstecken konnte.

»Was mache ich hier eigentlich?«, fragte er sich und blieb ruckartig stehen, als er seine magische Kugel entdeckte, die, nun nur noch schwach glimmend, vor einer mehr als zwei Mann hohen Tür aus kräftigen Holzbohlen schwebte. Der Riegel war zurückgeschoben, also war Rob vermutlich hindurchgegangen.

Mit einer Handbewegung brachte Kayne die Kugel zum Erlöschen und zog an dem Griff aus verschlungenem Messing. Überraschend leicht ließ sich die Tür öffnen, und er trat in einen sehr viel breiteren Gang. Ein kühler Wind ließ ihn frösteln. Hier herrschte schummriges Licht, dessen Ursprung er nicht erkennen konnte. Der Untergrund war feucht und schlüpfrig. Kayne schritt langsam voran und erreichte bald eine Grotte, in deren Mitte ein blauer Kristall pulsierte und den Raum ausleuchtete. Teile der Grotte waren eingestürzt, aus dem Stein gehauene Stützpfeiler und Statuen lagen auf der Erde. Vor langer Zeit musste hier ein Feuer getobt haben, denn einige Wände waren verkohlt, zudem entdeckte er tiefe Rillen im Gestein und zwar dort, wo der Gang zur Tür führte. Gerade untersuchte

Kayne einen steinernen Baum, um den sich ein Drache wand, als er eine leise Stimme vernahm, anschließend Schritte.

»Kayne!«

Seine Hand fuhr zum Schwert, aber zum Glück erkannte er kurz darauf Robs schlanke Gestalt. Der dunkelhaarige Mann kam aus einer der finsteren Ecken auf ihn zugeeilt, sein Gesicht wirkte angespannt.

»Hast du die Tür offen gelassen?«, rief er schon aus einiger Entfernung.

»Ich habe sie nicht verriegelt.«

»Einen Keil hast du nicht hineingesteckt, damit sie nicht ganz zufällt?«

»Nein, weshalb sollte ich?«

Rob trat mit dem Fuß gegen einen Stein, der mit lautem Krachen gegen den Kristall polterte und ein Stück davon abbrechen ließ.

»Dann sind wir gefangen!«

Entsetzt starrte Kayne von Rob zurück zur Tür. »An der Innenseite befindet sich ein ähnlicher Griff wie außen.«

»Das weiß ich.« Rob ließ sich auf einen der umgefallenen Pfeiler sinken und stützte den Kopf in die Hände. »Ich wollte zurückkehren, aber ich war nicht in der Lage, die Tür zu öffnen.«

»Was?« Kayne wollte schon zurücklaufen, aber Rob hielt ihn an seinem Hemd fest.

»Das hat keinen Sinn. Ich habe es mehrfach versucht. Lass uns einen anderen Weg hinaus suchen.«

»Hervorragend«, schimpfte Kayne. »Niemand weiß, wo wir sind. Wir könnten hier unten verrotten, bis uns jemand findet.«

»Unsere Freunde werden uns spätestens beim Frühstück vermissen«, entgegnete Rob gelassen. »Zudem endet jeder Gang irgendwo. Wir werden sicher hinausgelangen. Elfen sind nicht unbedingt bekannt dafür, in weitläufigen Tunnelsystemen zu hausen.«

»Sind sie nicht«, gab Kayne zu und folgte Rob, als dieser zielstrebig die Grotte durchquerte. »Dennoch ähneln die Elfen Sharevyons denen von Albany kaum.«

»In dieser Sache muss ich dir zustimmen.«

Schweigend gingen sie weiter, bis Kayne das Wort ergriff.

»Sind dir die verkohlten Wände und die Risse aufgefallen?«

»Ja, und beinahe hege ich den Verdacht, dass hier einmal ein Drache gefangen war.«

Kayne stieß die Luft heftig aus. »Es könnte sich tatsächlich um Kratzspuren handeln. Nur wie kam der Drache hier herein? Weshalb hielt man ihn gefangen? Und Knochen habe ich auch nicht entdeckt.«

»Woher soll ich das wissen?«, erwiderte Rob ungeduldig. »Es ist auch lediglich eine Theorie, Kratzer und Feuer können einen anderen Ursprung haben.«

Eine ganze Weile dachte Kayne über diese Sache nach. So versessen, wie Eriyane auf Drachen war, könnte es doch sein, dass sie einen gefangen und hier versteckt gehalten hatte – vielleicht sogar, um ihn vor der Seuche zu bewahren und Sharevyon zu retten. Oder auch aus ganz anderen Gründen. Er wusste es nicht.

Am Ende der Grotte zweigten zwei Gänge ab, ein sehr schmaler und einer, der gut und gerne zehn Schritte maß.

»Hier hätte selbst ich in meiner wahren Gestalt durchgepasst«, stellte Rob fest.

»Glaubst du …«

»Ich habe nicht die Spur einer Ahnung, was es mit diesem Palast auf sich hat. Vielleicht würde ich es herausfinden, wenn ich mich verwandle.«

»Das ist nicht dein Ernst!«

»Weshalb nicht? Es würde zumindest für Verwirrung sorgen, sollten wir auf Elfen treffen.«

»Sehr lustig, Rob.«

»Keine Sorge, junger Zauberer, hier in den Tiefen des Berges kann ich mich nicht verwandeln. Mir fehlen Mond und Sterne, sie sind vermutlich Teil meines Fluches.«

Sie entschieden sich für den breiteren, in Dunkelheit liegenden Gang. Erneut erschuf Kayne eine kleine magische Kugel, die vor ihnen herschwebte.

»Das ist beeindruckend«, stellte Rob fest, und als Kayne ihn misstrauisch beäugte, konnte er erneut nur ehrliche Bewunderung erkennen, keinen Spott.

»Das ist normalerweise für mich keine Kunst, selbst wenn ich nicht richtig ausgebildet bin. Hier in Sharevyon kostet es mich allerdings mehr Kraft als in Albany.«

»Das kann ich mir vorstellen.« Rob seufzte tief. »Ich frage mich, ob es mir überhaupt gelingen würde, meine Drachengestalt anzunehmen.«

Robs Worte hatten sehr sehnsüchtig geklungen.

»Kannst du eigentlich im Dunkeln sehen?«, wollte Kayne wissen.

»Besser als ein normaler Mensch, jedoch nicht so gut wie Dunkelelfen. Daher ist deine Lichtkugel durchaus willkommen.«

Während sie dem hallenden Gang folgten, sprachen sie leise über Sharevyon, seine eigentümlichen Bewohner und darüber, wofür die Elfen wohl diese unterirdischen Wege benutzten. Einige Male taten sich kleinere oder größere Grotten auf, manchmal zweigten auch Gänge ab, die sie jedoch nicht betraten, da diese weiter bergab führten. Diese Möglichkeit wollten sie sich für den Fall offen lassen, dass sie mit dem Hauptgang nicht weiterkamen.

»Wir werden nur immer tiefer ins Innere des Berges geführt«, stellte Kayne irgendwann fest. »Wir sollten besser umdrehen und …«

»Warte, dort vorne ist Licht«, unterbrach Rob ihn.

Zunächst dachte Kayne, Rob hätte sich geirrt, aber als er die magische Kugel erlöschen ließ und sich seine Augen an die Finsternis gewöhnt hatten, entdeckte er tatsächlich einen Schimmer Helligkeit.

Vorsichtig tasteten sie sich voran. Rob machte den Anfang und warnte Kayne vor Unebenheiten. Bald konnte er einen leichten Windhauch spüren, am Ende des Tunnels fiel ein wenig Sternenlicht zu ihnen herein. Sie betraten eine steinerne Balustrade. Unter ihnen lag ein verlassener Hof, beschienen von dem rötlichen Licht des Mondes. Bei genauerer Betrachtung wirkte der Hof wie das Ende eines Kamins. Hunderte von Fuß hoch ragten die Mauern in die Höhe.

»Ist dir aufgefallen, dass dieser Mond gar nicht den Phasen unterliegt wie in Albany oder jener Welt, in die ich verbannt war?«, fragte Rob und legte den Kopf schief.

»Du hast recht.« Schaudernd blickte Kayne hinauf zu der rötlichen Himmelsscheibe, in deren Zentrum der schwarze Kern pulsierte. Bislang hatten sie immer die volle Scheibe zu sehen bekommen. »Mag sein, dass sich dieses Himmelsgestirn anders verhält, als wir es aus Albany kennen. Hast du auch das Gefühl, die schwarze Scheibe würde mehr vom Mond verdecken als bei unserer Ankunft?«

»Jetzt, da du es erwähnst – es wäre möglich. Vielleicht schiebt sich in Sharevyon ein anderes Gestirn vor den Mond, und so entstehen Voll- und Neumond«, spekulierte der Drache.

Einträchtig beobachteten sie diese ungewöhnlichen Himmelskörper. Doch da zerrte Rob Kayne plötzlich hinter den steinernen Mittelpfosten der Balustrade.

»Was ist …« Er hielt mitten im Satz inne und spähte gebannt in die Tiefe. Nacheinander betraten sieben Elfen in prächtigen Gewändern den Hof. Er konnte sie nicht genau erkennen, glaubte jedoch, dass Eriyane unter ihnen war. Auch die anderen wirkten überraschenderweise nicht so gebeugt wie Nevira oder der Elfenherr. Allesamt trugen sie dieses ungewöhnliche weißblonde Haar. Stumm schritten sie im Kreis umher, bedächtig und langsam, bevor sie stehen blieben.

Fragend runzelte Kayne die Stirn, aber auch Rob hob nur unschlüssig die Achseln. Unvermittelt begannen die Elfen zu singen. Ein sphärischer, klagender Ton, der Kayne tief in die Seele drang. Es waren keine Worte, die er verstehen konnte, eher eine Art Summen, das jede Faser seines Körpers zum Beben brachte. Atemlos lauschte er, unfähig, sich zu rühren. Er hatte schon den Gesängen der Elfen Albanys gelauscht, etwas, das er Leána zu verdanken hatte, denn normalerweise war das schöne Volk während dieser Rituale lieber unter sich. Auch das hatte er als faszinierend empfunden, aber der Gesang dieser Elfen war noch einmal etwas anderes, hatte einen beinahe lähmenden Effekt auf ihn. Schon wollte er sich gewaltsam abwenden, doch da kam ein weiterer Elf in den Hof. Er wankte mehr, als dass er ging, war genau das Gegenteil jener im Hof versammelten Elfen. Selbst auf die Ferne konnte man seine abgerissene Erscheinung ausmachen, das glanzlose, strähnige Haar, und sein schleppender Gang erinnerte an Thylios und die meisten anderen Elfen aus dem Palast. Er stellte sich in die Mitte des Kreises und fing an zu tanzen. Schneller und immer schneller. Unbewusst trat Kayne einen Schritt näher an das Geländer der Balustrade heran. Der Gesang wurde mal lauter, mal ebbte er beinahe ab. Der Elf in der Mitte drehte sich zu der betörenden Melodie – und brach unvermittelt zusammen.

Kayne entfuhr ein Keuchen, und als er seinen Kopf umwandte, sah er, dass auch Rob weiter nach vorne getreten war und mit leicht geöffnetem Mund und aufgerissenen Augen in die Tiefe starrte.

Zwei der Elfen schleppten den Gefallenen fort, die anderen verneigten sich vor einer der weißblonden Elfen. Kayne glaubte, nur einmal geblinzelt zu haben, und plötzlich waren bis auf einen Elf alle verschwunden. Der letzte Elf, ob es Frau oder Mann war, ließ sich auf die Entfernung nicht sagen, begann erneut zu singen. Eine andere Melodie, ebenfalls ergreifend, aber dennoch klang sie in Kaynes Ohren beinahe unangenehm.

Und plötzlich war da noch etwas anderes, eine Art Ziehen in seinem Hinterkopf und das Gefühl, jemand stünde hinter ihm und würde ihn von der Balustrade fortziehen. Ruckartig drehte sich Kayne um, aber da war niemand. Das Ziehen in seinem Geist wurde stärker, und Kayne setzte dem all seine Magie entgegen, ballte die Fäuste und errichtete eine geistige Barriere – gegen was auch immer. Endlich ließ der Druck nach, wenn auch nicht vollständig. Trotzdem war Kayne angespannt, er spürte dieses Prickeln am ganzen Körper.

»Rob, lass uns gehen.« Er trat zurück und fasste Rob am Arm. Dieser zuckte zusammen, riss sich scheinbar gewaltsam vom Gesang des Elfen los und nickte. Doch auf einmal spannten sich seine Gesichtszüge an, und er sprang hektisch zurück.

»Der Elf hat direkt zu uns heraufgesehen.«

»Hat er dich erkannt?«

»Ob er mich erkannt hat, kann ich nicht sagen. Aber ich konnte seinen Blick spüren – und es war kein freundlicher.«

Kayne atmete lautstark aus. »Ich gehe davon aus, dieses Ritual, oder um was auch immer es sich handelte, war nicht für unsere Augen bestimmt.«

»Das denke ich auch. Weg hier, Kayne!«

»In welche Richtung?« Unschlüssig drehte sich Kayne von rechts nach links, und auch Rob zögerte.

»Da dieser Gang weiter hinabführt, vermute ich, er endet irgendwo in der Nähe des Hofes. Also sollten wir zurückgehen.«

»Ich dachte, die Tür lässt sich nicht öffnen.«

»Was weiß ich«, fluchte Rob, und es klang beinahe wie das Fauchen eines Drachen. »Wir nehmen einen der schmalen Seitengänge und versuchen da unser Glück.«

»Gut.« Da Kayne auch keine bessere Idee hatte, eilten sie in die Richtung, aus der sie gekommen waren. Ständig hatte Kayne das Gefühl, Blicke im Nacken zu spüren, und beschleunigte seine Schritte.

Der Widerhall ihrer Tritte klang unnatürlich laut in Kaynes

Ohren, und bald rasselte sein Atem. Außerdem nahm der Druck in seinem Kopf zu und machte ihm jegliches Denken beinahe unmöglich. An einem schmalen Seitengang hielten sie kurz an. Kayne stützte sich an der kalten Mauer ab.

»Hier hinauf?«

Unsicher spähte Rob in die Finsternis.

»Kannst du deine magische Kugel dort hinauf...?« Rob stockte, denn ein Windhauch streifte sie, säuselte um sie herum, berührte ihre Gesichter, war jedoch kurz darauf wieder verschwunden.

Unbehaglich fuhr sich Kayne über die Wange. »Was war das?«

»Ich weiß nicht, aber ... ich höre etwas.«

Kayne schloss die Augen, bemühte sich, auf das zu lauschen, was Rob zu hören geglaubt hatte, aber das war unmöglich, denn er hatte das Gefühl, ein Troll würde mit Gewalt versuchen, seinen Kopf zu zerquetschen.

Rob legte einen Finger an die Lippen. »Schritte hinter uns. Lass uns diesen Gang nehmen«, wisperte er.

»Na, dann los«, presste Kayne hervor.

Sie tauchten in den Gang ein, in dem Kaynes Schultern beinahe die Wände berührten. Zunächst führte er stetig bergab, und Kayne stolperte hinter Rob her. Nach kurzer Zeit verlief der Weg wieder bergauf, und Kayne hegte Hoffnung, dass sie sich auf dem richtigen Weg befanden.

Als Rob abrupt anhielt, prallte Kayne gegen ihn und fluchte unterdrückt.

»Ich denke, wir können es wagen, eine Lichtkugel vorauszuschicken«, flüsterte der Drache.

Kayne lehnte sich gegen die Wand und rieb sich die Schläfen. »Ich befürchte, im Moment muss es ohne Licht gehen«, würgte er hervor.

»Was ist los? Geht es dir nicht gut?«

»Mein Kopf dröhnt, seitdem ich diesen Elfengesang gehört habe. Ist es bei dir nicht so?«

»Nein, auch wenn es eigenartig war und etwas in mir berührt hat. Komm, Kayne, Nordhalan hat sicher eines von Liliths Wunderkräutern, die dir helfen.«

»Dafür müssten wir hier rauskommen. Also weiter.« Kayne biss die Zähne zusammen und tastete sich hinter Rob her. Eine magische Kugel wäre tatsächlich hilfreich gewesen. Er selbst konnte überhaupt nichts erkennen, Rob dank seiner Drachenaugen wohl zumindest Schemen erahnen. Dennoch stolperten sie annähernd blind durch die Finsternis – ohne zu wissen, was sich vor ihnen befand.

Wehre dich nicht … du musst es zulassen. Wieder und wieder hallten die Worte wie ein entferntes Säuseln durch Kaynes Geist.

»Lasst mich in Ruhe«, stöhnte er, torkelte gegen die Wand und ließ sich an Ort und Stelle auf den Boden sinken.

»Kayne!« Wie aus weiter Ferne vernahm er Robs Ruf, fühlte, wie sein Begleiter ihn an der Schulter rüttelte, aber alles war wie in Watte gepackt. Lichtblitze tanzten vor seinen Augen, und er spürte verzögert, wie er auf die Seite kippte. Er wollte nur noch eins – endlich diese grässlichen Kopfschmerzen loswerden, und so ließ er los und sank in einen Wirbel aus Farben.

Kapitel 15

Visionen und Rätsel

Ein Schimmer von Morgenlicht fiel in den Raum. Leánas Decke war verrutscht, und sie wollte sich an Rob schmiegen und noch eine Weile schlafen. Allerdings war der Platz neben ihr leer. Sie setzte sich auf, strich sich die Locken aus dem Gesicht und entdeckte Nordhalan, der unruhig auf und ab schritt.

»Guten Morgen.« Sie gähnte, streckte sich und zog sich eilig Hose und Hemd über, bevor sie aufstand.

»Wo ist Rob?«

»Er ist schon seit einer ganzen Weile fort.« Der Zauberer deutete zu Kaynes Lagerplatz. »Kayne wollte sich ebenfalls die Beine vertreten und ist nicht zurückgekehrt.«

»Sollen wir sie suchen gehen?« Eine gewisse Unruhe erfasste Leána. Eilig entwirrte sie ihre zerzausten Haare mit den Händen, dann dauerte ihr das zu lange, und sie flocht sich notdürftig einen Zopf.

»Ich hoffe nur, Rob hat keinen Blödsinn gemacht«, murmelte sie, als sie an Nordhalans Seite durch den verlassenen Gang zu dem Hauptsaal schritt, in dem sie zu speisen pflegten.

»Wie meinst du das?«

Sie sah zu dem großen Mann auf. »Er vermisst es, sich in seine wahre Gestalt zu verwandeln. Ich kann es spüren, wie er mit jedem Tag unruhiger wird.«

»Er muss sich beherrschen«, mahnte Nordhalan.

»Das ist mir klar, und Rob weiß das auch. Aber ich glaube, wir können gar nicht nachempfinden, wie schwer es für ihn ist.«

»Das mag sein.« Sie hatten den großen Saal passiert, und die Gänge gabelten sich vor ihnen. »Wir sollten uns aufteilen und sie suchen«, schlug Nordhalan vor. »Aber sobald die Sonne vollständig über dem Meer steht, treffen wir uns im Saal. Ansonsten wundern sich die Elfen.«

»Und was sagen wir, falls wir die beiden nicht finden?«

»Das werden wir entscheiden, wenn es so weit ist.«

Lichtblitze, Finsternis und ein alles verschlingendes Dröhnen. Mit einem Mal sah Kayne eine graue Scheibe mitten auf einer Lichtung im Wald. Das Innere dieser Scheibe pulsierte. Wieder zuckten Blitze, und er beobachtete, wie ein Elf ins Zentrum der Scheibe gesogen wurde, diese sich ausdehnte und Bäume, Gras und alles Getier verschlang. Was zurückblieb, war staubiges Ödland. Ein männliches Elfengesicht tauchte vor ihm auf, die Augen zu Schlitzen verengt, die Lippen fest aufeinandergepresst, und blickte ihn zornig an. Der Elf öffnete seinen Mund, schien ihm etwas zuzurufen, aber Kayne konnte ihn nicht verstehen. Dann waberte Nebel vor seinem geistigen Auge. Ein weiteres Gesicht schälte sich daraus, markant, mit einem Bart. Energische und durchdringende Augen richteten sich auf ihn. Es war ein Gesicht aus seiner Kindheit. Samukal – sein Vater.

Du darfst dich nicht dagegen wehren, Kayne. Du bist ein starker Zauberer, du kannst es weit bringen …

»Kayne!«

Jemand klatschte ihm gegen die Wange, wieder und wieder. Schließlich wurde das so lästig, dass Kayne sich durch den zähen Nebel kämpfte. Im Licht eines winzig grünen Kristalls erkannte er Rob, der ihn besorgt musterte.

»Endlich! Wie geht es dir?«

Gut, wollte Kayne sagen, aber seine Zunge klebte am Gaumen. Zumindest waren die Kopfschmerzen verschwunden, aber ihm war schwindlig, und der Versuch, sich zu erheben, misslang.

»Bleib sitzen«, riet Rob.

»Wo hast du das Ding her?«, brachte Kayne schließlich in krächzendem Tonfall heraus, wobei er auf den kleinen leuchtenden Stein deutete.

»Weiter vorne endet der Gang, dort hingen einige dieser Kristalle an der Wand.« Das waren gute Neuigkeiten, nur klang Rob resigniert. »Auch diese Tür lässt sich nicht öffnen.«

»Verflucht!« Kayne atmete tief aus. »Vielleicht können wir sie gemeinsam eintreten.«

Zweifelnd legte Rob den Kopf schief. »So wie du aussiehst, eher nicht. Was war denn mit dir los?«

»Wenn ich das nur wüsste.« Kayne konnte sich auf das alles keinen Reim machen, war jedoch froh, dass seine Kraft nach und nach zurückkehrte, selbst wenn er sich noch immer benommen fühlte.

Da Rob ihn weiterhin fragend betrachtete, erzählte er ihm von seinem eigenartigen Traum.

Rob ließ sich ihm gegenüber auf den kalten Fels sinken und zog die Beine an.

»Ich halte das eher für eine Art Vision als für einen Traum.«

»Und was soll die bedeuten?«, fragte Kayne ungeduldig.

»Das weiß ich nicht. Du bist doch der Zauberer, ich dachte, die kennen sich mit solchen Dingen aus.«

»Sehr lustig. Und ich dachte, Drachen seien die weisesten Wesen aller Welten.«

Statt zu antworten, grinste Rob nur, und das war so ansteckend, dass auch Kayne sich ein Schmunzeln nicht verkneifen konnte.

»Vorurteile beiderseits, vermute ich. Ich kann mit alldem nichts anfangen«, sagte Kayne schließlich.

Nach kurzem Schweigen begann Rob, nun wieder ernst, zu sprechen. »Leána hat mir von deinem Vater erzählt.«

Sofort spannte sich Kayne an. »Ich kannte ihn kaum«, antwortete er abweisend. »Er war ein schlechter Mensch.«

»Das glaube ich nicht. Leána hat ein gutes Gespür für andere

Wesen, und sie mochte ihn.« Rob legte die Hände auf die Knie und ließ sein Kinn darauf sinken, seine intensiven Augen, deren bläulicher Ring um die Pupille im Licht des Kristalls schimmerte, hielten Kayne gefangen.

Dennoch machte er einen erneuten Versuch aufzustehen. »Wir sollten unser Glück mit der Tür versuchen.«

»Und ich sage, du solltest dich noch eine Weile ausruhen.«

Kayne ärgerte sich, als Rob ihm nicht half, denn seine Beine knickten beinahe unter ihm weg. Er stützte sich an der Wand ab und rang nach Luft.

»Du bist ein verflucht sturer Mensch, Kayne.«

»Wenn du mich als stur bezeichnest, wirst du noch dein blaues Wunder mit Leána erleben«, antwortete er knurrend.

Rob lachte leise. »Ihr ähnelt euch, das war mir von Anfang an klar.«

In Kaynes Ohren klang das traurig, aber Robs Miene war unbewegt, als er ihn ansah.

»Setz dich, Kayne, wenn du dich erholt hast, versuchen wir, die Tür einzuschlagen.«

Auch wenn es ihm widerstrebte, musste er zugeben, dass das im Augenblick klug war, und so rutschte er an der Wand entlang wieder hinab auf den Boden.

»Du sprichst nicht gerne über Samukal«, stellte Rob fest.

»Welch große Weisheit spricht aus deinen Worten, Drache.«

Dieser ließ sich jedoch nicht provozieren, sondern verzog den Mund zu einem traurigen Schmunzeln. »Ich kenne das alles, Kayne. Die Verbitterung, die Wut, die Hilflosigkeit.«

Überrascht runzelte Kayne die Stirn, denn irgendetwas sagte ihm, dass Rob ihn nicht verspottete.

»Mein Vater war einer von denen, die mir meine erste große Liebe nahmen. Er hat auch nichts dagegen unternommen, dass sie das zweite Mädchen, dem ich mein Herz schenkte, töteten. Ich habe ihn gehasst, verflucht und letztendlich sogar umgebracht – wenn auch unabsichtlich.«

Bei diesen offenen Worten überkam Kayne eine Gänsehaut. Er hatte einiges über Rob gehört, kannte jedoch nicht seine ganze Geschichte, hatte sie bislang gar nicht hören wollen, da er den Drachen abgelehnt hatte. Aber nun war er neugierig.

»Ich weiß, wie es ist, von seinem eigenen Volk ausgegrenzt und verabscheut zu werden«, fuhr Rob nun eindringlich fort. »Ich weiß, wie es ist, anders zu sein. Du ziehst dich zurück, lässt niemanden an dich heran ...«

»... und fühlst doch stets eine Leere in dir, die dich wahnsinnig macht«, beendete Kayne leise Robs Satz.

Der nickte ihm verstehend zu. »Wir haben mehr Gemeinsamkeiten, als du denkst, Kayne.«

Leána machte sich inzwischen große Sorgen um ihre beiden Freunde – besonders um Rob. Daher ging sie hinaus ins Freie, trotzte dem kalten Wind und begab sich in den Park, der nach Osten hin zur Seeseite zeigte. Ihre Augen suchten den Himmel ab, hielten Ausschau nach einem schwarzgrünen Drachen, auch wenn sie hoffte, ihn nicht zu entdecken. Das Morgenlicht wurde immer intensiver, und Leána ergriff eine große Unruhe.

Ganz im Osten, weit am Horizont, tauchte ein Punkt auf.

»Rob«, flüsterte sie entsetzt. Was war, wenn er hinaus aufs Meer geflogen war und das Sonnenlicht ihn dazu verdammte, seine Menschengestalt anzunehmen? Sie kletterte auf die Mauer, stemmte sich gegen die Windböen und sah auf die schäumende See. Er würde ertrinken. Niemand konnte ihn dort draußen retten. Sie kniff die Augen zusammen, um mehr zu erkennen. Als die Sonne über den östlichen Horizont kletterte, hielt sie die Luft an und wagte nicht zu blinzeln, befürchtete, die Gestalt am Himmel könnte plötzlich verschwinden. Ihre Hände ballten sich zu Fäusten, aber das Wesen – wahrscheinlich handelte es sich um einen großen Vogel – drehte nach Norden ab, und Leána atmete aus. Sie sprang von der Mauer und rannte erneut zum Palast. Wo waren ihre Freunde?

Eine ganze Weile sprachen Rob und Kayne darüber, wie es war, von seinem eigenen Volk misstrauisch beäugt und nicht akzeptiert zu werden. Auch wenn Rob schon so viel länger lebte, ähnelte sich ihr Schicksal tatsächlich, und unverhofft verspürte Kayne sogar so etwas wie Dankbarkeit in sich. Er hatte zumindest Freunde – wenn auch nicht viele, aber die waren ihm wichtig und auf sie konnte er sich verlassen. Rob hingegen war eine für ihn unvorstellbar lange Zeit allein gewesen, hatte mit niemandem sprechen können, stets im Verborgenen gelebt und vorgegeben, jemand zu sein, der er nicht war.

»Ich denke, wir sollten jetzt wirklich versuchen, aus diesem finsteren Loch zu kommen«, entschied Kayne schließlich, und diesmal gelang es ihm aus eigener Kraft, aufzustehen und einige Schritte zu gehen.

»Sehr gut.« Geschmeidig sprang Rob auf und reichte Kayne den Kristall. »Geh du voran.«

Kayne hielt ihn kurz am Arm fest, bevor er den grünen Stein nahm. »Rob, du wirst Leána nicht in irgendwelche Drachenintrigen hineinziehen!«

Wieder durchdrang ihn Robs intensiver Blick, aber Kayne hielt ihm stand. Eine Weile sagte der Drache nichts, dann nickte er. »Nein, ich weiß, wie viel sie dir bedeutet.«

Kayne schnaubte nur, aber Rob ließ ihn nicht aus den Augen. »Sollte ich ihr jemals Schaden zufügen, wenn auch nur unbeabsichtigt, darfst du mich töten.« Er wand sich aus Kaynes Griff und quetschte sich nun doch an ihm vorbei. Verdutzt blieb Kayne zurück. Selbst wenn er Rob nun besser verstand, und sogar begann, ihn auf eine besondere Art zu schätzen und zu mögen, so blieb er ihm dennoch ein Rätsel.

Die seltsame Schwäche nach seinem Traum – oder seiner Vision – war erfreulicherweise verflogen. Er bemerkte, wie Rob hin und wieder über die Schulter blickte, wohl um zu prüfen, ob er tatsächlich mithalten konnte. Nach einem kurzen Marsch bergauf erreichten sie eine Tür aus schweren Holzplanken.

Zweifelnd zog Kayne sein Schwert. »Ich befürchte, da werden wir unsere Schwierigkeiten haben.«

Mit seiner Klinge drosch Kayne auf den metallenen Riegel ein. Funken sprühten, aber das Schloss hielt.

Rob nahm Anlauf, rannte gegen die Tür und hielt sich anschließend stöhnend die Schulter.

»Sie hat nicht einmal gewackelt«, grummelte Kayne. »Sicher ist es schon lange Tag, man wird uns suchen und …« Aus purem Frust zog er an dem Griff – und torkelte zurück, als sich die Tür ganz einfach nach innen öffnete. »Was hast du denn vorhin, als du zurückgekommen bist, für einen Schwachsinn erzählt, Rob? Die Tür ist nicht einmal verschlossen!«

Das erste Morgenlicht drang durch den Spalt herein. Eine kühle Brise fuhr durch den breiten Gang, als Kayne und Rob hinaustraten. Von hier aus konnte man das Stück eines verdorrten Gartens erspähen. Vermutlich befanden sie sich auf der Innenseite des östlichen Flügels, denn das Meer konnte man hier nicht rauschen hören.

»Ich konnte sie vorhin, als du halb bewusstlos im Gang lagst, wirklich nicht öffnen. Entweder hat gerade erst jemand von der anderen Seite den Riegel zurückgeschoben, oder …«, wunderte sich Rob und starrte die Tür an, dann ging er zu Kaynes Verärgerung zurück. »Ich schließe sie noch einmal.«

»Bist du verrückt?« Kayne steckte seinen Kopf durch den Spalt. »Am Ende bekommen wir sie dann wieder nicht auf.«

»An der Außenseite befindet sich ein Riegel. Kannst du ihn vor- und zurückschieben?«

Kayne versuchte es, dann nickte er.

»Gut, ich muss es wissen.«

»Rob, jetzt lass doch den …« Kopfschüttelnd beobachtete er, wie Rob die Tür von der anderen Seite zudrückte.

»So ein Irrer«, fluchte er, dann presste er sein Ohr an die Tür. »Und?«

»Es geht nicht«, vernahm er Robs gedämpfte Worte.

»Das kann doch nicht sein!« Auf das Ganze konnte sich Kayne keinen Reim machen, dann zischte er, obwohl er nicht wusste, ob Rob ihn hörte: »Da kommt jemand, ich hole dich gleich raus.« Tatsächlich näherte sich von links eine Gestalt.

Rasch stellte er sich vor eines der verblassten Gemälde an der Wand und gab vor, dieses eingehend zu betrachten. Er bemühte sich, nicht in die Richtung zu sehen, aus der die leisen Schritte ertönten. Erst als sie ganz deutlich hörbar wurden, drehte er den Kopf.

Sein Herz klopfte, denn es handelte sich um die Herrin der Elfen. Strahlend schön wie der junge Morgen, der gerade über Sharevyon hereinbrach, schritt sie geradewegs auf ihn zu. Ihr ebenmäßiges Gesicht überzog ein Lächeln.

»Ich habe mich verlaufen«, begrüßte er sie, um etwaigen Fragen vorzubeugen.

Eriyane stellte sich ganz dicht zu ihm. Ihre kühle, weiche Hand strich über seine Wange, und zunächst zuckte er zurück.

»Ein junger Zauberer, der vom rechten Pfad abgekommen ist«, sagte sie in schmeichelndem Tonfall. »Soll ich dir den Weg weisen?«

Auf einmal beschlich ihn das böse Gefühl, dass sie genau wusste, wo er gewesen war und dass er das geheime Ritual beobachtet hatte. Vielleicht war ihr sogar klar, wer sich hinter der Tür versteckt hielt.

»Was hast du denn gesucht, Kayne, Menschenzauberer?« Ihre vollen Lippen streiften sein Ohr, und, so als wäre es nicht sein eigener Körper, trat Kayne dichter zu ihr. Eine Art Summen erfüllte seinen Kopf, seine Sinne vernebelten sich.

Er wollte diese Frau, begehrte sie, wollte ihr alles sagen.

»Kayne, wo warst du denn so lange?«, riss ihn da jedoch ein Ruf zurück ins Hier und Jetzt. Ruckartig drehte er sich um und erkannte Leána, die herbeigerannt kam.

Erleichtert atmete Kayne aus, wusste plötzlich selbst nicht

mehr, was in ihn gefahren war. Ein Blick zu Eriyane zeigte ihm nur ihr lächelndes Gesicht, doch glaubte er eine Spur von Wut in ihren faszinierend grünen Augen zu entdecken.

»Ich hatte mich verlaufen«, wiederholte er und fasste Leána eilig am Arm.

»Wo ist …«, setzte sie an, doch er zischte: »Sag nichts!«

Seine Freundin verstummte, warf einen Blick zurück auf die Elfe.

»Findet ihr allein zurück?«, erkundigte sich Eriyane höflich. »Ich hoffe, wir sehen uns bald beim morgendlichen Mahl.«

»Ja, sehr gern«, antwortete Leána. »Dürfte ich noch einmal um ein paar Eimer Wasser bitten?« Mit gerümpfter Nase zupfte Leána an ihrem Hemd herum. »Ein ausgiebiges Bad würde uns allen nicht schaden.«

»Wasser ist ein seltenes Gut«, verkündete die Elfenherrin. »Ich lasse euch jedoch einige Eimer voll bringen.«

»Danke.«

Energisch zog Kayne Leána mit sich.

»Was ist denn los?«, fragte sie.

»Gleich, warte.«

Bis sie außer Hörweite Eriyanes waren, sagte er keinen Ton, und auch als er Leána hinter einen Pfeiler zog, sprach er nicht, ehe er den magischen Schutzschild um sie beide gezogen hatte.

»Rob steckt hinter einer Tür fest. Wir müssen ihn gleich dort rausholen. Ich wollte Eriyane ablenken und …«

»… hättest sie beinahe geküsst«, schloss Leána missbilligend und säuerlich.

»Nein, habe ich nicht. Es ist nur … sie …« Kayne rang nach Worten. »Es geht dich überhaupt nichts an, ob ich jemanden küsse oder nicht«, fuhr er sie an.

»Nein, natürlich nicht. Nur, die Elfenherrin?« Empört stützte sie die Hände in die Hüften. »Denkst du, das ist klug?«

Ungeduldig winkte Kayne ab. »Klug wäre es, nach Rob zu sehen.« Er spähte um die Ecke, und da Eriyane fort war, eilte er los.

»Kannst du mir bitte erklären, wo ihr so lange wart?«

»Später!«

Noch einmal spähte Kayne von links nach rechts, dann drückte er gegen die Tür, die ganz leicht nach innen aufschwang.

»Na endlich!« Rob stand vor ihnen, und Leána fiel ihm um den Hals.

»Ich konnte sie auch dieses Mal nicht öffnen.«

Rob trat in den Gang und drückte gegen den Griff. Von dieser Seite konnte auch er sie ohne Schwierigkeiten aufmachen. »Von innen ging es nicht. Es ist verrückt. Jedes Mal, wenn ich den Griff berührt habe, konnte ich die Hand nicht richtig darum schließen und ein unangenehmes Summen ertönte in meinem Kopf.«

»Jetzt kommt, bevor Eriyane uns noch sieht«, drängte Kayne unruhig.

Auf dem Weg zum Saal erzählten sie Leána abwechselnd von ihren seltsamen Erlebnissen. Leána lauschte aufmerksam, runzelte immer wieder die Stirn oder schüttelte den Kopf.

»Am Ende wäre es mir sogar gelungen, die Tür der ersten Grotte zu öffnen, die in den Gang führte«, entfuhr es Kayne und warf Rob einen vorwurfsvollen Blick zu.

»Wie hätte ich denn ahnen können, dass es dir gelingt und mir nicht. Es ist mir ein Rätsel«, entgegnete Rob.

»Ich bin gespannt, was Nordhalan dazu sagt«, meinte Leána, ohne für einen der beiden Partei zu ergreifen.

Bevor die Gefährten jedoch ihr Frühstück beendet hatten und mit Nordhalan sprechen konnten, was ohnehin schwierig war, da ihnen Thylios, Nevira und einige andere Elfen bei ihrem morgendlichen Mahl Gesellschaft leisteten, wurden sie abgelenkt. Eriyane betrat in Begleitung von Ennedal und Morthas den Saal. Sofort erhoben sich Leána und ihre Gefährten und eilten auf die beiden zu. Besonders der Zauberer sah sichtlich erschöpft aus, Ennedal lediglich schmutzig von der Reise. Ihre Miene war allerdings kummervoll.

»Hast du von Marathis und Estell gehört?«, erkundigte sich Nordhalan mitfühlend.

Die dunkelblonde Elfe senkte ihre langen Wimpern und nickte. »Ich kann es noch immer nicht glauben«, antwortete sie kaum vernehmlich, dann reckte sie ihr Kinn in die Höhe. »Wir müssen meinen Verwandten helfen, und sobald wir weitere Elfen hierhergebracht haben, können wir die beiden rächen.«

Die Elfenherrin lächelte zufrieden, aber Nordhalans Augenbrauen zogen sich zusammen. »Wir werden sehen. Komm, Ennedal, setz dich und ruh dich aus. Es gibt vieles, das wir zu bereden haben.«

»Ich lasse mehr frischen Algensalat und Meeresfrüchte kommen und …«, Eriyane neigte anmutig ihren Kopf in Leánas Richtung, »auch Wasser für ein Bad.«

»Vielen Dank.« Leána beobachtete, wie die Elfenherrin hinausschwebte, doch da ließ sich Morthas mit einem theatralischen Seufzen neben sie plumpsen. »Welch eine Reise! Solch ein trockenes, windiges Land! Kaum gab es etwas zu essen und …« Er kostete von dem Algenbrei und verzog den Mund.

»Köstlich, nicht wahr?«, sagte Kayne grinsend. »Ihr konntet tatsächlich keine Spur von Marathis und Estell finden?«, erkundigte sich Nordhalan.

Betrübt schüttelte die blonde Elfe ihren Kopf. »Ich habe versucht nachzuvollziehen, wohin die beiden gegangen sind. Unterhalb des Abhangs, an dem Kayne mich gefunden hat, konnte ich ein paar wenige Fußspuren im Staub finden. Marathis und Estell müssen aus unterschiedlichen Richtungen dort hinuntergestiegen sein. Aber ich konnte keinen Hinweis darauf finden, wer oder was sie verschleppt hat. Es war, als hätten sie sich in Luft aufgelöst.«

Der Zauberer nickte bedächtig. »Dunkelelfen hinterlassen ebenso wenig Spuren wie ihr Elfen. Aber vielleicht haben sie die sorgsam verwischt. Wenn es welche gegeben hätte, wären sie dir sicher aufgefallen.«

»Davon gehe ich aus. Morthas und ich haben das Gelände weiträumig abgesucht. Es gab hier und da Hinweise darauf, dass Buggane unter Büschen und in Felsspalten nach Nahrung gesucht haben, auch konnten wir Spuren finden, da ihre vier Zehen sehr auffällig sind.«

Morthas stimmte ihr mit wichtigtuerischen Gesten zu, obwohl Kayne davon ausging, dass es vor allem Ennedal gewesen war, der derartige Dinge ins Auge gefallen waren.

»Buggane-Spuren sind nicht verwunderlich, und Eriyane hat erzählt, dass sie umherstreifen. Ich glaube nur ehrlich gesagt nicht, dass sie etwas mit dem Verschwinden unserer Gefährten zu tun haben.«

»Das kann ich mir auch nicht vorstellen, denn die Buggane dienen den Elfen und haben uns zum Palast der Winde geführt. Wir müssen Eriyanes Volk helfen«, wiederholte nun Ennedal. »Diese Welt stirbt, Dunkelelfen verzehren unseresgleichen.« Ennedal schauderte. »Sie benötigen Drachen, Drachen und weitere Wesen der Magie.«

»Wir kamen hierher, um Elfen nach Albany zu bringen«, erinnerte sie Nordhalan, dann senkte er die Stimme. »Ich hoffe, du hast nicht verraten, dass Rob ein Drache ist!«

»Nein, habe ich nicht«, versicherte Ennedal.

»Vieles ist seltsam an diesem Palast, den Elfen, der Herrin und den Buggane«, warnte Nordhalan. »Wir sollten mehr herausbekommen, bevor ...«

»Wir müssen auch einiges erzählen.« Verschwörerisch blickte Leána von Kayne zu Rob.

Die Elfe sprang von ihrem Platz auf. »Meine Gefährten wurden von Dunkelelfen gefressen. Die Urheimat meines Volkes stirbt, was gibt es denn da noch zu überlegen?« Ihre blauen Augen funkelten zornig, und selten hatte Leána einen Angehörigen dieses beherrschten und stolzen Volkes so aufgebracht gesehen. Aber sie konnte Ennedal verstehen.

Eine Träne rann ihr ebenmäßiges Gesicht hinab und hinterließ eine Spur auf der staubigen Wange. »Im Notfall gehe ich allein zurück nach Albany.« Mit langen Schritten stürmte Ennedal aus dem Raum.

Nordhalan schüttelte den Kopf. »Sie ist erschöpft und traurig. Doch bald wird auch sie das Offensichtliche erkennen.«

»Soll ich …?« Kayne blickte in die Richtung, in die Ennedal verschwunden war. Er hatte Mitgefühl mit der Elfe und wollte ihr zudem von dem erzählen, was er und Rob beobachtet hatten.

»Ja, ich glaube, mir würde sie im Moment nicht zuhören.«

Sosehr sich Leána über Morthas' und Ennedals Rückkehr freute, ihr gingen noch immer die eigenartigen Erlebnisse von Kayne und Rob im Kopf herum. Zunächst erzählte Rob von seinen und Kaynes Erlebnissen, anschließend berichtete Morthas über die beschwerliche Reise zum Palast, was sicher der Wahrheit entsprach, doch wie es seine Art war, schmückte er alles mit der ihm typischen Dramatik aus. Drei Buggane hatten sie gefunden, und nachdem diese ihnen mehrfach versichert hatten, sie zu ihren Freunden zu führen, waren sie den merkwürdigen Wesen gefolgt. In der Nähe des Palastes waren sie auf den Elfen Taviros gestoßen, der sie den restlichen Weg begleitet hatte. Auch Morthas wunderte sich über die übrigen Elfen des Palastes.

»Kann es wirklich sein, dass einige Elfen über stärkere Magie gebieten als andere und somit so wie Eriyane sind?«, wollte Leána von Nordhalan wissen.

Der alte Zauberer zuckte unschlüssig mit den Schultern. »Das mag sein, Leána, auch wenn wir von Albany derartige Unterschiede nicht kennen. Dies ist eine fremde Welt, in der andere Gesetze gelten. Möglicherweise hat sich auch durch das Verschwinden der Drachen alles geändert und Magie manifestiert sich nur noch in sehr starken Wesenheiten. Was Rob und Kayne beobachtet haben, stimmt mich allerdings sehr nachdenklich. Ich frage mich, was mit dem Elfen geschehen ist, der nach dem

Ritual zusammengebrochen ist. Und was das Öffnen der Tür betrifft – auch da stehe ich vor einem Rätsel. Ich gehe von einem speziellen Zauber aus, der seltsamerweise auf Kayne nicht wirkt.«

»Glaubst du, der Elf ist tot?« Fragend blickte Leána von Nordhalan zu Rob.

»Möglich wäre es«, gab Rob zu.

»Ich bezweifle«, bedächtig strich sich Nordhalan über seinen Bart, »dass wir die Elfen und Drachen von Albany den Gefahren dieser Welt aussetzen sollten.«

»Denkst du nicht, das müssen die Drachen und Elfen selbst entscheiden?«, warf Rob ruhig ein.

Nordhalan blickte ihn stumm an, dann neigte er seinen Kopf. »Selbstverständlich werden sie das letzte Wort haben. Nur sollten wir sehr viel mehr in Erfahrung bringen.« Energisch stand er auf. »Verteilt euch im Palast. Sprecht mit Buggane und Elfen und versucht, so viel wie möglich über diese Welt und ihre Bewohner zu lernen. Ich suche die Elfenherrin auf.« Er schritt zu einem der stets in der Nähe der Tür stehenden Buggane, der beim Anblick des hochgewachsenen Mannes ängstlich zurückwich. »Führ mich zu Eriyane.«

»Führen, ja, führen werde ich den großen Zauberer«, plapperte der Buggane los.

Leána küsste Rob auf die Lippen, und er ermahnte sie in Gedanken: *Nimm dich in Acht und geh nicht allein in diesen Gang, am Ende kannst auch du ihn nicht mehr öffnen.*

Wie kommst du denn darauf?, empörte sie sich.

Er zwinkerte ihr zu und kniff sie leicht in die Nase. »Ein wenig kenne ich dich inzwischen«, sagte er laut. Dann ging er leichten Schrittes davon.

Selbstverständlich reizte es Leána, die Gänge unterhalb des Palastes zu erkunden, aber da Rob die Tür von innen nicht hatte öffnen können, wusste sie, dass sie besser warten sollte, bis sie einer ihrer Freunde begleitete.

Ohne konkretes Ziel schlenderte sie durch den zugigen Palast, befragte hier einen nervösen Buggane, dort eine melancholische Elfe. Es war immer das Gleiche. Die Buggane plapperten nur wirr vor sich hin und versicherten, wie gut die Herrin doch zu ihnen war. Die Elfen waren völlig weggetreten und berichteten von grünen Weiden und ihrem prächtigen Reich. Beinahe hatte Leána den Eindruck, sie würden in der Vergangenheit leben.

Dieses gebrochen wirkende Volk machte Leána traurig, und sie stimmte mit Ennedal überein, dass ihnen geholfen werden musste. Trotz der geringen Zahl an Elfen würde Lharina sicher nicht zögern, ihrem Volk Hilfe zu schicken. Aber was war mit den Drachen? Wäre es nicht vielleicht ohnehin besser, die letzten Elfen von Sharevyon mit nach Albany zu nehmen? Doch dann würde diese Welt vermutlich tatsächlich vollständig untergehen und mit ihr all ihre Bewohner. Viele Tiere hatte Leána bislang nicht entdecken können. Lediglich einige Vögel flogen am Himmel, hin und wieder huschte eine scheue Echse unter den nächsten Stein. Hatten sie nicht alle ein Anrecht auf Leben? Doch sämtliche Wesen von Sharevyon nach Albany zu bringen war ein unmögliches Unterfangen.

In diese Grübeleien vertieft schlenderte Leána hinaus in den brach daliegenden Park an der Westseite des Palastes. Heute pfiff der Sturm nicht ganz so heftig vom Meer her, und sie überlegte, wie es in guten Tagen hier ausgesehen haben mochte. Vor ihrem inneren Auge entstanden liebevoll gepflegte Blumenwiesen, kleine Teiche mit Seerosen, Schatten spendende Bäume und Büsche, die Schutz vor den heftigen Böen boten. An einer Mauer hielt sie an und lehnte sich darüber. In einiger Entfernung sah sie Ennedal und Kayne, die nebeneinander einherspazierten. Kayne hatte der Elfe einen Arm um die Schultern gelegt, und jetzt hielten sie beide an. Auch wenn Leána nichts verstehen konnte, erkannte sie, dass Kayne auf Ennedal einsprach. Unvermittelt versteckte sie ihr Gesicht an Kaynes Schulter, und er streichelte ihren Rücken.

»Leána!« Rob kam im Laufschritt zu ihr. »Was machst du denn für ein Gesicht?«

»Ich, wieso?« Ungeduldig klemmte sie sich eine Locke hinter das Ohr.

Kurz wanderte Robs Blick zu Ennedal und Kayne, dann fasste er Leána an der Schulter. »Hast du etwas Neues erfahren?«

»Nein, nicht wirklich«, antwortete sie unzufrieden. »Und du?«

Er schüttelte den Kopf. »Die Elfen, die ich befragen konnte, meinen, alles hier sei wundervoll, obwohl sie alle entsetzlich traurig wirken. Sie scheinen die Welt, wie sie ist, gar nicht wirklich wahrzunehmen.«

»Das ist mir ebenfalls aufgefallen«, stimmte sie zu.

»Ich befürchte, unseren Freunden wird es genauso ergangen sein.«

Rob lehnte sich über die Außenmauer und hielt sein Gesicht in den Wind.

»Wie gerne wäre ich jetzt dort draußen, würde den Luftströmungen folgen, knapp über den Wellen dahinfliegen.«

Aus seinen Worten sprach große Sehnsucht, und Leána streichelte seine Wange. »Das ist zu gefährlich, Rob. Jemand könnte dich sehen.«

»Ich weiß.« Er fuhr zu ihr herum, und sie konnte ein Funkeln in seinen Augen entdecken, eine Wildheit und Ungezähmtheit, die sie zuvor noch nie gesehen hatte. »Aber ich kann mein Drachenwesen nicht auf ewig verleugnen.«

»Vielleicht können wir den Palast ja bald verlassen.«

Unruhig wie ein Tier in einem Käfig begann Rob, an der Mauer auf und ab zu schreiten.

»Wie oft hast du dich denn sonst verwandelt?«, wollte Leána wissen.

»Alle paar Tage.« Er klang gepresst, seine Hände waren geballt. »So häufig, wie ich es wagen konnte und Nebel und Regen mir Schutz boten.« Er blieb stehen, trat zu Leána und fasste sie an den Schultern. »Es war stets das Gleiche. Habe ich mich in der Nähe von Menschen aufgehalten, deren Gesellschaft ich brauche und liebe, wollte ich fort in die Einsamkeit, um mich zumindest von Mitternacht bis zum Morgen in meiner ureigenen Gestalt bewegen zu können.« Seine ungewöhnlichen Augen funkelten sie an, und wieder einmal wurde ihr klar, dass er niemals nur Mensch, sondern immer auch Drache sein würde. »Als Drache, in der Einsamkeit, sehnte ich mich nach den Menschen zurück.«

Leána nickte nachdenklich. »Du fühlst dich innerlich zerrissen. Ich glaube, ich kann das nachvollziehen – zumindest ein klein wenig.«

»Ach ja?« Seine Lippen pressten sich zusammen, und er sah ausgesprochen zornig aus.

»Ich bin nicht rein menschlich, wie du weißt«, erklärte sie. »Viele meiner Freunde – und sogar mein Vater – können es nicht verstehen, dass ich mich häufig danach sehne, bei Nacht und im Mondlicht durch die Wälder zu streifen. Manchmal muss ich darauf achten, mich im Kampf nicht zu vergessen, und das macht mir Angst.« Sie küsste Rob auf die Wange und spürte, wie er sich entspannte. »Ich will nicht ohne guten Grund meine Waffe erheben, dennoch schlummert diese Kampflust in mir – das Erbe der Dunkelelfen. Mutter hat selbst immer wieder ihre Schwierigkeiten damit, und bei mir ist es zum Glück etwas weniger stark ausgeprägt. Dennoch gehöre ich zweierlei Rassen an.«

»Vielleicht verstehst du mich wirklich besser als manch anderer«, sagte er abwesend, doch er starrte unverwandt mit so viel Sehnsucht hinaus aufs Meer, dass Leána ganz seltsam zumute wurde.

»Du wirst wieder fliegen können, Rob«, versprach sie. »Aber jetzt komm, die anderen warten sicher schon auf uns.«

Nicht umsonst hatte sich der Bärtige den *Rauchenden Kessel* als Treffpunkt ausgesucht. Diese Spelunke war ein bekannter Ort, an dem sich Bauern trafen und nach getaner Arbeit ihre Pfeife oder sonst ein stinkendes Kraut rauchten. Da die Grenze zum nördlichen Zwergenreich nicht fern war und sich mit Kayas Erlaubnis einige Zwerge unweit der Handelsstraße angesiedelt hatten, um Waren dort zu lagern und rascher nach Northcliff oder in den Süden zu bringen, war auch das kleine Volk im *Rauchenden Kessel* häufig anzutreffen. Doch Eingeweihte wussten, dass diese Spelunke neben üppigem Essen und gutem Bier einen Umschlagplatz für Rauschmittel der Dunkelelfen und andere Substanzen bot, die Zauberer kritisch beäugt hätten. Und so verströmte auch heute so manches Kräutlein, das in einer Pfeife glomm, einen verdächtigen Geruch. Hier blieben die Besucher unter sich. Die meisten waren über ihre Bierkrüge oder ihr – so wie es Zwerge und hart arbeitende Bauern liebten – reichhaltiges Abendessen aus Krustenbraten, Rüben und Brot gebeugt und scherten sich kaum darum, wer hereinkam. Die Handelsstraße war nicht weit entfernt, deshalb stellten Fremde keine Seltenheit dar.

Der Bärtige wartete bereits seit geraumer Zeit in der vom Feuer abgelegendsten Ecke. Belustigt beobachtete er einen Bauern, der mit hochrotem Gesicht einen gebrühten Schweinskopf verzehrte, der ihm auf geradezu groteske Art und Weise ähnelte. Die Tür schwang auf, und drei Zwerge betraten den Gastraum. Alle waren in unauffällige braune Umhänge gekleidet, doch die Art und Weise, wie der kleinste der drei sich verhielt, zeigte sogleich, dass er es gewohnt war zu befehlen. Eine Schankmaid, die ihm im Weg stand, schubste er einfach zur Seite; als ihr Tablett scheppernd zu Boden fiel, begann sie sofort zu zetern.

»Was fällt dir denn ein? Hast du keine Augen im Kopf?«

Eine bellende Antwort in Zwergensprache ließ das Mädchen zusammenzucken, und da sie selbst nicht gerade mit viel Körpergröße gesegnet war, suchte sie das Weite, als der Zwerg auf sie zugewalzt kam.

Der Bärtige knirschte mit den Zähnen, denn dieser Auftritt

war mehr als auffällig. Andererseits war Hafran nicht unbedingt für seine Klugheit und Umsicht bekannt. Allerdings hatte ihn bislang auch kaum jemand überhaupt zu Gesicht bekommen, man munkelte, er verließe Hôrdgan nicht gerne, und seitdem er seine Unterstützung im Dämonenkrieg und gegen die 'Ahbrac verwehrt hatte, war er ohnehin kein gern gesehener Gast in den anderen Reichen.

Trotzdem hätte sich der Bärtige gewünscht, Hafran – und er wähnte sich nun sicher, dass es sich tatsächlich um ihn handelte, da sein Hauptmann geradewegs auf ihn zusteuerte – würde sich ein wenig bedachter verhalten. Einige Besucher spähten bereits verstohlen hinter ihren Krügen hervor.

»Bringt ihr Menschen euren Schankweibern keine Manieren bei?«, bellte der Zwergenkönig, der selbst für seine Rasse ungewöhnlich untersetzt und klein war. Dennoch erkannte das geschulte Auge des Bärtigen gewaltige Muskelberge unter der Kleidung. Das bärbeißige Gesicht mit dem buschigen blonden Bart, den er am unteren Ende zu einem Zopf geflochten und mit Silberringen zusammengefasst hatte, und die kleinen hinterlistigen Augen sprachen von einem nicht zu unterschätzenden Gegner.

»Ihr seid …« Der Bärtige verneigte sich, auch wenn es ihm schwerfiel, und senkte seine Stimme, die dank eines besonderen Wurzelsuds einen sehr viel raueren und gepressteren Klang hatte als seine eigentliche, »… der werte Herr aus Hôrdgan?«

Der Zwerg reckte seine Brust derart, dass seine Brustpanzerung zu bersten drohte. »Hafran, Sohn des Lordgân, Sohn des …«

»Wollt Ihr tatsächlich öffentlich preisgeben, wer Ihr seid?«, erinnerte ihn nun sein Hauptmann Brambur in grollendem Zwergisch. Der Bärtige hatte die Zwergensprache erlernt, beherrschte sie zwar nicht fließend, konnte jedoch das meiste verstehen.

Zumindest dämpfte Brambur seine Stimme. Wie immer stand ihm sein grauer Bart gut eine Hand breit vom Gesicht ab, und es war zu hoffen, dass niemand ihn erkannte, denn im Gegensatz zu Hafran war Brambur schon häufiger in Northcliff gewesen.

Hafran knurrte leise, dann ließ er sich auf den niedrigen Hocker plumpsen, der unter seinem Gewicht ächzte.

»Geht an den Tresen und trinkt, so viel ihr wollt – und falls das Zeug genießbar ist, lasst mir einen Krug Bier bringen.«

Seine Begleiter nickten zackig und gingen davon. Unterdessen maß Hafran den Bärtigen mit prüfenden Blicken.

»Ihr seid also derjenige, der Northcliff haben will«, sagte er nun in Menschensprache, jedoch mit einem stark grollenden Akzent. »Wie soll ich Euch nennen?«

»Bei meinen Verbündeten bin ich als der Bärtige bekannt.«

»Ha, in der Tat könnt Ihr eine für Euer Volk beachtliche Gesichtsbehaarung aufweisen.« Hafran legte den Kopf schief und kniff die Augen zusammen, um weiter unter die Kapuze des Bärtigen zu spähen.

Nervös sah dieser sich um. Er hatte nicht den Eindruck, jemand würde sie belauschen, dennoch redete der Zwerg so laut und poltrig, dass man ungewollt auf sie aufmerksam werden könnte.

»Ich denke, es wäre klug, wenn wir beide unsere Stimmen ein wenig senken«, formulierte er es höflich. »Es sind sicher einige Nordzwerge hier, für deren Ohren unsere Unterredung nicht bestimmt ist.«

Donnernd krachte Hafrans Faust auf den Tisch, was die Aufmerksamkeit einer anderen Schankmaid auf sich zog. Mit wiegenden Hüften kam die rothaarige Frau näher. »Möchte der werte Herr Zwerg etwas trinken?«, erkundigte sie sich in beinahe akzentfreiem Zwergisch.

»Die gefällt mir schon besser!« Hafran ließ es sich nicht nehmen, mit anzüglichem Grinsen ihre runden Pobacken zu greifen, und die Schankmaid schrie glücklicherweise weder empört auf, noch verpasste sie Hafran eine verdiente Ohrfeige. Seitdem

Kaya Königin war, war es allen Frauen erlaubt, sich bei körperlicher Zudringlichkeit von männlichen Gästen gebührend zur Wehr zu setzen. Jederzeit war ihnen die Hilfe eines Northcliffsoldaten gewiss, sofern er sich in der Nähe befand. Doch die hübsche Maid lachte nur auf.

»Zwerge sind die besten Liebhaber, das wusste ich immer«, schmeichelte sie und kraulte Hafrans Bart.

Dessen Augen weiteten sich, und er starrte ihr mit offenem Mund hinterher, als sie zum Tresen ging. »Ich hatte noch nie eine Menschenfrau. Sie sind meist so dürr, aber die hier …«

»Hafran, könnten wir zur Sache kommen!«

»Was?« Scheinbar gewaltsam riss er seinen Blick von der Schankmaid los, dann verengten sich seine Augen. »Ihr habt es wohl nicht nötig, mich mit meinem Titel anzureden?«, donnerte er.

Mühsam rang der Bärtige um Fassung. »Wenn wir erst beide in Northcliff sitzen und auf unsere gelungene Allianz anstoßen, werde ich Euch König nennen, ebenso wie Ihr mich«, zischte er. »Doch hier solltet Ihr unerkannt bleiben.«

Hafran war ein häufiger und beliebter Zwergenname, ihn zu nennen war nicht übermäßig gefährlich, doch mit seinem vollen Titel gedachte der Bärtige diesen Rüpel nicht anzusprechen.

»Da habt Ihr recht«, stimmte Hafran überraschend zu und rutschte mit seinem Hocker endlich näher zu dem Bärtigen. Doch seine Freude währte nicht lange, denn Hafrans Atem roch streng nach Bier, Tabak und wusste Urgân, der Gott der Zwerge, was noch. »Also, Königin Kaya hat Hôrdgan ein gutes Angebot unterbreitet. Sie kauft uns zukünftig mehr Rüstungen ab, und wir können, so wie in alten Tagen, die Zauberer und Hüter der Steine beliefern und haben somit wieder ein sicheres Einkommen. Wenn sich einer der jungen Zwerge als talentiert herausstellt, wird er in den Kreis der Diomár aufgenommen.« Der blonde Zwerg blickte ihn herausfordernd an. »Die wenigsten meiner Leute wollen einen Krieg gegen ihre Verwandten.«

»Wahrlich ein gutes Angebot«, stimmte der Bärtige zu, woraufhin Hafran ihn lauernd beobachtete. Vielleicht war der Zwergenkönig doch nicht so einfältig und vermutete eine List.

Die Schankmaid kam, und der Bärtige wartete absichtlich, bis Hafran einen kräftigen Zug getrunken hatte. Doch der Zwerg verzog nur den Mund. »Pah, Bier aus dem Norden – das aus Hôrdgan ist viel süffiger!«

Selbstverständlich behaupteten die Nordzwerge das Gegenteil, aber es war müßig, mit diesem Volk über Bier zu diskutieren.

»Wie alt sind Eure Zwergenzauberschüler?«, lenkte der Bärtige daher rasch ab.

Hafran kratzte sich an der Wange. »Was weiß ich. Jünglinge, vielleicht fünfzig oder sechzig Sommer und Winter. Revtan hat sie gefunden. Ihn wollten sie ja nicht!«

»Richtig, und wer wird entscheiden, ob sie talentiert genug sind?«, regte der Bärtige den Zwergenkönig zum Nachdenken an.

»Na, diese Zauberer von der Insel natürlich. Das ist doch weithin bekannt.«

Bei allen Göttern, dieser Kerl ist tatsächlich so einfältig, wie ich gedacht habe!

Erneut trank Hafran. Sein bärtiges Gesicht tauchte bis zur Hälfte in den Steinkrug ein. Dann knallte er den Krug auf den Tisch. »Nordhalan, der Menschenzauberer! Die Elfen und …«, stieß er hervor, und sein energisches Kinn bebte. »Sie werden unsere jungen Zwerge niemals in die Diomár einlassen!«

Nun gut, vielleicht ist doch nicht alles verloren, dachte der Bärtige und prostete Hafran zu.

»Sehr richtig, Ihr seid ein weitsichtiger Mann.«

Hafran knurrte etwas vor sich hin, das man nicht verstehen konnte, aber nun hatte der Bärtige ihn zumindest auf der richtigen Fährte.

»Die Einnahmen aus der Belieferung der Geisterinseln mögen verlockend sein, und auch der Preis für die hervorragenden Rüstungen, die Hôrdgan herstellt, sind nicht zu verachten. Aber wollt Ihr tatsächlich die Nordzwerge auch in Zukunft so weit außerhalb Eurer Kontrolle lassen?«

Hafrans buschige Augenbrauen zogen sich zusammen. »So war es schon seit langer Zeit. Solange die da oben weiterhin ihre Abgaben leisten, soll es mir recht sein.«

Der Bärtige hörte ganz genau heraus, dass Hafran etwas anderes dachte, und nun zahlte sich aus, was er wusste.

»Ich bin mir nicht sicher, ob die Nordzwerge noch lange Abgaben zahlen.«

»Was? Wie kommt Ihr darauf?« Das Gesicht des Zwergenkönigs nahm eine ähnliche Tönung an wie die des Mannes, der vor Kurzem den Schweinskopf verzehrt hatte.

»Es gibt Gerüchte.« Betont gelangweilt spielte der Bärtige mit seinem Dolch herum.

Jetzt beugte sich Hafran bedrohlich über den Tisch. »Sprecht oder ich schneide Euch die Zunge heraus.«

Normalerweise wäre jeder, der solch eine Drohung ausstieß, des Todes gewesen, aber jetzt musste er sich zusammenreißen. »Es gibt Gerüchte, dass die Nordzwerge ihre Unabhängigkeit erklären wollen«, erzählte der Bärtige, ohne aufzublicken. Noch immer widmete er sein Augenmerk dem Dolch.

Die breite Stirn des Zwergenkönigs legte sich derart in Runzeln, dass die Brauen beinahe die borstigen Haare berührten. »Unabhängigkeit«, grummelte er.

Der Bärtige nickte. »Und was braucht ein Volk, wenn es unabhängig sein möchte?« Fragend und mit einer Spur Herausforderung blickte der Bärtige den Zwerg an.

Dieser starrte vor sich hin, und plötzlich schien sich ein Schatten über sein Gesicht zu legen. »Einen Anführer«, stieß er heiser hervor.

Abermals nickte der Bärtige, wandte sich aber schnell wieder seinem Dolch zu, um sein Grinsen zu verbergen.

»Einen König!«, schrie Hafran und sprang so ruckartig auf, dass der Hocker durch den Raum geschleudert wurde.

»Hey, Zwerg, benimm dich mal, sonst fliegst du raus!«, schimpfte der Wirt hinter dem Tresen.

»Was erlaubst du dir …«

Einer der Zwergenwächter, mit seinem zotteligen, dünnen Bart erinnerte er an eine alte Ziege, warf dem Wirt hastig einige Münzen zu, dann kam er herbei. »Mein Herr, bitte beruhigt Euch«, beschwor er ihn. »Wir waren uns doch einig, keine Aufmerksamkeit zu erregen.«

Hafran grollte und fluchte in seiner Sprache, dann setzte er sich auf den Hocker, den Brambur wieder hergezogen hatte.

Vielleicht sollte ich besser mit dem weißhaarigen Zwerg verhandeln, dachte der Bärtige, *dieser cholerische Zwergenkönig wird noch alles ruinieren.*

»Guter Zwerg«, wandte sich der Bärtige an den Weißbart. »Die Angelegenheit ist delikat, und ich kann die Empörung Eures Königs verstehen. Vielleicht sollten wir besser in einem der Zimmer weitersprechen. Ich könnte arrangieren, dass die hübsche Schankmaid anschließend zu Eurem König kommt.«

Noch immer war Hafran knallrot im Gesicht, bebte vor unterdrücktem Zorn, und der Bärtige befürchtete schon, er könne die gesamte Taverne kurz und klein schlagen.

»Ein weiser Vorschlag.« Der ältere Zwerg verneigte sich. »Selbstverständlich werden wir vor der Tür Wache halten.«

»Selbstverständlich!«

»Erzähl mir, was du weißt«, knurrte Hafran, während der Weißbärtige zum Tresen hastete, einige Worte mit dem Wirt wechselte und dann mit einem Schlüssel winkte.

»Wir sollten das wirklich besser in einem abgeschiedenen Raum besprechen.«

»Ihr habt diesen Treffpunkt vorgeschlagen.«

Da wusste ich auch noch nicht, dass dein Verstand noch kleiner ist als deine Körpergröße, dachte der Bärtige, laut sagte er mit einem

Lächeln: »Ich dachte, ein öffentlicher Ort wäre für alle das Sicherste, doch derart delikate Angelegenheiten bedürfen eines geschützten Rahmens. Verzeiht meine Dummheit.«

»Red nicht so geschwollen daher«, blaffte Hafran ihn an und stapfte auf seinen krummen Beinen zu seinen beiden Wachen, die schon an der Hintertür standen.

Wenn ich ihn nicht mehr brauche, sollte dieser Narr von einem König einen bedauerlichen Unfall erleiden, dachte der Bärtige grimmig. *Andererseits ist ein dummer, heißblütiger Zwerg wie er vielleicht auch leicht zu lenken.* Er bemühte sich, seine Fassung zu wahren, und stieg hinter den anderen her die Treppe hinauf.

Hafran redete laut und bellend auf Brambur und den Weißbart ein, wobei Letzterer ihm einen Bierkrug in die Hand drückte. »Trinkt und beruhigt Euch. Die Neuigkeiten könnten wichtig sein.«

Vielleicht ist der Weißbart derjenige, der im Hintergrund die Fäden zieht, überlegte der Bärtige. *Hafran ist wegen seiner Unbeherrschtheit und Brutalität gefürchtet, so wie man munkelt, aber er braucht einen klugen Kopf im Hintergrund, sonst könnte er sich wohl nicht so lange auf dem Thron halten.* Er beschloss, Selfra von dem Weißbart zu berichten. Seine Verbündete war es von Anfang an gewesen, die die Kontakte zu den Zwergen hergestellt hatte, und dank ihrer Beziehungen war es auch zu einem Bündnis gekommen. Die Zwerge hielten nicht viel von Nebelhexen und männlichen Mischlingen, Dunkelelfen und Zauberer mit zu viel Macht waren ihnen ebenfalls suspekt – das waren einige Gemeinsamkeiten.

»Meine Wachen stehen vor der Tür«, bemerkte Hafran überflüssigerweise, als die beiden sich verneigten und hinausgingen. »Nicht dass ich sie bräuchte.« Beinahe schon liebevoll strich er mit einer Hand über die zweischneidige Axt, die an seinem Gürtel hing. Daneben mehrere Messer und ein Dolch.

»Ich bin hier, um unser Bündnis zu festigen, nicht um Euch zu ermorden.«

Hafran trank aus dem Krug, dann brüllte er: »Bringt Morscôta, dieses Gesöff taugt nicht einmal für einen verfluchten Troll!«

Der Bärtige schloss die Augen, zählte bis zehn, dann lächelte er dem Zwergenkönig zu. »Soll ich Euch von den Gerüchten erzählen.«

»Sprich.« Er rülpste lautstark und ging dann mit schweren Schritten, die die alten Holzbohlen knarren ließen, in dem kleinen Zimmer auf und ab.

»Aus zuverlässiger Quelle weiß ich, dass Königin Kaya sich dafür ausgesprochen hat, dass die Nordzwerge ihre Unabhängigkeit erklären und einen eigenen König wählen.«

»Verdammte Hure!«, brüllte Hafran, schleuderte einen Krug gegen die Wand und hatte mit einem Mal seinen Dolch gezogen. Wahnsinn funkelte in seinen Krähenaugen, und der Bärtige wich einen Schritt zurück. Er glaubte, dem Zwerg im Kampf zumindest ebenbürtig zu sein. Aber dieser kleine Mann erinnerte ihn an einen brodelnden Vulkan, der stets knapp vor dem Ausbruch stand, und jemand wie er konnte rasch gefährlich werden. Jetzt trat der Zwerg näher, ein Muskel an seiner fleischigen Wange zuckte. »Oder lügst du mich an? Willst du die Königin schlecht machen, nur weil du selbst regieren möchtest?«

»Ich will regieren.« Der Bärtige versuchte, nicht allzu angespannt auf Hafrans Dolch zu blicken. »Kaya mache ich allerdings nicht schlechter, als sie ist. Es ist kein Geheimnis, dass sie abartigen Kreaturen wie Nebelhexen ihre Gunst schenkt. Sie achtet die Zwerge nicht. Oder seid Ihr benachrichtigt worden, dass sie eine Abordnung durch das Portal entsandt hat, um weitere Elfen in einer anderen Welt zu finden?«

»Was? Es sind genug Elfen da. Mehr brauchen wir nicht. Und Nebelhexen«, Hafran kratzte sich erst am Kopf, dann zwischen den Beinen, »die mag ich auch nicht. Vielleicht sollte ich die Schankmaid doch nicht vögeln. Nicht dass sie mir einen Bastard anhängt!«

»Das wäre in der Tat eine Schande«, stimmte der Bärtige zu.

Hafran ließ ihn unterdessen nicht aus den Augen. »Ich gehe davon aus, Ihr habt Beweise?«

»Der gesamte Adel weiß um die Gerüchte mit den Nordzwergen. Und was die Reise durch das Portal betrifft – es wird Euch nicht schwerfallen, das nachzuprüfen. Schickt einen Boten zu Euren zwergischen Zauberschülern auf die Geisterinseln.«

Hafrans Kiefer mahlten, und nun setzte er sich zumindest auf das einfache Holzbett, statt bedrohlich vor dem Bärtigen zu stehen. Als die Tür sich öffnete, fuhr Hafran herum.

»Jetzt nicht!«

»Der Morscôta?!«

»Sauf ihn selbst, Brambur!«, brüllte er.

Der Bärtige nahm sich einen Stuhl und setzte sich eine gute Armeslänge von Hafran entfernt hin.

»Ihr seid ein starker Herrscher. Wollt Ihr wirklich einen zweiten König neben Euch dulden?«

»Natürlich nicht!«

»Ich habe gehört, Kaya will Euch dafür mit Gold und Silber abspeisen.«

»Dreckige Menschenhure«, knurrte Hafran. »Ich konnte Atorian schon nicht ausstehen, ganz zu schweigen von seinem jüngeren Bruder mit seiner Nebelhexenschlampe. Jarredh war auch nicht mein Fall. Isarius, das soll ein echter Kerl gewesen sein. Hat angeblich mal einen Troll mit bloßen Händen erwürgt!« Hafran betrachtete seine eigenen fleischigen Hände, die zahlreiche Narben zierten, so als zöge er in Erwägung, es selbst zu versuchen.

»Beachtlich«, stimmte der Bärtige mit einem gespielten Lächeln zu.

»Wenn das stimmt, was Ihr sagt, kann ich die ganzen Nordzwerge hinrichten lassen – wegen Verrats.« Diese Aussicht schien Hafran sehr zu gefallen, und er ließ seine Fingerknochen knacken.

»Dann stünde Euch eine Menschen- und vermutlich auch Dunkelelfenarmee gegenüber.«

Bei dem Wort Dunkelelfen duckte sich Hafran ein wenig, grölte jedoch: »Sollen sie nur kommen!«

»König Hafran, Ihr seid ein mächtiger Herrscher«, schmeichelte der Bärtige, woraufhin Hafran zustimmend knurrte. »Die Kampfkunst der Zwerge ist legendär. Doch ein kluger Mann wie Ihr sollte andere Strategien in Erwägung ziehen.«

»Hm?« Hafrans Gesicht verkniff sich derart, dass Mund und Augen nur noch Schlitze waren, ganz offensichtlich arbeitete es in seinem Gehirn.

»Sicherlich habt Ihr bereits mit dem Gedanken eines Erstschlags gespielt.«

»Erstschlag – natürlich!« Hafran schlug mit seiner Faust auf das Kopfteil des Bettes, wo sich daraufhin ein gewaltiger Riss bildete. Als Hafran sich gespannt vorbeugte, wusste der Bärtige, der Kerl hatte keine Ahnung, worum es ging. Doch er wollte alles so einfädeln, dass Hafran am Ende dachte, es wäre seine eigene brillante Idee gewesen.

»Sehr gut«, freute sich der Bärtige deshalb, »ich wusste gleich, Ihr seid der richtige Verbündete für das neue Northcliff! Deshalb werde ich Euch für Euren Erstschlag auch den Rücken freihalten und dafür Sorge tragen, dass sich möglichst wenig Soldaten von Northcliff in der Nähe der Zwergendörfer aufhalten.« Schweigend, das Gesicht noch immer angespannt, nickte der Zwergenkönig. »Dann könnt Ihr in Ruhe – und als Warnung – die südlichsten Zwergensiedlungen räumen und nach Hôrdgan bringen. Niemand wird danach noch daran denken, sich Euch zu widersetzen! Schließlich habt Ihr ein Zeichen gesetzt. Man wird Euch als den listigen Herrscher ehren, der Ihr seid und der diese frevelhafte Tat durchschaut hat, noch bevor sie einen Nordkönig ausgerufen haben. Ihr werdet eine Zwergenlegende!«

»Richtig! Ich bin der einzig wahre König!« Hafrans Brust

schwoll derart an, dass erneut die Lederpanzerung zu platzen drohte.

»Sobald ich über Northcliff herrsche, können wir die Grenzfragen neu klären.«

»Ja, in der Tat«, dröhnte Hafran. »Ähm, welche Grenzen meint Ihr genau?«

»Der Norden ist für Euch doch zu weit entfernt …«, setzte er an.

»Dort liegen die meisten Felder«, empörte sich Hafran. »Wie sollen wir sonst Bier und Morscôta brauen? Wollt Ihr Euch am Ende unser Land unter den Nagel reißen?« Jetzt lag wieder etwas äußerst Bedrohliches in seinen Worten.

»Mitnichten«, versicherte der Bärtige daher rasch. »Das jetzige Nordzwergereich würde ich bestenfalls für Schafe und Ziegen nutzen, es ist bei Weitem nicht so fruchtbar wie das Land, das westlich an Euer Reich im Südosten angrenzt.«

»Aha.« Mal wieder schien Hafran nicht zu begreifen.

»Ich helfe Euch, die Nordzwerge unter Kontrolle zu bekommen. Ihr steht mir bei, wenn ich Kaya vom Thron stoße. Dann können wir die Dunkelelfen in ihr finsteres Reich zurückjagen – mithilfe von findigen Zwergen, die um die Kunst wissen, Felsstürze zu verursachen und Tunnel zu schließen –, und Ihr bekommt das Land im Süden Albanys. Dieses ist fruchtbar und für Euch leichter zu verwalten. Northcliff bekommt das alte nördliche Zwergenreich.«

Einen Moment stutzte Hafran, so als müsse er diese Informationen erst ordnen. Doch dann schien ihm aufzugehen, dass – sollte es jemals zu diesem Landtausch kommen – er das weitaus bessere Geschäft gemacht hätte.

»Morscôta!«, brüllte er. »Wo bleibt er denn? Wir haben zu feiern.« Hafran sprang auf und schlug dem Bärtigen derart heftig auf die Schulter, dass dessen Zähne klapperten.

»Wir werden beide als mächtige Könige in die Geschichte eingehen, mein Freund!«

Huldvoll neigte der Bärtige seinen Kopf. Auch wenn er diesen dümmlichen Zwergenkönig verachtete – vorerst würde Hafran gute Dienste leisten. Ob die Nordzwerge nämlich tatsächlich einen eigenen König ausriefen, war ungewiss. Dort oben hielten sie nicht viel von Hierarchien. Es gab ein paar Dorfvorsteher, die jedoch kaum Ambitionen zum Regieren hatten. Doch wenn Hafran Zwergensiedlungen überfallen und räumen ließ, mussten sie handeln – und ein Krieg mit Hôrdgan rückte in greifbare Nähe. Kaya würde ihren Freunden beistehen, den Adel weiter gegen sich aufbringen und hoffentlich durch eine Zwergenaxt ihr Ende finden.

Nun trank der Bärtige mit Hafran und seinen beiden Wachen. Der Weißbart blickte ein wenig skeptisch drein, als Hafran von seiner großartigen List erzählte. Vermutlich konnte er nicht glauben, dass Hafran bereits derart detaillierte Pläne hatte. Doch Brambur nickte beifällig und schenkte großzügig Morscôta aus.

Kapitel 16

Entscheidung

Selbstverständlich bin ich der Meinung, wir sollten sofort zurück nach Albany gehen und Hilfe holen«, rief Ennedal aus.

Unter Nordhalans Schutzschild hatten sie sich zu einer Beratung zusammengeschlossen. Wie Leána und Rob befürchtet hatten, waren auch den anderen keinerlei Neuigkeiten über ihre sonderbaren Gastgeber zu Ohren gekommen.

»Eriyane hat mich noch einmal um Hilfe angefleht«, erzählte Nordhalan. »Sie hat erneut versichert, für die Drachen bestünde keine Gefahr mehr, die Seuche sei schon seit Langem vorüber.«

»Da ich noch lebe, gehe ich davon aus, sie spricht die Wahrheit«, fügte Rob hinzu.

»Auch ich meine, wir sollten so bald wie möglich durch das Portal reisen«, betonte Morthas, wobei er seine lange Nase rümpfte. »Die Zustände hier sind unhaltbar.«

Leána ging davon aus, dass ihn weniger die Zustände, unter denen die Elfen lebten, störten, sondern vielmehr seine eigene Befindlichkeit. Ein Blick in Kaynes Gesicht verriet ihr, dass ihr Freund das Gleiche dachte, und sie zwinkerte ihm zu.

»Leána, Kayne, Rob, wie ist eure Meinung?«, wollte Nordhalan wissen.

Letzterer räusperte sich. »Vieles erscheint mir eigentümlich«, begann er bedächtig. »Dennoch sollten Lharina, ihr Volk und die Drachen von Albany wissen, was in dieser Welt vor sich geht, um eine Entscheidung zu treffen.«

Ennedals angespannte Schultern sackten zurück, und sie warf

Rob ein derart bezauberndes Lächeln zu, dass es Leána unwillkürlich einen Stich versetzte. Gleichzeitig schalt sie sich, denn Rob hatte niemals Interesse an der Elfe gezeigt.

»Allerdings«, fuhr Rob nun fort, »bin ich der Meinung, wir dürfen nicht alle gehen.« Er blickte in die Runde. »Die Anwesenheit von Magiern scheint dieser Welt gutzutun. Zumindest ich sollte bleiben.«

»Dann bleibe ich ebenfalls«, rief Leána spontan aus.

Kaynes Miene verschloss sich, und Nordhalan öffnete den Mund, aber Rob, der neben ihr auf dem Boden saß, nahm ihre Hand und lächelte ihr zu, sodass sie ein Kribbeln in ihrer Magengrube verspürte. »Sie brauchen dich, meine Liebe, du musst das Portal öffnen.«

»Wie schade, dass es in Sharevyon kein Portal gibt, das in die Urheimat der Drachen führt«, überlegte Leána. »Vielleicht kennen Davaburion und die anderen es einfach nicht, es ist verschüttet, vergessen oder liegt unter Wasser, so wie das am Walkensee. Das wäre so viel einfacher und Drachen könnten ohne Umwege nach Sharevyon reisen, statt das Risiko einzugehen, am Glastonbury Tor entdeckt zu werden.«

»Dieser Gedanke kam auch mir«, sagte Nordhalan. »Deswegen habe ich Eriyane gefragt, und sie behauptete, die Drachen hätten das Portal in ihre Urheimat zerstört, als die Seuche ausbrach – um zu verhindern, dass sie auch auf ihre Verwandten in der anderen Welt übergreift.«

Leána nickte nachdenklich. »Dass es keine Verbindung mehr zur Elfenwelt gibt, stimmt zumindest mit dem überein, was Davaburions Verwandte gesagt haben.«

»Und was es mit dem verschlossenen Portal zum Glastonbury Tor auf sich hat, konnte sie ebenfalls nicht sagen?«, warf nun Kayne ein.

»Nein, sie hat behauptet, sie hätte dieses Portal überhaupt nicht gekannt«, antwortete der alte Zauberer.

»Du unterstellst ihr also, sie lügt?«, fragte Ennedal.

Nordhalan strich sich über seinen langen Bart. »Ich habe den Eindruck, sie verrät uns nicht alles.«

»Genauso wie wir ihr verschweigen, dass Robaryon in Wahrheit ein Drache und Leána eine Portalfinderin mit Dunkelelfenblut ist.« Die anmutigen Züge der Elfe spannten sich an.

Während zwischen Nordhalan und Ennedal ein kleines Streitgespräch ausbrach, wirbelten viele Gedanken durch Leánas Kopf.

»Geh mit nach Albany«, flüsterte Rob ihr zu.

»Du denkst, es könnte hier gefährlich werden«, schlussfolgerte sie.

»Nein«, er lächelte traurig. »Nur könnte ich einen Fürsprecher bei den Drachen gebrauchen.«

»Halte mich nicht für einfältig, Rob. Das ist doch nur eine Ausrede, um …« Sie beendete den Satz nicht, sondern riss die Augen auf, denn ihr schoss etwas in den Sinn. Rob hatte recht. Sollten die Drachen sich gegen Hilfe für Sharevyon entscheiden, könnte er sich verpflichtet fühlen hierzubleiben. Oder schlimmer – sie könnten beschließen, ihn weiterhin hier im Exil zu lassen. Das wollte Leána unter allen Umständen verhindern.

Sie schlug mit der Hand auf den Tisch, um die Aufmerksamkeit der anderen zu erhalten. »Ich gehe mit nach Albany. Wir sollten so bald wie möglich aufbrechen.«

»Welch ein Sinneswandel«, höhnte Morthas, aber Leána beachtete ihn nicht weiter.

»Wer bleibt mit Rob hier?«, wollte sie wissen.

»Ich stehe meinem Volk zur Seite«, versicherte Ennedal. »Auch mir ist klar, dass sie sich eigenartig verhalten, aber ich möchte ihnen helfen, ihre Lebensfreude zurückzuerlangen!«

»Ich muss dem Rat berichten«, erklärte Nordhalan. »Kayne, Morthas, bleibt einer von euch freiwillig?«

Während Morthas unruhig auf dem Stuhl herumrutschte und sich über die fettigen Haare strich, lehnte sich Kayne mit verschränkten Armen zurück und starrte den älteren Zauberer lediglich unbewegt an.

Wie gut kannte Leána diese Miene an Kayne, und sie konnte sich nur mit Mühe ein Grinsen verkneifen, als sie beobachtete, wie sehr sie Morthas verunsicherte.

»Also … ich denke … dies ist eine wichtige Aufgabe. Es muss wohl überlegt sein, wer dringender nach Albany zurückkehren sollte …«

»Du befindest dich länger in Ausbildung«, bemerkte Nordhalan. »Deine Magie ist stärker als Kaynes.«

Morthas' Kehlkopf begann hektisch auf und ab zu hüpfen, und Schweißperlen bildeten sich auf seiner hohen Stirn.

»Nun, Dimitan möchte sicher damit fortfahren, mich zu unterrichten. Außerdem könnte meine Einschätzung ihn zu einer Entscheidung …«

Nordhalans Stirn legte sich in Falten, während er Morthas' hilflosen Versuchen, sich aus der Affäre zu ziehen, folgte. Da schlug Kayne dem haspelnden Zauberer unvermittelt auf die Schulter.

»Morthas, piss dir nicht in deine Zaubererrobe, ich bleibe bei Rob und Ennedal. Und wenn du noch einen Rest an Anstand besitzt, dann bleibst du ebenfalls.« Mit einer Hand deutete er auf die Efeuranken, die während der letzten Tage mehr und mehr aufgeblüht waren. »Dank unserer Kräfte kehrt ein wenig Leben nach Sharevyon zurück, und nur um ein paar Tage früher gemütlich in Northcliff zu sitzen, sollten wir das nicht riskieren.«

Leána gluckste unterdrückt, als Morthas der Mund offen stehen blieb.

Kayne, dafür liebe ich dich, dachte sie, und eine Welle der Zuneigung für ihren Freund erfasste sie. Er konnte ruppig und manchmal unverschämt sein, aber er besaß einen guten Kern und dachte auch an andere.

Auf Morthas' hageren Zügen zeigten sich widerstrebende Gefühle. Bestimmt hatte er damit gerechnet, bald wieder sicher in Northcliff zu sein, aber eine Blöße wollte er sich vor Kayne offenbar auch nicht geben.

Daher straffte er die Schultern und verkündete, wenn auch wenig überzeugend: »Selbstverständlich bleibe ich!«

Nordhalan räusperte sich, Leána glaubte, um seinen Mund ebenfalls ein Schmunzeln zu erkennen. »Dann ist es entschieden. Wir werden Eriyane beim Abendessen mitteilen, dass wir so bald wie möglich zum Portal aufbrechen. Vielleicht möchte sie oder einer der anderen Elfen uns begleiten und vor den Diomár und den Drachen sprechen.«

Die säuerliche Miene von Morthas erinnerte Leána nur zu sehr an seinen Lehrmeister.

»Ich mache aber nicht die lange und beschwerliche Reise zum Portal und warte in dieser Einöde, nur um anschließend erneut zum Palast zu wandern.«

»Ich gehe mit Leána und Nordhalan«, versprach Ennedal, wobei ihre Augen vor Begeisterung leuchteten.

»Ich begleite euch ebenfalls bis zum Portal«, versicherte Rob. »Die beschwerliche Reise scheue ich nicht.«

»Genau wie ich. Morthas, du kannst ja so lange im Palast warten«, schlug Kayne zynisch vor.

Es schien Morthas ebenfalls nicht zu behagen, allein hierzubleiben, aber wie es aussah, hielt er dies für das kleinere Übel. »Gut, dann erhalte ich den Palast der Winde mit meinen Kräften am Leben«, erklärte er hochnäsig.

Leána stöhnte unterdrückt, und auch Kayne verdrehte die Augen.

»Meine lieben Freunde, ihr wisst gar nicht, wie viel uns eure Hilfe bedeutet!« Eriyane strahlte unbändige Hoffnung und Lebensfreude aus, die so ganz im Gegensatz zu jenen Mitgliedern ihres Volkes stand, die trotz Nordhalans Versprechen, Hilfe zu holen, noch immer teilnahmslos in die Gegend blickten. Die Elfenherrin umarmte sie alle einzeln, eine seltsame, prickelnde Berührung, wie Leána es empfand.

»Ich selbst werde euch zum Portal begleiten«, versprach sie.

»Euer Angebot, einen der unsrigen in Eure Welt zu nehmen, ehrt mich, dennoch muss ich ablehnen. Bevor wir nicht durch neue Drachenmagie gestärkt sind, kann keiner von uns Sharevyon verlassen.«

Der Prinz hatte die ganze Zeit über mit düsterer Miene auf einem der Stühle gesessen und sich mal wieder eingehend dem säuerlichen Wein gewidmet, an dem Leána keinen Gefallen finden konnte. Eriyane hatte erzählt, er stamme noch aus der Zeit der Drachen, doch die besten Fässer waren längst aufgebraucht, nur noch der Fusel war übrig. Nun hob er den Kopf. Seine trüben Augen, unter denen dunkle Ringe lagen, zeigten blanken Hohn. »Welch eine Ehre, die Herrin der Elfen verlässt höchstpersönlich ihren Palast?«

»Das gebietet der Anstand«, erklärte Eriyane mit scharfer Stimme. »Unsere Gäste zeigen Großmut, aus dem auch du deinen Nutzen ziehen wirst.«

»Ja, Großmut!« Er stürzte den restlichen Wein in einem Zug hinunter, musterte sie alle nacheinander mit einem eigentümlichen Blick. Beinahe hatte Leána den Eindruck, er wolle etwas sagen, doch dann fuhr er sich lediglich über die Augen und sank erneut in sich zusammen.

»Erzählt mir mehr von Albany«, verlangte Eriyane so wie schon viele Male zuvor.

Leána fiel ein weiterer Elf auf, bei dem es sich um Taviros handeln musste, jener Elf, der Morthas und Ennedal begleitet hatte. Anmutig und still schritt er durch den Raum. Sowohl Buggane als auch Elfen machten ihm sofort Platz. Er flüsterte Eriyane etwas zu, die sich daraufhin erhob.

»Bitte entschuldigt mich einen Moment.« Gemeinsam mit Taviros verließ sie die Tafel.

Ennedal bemühte sich, mit Thylios ins Gespräch zu kommen, aber der nahm nur gleichmütig sein karges Mahl ein und lächelte milde vor sich hin. Schließlich gab sie es auf, gesellte sich zu Kayne und unterhielt sich mit ihm.

Kurz darauf versuchte Leána ihr Glück bei der honigblonden Shirina, einer der wenigen, die nicht so bedrückt und in sich gekehrt waren.

»Freust du dich, dass wir euch helfen, Shirina?«

»Freuen, ja, wir freuen uns alle«, erwiderte sie hastig.

Doch wenn Leána so in die Runde blickte, auf Gharion, der sich weiterhin betrank, seinen Vater, der trübe auf seinen leeren Teller blickte, und all die anderen, die traurig dasaßen, kamen Zweifel bei ihr auf.

»Wie viele Elfen gibt es denn noch in Sharevyon?«, stellte Leána die Frage, der Eriyane bislang ausgewichen war.

Shirina schaute sie nur mit ihren großen blauen Augen an.

»Wenn die Magie zurückkehrt, wird es viele geben, so wie mich. Viele werden gesegnet sein.«

Leána wusste nicht, was Shirina damit meinte. Aber vielleicht hoffte sie auch einfach, dass ihr Volk sich erholen und sein vergangener Glanz zurückkehren würde. Ein heftiger Windstoß fuhr durch den Raum, Staub wirbelte auf, und Leána wischte sich über die Augen.

»Welche Wesen außer Buggane und Elfen leben noch in Sharevyon?«

»Buggane, viele Buggane«, sagte Shirina.

Was sollte das? Diese Elfe war seltsam. Wenn auch strahlend schön und anmutig – ihre Antworten wirkten geradezu einfältig.

»Gib es auf! Von diesem närrischen Geschöpf erhältst du keine sinnvollen Worte.« Gharion prostete ihr zu und verneigte sich übertrieben.

Die ungepflegte Erscheinung des Elfenprinzen stieß Leána ab. Noch niemals zuvor war sie einem stinkenden Elfen begegnet, nicht einmal bei den anderen Elfen hatte sie trotz des herrschenden Wassermangels Derartiges bemerkt, aber Gharion roch nach Alkohol und ungewaschenem Körper. Seine Haare waren so fettig und ungepflegt, dass sie dunkel erschienen, sicher waren sie normalerweise von einem warmen Blondton, und er trug noch immer die gleiche Kleidung wie vor einigen Tagen. Dennoch setzte sie sich zu ihm. Vielleicht wusste er ja mehr. »Gharion, was ist mit deinem Volk los?«

Seine graublauen Augen blickten wässrig und trübe.

»Das weißt du doch. Wir sind am Vergehen.« Er winkte einem Buggane, der sogleich mit einem weiteren Kelch herbeieilte.

»Aber wir haben doch versprochen, um Hilfe zu bitten.«

»Wunderbar!« Gharion legte den Kopf in den Nacken. »Sharevyon wird weiterleben, darauf sollten wir trinken!«

»Denkst du, dich zu besaufen ändert etwas?«, fuhr Leána ihn an. »Deine Pflicht als Sohn des Herrschers wäre es, deinen Leuten Hoffnung zu geben.«

»Hoffnung!« Gharion entriss dem Buggane den Weinkrug und starrte das kleine Wesen an, als hätte es Schuld an allem. »Was für die einen Hoffnung bedeutet, bringt den anderen Verderben.« Damit stand er auf und wankte davon.

Was hatte das jetzt wieder zu bedeuten? Wollte Gharion gar nicht, dass sie seinem Volk halfen?

Eine weitere Windböe trieb einen heftigen Regenschauer herein. Die Buggane schrien erschrocken auf. »Wasser, Regen, bah! Weg hier!«, ertönte es aus allen Ecken, und die kleinen Wesen wuselten davon. Die Elfen hingegen nahmen auch dies gleichgültig hin, starrten ein wenig verwundert auf die Nässe, die ihre Kleider und den steinernen Tisch benetzte, dann gingen sie stumm davon.

Das Prasseln des Regens wurde immer heftiger, übertönte zeitweise sogar den Wind.

»Ich möchte sehen, was da draußen los ist«, verkündete Rob.

Leána schloss sich ihm an und ignorierte die Schauer, die auf sie niederprasselten. Wenngleich es noch Tag war, hatte sich der Himmel im Osten kohlschwarz verfärbt. Vom Meer her blies ein solch heftiger Wind, dass sich Leána kaum auf den Beinen halten konnte. »Es sieht aus, als würden Wind und Regen miteinander um die Vorherrschaft kämpfen«, schrie sie Rob zu, als er sich hinter sie stellte und sie festhielt.

Er beugte sich zu ihr hinab, rief ihr etwas zu, doch Leána konnte ihn nicht verstehen. Die Worte wurden ihm förmlich aus dem Mund gerissen. Daher schüttelte sie nur den Kopf.

Er deutete auf einen der Türme, dessen Spitze herabgebrochen war. Ganz oben, nahe der Brüstung, waren zwei Gestalten zu sehen. Leána wusste nicht, weshalb, aber sie war sich sicher, es handelte sich um Eriyane, und beim nächsten herabzuckenden Blitz glaubte sie weißblondes Haar zu erkennen.

Als noch dickere Tropfen vom Himmel fielen, nahm Rob Leána an der Hand. *Die Elfenherrin will sich wohl auch dieses Naturschauspiel ansehen*, teilte er ihr in Gedankensprache mit.

Denkst du, der andere ist Taviros?

Mag sein. Rob zog sie hinter eine der Säulen und küsste sie. *Wir waren so lange nicht mehr allein, und bald muss ich dich gehen lassen.*

Leána seufzte tief. Auch sie vermisste die Zweisamkeit mit Rob, seine Zärtlichkeit und Leidenschaft. Hier waren sie ein wenig vor den Elementen geschützt, und Rob begann, sie mit Küssen zu bedecken.

»Möchtest du wirklich mit mir schmutziger, ungewaschener Nebelhexe das Lager teilen?«, scherzte sie und zupfte angewidert an ihrem Hemd herum.

»Ich möchte immer mit dir das Lager teilen«, flüsterte er in ihr Ohr, und wohlige Schauer durchzuckten Leána.

Dennoch vermisste sie ein ausgiebiges Bad, gerne auch mit Rob. Die letzten Wassereimer hatten sie Ennedal und Morthas überlassen, denn die beiden hatten nach ihrer beschwerlichen Reise eine Wäsche nötiger gehabt.

»Rob, ich stinke.« Sie hielt ihn sich widerstrebend vom Leib.

»Tust du nicht«, behauptete er und knabberte an ihrem Hals herum.

Sie kicherte leise, denn seine Lippen kitzelten.

Hinter der Säule hörten sie, wie Morthas und Kayne miteinander redeten, und Leána hob bedauernd die Arme.

Plötzlich zog Rob sie jedoch mit sich, mitten hinaus in den Platzregen und das Gewitter, das über dem Palast niederging.

»Rob, was soll das?«, kreischte sie.

»Hier sind wir ungestört.«

Innerhalb weniger Atemzüge waren ihre Kleider völlig durchnässt, und der Wind nahm Leána die Luft zum Atmen.

»Du bist verrückt«, schrie sie Rob ins Ohr.

Doch er entledigte sich nur seines Hemdes, hob die Arme gen Himmel und drehte sich im Kreis. Die Blitze warfen bizarre Schatten auf seinen nackten Oberkörper, von dem nun Bäche rannen.

Hier hast du ein Himmelsbad! Er nahm sie an der Hand und führte sie hinter eine der Mauern, wo sie zumindest vom Wind geschützt waren.

Rob … ich …, setzte sie an, denn inzwischen war ihr kalt in den nassen Kleidern, aber Rob schüttelte den Kopf, lachte sie an und begann, sie zu entkleiden, dann presste er seinen nackten Körper gegen sie.

Ich sagte dir doch, mit einem Drachen an deiner Seite wird dir nie wieder kalt sein.

So verrückt das alles war, Leána ließ sich von Robs Leidenschaft mitreißen. Und tatsächlich, als sie sich mitten in diesem Unwetter, an den verfallenen Mauern des Elfenpalastes liebten, wärmte er sie mit seinem Feuer, und Leána versank in einem wahren Rausch.

Kayne wünschte sich, Nordhalan hätte Morthas oder Ennedal statt seiner losgeschickt, um Leána und Rob zu suchen, denn dann wäre ihm dieser Anblick erspart geblieben.

Auf der Stelle hätte er umdrehen müssen, als er die beiden, beleuchtet vom Licht der Blitze, fand, wie sie in ihr Liebesspiel versunken waren. Doch er konnte die Augen nicht abwenden, selbst wenn sich alles in seinem Inneren verkrampfte. Und so beobachtete er Leána, von deren nacktem Körper das Wasser rann, die nassen Haare fielen fast bis zu ihren schlanken Hüften hinab. Rob stand mit dem Rücken zur Wand, zog sie enger an sich, und sie umschlang ihn mit ihren Beinen. Sie küssten sich wild und leidenschaftlich, jetzt legte er seinen Kopf in den Nacken, der nächste Blitz beleuchtete sein Profil.

Eine Nebelhexe und ein Drache, dachte Kayne, während der Regen ihn komplett durchweichte. *Eigentlich sind sie ein schönes Paar.* Ruckartig wandte er sich ab, denn er hatte genug gesehen.

»Sie kommen später«, sagte er harsch zu Nordhalan, als ihn der Zauberer bei seiner Rückkehr fragend ansah.

»Sollte das Unwetter anhalten, müssen wir unsere Abreise verschieben«, erklärte Nordhalan.

Kayne kramte in seinem Bündel nach frischen Kleidern. »Dann verschieben wir die Abreise eben.«

»Kayne, geht es dir gut?«, erkundigte sich Ennedal sanft.

»Alles bestens«, behauptete er, dann riss er sich das nasse Hemd vom Leib. »Ich nutze das Wetter und wasche meine Sachen.« Damit verließ er den Raum.

Der Gedanke an ihr verrücktes Liebesspiel mitten im Unwetter ließ Leána auch jetzt noch wohlige Schauer über den Körper rinnen, als sie neben Rob auf ihrem Lager lag. Seine tiefen Atemzüge kündeten von einem erholsamen Schlaf, aber sie selbst fand keine Ruhe. Außer Morthas, der mit der Wache an der Reihe war, schliefen alle. Der Wind war versiegt, aber das stetige Plätschern kündete noch immer von Regen. Der Morgen konnte nicht mehr allzu fern sein, denn langsam drang Helligkeit in den Raum. Behutsam erhob sich Leána.

»Ich sehe nach, ob sich die Regenwolken endgültig verzogen haben«, flüsterte sie Morthas zu.

Dieser nickte, stellte aber mal wieder eine verdrießliche Miene zur Schau.

Frisch und klar war die Luft, als Leána an die Balustrade trat. Der Himmel im Westen war noch dunkel, der seltsame Mond, der noch immer von dieser dunklen Scheibe in der Mitte teilweise verdeckt war, hing noch über dem Meer. Bis auf ein leises Tröpfeln versiegte der Regen nun. Leána hatte den Eindruck, die Erde würde nach der langen Trockenheit regelrecht aufatmen. Langsam schlenderte sie über die aufgeweichten Wege und hielt inne, als sie gedämpfte Stimmen vernahm.

»... du wirst sie nehmen. Sie ist jung und unverbraucht«, verlangte Eriyane.

»Und wenn sie nicht will?«

»Dann hör auf mit der Sauferei, Gharion.« Ein Krug flog durch die Luft und zerschellte am nächsten Stein. Wie ein Peitschenknall zerschnitt die Stimme der Elfenherrin die Luft und klang boshaft. »Du hast die ganze Zeit über versagt. Nun lass Taten folgen. Dir ist doch klar, was sonst geschieht?«

»Weißt du eigentlich, wie sehr ich dich hasse?«

»Denkst du, das ist für mich von Interesse?« Ein Lachen erklang, dann war es still.

Zögernd spähte Leána um die Ecke, doch sie erkannte nur Gharions Rücken, als er zurück in den Palast ging.

Was hatte seine Mutter von ihm gewollt?

Beim Frühstück war Gharion nicht anwesend, und die Gespräche drehten sich um die bevorstehende Abreise.

»Habt ihr Pferde? Die würden unsere Reise deutlich verkürzen«, erkundigte sich Ennedal.

»Pferde, rassige und schnelle Pferde grasen auf unseren Weiden«, sinnierte der Elfenherr mit entrückter Stimme.

Eriyane hingegen lächelte milde und tätschelte seine Hand.

»Schon lange gibt es keine Pferde mehr. Unsere dunklen Brüder haben sie gestohlen«, bedauernd hob Eriyane ihre Schultern, »wie ihr wisst, wurden die Nahrungsmittel knapp.«

Auch in Albany konnten Dunkelelfen mit Pferden wenig anfangen, und Leána würde nicht ausschließen, dass diese in Notzeiten auch Pferdefleisch aßen. Trotzdem war Sharevyon einfach ein seltsames Land. Nordhalan begann, die Elfe über ihre dunklen Verwandten auszufragen, und Leána fiel ein, dass sie ihren Dolch noch suchen wollte. In ihren Sachen war er nicht zu finden gewesen, daher vermutete sie, dass sie ihn draußen hatte liegen lassen, als sie sich mit Rob im Regen geliebt hatte. Die Erinnerung an diese Nacht der hemmungslosen Leidenschaft ließ ihr die Röte ins Gesicht steigen, und sie erhob sich rasch.

»Ich bin gleich zurück«, sagte sie in die Runde.

»Bleib nicht zu lange fort. Bald ist alles für unsere Abreise bereit«, erklärte Eriyane.

Leána eilte hinaus, sprang über Pfützen und ging zu jener Stelle an der Palastmauer, wo sie den Dolch vermutete. Beinahe wäre sie über Gharion gestolpert, der, seine Beine lang ausgestreckt, schon zu dieser frühen Morgenzeit völlig betrunken am Boden saß und mit dem Rücken an einer verwitterten Elfenstatue lehnte. Neben ihm lag ein umgekippter Becher, in der Hand hielt er einen halb leeren Steinkrug. Er nahm sie offenbar gar nicht wahr, sondern warf kleine Kiesel in das nun wieder gefüllte Becken eines Brunnens, der sich ihm gegenüber auf der anderen Seite des Kiespfades befand.

Kopfschüttelnd ging Leána weiter, fand ihren Dolch tatsächlich nach kurzem Suchen an der Mauer und wischte ihn trocken. Auf dem Rückweg kam ihr Shirina entgegen. Gerade brach die Sonne durch die Wolken, und Tropfen funkelten auf Mauern und den zaghaft erblühenden Ranken.

»Ist das nicht wundervoll«, rief Leána der Elfe erfreut zu, die wenige Schritte vor Gharion stehen blieb. Doch der Elf war nur mit seinem Krug beschäftigt und nahm einen kräftigen Schluck.

Aber auch Shirina reagierte nicht, starrte Leána lediglich an und schritt weiter. Durch Zufall, oder vielleicht war es auch Schicksal, fiel Leánas Blick auf das Brunnenbecken. Sie riss die Augen weit auf. Statt Shirinas Spiegelbild war dort für einen Moment ein zotteliger Buggane zu erkennen.

Der Mann, der Albany und vor allem die Nebelhexen in Angst und Schrecken versetzt hatte, strich über das Kostüm des Bärtigen, das sicher in dem doppelten Boden seines Schrankes verstaut war. Eine Weile würde er sich zurückhalten müssen, denn im Moment galt es abzuwarten. Lediglich zu den geheimen Treffen würde er die Verkleidung noch anlegen. Eines seiner Ziele hatte er erreicht. Ein Teil der Bevölkerung, vor allem die Adligen, stand Kaya von Northcliff nun nicht mehr allzu wohlwollend gegenüber. Sie hatte sich für die Nebelhexen eingesetzt, einem Lord hingegen seine Rache verwehrt. Natürlich sprach das kaum einer offen aus. Aber seine Spione belauschten Gespräche in Tavernen und auf Marktplätzen, bei Festen und in den Postreiterstationen.

Wie der Bärtige es vorhergesehen hatte, waren die Nordzwerge zwar von einem unabhängigen Reich angetan und dankten es Kaya, sie mit entsprechenden Zahlungen zu unterstützen, aber sie konnten sich auf keinen König einigen – niemand wollte eine derart hohe Position innehaben. Doch das würde sich bald ändern, und wenn es erst zu einem Krieg kam, würden die Adligen sich weiter gegen Kaya wenden.

Der Weg war geebnet, auch wenn vieles seine Zeit brauchen würde. Noch einmal strich er über den falschen Bart, dachte an Leána von Northcliff und malte sich aus, wie er sie eines Tages schänden würde. Diese Vorstellung erregte ihn über alle Maßen, so wie ihn Nebelhexen schon immer erregt hatten. Er wusste nicht einmal, was ihm wichtiger war – sie zu nehmen oder sie hinterher umbringen zu lassen und Albany von diesen Mischwesen reinzuwaschen. Er bedauerte es, Leána nicht selbst das Leben nehmen zu können, denn sonst würde ihn der Fluch der Northcliffs treffen. Wer ein Mitglied der Königsfamilie ermordete, starb selbst eines grausamen Todes, das hatte die Geschichte bereits mehrfach gezeigt, und ob eine illegitime Northclifftochter eine Ausnahme darstellte, war fraglich. Im öffentlichen Leben musste er seine Neigungen stets hinter einer Fassade verbergen, auch wenn ihm dies zunehmend schwerfiel. In der kommenden Zeit würde er seine Triebe mithilfe eines Elixiers aus Kräutern im Zaum halten. Vielleicht konnte er zumindest seine Helfer auf die Suche nach allein lebenden Nebelhexen schicken – die gab es noch immer in Albany, denn nicht überall waren sie gern gesehen. Dann konnte er sich mit ihnen vergnügen, bis Leána aus der anderen Welt zurück war oder er ihr folgen konnte. Noch zögerte Kaya, aber er würde sie dazu bringen, ihn durch das Portal gehen zu lassen. Am besten zusammen mit Toran, den er dann auf die eine oder andere Art und Weise würde verschwinden lassen können.

Während der letzten Tage war der Junge geradezu versessen darauf gewesen zu kämpfen – eine gute Voraussetzung. Energisch drückte er die Holzbohlen zurück in ihre Fugen. Für den Moment hatte der Bärtige ausgedient.

Kapitel 17

Die falsche Elfe

Leána starrte angestrengt in den Brunnen, schloss die Augen und blickte ein zweites Mal hinein, aber da war Shirina schon weitergegangen, ihr eigenartiges Abbild verschwunden.

War sie einer Täuschung erlegen? Sie beugte sich nach vorne, erkannte jedoch nur ihre eigenen Züge im klaren Wasser.

»Gharion, hast du das gesehen?« Sie drehte sich zu dem Elfen um, der lediglich rülpste, dann murmelte sie zu sich selbst: »Weshalb frage ich ihn überhaupt?«

»Was soll ich gesehen haben?«, lallte er. »Eine abscheuliche Kreatur, die hier vorbeispaziert ist, haha!« Er hob seinen Krug in Richtung Shirina. »Heil den Elfen Sharevyons!«

Leána stutzte, dann kniete sie sich hinab zu dem betrunkenen Elfen. Seitdem sie hier war, hatte sie ihn niemals wirklich nüchtern erlebt. Heute wirkte er jedoch volltrunken.

»Was meinst du mit *abscheuliche Kreatur*?« Hatte Gharion am Ende die ganze Zeit über gewusst, wer Shirina tatsächlich war?

»Das verstehst du nicht!«

Vielleicht war sein erbärmlicher Zustand ihre Chance. Leána zog ihn energisch auf die Füße, auch wenn er protestierte. Doch sie gab nicht nach, zerrte ihn über den Kiesweg mit sich zu dem Brunnen.

»Gharion, schau in dieses Becken. Gerade als Shirina vorbeiging, habe ich einen Buggane statt ihrem Spiegelbild im Wasser gesehen. Wie kann das sein?«

Der Elf hielt mitten in der Bewegung inne, den Krug erneut

an die Lippen zu führen. Dann ließ er sich auf der Mauer nieder, die das Brunnenbecken umrandete. »Du hast es gesehen«, wiederholte er mit schwerer Zunge.

»Gharion, was ist hier los?«, drängte Leána.

»Elfen sind keine Elfen mehr, unsere Welt ändert sich.«

»Hör auf mit dem Gerede, was stimmt nicht mit Shirina?«

Gharion lachte freudlos auf, sagte jedoch nichts.

Nur mit Mühe konnte sich Leána beherrschen. Am liebsten hätte sie diesen versoffenen Elfen mit dem Kopf so lange ins Wasser getaucht, bis er ihr die Wahrheit sagte.

Eine ganze Weile starrte er ihr nur ins Gesicht, und sie stand gefährlich nahe an der Schwelle zu einem Wutausbruch, dann begann er plötzlich zu sprechen.

»Hast du Familie?«

Auch wenn Leána nicht wusste, was das sollte, nickte sie. »Ja. Meine Eltern, einen kleinen Bruder, und da wären noch mein Ururgroßvater, meine Tante und mein Cousin. Und …« Sie dachte an ihre entfernteren Verwandten im Unterreich, doch bevor sie fortfahren konnte, krallten sich Gharions gelbliche Fingernägel in ihren Arm. Er sah sich hektisch um und sprach nun so leise, dass sie ihn kaum verstand.

»Nicht alle Elfen sind das, was sie vorgeben. Nimm dich vor denen in Acht, die zu perfekt wirken. Geht nach Hause, zerstört euer Portal und kehrt nie wieder nach Sharevyon zurück.« Er erhob sich ruckartig und schwankte davon.

Verdutzt blieb Leána sitzen, dann rannte sie ihm nach. »Was sollen diese Andeutungen?«

»Lass mich«, schimpfte er.

»Bleib stehen und sprich mit mir!« Energisch packte sie ihn an den Schultern.

Mit überraschender Kraft schubste Gharion sie zurück.

»Ich hätte das nicht sagen dürfen!« Seine Augen funkelten irre. »Wenn es herauskommt, ist das Schicksal meiner Familie endgültig besiegelt. Aber wenn du deine Welt retten willst, dann hör auf mich. Geht und lasst euch vor Eriyane nichts anmerken, sonst bin ich verloren – so wie ihr auch! Traut niemandem!« Schon wollte er weiterschwanken, doch er drehte sich noch einmal um und flüsterte: »Eriyane ist die leibhaftige Verderbnis.«

Verwirrt schaute Leána dem betrunkenen Elfen nach, der hektisch auf den Palast zuhielt, wobei er mehrfach stolperte und sich nach allen Seiten umsah.

Was sollte sie mit dieser Information anfangen? Waren sie tatsächlich alle in Gefahr, oder handelte es sich um das Gerede eines dem Alkohol verfallenen, frustrierten Elfen? Aber Leánas Beobachtung am Brunnen sprach für sich. Sie schauderte, fühlte sich mehr denn je beobachtet und eilte nun zurück zu ihren ahnungslosen Freunden.

Der Raum, in dem sie ihr Frühstück zu sich genommen hatten, lag verlassen da, nur ein einzelner Buggane fegte den Boden und grinste Leána unsicher an, wobei er seine spitzen Zähne zeigte.

Wer waren diese Wesen wirklich? Welche Position hielten sie in Sharevyon inne?

Auf dem weiteren Weg zu ihrer Unterkunft bog Leána so hastig um die Ecke, dass sie gegen einen Elfen prallte. Als sie den Kopf hob, blickte sie Taviros in die hellblauen Augen. Bislang war ihr gar nicht aufgefallen, wie groß er war. Leána war selbst nicht gerade klein, aber sie reichte ihm nur bis zur Brust. Er fasste sie an den Schultern und lächelte, doch seine Berührung fühlte sich kalt an, und ein Prickeln überzog ihren gesamten Körper. Lag es nur an dem, was Gharion ihr erzählt hatte, oder strahlte dieser Elf tatsächlich etwas Bedrohliches aus?

»Leána, nicht wahr?«, fragte er freundlich und mit einer dunklen, aber melodischen Stimme.

»Ja, das bin ich. Würdest du mich durchlassen? Ich muss packen.« Sie wollte sich an ihm vorbeidrängen, doch er hielt sie fest.

Zart wie eine Feder fuhr sein Finger über ihr Gesicht, und er betrachtete sie mit schräg gelegtem Kopf. »Sind alle Menschenfrauen so wie du? Anmutig, geheimnisvoll und voller Magie?«

In diesem Moment fühlte sich Leána wie gebannt. Sie verspürte den Wunsch, in seinen klingenden Worten zu versinken, auch wenn eine drängende innere Stimme sie warnte.

»Man könnte beinahe meinen, du würdest das Blut des Elfenvolkes in dir tragen«, schmeichelte er.

Bislang hatte Leána noch kein Wort mit Taviros gewechselt, und sie wusste auch nicht, welche Rolle er in Sharevyon bekleidete.

»Ich …« Sie räusperte sich, und es gelang ihr, sich selbst dazu zu zwingen, einen Schritt zurückzutreten.

Für einen Moment huschte so etwas wie Überraschung über Taviros' ebenmäßiges Antlitz.

»Die Menschen meiner Welt sind unterschiedlich. Nur wenige besitzen Zauberkräfte.«

»Menschen«, ganz kurz hatte Leána den Eindruck, der Elf könne ihre Gedanken lesen, »eine beachtliche Rasse«, sagte er nur, strich sanft über ihr Haar, was neue Schauer über Leánas Rücken jagte, und schritt anschließend davon.

Welches Geheimnis bargen die Elfen hier in sich? Leána war derart benommen, dass sie leise aufschrie und mit ihrem Dolch in der Hand herumfuhr, als sich eine Hand auf ihren Arm legte.

»Rob«, keuchte sie.

»Leána, was ist denn?«, erkundigte er sich.

»Taviros.« Sie schauderte, dann fasste sie Rob am Unterarm. »Ich muss mit euch sprechen – dringend!«

»Hat er dir etwas getan?« Ein mordlustiger Ausdruck trat in Robs Augen, und sie konnte die unterdrückte Wut spüren, die er schon seit Tagen mit sich herumtrug. »Ich zerfetze ihn, falls …«

»Nein, das ist es nicht. Komm jetzt, Rob, es ist wirklich wichtig.«

Stumm und regungslos saßen Leánas Freunde vor ihr, und sie konnte ihre Verwunderung gut verstehen. Zu merkwürdig musste das klingen, was sie gerade erzählt hatte.

Ennedal ergriff als Erste das Wort. »Gharion ist ein Trunkenbold, wir sollten nicht zu viel darauf geben.«

»Und was ist mit dem, was Leána im Brunnen gesehen hat?«, entgegnete Rob scharf.

»Richtig«, stimmte nun Nordhalan zu. »Wären es nur Gharions Worte, könnte man zweifeln. Er scheint sich nicht mit seiner Mutter zu verstehen. Aber gemeinsam mit Leánas Beobachtung und diesem eigentümlichen Ritual in dem verborgenen Hof, das Rob und Kayne vor Kurzem beobachtet haben, sollten wir das Ganze ernst nehmen – sehr ernst!«

»Vielleicht sollten wir versuchen, mehr aus Gharion herauszubekommen, bevor wir abreisen«, schlug Kayne vor.

»Ich glaube nicht, dass er noch etwas verlauten lässt. Er hat Angst, das habe ich gespürt, und ich denke, er hat nur geredet, weil er noch mehr Alkohol im Blut hatte als sonst.«

»Aber eine Elfe, die eigentlich ein Buggane ist – das ist doch zu absurd«, sagte Ennedal.

»Ist dir nie aufgefallen, wie seltsam Shirina redet?«, wandte Leána ein. »Wenn man genau darüber nachdenkt, den Buggane sehr ähnlich.«

Die blonde Elfe runzelte die Stirn. »Dann müsste sie jemand verzaubert haben.«

»Eriyane«, spekulierte Nordhalan.

»Könntest du einen Menschen in etwas anderes verwandeln?«, fragte die Elfe. »Und das in einer Welt, in der ohnehin kaum noch Magie existiert?«

»Nein, das gelänge mir nicht«, erklärte Nordhalan, »und selbst wenn es in meiner Macht läge, würde es die Ehre der Diomár verbieten, einem Wesen eine andere Gestalt zu geben. Dennoch mag es solche Kräfte geben.« Sein Blick wanderte zu Rob, und dessen Kieferknochen spannten sich an.

»Könnte ein Drache einen Buggane in einen Elfen verwandeln?«, fragte Leána ihn.

»Wäre möglich«, antwortete er knapp. »Aber hier gibt es ja keine Drachen mehr.«

»Das könnte eine Lüge sein«, mutmaßte Nordhalan. »Andererseits lässt Sharevyons Zustand vermuten, dass die Drachen tatsächlich ausgestorben sind. Es ist vertrackt!«

»Ich sage, wir gehen zurück, so wie Gharion es geraten hat«, meinte nun Morthas. Er hielt sein Bündel an sich gedrückt und schien lieber jetzt als später davonrennen zu wollen.

»Und wie machen wir glaubhaft, dass wir plötzlich alle nach Albany zurückwollen, da wir doch verkündet haben, Rob, Kayne, Ennedal und Morthas blieben hier?«, warf Nordhalan ein. »Das ist es, was mir die meisten Sorgen bereitet. Eriyane könnte Verdacht schöpfen.«

»Du willst uns doch nicht etwa zurücklassen?«, keuchte Morthas.

»Nein«, versicherte Nordhalan. »Wir gehen alle.«

»Einfach so?« Rob hob fragend eine Augenbraue.

Nordhalan nickte. »Einfach so. Überlasst das mir.«

»Haha«, lachte Morthas hysterisch. »Das klingt nicht, als ob du einen ausgereiften Plan hättest, Nordhalan.«

»Hast du einen besseren?«, blaffte ihn Kayne an.

»Schluss jetzt!«, fuhr Nordhalan dazwischen und erhob sich. »Wir gehen alle zum Portal, und unterwegs versuchen wir herausbekommen, welcher Wahnsinn diese Welt befallen hat.«

»Und Sharevyon und die Elfen überlassen wir ihrem Schicksal?«, fragte Ennedal empört. Tränen traten in ihre Augen. »Sollen Estell und Marathis umsonst ihr Leben gegeben haben?«

»Natürlich nicht, Ennedal«, versuchte Nordhalan sie zu trösten. »Nur müssen wir abwägen, ob wir uns selbst weiter in Gefahr bringen dürfen, und was mich betrifft, so bin ich nicht bereit, dieses Risiko einzugehen. Genauso wenig werde ich Albanys Elfen leichtfertig in diese Welt ziehen lassen. Vieles ist seltsam hier, und sofern Eriyane wirklich eine Gefahr darstellt – welcher Art auch immer –, können wir nicht zurückkommen, so leid es mir tut. Nach dem, was wir nun erfahren haben, können wir nicht einmal mit Sicherheit sagen, ob nicht Eriyane etwas mit dem Verschwinden von Estell und Marathis zu tun hat.«

Erschrocken riss Ennedal ihre blauen Augen auf, dann verschränkte sie die Arme vor der Brust. »Ich glaube das nicht.«

Sie scheint sich mehr als wir alle von Eriyanes Aura einlullen zu lassen, überlegte Leána, während ihre Freunde sich nach und nach erhoben und ihre Sachen packten.

Ungewohnt sanft sprach Kayne auf Ennedal ein. »Komm mit«, hörte sie ihn sagen, »noch ist nichts entschieden. Wir werden sehen, was geschieht, und ohnehin hat Lharina das letzte Wort.« Tatsächlich ließ sich die Elfe, wenn auch widerstrebend, dazu bringen, ihr Bündel und ihr Schwert zu nehmen und mit ihnen zu gehen.

Während sie durch den Palast eilten, hielt Leána nach Gharion Ausschau und hoffte darauf, ihn noch einmal zu sehen. Doch der Elf zeigte sich nicht. Entweder er bereute, was er von sich gegeben hatte, oder er war schlicht und einfach mal wieder zu betrunken und kümmerte sich um gar nichts mehr.

Leána konnte die Anspannung ihrer Gefährten spüren, und ihr selbst ging es nicht anders. Bei jedem Elfen, den sie trafen, fragte sie sich, ob es sich bei ihm tatsächlich um einen von Ennedals Volk handelte, oder ob er so war wie Shirina.

Leána war froh, den Palast der Winde zu verlassen. Wirklich wohl hatte sie sich hier ohnehin nicht gefühlt, aber die folgenden Tage würden nervenaufreibend werden, das war ihr klar. Eriyane gegenüber durften sie sich nichts anmerken lassen und mussten am Portal verhindern, dass die Elfenherrin darauf bestand, einer von ihnen müsse hierbleiben.

Eine Gruppe von Buggane stand vor dem Palast. Die pelzigen Wesen plapperten lautstark miteinander.

»Sie kehren bald zurück.«

»Drachen bringen sie mit. Drachen!«

»Und auch die Schönen, ja, die Schönen!«

Die Buggane waren völlig außer sich, verneigten sich ständig und wünschten eine gute Reise.

Noch vor wenigen Tagen wäre Leána gerührt gewesen, aber jetzt zweifelte sie an den guten Absichten der Buggane. Andererseits mochten sie auch gar nichts damit zu tun haben. Vielleicht hatte Eriyane – oder wer auch immer – einen der Buggane ohne deren Wissen verzaubert.

Vor dem Torbogen, der zu dem steilen Weg und hinab auf die Ebene führte, warteten die beiden Elfenherrscher Eriyane und Thylios sowie Taviros und ein Elf, den Leána zuvor noch nicht gesehen hatte. Er überragte selbst Taviros noch um einige Finger breit, und sein hellblondes Haar schimmerte in der Sonne. Hinter ihnen warteten fünf Buggane, die große Säcke auf den Schultern trugen.

»Wie viele Buggane benötigt ihr für euer Gepäck?«, erkundigte sich die Elfenherrin.

»Wir tragen unsere Sachen selbst«, verkündete Nordhalan, woraufhin Eriyane zunächst stutzte, sich anschließend jedoch verneigte.

»Wie es euch beliebt.«

»Reiß dich zusammen, Morthas«, hörte Leána Kayne in der Sprache Albanys raunen, und als sie sich umwandte, hätte sie trotz der angespannten Situation beinahe gelacht.

Wie ein Häufchen Elend stand der hagere Zauberer da, die Schultern eingezogen, das Gesicht so fahl, dass jede Banshee bei ihrem Todeslied neidisch geworden wäre.

»Wir alle haben uns übrigens entschieden, zurück nach Albany zu reisen«, erklärte Nordhalan nun.

»Das ist bedauerlich, wie ich finde«, sagte Eriyane vollkommen emotionslos. Dennoch fand Leána die Körperhaltung der Elfe angespannter. »Ich hatte gehofft, einige von euch würden bleiben und uns mehr von eurer Welt und dem Elfenvolk jenseits unserer Grenzen erzählen.«

Nordhalan neigte den Kopf und deutete ein Lächeln an. »Dafür wird noch Zeit sein, wenn wir wieder zurückkehren. Und wer weiß, eines Tages könnt Ihr vielleicht selbst durch die Wälder von Albany streifen.«

Eriyane schritt auf Nordhalan zu. Ihr blassgelbes Gewand umschmeichelte ihren Körper.

»Wir würden die Wartenden gut behandeln«, die Elfenherrin lächelte Nordhalan einnehmend und ausgesprochen freundlich an. Keine Spur von Berechnung war auf ihrem hübschen Antlitz zu erkennen.

»Davon bin ich überzeugt«, entgegnete Nordhalan ungerührt. »Doch wenn wir in unserer Welt eine Entscheidung zu Euren Gunsten herbeiführen wollen, so ist es wichtig, dass wir alle hier für Sharevyon sprechen. Jeder Einzelne von uns ist ein wichtiger Entscheidungsträger und somit für die Rückkehr der Drachen in Eure Welt von großer Bedeutung.«

Eriyane musterte Nordhalan, als wolle sie zu seinen Gedanken vordringen. Der Zauberer wich ihrem Blick jedoch nicht aus.

Das freundliche Lächeln der Elfenherrin verflog allmählich, und ihre Miene wurde ernst. Leána befürchtete schon, sie würde sie alle mit Gewalt festhalten, doch da wandte sich Eriyane abrupt ab und ging zu ihrem Gemahl.

»Wie Ihr wünschst, Zauberer Nordhalan, wir würden uns über euer aller Rückkehr freuen.« Sie umarmte Thylios, dann wandte sie sich dem fremden Elfen zu. »Lorios, achte während meiner Abwesenheit gut auf meinen Gemahl und auf Gharion.« Sie blickte zurück zum Palast, und Leána hoffte schon, der Sohn des Herrscherpaares würde noch einmal erscheinen, doch sie wurde enttäuscht.

»Möchte er uns nicht begleiten?«, fragte sie betont unschuldig.

»Er hat … andere Aufgaben«, erwiderte Eriyane diesmal beinahe schon harsch.

»Vielleicht würde ihm eine Reise guttun und von seinem … nennen wir es … Laster abbringen«, fügte Nordhalan hinzu. Er wusste sicher, was Leána im Sinn hatte, und sie war froh, dass er nun versuchte, Eriyane zu überreden.

»Gharion bleibt.« Damit wirbelte Eriyane herum und schritt gemeinsam mit Taviros voran. Die kleinen Buggane tippelten ihnen hinterher, schwer gebeugt von der Last des Proviants und des Gepäcks auf ihren Rücken.

»Die riesigen Elfen könnten das wirklich selbst schleppen«, beschwerte sich Kayne leise, und Leána konnte ihm nur zustimmen. Andererseits musste sie an Adlige aus Northcliff denken. Auch die, eingeschlossen Kaynes Mutter, hätten sich nicht darum geschert, wenn Schwächere ihr Gepäck trugen.

Sie glaubte zu erahnen, dass Kayne ähnliche Gedanken durch den Kopf gingen, denn seine Augenbrauen zogen sich bedrohlich zusammen.

Komm, Leána, forderte Rob sie in Gedankensprache auf, *wir werden eine Möglichkeit finden, von hier fortzukommen.*

Selbst wenn Leána um Robs aufmunternde Worte froh war, sagte ihr eine innere Stimme, dass ihre Flucht alles andere als einfach werden würde. Es schien zwar, als hätte Eriyane eingewilligt, doch noch war das Weltenportal nach Glastonbury weder erreicht noch durchschritten. Und selbst wenn sie ungehindert passieren konnten – konnten sie Sharevyon so einfach seinem Schicksal überlassen, nur wegen einiger seltsamer Begebenheiten und dem Wort eines Trunkenbolds?

Kapitel 18

Schwelende Gefahr

Das lasse ich mir nicht gefallen!«, regte sich Horac auf. »Ich werde mich nicht in Hafrans stinkende, unterirdische Stadt verschleppen lassen und sein mieses Bier trinken. Bei Urgân, unserem Erdvater, lieber lasse ich mir noch einmal ein Schwert schmieden und ziehe selbst in den Kampf!« Der alte Zwerg trug eine ungewohnt wilde und kriegerische Miene zur Schau, auch wenn sich diese nur einen Augenblick später in eine mehr als verdrießliche wandelte. »Ohh jeeh, selbst wenn unser Zwergengott selbst mir ein Schwert schmieden würde, befürchte ich – dass das nix werden würde.«

Auf vielen Gesichtern wurde ein Schmunzeln sichtbar, selbst wenn die Lage durchaus ernst war. Edur, sein Onkel Horac und über zweihundert Zwergenflüchtlinge waren an diesem Morgen in Northcliff eingetroffen. Es war zu ihnen durchgedrungen, dass gleich drei Zwergensiedlungen in der Nähe von Rodgill, nahe der Grenze, leer und teilweise verwüstet vorgefunden worden waren. Auch wenn es keinerlei Beweise gab, so gingen nun doch alle davon aus, dass Hafran Ernst gemacht und damit begonnen hatte, die Nordzwerge in die Berge des Südostens zu schaffen.

»Welch eine Dreistigkeit von diesem Kerl!«, empörte sich Lord Petres. Mit einigen seiner Männer stand er links vor Kayas Thron, unmittelbar neben Horac, dessen Schwester Horata und Edur, die auf dem leicht erhöhten Vorsprung vor dem Thron standen und vorsprachen. Toran saß nicht neben seiner Mutter, wie es sich gehört hätte, sondern lehnte an der Tür zum Thronsaal. Davor hatten sich einige Zwerge und Neugierige versammelt und drängten nach vorne, um besser zu hören, wurden jedoch von den Wachen aufgehalten.

Hauptmann Sared stand mit gewohnt unbewegter Miene hinter Torans Mutter, eine Hand an der Waffe, jederzeit bereit, sie zu schützen. Toran war sich auch Nal'Righals Anwesenheit bewusst. Der schweigsame, finstere Dunkelelfenkrieger wich schon den ganzen Tag nicht von seiner Seite, sicherlich auf Kayas Anweisung hin.

Petres stellte sich auf den Podest neben Horac, Horata und Edur. »Nun ist es wirklich an der Zeit, einen Zwergenkönig auszurufen!«

»Wir können nicht mit Gewissheit sagen, dass es Hafrans Zwergenkrieger waren«, beschwichtigte Edur. »Wir erbitten vorsorglich Schutz für Alte und Kinder, die nicht in der Lage sind zu kämpfen.«

»Edur, habt Ihr mit den Dorfvorstehern geredet? Ist jemand bereit, das Nordreich zu regieren?«, erkundigte sich Kaya.

Der rothaarige Zwerg zog die Schultern ein und spielte nervös an seinem Bart herum, dann schüttelte er den Kopf.

»Na, alle wollen Edur, das ist doch ganz klar«, tönte da ein blonder Zwergenkrieger, und die meisten anderen Zwerge nickten zustimmend.

»Ohh jeeh, aber der will nicht.« Horac versetzte seinem Neffen einen Klaps auf den Hinterkopf.

Unwillig schob der rothaarige Zwerg die Hand seines Onkels fort. »Jetzt geht es zunächst um die Flüchtlinge.«

»Zuflucht soll ihnen gewährt sein«, vernahm Toran klar und fest die Stimme seiner Mutter, auch wenn er die Sorgenfalte auf ihrer Stirn bemerkte. Hunderte von Zwergenflüchtlingen stellten ein Versorgungsproblem für das Menschenreich dar.

»Danke, Königin Kaya.« Edur verneigte sich.

»Wirst …« Kaya räusperte sich, wohl weil sie vergessen hatte, den Zwerg förmlich anzusprechen. »Werdet Ihr Euch noch einmal überlegen, nicht doch als Anführer für die Nordzwerge zur Verfügung zu stehen? Stets haben wir gute Geschäfte miteinander gemacht. Uns verbindet seit dem Dämonenkrieg eine beständige Allianz und Freundschaft.«

Edurs Wangen nahmen eine sehr ähnliche Tönung an wie sein Haar, als ein Zwergenchor »Edur, Edur! König Edur! Unabhängigkeit von Hôrdgan!«, rief.

»Hört auf!«, brüllte Edur peinlich berührt, woraufhin die Zwerge nach und nach verstummten. »Ich habe von meinem Freund Darian etwas über eine Tradition in seiner früheren Welt gehört. Von einer Wahl.«

Lautes Gemurmel wurde hörbar, auch Toran versuchte sich zu erinnern.

»Es werden mehrere Freiwillige aufgestellt, dann wählt das gesamte Volk, und wer die meisten Stimmen hat, wird der Anführer des Landes.«

»Aber niemand will einen anderen als Edur!«, schrie ein Zwerg, und Gelächter wurde laut.

Doch Edur verschränkte die Arme vor der Brust. »Entweder wir veranstalten solch eine Wahl, oder wir kommen weiterhin ohne König aus.«

Erneut brachen Diskussionen los.

»Also gut«, schlug einer der Zwerge vor. »Die Flüchtlinge sollen aufschreiben, wen sie als König wollen, und bei jenen, die kämpfen und gegen Hafran ziehen, tun wir das Gleiche. Wir haben keine Zeit, Freiwillige zu suchen und eine Liste aufzustellen. Unsere Brüder und Schwestern aus dem Norden sind keine Narren. Sie werden nur zuverlässige Zwergenvertreter vorschlagen. Derjenige, der die meisten Stimmen hat, wird unser neuer König und muss annehmen. Bist du damit einverstanden, Edur?«

Nachdenklich zog Edur seine buschigen Augenbrauen zusammen. »So soll es sein.«

Toran vermutete, es stand im Vornherein fest, dass Edur König wurde. Der Zwerg war jung, aber nicht zu jung, und bei seinen Leuten beliebt. Dass er gut mit Kaya, Dunkelelfen, Elfen und Trollen auskam, machte ihn zu einem geradezu perfekten König für den Norden.

»Na also, wäre das geklärt!«, rief Horac aus. »Dann können wir Alten hierbleiben. Ich dachte schon, ich müsste in Hôrdgan versauern. Ohh jeeh, ständig unter der Erde leben. Die Dunkelheit, der Gestank, da bekommt man ja schlechte Laune!«

»Du hast doch ohnehin ständig schlechte Laune, das würde keinen Unterschied machen«, keifte seine Schwester, was unterdrücktes Gelächter aus allen Richtungen auslöste.

»Mach's Maul zu, Horata! Hilf mir lieber, meinen Karren den Berg hinaufzuziehen, allein wird das nix!« Für Horac schien die Sache damit erledigt zu sein. Energisch und mit zahlreichen Flüchen auf den Lippen bahnte er sich seinen Weg durch die Menge und stapfte an Toran vorbei, dicht gefolgt von seiner schimpfenden Schwester.

»Glaube ja nicht, ich hätte nicht gesehen, dass du heimlich ein kleines Bierfass unter deinen Sachen versteckt hast«, vernahm Toran Horatas Stimme. Im Gegensatz zu ihren untersetzten Landsmännern, die durch ihre Rüstungen noch fülliger wirkten, war die Zwergin ebenso ungewöhnlich dürr wie ihr Bruder, verschaffte sich jedoch lautstark Gehör, sobald ein größeres Wesen ihr den Weg versperrte, und scheute sich auch nicht, ihren spitzen Ellbogen einzusetzen.

Plötzlich nahm Toran den leichten Duft von Veilchen wahr, und kurz darauf stand Denira neben ihm.

»Prinz Toran, ich habe von dem Überfall auf die Zwerge gehört«, sagte sie, und ihre blauen Augen waren geweitet.

»Ja, eine eigenartige Sache«, entgegnete er und zog sie zur Seite, als zwei bewaffnete Zwerge durch die Tür drängten. Sie schenkte ihm ein bezauberndes Lächeln, das Toran jedoch nicht erwiderte.

Denira strich sich ihr hellblaues Kleid mit den roten Spitzen glatt. »Ein wenig rüpelhaft sind die Zwerge schon«, beschwerte sie sich, dann legte sie ihm ihre zarte Hand auf den Unterarm. »Ihr werdet doch nicht in einen Krieg gegen Hafran ziehen?«, fragte sie ängstlich.

»Wenn es nötig ist«, antwortete er knapp.

»Ich würde mich um Euch sorgen«, gab sie leise zu.

»Das musst du nicht.« Toran rang sich sogar ein Lächeln ab. »Noch ist nicht die Rede von einem Krieg gegen die Zwerge. Vor allem müssen sie erst ihren König wählen.«

Die junge Frau atmete hörbar auf, und als eine weitere Gruppe Zwerge hereindrängte, nutzte sie die Gelegenheit und drückte sich dichter an Toran heran.

Während der letzten Tage hatte Denira noch häufiger als sonst seine Nähe gesucht, und hin und wieder hatte er sogar mit dem Gedanken gespielt, ihrer offensichtlichen Verliebtheit nachzugeben. Wenn auch nur, um sich abzulenken. Er wollte wissen, ob er überhaupt noch in der Lage war, etwas zu fühlen, selbst wenn es eine rein körperliche Leidenschaft war. Doch etwas hielt ihn davon ab. Früher hätte er sich nicht gescheut, ein Mädchen, das er nicht wirklich liebte, in sein Gemach zu nehmen. Er war der Thronerbe, hatte immer geglaubt, die wenigsten würden sich ernsthafte Hoffnungen machen, Königin von Northcliff zu werden und höchstens vor ihren Freundinnen angeben, mit dem Prinzen das Lager geteilt zu haben. Jetzt lagen die Dinge anders, und er fragte sich, wie vielen Küchenmädchen oder Töchtern von Adligen er das Herz gebrochen hatte. Er wusste, wie schmerzhaft es war, jemanden zu lieben, der für einen unerreichbar war. Siah war so unerreichbar für ihn, wie es überhaupt jemand sein konnte. Bei Denira lagen die Dinge selbstverständlich anders. Aber gerade deshalb wollte er nicht mit den Gefühlen der jungen Frau spielen. Er mochte sie auf ihre Art, von Liebe war keine Spur, aber er beabsichtigte nicht, sie zu verletzen oder in ihr auch nur die Aussicht auf eine gemeinsame Zukunft zu säen.

»Entschuldige mich.« Er nickte ihr kurz zu und drängte sich zum Thron. Nur einen Lidschlag später war Nal'Righal hinter ihm.

»Macht Platz für den Prinzen!« Der Dunkelelf sprach nicht einmal laut, doch sogleich traten alle aus dem Weg. Manchmal wünschte sich Toran eine solche Ausstrahlung, wie sie Nal zu eigen war, denn niemand würde dann noch an seinen Fähigkeiten zweifeln.

Seine Mutter lächelte erleichtert, als sie ihn entdeckte.

»Toran, bitte kümmere dich darum, dass den Zwergen Quartiere zugewiesen werden.«

Diese Aufgabe missfiel ihm, lieber wäre er dabei gewesen, wenn seine Mutter, Edur und die Adligen darüber beratschlagten, was sie nun in Bezug auf Hafran unternehmen würden. Dennoch widersprach er nicht. Er wollte die Diener anweisen, freie Räume in Northcliff herzurichten und mit den Ältesten von Culmara sprechen, wo so viele Zwerge unterkommen konnten. Auch die umliegenden Dörfer mussten unterrichtet werden.

»Was fällt diesem Narren von einem Zwergenkönig ein?«, regte sich der Bärtige auf. Auf die Schnelle hatte er lediglich Selfra in die Schenke beordern können. Auf den Kräutersud, der seine Stimme rauer und gepresster klingen ließ, als sie eigentlich war, hatte er verzichtet und nur seinen Bart angeklebt.

Die füllige Frau saß aufreizend gelassen auf einem Hocker und knabberte an ihrem zweiten Honigkuchen herum.

»Ich sagte doch gleich, auf die Zwerge kann man sich nicht verlassen. Aber ich weiß gar nicht, was Ihr habt. Die Nordzwerge haben einen König ausgerufen und …«

»Hafran hätte offen zugeben sollen, dass er die Dörfer überfallen hat«, schäumte der Bärtige. »Zumindest ein paar verstümmelte Leichen zurücklassen als Warnung. Dazu einige Zwerge, die mit ihrem letzten Atemzug verkünden, Hafran wisse bereits um den neuen Nordkönig und wolle seine verräterischen Untertanen strafen. Das hätte Northcliff auf der Stelle in einen Krieg mit Hôrdgan geführt!« Unruhig schritt der Bärtige in dem verborgenen Raum auf und ab.

»Gut Ding will Weile haben.«

Der Bärtige warf ihr einen Blick zu, woraufhin sie lautstark schluckte und verstummte.

»Kennt Ihr einen älteren Zwerg mit einem weißen Bart, der an eine Ziege erinnert? Er hat mir seinen Namen nicht verraten, war jedoch bei unserem Treffen dabei.«

»Möglich.« Aufreizend unbeteiligt spielte Selfra an ihren Locken herum.

»Haltet mich nicht zum Narren, Selfra«, drohte er.

»In diesem Spiel sind wir beide gleichberechtigt«, erinnerte sie ihn. »Ich habe meine guten und von langer Hand aufgebauten Kontakte zu Zwergen und Adligen und Ihr den Einfluss auf Kaya. Nur gemeinsam können wir etwas erreichen.«

»Ja, ja, schon gut. Und jetzt sprecht!«

»Ich gehe davon aus, es handelt sich um Rumgor, Hafrans Berater. Soll ein kluger Kopf sein und seine Intrigen in Hôrdgan spinnen.«

»Seid Ihr ihm begegnet?«

»Nein.« Selfra zuckte mit den Schultern. »Ähnlich wie Hafran verlässt er sein Zwergenreich kaum. Aber meine Spione haben mich vor ihm gewarnt. Auch wenn Hafran meist Brambur als seinen Vertreter schickt, so ist es angeblich Rumgor, der den größeren Einfluss auf den Zwergenkönig hat.«

Wütend trat der Bärtige gegen ein Bierfass. »Dann hat am Ende dieser Weißbart Hafran davon abgeraten, sich offen gegen die Nordzwerge zu stellen.«

»Hat er doch gar nicht.« Selfra trat zu ihm und legte vertraulich ihre Hand auf seinen Arm. »Die Nordzwerge sind dabei, diesen Edur zu ihrem Anführer zu machen, einige Dörfer wurden geplündert. Es wäre ein seltsamer Zufall, wenn das nicht

Hafrans Werk ist. Ich werde versuchen, Brambur noch einmal ins Gewissen zu reden.« Selfra hob ihren Busen und klimperte übertrieben mit den Wimpern. »Er scheint gewissen Reizen nicht abgeneigt zu sein. Kommt es zu einem Krieg, könnte man es geschickt einfädeln und Kayas Tod dem Zwergenkönig in die Schuhe schieben, dieses einfältige Krummbein hinrichten, woraufhin – sofern meine Informanten recht behalten – Bramburs jüngster Neffe Turak König werden würde, da Hafran weder Nachkommen noch lebende Geschwister hat. Turak ist aber noch ein Kind, also könnte Brambur neuer Regent werden …«

»Was auch in seinem Sinne wäre«, schloss der Bärtige. Selfra nickte huldvoll und fuhr fort: »Anschließend säße Toran auf dem Thron, und wir könnten seine Vermählung mit Denira forcieren.«

»Was Ihr immer mit Denira habt!«, brummte der Bärtige. »Ich möchte nach wie vor Kayne und Leána auf den Thron bringen.«

Der Gedanke an die Nebelhexe machte ihn in diesem Moment, da seine Nerven ohnehin angespannt waren, rasend. Sie vor den Augen des Volkes als Königin von Northcliff zu sehen, alle in der Sicherheit zu wiegen, eine Nebelhexe könne es bis an die Spitze des Königshauses schaffen, und sie anschließend zu schänden und töten zu lassen, das erregte ihn derart, dass seine Lenden zu bersten drohten. Er stützte sich an einem der Trägerbalken ab und wischte sich den Schweiß von der Stirn.

Kayne würde er später auf andere Art und Weise loswerden, und wenn er auch Darian, den kleinen Torgal und seine widerwärtige Nebelhexe ausgelöscht hätte, wäre die Herrscherlinie von Northcliff Geschichte. Man würde einen zuverlässigen, führungsstarken Adligen brauchen nach all dem Chaos, das über Northcliff hereingebrochen war. Dann wäre er zur Stelle.

»Ist alles in Ordnung mit Euch?«, erkundigte sich Selfra.

Sein Blick fiel auf sie, woraufhin Selfra mitten in der Bewegung erstarrte und das Gebäck zu vergessen schien, das sie sich gerade eben in den Mund stecken wollte. Furcht wurde auf ihren Zügen sichtbar.

Der Bärtige trat zu ihr, und sie wich zurück, bis sich ihre Schultern gegen die Wand drückten.

»Wir werden gemeinsam herrschen, Selfra von Rodvinn«, flüsterte er, und als er sie in die Höhe zog und ihr die Bluse aufriss, entwich ihr ein erschrockener Schrei.

Noch niemals zuvor hatte er sie genommen, aber seine Gedanken waren einfach zu erregend, und völlig abgeneigt war er Selfra gegenüber noch niemals gewesen. Die Furcht in ihrem Blick, ihre offensichtliche Angst, er könne auch sie nach dem Akt umbringen, brachte ihn rasch zum Höhepunkt. Seine Finger gruben sich in ihre Speckfalten, sie schrie, ob nun vor Angst oder Lust konnte er nicht sagen. Jetzt, nachdem er sich Erleichterung verschafft hatte, gelüstete es ihn tatsächlich nach einem Mord. Doch er brauchte Selfra, sie verstand sich tatsächlich hervorragend darauf, Adlige für sich einzunehmen, und selbst mit den poltrigen Zwergen konnte sie umgehen. Zudem hätte er nur im äußersten Notfall eine Menschenfrau ermordet – gehörten sie doch zur reinen Rasse, zu der, die über das Nordreich herrschen sollte.

Als sie schwer atmend auf den Boden sackte und ihre zerfetzten Kleider vor ihre Brust hielt, beugte er sich zu ihr hinab. Beinahe schon zärtlich fuhr er über ihre fleischige Wange.

»Hat es Euch gefallen, Selfra?«

Sie nickte hastig. Noch immer zeichnete sich Furcht in ihren Augen ab. »Ihr … seid ein … großartiger Liebhaber.«

Zynisch verzog er den Mund. »Liebe? Wisst Ihr, was mein Vater über die Liebe gesagt hat?«

»N… nein«, stammelte sie und erhob sich vorsichtig.

Langsam zog der Bärtige seine Hose wieder hoch und gürtete sie. »Sie ist das Ende der Herrschaft. Das Ende von allem. Der Liebe wegen sind schon Königreiche vergangen, Dynastien ausgestorben. Denkt nur an die Elfen. Wegen einer unreinen Liebschaft zwischen einem Elfen und einer Dunkelelfe brach ein Streit aus, der ein ganzes Volk spaltete und Tausende von Sommern andauerte.«

Selfra nickte, schien langsam ihre Fassung wiederzuerlangen und bemühte sich, ihre Garderobe in Ordnung zu bringen. Der Bärtige trat zu ihr, nahm ihr Kinn in die Hand und schob ihr noch einmal seine Zunge zwischen die Zähne. Ihre Augen weiteten sich.

»Lust ist ein gutes und hilfreiches Mittel, pflegte mein Vater zu sagen. Man muss sie nur beherrschen und in die richtigen Bahnen lenken.«

»Da stimme ich Euch zu, mein Lord«, gurrte Selfra. Sie berührte ihn an seiner intimsten Stelle, woraufhin sich der Bärtige an sie presste.

»Mein ältester Bruder«, flüsterte er Selfra ins Ohr, »war auf dem besten Wege, in der Armee des damaligen Regenten Fehenius einen hohen Rang zu bekleiden oder vielleicht gar in den Rat von Northcliff aufgenommen zu werden.«

»Ihr hattet einen älteren Bruder?«, fragte Selfra verdutzt.

»Das hatte ich. Vater verehrte Garein, förderte ihn, wo er nur konnte, und brachte ihn in die höchsten Kreise von Northcliff. Er träumte gar davon, dass er der neue König würde, falls Darian von Northcliff nicht mehr auftauchte.« Der Bärtige begann Selfras Brüste zu kneten. »Nur machte Garein einen Fehler.«

»Welchen?« Sie stöhnte vor neu aufkeimender Lust, als er seine Männlichkeit gegen sie drückte.

»Er liebte eine Nebelhexe. Eine wunderschöne blonde Frau. Er dachte wohl, mein Vater würde es nicht bemerken, sie für rein menschlich halten.« Bei dem Gedanken an die junge Nebelhexe stöhnte der Bärtige auf, er sah sie statt Selfra vor sich. Er selbst war damals noch ein Knabe von knapp fünfzehn gewesen.

»Macht weiter«, drängte Selfra.

Diesmal entkleidete sie sich von selbst, aber statt ihrer voluminösen Brüste, die auf ihren dicken Bauch hingen, sah er die schlanke Geliebte seines Bruders vor sich. Sosehr er es mochte, sich mit dicken Frauen zu vereinen, eine durchtrainierte Halbelfe oder ein Dunkelelfenmischling hatten gelegentlich ebenso ihren Reiz für ihn.

»Aber Vater fand es heraus«, hauchte der Bärtige Selfra ins Ohr, während sie zunächst sein Hemd aufschnürte und es mitsamt der Polster, die ihm ein massigeres Aussehen verleihen sollten, über seinen Kopf streifte. »Er gab meinem Bruder sogar die Chance, ihr abzuschwören, sie zu verstoßen, denn Garein war sein ganzer Stolz, sein Erstgeborener, der, den alle adligen jungen Frauen mit Freude ihre Gunst gegeben hätten.« Eilig öffnete er seine Hose und zog Selfra auf den kalten Steinboden, wo er sich auf sie legte. »Doch Garein stand zu ihr, wollte gar mit ihr auf die Nebelinsel gehen, der Narr.« Erneut vereinte sich der Bärtige mit Selfra, diesmal langsam und genussvoll.

»Was geschah mit ihm?« Selfra bewegte sich gekonnt unter ihm, wusste ihn an Stellen zu berühren, die ihm Lust bereiteten, doch was ihn wirklich erregte, war etwas anderes.

»Vater wiegte die beiden in Sicherheit«, stieß der Bärtige hervor. »Doch er beobachtete sie genau, und in der Nacht, als sie flohen, nahm er mich mit auf die Verfolgungsjagd.«

»O ja!«, schrie Selfra, während sie sich ihm entgegenbog.

»Wir stellten sie in einem Moor. Vaters Männer rissen Garein vom Pferd und fesselten ihn an einen Baum. Noch einmal beschwor Vater meinen Bruder, sich zu besinnen, aber dieser Narr schrie, er hätte Vater und Großvater immer verachtet. Ihren Hass auf alle Mischwesen, die Intrigen bei Hofe, die Verachtung für andere Rassen. Lieber würde er sterben als weiterhin vorzutäuschen, mit allem einverstanden zu sein, nur um nicht wieder geschlagen zu werden oder für Vater den Lustknaben zu spielen.«

»Euer Vater hat Euch und Euren Bruder … genommen?« Für einen Moment glomm Ekel in Selfras Gesicht auf.

»Es hat uns nicht geschadet«, antwortete der Bärtige knapp,

schob jene Kindheitserinnerungen in den düstersten Winkel seiner Seele und dachte an etwas anderes, das sofort jeden anderen Gedanken mit einer Welle der Lust hinwegschwemmte. »Vater schlug meinen Bruder, dann befahl er seinen Männern, die Nebelhexe zu entkleiden, und nahm sie. Mein Bruder schrie und tobte, die Hexe hingegen wimmerte um Gnade, versprach, für immer fortzugehen, wenn er doch sie und Garein am Leben ließe.«

Selfra hörte damit auf, sich rhythmisch zu bewegen, und starrte ihn an.

»Was ist?«

»Nichts.« Sie schluckte, dann gruben sich ihre Finger in sein Hinterteil, und sie fuhr fort, lustvolle Geräusche auszustoßen.

»Mein Vater schändete die Nebelhexe wieder und wieder, während mein Bruder ihn verfluchte. Dann kam Vater zu mir.« Jetzt beschleunigte sich der Herzschlag des Bärtigen, doch er versuchte, den Höhepunkt herauszuzögern. »*Möchtest du heute zum Mann werden? Zu einem wahren Mann, der für das Fortbestehen unserer Art sorgt?*, fragte er mich. Und ich wollte, o ja, das wollte ich. Von klein auf hatte mein Vater uns beigebracht, wie abartig und wider der Natur diese Mischwesen doch waren. Und so bestieg ich in dieser Nacht die Halbelfe. Ich ergoss meinen Samen in sie, und als ich erschöpft und voller Stolz neben ihr lag, drückte mein Vater mir sein Messer in die Hand. *Du kannst sie nehmen, du kannst sie alle haben. Nur sorge dafür, dass deine Saat in ihrem Inneren mit ihnen stirbt.*«

Erneut war Selfra unter ihm erstarrt, doch nur für einen Moment. Dann presste sie ihn fester an sich und rollte sich mit ihm herum, saß nun auf ihm und knetete ihre eigenen Brüste. »Sprecht weiter!«, stöhnte sie.

»Ich wollte ihr die Kehle durchschneiden, doch dann überlegte ich es mir anders.« Der Atem des Bärtigen ging heftiger. »Ich stieß ihr das Messer in die Seite und nahm sie noch einmal, während sie langsam verblutete.«

Selfra schrie auf, und der Bärtige gab sich seiner Lust hin. Noch einmal spielte sich jene Nacht, in der er zum Mann geworden war, vor seinem geistigen Auge ab. Er sah all das Blut, konnte es sogar riechen, schwer und süßlich war der Duft. Er hörte die Schreie, fühlte die grenzenlose Begierde und erkannte Stolz in den Augen seines Vaters. Schließlich lag er erschöpft neben Selfra, die seine Brust streichelte.

»Was geschah mit Eurem Bruder?«

»Als ich die Nebelhexe das erste Mal bestieg, warf ihn mein Vater ins Moor. Er versank langsam, während er unserem Akt zusah, und als sie verblutet war, folgte sie ihm.« Der Bärtige drehte sich zu ihr und beobachtete jede ihrer Regungen, doch aus ihrer Miene war nicht abzulesen, ob sie nun angewidert war, Angst hatte oder ob ihr gar gefiel, was er erzählte.

»Euer Vater muss sehr stolz auf Euch gewesen sein.«

»Das war er. Vater nahm mich fortan mit auf die Jagd nach Nebelhexen. Endlich achtete er mich, hatte in mir den Verbündeten und Vertrauten, den er sich wohl immer gewünscht hatte. Ich war nicht mehr der zu klein geratene, dünne Jüngling, nun war ich Vaters ganzer Stolz und zwei Sommer später schickte er mich nach Northcliff, um Soldat zu werden.«

»Als zu klein würde ich Euch nicht bezeichnen«, gurrte Selfra und legte ihre Hand zwischen seine Beine.

Doch der Bärtige hatte nun genug und schob ihre Hand fort.

»An der Schwelle zum Mannsein bin ich doch noch gewachsen – in jeglicher Hinsicht.« Er drehte sich auf die Seite, betrachtete Selfra und stützte seinen Kopf in die rechte Hand. »Ihr versteht Euch auf das Spiel der Lust, Selfra!« Ihm war klar, dass sie einige der Höhepunkte vorgetäuscht hatte, aber sie hatte sie zumindest gut gespielt. Weitaus besser als die meisten Mädchen in den Hurenhäusern, die ihn mehr verärgerten als befriedigten. Daher würde er Selfra vielleicht tatsächlich heiraten, wenn er erst an der Macht war. Oder auch Denira, deren Äußeres den Vorstellungen des Adels als Königin an seiner Seite vermutlich weitaus besser entsprechen würde. Selfra konnte er sich als Geliebte halten und ihr sogar einen gewissen Entscheidungsspielraum in Staatsgeschäften lassen.

»Wir können das gerne wiederholen. Aber sagt mir, wie kam Euer Vater darauf, Euer Bruder könnte neuer König von Northcliff werden, wenn Darian verschollen blieb?«

»Ich müsste Euch töten, würde ich Euch dieses kleine Geheimnis anvertrauen.«

Selfra spannte sich an. »Dann behaltet es besser für Euch«, sagte sie leise.

»Vielleicht verrate ich es Euch dennoch, nachdem wir uns erneut miteinander vergnügt haben.« Der Bärtige lächelte und erfreute sich an der Unsicherheit in Selfras Augen.

Die Reise zum Portal gestaltete sich als anstrengend, wenn auch weniger entbehrungsreich als das letzte Mal, da die Buggane ausreichend Wasser und Lebensmittel mitschleppten.

Manchmal fragte sich Leána, ob sie Eriyane und die anderen Elfen zu Unrecht verdächtigten, etwas Übles im Sinn zu haben. Sowohl die Elfenherrin als auch Taviros verhielten sich zuvorkommend, sprachen lediglich über ihre Hoffnung, die Drachen bald nach Sharevyon zurückkehren zu sehen. Die beiden äußerten auch Bedenken, ob sich das Portal überhaupt öffnen würde, aber Nordhalan meinte, sie würden auf ihr Glück vertrauen. Von Leána, der Portalfinderin, wussten sie ja nichts.

Dennoch bemühten sich sowohl Leána als auch ihre Freunde, sich nicht von Eriyane einlullen zu lassen; das Misstrauen war begründet, sie durften Gharions Warnung nicht außer Acht lassen. Wann immer sich Gelegenheit ergab, versuchte Leána, die kleinen Buggane-Träger unauffällig zu befragen. Doch die nervösen Kreaturen beteuerten lediglich, wie gut die Herrin sei und dass sie belohnt würden, wenn sie ihr nur dienten. Worin diese Belohnung genau bestand, verrieten sie jedoch nicht. Besonders Ennedal himmelten die Buggane an, und die Elfe drängte Nordhalan verstärkt, sich dafür einzusetzen, dass tatsächlich Drachen und Elfen nach Sharevyon kamen, um nicht nur den Elfen, sondern auch den liebenswerten Buggane zu helfen. Leána fiel auf, dass Kayne nicht von Ennedals Seite wich. Stets wanderte er neben ihr, legte seine Decken in ihre Nähe und ließ sie kaum aus den Augen.

Am Abend des dritten Tages, Kayne und Ennedal saßen gerade einträchtig auf einem Felsen und verspeisten ihr Mahl aus gerösteten Algen und winzigen Krabben, erzählte sie Rob davon. Der betrachtete die beiden mit schief gelegtem Kopf.

»Bist du eifersüchtig?«, fragte er.

»So ein Blödsinn«, echauffierte sie sich. »Es wundert mich nur!«

»Weshalb? Ennedal ist eine bezaubernde Frau.«

»Noch niemals hat Kayne sich für eine Elfe interessiert!«

»Ich gehe davon aus, du hattest auch noch keinen Drachen als Liebhaber«, flüsterte er ihr ins Ohr.

Gereizt boxte sie ihn gegen die Schulter. »Das ist doch etwas anderes.«

»Du bist eifersüchtig«, stellte er nun ernst fest.

»Nein!« Empört wandte sich Leána von ihm ab und begann – völlig sinnlos – ihre Lederstiefel vom Staub des Tages zu befreien. »Ich mache mir nur Gedanken um ihn. Eine Elfe passt nicht zu Kayne.«

Rob hockte sich vor ihr auf den Boden. »Und wer würde deiner Ansicht nach zu ihm passen?«

»Was weiß ich«, fauchte sie und wedelte mit dem Stofffetzen in der Luft herum. »Eine Zauberin vielleicht.«

»Denkst du nicht, Kayne kann das selbst entscheiden?«

Sie hielt mit dem Putzen inne und seufzte. »Er war immer wie ein kleiner Bruder für mich. Kayne ist kompliziert. Er braucht jemanden, der ihn versteht.«

»Er ist ein erwachsener Mann«, erinnerte Rob sie. »Sicher hatte er bereits mehrere Geliebte.«

»Hatte er«, gab sie zu. Leána wusste selbst nicht, was mit ihr los war. Natürlich hatte Kayne schon Mädchen gehabt, vermutlich nicht wenige Mägde in Northcliff, und das hatte sie nie gestört. Aber damals hatte sie auch nicht das Gefühl gehabt, dass es ihm ernst mit einer Frau gewesen sein könnte, und sie hatte ihn immer dazu ermahnt, seiner Erwählten auch zu sagen, wenn er keine langfristigen Pläne mit ihr verfolgte. Doch eine feste Gefährtin an Kaynes Seite konnte sie sich kaum vorstellen. Erst jetzt konnte sie sein zuerst so abweisendes Verhalten Rob gegenüber nachvollziehen und die Sorge, dass er vielleicht nicht der Richtige sein könnte. Über viele Sommer und Winter waren sie die wichtigsten Vertrauten füreinander gewesen; abgesehen von Siah hatte sie nur ihm ihre geheimsten Träume und Wünsche erzählt. Sobald jeder von ihnen einen Partner hätte, würde sich das ändern, und das machte Leána traurig. Angestrengt zwirbelte sie eine Haarsträhne zwischen den Fingern herum. Als sie zur Seite sah, blickte sie in Robs Augen, die sie noch immer musterten.

»Du hast recht, ich benehme mich wie eine Glucke«, gab sie naserümpfend zu. »Auch kleine Brüder werden irgendwann erwachsen!«

Robs linker Mundwinkel zuckte, aber er sagte nichts und reichte ihr den Wasserbeutel – ihre abendliche Ration.

In einem Bewusstseinszustand zwischen Wachen und Schlafen vernahm Leána eine leise Melodie, sphärisch, auf und ab schwingend und einlullend. Sie wollte sich tiefer in diese Töne gleiten lassen, aber irgendetwas drängte sie dazu aufzuwachen. Mühsam hob sie die Augenlider, setzte sich auf und betrachtete ihre schlafenden Gefährten. Die Buggane lagen, so wie stets, zu einem einzigen pelzigen Knäuel dicht aneinandergeschmiegt. Einer von ihnen hielt Wache. Eriyane und Taviros konnte Leána nicht erkennen, denn sie pflegten in einem der Stoffzelte zu schlafen, das die Buggane mit sich trugen und jeden Abend errichteten, ein ausgeklügeltes System aus kurzen Stäben, die sich ineinanderfügten. Die Elfen hatten Leána und ihren Freunden auch ein solches Zelt angeboten, doch solange das Wetter so ruhig war wie im Augenblick, bevorzugten sie es, im Freien zu nächtigen. So konnten sie mögliche Gefahren besser erkennen, auch wenn Eriyane ihnen bei jeder Rast versicherte, die Buggane-Wachen seien ausreichend.

Heute war Rob an der Reihe. Im Mondlicht saß er auf einem Findling, und Leána betrachtete voller Liebe sein schmales, ernstes Gesicht.

Bestimmt denkt er daran, über die nördlichen Berge zu fliegen, dachte sie. Dort, in der Ferne, war ein rötliches Glimmen zu erkennen, ein Pulsieren, ähnlich dem der schwarzen Scheibe in der Mitte des noch immer vollen Mondes.

»Kannst du nicht schlafen, Leána?«, fragte Rob leise, als sie zu ihm trat.

»Diese Melodie, hast du sie auch vernommen?«

»Nein.« Verwundert sah er sie an. »Vermutlich ein Traum.«

»Mag sein.« Sie lehnte sich an ihn, aber kurz darauf vernahm sie die Töne erneut, ähnlich einem Säuseln in ihrem Hinterkopf, flüchtig und immer wieder verklingend.

»Da ist es wieder«, sagte sie gebannt und versuchte die Richtung zu bestimmen, aus der die Musik kam. Ein leichter Wind umschmeichelte sie, berührte sanft Gesicht und Haare und wehte dann in Richtung des Mondes davon.

»Ich weiß nicht.« Rob sprang von dem Stein, stellte sich neben sie und drehte sich in alle Richtungen. »Ganz am Rande meiner Wahrnehmung glaube ich etwas zu vernehmen.«

»Wirklich?« Das verwunderte sie, denn auch wenn die Töne immer wieder abebbten, waren sie doch deutlich zu hören. »Ich sehe nach, wo das herkommt.«

»Warte!« Rob hielt sie am Arm fest. »Ich wecke einen der anderen und begleite dich.«

»Nein, lass sie schlafen. Ich bleibe nicht lange.« Sie schnappte sich ihren Bogen und ging los, immer den Tönen folgend.

Wenn du nicht sehr schnell wieder zurück bist, wecke ich Nordhalan auf, sandte Rob ihr seine Nachricht in Drachensprache.

Lautlos huschte Leána zwischen den Steinen umher. Die Melodie berührte immer wieder ihre Seele, gleichzeitig warnte sie eine innere Stimme, dass sie umkehren sollte. Es war wirklich verwirrend. Wieder streifte sie der Windhauch, trieb sie auf einen Abhang zu. Leána packte ihren Bogen fester, nahm einen Pfeil in die Hand und spähte in die Tiefe. Sie blinzelte ein paarmal, konnte kaum glauben, was sie sah. Beschienen vom Licht des Mondes und der Sterne tanzten auf der Ebene unter ihnen zwölf Elfen im Kreis. Sie alle hatten weißblondes Haar so wie Eriyane und Taviros, ihre hellen Gewänder wehten im leichten Wind. Von ihnen ging dieser seltsame Gesang aus, schwebte in die Lüfte und verteilte sich mit den Windböen. Leána war fasziniert, ein Kribbeln erfasste ihren ganzen Körper, und am liebsten wäre sie hinabgegangen, hätte sich zu den Tänzern gesellt. Schon setzte sie einen Fuß vor den anderen, doch etwas hielt sie ab. Sie wusste nicht, was es war, vielleicht einfach nur das Gefühl, dass hier etwas nicht stimmte. Sie zwang sich dazu zurückzutreten, einen Schritt nach dem anderen. Plötzlich hielten die Elfen unter ihr mit ihrem Tanz inne. Leána hatte den Eindruck, sie würden direkt zu ihr hinaufsehen, auch wenn sie wusste, dass Elfen in der Dunkelheit bei Weitem nicht so viel erkennen konnten wie Dunkelelfen. Dann geschah etwas Seltsames. Luft wirbelte um die Elfen herum, Staub, oder war es Dunst, erhob sich und hüllte sie ein. Der Wirbel schraubte sich in die Höhe, löste sich auf – dann waren auch die Elfen verschwunden.

Leána wischte sich über die Augen, bevor sie erneut hinunterblickte. Was war das gewesen? Ein Trugbild, eine Illusion?

Leána, wo bist du? Robs Gedankenruf riss sie aus ihrer Erstarrung. Schon konnte sie seine Gestalt schemenhaft neben einem Felsen erkennen.

Ich komme! Sie rannte zu ihm und ließ sich von ihm in die Arme schließen.

»Wo warst du denn so lange? Ich suche dich schon seit einer halben Ewigkeit.«

»Ich war doch gar nicht …« Ein Blick zum Mond zeigte ihr, dass dieser sehr viel weiter im Westen stand als zu dem Zeitpunkt, als sie aufgebrochen war. Ein weiteres Mysterium, denn sie hatte nicht das Gefühl gehabt, lange fort gewesen zu sein.

Sie erzählte Rob von ihrem Erlebnis, und er lauschte mit besorgtem Gesichtsausdruck.

»Das ist seltsam. Kann es sein, dass du eingeschlafen bist und geträumt hast?«

»Nein!«, protestierte sie, dann fuhr sie sich über die Augen. »Ich weiß es nicht, kann schon sein. In jedem Fall waren die Elfen plötzlich weg.«

»Elfen sind ein geheimnisvolles und manchmal schwer zu durchschauendes Volk. Doch dass sie sich einfach in einen Luftwirbel auflösen, davon habe ich noch nicht gehört.«

»Ich auch nicht.«

Zurück im Lager kam ihnen Kayne entgegen.

»Ich konnte ihn kaum davon abhalten, selbst auf die Suche zu gehen«, flüsterte Rob ihr zu.

Leána rannte auf ihren Freund zu. »Ich bin hier, Kayne, alles in Ordnung.«

Kayne umarmte sie erleichtert, dann fasste er sie an der Schulter.

»Leána, ich bin gerade an dem Zelt vorbeigegangen und habe Eriyane und Taviros miteinander sprechen hören. In einer Sprache, die ich noch niemals zuvor vernommen habe.«

»Wirklich?« Alarmiert blickte sie zu dem Zelt.

»Gut. Rob, Kayne, ihr lenkt den Buggane-Wächter ab, ich schleiche mich zum Zelt.«

Kurz zögerte Rob, dann nickte er und eilte zu dem kleinen Pelzwesen, das ohnehin schon zu ihnen sah. Leána tat so, als würde sie sich hinlegen, und vernahm kurz darauf Robs Gedankennachricht. *Wir haben ihn in ein Gespräch verwickelt. Geh jetzt.*

Auf Knien robbte sie zum Zelt, aus dem leise Stimmen drangen. Ähnlich wie ihr Vater Darian besaß sie die seltene Gabe, beinahe alle Sprachen zu verstehen, aber sie befürchtete schon, diesmal zu versagen, denn aus dem leisen Gesäusel konnte sie keine Worte herausfiltern. Sie schloss die Augen, machte sich die Quelle ihrer Magie bewusst, so wie Nordhalan es sie gelehrt hatte. Mit einem Mal drangen Worte in ihren Geist.

»… es beinahe geschafft, sie ist dem Ruf gefolgt«, sagte Eriyane.

»Aber sie ist keine Dunkelelfe«, entgegnete Taviros.

»Wir wissen nichts von den Menschen, mag sein, dass sie dem dunklen Volk mehr ähneln, als wir dachten. Wir sind kurz vor unserem Ziel.« Die Stimme der Elfenherrin klang aufgeregt, geradezu enthusiastisch.

»Auf die anderen hatte der Elsharyos keine Wirkung, ich verstehe das nicht.«

»Wir werden es weiter versuchen, bis sie zurück sind, werden wir den Elsharyos der Menschen gefunden haben und …«

Eine leichte Brise wehte über Leánas Kopf, verzerrte, was die Elfenherrin hinzufügte, und Leána fluchte in Gedanken.

»Still jetzt, Eriyane, jemand ist hier.«

Für einen Moment setzte Leánas Herzschlag aus. Hatten die beiden sie gehört? Sie war ganz leise gewesen. Hastig kroch sie zurück und versuchte gleichzeitig, möglichst kein Geräusch zu verursachen. Jeden Moment glaubte sie, das Zelt müsse sich öffnen und die Elfen kämen heraus, doch nichts geschah.

Unbehelligt erreichte sie ihren Schlafplatz und wartete auf Rob und Kayne. In Albanys Sprache erzählte sie ihnen kurz darauf flüsternd, was sie gehört hatte.

»Könnte es sein, dass sie auf magische Weise unsere Träume beeinflussen?«, überlegte Kayne. »Was Rob und ich im Palast gesehen haben, hat dem geähnelt, was du vorhin erlebt hast.«

»Denkst du, wir haben geschlafen?«, fragte Rob skeptisch.

»Ich hatte ein benommenes Gefühl, ging es dir nicht so?«

»Doch«, gab er zu.

»Ich ebenfalls«, murmelte Leána.

»Aber was soll es mit den Dunkelelfen und diesem … Elsharyos auf sich haben?« Besorgt runzelte Kayne die Stirn.

»Das weiß ich auch nicht, es muss ein besonderer Begriff für etwas sein, das wir nicht kennen«, vermutete Leána.

»Sie nehmen an, dass Leána Dunkelelfenblut in sich trägt.«

»Das haben sie nicht direkt gesagt, Kayne«, beruhigte Leána ihren Freund, auch wenn sie sich keinen Reim auf das Gehörte machen konnte.

»Wie auch immer, es ist gut und richtig, von hier zu verschwinden, und das Portal kann nicht mehr als zwei Tagesreisen entfernt sein.« Rob gähnte verhalten.

»Du solltest jetzt schlafen«, schlug Leána vor. »Ich halte gemeinsam mit Kayne Wache.«

»Entferne dich nicht mehr allein vom Lager«, ermahnte Rob sie und warf auch Kayne einen warnenden Blick zu.

»Hatte ich gar nicht vor«, versicherte Leána ihm.

Gewohnt freundlich und zuvorkommend verhielten sich Taviros und Eriyane am nächsten Morgen. Nichts deutete auf ihr nächtliches Gespräch hin. Keine lauernden Blicke auf Leána, mit keinem Wort erwähnten sie Dunkelelfen oder die rätselhafte Musik.

Unterwegs erzählte Leána Nordhalan flüsternd, was sich zugetragen hatte, während Kayne Ennedal und Rob Morthas einweihte.

»Immer wieder habe ich im Schlaf Musik vernommen«, gestand Nordhalan. »Sowohl hier draußen als auch im Palast. Ich habe bereits darüber gerätselt, jedoch keine Gefahr für uns darin erkannt. Nun hege ich den Verdacht, dass es sich um weitaus mehr handeln könnte als nur um Gesänge.«

»Wer sind Eriyane und Taviros wirklich? Können wir tatsächlich einfach so verschwinden und nicht zurückkehren?«, erkundigte sich Kayne. »Hätten wir nicht die Pflicht, Gharion und den anderen Elfen zu helfen?«

»Er hat doch selbst verlangt, wir sollen verschwinden und nicht zurückkommen«, warf Morthas nervös ein.

Nordhalan atmete lautstark ein und wieder aus. »Lange Beratungen mit den Elfen und Drachen liegen vor uns. Vielleicht fällt es uns leichter, über Sharevyon zu urteilen, wenn wir dieses Land erst einmal verlassen haben und nicht ständig säuselnde Musik im Hinterkopf verspüren, die unsere Sinne benebelt.«

»Da hast du sicher recht, aber«, Leána stöhnte laut auf, »es kann ewig dauern, bis im Rat von Elfen und Drachen eine Entscheidung fällt.«

Mit einem leisen Lachen legte Nordhalan seinen Arm um Leánas Schultern. »Wichtige Entscheidungen wollen überdacht werden, und jugendliche Impulsivität hat schon häufig ins Verderben geführt.« Mahnend hob er seine Augenbrauen. »Du brauchst gar nicht deine hübsche Stupsnase zu rümpfen, Leána von der Nebelinsel. Ein wenig mehr Bedachtsamkeit würde dir nicht schaden.«

»Mag sein«, gab sie grummelnd zu. »Im Augenblick wüsste ich ehrlicherweise auch nicht, wie ich entscheiden soll. Andererseits …« Sie blieb an einem Busch stehen, aus dem winzig kleine Blätter zu sprießen begannen. Strahlend weiße Blümchen bahnten sich zu ihren Füßen den Weg aus dem trockenen Erdreich. »Sharevyon erwacht zum Leben. Ein ordentlicher Regenguss und alles würde zu blühen beginnen. Dürfen wir das einfach ignorieren, nur unserer Sicherheit wegen, von der wir nicht einmal wissen, ob sie tatsächlich in Gefahr ist?«

»Darüber mache auch ich mir meine Gedanken. Welten existieren in einer Balance widerstreitender Kräfte. Ohne die Nacht wüsste man den Tag nicht zu schätzen. Die Kunst ist es zu erkennen, ob dieses Gleichgewicht tatsächlich gestört ist und welche Seite man unterstützen muss.«

Irritiert sah Leána zu Nordhalan auf. »Aber das würde bedeuten, auch die böse Seite zu stärken, wenn sie«, Leána zögerte, »von der guten unterdrückt wird.« Die Worte klangen nicht nur sonderbar in ihren Ohren, sondern widersprachen allem, woran sie glaubte. »Du würdest dies doch nicht ernsthaft in Erwägung ziehen?«

Nordhalan legte einen Finger an die Lippen und wiegte abwägend den Kopf. Schließlich schmunzelte er. »Nein, sicher nicht. Dafür gibt es genug andere, die dies tun würden. Aber meine Gedanken sollen dir zeigen, wie wohlüberlegt eine solche Entscheidung getroffen werden muss. Oft richtet man aus dem Bestreben heraus, Gutes zu tun, Schlimmes an.«

Leána nickte bedächtig. Sie konnte nicht einmal unterscheiden, was hier Tag und was Nacht, wer gut und wer böse war. Und sollte der Tag unbedingt besser sein als die Nacht? Sie war zum Teil eine Dunkelelfe und schätzte sowohl Tag als auch Nacht. Plötzlich musste sie wieder an Samukal denken. Kaynes Vater war kein durch und durch schlechter Mensch gewesen. Leider waren seine allzu große Sehnsucht nach Macht und Einfluss und auch die heimliche Liebe zu Leánas verstorbener Großmutter aus dem Ruder gelaufen. Dennoch hatte er Darian – wenn auch auf eine recht seltsame Art – geliebt. Ebenso wie sie selbst und auch Kayne, seinen Sohn. Natürlich durfte man nicht außer Acht lassen, wie schamlos er alle für seine Machtspiele missbraucht und manipuliert und sogar gemordet hatte. Dennoch hatte ein Funken Gutes in ihm gesteckt. Ein Blick in Kaynes traurige Augen zeigte ihr, dass er mal wieder etwas sehr Ähnliches gedacht haben musste, und sie lächelte ihm aufmunternd zu.

»Komm, Leána, die anderen warten schon«, sagte da Nordhalan und stapfte weiter.

Tatsächlich hatten ihre Begleiter bereits einen Hügel erklommen, und so beeilten sie sich, den mit Geröll übersäten Abhang hinaufzusteigen. Dort oben wehte eine kräftige Brise, und als

Leána den Blick schweifen ließ, erkannte sie im Norden, jenseits zahlreicher Schluchten und teils von Nebel verhüllt, eine Burg. Auf einem einzeln stehenden Felsen ragte sie vor einem noch höheren Bergmassiv auf.

»Hier sind wir auf dem Weg zum Palast nicht vorbeigekommen«, stellte Leána fest.

Nordhalan sah sich um. »Ich dachte, mir käme die Gegend bekannt vor, aber alles ist so karg und trostlos, da kann man sich irren.«

»An die Burg kann ich mich nicht erinnern«, beharrte Leána.

»Welche Burg?«

»Na, die dort hinten.« Sie deutete nach Norden.

»Du hast gute Augen, junger Mensch«, vernahm Leána eine Stimme in ihrem Nacken. Taviros stand hinter ihr. »Beinahe wie ein … Dunkelelf.« Sein forschender Blick machte sie nervös, dennoch bemühte sie sich, dem standzuhalten.

»Liegt bei uns in der Familie«, behauptete sie und schenkte dem großen Elfen ein strahlendes Lächeln.

»Und ich bin alt. Meine Augen sind müde«, fügte Nordhalan hinzu, auch wenn sie wusste, dass der Zauberer ebenso gut sah wie ein junger Mann – ein Vorteil, wenn man Magierblut besaß.

»Ist das eine Elfenburg?«, erkundigte sich Leána. Auf die Entfernung konnte sie selbstverständlich nicht erkennen, ob diese ebenso verfallen war wie der Palast der Winde.

»Sie wurde von Dunkelelfen bewohnt. Nun ist sie verlassen«, antwortete der Elf knapp, beobachtete sie aber weiterhin mit einem forschenden Ausdruck in den blauen Augen.

Diese Burg würde ich gerne näher betrachten, dachte Leána. *Und vielleicht hätten wir sogar versuchen sollen, mit Sharevyons Dunkelelfen Kontakt aufzunehmen. Schließlich beruhten in Albany eine lange Zeit Feindseligkeiten auf dem Irrtum, dass Dunkelelfen Menschen und Elfen brutal ermorden, um an die Macht zu kommen. Doch es war lediglich die kleine Splittergruppe der 'Ahbrac, die für Morde und Überfälle verantwortlich gewesen war.*

Dieses Argument wollte sie auch in Albany vorbringen, aber nun riss sie sich vom Anblick der Burg in der Ferne los und marschierte weiter hinter Eriyane und den Buggane her.

Kapitel 19

Neue Visionen

An Ennedals Seite wanderte Kayne über den steinigen Boden. Auch ihm fielen die vielen kleinen Zeichen von zurückkehrendem Leben auf. Hier eine Blume, dort ein erblühender Strauch. Hin und wieder huschten Echsen oder Spinnen an ihren Füßen vorbei, aber diesmal nahm sich Kayne vor ihnen in Acht. Die blonde Elfe schritt leichtfüßig neben ihm her. Gerade hatte sie von ihrem Gefährten Lerevos gesprochen, den sie im Dämonenkrieg verloren hatte. Auch ihre Eltern waren damals ums Leben gekommen. Zunächst hatte Kayne nach einer verborgenen Anklage in ihren Worten gesucht, war es doch sein Vater gewesen, der diesen Krieg heraufbeschworen hatte – wenn auch zum Teil ungewollt. Aber nichts war spürbar gewesen, keine Vorwürfe, keine heimlichen Seitenblicke, keine Schuldzuweisungen. Sie hatte ihm versichert, über Lerevos' Tod hinweg zu sein, auch wenn er ihr natürlich noch fehlte. Zumindest war es für Ennedal ein Trost, dass sein Tod nicht vergebens gewesen war, sondern dazu beigetragen hatte, Albany zu retten. Ennedal war Kayne ans Herz gewachsen. Er mochte ihre sanfte, leicht rauchige Stimme und ihre Art zu erzählen. Besonders wenn sie mit großer Liebe vom Elfenreich sprach. Zudem hatte er das Gefühl, sie vor irgendetwas in Sharevyon beschützen zu müssen. Ihre beiden Gefährten waren verschwunden, die meisten Elfen im Palast der Winde ein Schatten ihrer selbst. Davor wollte er Ennedal bewahren.

Gerade schenkte sie ihm ein bezauberndes Lächeln, das ihre

blauen Augen zum Strahlen brachte. »Vielleicht möchtest du mich im Elfenreich besuchen, wenn wir erst wieder in Albany sind.«

»Sehr gern«, versicherte er.

Sie legte ihren Kopf schief und betrachtete ihn von der Seite. »Bereits seit einer Weile frage ich mich, ob wir uns früher schon einmal über den Weg gelaufen sind. In Northcliff war ich nur selten, dennoch hatte ich bei unserer ersten Begegnung das Gefühl, dich bereits irgendwo getroffen zu haben, nur komme ich nicht darauf, wo.«

»Mag sein, ich war hin und wieder im Elfenreich. Erst kürzlich überbrachte ich Lharina die Botschaft von dem Portal, das in diese Welt führt.«

»Ich war nicht in Lharinas Nähe, als du die Botschaft überbrachtest. Ich hörte nur davon.« Ennedal runzelte angestrengt die Stirn. »Auch wenn es nicht sein kann, weil es noch nicht lange genug her ist, erinnerst du mich an einen dunkelhaarigen Jungen. Schüchtern, misstrauisch und zu allen abweisend. Das genaue Gegenteil von Leána mit ihrem übersprudelnden Temperament und der Begeisterung für alles Neue und Geheimnisvolle. Aber trotzdem war da ein gewisser Glanz in seinen Augen, den er nicht verbergen konnte, wenn er die Wunder unseres Reiches erblickte.«

»Du irrst dich nicht, das war ich«, gab Kayne zu und bemerkte, wie ihm das Blut in die Wangen schoss.

»Aber das kann höchstens …« Sie atmete tief ein und hob dann ihre Schultern, »… zehn oder fünfzehn Sommer her sein.«

»Ich bin erst fünfundzwanzig«, gab er zurück, und wie so häufig in Anwesenheit von Elfen oder Dunkelelfen kam er sich unvermittelt wie ein Kind vor. Er versuchte jedoch, sich dies nicht anmerken zu lassen, und hob den Kopf.

Aber Ennedal lachte nur leise auf. »Immer wieder vergesse ich, dass ihr Menschen rascher reift.« Auf eine Art, die Kayne einen Schauer über den Rücken laufen ließ, betrachtete sie ihn.

»Ein Elf in deinem Alter wäre noch ein Kind, das nur Flausen im Kopf hat. Aber du, du bist ein Mann, Kayne.«

Verlegen räusperte er sich und bemühte sich, das Gespräch in eine andere Richtung zu lenken. »Leána hat mich manchmal zu Lharina mitgenommen, als wir kleiner waren. Meine Mutter durfte das selbstverständlich nicht wissen. Aber durch die Eichenpfade konnten wir sehr schnell reisen, und meist ist es ihr gar nicht aufgefallen, wenn ich für eine Weile fort war.«

»Ich kenne die Gerüchte um Elysia«, sagte Ennedal. »Selbst wenn nur ein Bruchteil davon stimmt, muss es schwer sein, sie zur Mutter zu haben.« Mitgefühl schwang in ihrer Stimme mit.

Kayne lachte bitter. »Die kann man sich nicht aussuchen, befürchte ich.«

»Glaubst du, sie hat wirklich den Anschlag auf Kaya …«

»Leider kann ich das nicht ausschließen, auch wenn sie es mit Gewissheit nicht selbst war.« Kayne biss die Zähne zusammen, fragte sich, wie es seiner Mutter im Kerker erging, dann schoss er einen Stein wütend gegen einen dicken Felsen. Über dieses leidige Thema wollte er nicht sprechen, und eigentlich wusste er gerade selbst nicht, weshalb er sich der Elfe anvertraute. »Ich mache mir ständig Gedanken, ob ich nicht doch hätte versuchen müssen, sie zu befreien«, gab er zu.

»Das ehrt dich und zeigt mir, dass du ein guter Mensch bist.«

»Ha! Das denken die wenigsten von mir!«

»Solange ich dich kenne, hast du weder mir noch irgendjemandem, der mir etwas bedeutet, Schaden zugefügt«, sagte Ennedal mit fester Stimme und ließ Kayne dabei nicht aus den Augen. »Weshalb sollte ich dich dann für einen schlechten Menschen halten? Und was deine Mutter betrifft: Stell dir vor, es wäre ein guter Freund oder ein Bekannter von dir, der den Anschlag auf Kaya verübt hätte, jemand, der dich in der Vergangenheit wiederholt benutzt, belogen und betrogen hätte. Würdest du zu ihm stehen? Ihn um seine gerechte Strafe bringen?«

Zunächst wollte Kayne aus Gewohnheit widersprechen, so

wie stets Elysia in Schutz nehmen. Doch dann dachte er nach und schüttelte den Kopf. »Vermutlich nicht.«

»Wir alle fühlen uns unseren Vorfahren verpflichtet«, gab Ennedal zu und legte ihm eine Hand auf den Arm. »Aber das gibt ihnen nicht das Recht, mit uns umzuspringen, wie sie wollen, und es darf uns nicht dazu zwingen, Dinge zu tun, die unser Gewissen bei jedem anderen nicht vertreten könnte.«

»Vielleicht hast du recht, Ennedal.«

»Sicher habe ich das«, antwortete sie mit großer Entschiedenheit. »Es gibt für alles Grenzen, und nach allem, was ich bisher von dir erfahren habe, hat Elysia diese überschritten. Geh deinen eigenen Weg!«

Ennedals Worte beschäftigten Kayne noch eine ganze Weile, auch als sie zum höchsten Stand der Sonne Rast in einem Felskessel machten. Abseits der anderen setzte er sich an einen Felsen und grübelte über seine verkorkste Kindheit nach. Aus der Ferne konnte er das Stimmengemurmel seiner Begleiter vernehmen. Hier und da klang Leánas helles Lachen hervor. Nicht ganz so unbeschwert und herzlich, wie er es von ihr gewohnt war, aber zum einen hatte er dieses besondere Lachen seit Siahs Tod kaum noch gehört, zum anderen würden sie am Portal Schwierigkeiten bekommen, das war gewiss. Er schloss die Augen, wollte jetzt nicht über Siah oder die drohende Gefahr nachdenken, sondern erinnerte sich an sonnige Sommertage, als er und Leána durch die Wälder rund um Northcliff gestreift, in den klaren Seen geschwommen und auf Bäume geklettert waren. Als kleiner Junge hatte er sie bewundert und zu ihr aufgesehen. Später hatte er versucht, ihr zumindest ebenbürtig zu sein – keine leichte Aufgabe bei einem Menschen mit Dunkelelfenblut. Doch zumindest im Schwertkampf konnte er gut mit ihr mithalten, sie gelegentlich gar übertrumpfen, in den meisten anderen Dingen war sie ihm überlegen. Leána hatte das jedoch niemals zum Anlass genommen, ihn – oder auch Toran – damit aufzuziehen. Sie hatte ihnen geholfen, ihre Fähigkeiten zu verbessern, und über Schwächen in der Regel ohne Spott hinweggesehen, es sei denn, er oder ihr Cousin hatten zu sehr mit irgendetwas geprahlt. Eine besondere Begebenheit kam ihm in den Sinn: Er war etwa zwölf Sommer alt gewesen und während einer Festlichkeit hatte ihn eine Gruppe von zehn Kindern der Adligen abgepasst und in eine dunkle Ecke der Burg von Northcliff gedrängt. Als Sohn eines Dämonenbeschwörers hatten sie ihn beschimpft, ihn provoziert und verhöhnt. Zu gern hätte er seine Magie gegen sie eingesetzt, aber Nordhalan und Dimitan hatten ihm schon von Kindesbeinen an beigebracht, niemals im Zorn gegen einen Schwächeren seine Gabe einzusetzen. Und so hatte Kayne seine Kräfte im Zaum gehalten, sie hinter einer Mauer versteckt, so wie schon die ganze Zeit über. Elysia hatte die Magie ohnehin immer gehasst und Nordhalan ihn nur die grundlegendsten Dinge darüber gelehrt. Kayne hätte die Kinder allesamt mit einem Energieblitz wegpusten können. Doch schon damals hatte er gewusst, wenn er seinem Zorn freie Bahn ließe, hätte er die Kinder möglicherweise getötet. Und so sehr er sie auch verachtete, das hatte er nicht gewollt. So war er mit bloßen Fäusten auf die zehn zumeist älteren Kinder losgegangen. Einem hatte er die Nase gebrochen, einen zweiten den Staub der Burg schmecken lassen, aber die anderen hatten ihn schließlich überwältigt und niedergeschlagen. Sicher wäre es für ihn lebensbedrohlich ausgegangen, hätte Leána nicht eingegriffen. Wo auch immer sie hergekommen sein mochte, sie war wilder als die wildeste Dunkelelfenkriegerin zwischen die Halbstarken gefahren und hatte sich mit einem Stock bewaffnet auf Kaynes Seite gestellt. Nach kurzer Zeit war weiteren fünf Rabauken das Lachen vergangen. Nach Leánas lautstarker Drohung, jeden, der noch einmal ihren kleinen Bruder anrühren würde, mit ins Unterreich zu schleifen und einem Mhortarra zum Fraß vorzuwerfen, hatten sich die übrigen getrollt. Mit Sicherheit war es niemandem in den Sinn gekommen, an ihren Worten zu zweifeln. Die ängstlichen Gesichter sah er noch heute vor sich. Kayne selbst konnte sich an ihre funkelnden Augen, ihre zerkratzte Wange und das im Wind wehende Haar erinnern, das sich aus ihrem Zopf gelöst hatte. Damals hatte er geglaubt, niemals ein schöneres Wesen gesehen zu haben. Leána – die Heldin seiner Jugend.

Kaynes Gedanken wurden träger, die Augenlider fielen ihm zu, und in einem Zustand zwischen Wachen und Träumen sah er weitere Bilderfetzen aus Kindertagen vor sich.

Das Bild der jungen Leána wurde jäh von einem Windstoß davongetragen, ein Drache erschien. Sein gewaltiger Kopf, der von zahllosen roten Hörnern bedeckt war, wandte sich ihm zu. Nachtschwarze Augen bohrten sich in seine, und in seinem Kopf dröhnte es. Der riesige Drache breitete seine mächtigen Flügel aus, seine Nasenlöcher weiteten sich.

Mysharen … Gefahr …

Kayne schreckte aus seinem Schlummer und rieb sich die Augen. Kein Drache, aber noch immer vernahm er dieses dumpfe Brummen in seinem Kopf. Er presste die Hände gegen die Augen, versuchte, gleichmäßig zu atmen. Das Gefühl, jemand wolle in seinen Geist eindringen, wurde immer stärker, und er setzte alles daran, das zu verhindern.

»Nordhalan!« Er wusste nicht, ob er das laut gerufen oder nur gekrächzt hatte, denn sein Schädel drohte zu zerbersten, und plötzlich tanzten bunte Lichtblitze vor seinen Augen. Es war wie im Palast der Winde. Bilderfetzen. Drachen, die vom Himmel stürzten, Schreie, entsetzliche Schreie, ein graues Portal, das alles in sich aufsog.

Kayne, lass es zu, du darfst dich nicht dagegen wehren, hörte er wieder, wie Samukals Stimme zu ihm sprach, doch er intensivierte nur seine Anstrengungen, eine geistige Barriere zu errichten, drängte alle Bilder und Worte aus seinem Geist.

»Kayne, was ist denn mit dir los?«

Leána. Ihre Worte und eine schallende Ohrfeige brachten ihn zurück ins Hier und Jetzt.

»Tut mir leid, Kayne, aber anders bist du nicht zu dir gekommen.«

»Ich … was …« Er atmete tief durch. Noch immer pochte es schmerzhaft hinter seinen Schläfen. »So ein verfluchter Albtraum!«

»Warst du eingeschlafen?« Leána sah nicht aus, als würde sie ihm glauben. »Du warst gerade kreidebleich und hast gestöhnt.«

Zittrig kam Kayne auf die Beine. »Wo sind die anderen?«

»Schon ein Stück vorgegangen. Ich hatte versprochen, dich zu holen. Wir dachten erst, du meditierst.«

Er schüttelte den Kopf und flüsterte dann: »Haben die anderen nichts bemerkt? Stimmen oder sonst etwas?«

»Nein.«

»Es war wie im Palast. Ich hatte den Eindruck, jemand oder etwas wollte mich beeinflussen.«

Erschrocken legte Leána ihm einen Arm um die Schultern. »Bei dir sind es Stimmen, bei mir war es diese eigenartige Musik. Was hat das nur zu bedeuten?«

»Wir müssen uns dagegen wehren, Leána.« Er fasste sie am Unterarm und schritt energisch los. Doch er stolperte, ruderte mit den Armen, um sich zu fangen, schlug aber trotzdem schmerzhaft der Länge nach hin.

»Verdammt, was …« Er rappelte sich auf und stieß mit dem Fuß gegen einen Erdhaufen. Doch daraus ragte nun etwas Weißes auf, das seine Aufmerksamkeit erregte. Und an diesem Etwas hatte er sich das Schienbein aufgerissen. Schon jetzt spürte er, wie Blut seinen Stiefel hinabrann. Aber das interessierte ihn im Augenblick nicht. Mit seinem Dolch begann er zu graben, und kurz darauf blickten sie sich erschrocken an.

»Ein Drachenschädel«, flüsterte Leána, und Kayne bekam eine Gänsehaut.

Jetzt, da Kayne sich genauer umsah, glaubte er, im gesamten Talkessel die Überreste von Drachen zu erahnen. An manchen Stellen blitzten sogar Knochen aus dem Staub heraus.

Leána schien zu dem gleichen Schluss gekommen zu sein, denn sie fing an, an einem lang gezogenen Hügel zu graben, der eigenartige Einkerbungen aufwies. Tatsächlich hatte sie kurz darauf Teile eines Drachenrückgrats freigelegt.

»Was ist hier geschehen?«, fragte sie entsetzt.

»Ich weiß nicht.« Kayne kniff die Augen zusammen und rieb sich über die Stirn, denn diese seltsamen Kopfschmerzen kehrten schon wieder mit aller Macht zurück. »Lass uns verschwinden.« Er nahm die widerstrebende Leána an der Hand und zerrte sie den Berg hinauf. Kayne versuchte, sich nur auf seine Schritte zu konzentrieren, alles andere auszublenden, und tatsächlich klärten sich seine Gedanken mit jedem Schritt, der ihn von diesem Ort wegbrachte. Als er aufblickte, erkannte er Taviros, der ihnen entgegensah, und er hatte den Eindruck, der Elf wusste genau, was sie entdeckt hatten. War er es gewesen, der in seinen Geist hatte eindringen wollen? Andererseits hatten die Worte des Drachen wie eine Warnung geklungen, was ja auch naheliegend war, da sie sich auf einer Grabstätte der Drachen befunden hatten. Oder hatte Taviros sich seiner Erinnerung an Samukal bemächtigt und versucht, über seinen Vater an ihn heranzukommen? War so etwas überhaupt möglich? Vielleicht mit schwarzer Magie, so wie sie Samukal eingesetzt hatte. Hatte der Elf, oder wer auch immer er war, die düstere Macht in ihm erspürt und wollte ihn beeinflussen?

Kayne ballte seine linke Hand zur Faust, mit der anderen hielt er Leána fest.

»Sag Rob nichts«, flüsterte er ihr zu. »Wenn er von den Drachenskeletten erfährt, könnte ihn dies zu unbedachtem Handeln veranlassen.«

Leána zögerte kurz, dann nickte sie.

Kayne straffte die Schultern, trat Taviros entgegen und starrte ihm trotzig in die Augen.

Der Elf lächelte jedoch nur liebenswürdig. »Ich hoffe, du hast dich ausreichend ausgeruht, junger Zauberer.«

»Das habe ich.«

»Dann lasst uns keine Zeit verlieren.« Taviros machte eine einladende Handbewegung, woraufhin Kayne und Leána zu den anderen aufschlossen.

Kaya genoss die letzten Strahlen der Abendsonne und blickte, hinter einer Mauer verborgen, hinab auf den Burghof, wo die Soldaten ihr letztes Training absolvierten. Sie wollte unentdeckt bleiben, denn gerade die jungen Soldaten bemühten sich stets besonders, sobald sie ihre Königin bemerkten – und wurden dann unachtsam. Nein, Kaya war es wichtig, das tatsächliche Können ihrer Armee zu begutachten, und sie war zufrieden. Die erfahrenen Soldaten übten unter Sareds Aufsicht mit dem Bogen. Jüngere Krieger wurden von einem Dunkelelfen im Schwertkampf unterrichtet und kamen ordentlich ins Schwitzen. Doch sie hielten sich gut. Kaya war selbst eine geübte Kriegerin, schwang regelmäßig das Schwert, und auch wenn sie an manchen Tagen ihr Alter spürte, wusste sie doch, dass sie sehr viel agiler war als die meisten anderen Frauen, die schon über fünfzig Sommer und Winter gesehen hatten.

»Die Dunkelelfen heizen den jungen Kerlen ordentlich ein!«

Sie drehte den Kopf und erkannte ihren alten Hauptmann, der sich mit amüsierter Miene über die Zinnen beugte und dann zu ihr geschlurft kam.

»Nassàr, wie geht es dir?«

Der winkte ab, dann deutete er grinsend hinab. »Ich vermute besser als den schmalbrüstigen Söhnchen der Adligen dort unten. Morgen früh werden sie Muskeln spüren, die sie noch niemals zuvor bemerkt haben.«

»Das glaube ich gern. Seit der Krieg mit den Zwergen in der Luft liegt, schicken immer mehr Adlige aus dem Süden Familienmitglieder auf die Burg. Und besonders die Jünglinge wollen sich natürlich im Schwertkampf messen.«

»Ja, ja«, stimmte Nassàr zu. »Und die hübschen jungen Damen versuchen, eine möglichst gute Partie zu machen. Ich persönlich könnte ja mit diesen aufgetakelten Weibsbildern nichts anfangen.«

Als Nassàr mit seiner ausgemergelten Figur auf und ab zu stolzieren begann, brach Kaya in gelöstes Gelächter aus.

»Ich mochte ja immer Mädchen wie dich, die selbst anpacken können.« Seine nach wie vor klaren Augen blickten sie an, und Kaya streichelte ihm über die erschlaffte Wange. Sie wusste, Nassàr hatte früher für sie geschwärmt, und da sie sich schon so lange und aus der Zeit kannten, als sie noch keine Königin gewesen war, legte sie auch keinen Wert darauf, dass er sie mit ihrem Titel anredete.

»Weshalb hast du eigentlich nie geheiratet? Viele junge Damen – auch welche, die das Schwert schwingen konnten – haben sich für dich interessiert, als du Hauptmann warst.«

Mit einem Schnauben winkte er ab. »War nicht die Richtige dabei. Und als Hauptmann hat man auch kaum Zeit für so etwas. Das wird unser lieber Sared auch eines Tages erkennen und sich, spätestens wenn er verwelkt ist wie ich, in seinen adligen Hintern beißen!«

Erneut musste Kaya über Nassàr schmunzeln. Er selbst entstammte keiner Adelsfamilie und hätte lieber einen Mann aus dem einfachen Volk als seinen Nachfolger gesehen. Aber während seiner Zeit als Hauptmann hatte Nassàr, so treu und zuverlässig er auch gewesen war, ohnehin stets an allem etwas herumzunörgeln gehabt. Auch jetzt ließ er mal wieder kein gutes Haar an Sared.

»Er mag ja gut mit Schwert und Bogen sein«, lästerte er, »und die jungen Kerle lassen sich sogar ihren Bart schneiden wie er.« Unwillig schnaubte Nassàr aus. »Aber ständig herumzulaufen, als hätte man einen Stock im Hintern stecken, keine Miene verziehen und nicht einmal mit seinen Leuten am Feuer ein Bier trinken – das macht keinen guten Hauptmann aus.«

»Die Soldaten respektieren und bewundern ihn.«

»Pah.« Nassàr spuckte auf den Boden. »Selbst dieser Gockel von Petres trägt diese alberne Gesichtsbehaarung. Entweder einen ordentlichen Bart wie Nordhalan, das hat Stil, oder eben gar keinen. Vor allem hätte Petres es gar nicht nötig, Sared nachzueifern. Ich kann ihn ja nicht ausstehen, aber das Schwert schwingt er ganz ordentlich. Sieh nur, gerade hat er sogar einen jungen Dunkelelfen entwaffnet.«

Kopfschüttelnd betrachtete Kaya ihren alten Freund, dann spähte sie hinab in den Burghof, wo tatsächlich der triumphierende Lord Petres über einem jungen Dunkelelfen stand und ihm das Trainingsschwert vors Gesicht hielt.

»Ich weiß gar nicht, wer diesen Kinnbart zuerst trug. Aber das ist doch auch gleichgültig. Sowohl Sared als auch Petres sind herausragende Krieger. Und sollte es zu einem Krieg gegen Hôrdgan kommen, werden wir ihr Können bitter nötig haben!«

»Hafran, dieser krummbeinige Narr«, knurrte Nassàr.

»Ich überlege, ob ich nicht Horac ein Quartier in deiner Kammer anbieten sollte. Ihr würdet euch hervorragend ergänzen!«

»Wage es ja nicht …« Nassàr drohte mit seinem arthritischen Finger. Dann kniff er die Augen zusammen und beugte sich vor. »Ist das derjenige, den ich vermute zu sehen.«

Kaya blickte in seine Richtung, bemerkte nun ebenfalls die gebeugte Gestalt, die sich an der Mauer entlangtastete. Eilig ging Kaya zu ihm und fasste ihn am Arm.

»Meister Ray'Avan, ich wusste gar nicht, dass Ihr nach Northcliff kommt.«

Blinzelnd blickte der uralte Dunkelelf hinauf in den sich verdunkelnden Himmel. »Ich hoffe, euer vermaledeiter Sonnengott löscht endlich seine brennende Himmelsscheibe«, schimpfte er. »Beinahe hätte ich mich verlaufen.«

»Wollt Ihr Euch setzen?« Kaya geleitete Ray'Avan zu einer der Bänke, die überall in den Außenbereichen der Burg zu finden waren. Seufzend setzte sich der Dunkelelfenmagier hin, und auch Nassàr ließ sich umständlich neben ihr nieder.

»Hauptmann Nassàr, nicht wahr?«, erkundigte sich Ray'Avan und kniff dabei die Augen zusammen wie eine alte Eule.

»Ehemaliger Hauptmann«, stellte dieser richtig. »Jetzt sind Jüngere an der Reihe.«

»Sehr richtig«, kicherte Ray'Avan. »Wir Alten sollten den Jungen die Arbeit überlassen.« Damit zog er eine speckige Ledertasche aus den zahlreichen Pelzen, in die er gekleidet war. »Ich habe hier einige Bücher und Schriftstücke. Ich dachte, der junge Kayne möchte sie vielleicht lesen.«

»Kayne?« Kaya spannte sich an. »Er begleitete Leána zum Portal in die Elfenwelt.«

»Ein Prachtmädchen, meine Ururenkelin, nicht wahr?«, freute sich Ray'Avan, dann kratzte er sich am Kopf. »Kayne ist gar nicht hier, wie bedauerlich.«

Kaya nahm die vergilbten und teilweise zerfledderten Zettel in die Hand. Leider waren sie überwiegend in Dunkelelfisch verfasst. Sie verstand einiges von der Sprache des dunklen Volkes. Ihre Schriftzeichen zu erlernen hatte sie jedoch mittlerweile aufgegeben, da ihr für die komplizierte Runensprache die Zeit fehlte.

»Weshalb wolltet Ihr sie Kayne geben?«, erkundigte sie sich misstrauisch.

»Der Junge ist begabt. Er hat große Kräfte in sich.«

»Die hatte Samukal ebenfalls«, grollte Nassàr, woraufhin Kaya grimmig nickte.

Ray'Avan stieß ihn tadelnd mit seinem krummen Zauberstab an. »Benimm dich nicht wie ein grantiger alter Mann, Nassàr. Man sollte die Söhne nicht für die Taten der Eltern verantwortlich machen.«

Unbeeindruckt spuckte Nassàr aus. »Bei Eltern wie Samukal und Elysia ist es aber ausgesprochen schwer, etwas Gutes in ihrem Nachkommen zu sehen. Und gerade ihr Dunkelelfen seid doch bekannt dafür, ganze Familien zu ächten, nur weil ein Einzelner von ihnen sich danebenbenommen hat!«

Kaya hielt die Luft an. Für diese Anschuldigung wäre bei einem heißblütigen Krieger wie Nal'Righal unter Umständen Blut geflossen. Doch Ray'Avan hob gelassen die Schultern.

»Mag sein. Doch du weißt wenig von unserer Kultur. Stellt sich ein junger Dunkelelf als herausragender Krieger heraus oder als Magier so wie der junge Tev'Alvir, so kann auch ein Einzelner die von seinem Blute rehabilitieren, ausgenommen desjenigen, der die schändliche Tat verübt hat. Ist dies bei euch ebenso?« Ray'Avan blinzelte.

Diese Worte brachten Kaya zum Nachdenken, und auch Nassàr fuhr sich grübelnd über sein spitzes Kinn. Ihr Hass auf Samukal und seinen Nachkommen saß so tief, dass sie ihn einfach nicht überwinden konnte. Und die Tatsache, dass Elysia einen Mord an ihr in Auftrag gegeben hatte, kam noch hinzu.

»Ich befürchte, nein«, antwortete sie daher ehrlich.

Bedauernd zuckte Ray'Avan abermals mit seinen Schultern. »Unsere Völker unterscheiden sich – und das ist auch kein Fehler. Dennoch sollten wir uns bemühen, gegenseitig voneinander zu lernen.« Damit erhob er sich. »Ich werde einige Schriftstücke zu eurem Hofzauberer bringen. Wie nennt er sich noch gleich?«

»Dimitan«, antwortete Kaya zerstreut.

»Ja, Dimitan. Richtig. Den Rest lasse ich auf die Geisterinseln schaffen.« Suchend blickte er sich um. »Wo ist denn nur mein Träger? Ich glaube, ich habe ihn irgendwo in den Geheimgängen verloren!«

»Habt Ihr weitere Schriftstücke bei Euch?««, erkundigte sich Nassàr.

»Eine ganze Kiste!«, rief Ray'Avan begeistert.

»Dann kommt, Meister Ray'Avan. Ich werde Euch helfen, Euren Begleiter zu finden.« Ächzend stand Nassàr auf, und die beiden betagten Wesen schlurften einträchtig zur Burg.

Kaya hingegen blieb auf der Bank sitzen und dachte über Ray'Avans Worte nach.

Einerseits war Leána erleichtert, als Eriyane am Abend erklärte, dass sie im Laufe des nächsten Tages das Portal erreichen würden, andererseits war sie unruhig. Was hatte es mit Kaynes seltsamem Traum oder dieser erneuten Vision auf sich? Würden die Elfen misstrauisch werden, wenn sie allesamt durch das Portal gingen, oder das zu verhindern versuchen? War es richtig, dass sie Rob die Sache mit den Drachenskeletten verschwieg? Vermutlich schon, denn er wäre nur wütend geworden und hätte das Misstrauen von Eriyane und Taviros wecken können. Auch Nordhalan hatten sie nichts sagen können, denn unglücklicherweise hatte er sich die ganze Zeit über in der Nähe der beiden Elfen aufgehalten, um sie auszuhorchen – seinem Gesichtsausdruck nach zu urteilen jedoch ohne großen Erfolg.

Die Nacht war kühl und sternenklar. Leána bemerkte, wie sich ihre Freunde auf ihren Lagern herumwälzten, und sie selbst fand ebenfalls keine Ruhe. Eine Weile hatte sie sich in Gedanken mit Rob unterhalten, auch jetzt lag seine Hand beruhigend auf ihrer. Dennoch spürte sie seine Anspannung. Irgendwann, sie hatte ein wenig vor sich hin gedöst, vernahm sie erneut jene Melodie, die sie schon letzte Nacht gehört hatte. Leána setzte sich auf, und versuchte die Richtung auszumachen, aus der die Töne kamen. Abermals handelte es sich um eine flüchtige Wahrnehmung, die sie zwar berührte, jedoch nicht greifen konnte.

Rob, schläfst du?

Ich bemühe mich, erklang seine Antwort in ihrem Geist.

Die Musik, kannst du sie auch hören?

Nun setzte er sich auf und drehte den Kopf von rechts nach links.

Ganz weit entfernt und wie in einem Traum. Bleib hier, Leána. Seine Finger schlossen sich um ihr Handgelenk.

Ich hatte gar nicht vor zu gehen, auch wenn ich einen gewissen Drang dazu verspüre, kann ich ihm doch widerstehen.

Das ist gut. Komm her. Wer weiß, was morgen geschieht.

Er zog sie zu sich herunter, und plötzlich erfasste sie eine große Furcht, der morgige Tag könne Unheil über sie bringen. Sie schmiegte sich in Robs Arme und bemühte sich, an eine gute Rückkehr nach Albany zu denken, was ihr allerdings kaum gelang.

Als der neue Tag nicht mehr fern war, wehte eine jener eigentümlichen Brisen über ihre Köpfe hinweg, von denen Leána stets den Eindruck hatte, sie trüge Stimmen mit sich. Keine Worte, sondern Musik, die sie nicht verstand. Sie zog sich die Decke über den Kopf und drängte sich näher an Rob. Albany schien ihr plötzlich unerreichbar weit weg zu sein.

Kapitel 20

Verrat

Blasse Gesichter, Augenringe und verstohlenes Gähnen – ein Blick in die Runde zeigte Leána bei allen das Gleiche. Lediglich Eriyane und Taviros strahlten so wie stets Lebenskraft und Energie aus, und auch Ennedal sah man die schlaflose Nacht kaum an. Von den pelzigen Buggane konnte Leána nicht sagen, ob sie müde waren oder nicht. Aber die kleinen Wesen hatten ja auch keinen Grund zur Sorge, wenngleich sie stets diese Nervosität an sich hatten. Auch heute wuselten sie herum und schimpften leise vor sich hin, während sie das Zelt ihrer Herrin zusammenlegten.

Von dem kargen Frühstück brachte Morthas offenbar kaum etwas hinunter. Er verschluckte sich ständig, sah sich andauernd um und konnte schwerlich stillsitzen.

Ich hoffe, Eriyane und Taviros schieben Morthas' Herumgezapple auf seine vorgeschobene Krankheit, sagte Rob in Gedankensprache zu Leána, während er missmutig eine getrocknete Alge verspeiste.

Sie wandte ihre Augen gen Himmel. *Kayne ist so viel jünger und deutlich souveräner. Ich frage mich wirklich, weshalb Dimitan diesen Weichling ausbildet!*

So als hätte Kayne sie gehört, drehte er sich zu ihnen um und grinste halbherzig.

Bruchstückhaft vernahm Leána, wie Morthas dem sichtlich gereizten Nordhalan erzählte, er hätte in Albany wiederholt eine schemenhafte Frau gesehen und fürchte sich nun vor seiner Rückkehr. Seine ständige Wichtigtuerei, die er mit ausladenden

Gesten unterstrich, ging ihr auf die Nerven, und sie konnte sich nicht vorstellen, dass Morthas tatsächlich Geister sehen konnte. Bestimmt wollte er sich nur interessant machen, weil Kayne von diesen Visionen heimgesucht wurde und er das als älterer Zauberer nicht auf sich sitzen lassen konnte. Vor allem hatten sie momentan wirklich andere Probleme als irgendwelche Geistererscheinungen in Albany.

Ich freue mich auf ein gutes, saftiges Stück Fleisch, teilte ihr Rob mit und machte ein derart angewidertes Gesicht, als er sich das letzte Stück der Alge in den Mund schob, dass Leána trotz der Anspannung laut lachen musste.

Das ist nicht komisch, rügte er. *Ich bin ein Drache und kein Kaninchen!*

Mal abgesehen davon, dass Kaninchen keine Algen fressen – ich könnte mir dich durchaus als niedliches, pelziges …

Mit einem Knurren stürzte er sich auf sie und biss sie spielerisch in den Hals.

»Eine letzte Liebesneckerei, bevor ihr Sharevyon verlasst?« Unvermittelt stand Eriyane vor ihnen, und als sie in deren Augen blickte, verging Leána das Lachen. Irgendetwas hatte sich geändert. Eine scharfe, eisige Kälte hatte in ihren Worten mitgeschwungen, die in krassem Kontrast zu ihrem liebenswürdigen Lächeln stand. Nicht einmal ihre Augen verrieten Arglist, und beinahe dachte Leána, sie hätte sich getäuscht. Aber auch Rob hielt inne und stellte sich vor sie.

»Vielleicht die letzte in Sharevyon, doch in Albany werden wir gewiss damit weitermachen.«

Sie alle vermuteten, dass Eriyane sie nicht einfach ziehen lassen würde. Doch noch hatten sie keinen wirklichen Plan, wie sie entkommen sollten, falls die Elfen versuchten, sie aufzuhalten. Dieser Umstand lag auch daran, dass sie Eriyane und ihr Volk sowie diese ganze Welt nicht wirklich einschätzen konnten. Nordhalan könnte einen Zauber wirken, der die Elfen ablenkte und ihnen die Möglichkeit gab, allesamt durch das Portal zu verschwinden. Leána hatte allerdings das Gefühl, dass dies nicht so einfach funktionieren würde.

»Ich bedauere sehr, dass ihr alle gehen wollt.« Als sie um ihn herumging, erinnerte die Elfe Leána unwillkürlich an eine Schlange, die lauernd ihr Opfer umkreiste. »Die Anwesenheit von euch Zauberern bekommt meinem Land sehr gut.«

»Ich bin kein Zauberer«, presste Rob hervor.

Leána konnte eine Ader an seinem Hals pochen sehen, und sie war sehr erleichtert, dass nun Tag war. Bei Nacht hätte er sich möglicherweise in einen Drachen verwandelt, weil er in Eriyane eine Bedrohung sah.

»Dennoch trägst du Magie in dir, Mensch, das kann ich deutlich wahrnehmen«, schmeichelte sie. »Auch Kayne und die junge Ennedal wären willkommen, wenn sie bleiben möchten.«

»Lasst uns erst einmal das Portal erreichen«, lenkte Nordhalan eilig ab, denn er war zu ihnen getreten. Vielleicht hatte auch er die Anspannung von Rob und Leána bemerkt. Er lachte auf, und selbst wenn Leána klar war, dass das nur gespielt war, klang es bewundernswert überzeugend. »Vielleicht vergehen viele Tage, bis sich das Portal öffnet.«

»Hast du den Glauben an euer Glück verloren, Nordhalan, Menschenzauberer? Schon einmal hat es sich euch geöffnet.« Jetzt strich die Elfenherrin sacht über Nordhalans Bart.

Die Finger des alten Zauberers schlossen sich fester um seinen Stab, von dem Eriyane glücklicherweise nicht wusste, um was es sich handelte, und dass sich Nordhalans Kräfte um ein Vielfaches verstärkten, sobald er ihn benutzte.

»An unserem Glück habe ich niemals gezweifelt, werte Elfenherrin.« Vermutlich kostete es ihn große Überwindung, aber er nahm Eriyanes Hand in seine und küsste sie. »Sofern Ihr darauf besteht, kann ich es in Erwägung ziehen, bei Euch zu bleiben. Nur müsst Ihr bedenken, dass mein Rat in Albany einen hohen Stellenwert besitzt. Ich bin ein Oberhaupt der Zauberer.«

Sicher ahnte auch Nordhalan, dass Eriyane nicht daran dachte, sie einfach so gehen zu lassen, und bot der Elfenherrin daher diese Option an, um sie in Sicherheit zu wiegen. Vielleicht würde sie sich ja damit zufriedengeben und nicht schon vor Erreichen des Portals einen Übergriff auf sie verüben. Zudem konnten sie den Überraschungseffekt nutzen, wenn der Zauberer dann doch mit ihnen durch das Portal schritt. Scheinbar ewig sah sie Nordhalan in die Augen; es war, als wolle Eriyane ihn testen, eine Lüge erkennen, aber der Zauberer ließ sich nicht irritieren. Letztendlich wandte sie sich ab. »Kommt nun, lasst uns den Tag nicht vergeuden. Buggane, lauft voran!«

Als Eriyane und ihr hochgewachsener Elfenbegleiter hinter dem nächsten Hügel verschwunden waren, stellte sich Nordhalan zwischen Leána und Rob.

»Ich bin mir sicher, sie plant etwas. Wir müssen achtsam sein.«

Leána nickte und beobachtete Kayne, der sich mit Ennedal unterhielt. Beinahe sah es aus, als würden sie streiten. Vielleicht wollte die blonde Elfe ihn erneut davon überzeugen, dass es besser war hierzubleiben, doch Nordhalan eilte zu ihnen und redete leise auf die beiden ein.

Je weiter sie den Hügel emporstiegen, umso mehr veränderte sich die Landschaft. Wo zuvor noch öde Steinwüste gewesen war, zeigten sich nun Blumen, Gräser und erblühende Sträucher. Selbst auf Taviros' und Eriyanes Gesichtern zeigte sich Verwunderung, und sie sprachen aufgeregt miteinander.

Nun kam Leána, abgesehen von dem erwachenden Grün, die Gegend tatsächlich bekannt vor. Das rötliche Felsmassiv, durch das sie nun schritten, und das Tal, in dem sich das Portal befand, taten sich vor ihnen auf.

Nordhalan, der direkt hinter den beiden Elfen gelaufen war, ließ sich zurückfallen.

»Geh nicht zu dicht heran, Leána, ich möchte nicht, dass sich das Portal sofort öffnet.«

»Was machen wir denn jetzt?«, flüsterte sie nervös.

»Wir warten eine Weile, geben vor, nicht mehr genau zu wissen, wo sich das Portal bei unserer Ankunft aufgetan hat. Solange du nicht zu nah herangehst, wird es nicht erstrahlen, und wir werden ein Lager aufschlagen.« Er strich sich eine Haarsträhne hinter das Ohr. »Wenn wir den Schutz der Nacht abwarten, haben wir den Vorteil, dass du und Rob besser sehen könnt als die beiden anderen. Vielleicht gelingt es uns sogar, unbemerkt durch das Portal zu schlüpfen, während die beiden Elfen in ihrem Zelt sind. Sie werden nicht davon ausgehen, dass sich die Verbindung nach Glastonbury sofort öffnet.«

»Riskant, aber vielleicht gelingt es uns«, meinte Leána. »Leider wissen wir zu wenig über Eriyane und Taviros.«

»Das stimmt. Wir müssen wohl tatsächlich auf unser Glück vertrauen.«

In angespannter Stimmung nahmen sie ihr gemeinsames Abendessen ein. Die Buggane rollten sich bald an einem Felsen zusammen. Obwohl noch ein wenig Resthelligkeit vorhanden war, kletterte der seltsame Mond bereits über den östlichen Horizont.

»Morgen bei Tageslicht werden wir uns noch einmal umsehen. Ich kann mich nicht genau daran erinnern, an welcher Stelle sich das Weltenportal geöffnet hat«, behauptete Nordhalan.

Die Elfenherrin verneigte sich vor dem Zauberer. »Wenn sich das Portal öffnet, werden wir es bemerken.« Dies klang beinahe wie eine Drohung in Kaynes Ohren, vielleicht war es auch nur Einbildung und seiner Anspannung geschuldet.

Eriyane und Taviros zogen sich in ihr Zelt zurück. Alle anderen legten sich auf ihre Decken und warteten. Heute Nacht würde niemand schlafen, da war sich Kayne sicher.

Mit offenen Augen blickte er hinauf in die Sterne und fragte sich nicht zum ersten Mal, wie viele Welten es eigentlich geben mochte. Welten voller ungeahnter Schönheit, aber sicher auch solche, in denen Gefahren lauerten.

»Leána, ich liebe dich. Sollte heute Nacht etwas Schlimmes geschehen, möchte ich, dass du dich daran erinnerst«, vernahm er mit einem Mal Robs Worte, und kurz darauf hörte er Leánas sanfte Antwort.

»Nichts wird geschehen, wir kehren alle heil nach Albany zurück. Und ich liebe dich ebenfalls.«

Können die sich nicht mit ihrem Liebesgesäusel zurückhalten?, dachte Kayne wütend und drehte sich zu Nordhalan, der neben ihm lag, die Arme vor der Brust verschränkt, die Augen ebenfalls geöffnet.

»Nordhalan«, sagte er leise.

Der bärtige Kopf des Zauberers wandte sich ihm zu.

»Was ist, Kayne?«

Er rutschte näher zu dem Zauberer heran und senkte seine Stimme noch mehr, denn obwohl er in Albanys Sprache redete, wollte er keine Zuhörer riskieren. »Hast du jemals von Mysharen gehört?«

»Hm.« Für einige Atemzüge schwieg Nordhalan. »Nein, Kayne, dieser Begriff sagt mir nichts. Worum soll es sich dabei handeln?«

»Das weiß ich nicht. Ich … hatte wieder einen Traum – oder eine Vision«, gab er widerwillig zu.

Die Robe des alten Mannes raschelte, als er sich auf die Seite drehte und den Kopf auf die Hand stützte. Forschend glänzten die Augen des Zauberers in der Dunkelheit.

»Was genau hast du gesehen?«

Leise erzählte Kayne von den Bilderfetzen, dem Drachen, und berichtete auch von dem Knochenfund. Nur Samukal, den ließ er lieber weg.

Bedächtig hörte Nordhalan zu, dann fasste er Kayne am Unterarm.

»Ich kann dir nicht sagen, was es bedeutet. Aber Kayne, du solltest dich wirklich auf den Geisterinseln ausbilden lassen, sobald wir in Albany sind.«

Ruckartig zog Kayne seinen Arm zurück. »Es sind nur Bilderfetzen, nichts Bedeutsames!«

»Visionen sind bedeutsame Ereignisse und zeugen von großen magischen Fähigkeiten«, belehrte ihn Nordhalan sogleich. »Denk nur an Lharina. Ihren Visionen ist es zu verdanken, dass Darian und seine Freunde eine wirksame Waffe gegen die Dämonen in der Hand hatten.«

»Lharina wurde von den Erinnerungen ihrer Vorfahren heimgesucht, bei mir ist es anders.« Er schnaubte bitter. »Ich glaube kaum, dass Elfen und Drachen zu meinen Ahnen zählen.«

»Wehre dich nicht gegen deine Gabe. Was auch immer sie bedeutet, sie gehört zu dir.«

Kayne runzelte die Stirn. Seine Hand krallte sich um einen Stein und drückte diesen fest. Kurz musste er an die Frau denken, die ihm in den Elfenwäldern begegnet war, als er Lharina die Botschaft von dem Portal überbracht hatte. »Niemand würde mir trauen, immer würden sie Samukal in mir sehen.«

»Du hast kein leichtes Erbe«, gab Nordhalan zögernd zu. »Doch auch Wesen wie Elora haben während ihrer Ausbildung auf den Geisterinseln mit Vorurteilen zu kämpfen. Viele sehen nur das Trollerbe in ihr.«

»Aber die Trolle haben nicht dazu beigetragen, dass Albanys Bewohner um ein Haar vollständig vernichtet worden wären.«

»Ich habe es dir schon oft gesagt. Du bist nicht dein Vater, Kayne!«

»Nein, aber die Abneigung, die man ihm entgegenbrachte, ist sein Vermächtnis an mich. Vielleicht sollte ich sogar in der anderen Welt bleiben, dort, wo Darian aufgewachsen ist. Dort kennt mich niemand, ich könnte wie ein normaler Mensch leben.«

»Möchtest du das wirklich? In einer Welt leben, in der die Magie so viel schwächer ist als in Albany, ohne deine Freunde sein, niemals deine Kräfte zu nutzen lernen?«

»Ich werde sie ohnehin niemals wirklich nutzen können«, presste er hervor. »Sobald etwas Schlimmes geschieht, das mit Zauberei in Verbindung gebracht wird, wird man es mir anlasten.«

»Wie gesagt, Kayne«, antwortete Nordhalan bedächtig, »niemand behauptet, dein Weg wäre ein einfacher. Aber es gibt viele, denen es nicht besser ergeht. Lange haben die Menschen die Diomár als etwas Gefährliches betrachtet, und ich gebe zu, die Zauberer alter Tage waren bestrebt, als mystisch und undurchschaubar zu gelten. Für manch einen mag das noch immer zutreffen.« Kurz schaute er zu Morthas hinüber, der steif auf seinen Decken lag. »Oder denk nur an die Dunkelelfen. Auch sie haben noch heute mit zahlreichen Vorurteilen zu kämpfen. Und den Nebelhexenheilern geht das nicht anders.«

»Kannst du denn mit Sicherheit sagen, dass ich niemals zu einem dunklen Magier werde?« Kayne starrte Nordhalan in die Augen, und dieser hielt ihm zwar stand, aber er bemerkte sehr wohl, wie ein Muskel im Gesicht des Zauberers zuckte.

»Ich habe dich immer geschätzt, Kayne. In dein Herz vermag ich nicht zu blicken, und genauso wenig kann ich deinen Lebensweg vorhersagen. Aber ich vertraue darauf, dass du mit der richtigen Führung ein verantwortungsvoller Zauberer werden kannst.«

Er traut mir nicht. Verletzt drehte sich Kayne auf den Rücken, dann atmete er tief durch und dachte: *Ich kann es ihm nicht einmal verübeln, ich traue mir ja selbst nicht.*

Kapitel 21

Die Weltennebel

Mitternacht musste schon lange vorüber sein, Wolken bedeckten den Himmel, und eine kühle Brise wehte. Alles war ruhig, und Nordhalan war es gerade eben gelungen, den wachhabenden Buggane durch einen Hieb mit seinem Stock zu betäuben. Wie vereinbart hatten sie sich nun getroffen, in der Hoffnung unbemerkt durch das Portal fliehen zu können.

»Ich gehe mit Morthas als Erstes zum Portal und werde sehen, ob alles ruhig bleibt«, bestimmte Nordhalan, als sie sich versammelt hatten. Seine Stimme war nur ein Hauch, der beinahe vom Wind davongetragen wurde, und so steckten sie alle ihre Köpfe zusammen. »Anschließend gehen Kayne und Ennedal. Wir müssen uns alle sehr konzentrieren. Sammelt eure Kräfte. Estell fehlt, und uns muss es sehr schnell gelingen, den Bann zu brechen, der auf dem Weltenportal liegt. Nach den beiden folgen Rob und Leána.«

»Weshalb gehen wir nicht alle auf einmal?«, fragte Morthas kläglich. »Dann könnten wir rascher verschwinden.«

»Selbst wenn wir uns allesamt bemühen, leise zu sein, könnten Buggane oder die beiden Elfen erwachen und sehen, dass unsere gesamte Gruppe verschwinden will.«

Etwas in Kayne verkrampfte sich, als er daran dachte, dass Leána erst nach ihnen kommen würde. Doch es war ja nur eine kurze Distanz bis zu der Stelle, an der sie nach Glastonbury zurückkehren würden, und es war nur sinnvoll, dass Nordhalan, er und Morthas zunächst ihre magischen Kräfte bündeln und sammeln würden. Auf Letzteren würde er allerdings nicht allzu sehr zählen, denn seine Stirn war schon jetzt schweißnass, und er zitterte. Kayne war sich selbst nicht sicher, ob sie es ohne Estells Hilfe schaffen würden. Der Bann war ein kompliziertes Gefüge aus elfischen Zaubern gewesen. Doch ihnen blieb gar nichts anderes übrig, als es zu versuchen.

»Ich passe auf dich auf, Leána«, hörte er Rob, und diesmal ärgerte er sich nicht, sondern hoffte, dass der Drache sein Versprechen halten würde.

Langsam erhoben sich Nordhalan und Morthas, ließen ihre Decken liegen, für den Fall, dass sie entdeckt werden würden, und schlichen an dem Zelt der Elfenherrin vorbei.

Atemlos wartete Kayne, bis die beiden fort waren.

»Sie haben die Stelle jetzt erreicht«, flüsterte Leána nach kurzer Zeit.

Kayne nickte Ennedal zu, ergriff sein Schwert und stand auf. Bemüht auf keinen Ast zu treten oder lose Steine zum Rollen zu bringen, folgte er der schlanken Gestalt. Sein Herz klopfte so heftig, dass er befürchtete, alle Wesen im Umkreis einer Meile müssten es hören, denn die geschmeidige Anmut, mit der sich Ennedal bewegte, war ihm nicht gegeben.

Es wird gelingen, wir schaffen es, sprach er sich immer wieder Mut zu.

Schon erkannte er die Umrisse der beiden Zauberer, Nordhalans kräftige Gestalt und die hochgewachsene, dürre von Morthas. Am Rande seines Sichtfeldes, über ihnen, an der Abbruchkante des Felsmassivs, glaubte er Schatten huschen zu sehen, aber da Ennedal über eine weitaus bessere Nachtsicht verfügte als er und nicht stehen blieb, schob er das auf seine überreizten Nerven. Jedes Knirschen der Steine unter seinen Füßen hörte sich unnatürlich laut an. Eine Bewegung zwischen den Felsen ließ ihn zusammenzucken.

»Eine Echse«, versicherte Ennedal ganz leise.

Schon hatten sie die beiden anderen erreicht. Nichts deutete auf das Weltenportal hin. Kein besonders geformter Stein, kein beeindruckender Monolith, kein Steinkreis. Lediglich eine knapp zehn Schritt messende ringförmige Erhöhung war im Mondlicht zu erkennen. Vielleicht hatte hier einst ein Steinkreis gestanden. Weshalb er nicht mehr da war, darüber konnte man nur spekulieren.

Wieder glaubte Kayne einen Schatten an der Bergkante zu erahnen und drehte seinen Kopf.

»Kayne, komm zu uns«, ermahnte ihn Nordhalan jedoch, und so stellte er sich zu den anderen in den Kreis. Nordhalan begann leise zu summen, und Kayne hoffte, dass dieses Geräusch nicht bis zu Eriyane und Taviros dringen würde, doch der Wind wehte glücklicherweise in eine andere Richtung.

Es fiel ihm schwer, sich zu konzentrieren. Er streckte seine Hände aus, versuchte, sich auf die Quelle seiner Magie zu konzentrieren und tief in sich diese faszinierende Macht zu bündeln. Doch wie immer konnte er nur einen Teil davon durch seinen Körper strömen lassen. Wie hinter einer Mauer lauerte der stärkere, größere, aber – wie er glaubte – auch dunklere Teil seines Wesens, und den wollte er unter allen Umständen dort lassen. Seine bläulich silbernen Energieströme verbanden sich mit denen von Nordhalan und Morthas. Leuchteten die des alten Zauberers eher silberweiß, so verströmte Morthas' Magie ein schwaches rötliches Licht. Was die Ursache dieser unterschiedlichen Farbgebung war, hatten ihm nicht einmal die älteren Zauberer sagen können, meinten aber, je nach Charakter oder Gemütszustand des Zauberers könne die Farbe wechseln. Kayne war jedes Mal froh, wenn seine Lichtblitze oder Kugeln nicht ungewöhnlich dunkel waren, denn das hätte er als ein böses Omen angesehen. Meist zeigten sie sich in einem silbrigen Blauton.

Die Magie pulsierte durch ihn – faszinierend, berauschend –, und er musste aufpassen, sich nicht darin zu verlieren.

Gleich würde Leána kommen und das Portal in seiner ganzen

Pracht erstrahlen, seine Magie preisgeben, die die Welten miteinander verband. Schon sammelte Nordhalan all ihre gebündelte Energie in seinem Zauberstab.

»Leána! Vorsicht …«, hörte er da Robs Ruf und fuhr ruckartig herum.

»Kayne, was soll das denn?«, fluchte Nordhalan.

Der Energiefluss war abgebrochen, die Runen an Nordhalans Zauberstab glommen deutlich schwächer.

»Rob hat eine Warnung gerufen und …«

»Hat er nicht.« Mit einer Mischung aus Verwirrung und Wut blickte Nordhalan in die Dunkelheit.

Kayne schüttelte sich. Halluzinierte er jetzt schon? War das wieder eine Vision gewesen? Aber diesmal hatte es sich nicht so angefühlt, und vor allem hatte er doch den Ruf genau vernommen.

»Reiß dich zusammen, wir versuchen es erneut«, drängte Nordhalan.

Wieder vereinten sie ihre Kräfte, und Kayne bemühte sich, alles andere auszublenden.

Auf einmal spürte er, wie sich alles um ihn herum intensivierte, ein Licht erstrahlte, Nebel zog auf.

Leána, dachte er erleichtert und schloss die Augen, um sich noch besser zu konzentrieren, ließ mehr Energie durch sich hindurch, seine Finger und in den magischen Kreis schießen, der sie verband und die Magie in Nordhalans Stab verstärkte. So wie beim letzten Mal schuf Nordhalan eine schützende Kuppel um sie herum, und auch der leiseste Wind erstarb. Diesmal konnte Kayne das Verweben der Magieströme viel besser wahrnehmen, was wohl daran lag, dass Nordhalan ihn im Palast der Winde unterrichtet hatte. Dieser Zauber war sehr ähnlich, nur stärker und ausgedehnter, da er das gesamte Portal und die Umgebung etwa zehn Fuß um sie herum erfasste. Wieder waberte diese milchige, zähe Scheibe im Inneren des Portals, genau wie bei ihrem Übertritt nach Sharevyon. Und wie beim letzten

Mal schoss ein blauer Lichtstrahl aus Nordhalans Zauberstab, und die weiße Masse schob sich beinahe schon widerstrebend an den Rand.

»Wahre Meister der Magie.«

Kayne fuhr herum, Morthas und Nordhalan, seinen Stab noch immer ausgestreckt, taten es ihm gleich.

Eriyane und Taviros hielten Leána zwischen sich fest. Ihr Gesicht war tränenverschmiert, Haarsträhnen hingen ihr wirr über Augen und Kinn. Von Rob keine Spur. Dafür tippelten nun mehr als zwei Dutzend Buggane herbei. Waren sie in der Nähe versteckt gewesen? Kayne hatte geglaubt, Schatten wahrzunehmen; hatte es sich dabei um diese Buggane gehandelt?

Verzweiflung, Wut und Hilflosigkeit spiegelten sich in Leánas Augen wider, als sie sich bemühte, dem Griff der beiden zu entkommen. Leána war nicht schwach, das wusste er, doch ihre Tritte prallten einfach an den beiden Elfen ab. Wie ein Spielzeug hielten sie sie fest. Kayne zerriss es beinahe das Herz. Er wollte sich auf die beiden Elfen stürzen, wollte seine Freundin entgegen jeglicher Vernunft befreien. Nebel waberte um sie alle herum, verdichtete sich, schloss sie von der Außenwelt ab. Nur das sanfte silberne und goldene Glühen des Portals spendete jetzt noch Licht.

»Was auch immer du getan hast, Nordhalan, Menschenzauberer«, säuselte Eriyane, »lass dieses Portal offen, sonst stirbt Leána.« Ein süffisantes Lächeln erschien um ihre Lippen. »Und glaube mir, wir benötigen keine Waffen, so wie ihr sie tragt.«

Nordhalans Miene war unbewegt, auch wenn Kayne spüren konnte, wie es in dem alten Mann brodelte. Sicher hätte auch er am liebsten seine Magie gegen die beiden eingesetzt.

»Was wollt ihr?«, fragte er ruhig.

»Du gehst durch das Portal und holst wie vereinbart Drachen. Viele Drachen, die Sharevyon erneut bevölkern.«

»Was veranlasst dich zu glauben, dass wir das nicht wollen? Weshalb misstraust du uns?«

Kayne bewunderte Nordhalan um seine Beherrschung. Er versuchte also, das Spiel weiterzuspielen.

Aber Eriyane lachte nur höhnisch auf. Ein Ton, der erneut im krassen Widerspruch zu ihren sanften und anmutigen Gesichtszügen stand.

»Nachts, wenn die Dunkelheit am größten ist, wollt ihr euch heimlich davonstehlen. Sagt das nicht alles?«

»Nicht nur die Dunkelheit ist nachts am größten«, erwiderte Nordhalan ungerührt, »auch das Leuchten der Magie ist dann am stärksten. Deshalb sind wir ...«

»Schweig«, herrschte die Elfenherrin ihn an. »Gharion hat mir alles verraten. Im letzten Moment hat er sich doch noch besonnen und uns gestanden, dass er euch riet zu fliehen. Ich muss gestehen, zunächst habe ich gezweifelt. Schon häufig hat Gharion versucht mich zu belügen, und ich hegte die Hoffnung, ihr könntet tatsächlich zu eurem Wort stehen und Sharevyon helfen. Doch eure Taten sprechen für sich.«

»So eine Ratte!« Leána spuckte auf den Boden, aber Eriyane lächelte nur herablassend.

»Er ist eben doch ein guter Sohn, der an sein Volk denkt.«

Wie konnte Gharion Eriyane benachrichtigt haben? Er war doch gar nicht mit ihnen gekommen. Hatte er schon im Palast alles verraten? Dann hätte Eriyane aber gar nicht mit hierherkommen müssen. Das alles war so verwirrend, aber Kayne drängte seine Fragen beiseite, denn die Situation war mehr als bedrohlich. Schon schob sich die zähe weiße Scheibe an den Rändern wieder nach innen, und Eriyane bemerkte das.

»Geh jetzt!«, verlangte sie.

»Was ist mit den anderen?«, fragte Nordhalan, nun mit deutlicher Nervosität in der Stimme.

»Sie bleiben hier und ...« Kayne erschauderte, als sie fortfuhr, »... werden uns von großem Nutzen sein.«

Unentschlossen blickte Nordhalan von Leána zum Portal, immer mehr verengte sich der Durchlass.

»Geh, Nordhalan!«, rief Kayne. *Hol Hilfe, wir kommen zurecht*, fügte er in Gedanken hinzu, auch wenn ihm schwante, dass Eriyane nichts Gutes mit ihnen im Sinn hatte.

Plötzlich überschlugen sich die Ereignisse. Morthas schrie auf, er und Ennedal wurden – von was auch immer – von dem Portal fort und in den Nebel gezerrt und waren verschwunden. Kurz erkannte Kayne eine dunkle, schlanke Hand, die aus der Nebelwand nach Nordhalan griff. Blitzschnell fuhr der Zauberer herum, und ein winziger Blitz schoss aus seinen Fingern. Ein Fluch ertönte, Kayne glaubte dunkelelfische Worte zu hören, doch sicher war er nicht, denn Eriyanes Gezeter übertönte alles.

»Holt Ennedal zurück, wir brauchen sie!«

Taviros sprang durch die Nebelwand – wohin auch immer. Sollten Dunkelelfen Ennedal und Morthas geholt haben?

»Kayne, komm mit! Wir müssen Hilfe aus Albany holen!« Aus Nordhalans Stab explodierte eine gelbe Lichtkugel, die alles, was mehr als einen Schritt vom Portal entfernt war, in ein gleißendes Licht versetzte. Der Zauberer sprang durch den schmalen Durchlass im Portal und hielt Kayne die Hand hin. Doch er zögerte, vernahm hysterische Stimmen rund um sich herum, einen eigenartigen Wind, durchsetzt von sphärischem Gesang. Kayne schüttelte den Kopf, sah noch kurz das entsetzte Gesicht von Nordhalan, als sich das Portal schloss, dann war der Zauberer fort.

Aus einem Impuls heraus floh Kayne durch Licht und Nebel. Er wollte nicht auch noch von Dunkelelfen entführt oder von Taviros geschnappt werden. Zu gern hätte er versucht, Leána auf der Stelle zu befreien, aber das musste warten.

Nebel und die verglimmenden Reste von Nordhalans Licht boten ihm Schutz – noch. Er erkannte einen schmalen Felsdurchlass, quetschte sich hinein und kletterte durch einen trichterförmigen Spalt in die Höhe.

»Wo seid ihr, Zauberer? Und Ennedal, schönes Elfenmädchen?«, tönte Eriyanes Stimme zu ihm herauf, und so spähte er hinab in das Tal.

Offenbar hatte Eriyane Leána ein Stück weggezerrt, denn das Leuchten des Weltenportals war verblasst. Alles lag in Dunkelheit. Er glaubte, die Schemen von zwei größeren und fünf kleinen Gestalten zu erahnen – die Buggane. Plötzlich hörte er Leána aufschreien und kniff die Augen zusammen, aber auf die Entfernung und im Sternenlicht konnte er nichts Genaues erkennen.

»Seid ihr feige im Nebel verschwunden? Oder wart ihr klug und holt die Drachen? Wenn ihr versucht, die hübsche Leána zu befreien, stirbt sie.«

Eine leere Drohung, dachte Kayne. *Leána, wehr dich! Du bist stark, versuch zu fliehen, du bist geschickter als Eriyane.* Und was war mit Rob? Vermutlich war er tot und Leána schockiert und nicht fähig zu handeln. Oder verfügte die Elfe über mehr Kräfte als gedacht?

»Die Reißzähne der Buggane sondern Gift ab«, fuhr die Elfenherrin da mit durchdringender Stimme fort. »Wenn wir nicht innerhalb von vier Tagen den Palast der Winde erreichen und sie ein Gegenmittel bekommt, ist sie tot. Aus diesem Grund solltet ihr unsere Reise nicht verzögern.«

Kurz schloss Kayne die Augen. Der Schrei! Demnach hatte vorhin ein Buggane Leána gebissen. Er steckte in einer aussichtslosen Situation, war ganz auf sich allein gestellt. Ennedal und Morthas waren fort, vielleicht von Dunkelelfen entführt, und was die mit ihnen tun mochten – daran wollte er jetzt nicht denken. Wann Nordhalan zurückkehren würde, wusste er nicht. Sollte er versuchen, Ennedal und Morthas zu finden, oder lieber Leána folgen? Sein Herz sprach für Leána, das war ganz klar. Aber durfte er zulassen, dass die beiden möglicherweise von den dunklen Vertretern des Elfenvolkes aufgefressen wurden, so wie Eriyane es stets behauptete? Auch nach Rob sollte er suchen, selbst wenn er sich keine allzu großen Hoffnungen machte, ihn lebend zu finden. Langsam rutschte er durch den Spalt zurück nach unten und spähte in das Tal. Nichts war zu sehen, nichts rührte sich.

Langsam schob sich Kayne an der Felswand entlang, wobei all seine Sinne zum Zerreißen angespannt waren. Lauerten dort irgendwo Taviros oder irgendwelche hungrigen Dunkelelfenkrieger, die um ein Vielfaches besser sehen konnten als er selbst? Seine Hand umklammerte den Griff seines Schwertes – Darians Schwert, Dämonenbann. Es hatte gegen die finstersten Kreaturen aus der Zwischenwelt bestanden, vielleicht würde es auch Eriyane und Taviros töten. Er selbst war von Nal'Righal und vielen anderen Schwertmeistern ausgebildet worden. Gegen einen, vielleicht zwei durchschnittlich gute Dunkelelfenkrieger konnte er mit etwas Glück bestehen, aber nicht gegen mehrere, schon gar nicht bei Nacht. Bedacht setzte er einen Fuß vor den anderen, zuckte zusammen, als es unter seinen Füßen knirschte. Zu seiner Linken, nahe der Felswand, erahnte er eine Bewegung. Kroch dort etwas über den Boden zu dem hüfthohen Stein, der unweit des Portals aus der Erde ragte? Er blinzelte und war sich plötzlich nicht mehr sicher. Dunkelheit und Wolken, die das Sternenlicht verdeckten, gaukelten einem gerne schattenhafte Bewegungen vor, die gar nicht existierten. Zudem ließ der Wind die Büsche wogen. Überall wähnte er Feinde, befürchtete in jedem Windhauch einen Angriff auf seinen Geist. Vielleicht nicht einmal zu Unrecht, denn schließlich konnten hier Buggane lauern. Mit einem Mal durchzuckte ihn ein stechender Schmerz.

Leána … bist … du hier?, dröhnte es durch seinen Geist.

Kapitel 22

In höchster Gefahr

Erfüllt von Grauen hatte Nordhalan die andere Seite des Portals erreicht. Sturm und Regen empfingen ihn, und er zog sich eilig die Kapuze seines Umhangs über den Kopf.

»Terion!«, schrie er gegen die tobenden Naturgewalten.

Nordhalan fluchte, als der Elf nicht auftauchte, aber selbstverständlich konnte er nicht erwarten, dass Terion bei solch einem Wetter den ganzen Tag an dem Portal verharrte. Nordhalan eilte den Berg hinab und auf das nächstgelegene Waldstück zu. Eine Gestalt schälte sich aus der Dunkelheit, und als er blinzelte, erkannte er zu seiner Überraschung sogar zwei weitere.

»Terion?« Nordhalan wischte sich die Nässe aus dem Gesicht.

»Nordhalan, ich bin es«, ertönte da die Antwort, und der Zauberer seufzte erleichtert, auch wenn er nicht wusste, wer die beiden anderen waren. Zunächst glaubte er, es handle sich um Menschen, da sie die bunte Regenkleidung dieser Welt trugen, aber als er eine kleine Lichtkugel beschwor, weiteten sich seine Augen.

»Nordhalan, das sind Sharelya und Ereton.« Terion klang aufgeregt und überaus erfreut. »Sie sind Elfen aus dieser Welt. Auch wenn wir dachten, hier gäbe es keine Elfen, so sollen doch an die tausend Elfen verteilt in verschiedenen Ländern leben.«

»Das sind gute Nachrichten«, antwortete Nordhalan lahm und verbeugte sich halbherzig vor den beiden.

»Wo sind die anderen?«, erkundigte sich Terion.

Nordhalan fasste ihn am Arm. »Etwas Schreckliches ist geschehen. Wir müssen auf der Stelle zu dem Drachenweibchen Ruberia und nach Albany zurückkehren. Unterwegs erkläre ich alles.«

»Was ist mit Estell, Marathis und Ennedal?«, erkundigte sich Terion dennoch.

»Vermutlich alle tot.«

Der Elf blieb stocksteif stehen, und die anderen beiden schlugen die Hände vor die Gesichter.

»Dann hatten die Elfen dieser Welt recht«, flüsterte Terion entsetzt. »Die Portale dürfen nicht mehr geöffnet werden. Es ist zu gefährlich.«

»Was wisst ihr über dieses Portal?«, wandte sich Nordhalan an die fremden Elfen, während sie durch den Regen hasteten.

»Nicht viel.« Sharelya hatte eine helle Stimme und war etwas kleiner als ihr Begleiter. Eine rotblonde Haarlocke blitzte unter ihrer Kapuze hervor. »Nur wird seit Generationen in unserem Volk überliefert, die Portale zu meiden. Unsere Weisen sagen, großes Übel ginge daraus hervor.«

»Sprachen sie von seltsamen, ungewöhnlich großen und schönen Elfen, die diese Gefahr darstellen?«

»Nein. Manche behaupteten, in anderen Welten gebe es Dämonen, andere sprachen von einer alles verschlingenden Finsternis. Aber das sind nur Mythen.«

Nordhalan stieß die Luft heftig aus, und während Terion sie über schlammige Felder und Wiesen zu dem roten Drachenweibchen führte, versuchte er, so gut es ging, im Laufen alles zu erklären. Alle drei Elfen zeigten sich entsetzt über die Vorkommnisse in Sharevyon, aber keiner von ihnen hatte jemals von Wesen wie Eriyane gehört.

»Wo ist denn jetzt der verdammte Drache?«, entfuhr es Nordhalan, als sein Stiefel in einem Sumpfloch stecken blieb.

»Es wurde zunehmend schwer für einen Drachen, sich zu verbergen. Diese Gebiete sind dicht besiedelt. Er muss auf die Jagd gehen, und einmal wäre er beinahe von Wanderern im Wald entdeckt worden. Letztendlich konnten wir eine Höhle für Ruberia finden.«

»Wie weit ist es denn noch?«, wollte Nordhalan wissen.

Der Elf taxierte ihn mit einem fragenden Blick. »Ein strammer Tagesmarsch – für einen Elfen.«

»Dann werde ich heute einem Elfen gleichen müssen«, stellte Nordhalan grimmig fest und beschleunigte seinen Schritt.

Kayne presste die Hände gegen die Schläfen. War das gerade Robs Stimme gewesen? Versuchte wieder jemand, ihn zu beeinflussen, seine Sinne zu verwirren? Sollte Rob noch am Leben sein, hätte er bestimmt nicht laut gerufen. Er baute eine Mauer um seinen Geist auf, glaubte noch kurz, ein entferntes Flüstern zu hören, dann war wieder alles ruhig. Nervös blickte er sich um. Er würde auf den Morgen warten müssen, so schwer es ihm auch fiel. Aber bei Dunkelheit war er seinen Gegnern unterlegen. Aller Vernunft zum Trotz wollte er losziehen und Leána befreien, aber er wusste, ganz allein hatte er kaum eine Chance, sie aus dem Palast der Winde zu retten. Gleichzeitig musste er sie aber bis dorthin in Ruhe lassen, denn sofern Eriyane die Wahrheit gesprochen hatte, war Leána verloren, wenn sie das Gegengift nicht bekam.

»Verdammte Buggane«, knurrte er vor sich hin. »Ich habe ihnen von Anfang an nicht getraut.«

Kayne spannte sich an, denn er meinte, ein leises Stöhnen zu vernehmen. Oder war es nur der Wind gewesen, der um den Stein einige Schritte vor ihm heulte? Atemlos wartete er ab, zog sich tiefer in den Schatten zurück. Da – er hatte sich nicht getäuscht. Irgendetwas kroch langsam den Fels hinauf und verharrte dann.

War das etwa einer dieser verräterischen Buggane? Er dachte kurz nach, dann schlich er an der Felswand entlang, und als der kränkliche Mond für einen Augenblick hinter einer Wolke verschwand, rannte er geduckt zu dem gut fünf Schritt langen und etwa hüfthohen Fels und kauerte sich dahinter. Sollte dort ein Buggane lauern, würde er den fangen und so lange befragen, bis er preisgab, ob Leána tatsächlich in Gefahr war. Er würde aufpassen müssen, dass er nicht selbst gebissen wurde, und zimperlich durfte er mit den pelzigen Wesen auch nicht sein. Aber Kayne würde so ziemlich alles dafür tun, um Leána zu retten, notfalls sogar einen Buggane foltern.

Er erahnte irgendetwas Strubbeliges auf dem Felsen, vermutlich war es tatsächlich der Kopf eines der pelzigen Wesen. Vielleicht war es ja verletzt, was ihm bei seinen Plänen nur entgegenkam. Er blickte sich um, hoffte, jetzt nicht in eine Falle zu tappen und gleich von einer Horde Buggane eingekreist zu werden.

Langsam pirschte sich Kayne um den Felsen herum, seine Finger schlossen sich fester um den Griff seines Schwertes. Dann schnellte er nach vorne, holte aus und stoppte die Klinge erst im letzten Moment dort, wo er die Kehle des Wesens vermutete.

»Keine Bewegung, sonst schlitze ich dich auf!«

Ein Brummen, oder war es eher ein Stöhnen, folgte. Dann wandte das Wesen den Kopf. »Kayne, bist du das?«

Das war eindeutig Robs Stimme. Schwach und undeutlich, aber menschlich. Wie es aussah, war es Rob gelungen, sich zu dem Felsblock zu ziehen, dann hatte ihn offenbar die Kraft verlassen. Was Kayne für einen Buggane gehalten hatte, war Robs Kopf, von dem die blutverklebten Haare wirr abstanden, und als Kayne aller Vorsicht zum Trotz eine winzige Lichtkugel beschwor, bemerkte er eine hässliche Platzwunde an Robs Hinterkopf. Sein Hemd war wie die Haare blutdurchtränkt. Sofort ließ er die Lichtkugel wieder verschwinden, legte sich Robs rechten Arm um die Schulter und schleifte ihn zur Felswand.

»Was ist mit Leána?«, presste Rob hervor, nachdem er sich auf den Boden hatte rutschen lassen.

»Eriyane hat sie.«

»Feuer und Asche, das darf nicht sein«, stöhnte Rob, wobei er sich kraftlos auf die Seite sinken ließ. »Wir haben das Lager gemeinsam verlassen. Ich war nur einen Schritt hinter Leána, als ich eine Bewegung hinter mir bemerkt habe. Schemenhaft und so schnell, dass ich sie kaum wahrnehmen konnte. Ich habe ihr in meiner Gedankensprache eine Warnung geschickt, kurz bevor mich etwas am Hinterkopf getroffen hat.«

»Du musst es laut gerufen habe, ich habe es gehört«, sagte Kayne.

»Ist auch möglich. Ich weiß nicht.« Rob atmete tief ein, dann wieder aus. Vermutlich kämpfte er darum, bei Bewusstsein zu bleiben. »Die anderen, was ist mit ihnen?«

»Nordhalan konnte durch das Portal verschwinden, Ennedal und Morthas wurden verschleppt. Vermutlich von Dunkelelfen.«

Rob antwortete nicht mehr, woraufhin Kayne nach seinem Puls tastete, der beängstigend raste. Außerdem fühlte sich Robs Haut ungesund kalt an.

»Ich gehe zum Lager, vielleicht haben sie unsere Bündel mit Kräutern dortgelassen.«

»Zu gefährlich«, meinte Rob nur und versuchte mühsam, sich aufzurichten. Kayne stützte ihn an der Schulter. »Ich sollte mich … verwandeln. Dann heilt alles … viel schneller.«

»Du kannst dich nicht in diesem Felsspalt verwandeln, und draußen wäre das viel zu auffällig. Wer weiß, wer uns beobachtet. Ich gehe. Wenn du jetzt stirbst, muss ich die anderen allein befreien. Denkst du, dazu habe ich Lust?«

Auch wenn Kayne das recht ruppig hervorbrachte, war es nicht nur die Furcht davor, ganz allein zu sein. Nein, er gestand sich insgeheim ein, dass er sich um Rob sorgte und es ihm durchaus etwas ausgemacht hätte, wenn er hier und jetzt starb.

»Dann werde ich wohl darauf verzichten, meinen Ahnen gegenüberzutreten. Die mögen mich ohnehin nicht.«

Kayne drückte aufmunternd seine Schulter, bevor er Rob auf den Boden zurücksinken ließ, seinen Umhang auszog und behutsam unter Robs Kopf legte. »Ich bin gleich zurück.«

»Lass dich nicht umbringen, sonst bin ich es, der allein in dieser Misere steckt«, verfolgte ihn Robs schwache Stimme.

Mit dem Schwert in der Hand trat er nach draußen. Nach wie vor herrschte Zwielicht. Der Mond mit der schwarzen Scheibe im Zentrum erschien ihm auf einmal wie ein schlechtes Omen. Das Böse hatte von dieser Welt Besitz ergriffen, und das Schlimme war, dass man nicht einmal sagen konnte, worin dieses Böse genau bestand. Was hatten Eriyane und Taviros vor? Welche Rolle spielten die Buggane? Waren die Elfen schlicht und einfach durchgedreht, weil die Magie versiegte, und wollten sie ihre Welt um jeden Preis retten oder steckte mehr dahinter? Im Augenblick durfte sich Kayne darum jedoch keine Gedanken machen. Das Überleben seiner Gefährten hing allein von ihm ab. Wenn er auch noch gefangen oder gar getötet wurde, war alles zu spät. Daher konzentrierte er sich, schob sich Schritt für Schritt an der Felswand entlang und behielt die Umgebung, so gut es ihm bei diesem Licht eben möglich war, genau im Auge. Er achtete auf jedes noch so winzige Geräusch und versuchte, keine unbedachte Bewegung zu machen. Dann, als er die Deckung der Felswand aufgeben musste, huschte er von Felsbrocken zu Felsbrocken, robbte an Stellen, die vom Mondlicht beschienen waren, gar über den Boden. Das Dumme war, dass er nicht einmal wusste, woher seine potenziellen Feinde kommen konnten.

Der Lagerplatz war verlassen. Die Bündel, die sie zurückgelassen hatten, lagen noch an Ort und Stelle, waren jedoch leer. Sämtliche Nahrungsmittel waren verschwunden, sicher ein Werk der Buggane und wegen der Nahrungsmittelknappheit in Sharevyon auch kein Wunder. Kayne stieß einen stummen Fluch aus, doch dann fand er unter einem Paar müffelnder Socken zumindest noch eines von jenen Notfallpäckchen, die Lilith ihnen allen mitgegeben hatte.

Die Duftnote von Morthas' Fußbekleidung hat offenbar sogar die Buggane abgehalten, dachte er und konnte sich ein Grinsen nicht verkneifen. Zugleich überkam ihn ein schlechtes Gewissen, denn Morthas war mit Sicherheit gerade in einer weitaus unangenehmeren Lage als er selbst. Rasch griff er sich Robs Kleiderbündel, zwei Decken und das, was von seinen eigenen Sachen übrig geblieben war. Dann machte er sich schnell, jedoch mit gebotener Vorsicht auf den Rückweg zu Rob. Trotzdem ging er etwas weniger bedacht vor, da nichts auf verborgene Beobachter hingedeutet hatte.

Als er Leánas Bogen auf dem Boden liegen sah, schnappte er sich auch diesen, denn er wusste, wie wichtig ihr die Waffe war, und wollte sie nicht zurücklassen.

Gerade hatte er den Felsen passiert, an dem er Rob gefunden hatte, als eine Brise aufkam. Es war eine von jenen Windböen, die anders war als andere. Sie umschmeichelte ihn, er hatte den Eindruck, sie würde Stimmen beherbergen und mit konturlosen Fingern nach ihm greifen. Stocksteif presste er sich an den Felsen, versuchte, einen magischen Schild um sich herum aufzubauen. Ob der etwas nutzte, stand in den Sternen, die sich im Augenblick ebenfalls verdunkelten.

Durch eine Horde knurrender, zischender Buggane gehetzt, wurde Leána von Eriyane in einem mörderischen Tempo angetrieben. Ihre Hand brannte dort, wo eines der pelzigen Wesen sie gebissen hatte. War dieser Biss tatsächlich tödlich? Oder wollte Eriyane ihre Freunde damit nur einschüchtern und sie von einer Flucht abhalten? Leána konnte sich nicht sicher sein, und die Elfenherrin zu fragen, hatte keinen Sinn. Sie sorgte sich sehr um ihre Freunde, besonders um Rob. Sie hatte ihn in einer Lache Blut liegen gesehen, als Eriyane sie überwältigt und mit sich gezerrt hatte. Diese Frau besaß die Kräfte eines Trolls, Leána hatte ihr wenig entgegenzusetzen gehabt.

Mit eisernem Griff hatte die Frau sie derart rasch an den Armen gepackt, dass sie weder zu Schwert noch Bogen hatte greifen können. Einem filigranen Wesen wie Eriyane hätte sie dies niemals zugetraut. Robs Schwert hing nun an Eriyanes Hüfte, den Bogen hatte sie achtlos weggeworfen.

Lass den Menschenmann liegen, die Buggane sollen ihn später unseren Brüdern und Schwestern übergeben, damit sie sich an ihm stärken können, hatte Eriyane zu Taviros gesagt, und diese Worte hatten Leána eisige Schauer über den Rücken gejagt.

Was hatten sie mit Rob vor? War es möglich, dass am Ende gar nicht Dunkelelfen Estell und Marathis gefangen hatten, sondern Elfen wie Eriyane und ihr Gefährte? Und hatten sie die beiden vielleicht bei lebendigem Leibe verspeist – Leána mochte sich das gar nicht vorstellen. Rührten die Kraft und die strahlende Schönheit dieser seltsamen Elfe etwa daher? Bei diesen Gedanken wurde Leána übel, und Tränen rannen ihre Wangen hinab, wenn sie daran dachte, dass Rob möglicherweise der Nächste sein könnte.

Ein Buggane fletschte die Zähne und zischte sie an, als sie einen Sprung nach links machte, um einem Ursh auszuweichen, den der Buggane wahrscheinlich gar nicht bemerkt hatte.

»Was ist, du hast mich ohnehin schon gebissen«, fuhr sie ihn an. »Mehr Gift ändert auch nichts.«

»Tilis war's nicht. Hat nicht gebissen die schöne Mensch-Hora mit dem Nachthaar«, plapperte er los und riss seine kugelrunden Augen auf. »Er war's, der da.« Er deutete auf einen anderen Buggane, dessen verfilzte Haare graue Strähnen aufwiesen. Das Wesen grinste hinterhältig und entblößte dabei seine Fangzähne. Noch immer fiel es Leána schwer, die Buggane auseinanderzuhalten. Sie glichen sich wie Zwillinge, hatten beinahe ausnahmslos eine ähnliche Größe. Lediglich die grauen Haare des Buggane, der für den Biss verantwortlich war, deuteten auf ein höheres Alter hin.

»Hätte Eriyane es von dir verlangt, hättest auch du mich gebissen.« Als Tilis die Schultern hob, stapfte Leána grimmig weiter und fragte sich, ob sie nicht Schwäche spüren müsste, wenn sie vergiftet worden war. Gifte der Dunkelelfen wirkten ausgesprochen schnell und tödlich. Sie stellten sie aus den Stacheln von Dahmanen, spinnenartigen Tieren des Unterreichs, her, aber auch toxische Moose und Ranken der Unterwelt wurden dazu verwendet. Wie es sich mit Buggane-Gift verhielt, konnte sie natürlich nicht sagen, diese Wesen waren in Albany unbekannt.

Als hätte Eriyane ihre Gedanken gelesen, drehte die Elfenherrin ihr Gesicht zu Leána hinüber.

»Du wirst zwei Tage lang kaum etwas spüren, dich sogar gut und kräftig fühlen. Anschließend geht es rapide mit dir zu Ende. Deine Muskeln versagen, du bekommst Halluzinationen, schließlich hörst du einfach auf zu atmen.« Sie lächelte. »Ein angenehmer Tod, wie man sagt.«

»Dann kannst du dich ja auch beißen lassen, Eriyane.«

»Niemals würden mich meine Buggane beißen – und es würde mir auch nichts anhaben.« Sie tätschelte einem der Wesen den Kopf, das schmachtend zu ihr aufsah.

Leána spuckte in Richtung des Buggane, deren Unterwürfigkeit sie anwiderte. Die Elfenherrin hielt inne und verpasste ihr eine schallende Ohrfeige. Leána spürte, wie ihre Lippe aufplatzte und Blut über ihr Kinn rann.

»Niemand beleidigt meine Schützlinge. Lauf jetzt, schließlich wollen wir dich nicht den ganzen Weg schleppen. Und wer weiß, ob ein Mensch überhaupt so lange durchhält wie ein Elf. Am längsten hat es bei Dunkelelfen gedauert, die sind erst nach sechs Tagen zugrunde gegangen – ein widerwärtig zähes Volk!«

»Was habt ihr überhaupt mit mir vor? Weshalb bringt ihr mich zum Palast der Winde?«

»Das wirst du früh genug erfahren.« Eriyane hob ihr Kinn und stürmte voran.

Leána wischte sich das Blut ab und dachte nach. Falls sie nach zwei Tagen keine Schwäche spürte, würde sie die spielen müssen. Zwar kannte Eriyane Menschen offenbar nicht, aber sie wollte auf keinen Fall, dass sie sich wunderte. Von Leánas Dunkelelfenerbe sollte sie nichts erfahren. Immer wieder suchten

Leánas Augen die Umgebung ab. Falls auch nur einer ihrer Freunde entkommen war, würden die versuchen, sie zu befreien, oder zumindest in ihrer Nähe bleiben. Doch nichts rührte sich, und Leána hatte panische Angst, dass sie die Letzte war, die in Sharevyon geblieben war.

Kayne fühlte sich von einem dieser seltsamen Winde bedroht. Er befürchtete, dessen Wesenheiten könnten versuchen, in seinen Geist einzudringen. Inzwischen war er sich beinahe sicher, dass sie dies zuvor bereits versucht hatten. Für Kayne verging eine Ewigkeit, bevor der Wind noch einmal um ihn herumwirbelte und dann verschwand.

Er atmete auf, dennoch war ihm klar, dass die Gefahr nicht gebannt war. Vielleicht standen diese Luftgeister – oder was auch immer es war – in Kontakt mit Eriyane und Taviros und berichteten ihnen nun. Daher rannte er zu der Felsspalte, half dem benommenen Rob, sich hinzusetzen, und hielt ihm eine Wurzel hin.

»Hier, die musst du kauen!«

Mit den Resten aus seinem Wasserbeutel rührte er aus Liliths Kräuterpulver in seiner hohlen Hand eine Paste an und drückte dies mit einem Stoffstreifen auf Robs Kopfwunde.

Rob stöhnte, kippte nach rechts, aber Kayne hielt ihn fest.

»Das Brennen lässt gleich nach, dann wird es besser«, versprach er.

Tatsächlich dauerte es nur kurze Zeit, dann war Rob zumindest in der Lage, ohne Hilfe zu sitzen.

»Ich dachte schon, du bringst mich noch um«, sagte er und tastete nach seinem Hinterkopf. »Und es wäre dein gutes Recht gewesen.«

»Was redest du denn für einen Trollmist?«

»Ich habe nicht auf Leána aufgepasst.«

»Du hast sicher dein Bestes gegeben«, entgegnete Kayne knapp. »Wie konntest du eigentlich entkommen?«

»Eriyane dachte wohl, ich würde das Bewusstsein länger nicht erlangen, aber ich konnte davonkriechen und mich verstecken«, antwortete Rob. »Mit der Heilkraft eines Drachen hat sie sicher nicht gerechnet, und, wer auch immer es war, hat mir auch gewaltig eins über den Schädel gezogen.«

»Denkst du, du kannst gehen? Ich habe das Gefühl, wir sollten rasch verschwinden.«

»Ja, eure Lilith hat mal wieder Wunder vollbracht.« Er biss ein weiteres Stück von der Wurzel ab und kam vollends auf die Füße.

Seine Schritte wirkten zunächst alles andere als sicher, und mehrfach ergriff Kayne ihn am Arm, doch nach kurzer Zeit hatte sich Rob erholt.

»So gut hat die Wurzel bei mir nicht gewirkt, als ich in den Cuillins abgestürzt war«, wunderte sich Kayne.

»Selbst in meiner Menschengestalt heilt bei mir alles schneller als bei euch«, erklärte Rob.

Mittlerweile kündigte ein Streifen Helligkeit den Tag an, und als sie zu der Stelle kamen, an der das Portal sich geöffnet hatte, konnten sie Schleifspuren und Blut sehen, nur wenige Schritte entfernt lag ein toter Dunkelelf, seine Augen vor Entsetzen geweitet.

»Das war sicher Ennedals Werk, bevor sie verschleppt wurde«, vermutete Rob, wobei er auf die Stichwunde in der Brust des Dunkelelfen deutete. In der Nähe der Leiche fanden sie Ennedals Elfenklinge.

Mit einem dicken Kloß in der Kehle nahm Kayne diese an sich, strich kurz mit den Fingern über den Griff und reichte sie dann Rob, denn ihm hatte man sein Schwert abgenommen. Er suchte die Umgebung mit seinen Augen ab, konnte aber keine Spur der Elfen entdecken.

»Was sollen wir tun? Erst nach Ennedal und Morthas suchen oder Leána befreien?«, fragte Kayne ratlos.

»Ennedal und Morthas«, entschied Rob zu Kaynes Erstaunen.

Der Drachenmann hob seine Schultern. »Wir wissen, wohin sie Leána bringen. Wenn ich mich verwandle, können wir in weniger als einem Tag beim Palast der Winde sein. Aber wir benötigen Unterstützung, und sofern die beiden anderen noch leben, können wir ihre Hilfe gebrauchen.«

»Ist es klug, dass du dich verwandelst? Man könnte dich entdecken.«

»Nichts ist klug im Augenblick.« Gewissenhaft suchte Rob nach weiteren Spuren und ging zu der rötlichen Felswand in ihrem Rücken. »Aber ich werde Leána nicht im Stich lassen!«

So wenig wie ich, dachte Kayne.

Gemeinsam folgten sie den Schleifspuren, die jedoch abrupt an der Felswand endeten. Steil und unerklimmbar ragte diese in die Höhe. Keine Spalten, keine Höhlen, nichts verriet, wohin die Dunkelelfen mit ihren Freunden verschwunden waren.

Mit gerunzelter Stirn blickte Rob in die Höhe. »Vielleicht haben sie sich von dort oben abgeseilt.«

»Dann hätten sie wissen müssen, dass wir auf dem Weg hierher sind.«

»Mag sein, dass sie das wussten.«

»Und woher?«, fragte Kayne skeptisch.

Rob lachte bitter auf. »Was Sharevyon betrifft, würde ich nichts mehr ausschließen. Dieser eigenartige Wind, von dem du immer erzählst, die Stimmen, die du hörst. Wer weiß, mit wem sie zu tun haben. Mit Eriyane und Taviros? Mit Dunkelelfen, mit Buggane? Lass uns dort hinaufsteigen, vielleicht finden wir oben weitere Spuren.« Schon rannte Rob los, umrandete den westlichen Rand des Felsentals und hastete einen Steinhang hinauf.

»Hast du jemals von Mysharen gehört?«, erkundigte sich Kayne, während er neben Rob hereilte.

Dieser keuchte nach kurzer Zeit deutlich heftiger als Kayne und musste kurz anhalten, bevor es ihm gelang, eine Antwort herauszupressen.

»Nein, weshalb fragst du?«

»Ehe wir das Portal erreicht haben, hatte ich wieder so eine Art Vision, oder irgendetwas hat versucht, in meine Gedanken einzudringen. Der Begriff Mysharen fiel. Und …«

»Und?«, hakte Rob nach.

»Dort lagen eine Menge Drachenknochen herum.«

»Weshalb hast du mir das nicht gesagt?«, fuhr Rob ihn an, und der Zorn in seinen Augen kam ihm nur zu vertraut vor, auch wenn an Rob noch etwas anderes, geradezu Animalisches war, das Kayne nicht wirklich greifen konnte.

»Wir hielten es für besser …«

»Wir?«, unterbrach Rob ihn, und für einen Augenblick hatte Kayne den Eindruck, die Pupillen in dessen Augen würden sich zu einem Schlitz verengen wie bei einem Drachen. Doch vermutlich war das nur Einbildung.

Da er Leána nicht verraten wollte, bemühte er sich, Rob abzulenken. »In der Nacht vor diesem ganzen Chaos habe ich es Nordhalan erzählt. Aber auch er meinte, es sei besser, wenn wir zunächst verschwinden würden. Und jetzt komm, wir müssen nach Spuren suchen.« Er stieg weiter den Berg hoch, aber als er sich umdrehte, stand Rob noch immer an der gleichen Stelle und starrte hinab in die Tiefe. Erst nach einer Weile vernahm Kayne Robs keuchenden Atem hinter sich. Auf dem rötlichen Fels suchte er nach Spuren und fand sogar nach einer Weile tatsächlich etwas, das nach den abgeriebenen Fasern eines Seils aussah. Doch ansonsten konnte er auf dem felsigen Untergrund nichts erkennen.

»Leána wusste es auch«, stellte Rob nüchtern fest, als er neben ihm stand. Seine Brust hob und senkte sich heftig, und jetzt, da das Tageslicht beinahe vollständig Sharevyon erobert hatte, sah er wirklich abgekämpft aus.

Die halblangen Haare hingen in blutverklebten Strähnen über dem Verband in Robs blasses und von Schmutz und geronnenem Blut verschmiertes Gesicht.

»Sie hätte dir sicher noch davon erzählt.«

»Dir vertraut sie mehr als mir.« Rob klang diesmal nicht wütend oder vorwurfsvoll, sondern einfach nur verletzt.

»Leána und ich kennen uns schon sehr lange«, begann Kayne und wusste gar nicht, was er sagen sollte. Niemals wäre ihm in den Sinn gekommen, dass Rob auf ihn eifersüchtig sein könnte. Die Leidenschaft, die zwischen Rob und Leána sprühte, war deutlich spürbar und hatte Kayne besonders zu Anfang derbe Stiche versetzt. Aber vielleicht war es gerade das selbstverständliche Vertrauen, das aus einer tiefen und beinahe ihr ganzes Leben andauernden Freundschaft entstanden war, das er Rob voraushatte. Auch wenn Kayne sich über sich selbst wunderte, wollte er versuchen, Rob klarzumachen, dass dieses Vertrauen aus ihrer gemeinsamen Kindheit und den Schwierigkeiten resultierte, die er und Leána miteinander überwunden hatten. Aber der winkte nun ab und suchte konzentriert auf dem Boden nach Spuren.

»In Albany lebten Dunkelelfen zu meiner Zeit beinahe ausschließlich unter der Erde. Falls das hier nicht anders ist, werden sie irgendwo in Tunneln oder Höhlen verschwunden sein.«

»Sollen wir die Suche aufgeben?« Selbst wenn Kayne ein schlechtes Gewissen plagte, war er beinahe froh, denn auch wenn er sich wegen seiner Eigensucht schämte, wollte er lieber in Leánas Nähe sein. Und jetzt waren sie zumindest zu zweit.

Kayne hatte den Eindruck, Rob würde ebenfalls mit sich hadern, denn er lehnte sich gegen den Stamm eines abgestorbenen Baumes, aus dem wenige frische Triebe sprossen, und fuhr sich über das Gesicht. »Ich möchte die beiden nicht im Stich lassen, und der Gedanke, sie könnten im Kochtopf eines Dunkelelfen landen, ist entsetzlich. Aber selbst wenn sie nicht in der Erde verschwunden sind – Gerüchten zufolge kann man der Spur eines Dunkelelfen kaum folgen. Da ähneln sie ihren hellhäutigen Verwandten. Stimmst du dem zu, Kayne?«

»Ja, das ist richtig. Wir haben mit Leánas Freundin Jel früher häufig Fährtensuchen geübt, und selbst Leána …« Ein Kloß bildete sich in seiner Kehle, als er daran dachte, dass sie jetzt in Eriyanes Fängen war.

»Wir befreien sie«, versprach Rob.

Blutig und abgerissen wie er im Augenblick aussah, erschien Kayne das alles nicht sonderlich vielversprechend, aber letztlich konnten sie nur darauf hoffen, dass Nordhalan bald mit Unterstützung zurückkam und sie spätestens dann Leána helfen konnten.

Rob atmete tief durch und schaute sich um. »Ich schlage vor, wir ruhen uns etwas aus, und heute Nacht verwandle ich mich in meine Drachengestalt. Wir fliegen zur Küste und erreichen den Palast der Winde vor Eriyane und Terion und können überlegen, ob wir versuchen, sie zuvor abzufangen.«

»Leána braucht das Gegengift«, gab Kayne zu bedenken.

»Wir werden das später entscheiden.« Rob stieß sich von dem Baum ab und hielt auf eine Felsgruppe zu. »Vielleicht gelingt es uns, in den Palast zu schleichen und Leána dort herauszuholen.«

Nachdenklich nickte Kayne. Einfach würde das nicht werden, aber es war zumindest ein Hoffnungsschimmer.

Im Schutz der Felsen ließen sie sich nieder. Sie hatten nichts zu essen, nur noch wenige Tropfen Wasser, die sie sich nun teilten.

»Leg dich schlafen«, schlug Kayne vor, da er bemerkte, dass Rob kaum noch die Augen offen halten konnte. Er selbst würde trotz einer schlaflosen Nacht keine Ruhe finden, das war ihm klar. Vermutlich plagten auch Rob Sorgen, aber er schlief trotz allem nach wenigen Atemzügen ein – sicher aus purer Erschöpfung. Kayne hoffte inständig, Rob würde sich bis Mitternacht ausreichend erholt haben, um die Verwandlung vollziehen zu können.

»Ich kann nicht mehr, ich bin nur ein Mensch, wir müssen eine Rast einlegen!« Absichtlich verlieh Leána ihrer Stimme einen matten Klang, und obwohl die Buggane sie wieder anknurrten, blieb sie auf der Stelle stehen und ließ die Schultern hängen.

Das hohe Tempo zehrte an ihren Kräften, sie war durstig, hatte nicht geschlafen, aber wenn sie gewollt hätte, wäre sie durchaus in der Lage gewesen, noch einige Kraftreserven zu mobilisieren. Aber sie wollte ihren Freunden eine Chance geben, sie einzuholen, was bei diesem mörderischen Tempo jedoch beinahe ausgeschlossen war.

Eriyanes feines Gesicht verzog sich unwillig, dann reichte sie Leána ihren Wasserbeutel. »Trink.«

Ihre Augen suchten den Horizont ab, dann tat sie etwas Seltsames. Sie entfernte sich einige Schritte von Leána und den Buggane und hob die Hände gen Himmel. Ein eigentümliches Summen, das Leána schon einmal im Palast vernommen hatte, drang an ihr Ohr, ließ sie erschauern und berührte sie auf befremdliche Weise. Es war, als würde Eriyane meditieren. Sie rührte sich nicht, stand nur bewegungslos da. Der Wind spielte sanft mit ihrem weißblonden Haar, und sie erschien Leána wie eine Statue. Zeitlos schön und geheimnisvoll. Zu leicht konnte man die Gefahr vergessen, welche diese Frau ausstrahlte.

Rob, bist du irgendwo?, sandte Leána ihren stummen Ruf in der Gedankensprache der Drachen aus. Große Hoffnung hatte sie nicht, aber sollte Rob doch überlebt haben und in der Nähe sein, würde er sie hören. Ruhelos wanderte Leánas Blick über das kahle Land, der Wind frischte auf, und sie glaubte, Stimmen darin zu hören, ignorierte sie jedoch, denn es waren nicht Robs ersehnte Worte, die sie vernahm, sondern Klänge, die sie nicht zuordnen konnte, nicht verstand.

Als Leána sich wieder zu Eriyane umdrehte, erstarrte sie – neben ihr stand Taviros. Wo konnte der so rasch hergekommen sein? Das Land war offen und weitgehend übersichtlich. Elfen konnten schnell laufen, waren Meister darin, sich zu verbergen, aber dass Taviros sich unbemerkt angeschlichen haben konnte, war hier nahezu unmöglich.

»Wo ist Rob?«, fragte sie nun jedoch hastig.

»Tot«, sagte der Elf kalt, und auch wenn Leána im ersten Moment beinahe das Herz stehen blieb, ahnte sie aufgrund Eriyanes ungehaltenem Gesichtsausdruck, dass das nicht stimmte. Oder war das reines Wunschdenken, geboren aus dem Verleugnen des Undenkbaren?

»Du hast dich genügend ausgeruht«, fuhr Eriyane sie an. »Weiter jetzt.«

»Aber ich …«

»Taviros!«

Der Elf nickte und kam auf Leána zu. Sie spannte sich an, trat nach ihm, als er sie ergriff, doch er warf sie sich einfach wie einen Sack über die Schulter und eilte los.

»Nun kannst du deine Kräfte schonen, Mensch. Und wenn du mir erzählst, wie es eurem Zauberer gelungen ist, das Portal so schnell zu öffnen und den Schutzschild zu durchbrechen, könnte es sein, dass wir dich sogar auf Dauer am Leben lassen und zu Zuchtzwecken benutzen.«

»Zuchtzwecken?« Auch wenn Taviros mit ihr gesprochen hatte, schaute sie nun zu Eriyane, die neben ihnen lief, denn dem Elfen konnte sie nicht ins Gesicht sehen. »Ich bin doch kein Pferd!«

»Nicht mehr oder weniger wert als Tiere seid ihr«, zischte Eriyane. »Wir fragen uns, was dabei herauskommt, wenn man einen Elfen mit einem Menschen kreuzt. Vielleicht durchaus ein magisches Wesen – wer weiß!«

In Leánas Kopf überschlugen sich die Gedanken. Was hatte das alles zu bedeuten? Offensichtlich hatten Eriyane und Taviros keine Ahnung von Nebelhexen, jenen magiebegabten weiblichen Mischwesen unterschiedlicher Rassen. Vielleicht war es in Sharevyon auch nie vorgekommen, dass sich die Völker vermischten. Selbst in Albany war das nicht allzu häufig. Zum einen fühlten sich wenige von ihrer Art fremden Wesen angezogen, zum anderen resultierten leider viele Mischwesen aus

Schändungen, oder es entstanden einfach keine Kinder. Noch nie hatte Leána einen Mischling aus Elf und Dunkelelf gesehen, deshalb existierten sie in Sharevyon wohl auch nicht. Dass sich Elfen freiwillig mit Buggane paarten, erschien ihr ebenfalls fragwürdig, doch mittlerweile vermutete Leána, Eriyane hatte auch das schon versucht.

»Und wen hast du als meinen Zuchthengst im Sinn?«, fauchte Leána.

»Gharion«, antwortete sie gelassen. »Auf den Versuch käme es an.«

»Du willst deinen eigenen Sohn zwingen, mich gegen meinen Willen zu nehmen?«, empörte sich Leána. »Diesen versoffenen …«

»Mein Sohn!« Die Elfe hob ihren Kopf gen Himmel und lachte laut und boshaft. »Der gute Gharion wird entzückt über frisches Blut sein! Bei seinesgleichen hat er bislang ja grandios versagt.«

Was das zu bedeuten hatte, konnte Leána nur erahnen. Vielleicht zwang Eriyane ihn und die anderen Elfen, ihr Volk am Leben zu erhalten. Elfenkinder waren selten, und in Sharevyon hatte Leána noch keine zu Gesicht bekommen.

So als würde Leána überhaupt nichts wiegen, legte Taviros ein rasantes Tempo vor. Die Buggane mussten rennen, um ihnen folgen zu können.

»Lass mich runter, ich mag es nicht, wie ein nasser Sack getragen zu werden«, verlangte Leána irgendwann.

Ruppig stellte Taviros sie auf den Boden, und Leána strauchelte, bevor sie sich fing.

»Wenn du zu langsam wirst, trage ich dich wieder«, drohte er und legte seinen kühlen Finger an ihr Kinn. »Und glaube ja nicht, du könntest uns aufhalten. Bevor der alte Zauberer nicht mit Drachen zurück ist, wirst du keinen von ihnen sehen.«

»Was habt ihr mit den Drachen vor?«

Taviros schnaubte nur arrogant und schubste sie vorwärts.

»Sie sollen Sharevyon mit Magie versorgen, uns stärken und dann …« Der Elf beugte sich noch einmal zu ihr vor, und seine Augen glitzerten vor Erregung. »Wenn uns Nordhalan das Portal geöffnet hat, nehmen wir uns dein Albany vor, Mensch.«

Unwillkürlich zuckte Leána zurück. »Was meinst du damit?«

Eriyane und Taviros lachten sich an, aber es war kein warmes, sondern ein boshaftes Lachen. »Das wirst du noch früh genug erfahren.«

Was auch immer die beiden im Sinn hatten, Leána hatte das Gefühl, eiskalte Todesfinger würden sich um ihre Kehle schließen und sie fest zudrücken. Plötzlich wusste sie nicht einmal mehr, ob sie wirklich wollte, dass Nordhalan hierher zurückkam, und sie zweifelte daran, dass es sich hier wirklich um Elfen handelte.

Kapitel 23

Der Flug des Drachen

Leánas Bogen an sich gedrückt verharrte Kayne im Schutz der Felsen und wartete auf die Nacht. Langsam wurden seine Augenlider schwer, und er musste sich mehr und mehr anstrengen, um wach zu bleiben, auch wenn seine Gedanken kreisten und eine Lösung für all ihre Probleme suchten.

Als Rob neben ihm mit einem Fauchen aus dem Schlaf schreckte, fuhr Kayne zusammen. Für einen Moment wirkte Rob orientierungslos, dann rieb er sich die Augen.

»Ein Albtraum«, erklärte er entschuldigend. »Du siehst müde aus, Kayne, leg dich hin. Ich übernehme die Wache.«

»Bist du sicher?«, fragte Kayne. Die Ringe unter Robs Augen ließen ihn zweifeln.

»Es wird genügen und«, er schnitt eine Grimasse, »ich möchte nicht noch einmal träumen, von einem Dunkelelfen bei lebendigem Leib verspeist zu werden.«

Bei dem Gedanken an Ennedal und Morthas wurde Kayne flau im Magen, und als er seinen Kopf auf die Decke sinken ließ, spielten sich hinter seinen geschlossenen Augen grausige Szenen ab. Nachdem er sich eine Weile hin- und hergewälzt hatte, setzte er sich mit einem Seufzen auf. »Das hat keinen Sinn.«

»Dann lass uns ein Stück gehen«, schlug Rob vor. »Ich möchte einen Ort suchen, an dem ich mich möglichst unentdeckt verwandeln kann.«

Mühsam erhob Rob sich, und auch Kayne kam nur langsam unter Ächzen und Schimpfen auf die Füße.

Mit einem Mal begann Rob zu lachen, dann hustete er und hielt sich an einem Felsen fest, wobei er abwechselnd losprustete und sich mit verzogenem Gesicht den Kopf hielt.

»Was ist denn mit dir los?«

Während er die Augen angestrengt zusammenkniff, richtete sich Rob auf, gluckste schon wieder und deutete erst auf Kayne, dann auf sich selbst. »Sehen wir nicht wie wahre Helden aus? Wie Männer, die ohne jeden Zweifel Leána befreien, Ennedal und Morthas aus den Klauen der Dunkelelfen reißen und glorreich nach Albany zurückkehren?«

Zerkratzt, Reste von Blut und Schmutz im Gesicht und trotz allem mit einem breiten Grinsen gab Rob wahrlich ein bizarres Bild ab, und gegen seinen Willen musste nun auch Kayne lachen. Er ging davon aus, dass er keinen wesentlich besseren Anblick bot.

»Haben alle Drachen solch einen schrägen Humor?«

»Eher nicht«, gab Rob zu. »Aber ich bin ja auch kein reiner Drache mehr.«

Kopfschüttelnd packte Kayne ihre Sachen zusammen. »Bedauerlicherweise hast du recht. Würde man uns sehen, könnte man denken, die Veteranen aus dem Dämonenkrieg wären auf ihrem abendlichen Spaziergang zur Schenke von Culmara.«

Rob streckte seinen Rücken. »Eher Veteranen aus Federans Trollkriegen. Zumindest ich hätte dieses Alter.«

»Nun Rob, gegen Trolle wird heutzutage in Albany nicht mehr gekämpft. Aber hier bieten sich neue Herausforderungen – doch leider nur solche, die wir nicht einmal kennen.«

»Spaß beiseite«, Rob blickte in den Himmel, »wir haben es mit Dunkelelfen zu tun, das ist eine ernste Angelegenheit. Mehr Sorgen machen mir allerdings Eriyane und Taviros. Elfen sind stark, brillante Krieger, aber diese beiden sind anders.« Langsam, aber nach einigen Schritten erfreulicherweise deutlich sicherer und kraftvoller verließ er die Felsgruppe.

Verstohlen betrachtete Kayne seinen Begleiter hin und wieder, aber wie es aussah, hatte der sich tatsächlich innerhalb kürzester Zeit erholt. Erstaunliche Wesen waren diese Drachen, selbst die Diomár wussten vermutlich nicht alles über sie. Da sie nun einige Zeit allein miteinander unterwegs sein würden, wollte Kayne versuchen, mehr über Robs Volk in Erfahrung zu bringen.

»Rob, woher wisst ihr Drachen eigentlich, ob ihr den rechtmäßigen König von Northcliff weiht, wenn der an seinem fünfundzwanzigsten Geburtstag vor euch tritt?«

»Wir wissen es nicht«, antwortete Rob lapidar, ohne seine Schritte zu verlangsamen. Sie wanderten den Berg hinab und ließen das Portal hinter sich. »Ist jenen Drachen, denen der Titel des Herrn oder der Herrin über die Himmelsrichtungen innewohnt, der junge Mann genehm, wird er mit einem langen Leben belohnt, wenn nicht, jagen sie ihn von ihrer Insel.«

Mit einem Ruck blieb Kayne stehen, sprachlos vor Entsetzen. Dann stürzte er sich plötzlich auf den verdutzten Rob und warf ihn zu Boden. Bebend vor Wut drückte er ihn auf die Erde.

»Dann haben mir Davaburion und die anderen aus einer Laune heraus die Weihe verwehrt? Kann ich am Ende doch Darians Sohn sein?« Die wildesten Gedanken wirbelten durch seinen Kopf, und er konnte kaum atmen.

»Kayne, lass mich los, das war nur …« Rob wand sich unter ihm, aber Kayne schlug ihm in seiner Wut ins Gesicht, woraufhin der Drachenmann stöhnend verstummte.

Plötzlich wurde ihm bewusst, dass Rob überhaupt nichts dafür konnte und selbst Opfer der Willkür seines Volkes geworden war. Hastig löste er seine Hände und setzte sich neben Rob.

Der rieb sich die Wange und schnitt eine Grimasse. »Kayne, bitte verzeih mir, ich vergaß, wer du bist. Leána hat mir von Darian und Samukal erzählt, aber vermutlich nicht alles, und dass du dich der Prüfung auf den Dracheninseln ….«

»Den Kreis von Borogán gibt es nicht mehr.« Auch jetzt noch brachte Kayne seine Worte nur schwach und schockiert hervor.

»Richtig, auf den Geisterinseln. Aber Kayne, was ich gesagt habe, stimmt nicht!«

Verwirrt blickte Kayne auf. »Was soll das denn jetzt?«

Rob räusperte sich. »Ich befürchte, das war ein dummer und niederträchtiger Versuch, meine ach so geehrten und geheiligten Verwandten zu verunglimpfen. Und außerdem war es auch nicht völlig gelogen.«

»Könntest du bitte aufhören, Trollscheiße zu reden?«, regte sich Kayne auf. »Wissen sie nun, wer ein wahrer Northclifferbe ist oder nicht?«

»Sie wissen es«, beteuerte Rob, aber Kayne konnte ihm jetzt keinen Glauben mehr schenken.

»Du sagst das jetzt, damit ich mir keine Gedanken über meine Weihe mache!«

»Nein, Kayne, wirklich nicht.« Robs ungewöhnliche Augen richteten sich auf ihn. Keine Regung verriet, dass er log, aber Kayne wusste nicht, wie geschickt ein Drache vielleicht die Wahrheit verschweigen konnte.

»Was ich dir jetzt sage, muss unter uns bleiben!«

»Sprich!«

Rob atmete tief ein und wieder aus. »Albanys Drachen wissen genau, wer ein wahrer Northclifferbe ist. Es ist die Magie, die sie Darian, dem Sohn des ersten Atorian von Northcliff, einhauchten. All seine Nachfahren tragen diese Drachenmagie in sich. Sie wird durch Blut in der männlichen Linie weitergegeben. An ihrem fünfundzwanzigsten Geburtstag, wenn ihr Menschen auf dem Höhepunkt eurer körperlichen Stärke angelangt seid und auch euer Geist gereift ist, ist diese Magie bei euch am deutlichsten fühlbar. Doch würden sich die Northclifferben nicht der Weihe unterziehen, würden sie nicht dieses für Menschen ungewöhnlich hohe Alter erreichen. Das ist eine Art Vorsichtsmaßnahme«, gab Rob mit einem angedeuteten Grinsen zu.

»Wie ist das zu verstehen?«

»Die Drachen beobachten alle Northclifferben, auch wenn

ihr das vielleicht gar nicht bemerkt. Früher geschah das durch die Hüter der Steine. Sie entsandten für jedes neue Northcliffkind einen oder mehrere der ihren aufs Festland, die ihnen berichteten. Wie es heute gehandhabt wird, kann ich selbstverständlich nicht sagen. Ich gehe davon aus, sie haben Zauberer wie Nordhalan in ihren Diensten oder eine andere Möglichkeit gefunden.«

Angestrengt runzelte Kayne die Stirn. Sein Leben lang hatte er sich beobachtet gefühlt. Aber eher von Adligen, Neidern, von anderen Zauberschülern, die ihn fürchteten. An die Drachen hatte er gar nicht gedacht.

»Sollten die Drachen zu dem Schluss kommen, der zukünftige Erbe von Northcliff wäre ein schlechter Mensch, könnte es sein, dass sie ihm die Weihe verweigern. Unter Umständen, wenn es politische Schwierigkeiten verursachen würde, sogar unter dem Vorwand, er sei gar kein legitimer Nachkomme des Herrschers.«

Diese Neuigkeiten entsetzten Kayne. »Ist das schon einmal vorgekommen?«

»Nein, aber in unserer Geschichte heißt es, bei Dugal, dem Sohn von Federan, hätten die Drachen gezögert. Sie spürten Niedertracht in ihm. Dennoch beschlossen sie, ihm eine Chance zu geben.«

»Dugal«, flüsterte Kayne. Auch er kannte die Geschichte von Leánas Vorfahren, die er zeitweilig für seine eigenen gehalten hatte, und wusste, dass Dugal während eines Streits seinen jüngeren Bruder Edevan getötet haben soll. »Trotzdem wurde er nach Federans Tod zum König geweiht«, wunderte er sich.

»Das wurde er«, bestätigte Rob. »Zum einen, weil es außer ihm keinen Northclifferben mehr gab, zum anderen war er, als sein Vater starb, durchaus beliebt, und das, obwohl er Edevan erschlug. Die Mehrheit des Volkes ging jedoch davon aus, dass es ein bedauerliches Versehen war. Damals gab es viele Unruhen in Albany. Die Völker waren nicht verbündet, so wie es heute sein mag. Der Thron von Albany war stets umkämpft und wird es vermutlich auch immer sein. Die Drachen konnten keinen für euch Menschen nachvollziehbaren Grund vorbringen, Dugal nicht zum König zu machen, und weihten ihn. Zudem hat sich Dugal im Laufe seines Lebens tatsächlich zum Guten entwickelt. Er hat sich keine größeren Verfehlungen mehr zuschulden kommen lassen.«

Völlig verwirrt von diesen Neuigkeiten fuhr sich Kayne durch die Haare. »Das mag ja alles zutreffen. Aber ich kann mir noch immer nicht sicher sein, dass die Drachen mich nur deshalb als Darians Sohn abgelehnt haben, weil sie etwas … Finsteres in mir spüren.«

»Du bist kein Northcliff«, sagte Rob ruhig und ließ ihn nicht aus den Augen. »Ich bin ein Drache, ich hätte das gemerkt. Ich spüre die Drachenmagie an Leána, vielleicht fühle ich mich auch deshalb so mit ihr verbunden. Bei dir …«

So wie Rob das jetzt sagte, so gelassen und bestimmt, war Kayne geneigt, ihm zu glauben, schließlich hatte er selbst selten ernsthaft bezweifelt, Samukals Sohn zu sein. Zu vieles sprach dafür. »Was spürst du bei mir?«

Unschlüssig sah Rob zur Seite. »Ich weiß es nicht, ich kann es nicht in Worte fassen. Etwas Mächtiges, und so eigenartig das jetzt klingen mag, ich habe den Eindruck, es verbindet uns.«

Mit einem Schnauben erhob sich Kayne. »Ihr Drachen erzählt doch ohnehin, was ihr wollt.«

Auch Rob kam auf die Beine und hielt ihn am Arm fest, als er weitergehen wollte. »Wir sind nicht ohne Fehler, aber ich lüge dich nicht an. Ehrlich, das schwöre ich bei Leánas Leben!«

Die letzten Worte gaben den Ausschlag, Kayne glaubte ihm. Dann runzelte er die Stirn und deutete auf Robs mittlerweile blau angelaufene Schläfe. »Dafür entschuldige ich mich nicht. Das hast du verdient.«

»Ich weiß.« Ein vorsichtiges Grinsen überzog Robs Gesicht. »Es macht mich vermutlich nicht unbedingt attraktiver, aber das ist in Anbetracht der Umstände ohnehin gleichgültig. Wegen meines guten Aussehens wird Eriyane uns nicht ungehindert in den Palast der Winde lassen.«

»Dann sollten wir alles daransetzen, anders hineinzukommen.« Kayne machte sich erneut an den Abstieg, und bald hatten sie eine Senke gefunden, die Rob für geeignet hielt, um bis Mitternacht zu warten.

Selbst eine Nebelhexe mit Dunkelelfenblut verfügte nicht über endlose Kraftreserven. Die Dämmerung brach herein, und Leána strauchelte immer öfter. Zum Glück zeigten auch die zähen Buggane langsam Zeichen von Erschöpfung. Als Eriyane und Taviros anhielten, ließen sich die kleinen Wesen an Ort und Stelle auf den Boden fallen. Einem der Buggane hing sogar die Zunge heraus wie bei einem Hund. Beinahe hätte Leána Mitleid mit ihnen gehabt, aber da war Takh gewesen, der sie zum Palast der Winde geführt hatte, ohne sie vor Eriyane zu warnen, und das nahm sie sowohl ihm als auch den anderen übel. Ganz zu schweigen von dem Biss.

Wortlos reichte Eriyane ihr einen Wasserbeutel und gab ihr getrocknete Algen zu essen. Mit Taviros setzte sie sich ein Stück abseits, und die beiden steckten die Köpfe zusammen.

Bedächtig aß Leána und trank gierig von dem Wasser. Sollte sie eine Flucht wagen? Hier durchsetzten Schluchten das Land, und in einiger Entfernung erhob sich eine Hügelkette. Vielleicht konnte sie ihre Dunkelelfenaugen nutzen und den beiden Elfen entkommen. Sie betrachtete die Bissstelle an ihrer Hand. Nur zwei kleine Wunden zeugten davon, und noch fühlte sie sich gut. Wenn es ihr gelänge, rechtzeitig am Portal zu sein, in die andere Welt zu gelangen und Lilith aufzusuchen, konnte die ihr sicher helfen. Leána hatte beinahe grenzenloses Vertrauen in ihre Freundin und Lehrmeisterin. Andererseits gab es in Albany keine Buggane. Würde es Lilith trotzdem gelingen, rechtzeitig ein Gegengift herzustellen? Vier Tage hatte Eriyane gesagt. Einer davon war bereits verstrichen, und sie waren ohne Unterlass und, wie es ihr schien, auf direktem Wege in Richtung des Palastes marschiert. Würde Leána bei ihrer Flucht einen Umweg machen, sich vielleicht verstecken müssen oder die Elfen vor ihr am Portal warten, was mehr als wahrscheinlich war, könnte es zu spät sein. Selbst wenn sie so lange durchhielt wie ein Dunkelelf, könnte es bei der kleinsten Verzögerung knapp werden.

Das alles hat keinen Sinn, dachte sie und legte sich auf den Boden. *Ich muss mir das Gegengift geben lassen und dann eine Möglichkeit zur Flucht suchen.* Traurig und erschöpft blickte sie zu den Sternen. Sie musste an ihre Freunde denken, auch an ihre Eltern, den kleinen Torgal, an Toran und Jel und all die anderen, die ihr am Herzen lagen. Würde sie alle jemals wiedersehen? Schon häufiger hatte Leána bedrohliche Situationen überstanden. Sie hatte 'Ahbrac-Kriegern gegenübergestanden, als Kind sogar Dämonenangriffe überlebt. Aber jetzt war sie ganz allein und wusste nicht, was mit ihren Freunden geschehen war – und das war ein entsetzliches Gefühl, das ihr die Kehle zusammenschnürte.

Robs Verwandlung versetzte Kayne abermals in Erstaunen. Eben noch hatte ein durchschnittlicher Mann vor ihm gestanden, und kurze Zeit später schlug ein gewaltiger schwarzgrüner Drache ungeduldig fauchend mit seinen Flügeln.

Kayne kletterte auf Robs Rücken. Nach einigen mächtigen Flügelschlägen stieß sich Rob vom Boden ab und erhob sich in die Lüfte. Leider bedeckten nur wenige Wolken den Himmel, sodass sie befürchten mussten, gesehen zu werden. Wie zuvor besprochen flog Rob ein gutes Stück nach Osten, um Eriyane und Taviros weiträumig zu umgehen. Wie ein Geschoss jagten sie durch die Nacht. Kayne musste sich an einem von Robs Stacheln festkrallen, um nicht abgeworfen zu werden. Eisig peitschte ihm der Wind ins Gesicht, und langsam wurde es ungemütlich für ihn. Trotzdem spürte er die pure Lebensfreude, die Rob durchdrang, und er konnte es ihm nicht einmal verübeln, wenn er mit atemberaubendem Tempo durch Schluchten schoss oder sich mit den Luftströmungen treiben ließ. Diese Kraft, diese Freiheit war faszinierend, und sie kamen rasch voran. Kayne bedauerte es, nicht mehr erkennen zu können, als Mond und Sterne für ihn offenbarten. Zu gern hätte er Sharevyon aus dieser Perspektive überblickt, aber so blieben ihm nur Schemen dieser fremden Welt. Gerade überflogen sie eine zerklüftete Bergkette, auf der sogar Bäume wuchsen. Plötzlich verlangsamte Rob seinen Flügelschlag, verharrte auf der Stelle – und ließ sich ohne Vorwarnung in die Tiefe fallen. Die Luft wurde aus Kaynes Lunge gepresst, sonst hätte er entsetzt aufgeschrien. Eisig fegte der Wind über sein Gesicht, und er krallte sich mit Händen und Beinen auf Robs Rücken fest. Er war sich sicher, gleich würde er abstürzen, in die Bäume krachen oder auf einem Felsen zerschellen. Rasend schnell kamen die Baumkronen näher. Rob schoss auf eine Lichtung zu und flog knapp über dem Boden dahin. Kaynes Augen tränten. Kurz hörte er einen hohen Schrei, dann pflügte der Drachenkörper über den Grund, und das abrupte Landemanöver war zu viel für Kayne. Er wurde von Robs Rücken katapultiert, überschlug sich mehrfach und blieb schließlich auf dem Rücken liegen.

Rücken und Brust schmerzten, zudem bekam er keine Luft. Da spürte er Hände auf seinen Schultern.

»Kayne, verdammt, bist du in Ordnung?«

Er wurde geschüttelt, dann japste er, und so schmerzhaft es auch war, endlich durchströmte wieder Atemluft seine Lunge.

»Was … bitte … sollte … das?«, presste Kayne hervor, nachdem er sich vergewissert hatte, sich nichts gebrochen zu haben.

Nun wieder in seiner Menschengestalt deutete Rob auf einen Fellberg, der wenige Schritte von ihnen entfernt lag. »Ich habe uns Frühstück besorgt. Tut mir leid, dass du abgeworfen wurdest.«

Auch wenn Rob durchaus zerknirscht klang, stieg Wut in

Kayne auf. Er humpelte zu dem eigenartigen Wesen, das ihn an eine der zotteligen Kühe mit den langen Hörnern erinnerte, die es in Albany gab. Nur war dieses Exemplar hier mehr als doppelt so groß, nachtschwarz, trug ein Geweih wie ein Hirsch und hatte zwei lange Stoßzähne.

»Ich hätte mir sämtliche Knochen brechen können«, schimpfte er. »Hättest du mich nicht wenigstens vorwarnen können?

Rob hob die Hände gen Himmel. »Wenn du mir sagst, wie! Du verstehst die Drachensprache nicht, und in meiner wahren Gestalt kann ich nicht mit dir reden. Ich bin in der Luft stehen geblieben und dachte, das würde dir als Warnung ausreichen.«

»Zumindest brüllen hättest du können«, beschwerte sich Kayne.

»Dann hätte mich dieser leckere Braten hier gehört«, wandte Rob ein. »Warte einen Augenblick. Ich verwandle mich kurz, dann kann ich dir einen Schenkel rösten.«

»Von mir aus.« Mit schmerzenden Knochen trat Kayne zur Seite, beobachtete Rob, der mit einem magischen Flimmern wieder Drachengestalt annahm. Offenbar konnte er sich nicht mehr zurückhalten, öffnete sein gigantisches Maul und verspeiste einen ganzen Schenkel des Tieres mit einem Happen. Blut spritzte, Knochen knackten, und Kayne wurde ein wenig übel, als er daran dachte, dass Rob gerade eben noch ein Mensch gewesen war und jetzt das rohe Fleisch hinunterwürgte.

Trotzdem konnte er nicht leugnen, selbst hungrig zu sein, denn als ein kleiner Feuerstoß Robs Nüstern verließ und damit den Rest dieses eigentümlichen Tieres grillte, stieg ein verlockender Duft in die Luft.

Kurz darauf saß Kayne in Decken gehüllt neben Rob und ließ sich das gebratene Fleisch schmecken. Erstaunlicherweise waren sämtliche Blessuren aus Robs Gesicht verschwunden – seine Verwandlung hatte tatsächlich alle Wunden geheilt. Nur die Kleider sahen wie zuvor abgerissen aus.

»Es tut gut, endlich wieder satt zu sein«, sagte Rob zufrieden.

»Das Fleisch ist zu sehr durch«, merkte Kayne an.

»Musst du dich eigentlich immer beschweren?« Trotzdem lachte Rob. »Ich kam mir schon vor wie ein Kaninchen mit dem ganzen Grünfutter der letzten Zeit.«

»Meinem Geschmack entsprach das auch nicht«, gab Kayne zu, dann runzelte er die Stirn. »Für dich muss es noch schlimmer gewesen sein. Wovon ernährt ihr Drachen euch eigentlich auf den Inseln im Norden? Dort gibt es doch kaum etwas.«

»Von Wild, dafür müssen wir aber gelegentlich aufs Festland. Manchmal verspeisen wir auch Meerestiere oder …«

»Oder?« Kayne hielt mit dem Kauen inne, denn da war so ein eigenartiges Glitzern in Robs Augen.

»Wenn die Nahrung knapp ist – Menschen.«

Hätte nicht Robs rechter Mundwinkel gezuckt, er hätte ihm das, so ernsthaft er das vorgebracht hatte, beinahe abgenommen.

»Sehr witzig!«

»Das ist mein Ernst, Kayne, auch wenn es heute nicht mehr üblich ist. Aber in alten Tagen, lange vor meiner Geburt und noch bevor der Zorn der Götter unsere Welt beinahe vernichtet hat, sollen Drachen in der Tat gelegentlich Menschen oder Trolle gejagt haben.«

Misstrauisch schaute Kayne seinen Begleiter an. »Du machst mir keine Angst.«

»Keine Sorge, ich mag keine nörgelnden Zauberer«, versicherte er. »Die liegen einem zu schwer im Magen.«

»Ich möchte gar nicht wissen, wie Troll schmeckt«, ging Kayne nun auf die Frotzelei ein. »Ich war mal in Murks Höhle eingeladen, ich sage dir, diesen Gestank werde ich niemals vergessen!« Er riss ein Stück von seinem gebratenen Fleisch ab und hielt es Rob hin. »Hier, bevor du doch noch auf den Gedanken kommst, ein nörgelnder Zauberer wäre eine Alternative zu Algen.«

Rob lachte leise auf und nahm das Fleisch mit einer angedeuteten Verbeugung. »Es ist mir eine Ehre, dieses …«

Mit einem Satz sprang Rob auf, ergriff Ennedals Elfenschwert, das neben ihm lag, und auch Kayne glaubte, etwas gehört zu haben. Ganz am Rande der Lichtung entdeckte er eine Gestalt und ließ eilig die Decken von seinen Schultern gleiten. Mit zusammengebissenen Zähnen stand er auf, ergriff seine eigene Waffe und stellte sich neben Rob.

»Du hättest dieses Vieh doch nicht grillen sollen. Das Feuer hat jemanden angelockt«, zischte er.

»Die Berge wirkten verlassen«, raunte Rob zurück.

Kayne kniff die Augen zusammen. »Ein Buggane«, stieß er hervor.

Tatsächlich kam ein einzelnes Wesen mit ausgestreckten Armen auf sie zu.

»Nichts tun, nicht fressen, großer Drachenmeister«, wimmerte das Wesen. »Warnen will ich euch. Ja, eine Warnung.«

Eilig stellte sich Rob Rücken an Rücken mit Kayne, für den Fall dass noch mehr Buggane in der Nähe waren.

Kayne hielt seine Klinge ausgestreckt vor sich. »Wage ja nicht, uns zu beißen«, drohte er.

»Nicht beißen, Irn hilft. Irn ist freie Buggane-Hora.« Kayne erinnerte sich an die Bezeichnungen der Buggane, für sie hießen Frauen Hora, Männer Horc.

Die Buggane, ihre Stimme klang höher als die von Takh und der anderen, blickte sich hektisch um. »Den Drachen, ich sah den Drachen«, plapperte sie vor sich hin. »Wo kam er nur her? Jetzt ist er ein Horc. Wie kann das sein?«

»Wir spießen sie auf, dann kann sie dich nicht verraten«, schlug Kayne vor.

Mit einem Quietschen sprang Irn zurück ins Gebüsch.

»Keine Magie, ihr dürft keine Magie wirken. Sonst finden sie euch, die Mysharen. Versteckt euch. In Höhlen und Spalten. In der Erde. Auch Wasser schützt euch. Regen und Stein, die bieten Schutz. Flieht!«

»Was im Namen der Götter sind Mysharen?« Kayne rannte

Irn nach, verfluchte seine Prellungen, aber ein Rascheln verriet, dass die Buggane auf der Flucht war.

»Warte!«

»Du hast sie verschreckt«, warf Rob ihm vor, als er zu ihm aufgeholt hatte.

»Fliehen! Ihr müsst fliehen«, ertönte eine sich entfernende Stimme. »Keine Magie, versteckt euch vor dem Wind. Sharevyon muss untergehen. Mit dem Drachen ist die Hoffnung zurück.«

Kurz sahen sich Kayne und Rob verwirrt an, dann stürmten sie beide in das Gebüsch. Ob das ein kluger Gedanke war, konnte Kayne nicht sagen. Vielleicht führte die Buggane sie in eine Falle, aber sie mussten sie fangen. Zum einen, um mehr aus ihr herauszubekommen, zum anderen, um zu verhindern, dass Eriyane von Rob erfuhr. Hektisch durchsuchten sie das Unterholz.

»Komm raus, wir tun dir nichts«, wagte Kayne einen verzweifelten Versuch, Irn zurückzubringen, doch keine Antwort erfolgte. »Das Ding kann sich doch nicht einfach in Luft auflösen«, schimpfte er.

»Kayne!« Rob stand nur wenige Schritte von ihm entfernt, und als Kayne näher kam, erkannte er, wie dieser sein Schwert in ein Erdloch hielt. »Ich befürchte, Irn ist dorthin geflohen.«

»Verdammt!« Wütend stocherte Kayne in der Erde herum.

»Lass uns verschwinden«, sagte Rob nervös.

»Die Buggane wissen jetzt, dass du ein Drache bist.«

»Willst du durch das Loch kriechen und sie ausgraben?«, fragte Rob zynisch. »Ich kann mir nicht helfen, ich hatte tatsächlich den Eindruck, Irn wollte uns warnen.«

»Buggane lügen doch, wenn sie den Mund aufmachen!«

Rob zog Kayne am Ärmel seines Hemdes mit sich. »Hätte sie uns verraten wollen, wäre sie weder allein gekommen, noch hätte sie uns gewarnt.«

Rob ergriff ihre Bündel, die sie am Lagerplatz zurückgelassen hatten, und packte so viel wie möglich von dem Fleisch ein.

Kayne schnappte sich Leánas Bogen. »Vielleicht wollte die Buggane uns in eine Falle locken«, überlegte Rob laut, »aber hätte sie uns dann vor irgendwelchen Mysharen gewarnt und geraten, keine Magie zu wirken?«

»Denkst du, man kann uns aufspüren, wenn wir Magie wirken?« Kayne bemerkte, wie er nun selbst nervös wurde.

Im Laufschritt verschwanden sie zwischen den Bäumen.

»Oder wollen sie uns nur von Leána fernhalten?«

»Ich weiß es nicht, verdammt«, stieß Rob hervor. »Aber wie gesagt, ich bin der Meinung, sie wollte uns warnen.«

»Kannst du diesem Wesen in deiner unendlichen Drachenweisheit wohl ins Herz blicken?«, höhnte Kayne.

Abrupt blieb Rob stehen und fasste Kayne an den Schultern. »Ich wünschte, ich könnte es. Aber nein, das ist mir nicht möglich. Ich bin keiner der weisen Ältesten meines Volkes. Was mich leitet, ist lediglich ein Gefühl, und ich denke, wir sollten so schnell wie möglich verschwinden. Ich schätze, es sind noch um die fünfzig Meilen bis zum Palast, das schaffen wir auch zu Fuß.«

Kayne runzelte die Stirn, dann folgte er Rob, der durch die weit auseinanderstehenden Nadelbäume davonstürmte.

Pausenlos schossen ihm Irns Worte durch den Kopf, und er musste darauf achten, nicht zu stolpern. Hatten diese Mysharen etwas mit Eriyane zu tun? Waren sie ihre Boten? Vielleicht dieser mysteriöse Wind, der Stimmen in sich trug.

In den Baumwipfeln über ihnen rauschte es. Kayne erkannte, wie Rob den Kopf hob. »Weiter!«, schrie er, und so beschleunigten sie noch einmal das Tempo und jagten den Berg hinab. Kayne strauchelte mehrfach, hatte in dem übermüdeten Zustand erhebliche Mühe, sein Gleichgewicht zu bewahren und nicht auf den Nadeln und Ästen auszurutschen. Sein Atem ging rasselnd, als er endlich zu Rob aufgeholt hatte, der am Ende des Abhangs wartete.

»Wie sollen wir dem Wind entkommen?«, keuchte Kayne. »Das ist unmöglich.«

Ebenfalls schwer atmend deutete Rob auf eine Felsformation. Roter Sandstein ragte zerklüftet schätzungsweise dreißig Fuß in die Höhe. Als sie sich heranschlichen, erkannte auch Kayne im Sternenlicht einen schmalen Einschnitt im Gestein. Von Geröll halb verschüttet tat sich der Eingang zu einer Höhle auf. Geschickt kletterte Rob auf den Steinhaufen. Kayne folgte ihm und verfluchte noch einmal seine Prellungen. Mehrere hundert Schritte gingen sie durch den kaum schulterbreiten Tunnel. Immer wieder musste Kayne sich seitlich drehen, um weiterzukommen. Dann blieb Rob abrupt stehen.

»Hier ist eine Felskante. Ich springe zuerst hinab, Kayne.« Er hörte das Geräusch von Robs Füßen, spürte einen Luftzug, dann ein klatschendes Geräusch, als Rob aufkam. »Es sind höchstens drei oder vier Fuß.«

Trotz Robs Versicherung kostete es Kayne Überwindung, in die absolute Schwärze zu springen. Zu gern hätte er eine magische Lichtkugel beschworen, aber so musste er den Worten seines Begleiters trauen, atmete tief ein, setzte einen Fuß ins Nichts und ließ sich fallen. Es kam ihm deutlich mehr als vier Fuß vor, bis er auf dem Stein aufschlug, und er fluchte unterdrückt.

Rob hielt ihm rasch seinen Finger an den Mund und lauschte in die Höhle hinein. »Der Gang führt weiter«, flüsterte er dann und schob Kayne nach rechts. »Du kannst dich an der Wand entlangtasten.«

»Wir stolpern hier in der Dunkelheit herum, ohne zu wissen, was uns erwartet«, gab Kayne zu bedenken.

»Ich weiß, aber …«

Ein Luftzug wehte herein. Seltsame Musik drang plötzlich in Kaynes Geist, und auch Rob hielt inne. Instinktiv wollte Kayne einen magischen Schutzschild um sich ziehen, und so als hätte Rob das bemerkt, krallte er seine Finger in Kaynes Arm. »Keine Magie«, zischte er.

Der Windhauch zog durch den Spalt, sphärische Klänge,

Worte, die Kayne nicht verstand, erfüllten die Höhle. Auch wenn das vermutlich närrisch war und nichts brachte, duckte sich Kayne, kauerte sich ganz klein zusammen und schloss die Augen. Die seltsame Brise streifte ihn, streichelte ihn wie eine Geliebte. Doch dann wehte sie weiter und war verschwunden.

Neben sich hörte er Rob aufatmen.

»Falls dieser … Wind … Magie erspüren kann, dann bemerkt er uns vermutlich so oder so«, spekulierte Kayne.

»Mag sein.« Rob klang unentschlossen. »Aber vielleicht ziehen wir mehr Aufmerksamkeit auf uns, wenn wir starke Magie ausführen, so wie ich sie bei meiner Verwandlung verwende oder wenn du einen Lichtzauber wirkst.«

»In jedem Fall ist es seltsam, dass dieser Wind uns aufgespürt hat.«

»Entweder er hat tatsächlich meine Magie wahrgenommen, als ich vom Drachen zum Menschen wurde, oder es war Zufall oder … Irn hat uns verraten«, überlegte Rob.

»Wir tappen im wahrsten Sinne des Wortes im Dunkeln«, brummte Kayne.

»Komm, wir gehen noch ein Stück diesen Felsgang hinein. Ich glaube, ich kann Wasser riechen.«

Auch Kayne hatte bereits eine gewisse Feuchtigkeit in der Luft bemerkt, dies jedoch auf das kühle Gestein im Inneren der Höhle geschoben. Es wäre ein Segen, jetzt Wasser zu finden. Unheimlich hallten ihre Schritte von den Wänden wider. Der Durchgang wurde schmäler und schmäler, und schließlich konnte Kayne nur noch seitlich weitergehen.

»Rob, warte, ich glaube …«

Kayne blinzelte, denn als er sich durch den Spalt gequetscht hatte, erwartete ihn Dämmerlicht, das von phosphoreszierenden Moosen stammte. Verdutzt starrte er in die Augen einer Herde grauweißer Tiere, die am anderen Ufer eines unterirdischen Sees standen. Auch hier glommen die Steine in einem bläulichen Licht. Wie erstarrt und fluchtbereit verharrten die fremden Wesen. Rob und Kayne rührten sich ebenfalls nicht. Ihn erinnerten die Tiere an Hirsche aus Albany, doch waren diese Wesen größer, dennoch filigraner und trugen lediglich ein winziges Geweih. Die Färbung ihres Fells war ungewöhnlich und ähnelte Kreidefelsen, wie sie teilweise im östlichen Albany zu finden waren.

Als Rob einen Schritt an Kayne herantrat, war der Bann gebrochen. Hektisch stoben die Tiere davon, auch war ein Flattern hoch über ihnen zu hören, das wohl von Fledermäusen oder Vögeln stammte. Dann war alles ruhig. Lediglich ein leises Plätschern ertönte seitlich, dort, wo das Wasser in einem Felsentunnel abfloss.

»Die Tiere haben hier Schutz gesucht.« Rob kniete sich an den See und trank in gierigen Zügen.

Da sein Mund ausgetrocknet war, tat Kayne es ihm gleich.

»Ist nur die Frage, wovor sie Schutz suchen«, meinte Kayne. »Vor dieser Windwolke?«

»Vielleicht stellt sie eine Gefahr für sie dar.« Genüsslich wischte sich Rob den Mund ab. »Zumindest habe ich noch niemals gehört, dass Rehe oder Vögel unter der Erde leben.«

Gedankenvoll füllte Kayne seinen Wasserbeutel auf. »Mag sein, dass sich die letzten Tiere von Sharevyon an ihre Umwelt angepasst haben.« Mit einer Hand spielte er in dem samtig weichen und klaren Wasser herum. »Niemals hätte ich vermutet, unter diesem Berg einen See zu finden.«

»Ich auch nicht.« Rob entledigte sich seiner Kleidung und stieg in das kühle Wasser. Es reichte ihm nur bis zur Hüfte, trotzdem schwamm er einige Züge.

Auch Kayne wollte sich die unverhoffte Gelegenheit eines Bades nicht entgehen lassen, schlüpfte aus Stiefeln, Socken, Hose und Hemd und trat in den See. Gänsehaut bildete sich an seinem ganzen Körper, als das Wasser eisig seine Beine umschloss. Er biss die Zähne zusammen, wusch sich mit einer Seifenwurzel, die er noch in seinem Bündel gehabt hatte, und reinigte auch seine schmutzstarrenden Kleider. Um ein Haar hätte er einen

Trocknungszauber ausgeführt, hielt sich jedoch zurück und beschloss, später seine Ersatzkleider anzuziehen. Um die Kälte aus seinen Gliedern zu vertreiben, schwamm er in kräftigen Zügen um den See und erkundete dabei die Höhle. Winzige Fische huschten über den Grund und verschwanden eilig in Felsspalten, wenn sie ihn wahrnahmen. Rob verharrte dort, wo das Wasser abfloss, und Kayne schwamm zu ihm.

Hier war das Wasser tiefer, Kaynes Füße konnten den Boden nicht berühren. Er spürte einen Sog und hielt sich an dem Fels am Eingang zum Tunnel fest.

Rob stemmte sich gegen die Strömung und machte leichte Bewegungen mit den Armen, während er in das alles verschlingende Schwarz starrte.

»Was ist dort unten?«, wollte Kayne wissen.

»Kann ich dir nicht sagen, aber sieh mal.« Er deutete nach links neben sich auf das von schimmernden Moosen und Algen bewachsene Ufer. Ein Teil der Tunnelwand vor ihm war eingestürzt, und das Wasser sprudelte und gluckerte dort munter, bevor es in dem Tunnel verschwand.

»Was hast du entdeckt?«

Rob tauchte mit dem Kopf unter Wasser und kurz darauf wieder prustend auf. »Ich finde, es sieht aus wie in den Stein gehauene Stufen.«

»Denkst du?« Kayne stieß sich ab, schwamm an Rob vorbei und untersuchte den Stein. Als er Moos und Algen wegkratzte, konnte er tatsächlich eine stufenförmige Formation mit scharfen Kanten ausmachen, die unter Umständen nicht natürlich entstanden war.

»Glaubst du, das ist Menschenwerk?«, fragte er nach dem Auftauchen.

»Eher Elfen- oder Dunkelelfenwerk.«

Unbehaglich sah sich Kayne um. Der Gedanke, von Dunkelelfenaugen beobachtet zu werden, behagte ihm gar nicht. Die Moose, die glimmenden Steine, das alles konnte Zufall sein und natürlich gewachsen, ebenso gut aber auch die Arbeit von Dunkelelfen, selbst wenn hier keine Spuren wie Kochstellen, Lagerplätze oder Ähnliches zu finden waren. »Ich frage mich, wohin der Gang führt.« Rob schwamm ein Stück näher und hielt sich an dem heruntergebrochenen Fels fest, doch plötzlich schien ihn ein Sog zu erfassen, seine Hände krallten sich in das Gestein, kurz konnte Kayne noch Robs entsetzt aufgerissene Augen erkennen. Er sprang ins Wasser, wollte ihn an der Hand fassen, aber Rob war verschwunden.

»Scheiße!« Kayne schwamm zurück, um nicht selbst in den Sog zu gelangen. »Rob!«, rief er in die Finsternis.

Keine Antwort.

»Dreimal verfluchte Trollscheiße!« Kayne wusste nicht, was er tun sollte. Folgen konnte er Rob schwerlich.

Kayne überlegte, ob er zurückschwimmen und ihre Sachen holen sollte. Vielleicht konnte er ja ihre Umhänge und Kleider zu einem Seil binden und sich durch den Tunnel abseilen. Doch da vernahm er Robs gedämpfte Stimme.

»Mir geht es gut. Hier sind tatsächlich Stufen, die in die Tiefe führen. Ich komme wieder hoch.«

»Warte!«, schrie Kayne ihm zu. »Ich hole etwas, dann helfe ich dir.«

»Nicht nötig.«

Tatsächlich tauchte kurz darauf wieder Robs Kopf auf. Die Muskeln seiner Arme zeichneten sich deutlich ab, als er sich an dem Felsen festkrallte, die Wangenknochen traten scharf hervor, und sein Mund war zu einem Strich zusammengekniffen. Dennoch gelang es ihm, sich gegen die Strömung zu stemmen und sich nach und nach hinaufzukämpfen. Am Ende hielt ihm Kayne die Hand entgegen und half ihm ins flache Gewässer.

Heftig atmend setzte sich Rob an den Rand des Sees und schlang die Arme um den Oberkörper. »Wenn man sich ganz dicht an dem heruntergebrochenen Teil der Wand hält, kann man auf den Resten der Stufen entlangbalancieren, nur muss man auf die Strömung achten. Kurz dahinter führen Stufen links des Baches weiter in die Tiefe. Wenn wir ihnen folgen, gelangen wir vielleicht unbemerkt an den Palast heran.«

Kritisch runzelte Kayne die Stirn. »Rund um den Palast habe ich keinen Bach gesehen. Wer weiß, ob der Gang überhaupt an die Oberfläche führt. Wer sagt uns, dass wir nicht geradewegs in eine Dunkelelfensiedlung spazieren?«

»Nichts deutet hier auf andere Bewohner als Tiere hin«, widersprach Rob. »Und falls wir auf dem gleichen Weg zurückgehen, könnte dieser eigenartige Wind oder sogar Eriyane auf uns warten.«

Diese Überlegungen waren nicht von der Hand zu weisen. Kayne rieb sich das Kinn, dann machte er eine auffordernde Handbewegung. »Lass uns aus diesem Eiswasser gehen, ich fühle meine Beine schon nicht mehr.«

Rob nickte, und so schwammen sie zurück ans Ufer. Eilig trocknete sich Kayne mit seinem Umhang ab und wickelte sich in seine Decke. Als er sich umdrehte, hatte Rob sich bereits seine eigene Decke um die Hüften geschlungen. Kayne musste wohl sehr auffällig auf die Narben an Robs Brust geschaut haben, denn sein Begleiter verzog den Mund.

»Eine Erinnerung an meinen Bruder Dymoros.«

Kayne blies die Backen auf. Die Wunden mussten damals entsetzlich gewesen sein, und er ging davon aus, dass Rob nur knapp überlebt hatte.

Kritisch betrachtete Rob eine Schürfwunde an seiner Schulter, jener, in der auch das magische Silberplättchen eingebrannt war, von dem Leána ihm erzählt hatte.

»Ich habe eine von Liliths Salben, die solltest du benutzen«, riet Kayne.

»Später.«

»Falls wir den Stufen folgen, rennen wir möglicherweise blind in unser Verderben«, merkte Kayne an. »Selbst wenn du besser in der Dunkelheit siehst als ich, sind uns Dunkelelfen um ein Vielfaches überlegen. Sollen wir nicht besser dem Gang folgen, in dem das Wild verschwunden ist?«

»Die Steine am Grund des Baches glimmen in dem Tunnel ähnlich wie hier im See.« Rob starrte auf das gegenüberliegende Ufer. »Auch ich würde gerne wissen, was sich dort hinten verbirgt, nur führt dieser Gang in die falsche Richtung und bergauf. Wir müssen hinab zum Meer. Zudem glaube ich, sofern hier einmal Dunkelelfen gehaust haben, sind die schon lange verschwunden.«

»Dann lass es uns versuchen«, gab Kayne nach, »aber wenn wir als Dunkelelfeneintopf enden, gebe ich dir die Schuld.«

»Was glaubst du, wie ein Dunkelelf sich wundern würde, wenn aus dem vermeintlichen Menschen bei Mitternacht ein ausgewachsener Drache würde, der ihm den Kochtopf sprengt?«

Trotz der ernsten Lage musste Kayne lachen. »Was voraussetzen würde, dass du zu diesem Zeitpunkt noch lebst. Als zerteilter Leichnam würde selbst dir eine Verwandlung schwerfallen, vermute ich.« Er schlüpfte zähneknirschend in seine feuchte Hose, band die restlichen nassen Sachen zusammen und hängte sich diese, sowie Decke und Bündel mit den Ersatzkleidern über die Schultern, in der Hoffnung, alles würde halbwegs trocken bleiben.

Als er beobachtete, wie Rob seinen Schwertgurt um die nackte Hüfte band und sich die trockenen Kleider um den Hals schlang, hob er eine Augenbraue.

»Rob, das sieht lächerlich aus!«

»Und wer bitte sollte über uns lachen? Diese Hirsche oder die Vögel und Fledermäuse, die sich hier verbergen?« Auch er schulterte seine restlichen Sachen, bevor er ungerührt ins kalte Wasser stieg. »Wenn du es bevorzugst, dass ich angemessen gekleidet bin, kannst du mir deine Hose geben. Oder besser noch, du trägst mein Schwert, aber dann müssen wir riskieren, dass du würdevoll von der Strömung in die Tiefe mitgerissen wirst und uns am Ende eine Waffe fehlt!«

»Arroganter Drachenmistkerl«, knurrte Kayne.

»Das habe ich gehört!«, rief Rob über die Schulter zurück.

Unter leisem Schimpfen band sich auch Kayne seinen Schwertgürtel um, bevor er hinter Rob herwatete. An den meisten Stellen reichte ihm das Wasser nicht einmal bis zur Brust, nur an jener Stelle, an der das Wasser sich in den nach unten führenden Gang ergoss, musste er aufpassen, nicht in die tieferen Stellen zu geraten.

Gerade hangelte sich Rob an dem Felsen entlang. »Sobald ich auf der anderen Seite bin, kann ich dir helfen. Wie gesagt, bleib so dicht wie möglich am Fels, dort kannst du mit den Füßen Halt finden.«

Angespannt beobachtete Kayne, wie Rob sich Stück für Stück vorwärtsschob und schließlich verschwand.

Noch einmal vergewisserte sich Kayne, dass sein Bündel mit Proviant und seine Kleider sicher in die Decke eingewickelt waren und diese einigermaßen rutschfest auf seinen Schultern lag. Sehr angenehm war das nicht und behinderte seine Bewegungen. Doch er wollte später nicht auf trockene Kleidung verzichten, und so tastete er sich bedächtig vorwärts. Auch Leánas Bogen, den er seitlich in den Schwertgürtel gesteckt und zusätzlich festgezurrt hatte, drückte in seinen Rücken, aber auf keinen Fall hatte er die Waffe zurücklassen wollen. Bald stand er bis zu den Achseln im eisigen Wasser. Rechts von ihm fand sein Fuß keinen Halt mehr, deshalb versuchte er, wie Rob ihm geraten hatte, möglichst nahe am Fels zu bleiben. Die Strömung zerrte an ihm, das Schwert riss an seinem Gürtel, und nur ganz am Rand des Felsabbruchs fanden seine Zehen Halt.

Trotz des eiskalten Wassers brach ihm der Schweiß aus, und auf halber Strecke glaubte er, er könne sich nicht mehr halten. Die Finger in Gesteinsspalten gekrallt und mit den Zehenspitzen auf einem Felsgrat verharrte er, wobei er sich fragte, ob er einen Sturz ins Wasser ebenso unbeschadet überstehen würde wie Rob vorhin.

Für Leána, du schaffst das, na los, sprach er sich selbst Mut zu, mobilisierte seine Kräfte und schob sich mit eisernem Willen voran. Die Muskeln an seinen Armen versagten beinahe den Dienst, als er in der Strömung hing und davon weggerissen zu werden drohte, zudem waren auch noch Bündel und Decke verrutscht und behinderten ihn.

»Weiter, Kayne, du hast es gleich geschafft«, hörte er Rob rufen. »Rechts von deiner Hand ist eine Felskante, da kannst du dich festhalten. Kurz darauf endet der Felsabsturz, und du kannst die Stufen erreichen.«

»Wenn ich nur so gut sehen könnte wie du«, fluchte Kayne.

Entweder er würde Halt finden oder ins Wasser stürzen, mehr Möglichkeiten hatte er nicht. Daher atmete er tief durch, hielt sich mit links fest und tastete nach besagtem Vorsprung. Lediglich glatten Fels fand er vor, sein linker Arm versagte, er glitt ab, doch kurz bevor er ins Wasser fiel, schrammte seine rechte Hand über den gesuchten Vorsprung. Blitzschnell griff er zu, fand auch links eine Spalte, in der er sich festkrallen konnte, und kurz darauf gelang es ihm, die Füße auf sicheren Fels zu stellen. Das letzte Stück hatte er rasch hinter sich gebracht und ließ sich auf den Boden fallen.

»Alles in Ordnung?«, erkundigte sich Rob.

Zum Zeichen, dass es ihm gut ging, hob Kayne die Hand. Da die Steine im Flussbett nur schwach glommen, konnte Kayne lediglich Schemen erkennen. Er löste Decke, Umhang und Bündel und reichte Letzteres an Rob. »In dem hölzernen Tiegel ist die Salbe, von der ich gesprochen habe.«

»Vielen Dank.«

Kayne zitterte am ganzen Körper, daher raffte er sich auf, trocknete sich ab und zog seine Ersatzkleidung an. Ein Trocknungszauber wäre wirklich hilfreich gewesen, dann hätte er die feuchten Sachen nicht an sein Bündel hängen müssen, aber er wagte es nicht.

»Bist du fertig?«

»Ja.« Eilig schnallte er sich noch sein Schwert um.

»Ich hoffe, Leánas Bogen hat keinen Schaden genommen.« Sorgfältig rieb er die hölzerne Waffe und auch Darians Schwert trocken.

»Das ist Elfenarbeit. Sofern der Bogen gut eingeölt ist, sollte er ein wenig Nässe vertragen, schließlich hat ihm das Tauchen im Walkensee auch nicht geschadet.«

Kayne spannte die Sehne ein und hängte sich Leánas Waffe über den Arm.

Wie Rob gesagt hatte, führten breite Stufen entlang des Flusses, von dem irgendwann ein Arm abzweigte und in einem niedrigen Seitengang verschwand. Nach und nach wurde der Hauptstrom zu einem kleinen Rinnsal. Das tiefe Flussbett sprach allerdings davon, dass dies früher anders gewesen war. Rob ging voran, und nachdem sich Kayne an das bläuliche Zwielicht gewöhnt hatte, war ihm nicht mehr ganz so unbehaglich zumute. Die ersten Meilen gestaltete sich der Weg hinab als sanft, dann führten die Stufen plötzlich beinahe senkrecht in die Tiefe, und sie mussten sich mit Händen und Füßen vorantasten. Die Treppe endete in einer Art Plattform. Wasser tröpfelte über rund gewaschene Felsen, die blau und silbrig schimmerten, in ein Becken, das etwa fünf Schritte messen mochte. Doch was einst sicher ein gewaltiger Wasserfall mit einem großen See darunter gewesen sein mochte, war jetzt ein trauriges Rinnsal, das sich in eine winzige Pfütze ergoss.

Rob blieb an der glatten Felswand stehen und starrte darauf.

»Kannst du diese Schrift lesen, Kayne?«

Er trat näher heran, und da in dem Becken deutlich mehr glimmende Steine zu finden waren, konnte er bald Schriftzeichen ausmachen. Angestrengt studierte Kayne diese. »Sie erinnern mich an Runen der Dunkelelfen, und die sind schwierig zu deuten«, gab er zu. »Von Leána und Jel habe ich einiges gelernt, aber einerseits braucht man mindestens zwanzig Sommer und Winter, um sich mit allen vertraut zu machen, und andererseits kann ein winziger Strich in die eine oder andere Richtung dem Wort eine völlig andere Bedeutung verleihen. Einige dieser Zeichen sind mir komplett unbekannt.« Er deutete auf einen senkrechten Strich, um den sich drei gebogene Linien wanden. »Vielleicht hat sich die Dunkelelfenschrift in Sharevyon anders entwickelt als die in Albany. Das ähnelt dem Zeichen für Wasser«, erklärte Kayne, »dieses Ehre und Geist.« Hilflos hob er die Arme. »Ich könnte mir vorstellen, dass es sich hierbei um einen Ritualort handelt, um den Geistern des Wassers zu huldigen.«

»Gut möglich«, stimmte Rob zu. »Ich hoffe nur, der Tunnel führt weiter und die Stufen haben nicht nur zu diesem ehemaligen Wasserfall geführt.«

»Lass es uns versuchen.« Diesmal ging Kayne voran. Statt Stufen erstreckte sich vor ihnen nun ein Felsgang, der in diffusem Dämmerlicht lag. Gestein, das von zahllosen Füßen glatt geschliffen worden war, führte Rob und Kayne einem ungewissen Schicksal entgegen.

Kapitel 24

Das Wohl von Albany

Angriff, zurückweichen, blocken. Schweiß lief Torans Gesicht und Rücken hinab, während er den gnadenlosen Hieben von Nal'Righal zu trotzen versuchte. Sie befanden sich auf den Klippen vor der Burg, und der Ausbilder bewegte sich wie eine Schlange oder vielmehr wie ein Mhortarra, eines der tödlichen Wesen des Unterreichs, das Toran bislang noch nicht zu Gesicht bekommen hatte, von dem es jedoch so viele Schreckensgeschichten gab, dass er es sich gut vorstellen konnte.

»Wie das Wasser, Prinz Toran. Bewegt Euch wie ein Strom.« Nal'Righal demonstrierte es und bewegte lediglich seinen Oberkörper ein Stück zur Seite, um Torans Angriff auszuweichen. Bei dem dunkelhäutigen Krieger sah dies geschmeidig und selbstverständlich aus, doch Toran vermutete, dass, selbst wenn er den Rest seines Lebens trainieren würde, er niemals die gleiche Anmut erreichen konnte wie ein Dunkelelf.

Ein Geräusch am Himmel lenkte ihn ab. Mit mächtigen Flügelschlägen kreiste ein Drache über Northcliff.

Schon hatte Toran Nal's messerscharfe Klinge am Hals.

»Seid Ihr nicht mit allen Sinnen beim Kampf, tretet Ihr vor Eure Ahnen«, bemerkte der Dunkelelf kalt.

»Ich fürchte den Tod nicht.« Toran wischte sich mit seinem Ärmel über die Stirn. »War das der Drache, der Nordhalan und die anderen begleitet hat?«

Ohne eine Miene zu verziehen, schubste Nal'Righal Toran zu Boden, und der spürte Zorn in sich aufsteigen.

»Was fällt dir ein?«

»Auch ich scheue mich nicht, vor Marvachân zu treten.« Nal'Righal kniff seine Augen zusammen. »Nur würde ich Schande über die von meinem Blute bringen und Marvachân mich abweisen, besäße ich die Dreistigkeit, aus Torheit mein Leben zu beenden.«

»Es war nur ein Übungskampf.« Toran wollte sich erheben, aber Nal stellte ihm den Fuß auf die Brust und ragte gleich einer düsteren, Unheil verkündenden Wolke über ihm auf.

»Im Unterreich kann mit jedem Atemzug aus Übung Ernst werden. Ein Mhortarra kann angreifen, eine feindliche Familie dich in einem unbedachten Moment aus dem Hinterhalt zu meucheln versuchen. Wollt Ihr ein wahrer Krieger werden, Toran, oder wie ein kleiner Junge mit Holzschwertern spielen und Euch in den schmachtenden Blicken einfältiger Hofdamen sonnen, wenn Ihr einen minderbegabten Soldaten besiegt?«

Derartige Unverschämtheiten hatte sich Nal'Righal zuvor noch niemals erlaubt, daher war Toran für einen Moment sprachlos, dann stieß er heftig die Luft durch die Nase aus. »Ich bin ein Prinz von Northcliff, was fällt dir ein, so mit mir ...«

»Ich rede so mit Euch, weil ich Euer Ausbilder bin«, entgegnete Nal eisig. »Eure Mutter hat mir aufgetragen, Euch zu unterweisen. Sie ist eine gute Herrscherin, und es ist meine Aufgabe, dafür zu sorgen, dass Ihr so lange wie möglich am Leben bleibt und eines Tages ihre Nachfolge antretet.« Er ging sogar so weit, Toran seine messerscharfe Klinge ans Kinn zu halten. »Ich entstamme ebenfalls einer Herrscherfamilie. Ich bin vom Blute der 'Righal. Wagt es ja nicht, mich zu entehren und Eurem Leben ein sinnloses Ende zu bereiten.«

Der stechende Blick des Dunkelelfen machte Toran Angst. Selbst wenn er glaubte, dass Nal'Righal es nicht wagen würde, ihm tatsächlich Schaden zuzufügen, zweifelte eine winzige Stimme in seinem Hinterkopf daran. Würde sich der Ausbilder tatsächlich beleidigt fühlen, könnte er am Ende doch seinen

Auftrag vergessen, ihn töten und in den Tiefen des Unterreichs verschwinden.

»Schon gut, Nal'Righal, ich bringe mich nicht um.« Behutsam versuchte er, die Klinge fortzuschieben, ohne sich an der Hand zu verletzen, aber Nal'Righal hielt das Schwert weiter in der gleichen Position. »Ich schwöre es bei Siahs Andenken«, fügte er noch leise hinzu, woraufhin Nal zurücktrat.

»Das ist ein bedeutsamer Schwur.« Der Dunkelelf steckte seine Klinge weg und wandte sein markantes Gesicht zur Burg. »In der Tat handelte es sich um einen roten Drachen. Er ist gerade gelandet. Wollt Ihr sehen, ob Eure Cousine und ihre Freunde zurückgekehrt sind?«

»Leána.« Toran schluckte heftig, woraufhin Nals Nasenflügel sich schon wieder weiteten. Er machte sich auf eine weitere Standpauke gefasst, aber der Dunkelelfenausbilder eilte lediglich zu den wartenden Pferden. »Übt die Bewegung des Wassers heute noch einmal mit Jel'Akir«, verlangte er, sprang in den Sattel und preschte davon.

»Wie Ihr befehlt«, brummte Toran. Er selbst ritt deutlich langsamer zur Burg. Selbstverständlich war er gespannt und neugierig, wollte Geschichten aus dem Elfenreich hören, gleichzeitig scheute er die Begegnung mit Leána. Toran wunderte sich, als der rote Drache, noch bevor er das erste Tor erreicht hatte, wieder abhob und nach Norden davonflog.

Hektik herrschte im großen Hof vor dem Burgeingang, als Toran hereintrabte. Hauptmann Sared und Lord Petres preschten Seite an Seite an ihm vorbei, und er erhaschte einen flüchtigen Blick in ihre verbissenen Gesichter. Nordhalan, völlig abgerissen und erschöpfter als Toran ihn jemals gesehen hatte, stand gestikulierend vor seiner Mutter, der Elfenkriegerin Terion, eine rotblonde Elfe mit ungewöhnlicher Kleidung und ein männlicher Elf neben ihnen.

»Drei Tage sind zu lang«, regte sich der Zauberer auf. »Sie benötigen sofort unsere Hilfe!«

»Nordhalan, ich verstehe dich.« Torans Mutter sah ausgesprochen bekümmert aus. »Aber ich kann diese Entscheidung nicht allein treffen, so gern ich das auch täte. Das Volk ist momentan nicht gut auf mich zu sprechen, und ich muss zumindest die wichtigsten Adligen mit in die Beratungen einbeziehen. Außerdem wird es eine Weile dauern, die Elfen zu holen.«

»Gebt uns Pferde, wir brechen sofort auf«, verlangte Terion, und die beiden anderen Elfen nickten, wobei ihre Augen freudig glänzten.

»Was ist los?« Toran sprang aus dem Sattel und bemerkte nicht einmal, wie ein Stallbursche ihm die Zügel abnahm.

»Mein Sohn, Prinz Toran von Northcliff«, stellte Kaya ihn den beiden Elfen vor.

Sie verneigten sich, und als Toran ihre Kleidung noch einmal betrachtete, kam er zu dem Schluss, dass sie aus der Welt kommen mussten, in der das Portal von Glastonbury stand.

»Sharelya und Ereton«, bestätigte der blonde Elf, der sein Haar, anders als es bei seinem Volk üblich war, kurz geschnitten trug. Es fiel ihm über die Ohren, und wären nicht die feinen Gesichtszüge gewesen, man hätte ihn für einen Menschen halten können. »Wir leben im Westen von England und kamen zum Portal, da wir einen ungewöhnlich starken Gebrauch von Magie spürten – und das mehrfach. Dort trafen wir auf Euren Zauberkundigen.«

Nordhalan trat zu ihm, und jetzt, aus nächster Nähe, erkannte Toran die tiefen Falten, die sich in Nordhalans Züge gegraben hatten. »Das werden die beiden später näher erläutern. Ich bringe schlechte Nachrichten.«

Plötzlich war Torans Kehle wie zugeschnürt. »Kayne, Leána …« Er konnte nicht weitersprechen, und bis Nordhalan antwortete, setzte sein Herzschlag aus.

»Als ich sie zuletzt sah, lebten sie«, sagte der alte Zauberer jedoch zu Torans Beruhigung. »Marathis und Estell hingegen sind nicht mehr am Leben. Morthas und Ennedal höchstwahrscheinlich ebenfalls nicht, und auch um Robaryon werden wir wohl trauern müssen.«

»Was ist denn geschehen?«

»Toran, lass Nordhalan zunächst ein wenig ausruhen. Ich habe Sared und Lord Petres entsandt, die Adligen des Rates herzubringen. Botenvögel sind zu den entlegeneren Distrikten unterwegs. Wir treffen uns in drei Tagen auf den Geisterinseln.«

»Wozu denn so ein Aufwand? Wir sammeln unsere besten Krieger und Zauberer und holen Kayne und Leána auf der Stelle zurück! Und was geht das überhaupt irgendwelche Lords an?«

Nordhalan lächelte müde und legte ihm eine Hand auf den Arm, während seine Mutter sich über das Gesicht fuhr.

»So einfach ist die Lage nicht, Toran. Es wurde ohnehin schon Missfallen darüber geäußert, dass ich allein entschieden habe, den Elfen zu helfen, und dass Northcliff diese Reise in die fremde Welt unterstützt.«

»Die Adligen murren immer. Meine Cousine, deine Nichte, ist in Lebensgefahr«, echauffierte er sich. »Dass *du* auf Kayne keinen Wert legst, ist mir klar, aber mir ist er wichtig – er ist mein Freund!«

»Toran!« Peinlich berührt blickte sich Kaya um, und tatsächlich waren bereits zahlreiche Soldaten und einige Hofdamen zusammengelaufen und tuschelten aufgeregt.

»Du kennst noch nicht die ganze Geschichte, Toran.« Nordhalan fasste ihn am Oberarm. »Komm mit hinein. Auch ich wünsche mir einen raschen Aufbruch, aber tatsächlich liegt die Entscheidung nicht allein bei uns. Wir müssen gut abwägen, wen wir mit nach Sharevyon nehmen. Dringend benötigen wir den Rat der Drachen und möglicherweise sogar den von Readonn!«

Auch wenn sich alles in Toran sträubte, Leána und Kayne so lange auf Hilfe warten zu lassen, folgte er Nordhalan und seiner Mutter, und was der alte Mann ihm kurz darauf erzählte, erfüllte ihn mit großem Entsetzen. Mehr denn je bereute er jedes unbedachte Wort, das er Leána in seinem Zorn entgegengeschleudert hatte.

Der Markt von Culmara hatte so einiges zu bieten, und Selfra kostete hier von einem Honigkuchen, dort von dem duftenden Speckbrot und ließ sich auch den neuen Beerenwein des Händlers aus dem Süden nicht entgehen. Als sie ihren Verbündeten, den Bärtigen, in einiger Entfernung entdeckte, musste sie schmunzeln. Niemand würde darauf kommen, wer er war, dass er im Geheimen ein Komplott gegen Kaya und ihre Brut plante. Auf dem Markt wurde er vom einfachen Volk ebenso gegrüßt wie von den Adligen, und wie selbstverständlich machte man ihm Platz. Eine der Heilerinnen der Stadt, eine verschrobene Halbgnomin mit einem Korb, tippelte an ihm vorbei, und Selfra blieb stehen, um seine Reaktion zu beobachten. Er ließ sich nichts anmerken, ging starren Blickes weiter und verschwand hinter einer Hausecke.

»Wenn du wüsstest, in welch einer Gefahr du gerade geschwebt hast«, murmelte Selfra vor sich hin. Sie schlenderte weiter und lauschte beiläufig den Gesprächen der Marktbesucher. Selbstverständlich ging es überall um die Neuigkeiten, die Nordhalan mitgebracht hatte. Das mysteriöse Sharevyon, die Urheimat der Elfen, der vermutliche Tod einiger Elfen und Menschen und die Gefangenschaft von Leána von Northcliff sorgten für ausreichend Gesprächsstoff. Rasend schnell hatten sich die wildesten Gerüchte verbreitet und überschatteten sogar den drohenden Krieg mit den Zwergen. Selfra führte ihren Tonbecher mit Wildkirschwein an die Lippen, und die Flüssigkeit rann süß und schwer ihre Kehle hinab. Jemand rempelte sie an, und prompt schüttete sie sich den roten Wein auf ihren hellen Rock.

»Kannst du nicht aufpassen?«, fuhr sie den Übeltäter an, doch als sie sich umdrehte, befand sich auf Augenhöhe niemand. Erst als sie den Blick senkte, erkannte sie zwei Zwergenjungen, die beschämt zu Boden schauten. »Seht zu, dass ihr weiterkommt!«, keifte sie, rieb wütend an dem Fleck herum und schüttelte den Kopf. Sowohl Culmara als auch die Burg quollen über vor rüpelhaften und streng riechenden Zwergen. Selbstverständlich wäre das ein kleines Übel, wenn Hafran endlich seinen Kriegszug forcieren würde, aber so musste sie die lästigen kleinen Kerle ertragen und hatte keinen Nutzen davon.

»Ich sollte noch einmal einen Boten schicken«, sagte sie zu sich selbst, denn Hafrans Abwarten machte sie nervös. Erfreulicherweise störte sich niemand daran, dass Selfra teils in Elysias Haus in Culmara, teils auf der Burg residierte. Da ihre Schwester im Kerker saß, war es verständlich, dass Selfra diese hin und wieder besuchen wollte, was sie in der letzten Zeit allerdings kaum getan hatte, denn Elysias Gejammer und Gezeter waren unerträglich, seitdem sie mitbekommen hatte, dass Kayne in Sharevyon war. Zudem hatte Selfra erfahren, dass Kaya sie durchaus verdächtigte, mit an dem geplanten Anschlag beteiligt gewesen zu sein, und wahrscheinlich war es der Königin lieber, Selfra auf der Burg statt weit außerhalb ihrer Kontrolle in Rodvinn zu wissen. Doch Selfra wusste es, im Geheimen ihre Intrigen zu spinnen. Sie hatte ihre Mittelsmänner und -frauen, Diener, Stallburschen und einige Informanten in Culmara, die entweder gegen Gold oder auch ein wenig körperliche Aufmerksamkeit gerne mit delikaten Neuigkeiten herausrückten.

»Lady Selfra!« Sie blickte sich um und erkannte nach kurzer Zeit im Gedränge die Dienerin aus der Burg, mit der sich Kayne eine Zeit lang vergnügt hatte. Oria winkte hektisch und versuchte, sich durch eine Gruppe Zwerge zu drängen, die grölend eine Bierprobe vor Godanas Schenke veranstalteten.

»Lady Selfra!«, schrie sie erneut, und Selfra beobachtete belustigt, wie das hübsche blonde Mädchen Ellbogen und Stimme einsetzte, um sich der rüpelhaften Zwerge zu erwehren.

Endlich stand sie vor ihr, Haarsträhnen hatten sich aus ihrem zu einem Knoten aufgesteckten Haar gelöst, und ihre beachtliche Oberweite hob und senkte sich.

»Endlich … habe … ich Euch … gefunden!«

»Was gibt es denn?«

Nach Atem ringend deutete Oria zu der Burg. »Ich … der Kerkermeister …«, japste sie, und Selfra reichte ihr den Tonbecher.

»Trink erst einmal!«

Oria nahm einen tiefen Zug, ein erfreutes Lächeln überzog ihr herzförmiges Gesicht, dann atmete sie durch und sagte mit weit aufgerissenen Augen: »Eure Schwester macht Diener und Aufseher wahnsinnig. Sie besteht darauf, Euch zu sehen! Selbst die Gefangenen rebellieren bei ihrem Geschrei.«

»Tatsächlich?« Betont langsam biss Selfra in ihren letzten Honigkuchen, bei dessen Anblick Oria sich mit der Zunge über die Lippen fuhr. Die Honigkuchen dieses Bäckers waren berühmt in Culmara. Locker, süß und sehr viel größer als die der anderen Zuckerbäcker. Und vor allem hatten sie diese delikate Sahnecreme im Inneren, angeblich nach einem Geheimrezept der Urgroßmutter des Bäckers. Die Honigkuchen hatten ihren Preis, waren für Diener und einfache Leute unerschwinglich, Selfra hingegen war ein häufiger Kunde – ebenfalls ein Grund, nicht allzu schnell nach Rodvinn zurückzukehren.

»Bist du momentan für die Vergabe des Essens an die Gefangenen zuständig?«

»Ja, das bin ich.«

»Interessant.« Mit einem flüchtigen Anflug von Wehmut betrachtete Selfra ihr Gebäck, bevor sie es Oria reichte.

»Für mich?«, erkundigte sie sich, und ihre Augen strahlten wie bei einem kleinen Kind.

»Mag sein, dass ich dir künftig des Öfteren solche Köstlichkeiten zukommen lasse, wenn du mir … sagen wir einmal … den einen oder anderen Gefallen tun würdest.«

Oria biss in den Honigkuchen, kaute, leckte sich über die Lippen und schaute Selfra an. »Selbstverständlich werde ich …« Dann stockte sie, verschlang den Rest der Köstlichkeit mit einem Happen, so als befürchte sie, Selfra könne ihr das Gebäck wieder wegnehmen. »Ich dachte bereits selbst daran, Kaynes Mutter zu befreien – das würde mir seine Gunst schenken, sobald er wieder in Albany ist. Das ist jedoch zu gefährlich! Viele wissen, dass wir liiert waren«, flüsterte sie und schaute sich dabei nervös nach eventuellen Zuhörern um.

Sie ist nicht so dumm, wie ich dachte, aber vielleicht ist das sogar von Vorteil.

Vertraulich fasste Selfra die dralle Magd am Oberarm. »Selbstverständlich verlange ich nicht von dir, dass du Elysia selbst befreist. Es mag aber sein, dass ich eines Tages anderweitig deine Hilfe benötige.«

Oria schleckte einen letzten Krümel von ihrem Zeigefinger und seufzte dann.

»Was will Elysia denn von mir?«

»Das weiß ich nicht. Sie schreit und heult und verweigert das Essen.« Oria schniefte beleidigt. »Dabei habe ich mich schon über die Anordnung hinweggesetzt, ihr nur hartes Brot und Reste zu geben. Ich suche ihr gute Stücke Fleisch heraus, die ich unter den Überbleibseln aus der Küche verstecke.«

»Das ist sehr freundlich von dir.« Selfra lächelte sie an, dann steckte sie ihr eine kleine Silbermünze zu. »Davon kannst du dir einige weitere Honigkuchen kaufen. Und denk daran, ich könnte dich eines Tages brauchen.«

Abwägend betrachtete Oria das Silberstück, schaute Selfra an und nickte schließlich. »Könnt Ihr etwas für Kaynes sichere Rückkehr tun?«

Selfra seufzte tief. »Schätzchen, du wirst ihn niemals heiraten.«

Beleidigt zog Oria eine Schnute. »Das weiß ich. Aber als Mätresse eines Lords hätte ich ein deutlich angenehmeres Leben als jetzt, und Kayne hat meine Künste immer zu schätzen gewusst.«

»Kluges Kind.« Selfra strich ihr über die rosige Wange. »Ich sehe schon, wir verstehen uns bestens. Und auch mir liegt so einiges an Kaynes Heimkehr, keine Sorge. Nun werde ich sehen, was Elysia von mir will.« Sie eilte davon, und ein Blick über die

Schulter zeigte ihr noch, wie Oria geradewegs auf den Stand des Zuckerbäckers zuhielt.

Durch die schmalen Gassen, in denen sich Menschen und erneut eine ungewöhnlich große Menge an Zwergen drängte, bahnte sich Selfra ihren Weg zu der Postreiterstation. Sie hatte Glück, eine Kutsche stand bereit. Diese brachte sie auf schnellstem Weg aus Culmara, denn Selfra wollte nun wirklich wissen, was mit Elysia los war, und ein wenig plagte sie durchaus das schlechte Gewissen, ihre Schwester so lange im Kerker allein gelassen zu haben.

Kopfschüttelnd betrachtete sie die windigen Holzbaracken und notdürftigen Zeltunterkünfte, die sich am Rande von Culmara gebildet hatten.

»Ein Schandfleck für unsere schöne Stadt! Hätten die Zwerge nicht in irgendwelchen Höhlen hausen können, so wie es ihre Art ist«, murmelte sie vor sich hin. Sie nahm sich vor, diese Baracken schnellstmöglich abreißen zu lassen, sobald sie in Northcliff etwas zu sagen hatte.

Nachdem der Kutscher im großen Hof angehalten hatte, bezahlte Selfra ihn eilig und hastete dann auf den Zugang zum Kerker zu.

»Endlich!«, begrüßte sie einer der Wachmänner unfreundlich. »Das Gezeter Eurer Schwester …«

»Langweile mich nicht, bring mich zu ihr«, fiel ihm Selfra ins Wort.

Mit säuerlicher Miene schob der Wächter den Riegel zurück und stieg die steilen Stufen hinab zum Kerker. Wie immer roch die Luft hier muffig und abgestanden, und Selfra musste aufpassen, mit ihren neuen Schuhen, die diese hübschen, gut drei Finger hohen Absätze hatten, nicht auszugleiten, denn der Boden war schlüpfrig.

Zwei weitere Türen musste der Wächter aufsperren, und Selfra überlegte mal wieder fieberhaft, wie es Oria zu gegebener Zeit gelingen könnte, Selfra aus dem Kerker zu befreien. Vielleicht konnte das Mädchen seine Reize nutzen, andererseits wählte Kaya ihre Wächter mit Bedacht aus. Aber vielleicht würde ja auch Selfras Verbündeter irgendwann seinen Einfluss einsetzen können; doch es war immer besser, mehrere Feuer im Eisen zu haben. Für den Moment schob Selfra ihre Überlegungen beiseite, denn sie waren an Elysias Zelle angekommen. Selbst durch die vorgeschobene Klappe konnte man ihr Geheule hören.

»Holt meine Schwester! Holt Selfra auf der Stelle her! Ich befehle es!«

Elysias Stimme klang heiser, vermutlich hatte sie diese Worte schon sehr oft geschrien, und hin und wieder pochte sie – zwischen einigen Schluchzern – kraftlos gegen die dicken Holzbohlen der Tür.

»Lasst mich ein«, verlangte Selfra von dem Wächter, einem grobschlächtigen Mann mit Stoppelbart im Gesicht, der vor Selfras Gefängniszelle stand. Der andere Wächter murmelte hämisch: »Viel Spaß«, dann machte er sich auf den Rückweg.

»Sprecht durch die Klappe, sonst müsste ich Euch durchsuchen«, sagte er und hob bereits die Hand, um das Fenster der Zelle zu öffnen, durch das auch Wasser und Essen gereicht wurden.

»Dann durchsucht mich eben«, gurrte Selfra und legte ihre Hand auf seine schwielige Pranke.

Für einen Moment stutzte der Wächter, dann überzog ein schmieriges Grinsen sein Gesicht, und der breite Mund erinnerte Selfra an einen Frosch. Von den Schultern bis zu den Beinen tastete er sie sehr langsam und gewissenhaft ab, wobei er sie nicht aus den Augen ließ. Als er das kleine Messer in ihrem knöchelhohen Stiefel entdeckte, machte er ein missbilligendes Geräusch.

»Eine Lady muss sich verteidigen können«, erklärte sie entschuldigend, und als er ihr zweites Bein hinauffuhr, beugte sie sich zu ihm hinab.

»Ihr könntet noch sehr viel mehr … erforschen«, säuselte sie.

»Und was muss ich dafür tun?« Seine Finger tasteten sich durch ihre Unterröcke, und als er bemerkte, dass sie nichts unter ihren Röcken trug, entfuhr ihm ein beinahe schon erschrockener Laut. Hastig zog er die Hand zurück.

»Nicht so schüchtern«, lachte Selfra, dann nahm sie seine Pranken, drückte sie gegen ihre üppigen Brüste, schloss die Augen und gab lustvolle Geräusche von sich. »Wir könnten jede Menge Spaß miteinander haben.«

»Zu welchem Preis?«, hauchte er, und sein Bierartem kitzelte Selfras Hals.

Sie öffnete die Augen, doch statt der erhofften Lust erkannte sie nur Berechnung in seinem Blick, und ein Funke Misstrauen regte sich in ihr. Trotzdem bewegte sie seine Hände in Kreisen auf ihren Brüsten. »Nicht immer muss alles einen Preis haben.« Sie legte den Kopf schief. »Und ich gehe davon aus, Kaya bezahlt dich gut genug.«

Mit einem Schnauben trat er zurück und wischte sich, beinahe schon angeekelt, die Hände an seinen speckigen Hosen ab.

»Ja, das tut meine Königin. Und sie hat mir aufgetragen, es ihr zu berichten, solltet Ihr versuchen, Eure Schwester durch eine List zu befreien!«

»Habe ich doch gar nicht.« Selfra strich sich die Röcke glatt und bemerkte beiläufig, dass Elysias Gehämmer erneut in heiseres Gezeter übergegangen war. »Ich mag kräftige Männer, die zupacken können, doch wenn Ihr nicht wollt …«

Der Wächter schnaubte und ließ seinen Blick über sie gleiten. »Der Gedanke, bei einer Frau zu liegen, stößt mich ab, und Brüste, die den Eutern einer Kuh ähneln, finde ich besonders widerlich!«

Einen Moment lang stutzte Selfra und dachte: *Hätte ich das geahnt, ich hätte ihm einen knackigen jungen Soldaten geschickt. Du bist klüger, als ich dachte, Kaya, denn hier sind auch Orias Reize verschwendet.* Doch sie verbarg ihre Verwunderung. »Die Geschmäcker sind verschieden, und nun lasst mich ein.« Seinen Neigungen zum Trotz lächelte sie kokett. »Mein kleines Messer hole ich mir später ab.«

Mit zusammengezogenen Augenbrauen schob der Wachmann den Riegel zurück, und sie betrat die kaum drei Schritte messende Zelle. Mit einem Aufschrei warf sich ihr die völlig aufgelöste Elysia an den Hals.

»Endlich bist du da. Was für eine Katastrophe! Wie konnte das nur geschehen!«, rief Elysia, und Selfra tätschelte ihr beruhigend den Rücken, dann schob sie ihre Schwester ein Stück von sich und betrachtete deren desolate Erscheinung. Das Haar hing ihr strähnig ins Gesicht, die Augen waren gerötet, und statt ihrer sonst aufwendig gearbeiteten Kleider mit Rüschen und Silber- oder Goldnähten trug sie einen langen braunen Kittel. Offenbar hatte sich Elysia nun doch dazu durchgerungen, das schmutzige und miefende Kleid auszuziehen. Selbiges lag zusammengeknüllt auf dem Strohbett in der Ecke. Insgesamt gab Elysia einen erbärmlichen Anblick ab.

»Was ist los, Elysia? Ich weiß, deine Lage …«

»Meine Lage!«, kreischte sie, dann strich sie sich eine ergraute Haarsträhne aus der Stirn. »Hier geht es nicht um mich. Was ist mit Kayne? Stimmt es, dass er in der anderen Welt zurückgelassen wurde?«

Welcher Narr hat dir denn das erzählt?, stieß Selfra einen stummen Fluch aus. Das Grinsen des Aufsehers, der sein Gesicht gegen die Gitterstäbe presste, gab ihr jedoch Aufschluss.

»Nun, Elysia, die Sache ist so …«, hob Selfra an, doch Elysia begann, mit ihren Fäusten auf sie einzuschlagen, und ihre Stimme überschlug sich.

»Sie haben meinen Sohn geopfert! Sie haben ihn zurückgelassen! Selfra, du musst etwas tun!« Elysia wurde von Heulkrämpfen geschüttelt, ihre Finger krallten sich in Selfras Kleid.

»Beruhige dich!« Selfras Gedanken rasten. Jetzt, da Elysia Bescheid wusste, gab es eigentlich keinen Grund mehr, sie hier unten versauern zu lassen. Mit wenigen Schritten hatte sie dieses wimmernde, zerbrechliche Wesen in die äußerste Ecke der Zelle gedrängt. Kopfschüttelnd stellte sie fest, dass ihre Schwester noch weiter an Gewicht verloren hatte.

»Elysia, heul weiter, so laut du kannst«, wisperte sie ihr ins Ohr.

Einen Moment lang verstummte das Geheule und Gekreische – angenehm für Selfras Ohren –, doch sie nickte ihrer Schwester auffordernd zu, die offenbar mal wieder schwer von Begriff war.

»Jetzt mach schon, das sollte dir ja nicht schwerfallen«, zischte sie.

Daraufhin fing Elysia wieder zu jammern an, und Selfra drückte den Kopf ihrer Schwester an ihre Schulter, wobei sie vorgab, sie trösten zu wollen, denn der Aufseher beobachtete sie noch immer. Sie brachte ihren Mund ganz dicht an Elysias Ohr.

»Fahr fort mit der Heulerei, reg dich auf, so gut du kannst. Du gibst vor, keine Luft mehr zu bekommen, und brichst auf dem Boden zusammen.«

Für einen Moment stutzte Elysia, glotzte Selfra an, und diese stieß sie in die Seite, woraufhin Elysia zu einem Kreischen ansetzte, das selbst eine Sumpfnyade hätte neidisch werden lassen.

»Mein Sohn! Alle hassen ihn! Er wurde geopfert! Aaah!«

Ein wenig dick aufgetragen, dachte Selfra, doch der Wächter zog sich ein Stück weit von dem Gitter zurück und presste die Hände auf die Ohren.

»Gut, Elysia«, wisperte Selfra weiter. »Man wird denken, du spielst nur, und dir bestenfalls einen Heiler schicken, der dir ein Beruhigungsmittel gibt. Doch ich werde die kleine Oria bestechen, mit der Kayne sich eine Weile vergnügt hat.«

»Kayne, mein Junge!«, schrie Elysia, diesmal wohl nicht gespielt, und Selfra klingelten die Ohren.

»In deinem Essen wird ein leichtes Gift sein, das tiefe Bewusstlosigkeit erzeugt.«

Entsetzt riss Elysia ihre blauen Augen auf, aber Selfra fuhr rasch fort: »Man wird dich untersuchen lassen, aber selbst eine Nebelhexe wird nicht gleich herausfinden, um was es sich handelt. Ich hoffe, sie bringen dich hinauf in die Burg, damit Lilith oder eine andere fähige Heilerin dich weiterbehandelt. Selbstverständlich wird es mir niemand verwehren, dich zu besuchen. Ich gebe dir das Gegengift, dann kannst du fliehen.«

»Kann ich dabei sterben?«, wimmerte sie.

»Nein, es ist völlig harmlos.« Beruhigend streichelte Selfra ihr über das Haar und hoffte, dass die Elixiere tatsächlich so wirkten wie versprochen. Sie hatte schon länger daran gedacht, eine solche List zu versuchen und durch Mittelsmänner Gifte in Ilmor besorgen, diese jedoch noch nicht abholen lassen. Dass der Wachmann Elysia nun von der Gefahr erzählt hatte, in der Kayne schwebte, spielte Selfra nur in die Karten. Alles andere wäre ihr zu gestellt vorgekommen.

»Du musst Kayne retten«, heulte Elysia. »Verkauf meinetwegen Rodvinn, meinen ganzen Schmuck und alles Gold. Kauf Soldaten oder auch Zauberer und Dunkelelfen, die ihn zurückholen! Aber Kayne muss nach Hause kommen!«

Wie die Lage aussah, würde das auch nichts nützen. Aber vielleicht konnte Selfra dem Bärtigen noch einmal kräftig ins Gewissen reden.

»Natürlich, und denk daran, auch Leána ist noch dort drüben. Sie werden sie sicher retten«, sagte sie nun laut.

»Einen Dreck werden sie«, sagte der Aufseher. »Die kleine Northcliff vielleicht, aber der intrigante Zaubererbalg, der wird dort drüben verrecken!«

Erneut brach Elysia in Wehklagen aus, schlang die Arme um den Oberkörper und wiegte sich vor und zurück.

Sehr gut, dachte Selfra, *das macht alles nur glaubwürdiger.*

»Denk an meine Worte«, raunte sie ihrer Schwester noch einmal zu. »Jetzt beruhigst du dich, und nach einer Weile, wenn ich fortgegangen bin, täuschst du einen neuen Anfall vor und brichst zusammen! Hast du das verstanden?«

Unter Tränen nickte Elysia, ließ sich zu dem Strohbett führen, und Selfra gab vor, ihre Schwester mit sanften Worten zu trösten.

Tatsächlich schlief Elysia irgendwann ein, und Selfra verließ die Kerkerzelle.

»Ich hoffe, das Gekreische ist jetzt vorüber«, knurrte der Wächter, als er den Riegel vorschob.

»Ihr werdet sie schwerlich trösten können«, entgegnete Selfra, fasste ihm in den Schritt, woraufhin sich seine Augen weiteten. »Welch eine Verschwendung, Ihr hättet der Frauenwelt gute Dienste getan.«

Ungeduldig schlug er ihre Hand weg. Sie griff nach ihrem Messer und machte sich mit wiegenden Schritten auf den Weg zurück. Sie würde Vorbereitungen treffen müssen.

Zwei Tage quälenden Wartens waren vorüber, und endlich ritt Toran in raschem Trab den Hügel zum Kreis der Seelen hinauf. Düstere Wolken hatten sich zusammengebraut und hingen wie ein böses Omen über dem westlichen Meer. Toran hatte kaum geschlafen, ständig an Leána und die anderen denken müssen. Was war ihnen in der anderen Welt zugestoßen? Lebten sie überhaupt noch? Es drängte ihn, auf der Stelle aufzubrechen; er hatte keine Lust, den Zweifeln und Einwänden von feisten Lords und Ladys zu lauschen oder ewigen Diskussionen, welche Zauberer am besten geeignet wären. Sicher wäre auch Lharina mit ihm einer Meinung, und da erspähte er die Elfenkönigin auch schon, wie sie an Tahiláns Seite neben Nordhalan, Dimitan und einer gebeugten Gestalt stand, die ganz in schwarze und graue Pelze gekleidet war.

»Ist das nicht Leánas Ururgroßvater?«, wandte Toran sich an Jel, die neben ihm ritt. Ihnen folgten seine Mutter, an ihrer Seite Sared, Lord Petres und in einem Tross mehrere Kutschen mit Adligen, die auf die Schnelle bereit gewesen waren, auf die Geisterinseln zu reisen. Die Neuigkeiten hatten sich wie ein Lauffeuer verbreitet, und mehr und mehr Menschen waren nach

Northcliff geströmt, um etwas zu erfahren. Trotz des drohenden Krieges gegen Hafran war Edur, der, wie nicht anders zu erwarten, zum Zwergenkönig des Nordens gewählt worden war, als ihr Vertreter mitgekommen. Sie hatten nicht zweifelsfrei feststellen können, ob tatsächlich Hafrans Krieger die Dörfer geplündert und seine Bewohner verschleppt hatten. Auf mehrere Botschaften hatte Hafran nicht geantwortet, und so brodelte es im Zwergenvolk.

»Er ist es«, bestätigte Jel.

Toran ließ seinen Fuchshengst angaloppieren und parierte erst kurz vor der kleinen Gruppe durch.

»Toran!« Nordhalans müdes Gesicht überzog ein Lächeln, dann bedeutete er beiläufig einem der wartenden Zauberschüler, ihnen die Pferde abzunehmen.

»Lharina, du bist doch sicher auch der Meinung, dass wir so schnell wie möglich handeln müssen?«, fiel Toran mit der Tür ins Haus.

»Guten Tag, junger Mann, möchtest du dich nicht erst vorstellen?« Wie eine alte Eule blinzelte Ray'Avan ihn an, und Toran wunderte es, dass er sich überhaupt vor Sonnenuntergang ins Freie wagte.

»Ich bin Toran von Northcliff, Leánas Cousin.« Er verneigte sich hastig, woraufhin der alte Dunkelelf näher trat.

»Man sagt, du ähnelst deinem Vater Atorian. Ich bin ihm schon begegnet, aber ich erkenne auch einiges von Jarredh in dir.«

»Ja, das kann schon sein.« Er war Leánas Ururgroßvater schon einige Male begegnet, aber offenbar konnte der sich mal wieder nicht erinnern. Doch im Augenblick hatte Toran keine Geduld, sich mit dem vergesslichen Dunkelelfen abzugeben. Er sah Lharina weiterhin auffordernd an, woraufhin die Elfe zu ihm trat und ihn behutsam ein wenig von den anderen fortschob.

»Am liebsten würde ich auf der Stelle selbst durch das Portal reisen«, versicherte sie leise. »Mein Volk hingegen ist größtenteils dagegen, das Leben weiterer Elfen zu riskieren.«

»Was?«, rief Toran empört aus. »Ich habe euch Elfen nicht für Feiglinge gehalten!«

»Sprich leise!«, beschwor ihn Lharina, denn einige Köpfe wandten sich ihnen bereits zu.

»Sie sind nicht feige, sie sind besorgt. Unser Volk vergeht, wie du weißt, und auch wenn von den Elfen, die es in der anderen Welt, in England, Irland und wie diese ganzen mir fremden Länder heißen mögen, einige nach Albany übersiedeln, so haben wir doch Estell und zwei weitere Freunde verloren.«

»Niemand hat ihre Leichen entdeckt«, zischte Toran. »Du kannst nicht wissen, ob sie tot sind.«

»Das ist mir klar.« Lharina beugte sich noch näher zu ihm heran. »Ich werde auch gegen den Willen meines Volkes Krieger schicken. Es gibt Freiwillige, nur müssen wir zunächst die Entscheidung der Drachen hören. Wie Nordhalan gesagt hat, will diese Eriyane einen Drachen im Tausch gegen Leána.«

Die Aussicht auf Elfenkrieger beruhigte Toran ein wenig. »Was ist mit den Dunkelelfen? Ihre Krieger sind wichtig! Kam Leánas Ururgroßvater, um mitzuentscheiden?«

Ein Schmunzeln huschte über Lharinas Gesicht. »Die Zauberer der Insel erzählten, Ray'Avan tauchte vor einer Weile ganz unverhofft auf. Er schleppte mehrere Taschen mit Büchern und Schriftrollen mit sich. Ein weiterer Dunkelelf, den er offenbar am Eichenpfad vergessen hatte und der erst mithilfe eines Elfen hierhergelangte, kam einige Tage später mit einer großen Truhe. Es handelt sich um teils uralte Schriftstücke, die wohl noch aus den Tagen der alten Diomár stammen. Ray'Avan erzählte ganz enthusiastisch, er hätte sie vor Kurzem in einer seiner Seitenhöhlen gefunden. Die Zauberschüler sortieren sie gerade aus, denn leider befinden sich auch Ray'Avans Liebesbriefe und obskure Rezepte darunter.«

Selbst wenn die Lage ernst war, musste Toran schmunzeln.

»Der andere Dunkelelf ist sicher vor Wut außer sich gewesen.«

»Davon ist auszugehen«, bestätigte Lharina. »In jedem Fall ist es gut, dass Ray hier ist. Er wird nicht zögern, Krieger wie Nal'Righal oder auch deine Freundin Jel im Namen von Dun'Righal zu Leána zu schicken.«

»Das ist gut.« Jetzt konnte Toran den Beratungen deutlich entspannter entgegensehen. Er beobachtete seine Mutter, wie sie mit Darian und Aramia sprach. Die beiden wirkten entsetzlich übernächtigt, so wie die meisten Anwesenden, und Toran konnte sich gut vorstellen, wie sein Onkel und seine Tante sich fühlten. Zu gern wäre er zu ihnen gegangen, aber er wusste nicht, was er sagen sollte. Zudem schämte er sich für sein Verhalten der letzten Zeit, deshalb hielt er sich abseits.

Blutrot versank die Sonne im westlichen Meer. Die drohende Unwetterfront war zwar nicht näher gekommen, aber in der Ferne zuckten Blitze. Die Zauberer hatten mehrere Feuer entzündet, die nun mehr als mannshoch in den Nachthimmel brannten. Auf der Wiese vor dem Kreis der Seelen waren vor Kurzem zwei Drachen gelandet. Davaburion und die goldene Drachin Delwaria waren von ihren nördlichen Inseln hergekommen, um zu hören, was Nordhalan mitzuteilen hatte. Zum Glück war Darian hier, der mit ihnen sprechen konnte. Die jungen Diener der Steine waren noch nicht so weit in ihrer Ausbildung fortgeschritten, und ihnen fiel es laut Nordhalan schwer, die Worte der Drachen in ihrem Geist zu hören. Erst wenn sie zum Stand der Hüter der Steine aufstiegen, würden sie ihre Gabe voll ausschöpfen können.

Leána könnte sie verstehen, dachte Toran, und der Knoten, der sich in seinem Magen gebildet hatte, seitdem er die Neuigkeiten vernommen hatte, zog sich noch weiter zu.

An Torans Seite befand sich Jel, und auch Denira hatte sich zu ihm gesellt. Ihr Vater, Lord Egmont, der wie stets wie ein Häufchen Elend bei öffentlichen Veranstaltungen wirkte, stand zwischen den anderen Adligen und fuhr sich immer wieder nervös über die Halbglatze.

Gerade hatte Nordhalan in eindringlichen Worten die prekäre Lage in Sharevyon geschildert, nun erhob Darian das Wort.

»Die Drachen bedauern Robaryons vermutlichen Tod. Sie würden gerne mehr über diese Seuche wissen, die offenbar die Drachen der anderen Welt dahingerafft hat, bevor sie entscheiden. Zudem müsste der Berg, der sich bei der Ortschaft Glastonbury befindet, abgetragen werden, damit ein Drache überhaupt durch das Portal fliegen kann. Das könnte zu großen Unruhen in der anderen Welt führen.«

Denira fasste Torans Oberarm und drückte sich näher an ihn. »Da haben die Drachen recht.«

»Ja, haben sie«, gab Toran zu. Daran hatte er in seinem Eifer gar nicht gedacht, doch nun schoss ihm eine Idee durch den Kopf.

»Sie sollen einige von ihnen in Menschen verwandeln, so wie Rob«, erhob Toran die Stimme, und Denira nickte ihm bewundernd zu.

Als Toran Davaburions Augen auf sich ruhen spürte, rann ein kalter Schauer über seinen Rücken.

»Das ist nicht möglich«, machte Darians Übersetzung jedoch kurz darauf seine Hoffnung zunichte. »Der Zauber, der auf Robaryon und seinen Bruder gelegt wurde, war eine Strafe. Zum einen ist es ausgesprochen schmerzhaft für denjenigen, der sich dieser Prozedur unterziehen muss, zum anderen muss ein solches Wandlungsmedaillon über mehrere Mondphasen hergestellt werden, bevor es wirksam wird.«

Auch Nordhalan sah man seine Enttäuschung an, und er strich sich betrübt über den Bart.

»Wir wissen nur das, was Eriyane uns erzählt hat, und was davon Wahrheit und Lüge ist, darüber kann auch ich nur spekulieren. Alles ist mehr als mysteriös. Mittlerweile bezweifle ich gar, dass es sich tatsächlich um eine Drachenseuche handelte. Es ist nicht auszuschließen, dass Eriyane und ihresgleichen mit dem Tod der Drachen zu tun haben.«

Nordhalan, musstest du das erwähnen?, ärgerte sich Toran. Natürlich wusste er, dass die Drachen ein Recht darauf hatten, über mögliche Gefahren aufgeklärt zu werden. Andererseits könnte sie das dazu veranlassen, keine Hilfe zu schicken.

Schwach glomm Feuer in Davaburions gewaltigen Nüstern auf, und er senkte den Kopf zum Zeichen, dass er verstanden hatte.

Nun trat Kaya vor, und Toran spannte sich an.

»Nordhalan möchte so schnell wie möglich zurück nach Sharevyon und Leána und Kayne – und wer auch immer noch am Leben ist – zurückholen.«

»Darian und ich begleiten ihn in jedem Fall, und wir können sofort aufbrechen – sofern ihr einmal handelt, statt zu lamentieren!« Aramias grüne Augen funkelten wild im Schein der Feuer, und Toran konnte ihr die Ungeduld gut nachempfinden. Erst letzte Nacht hatte er mit seiner Mutter gestritten. Sie hatte ihn nicht gehen lassen wollen, ihn auf die Beratungen vertröstet und ihm lediglich in Aussicht gestellt, wenn für eine Befreiungsaktion mit entsprechend großer Beteiligung gestimmt werden würde, er vielleicht – begleitet von Nal'Righal – Leána zu Hilfe eilen dürfe.

Das reichte Toran jedoch nicht, er wollte in jedem Fall losziehen.

»Mia!« Darian zog sie zurück in den Kreis, der sich um Kaya, Nordhalan, Ray'Avan und Lharina gebildet hatte, dann redete er auf sie ein. Vermutlich beschwor er sie, wegen Torgal zu bleiben. Stets war sein Onkel der Besonnenere gewesen, und Toran war gespannt, wer sich am Ende durchsetzen würde. Vielleicht kamen sie auch tatsächlich beide mit und ließen Leánas kleinen Bruder bei Lilith.

Lord Etjen hob nun eine Hand, woraufhin Kaya ihm bedeutete vorzutreten. »Ich denke, ich werde für alle verehrten Lords und Ladys und für alle Menschen in Albany sprechen, wenn ich sage: Diese Reise durch die Portale war eine Angelegenheit der

Elfen. Vermutlich ist Morthas, ein menschlicher Zauberer, ein wichtiges Mitglied unserer Gemeinschaft, dabei gestorben. Eine junge Frau aus der Königsfamilie ist ebenfalls in Gefahr. Lasst die Elfen diese Angelegenheit regeln und ihre eigenen Krieger entsenden!«

Gemurmel wurde laut, einige nickten beifällig, Lharina hingegen spannte sich an.

»Feiges Gewürm«, presste Toran hervor, woraufhin Denira zusammenzuckte, Jel'Akir hingegen lediglich eine Augenbraue in die Höhe zog.

»Selbstredend werden die Elfen ihre Krieger entsenden«, stellte Lharina mit ungewöhnlich kalter und durchdringender Stimme klar. »Nur sind wir bedauerlicherweise auf die Hilfe von Nordhalan angewiesen, da wir außer Estell keinen ausreichend ausgebildeten Magiekundigen mehr auf die Reise schicken können. Wie er berichtete, lag ein schwer zu brechender Zauber auf dem Portal.«

»Und deshalb sollen wir einen mächtigen Mann wie Nordhalan opfern?«, krächzte Lord Finlen.

Nun wurde das Geraune lauter.

»Zum einen kann ich selbst entscheiden, zum anderen ist keine Rede von einer Opferung«, stellte Nordhalan klar.

Als überall Diskussionen ausbrachen, hob er eine Hand.

»Bevor alle werten Anwesenden miteinander sprechen und sich eine Meinung bilden, möchte ich eine Frage an euch alle richten: Ist jemandem der Begriff Mysharen geläufig?«

Toran runzelte die Stirn und blickte sich um. Überall zuckten Männer und Frauen ratlos mit den Schultern. An Darians angestrengtem Gesichtsausdruck erkannte Toran, dass sein Onkel mit den Drachen Zwiesprache hielt.

»Die Drachen kennen dieses Wort nicht«, verkündete Darian schließlich. »Sie wollen jedoch die übrigen Mitglieder ihres Volkes befragen und auch einen Boten in ihre Urheimat schicken, sofern du das für wichtig hältst. Zudem schlagen sie vor,

Readonn, das Orakel, zu beschwören und seinen Rat einzuholen.«

»Manchmal dauert es Tage, bis das Orakel erscheint, es kann sein, dass er sich über einen langen Zeitraum nicht zeigt«, warf Lharina ein.

»So ist es«, seufzte Nordhalan.

»Was soll an Mysharen so wichtig sein?«, fragte Lord Finlen. »Ist das ein Land? Eine Rasse? Oder am Ende nur eine Biersorte – in diesem Fall könnten wir Meister Horac schicken!«

Gelächter folgte, aber Toran spürte Wut in sich aufsteigen und schloss die Augen. Er wusste, Nordhalan hatte bewusst nicht erwähnt, dass Kayne diesen Begriff in einem Traum oder einer Vision vernommen hatte.

»Das Wort Mysharen fiel in Sharevyon in Verbindung mit Gefahr«, sagte er nun ausweichend. »Es mag ohne Bedeutung sein, dennoch möchte ich nichts übersehen.«

»Mysharen! Ha, ja, ja, Mysharen!«, rief nun Ray'Avan völlig unverhofft und streckte sich.

»Ray'Avan, wisst Ihr, worum es sich handelt?«, fragte Nordhalan verdutzt.

»Selbstverständlich. Mysharen.« Der betagte Dunkelelf kratzte sich am Hinterkopf. »Ich las davon, erst vor Kurzem. Was war das doch gleich?«

Nordhalans Schultern sackten nach vorne. »Könnt Ihr Euch erinnern, ob das im Unterreich oder hier auf der Insel war?«

»Insel?« So als wäre das etwas völlig Neues, blickte sich Ray'Avan um. »Richtig, wir sind auf den Geisterinseln! Sieh mal einer an, ich wollte sie schon längst wiedersehen«, freute er sich. »Ähm, die Schriftrolle – ich muss sie suchen.« Schon eilte er davon.

Lharina machte zu Nordhalan hin eine fragende Geste, aber der Zauberer hob lediglich die Hände gen Himmel.

»Vielleicht sollten wir tatsächlich das Orakel befragen«, entschied er. »Während wir Zauberkundigen dies tun, können alle anderen beratschlagen, wie viele Zauberer oder Krieger sie entsenden können.« Mit gebieterischer Miene wandte er sich in Lord Etjens Richtung. »Und die Zauberer werden in jedem Fall Hilfe schicken!«

»Das halte ich für klug.« Kaya wandte sich an die Drachen. »Herr des Nordens, seid Ihr einverstanden?«

Der weiße Drache neigte sein Haupt, die goldene Drachin hingegen erhob sich, schlug mit den Flügeln und war kurz darauf im finsteren Nachthimmel verschwunden.

»Weshalb fliegt sie davon?«, erkundigte sich Denira.

»Ich gehe davon aus, sie ist aufgebrochen, um ihr Volk wegen der Mysharen zu befragen. Du entschuldigst mich, Denira?« Behutsam löste Toran ihre zarte Hand von seinem Arm, woraufhin die junge Frau errötete, vielleicht waren das aber auch die Schatten der tanzenden Flammen.

»Toran?«, rief sie ihm nach, denn der wollte gerade zu seiner Mutter gehen.

»Ja?«

»Falls Ihr in die andere Welt aufbrecht – würdet Ihr mich als … Heilerin mitnehmen?«

Verdutzt drehte sich Toran um, dann fuhr er sich durch die Haare. Er hatte Denira nicht für so mutig gehalten.

»Ich weiß nicht. Es wird gefährlich werden.«

»Darüber bin ich mir im Klaren.« Denira senkte den Blick. »Aber ich möchte dabei sein – etwas Bedeutendes tun.«

»Noch ist nichts entschieden, aber ich denke darüber nach«, antwortete er ausweichend. Doch das schien Denira zu genügen, denn sie ging beschwingten Schrittes davon.

»Sie scheint dich wirklich gernzuhaben«, bemerkte Jel.

Toran räusperte sich. »Ich sollte ihr klarmachen, dass sie nicht darauf hoffen darf, die nächste Königin von Northcliff zu werden!«

»Weshalb nicht?« Jel stellte sich ihm in den Weg. »Du wirst nicht dein Leben lang allein bleiben.«

»Ich liebe Siah!«

»Und sie ist tot.«

»Wie nett, dass du mich daran erinnerst.« Wütend ging er an Jel vorbei, aber sie hielt ihn an der Schulter fest.

»Es tut mir leid, aber was ich sagte, ist die Wahrheit. Du hast jedes Recht der Welt, um Siah zu trauern, aber verschließe dich nicht dem Leben. Vielleicht ist Denira die Richtige für dich.«

»Ist sie nicht.« Toran blickte auf seine Fußspitzen. »Ich mag sie, aber mehr empfinde ich nicht für sie.«

»Weil du es nicht zulässt.« Jels schlanke Hand legte sich auf seine Schulter.

Er drehte den Kopf zu ihr, schaute in ihre geheimnisvollen dunkelgrauen Augen und wusste schlagartig nicht mehr, was er denken sollte. »Ich habe jetzt keine Zeit, mich um so etwas zu kümmern«, stieß er daher hervor und stürmte zu seiner Mutter.

Die Sorgen um Leána und Kayne brachten Darian beinahe um den Verstand. Was hatten diese seltsame Eriyane und ihre Schergen mit seiner Tochter vor? Am liebsten hätte er sämtliche Drachen von Albany hinübergeschickt, nur um sie zu befreien, aber er wusste, dass das nicht ging. Vielleicht würden die Drachen gar entscheiden, überhaupt nicht zu gehen. Aramia war voller Kampflust, und Darian konnte ihr das nicht verübeln. Dennoch wollte er Torgal nicht der Gefahr aussetzen, als Waise zu enden. Sollte er nachgeben und hierbleiben? Aramia den Kampf überlassen? Sie war die bessere Kriegerin, das war ihm schmerzlich bewusst. Doch getrennt von ihr sein, sie und Leána einem ungewissen Schicksal überlassen, das kam für ihn ebenfalls nicht infrage. Die Lage war vertrackt. Aus der Ferne beobachtete er, wie Nordhalan, Lharina, Dimitan und einige ihrer Schüler Äste sammelten und diese entzündeten. Sie wollten Readonn beschwören, und Darian hoffte inständig, der ehemalige Hüter der Steine, der seine Dienste den Lebenden als Orakel anbot, würde kommen und ihnen einen Rat geben. Als aufgestiegenes Geisterwesen lebte Readonn in einer für Menschen, Elfen und auch Zauberern unvorstellbaren Zwischenwelt, verweilte also weder im Reich des Lichts, noch hatte er eine materielle Gestalt. Seine Sicht reichte weit, durchdrang viele Welten, und es oblag nur seiner Entscheidung, wann er Wissen weitergab und wann er es verwehrte. Auf welcher Grundlage Readonn handelte und entschied, entzog sich dem Verständnis der Lebenden.

Darian machte sich auf die Suche nach Aramia, die nach einem Streit mit ihm einfach davongestürmt war. Er entdeckte Edur, der von zahlreichen Adligen umringt war, und auch wenn es ihn drängte, Aramia zu finden, wollte er zumindest kurz mit ihm sprechen.

»Meine Lords, meine Ladys.« Darian trat neben Edur und legte ihm eine Hand auf die Schulter. »Würdet Ihr uns kurz entschuldigen? Ich habe etwas Wichtiges mit dem neuen König der Nordzwerge zu bereden!«

»Sehr gerne.« Der Lord von Rodgill zog seine spitze Nase kraus. »Wir werden später noch ausgiebig Gelegenheit haben, mit König Edur zu sprechen.«

Nach einer Verbeugung entfernten sich Darian und Edur, und als sie hinter einem Hügel außer Sichtweite waren, hielten sie an. Darian fasste seinen alten Freund an den Schultern und lächelte. »König Edur! Ich gratuliere dir!«

Dieser verdrehte die Augen. »Hör bloß auf. Jetzt weiß ich endlich, wie du dich gefühlt hast, als du zum König gemacht wurdest. Im Augenblick hätte ich, so wie du damals, gute Lust, einen Baum zu fällen – und sei es mit einem Schwert.«

Bei dem Gedanken an ihr erstes Treffen musste Darian lachen, dann umarmte er den deutlich kleineren Mann. »Dein Volk hat gewählt, und es hätte keine bessere Wahl treffen können. Seit wann bist du eigentlich offiziell König der Nordzwerge?«

Verlegen kratzte sich Edur am Kopf. »Seit drei Tagen. Ich konnte es nicht glauben, aber sie haben mir die Zettel gezeigt. Bis auf einen Zwergenclan aus dem äußersten Osten, der noch immer nicht glauben mag, dass Hafran uns nach Hôrdgan holen will, haben sie alle meinen Namen aufgeschrieben. Und selbst von besagtem Clan aus dem Osten wählten nur fünf ihren Dorfvorsteher, die anderen einen Kräutermann, und irgendein Witzbold hat meinen ständig betrunkenen Cousin Dimpel als neuen König vorgeschlagen. Ich glaube ja noch immer, irgendjemand hat die Wahl manipuliert!«

»Nein, Edur«, lächelnd schüttelte Darian den Kopf, »dein Volk schätzt dich und das zu Recht. Sie brauchen einen starken und besonnenen Anführer. Wie Kaya mir erzählte, wurden die Botschaften an die Dorfvorsteher geschickt, die alles genau überwachten, die Stimmen auszählten und Botenvögel zurückschickten.«

»Dann haben sich die verdammten Dorfvorsteher verbündet«, grollte Edur.

»Nimm dein Amt an, Edur. Ein Volk zu führen ist eine große Verantwortung, die du mit Würde tragen wirst. Dessen bin ich mir sicher!«

»Haha. Ich weiß noch genau, wie gerne du deinem Bruder den Thron überlassen hast.«

»Vielleicht wird es ja eines Tages einen anderen König in Hôrdgan geben, dem ihr gerne die Treue schwört«, versuchte Darian Edur aufzumuntern, denn der hatte nicht unrecht. Auch Darian war niemals versessen darauf gewesen, König zu sein.

»Diese menschlichen Adligen, die mich früher nicht einmal mit ihrem Hinterteil angesehen haben, kriechen mir nun in selbiges«, schimpfte er. »Und ich befürchte, bei meinem Volk wird das nicht anders sein. Bislang war ich nur Horacs Neffe, aus dem *eh nix wird*, wie Neider hinter meinem Rücken getuschelt haben und die mir die Freundschaft zu Northcliff missgönnt haben.«

»Damit muss man als Herrscher leben.« Darian zwinkerte Edur zu. »Wenn ich dir helfen kann, werde ich das tun.«

»Du musst zuerst an Leána denken«, wandte Edur ernst ein, und Darians Gesicht verfinsterte sich.

»Damit hast du recht. Ich konnte kaum glauben, was Nordhalan berichtete.«

»Das Mädchen ist zäh und aus gutem Holz geschnitzt, sie wird sich durchschlagen, und was auch immer viele von Kayne halten mögen, ich zähle auf ihn. Er kämpft bis zum letzten Atemzug.«

Darian nickte und blickte nach Süden. Weit entfernt, am Walkensee, befand sich das Portal, aber Leána war noch sehr viel weiter fort, zwei Welten von ihm getrennt.

»Ich muss jetzt nach Mia suchen«, entschuldigte sich Darian, »und was Hafran betrifft …«

»Ich bin froh, dass er sich im Augenblick ruhig verhält. Aber Darian, momentan kann weder ich noch ein anderer Zwerg dich begleiten, um Leána zu retten.«

»Das hätte ich in dieser Situation auch niemals verlangt, Edur«, versicherte Darian, klopfte Edur noch einmal auf die breite Schulter und setzte seinen Weg fort.

»Warte, Darian.«

Er drehte sich um und sah, wie der Zwerg ihm auf seinen kurzen Beinen hinterherrannte.

»Ich soll dir Grüße von Murk ausrichten. Er muss von der Sache mit Hafran Wind bekommen haben und hat mir die Unterstützung der Trolle durch einen Boten zusichern lassen.«

»Murk kann doch gar nicht schreiben«, wunderte sich Darian.

»Er hat einen der Nordzwerge abgepasst, und der hat sofort einen Botenvogel geschickt.«

Darian fuhr sich durch die Haare. »Das ehrt Murk …«

»Keine Sorge, Darian, ich werde nur im äußersten Notfall auf Murks Angebot zurückkommen.«

»Murk ist ein treuer Freund, aber das Verhältnis zwischen Hôrdgan und den Trollen war niemals einfach. Es gab immer Streit um die Berge, auch wenn sie eigentlich für alle Rassen groß genug sein sollten. Mit den nomadisierenden Waldtrollstämmen und den Bergtrollen im äußersten Nordosten sind wir bisher gut gefahren, und soweit ich gehört habe, waren auch Hafrans Zwerge damit einverstanden.«

»Ich hoffe auch, dass zwischen Zwergen und Trollen alles bleibt, wie es ist, nur werden wir uns unsere Heimat nicht von Hafran wegnehmen lassen!«

So entschieden und selbstbewusst wie Edur das vorbrachte, erkannte Darian tatsächlich einen zukünftigen König in ihm.

»Ich kann dich verstehen, du wirst zum Besten deines Volkes entscheiden.« Darian kratzte sich am Kopf. »Von Leána sollten wir Murk allerdings nichts erzählen, wenn es sich vermeiden lässt. Er würde auf der Stelle versuchen, durch das Portal zu schwimmen und mit einer Trollarmee in Sharevyon einfallen.«

»Vielleicht wäre das nicht einmal das Schlechteste«, murmelte Edur.

»Ich persönlich setze eher auf Elfen und Dunkelelfen und auf eine geheime Befreiungsaktion.« Darian blickte gen Himmel. »Ich habe nie zu irgendwelchen Göttern gebetet, aber falls sie existieren, hoffe ich, sie wachen über Leána und Kayne.«

Noch einmal drückte Edur tröstend Darians Schulter, bevor er davonging, und auch Darian setzte seine Suche nach Aramia fort. Erst im Inneren der Festung fand er sie. Seine Gefährtin half ihrem Urgroßvater Ray dabei, die Schriftrollen durchzusehen. Ein entsetzliches Chaos herrschte in dem kleinen Raum. Bücher, die zu zerfallen drohten, vergilbte Karten und Briefe lagen auf dem Boden herum.

»Bitte, Urgroßvater, versuche dich zu erinnern«, beschwor ihn Aramia und lächelte vorsichtig, als sie Darian in der Türöffnung entdeckte.

Es tut mir leid, formten ihre Lippen, und er trat zu ihr, küsste sie auf den Scheitel, bevor er sich auf dem Boden neben ihr niederließ.

»Wir alle sind angespannt, lass uns noch einmal sprechen, sobald eine Entscheidung von den Zauberern und Drachen gefallen ist.«

Aramia nickte, hielt mit spitzen Fingern ein Stück Pergament hoch, das mehr Fettflecken als Zeichen aufwies.

Darian fischte wahllos einen Zettel heraus. »Kannst du das lesen, Mia?«

»... mit aller Demut und bei meinen ehrwürdigen Urahnen, den Mächten des Feuers und Marvachân selbst erbitte ich dich, verehrteste Irs'Ruval um ein Treffen in der Shaharidgrotte ...« Aramia hob die Augenbrauen.

»Irs'Ruval!« Ray'Avans Kopf tauchte aus der Kiste auf, und seine Augen funkelten voller Leben. »Das war eine prachtvolle Dunkelelfe. Hochgewachsen, stark, furchtlos. Sie erwürgte mit ihren bloßen Händen einen Krieger, der ihr zu nahe kam!«

»Wahrlich eine Traumfrau«, entgegnete Darian trocken.

»Hat sie dich erhört, Urgroßvater?«, wollte Aramia wissen.

»Nein. Ich traute mich nie, diesen Brief abzuschicken, denn ich vernahm, dass sie einen Verehrer entmannte, von dessen Werben sie sich beleidigt fühlte.« Er kicherte. »Das war mir zu riskant.«

»Kann ich nachvollziehen«, meinte Darian.

»Lebt sie noch?«

»Nein, ein Mhortarra verschlang sie.« Ray'Avan legte einen Finger an die Nase. »Es gibt eine Legende, die besagt, das Wesen sei anschließend elend krepiert, weil Irs ihn von innen heraus mit ihrem Schwert zerteilte.« Erneut begann er, in der Kiste zu wühlen.

»Wenn er sich nur an Dinge, die er erst vor Kurzem getan hat, ebenso gut erinnern könnte«, seufzte Aramia.

»Ist das nicht eine wahre Schönheit?«, hörte Toran die zynische Stimme von Lord Finlen, der mit einigen anderen Adligen unweit des Steinkreises stand. Bei näherem Hinsehen bemerkte Toran, dass die Adligen auf eine der Zauberschülerinnen starrten, die mit zwei Eimern Wasser vorbeiging.

»Eine fette Knollennase und ein dürrer Körper – ich möchte nur wissen, welche Elfe so dumm war, sich von einem Gnom oder Zwerg ins Gebüsch zerren zu lassen«, höhnte eine Frauenstimme, die Toran nicht sofort identifizieren konnte.

»Oder ein Elf war betrunken und hat versehentlich sein bestes Stück in einer Gnomin versenkt.« Lord Petres lachte laut auf, räusperte sich jedoch und nahm Haltung an, als er Toran bemerkte.

Der bebte vor Anspannung, trat zwischen die Adligen, die nun allesamt äußerst aufmerksam auf ihre Stiefelspitzen starrten oder ihre Kleider richteten.

»Hätte ich diesen feigen Nebelhexenmörder nicht mit meinen eigenen Händen gefangen, ich hätte euch alle in den Kerker geworfen«, sagte Toran eisig.

»Ihr seid schnell darin, Menschen zu verurteilen, junger Prinz«, krächzte Finlen, und seine bösartigen Krähenaugen zogen sich zusammen. »Bei Nebelhexen seid Ihr weniger schnell bei der Sache.«

»Es war nicht erwiesen, ob Ashila etwas mit dem Tod der Gemahlin Eures Enkels zu tun hatte«, stellte Toran klar.

Ein junger Mann mit dunklem Haar und einem Kinnbart trat vor. »Eine von denen«, seine zitternde Hand deutete auf die kleine Nebelhexe, »hat meine geliebte Frau auf dem Gewissen!«

Das war demnach Lord Finlens Enkel, Fronen von Torvelen. »Ich bedaure Euren Verlust«, betonte Toran. »Dennoch könnt Ihr nicht ein ganzes Volk dafür verurteilen.«

»Richtig, junger Prinz«, stimmte Petres zu. »Verzeiht, wir ließen uns von diesem … seltsamen Anblick … zu ein wenig Lästerei verleiten.«

»Statt sich über Nebelhexen lustig zu machen, solltet Ihr lieber entscheiden, wie viele Krieger Ihr zur Rettung unserer Freunde entbehren könnt«, sagte er kalt.

»Prinz Toran, ich persönlich werde Euch begleiten, wenn Ihr in die andere Welt aufbrechen wollt!«, verkündete Petres großspurig.

»Hört, hört«, krächzte Lord Finlen.

»Das bin ich unserer Königin schuldig!«

»In diesem Fall sollte auch ich mit Euch kommen.« Ohne dass Toran es bemerkt hatte, war Sared neben ihn getreten und musterte Petres. Wie immer verzog er keine Miene, stand aufrecht und mit einer Hand am Schwert da.

»Was wollt Ihr damit sagen?«, hakte Petres misstrauisch nach.

»Ich möchte nur für die Sicherheit des jungen Prinzen und Prinzessin Leána sorgen.«

»Und was denkt Ihr, bezwecke ich?«, plusterte sich Petres auf.

»Ich denke, Ihr möchtet zuallererst gut in der Öffentlichkeit dastehen.«

»Das ist eine Unverschämtheit!« Rote Flecken zeichneten sich auf Lord Petres' Hals ab.

»Schon gut, Sared«, sagte Toran beschwichtigend, dann wandte er sich an Petres. »Ich weiß Euer Angebot zu schätzen, dennoch kann ich auf jemanden verzichten, der sich abfällig über Nebelhexen äußert. Meine Cousine ist eine von ihnen.«

Nervös wischte sich Petres die Hand an seiner Hose ab, dann räusperte er sich. »Ich weiß Eure Cousine durchaus zu schätzen, sie ist eine … brillante Kriegerin, zudem schön und …«

»Hätte sie eine dicke Knollennase oder Bartwuchs im Gesicht, würde das sicher an Eurer Wertschätzung nichts ändern«, warf Sared trocken ein.

Selten hatte Toran den Hauptmann so provozierend erlebt, aber Petres schien diese verborgene Eigenschaft in ihm hervorzulocken.

»Was fällt Euch ein, Hauptmann!« Petres legte seine Hand ans Schwert, woraufhin einige Adlige flüsternd zurückwichen.

»Hört auf mit diesen Kindereien, es gibt Wichtigeres zu tun!«, sprach Toran ein Machtwort. »Wir brauchen zuverlässige Krieger, die uns helfen, Kayne, Leána und sofern sie noch leben, Rob, die Elfen und Morthas zu befreien.« Voller Wut wandte er sich ab. Manche Adlige waren wirklich ein Graus. Selbst wenn man einzeln durchaus vernünftig mit ihnen reden konnte, wurden sie in Gruppen zu einem Haufen dummer, gackernder Hühner, die dem jeweiligen Rädelsführer nach dem Mund redeten.

»Prinz Toran«, Sared eilte ihm nach. »Wisst Ihr bereits, wie Eure Mutter entschieden hat?«

»Nein, leider nicht.« Dann lächelte er vorsichtig. »Ich wäre froh, wenn Ihr mich begleiten wolltet. Wir müssen Leána und Kayne auf jeden Fall befreien!«

Kapitel 25

Gefangen im Dunkel

Am ganzen Körper zitternd lag Leána in der Dunkelheit. Sie konnte sich an den letzten Tag gar nicht mehr erinnern, nur, dass ihr mit einem Mal schwindlig geworden war, Taviros sie aufgehoben und weitergetragen hatte. Abwechselnd wurde ihr heiß und kalt, und das Atmen war eine Qual. Die Elfen hatten demnach nicht gelogen, der Biss der Buggane hatte Gift in ihren Blutkreislauf gebracht. Jetzt fragte sich Leána, ob man sie vielleicht doch einfach auf klägliche Weise sterben lassen würde. Rob war ohnehin tot, vielleicht würde sie ihn also bald wiedersehen.

»Kayne«, flüsterte sie, und ein paar Tränen tropften auf das Gestein. Was war mit ihm? War er zurück nach Albany gelangt oder hiergeblieben? Falls er noch am Leben war, würde er versuchen, sie zu befreien, daran hegte sie keine Zweifel. Aber was, wenn das völlig umsonst war? Musste auch er sein Leben geben? Leána dachte an ihre Eltern und ihren kleinen Bruder Toran, der ihr noch immer nicht verziehen hatte. Sie hätte sich zumindest mit ihm aussprechen wollen, bevor sie die Reise ins Licht antrat. Mühsam holte sie Luft und stöhnte auf, als sie jemand unsanft an den Schultern hochzog und gegen den kalten Fels lehnte.

Leána blinzelte und erkannte Eriyane, die einen rötlich schimmernden Kristall in der Hand hielt.

»Wie fühlst du dich, meine Liebe?«

Das freundliche Lächeln stand in krassem Kontrast zu dem

Zynismus, der aus Eriyanes Worten sprach. Leána ersparte sich eine Antwort und drehte nur den Kopf zur Seite.

»So stark, so standhaft bist du.« Die zarten Finger der Elfe strichen über Leánas Wange. »Möchtest du nicht leben, junge Menschenzauberin? Hier habe ich ein Gegengift.«

Nun konnte Leána sich doch nicht davon abhalten, zu der Elfe zu blicken. In deren Hand entdeckte sie einen kleinen Tonbecher.

»Gib es mir, oder lass mich in Ruhe«, presste Leána hervor.

»Dann sag mir, wie es euch gelungen ist, den Bann an dem Portal zu lösen«, stieß Eriyane hervor.

»Gib mir das Gegengift, dann sage ich es.«

Die Hand der Elfe schnellte vor, verpasste Leána eine Ohrfeige, und in ihrem benebelten Zustand gelang es ihr nicht auszuweichen. Verzögert spürte sie ein Brennen an der Wange und wie ihr Kopf gegen den Fels knallte. Dann lachte sie, auch wenn das hohl in ihren eigenen Ohren klang. »Du willst etwas von mir. Wenn du mich sterben lässt, wirst du es nie erfahren.«

Das anmutige Gesicht der Elfe verzerrte sich zu einer Maske, für einen Moment glaubte sie gar, Eriyane würde sich in Luft auflösen, aber Leánas Sicht war ohnehin getrübt. »Was seid ihr Menschen nur für ein stures Volk«, zischte die Elfe.

Sie will die Drachen, deshalb muss sie mich am Leben lassen, dachte Leána, doch als jeder Atemzug schwerer wurde, wusste sie nicht, ob sie nicht zu sehr darauf gebaut hatte. Langsam kippte sie auf die Seite, ihr Sichtfeld verengte sich, da spürte sie eine Hand in ihrem Rücken.

»Trink, du Miststück!« Eine bittere Flüssigkeit wurde in ihren Mund gegossen, Leána hustete, hätte beinahe alles ausgespuckt, dann brannte das Zeug wie Feuer in ihrer Kehle und ihrem Magen. Wimmernd krümmte sie sich zusammen, während Eriyane sie nur kalt lächelnd beobachtete.

Leána erschien es wie eine Ewigkeit, bis sie wieder klar sehen konnte und Krämpfe und Zuckungen nicht mehr ihren ganzen Körper erschütterten. Danach fühlte sie sich entsetzlich schwach. Kurz darauf vernahm sie Schritte, und Eriyane trat erneut in ihr Blickfeld.

»Jetzt sprich!«

Leána atmete tief durch, schaffte es, sich aus eigener Kraft hinzusetzen und wischte sich über die Stirn. »Ich weiß es nicht, ich bin keine Zauberin.«

»Willst du mich verspotten?« Die Elfe fasste sie brutal an den Handgelenken. »Wie habt ihr das Portal geöffnet?«

»Das ... weiß ich ... nicht«, presste Leána hervor. »Ich bin eine Kriegerin, kann mit dem Bogen umgehen, deshalb haben sie mich mitgenommen. Aber ich kann keine Zauber wirken!«

»Ich kann jederzeit einen Buggane holen und dich erneut beißen lassen.« Eriyane stieß Leána zurück auf den Boden.

»Du willst etwas von mir, deshalb wirst du mich am Leben lassen.«

»Sei dir da nicht so sicher.« Eriyane stellte ihren Fuß auf Leánas linke Wange und drückte sie auf den Fels. »Im Augenblick brauche ich dich, das stimmt, aber das kann sich rasch ändern. Und vielleicht würdest du dir bald wünschen, das Gegengift nicht genommen zu haben.« Mit einem boshaften Lachen ließ Eriyane Leána frei und rauschte davon.

Leána biss die Zähne zusammen und rappelte sich auf. Sie spürte Kratzwunden an beiden Wangen, ihr Hinterkopf blutete, und als sie aufstand, wurde ihr erneut schwindlig.

Sie befand sich in einer Höhle, die gerade einmal wenige Schritte maß. Als sie auf den Ausgang zuwankte, fielen ihr zwei Buggane auf, die dort Wache hielten. Da sie jedoch nicht preisgeben wollte, dass sie im Dunkeln sah, ging sie weiter.

»Nicht! Stehen bleiben, die Herrin befiehlt's«, zischte eines der Wesen.

An die Wand gestützt stolperte Leána zurück und entdeckte sogar einen Krug mit Wasser und etwas getrockneten Fisch.

Sollte sie versuchen, die beiden Buggane zu überwältigen? Sie war unbewaffnet und musste sich vor den Zähnen der Wesen in Acht nehmen, außerdem war sie im Augenblick geschwächt. Aber wenn sie sich erholt hatte, konnte sie es vielleicht wagen. Zu bedenken war jedoch, dass sie sich vermutlich irgendwo in den Tiefen des Palastes befand und nicht wusste, wie sie ins Freie gelangen konnte.

Nordhalan, hoffentlich gelingt es dir bald, mit Hilfe zurückzukehren. Kayne, bitte, tu nichts Unüberlegtes. Und Rob, falls du doch nicht tot bist … Tränen rannen über ihre Wangen, und Leána schlang die Arme um ihren Körper. Sie durfte jetzt nicht verzagen, das war das Wichtigste.

»Dort vorne ist Licht!«, rief Rob.

Kayne hob ruckartig den Kopf und blieb stehen. Während der ganzen letzten Zeit, ob es nun ein, zwei oder zehn Tage gewesen waren, konnte er gar nicht mehr sagen, war er stoisch hinter Rob hergegangen. Leider konnte auch Rob die Zeit nicht genau messen. Normalerweise spürte er es, wenn die Dämmerung oder Mitternacht nahte und er sich verwandeln konnte. Doch hier, in den Tiefen des Berges, war das anders. Er erklärte es sich damit, dass Mond und Sterne fehlten, die seine Verwandlungskräfte aktivierten. Kayne hatte das Gefühl, dieser Gang würde niemals enden, sie vielleicht irgendwohin in die Tiefen des Unterreichs führen, und obwohl sie sich zunächst gegenseitig Mut gemacht hatten, so war er mittlerweile mehrfach mit Rob in Streit geraten. Kayne hatte umdrehen und zurück in die Höhle gehen wollen, Rob war der festen Überzeugung, der Fluss müsse sie irgendwann ins Freie führen. Zumindest hatten sie bislang weder Hunger noch Durst leiden müssen, denn sie hatten noch das Fleisch von dem eigenartigen Tier in den Bergen, und es war ihnen gelungen, kleine Fische in dem Fluss zu fangen, die sie zwar mangels Holz roh verspeisen mussten, aber sie füllten ihre Mägen. Zudem hatten sich einige der Wasserpflanzen als genießbar herausgestellt.

Jetzt blickte Kayne in den schmalen Felstunnel und versuchte, in dem Dämmerlicht, das die Steine im Fluss verströmten, zu erkennen, was Rob meinte. Doch er sah nur den Fluss, der nach rechts abbog und irgendwo in einem schwarzen Loch versickerte.

»Da ist nichts, du hast dich neulich schon geirrt«, sagte er resigniert und lehnte sich gegen den Fels. »Im Gegenteil, wahrscheinlich können wir doch den ganzen langen Weg zurückgehen, weil wir dem Fluss nicht mehr folgen müssen und der irgendwo im Herzen dieser Welt verschwindet, statt im Meer zu enden.«

»Nein, diesmal täusche ich mich nicht!« Rob rannte voran. Vor einiger Zeit war Rob ein Lichtschimmer aufgefallen, der leider jedoch nur von phosphoreszierendem Moos in der Felswand gestammt hatte.

»Kayne!« Robs Schrei hallte von den Wänden wider, und für einen Moment befürchtete er schon, sein Begleiter wäre abgestürzt oder in Gefahr. Kayne zog Dämonenbann und stürmte vorwärts. Plötzlich stand er vor einer Felswand, nur ein schmaler Spalt gewährte Durchlass.

»Dort ist eine Höhle und dahinter ein Kiesstrand, der ins Meer führt!«, vernahm er Robs aufgeregte Stimme. »Füll unsere Wasserbeutel auf und dann komm!«

Kayne konnte es gar nicht glauben. Er nahm Leánas Bogen, schob ihn und sein Bündel durch den Spalt, nahm Robs Wasserbeutel und eilte zurück zum Fluss. Nachdem er beide Beutel gefüllt hatte, reichte er sie durch den Spalt und versuchte, sich durchzuzwängen.

»So ein Mist!«

»Was ist denn?«

»Ich komme nicht durch!« Kayne drückte und schob, aber an der breitesten Stelle seiner Brust steckte er fest.

»Ich konnte mich doch auch durchquetschen. Es ist eng, aber wenn man sich streckt, geht es.« Rob fasste ihn am Arm und zog.

»Das nützt nichts!«, schimpfte Kayne. Panik erfasste ihn, als er weder vor- noch zurückkam. »Du bist schmaler gebaut als ich und etwas kleiner.«

»Streng dich an, und jammere nicht wie ein Waschweib! Es muss gehen«, beschwor ihn Rob.

»Waschweib!« Noch einmal intensivierte Kayne seine Anstrengungen, hielt die Luft an, drückte und quetschte und erreichte endlich die andere Seite.

Stöhnend rieb sich Kayne sein lädiertes linkes Schulterblatt.

»Ich hatte schon befürchtet, du schaffst es nicht«, gab Rob zu.

»Dann sei froh, dass du nicht auf die Hilfe des *Waschweibs* verzichten musst«, erinnerte ihn Kayne.

»Das sollte dich nur anspornen.«

»Hat es ja auch.« Kurz wanderte Kaynes Blick den Felsen hinauf. Es war tatsächlich ein Wunder, dass er es geschafft hatte, durch die schmale Öffnung zu kommen. Kayne war viel zu erleichtert, um Rob ernsthaft böse zu sein, und wollte endlich sehen, wo sie herausgekommen waren. Er eilte durch die große Höhle, die sich am Eingang ein wenig verschmälerte, und stand bald an einem Strand. Eine frische Brise wirbelte seine Haare auf, und Kayne genoss das befreiende Gefühl, dem Berg entkommen zu sein.

Jetzt kann ich ansatzweise nachempfinden, wie es Darian damals ging, als er sich im Reich der Dunkelelfen verirrt hatte, dachte Kayne und atmete tief durch. Es dauerte eine Weile, bis sich seine Augen wieder an das Tageslicht gewöhnt hatten.

Mächtige Wogen rollten über den Kiesstrand der kleinen Bucht, die von gewaltigen Klippen umrahmt wurde. Weiter draußen auf dem Meer konnte er gigantische Felsblöcke ausmachen, wo sich die Wellen brachen und Gischt in die Höhe spritzte.

»Wir werden dort hinaufklettern müssen«, stellte Rob fest und deutete nach rechts, wo die Klippen nicht senkrecht, so wie an den meisten Stellen, sondern in einem etwas weniger steilen Winkel in die Höhe ragten.

Kayne zeigte auf seine schmutzige Hose und das zerfetzte Hemd. »Viel schlimmer werde ich am Ende auch nicht aussehen.«

»Dann komm!« Sie rannten los, beide begierig darauf zu erfahren, wo sie herausgekommen waren.

Wie erwartet gestaltete sich der Aufstieg schwierig, da sie Schwerter und Leánas Bogen dabeihatten. Da Wind und Salzwasser den Fels jedoch zerklüftet hatten, konnten sie immer wieder Halt finden und bahnten sich mühsam ihren Weg hinauf. Die kränkliche Sonne hing hoch am Himmel, demnach musste es Mittagszeit sein.

Mit jeder Windböe befürchtete Kayne, es könne sich um diesen eigenartigen Wind handeln, von dem sie vermuteten, dass er in Zusammenhang mit Eriyane und Taviros stand. Kayne bemerkte, dass Rob ebenfalls gelegentlich verharrte. Sie konnten nichts anderes tun, als darauf zu hoffen, nicht schon jetzt entdeckt zu werden.

Als Kayne sich endlich als Erster über den Rand gezogen hatte, war die Sonne bereits weit nach Westen gewandert. Atemlos blieb er auf dem steinigen Rand liegen und vernahm kurz darauf ein Keuchen. Rob hievte sich ebenfalls hinauf und legte sich japsend neben ihn.

Ruckartig setzte dieser sich kerzengerade auf, und seine Finger krallten sich in Kaynes Unterarm.

»Was ist?« Kayne schnellte in die Höhe, und sein Blick folgte Robs ausgestrecktem Finger.

Ratlos saß Leána in der Höhle und malte sich aus, was draußen geschah. War Nordhalan schon zurück? Hatte er Hilfe mitgebracht? Sicher hielten Eriyanes Diener am Portal Wache. Vermutlich würden die vermaledeiten Buggane jeden beißen, der versuchte, die Elfenherrin anzugreifen. Aber vielleicht gelang es Nordhalan irgendwie, die Pelzwesen zu überrumpeln. Das war ihre einzige Hoffnung.

Den Versuch, mit ihren Wächtern zu sprechen, hatte Leána mittlerweile aufgegeben. Die einzige Reaktion hatte in Fauchen und dem wiederkehrenden Satz geendet: »Dürfen nicht sprechen. Die Herrin verbietet's!«

Da Leána nicht noch einmal einen Biss riskieren wollte, zwang sie sich, geduldig zu sein. Was hatten Eriyane und Taviros nur mit ihr vor? Die Ungewissheit trieb sie beinahe in den Wahnsinn. Doch so angespannt Leánas Nerven waren, irgendwann wurde sie schläfrig und lehnte sich gegen den kalten Stein. In einem Zustand zwischen Wachen und Schlafen wirbelten Gedankenfetzen durch ihren Kopf. Sie sah ihre Freunde vor sich, ihre Eltern und den kleinen Torgal. Wie sehr sie alle vermisste!

»Nein! Nicht, du darfst sie nicht mitnehmen!« Panisch schallten diese Worte durch die Tunnel, und Leána fuhr ruckartig auf.

Sie vernahm Schreie, bitteres Weinen, dann hörte sie Schritte, die an der Türöffnung vorbeigingen.

»Wer war das?«, fragte Leána die Buggane.

»Die Herrin, sie hat jemanden erwählt«, plapperte einer der Wächter aufgeregt.

»Was meinst du mit *erwählt*?«

»Geht die Mensch-Hora nichts an«, zischte der andere und bleckte drohend die Zähne.

Leána lauschte, aber nun war wieder alles still. Was ging hier unten vor? Sie setzte sich zurück an die Wand, an der sie zuvor gelehnt hatte, und glaubte, nun ein entferntes Weinen zu hören. Jetzt tastete sie mit den Fingern den rauen Stein ab, spürte irgendwann einen leichten Luftzug und presste ihr Ohr an den winzigen Spalt.

Das Weinen und Wehklagen wurde etwas deutlicher. Eine weibliche Stimme schluchzte wiederholt ein Wort oder vielleicht war es auch ein Name. »Nereja, Nereja.«

»Hallo, hörst du mich«, flüsterte sie in den Spalt und warf dann einen nervösen Blick zu den Buggane, die jedoch miteinander sprachen.

»Kannst du mich verstehen?«, fragte sie ein wenig lauter.

Das Schluchzen verstummte.

»Ich bin hier in der Höhle gefangen. Wer bist du? Bist du ebenfalls eine Gefangene?«

»Nereja, sie haben sie mitgenommen«, jammerte die Frauenstimme.

»Wer war es? Und was tun sie mit ihr?«

Wieder erklang verzweifeltes Weinen.

»Bitte sprich mit mir! Gibt es irgendeine Möglichkeit, von hier zu fliehen?«

Die Frau, Leána ging davon aus, dass es sich um eine Elfe handelte, schniefte lautstark.

»Niemand verlässt den Palast der Winde, es sei denn …«

Eine leise, getragene Melodie, wie Leána sie schon zuvor vernommen hatte, schwebte nun durch die Luft, und die Elfe verstummte. Leána versuchte zu ergründen, woher die Töne kamen. Sie schwebten regelrecht durch die Luft herein, aber so einlullend diese Musik auch war, Leána riss sich davon los.

»Was wolltest du sagen? Wer bist du? Bist du eine Elfe?«

Keine Antwort. Noch immer hüllten sie die Klänge ein, bevor sie, wie von einem Luftzug getragen, verschwanden.

»Bist du noch da? Sag doch etwas«, drängte Leána, aber sie bekam keine Antwort mehr. Verzweifelt schlug sie mit der Hand gegen den Fels, versuchte – völlig sinnlos –, den Spalt mit den bloßen Fingern zu erweitern. »Bitte sprich mit mir, ich bin doch ganz allein«, schluchzte sie, doch wer auch immer mit ihr geredet hatte, er antwortete nicht mehr.

Kapitel 26

Weltenwanderer

Mitternacht musste dem Stand des Mondes nach längst vorüber sein. Nordhalan und die anderen Zauberer waren noch immer mit Beschwörungen beschäftigt, doch Readonn konnte oder wollte sich nicht zeigen. Im Inneren der Diomárfeste herrschte trotz tiefer Nacht Betriebsamkeit, Zauberer und Schüler eilten umher, und auch einige der Gäste schienen keinen Schlaf zu finden. Auf dem Weg zur Küche lief Toran Darian über den Weg. Er hatte sich nur einen Krug Wasser holen wollen, nun blieb er wie angewurzelt stehen.

Dunkle Ringe hatten sich unter den Augen seines Onkels gebildet, in den Händen hielt er ein altes Buch und zwei Schriftrollen.

»Verstehst du dunkelelfische Runenschrift, Toran?«

»Ein wenig«, antwortete Toran zögernd. »Aber wir können Jel fragen.«

»Sehr gut. Auch wenn es aussichtslos erscheint, versuchen wir, Ray'Avan dabei zu helfen, seine Schriftstücke durchzusehen.«

Toran nahm eine der Schriftrollen an sich, dann räusperte er sich und blickte beschämt zu Boden. »Onkel Darian, ich …«

»Schon gut, Toran, du musst nichts sagen.«

»Doch, ich schäme mich entsetzlich«, gab er zu. »Ich habe Leána unrecht getan.«

Sein Onkel trat zu ihm und umarmte ihn, eine Geste, die Toran unendlich guttat. Für ihn war Darian als Kind eine Art Vaterersatz gewesen, später ein väterlicher Freund, den er nicht missen wollte. Auch seine Tante Aramia mochte er sehr, war sie doch stets freundlich zu ihm gewesen, aber trotzdem etwas distanzierter. Zu Darian schaute er auf und bewunderte ihn heute mehr denn je dafür, zu seinen Fehlern stehen zu können und sich nicht auf seinem Titel als Prinz von Northcliff auszuruhen. Darian führte ein einfaches Leben auf der Nebelinsel und kam nur bei wichtigen Entscheidungen auf die Burg seiner Vorväter.

»Du hast es schon damals auf der Nebelinsel nicht so gemeint, du warst verletzt, hast einen Schuldigen gesucht. Ich kann dich verstehen. Als ich vor langer Zeit dachte, Mia sei tot, habe ich auch blind um mich geschlagen. Du hast es eingesehen, Toran, das ist die Hauptsache.«

Ich hoffe nur, es ist nicht zu spät, um Leána das auch zu sagen, dachte er, sprach es jedoch nicht aus.

»Gleichgültig, was Mutter sagt, ich helfe dabei, Leána und Kayne nach Hause zu holen.«

Darian strich ihm über den Kopf. »Das ehrt dich, Toran, aber ich wünsche, dass du auf deine Mutter hörst. Sie hat das letzte Wort.«

Gerade öffnete Toran den Mund zu einer Entgegnung, als Ray'Avan mit erstaunlicher Geschwindigkeit um die Ecke kam.

»Darian! Atorian!« Er stutzte kurz, kratzte sich an der Schläfe und verbesserte sich dann selbst. »Äh, Toran, verzeih! Ich wusste, ich habe über die Mysharen gelesen«, rief er aus und wedelte mit einem zerfledderten Buch herum.

»Was steht denn dort über sie? Toran, hol Nordhalan und deine Mutter her«, verlangte Darian aufgeregt.

Zu gern hätte Toran erfahren, was Leánas Ururgroßvater herausgefunden hatte, aber ihm war klar, dass alle wichtigen Entscheidungsträger mit dabei sein mussten. Daher rannte er hinaus, schrie Sared, der am Eingang zur Feste stand, zu, er solle Kaya holen, und hastete selbst zum Kreis der Seelen. Im Zentrum der Steine hatten die Zauberer einen Kreis um ein schwelendes Feuer gebildet und konzentriert die Hände ausgestreckt.

Obwohl Toran in Eile war, so mäßigte er doch seine Schritte. Er spürte die Macht, die von diesem Ort ausging, und wusste instinktiv, hierher durfte man nur mit Ehrfurcht im Herzen kommen.

»Nordhalan!« Toran scheute sich, laut zu rufen, und der alte Zauberer machte auch ein ungehaltenes Gesicht, als er sich umdrehte. »Ich wollte nicht stören, aber Ray'Avan hat etwas gefunden.«

Sogleich senkten die Zauberer die Hände und folgten Toran zurück zur Feste. Als sie den großen Versammlungssaal betraten, blickten Kaya, Darian und Aramia gespannt auf Ray'Avan. Der blätterte eifrig in dem vergilbten Buch, dessen Ledereinband dermaßen bröckelig war, dass bereits Einzelteile auf dem Tisch verstreut lagen.

»Ray'Avan, was habt Ihr entdeckt?«, erkundige sich Nordhalan und ließ sich neben dem Dunkelelfen auf einem Stuhl nieder.

»*Reise ins Ungewisse* von Ress'Tahal.« Stolz deutete Ray'Avan auf das Buch.

»Wer ist das, und was schreibt er denn nun über Mysharen?«, wollte Torans Mutter wissen.

»Das weiß ich noch nicht«, behutsam blätterte Ray'Avan die brüchigen Seiten um, und Toran hielt jedes Mal die Luft an, da er befürchtete, sie könnten unter den arthritischen Händen des Dunkelelfen zerbröseln. »Aber ich konnte mich vorhin daran erinnern, vor zwei, drei oder vielleicht auch fünf Sommern ein loses Blatt gefunden zu haben, auf dem in einem recht ermüdenden Text das Wort Mysharen stand, und das stammt ebenfalls aus der Feder von Ress. Damals maß ich dem noch keine Bedeutung zu, legte das Schriftstück zur Seite und habe nicht weiter nachgeforscht.«

Nordhalan stützte den Kopf in die Hände und wiegte ihn hin und her. »Ress'Tahal war ein Dunkelelf, der auch unter dem Namen Ress'Mahawinn bekannt war.«

»Wirrgeist?«, stieß Aramia verdutzt hervor.

»Das ist ein unhöflicher Beiname«, kicherte Ray'Avan, was ungewöhnlich für einen Dunkelelfen war. Gerade mit ihren Familiennamen verstanden sie keinen Spaß, und jegliche Entehrung desselbigen kam einer der größten Beleidigungen gleich. Doch Leánas Ururgroßvater besaß seinen eigenen Sinn für Humor, das hatte Toran schon immer an ihm gemocht. Und mittlerweile hatte er auch mitbekommen, dass der uralte Dunkelelfenmagier eine Art Sonderstellung im Unterreich besaß. Ihm verziehen selbst die Herrscher von Kyrâstin die eine oder andere kleine Entgleisung.

»Er entstammte einer mittlerweile ausgestorbenen Dunkelelfenfamilie«, fuhr Nordhalan vor. »Niemand in Kyrâstin spricht gerne über die 'Tahal, da bei ihnen Geisteskrankheit in mehreren Generationen vorkam.« Nordhalan räusperte sich. »Diese Familie handelte mit den Pilzen des Unterreichs, die gelegentlich in Ilmor auftauchen und zu schweren Rauschzuständen führen, und man munkelt, sie sprachen den giftigsten Pilzen selbst zu.«

Toran bemerkte, wie Darian zusammenzuckte. Er wusste, dass sein Onkel, wenn auch ungewollt, eine lange Zeit von einem Dunkelelfenpilz abhängig gewesen und nur schwer davon wieder losgekommen war.

»Woher weißt du von diesem Dunkelelfen?«, erkundigte sich Kaya.

»Es gibt lückenhafte Aufzeichnungen über alle Magier, die einmal den Diomár angehört haben – wie ihr wisst, ist vieles verbrannt und verloren gegangen, aber dank Ray'Avan konnten wir während der vergangenen zwanzig Sommer und Winter so manches rekonstruieren. Schriften besagen, dass Ress'Tahal eine Weile zu den Diomár gehörte, doch man enthob ihn seines Amtes, da seine Lehren mehr und mehr von einem wirren Geist sprachen. Er hielt sich für einen Portalfinder, der angeblich ständig neue Welten bereiste. Nur konnte offenbar niemand einen

Beweis dafür finden, dass er tatsächlich gereist war, denn die meisten Portale waren ohnehin bereits vergessen oder zerstört. Ich habe vor langer Zeit den Auszug eines seiner angeblichen Reiseberichte gelesen.« Nordhalan verzog kopfschüttelnd das Gesicht. »Derart wirre Worte habe ich noch niemals gelesen, und es wundert mich nicht, dass er von den Diomár ausgeschlossen wurde, da er gar predigte, alle Zauberer sollten sich selbst töten, um zu aufgestiegenen Wesen zu werden und Albany zu schützen.«

»In der Tat eine wenig angenehme Vorstellung«, schnarrte Dimitan.

»Seht nur, welch eine hübsche Karte er gemalt hat.« Begeistert zeigte Ray'Avan auf ein Pergament, das sich ausklappen ließ. Was Toran auf den ersten Blick für ein wirres Muster gehalten hatte, stellte sich nun als ein Gemälde heraus, das mehrere Bäume zeigte, deren Wurzeln ineinander verschlungen waren. An diesen Bäumen hingen zahlreiche Äpfel, die wiederum feine Silberlinien verbanden. Auffällig war, dass einige der Äpfel durchgestrichen waren, was das harmonische Bild störte.

»Ich habe dieses Buch noch niemals zuvor gesehen, ich kann mich nicht entsinnen«, murmelte Ray'Avan vor sich hin.

»Ihr gestattet?« Nordhalan nahm ihm das Buch behutsam ab.

»Das Gefüge der Welten«, las er vor, dann vertiefte er sich in die Dunkelelfenschrift, strich sich mehrfach über den Bart und stieß ab und an überraschte Laute aus. »Wie es aussieht, stellte sich Ress'Tahal vor, alle Welten, dargestellt durch diese Äpfel, hingen an einem großen Weltenbaum, der wiederum durch Wurzeln mit anderen Weltenbäumen verbunden ist.«

»Das klingt mir nach Zaubererlehren und nicht sehr viel unverständlicher oder wirrer als das, was ihr sonst von euch gebt«, warf Darian mit einem angedeuteten Schmunzeln ein und beugte sich über die Karte. »Ein wenig erinnert es mich gar an die Theorien der Wissenschaftler in der Welt, in der ich aufgewachsen bin. Sie sprachen jedoch von Universen und ihren Planeten.«

Nordhalan brummte anerkennend, und Toran erinnerte sich nun dunkel an die Geschichten, die Darian ihm früher erzählt hatte. Wirklich begriffen hatte er das alles nicht und sich auch keine großartigen Gedanken gemacht. Die Erzählungen seines Onkels hatte er eher als Märchen abgetan. Diese Zeichnung von den Weltenbäumen hingegen kam ihm recht anschaulich vor.

»In der Tat habe ich niemals zuvor etwas Derartiges gesehen, und was Ress'Tahal hier schreibt, klingt einleuchtend. Vielleicht stammt seine Zeichnung aus frühen Tagen, als sein Geist noch nicht vernebelt war.« Nordhalans kräftiger Finger fuhr sacht über die einzelnen Äste der Bäume. »Seine Theorie ist nicht ganz abwegig. Albany und die Welt, in der Darian aufwuchs, ähneln sich, das wissen wir vor allem von Atorian dem Ersten. Wenn sie an einem Ast hängen …«

»Und die Welt der Drachen und Sharevyon hängen vielleicht am Ast darunter oder darüber und sind durch die Silberschnüre verbunden«, steuerte Aramia aufgeregt bei.

»Das ist durchaus interessant, aber was hilft uns das in Bezug auf Leána und Kayne?«, rief Toran dazwischen.

»Das frage ich mich auch, und Morthas sollten wir dabei nicht vergessen«, fügte Dimitan säuerlich hinzu. »Ich würde den Verlust meines Schülers sehr bedauern.«

Der kahlköpfige Zauberer sagte das mal wieder so nüchtern, dass nicht nur Lharina empört eine Augenbraue in die Höhe zog. Aber vielleicht meinte er das auch nicht so und konnte seine wahren Gefühle nur nicht zugeben.

»Würdet ihr uns eine Weile Zeit lassen, diese Schriften zu studieren?«, fragte Nordhalan in die Runde. Toran schloss kurz die Augen, aber der alte Zauberer lächelte ihn beruhigend an. »Ich werde mich beeilen, und sofern nichts Hilfreiches über Mysharen drinsteht, will ich sogleich wieder versuchen, Readonn zu rufen.«

»Wir gehen zurück zum Kreis der Seelen«, verkündete Lharina.

»Die jungen Diener der Steine sollen uns begleiten. Dimitan, kommt Ihr ebenfalls mit uns?«

Der hagere Zauberer neigte den Kopf, dann schritt er davon.

Toran war müde, und er wusste, eigentlich hätte er schlafen sollen, vor allem da er hoffte, bald nach Sharevyon aufbrechen zu können, aber er fand keine Ruhe. Ziellos schlenderte er durch die Diomárfeste, entdeckte irgendwann Jel, die allerdings in ein Gespräch mit einer Nebelhexe vertieft war. Daher gesellte er sich nun zu Denira. Ganz allein und ein wenig verloren stand sie am Brunnen.

»Kannst du auch nicht schlafen?«

»Nein, diese Insel, sie ... ist beeindruckend und beängstigend zugleich«, antwortete sie.

»Geht mir genauso.« Toran setzte sich auf die unterste Stufe des Brunnens. »Ich wünschte, sie kämen endlich zu einer Entscheidung.«

Nebelhexen, überall liefen ihm Nebelhexen über den Weg. Der Bärtige konnte sich kaum noch beherrschen. Einige waren durchaus hübsch anzusehen, andere von abstoßender Gestalt. Er fragte sich, wie es wohl wäre, diese Halbtrollin Elora zu nehmen. Diese Vorstellung widerte ihn in gleichem Maße an, wie sie ihn erregte. Eilig goss er eine Phiole mit Kräutersud in seinen Mund, die ihn davor bewahren sollte, seinen Trieben zu erliegen. Er atmete tief durch, sog die klare Inselluft in seine Lunge. Die Zauberer waren noch zu keiner Entscheidung gekommen, aber er sah es in Torans Augen, dass er seiner Cousine zu Hilfe eilen wollte, was hervorragend in seine Pläne passte. Kaya wäre bestimmt froh, wenn er ihren Sohn begleitete – und beschützte. Ein Lachen entstieg seiner Kehle, doch er verstummte und klammerte sich an die Mauer, hinter der er stand, als eine Halbelfe an ihm vorbeiging. Betörend wiegten ihre wohlgeformten Hüften, das goldblonde Haar fiel ihr bis weit über den Rücken. Er wollte sie. Jetzt. Hier. Auf der Stelle! Schon machte er einen Schritt auf sie zu, sie drehte sich zu ihm um, lächelte ihn an. Schmerzhaft pochten seine Lenden.

»Soll ich Euch etwas zu trinken bringen?«, fragte sie.

Er riss die Augen auf, atmete tief ein und aus. Wann wirkte dieser von allen Göttern verdammte Sud endlich? Das Verlangen tobte durch seinen Geist, seinen Unterleib, und er versuchte, die lange einstudierte Beherrschung wiederzuerlangen. Er trug keine Verkleidung. Hier konnte er keine Nebelhexe nehmen und sie schon gar nicht ermorden, so wie sie es verdiente. Oder vielleicht doch? Konnte er es wagen, sie zu überwältigen, sie zu besteigen und anschließend über eine Klippe ins Meer zu werfen? Die Erregung drohte jegliche Vorsicht wegzuschwemmen. Schon legte er seine Hand an den Dolch, jene Waffe, die sein Vater ihm geschenkt hatte, und dessen mahnende Worte durchzuckten ihn mit einem Mal.

Spiele deine Rolle in der Öffentlichkeit, sei beherrscht und versuch, die anderen Adligen für dich einzunehmen. Sie sollen dir mit Wohlwollen entgegentreten. Im Dunkel, in abgeschiedenen Ecken kannst du alle Mischlinge haben, sie nehmen und ermorden. Verschaffe dir bei anderen Erleichterung, wenn du es nicht mehr aushältst. Aber lass niemals wichtige Männer und Frauen von deinen Trieben wissen, bei denen du dir nicht völlig sicher bist, dass sie den Hass auf Nebelhexen teilen!

Selfra – sie befand sich ebenso wie er auf der Insel, er musste sich bei ihr Erleichterung verschaffen. Endlich brachte er es fertig, den Kopf zu schütteln, die Halbelfe ging davon, und kurz darauf erschlaffte auch seine Männlichkeit. Erschöpft sank er gegen die Wand. Hoffentlich waren diese Beratungen bald vorüber, sonst konnte er für nichts garantieren.

»Der Palast der Winde!« Kayne wagte kaum zu glauben, wie nah sie ihrem Ziel bereits waren. In schätzungsweise zwei bis drei Meilen Entfernung erhob sich der gigantische Fels vor der Küste. Erleichtert klopfte er Rob auf die Schulter. »Nie wieder werde ich deine Drachensinne infrage stellen.«

»Ich war mir selbst nicht sicher«, gab sein Begleiter zu. »Der unterirdische Weg hat so viele Windungen gehabt, dass ich nicht einmal sagen konnte, ob wir in die richtige Richtung gehen.«

»Jetzt müssen wir nur noch ungesehen hineingelangen.« Von neuem Mut erfüllt schritt Kayne voran. Dämonenbann hielt er fest in der Hand. Sie würden Leána befreien, irgendeine Lösung musste es geben.

»Das bereitet mir das meiste Kopfzerbrechen.« Rob eilte an seine Seite und schützte seine Augen gegen die untergehende Sonne. »Den Weg, den wir bei unserem ersten Besuch hinaufgekommen sind, können wir kaum nehmen. Wir bräuchten Kletterausrüstung, um den Berg zu erklimmen. Dieser Fels ist steil.« Er deutete auf die annährend senkrecht aufragenden Felsen.

»Wir schaffen es«, behauptete Kayne.

Ihr Ziel fest im Blick wanderten sie über Hügel, auf denen hier und da Gras und kleine Blumen zu sprießen begannen. Als sie die Ruinen einer Siedlung passierten, liefen Kayne unwillkürlich Schauer über den Rücken. Diese Überreste weckten den Anschein, als wären sie schon seit Hunderten von Sommern verlassen. Die Wände der Steinhäuser waren größtenteils heruntergestürzt, von einem runden Turm war noch die Hälfte erhalten – man konnte sogar die Wendeltreppe erahnen, nur sah er aus, als würde der nächste Windhauch ihn umpusten können. In der Mitte der Siedlung prangte eine Drachenstatue, doch der Kopf lag abgebrochen auf dem Boden.

Ebenso wie Kayne war Rob kurz stehen geblieben. »Wer hier wohl gelebt hat?«

»Komm weiter, Rob.«

Ohne weiter auf die Ruinen zu achten, eilten sie einen Hang hinauf, auf der anderen Seite wieder hinunter und erklommen kurz darauf erneut eine Steigung. Plötzlich warf sich Rob jedoch zu Boden, und Kayne tat es ihm instinktiv gleich.

»Was ist?«

Langsam kroch sein Gefährte an den Rand des nächsten Hügels. Kayne folgte ihm und blickte zum Meer. Nun konnte man den Palast der Winde schon deutlich erkennen, ebenso wie das Buggane-Dorf, das sich an den Berg schmiegte. Kayne fluchte unterdrückt. Rund um den Berg konnte man mehrere Reihen aus kleinen Gestalten ausmachen.

Er ließ seinen Kopf auf die Arme sinken. »Sie haben Buggane als Wachen aufgestellt. Es müssen Hunderte sein.«

»Sie erwarten uns«, stimmte Rob zu. »Wenn ich es nur wagen könnte, mich bei Nacht zu verwandeln, dann wäre es uns möglich, von der Seeseite im Palast zu landen.«

»Zu gefährlich.« Kayne wusste nicht, wie er mit seiner Enttäuschung umgehen sollte, und Wut brodelte in ihm hoch. Er hatte gehofft, sich im Schutze der Nacht in den Palast schleichen zu können. »Man würde dich entdecken. Außerdem bleibt die Warnung von Irn. Wenn du dich verwandelst, setzt du starke Magie frei. Falls Eriyane das merkt …«

»Ich weiß.« Langsam schob sich Rob zurück, und sie saßen sich ratlos gegenüber. »Wir müssen auf Nordhalan warten«, entschied der Drache schließlich resigniert.

»Und Leána ihrem Schicksal überlassen?«, empörte sich Kayne.

»Mir dreht sich bei diesem Gedanken ebenfalls der Magen um«, gab Rob zu. »Aber was nützt es ihr, wenn wir auch noch gefangen oder gar getötet werden?«

»Dann wäre sie zumindest nicht mehr allein«, flüsterte Kayne.

Mit einem wehmütigen Lächeln legte ihm Rob eine Hand auf die Schulter. »Uns bleibt nur die Möglichkeit, alles im Blick zu behalten und auf Nordhalan zu warten.«

»Was ist, wenn er nicht kommt oder am Portal überwältigt wird.«

»Du hast recht. Vielleicht sollten wir besser am Portal auf ihn warten«, überlegte Rob. »Vor allem müssen wir versuchen, Wasser und Nahrung zu finden.«

Kayne starrte zum Palast der Winde, wo Leána sicher verzweifelt auf Rettung hoffte.

»Kayne?« Rob schüttelte ihn an der Schulter, und er bemerkte, dass er gar nicht mehr zugehört hatte. »Lass uns zurück in dieses verlassene Dorf gehen. Ich konnte einige grüne Stellen sehen, vielleicht gibt es eine Quelle oder einen Brunnen.«

Wortlos nickte er, aber immer wieder warf er einen Blick zurück zum Palast, und er zermarterte sich das Gehirn, wie sie vielleicht doch hineingelangen konnten.

»Toran?!«

»Siah?«, murmelte er, schmiegte sich gegen die Hand, die sich auf seine Wange legte, und zuckte zurück, als er die Augen öffnete und Denira erkannte.

Auch die junge Frau war zurückgeschreckt. »Verzeiht, ich hätte Euch doch nicht wecken sollen.«

Mit einem Schnauben schüttelte Toran die Benommenheit ab. Er hatte von Siah geträumt, und jetzt fand er sich an dem Brunnen in der Diomárfeste wieder.

»Ihr wart eingeschlafen, und ich sah gerade eben, wie einige Zauberer, Eure Mutter und die Elfenkönigin ins Freie gegangen sind. Ich wollte nicht …«

»Schon gut.« Er sprang auf und rannte durch das Tor hinaus. In der Ferne, im Licht des anbrechenden Morgens, konnte er eine große Menschenmenge ausmachen, die sich um den Drachen Davaburion gebildet hatte. Das Gewirr von Stimmen schlug ihm entgegen.

Hauptmann Sared und Lord Petres standen hoch aufgerichtet und stocksteif neben seiner Mutter, Lharina bedeutete eben drei Elfenkriegern, zu ihnen zu treten, und auch Darian und Aramia gesellten sich zu der Gruppe.

Sofort drängte sich Toran durch die Menge. »Was ist los? Weshalb hat mich niemand geholt?«

»Wir konnten dich nicht gleich finden, außerdem ist noch keine Eile geboten«, erklärte seine Mutter.

»Wie habt ihr entschieden?«

Nordhalan trat zu ihm und legte ihm seine kräftige Hand auf die Schulter.

»Wir haben die wichtigsten Passagen des Buches überflogen und sind zu dem Schluss gekommen, dass nichts darauf hinweist, dass es sich bei Mysharen um etwas Bedrohliches handelt. Ress'Tahal sprach von verschiedenen Welten, die er bereiste und die miteinander verbunden sind, in einem magischen Gleichgewicht zueinander stehen und sich teilweise ähneln. Er wusste erstaunlich detaillierte Dinge über die Welt, aus der Atorian der Erste kam.«

»Dann war er doch nicht so wirr, wie man von ihm sagte«, schlussfolgerte Toran erleichtert. Er hatte schon befürchtet, sie könnten etwas herausfinden, das sie von der Reise nach Sharevyon abhalten könnte.

»Darüber möchte ich mir kein Urteil erlauben«, schränkte Nordhalan ein. »Das Buch scheint er in frühen Tagen seiner Mitgliedschaft bei den Diomár verfasst zu haben, und es fehlen einige Seiten.«

»Wie habt ihr denn jetzt entschieden?«, drängte Toran.

»Wir brechen zum Walkensee auf. Trotz der bestehenden Gefahr für ihre Rasse werden Aventura und Smaragonn uns begleiten, um Leána auszulösen.« Dankbar schloss Toran die Augen und hörte, wie Nordhalan weitersprach. »Deine Mutter stellt dreißig Northcliffkrieger sowie Hauptmann Sared. Lord Petres hat sich ebenfalls bereit erklärt mitzukommen, sowie zehn seiner Männer. Außerdem Nal'Righal von den Dunkelelfen sowie Jel'Akir und …«

»Was ist mit mir?«, fragte Toran scharf und durchbohrte seine Mutter mit Blicken.

»Du kannst sie begleiten«, antwortete Kaya mit dünner Stimme, und er sah, wie sie eilig blinzelte, wohl um ihre Tränen zurückzuhalten.

»Danke, Mutter«, rief Toran aus vollem Herzen.

»Möchtet Ihr, dass ich fortfahre, junger Prinz«, erkundigte sich

Nordhalan streng, doch ein Schmunzeln zeigte sich um seinen Mund.

»Sehr gerne!« Alles in Toran jubelte. Endlich konnte er gutmachen, was er Leána angetan hatte. Er würde alles daransetzen, sie zu befreien und sich mit ihr versöhnen.

»Ich begleite im Auftrag der Diomár die Gruppe und auch Tah'Righal, der am weitesten in seiner Ausbildung fortgeschritten ist, ebenso wie Nal'Righal und Jel'Akir, die mit Meister Ray'Avans Zustimmung die Dunkelelfen vertreten. Als Heilkundige haben sich die Halbelfe Esha und Lilith bereit erklärt.«

Ein wenig belustigt bemerkte Toran, wie Lord Petres nervös zur Seite trat, als sich die beiden Nebelhexen neben ihn stellten.

»Dürfte ich mich ebenfalls anschließen?«, hörte Toran eine dünne Stimme hinter sich fragen.

»Denira?« Nordhalan wirkte ebenso verblüfft wie die meisten Anwesenden. »Habt Ihr die Erlaubnis Eures Vaters?«

»Nein, noch nicht«, gab sie zu.

»Dann holt zunächst diese ein«, riet er, woraufhin Denira davoneilte.

»Eine solch große Gruppe kann nicht auf den Drachen fliegen«, ergänzte Nordhalan. »Daher werden wir die Eichenpfade benutzen, nur endet der nächste uns bekannte Pfad eine Tagesreise vom Walkensee entfernt. Zunächst müssen ausreichend Pferde und Proviant aus Northcliff geholt werden.«

Toran verdrehte die Augen. Das alles dauerte ihm viel zu lange, aber er bemühte sich, Geduld zu bewahren. Zumindest durfte er mitkommen, und sie verfügten über eine schlagkräftige Gruppe und sogar Drachen, die sie begleiteten.

Jene, die zum Portal reisen würden, eilten davon, um sich vorzubereiten, und auch Toran wollte gehen.

»Im Morgengrauen werde ich meine Entscheidung vor dem Rat vertreten müssen«, hörte er seine Mutter sagen, was wenig begeistert klang.

Er hatte Mitleid mit ihr, denn Lord Etjen und einige der anderen hatten ja lautstark verkündet, sie wären dagegen, dass das Menschenreich sich in Elfenangelegenheiten einmischte.

»Toran«, rief sie ihm nach, und er drehte sich noch einmal um. Offenkundig bemühte sie sich sehr, ihre Sorge zu verbergen, aber ihre Stimme zitterte, als sie seine Hand nahm und sprach.

»Auch wenn du denkst, dein Leben sei nichts mehr wert nach Siahs Tod, bitte handle nicht unbedacht.«

Es war das erste Mal, dass seine Mutter davon sprach, was sie von ihm dachte, und nun drückte er ihre Hand. »Mein Leben ist mir noch etwas wert«, widersprach er und spürte plötzlich, dass es tatsächlich so war und er das nicht nur sagte, um sie zu beruhigen. »Ich möchte Leána befreien und mich bei ihr entschuldigen. Und ich habe Freunde.« Sein Blick wanderte zu Jel, die schon beinahe an der Feste angekommen war, ja, er dachte sogar an Denira, die tatsächlich mitkommen wollte, und an Kayne, den er ebenso zurück nach Albany holen wollte wie seine Cousine.

Diesmal ließ er sich von seiner Mutter umarmen und erwiderte diese Geste. Sie sagte nichts mehr, drückte ihn nur und wandte sich dann ab.

»Ich habe die besten Krieger, die mich begleiten, Mutter«, rief er ihr nach und rannte dann voller Tatendrang zur Feste, um seine Sachen zu holen.

»Ah, Hilfe!«, schrie Selfra, als der Bärtige die Decke wegriss, unter der sie gerade noch selig geschlummert hatte, und ihr Nachthemd über die massigen Oberschenkel schob. Doch er hielt ihr den Mund zu und brachte seine Lippen dicht an ihr Ohr.

»Ich bin es, und jetzt schweigt.« Brutal rammte er seine Männlichkeit in sie und kam rasch zum Höhepunkt, als er an die Nebelhexen dachte, die ihn begleiten würden. Lilith, die kleine Halbgnomin von der Nebelinsel, und diese betörende Halbelfe Esha, die ihn schon vor Kurzem fast um den Verstand gebracht hatte. Er fragte sich, wie er seine Triebe unter Kontrolle halten sollte, wenn sie unterwegs waren. Am liebsten hätte er Selfra mit sich genommen, um sich jederzeit bei ihr Erleichterung verschaffen zu können. Doch das war kaum möglich. Er musste darauf achten, ausreichend Kräuterelixier aus Culmara mitzunehmen. Hoffentlich verfügte der Händler über einen entsprechend großen Vorrat.

»Mein Herr, Ihr seid aber stürmisch«, gurrte die dicke Frau, als er fertig war.

Doch er zog sich ungerührt die Hose an. Eilig erklärte er ihr, was entschieden worden war, und kam dann zum Wesentlichen. »Toran kommt mit, und auch Denira hat sich überraschenderweise angeboten. Sorgt bei ihrem närrischen Vater dafür, dass sie die Erlaubnis erhält. Sollte sich mir nicht die Möglichkeit bieten, den Prinzen verschwinden zu lassen, brauchen wir sie noch.«

Selfra glotzte ihn erstaunt an. »Das sind erfreuliche Neuigkeiten, und ich werde Lord Egmont selbstverständlich überzeugen.« Selbstverliebt strich sie über ihre vollen Brüste. »Aber passt gut auf sie auf! Denira ist unerfahren und soll in der anderen Welt nicht zu Schaden kommen!«

»Ich gebe mein Bestes.« Dieses blonde Mädchen war ihm gleichgültig, doch um Selfra gnädig zu stimmen, würde er sie wohlbehalten zurückbringen. »Aber Ihr müsst auch etwas tun. Nachdem dieser Dummkopf von Hafran momentan nichts unternimmt, müsst ihr die Mitglieder unserer Verbindung zusammenrufen. Lasst sie zuverlässige Männer finden, die sich als der Bärtige verkleiden und weitere Nebelhexen schänden und ermorden. Das wird Kaya auf Trab halten, solange ich fort bin. Der Adel wird ohnehin gegen sie aufgebracht sein, weil sie sich über ihre Wünsche hinwegsetzt und Soldaten schickt.«

»Und sogar ihren eigenen Sohn – wie tapfer«, höhnte Selfra, goss sich einen Schluck Wein ein und trank, wobei sie ihn von der Seite her anschielte. »Und einige Nebelhexen dürft Ihr ja auch zu Eurer Gruppe zählen. Lilith, Esha, Aramia – ich bin gespannt, wie viele von ihnen Albany lebend wieder erreichen!« Mit einem zynischen Grinsen prostete sie ihm zu.

Die Vorstellung, einige von ihnen in der anderen Welt in einem unbeobachteten Moment umzubringen, ließ seine Männlichkeit erneut anschwellen. Er biss die Zähne zusammen. Aramia – diese Nebelhexe reizte ihn ungemein, selbst wenn er sich bislang bewusst von ihr ferngehalten hatte. Insgeheim fürchtete er sie, denn sie war eine herausragende Kriegerin, dazu klug und unnahbar, etwas, das eine Herausforderung für ihn darstellte. Sie zu überrumpeln, zu schänden und zu ermorden würde nicht einfach werden. Ihre Tochter Leána war da anders, sie war unbeschwerter, gutgläubiger und würde die Gefahr sicher erst erkennen, wenn es zu spät war.

In seiner Erregung trat er noch einmal zu Selfra, ihre Augen glitzerten bereits erwartungsvoll, doch dann griff er zu dem Beutel, der an seinem Gürtel hing, und trank von dem Elixier. Er musste sich zusammenreißen, die nächsten Tage mit den Nebelhexen würden eine Qual für ihn werden, und besser er fing schon jetzt damit an, seine Triebe zu kontrollieren.

»Und vergesst nicht, noch einmal nach Brambur zu schicken! Der Zwergenkrieg soll trotzdem stattfinden. Ein paar tote Nebelhexen ergänzen das Chaos in Albany hervorragend, sollte er endlich loslegen.«

»Wie Ihr wünscht.« Selfra zwirbelte ihre Locke, wartete wohl kurz, ob er es sich anders überlegte und sie noch einmal beglückte, dann kleidete sie sich an. »Nun werde ich den guten Lord Egmont mit meinem Rat beehren.«

Kapitel 27

Zerstörer der Welten

Stumm saßen sich Rob und Kayne in der Ruine eines aus hellem Stein erbauten Hauses gegenüber. In der Mitte prasselte ein rauchloses Feuer, über dem eine seltsame Echse und zwei kleine Nagetiere brutzelten, die Kayne mit Leánas Bogen erlegt hatte. Es war ihnen auch gelungen, Wasser zu finden. Offenbar war einst ein kleiner Bach durch das Dorf geflossen, man konnte das Bachbett noch erkennen. An der versiegten Quelle, am nördlichen Ende des Tals, war die Erde ein wenig schwammig gewesen, und nach einigem Graben hatten sie ein Loch freigelegt, in dem sich Wasser sammelte. Nun waren ihre Trinkbeutel wieder voll. Rob zerlegte die Echse und reichte Kayne die Hälfte, aber er hatte keinen Hunger, denn ständig wanderten seine Gedanken zu Leána. Gab man ihr zu essen? Folterte man sie am Ende?

»Leána nützt es nichts, wenn du nicht bei Kräften bleibst«, mahnte Rob.

»Ich esse später«, versprach Kayne tonlos und starrte in die Flammen. Er erinnerte sich daran, wie Aramia häufig Feuergeister beschworen hatte und er und Leána sie wieder und wieder aufgefordert hatten, es noch einmal zu tun. Damals waren sie Kinder gewesen, und vieles war so viel einfacher gewesen. Hier tanzten die Feuergeister nicht. Gab es keine, oder verbargen sie sich in den Flammen, weil sie keine Kraft hatten für fröhliche Spielchen?

»Manchmal erscheint einem seine Lage aussichtslos«, riss Rob ihn aus seinen Erinnerungen, während er selbst recht lustlos an einem gebratenen Schenkel herumknabberte. »Und dann – ganz unverhofft – wendet sich das Schicksal.«

»Das haben Ennedal und Morthas vielleicht auch gedacht.«

»Wir dürfen die Hoffnung nicht aufgeben.«

Mit einem resignierten Schnauben legte sich Kayne auf den Boden und wickelte sich in seine Decke. Im Moment war er einfach nur erschöpft und wollte nicht mehr nachdenken. Doch es dauerte lange, bis der Schlaf ihn übermannte.

Vor Kayne breiteten sich Albanys endlose Wälder aus, grüne Auen glänzten im Morgenlicht, und auf den Wogen des westlichen Meeres, die sich an der rauen Küste brachen und sanft über den steinigen Strand rollten, tanzten Wassergeister. Leána galoppierte mit Maros einen Hügel hinauf, an ihrer Seite Toran, Siah und er selbst. Kayne wusste genau, es war ein Traum, ein schöner, friedlicher Traum, und er wollte diesen Traum weiterträumen. Mit einem Mal stand eine Elfe vor ihm. Zunächst dachte er, es sei Ennedal, doch sie sah anders aus. Die Elfe versuchte, mit ihm zu sprechen, doch die Worte, die ihren Mund verließen, konnte er nicht hören. Nun winkte sie einladend mit der Hand, und er folgte ihr in seinem Traumkörper. Sie führte ihn durch ein Portal. Lichtblitze zuckten um ihn herum, und plötzlich fand er sich in den Ruinen wieder, in denen Rob und er sich zum Schlafen hingelegt hatten. Allerdings waren die meisten Häuser noch vollständig erhalten. Drachen hatten sich am Rande des Dorfes aufgebaut. Wie es aussah, versuchten sie, die Elfen, die sich bewaffnet hinter ihnen versammelt hatten, zu verteidigen. Doch da erhob sich ein Gesang, alles wirbelte vor den mächtigen Herren der Lüfte herum. Wie in Trance traten die Elfen zwischen den Drachen hindurch in den Wirbel hinein, und selbst das Drachenfeuer prallte wirkungslos von dem Strudel aus Luft und Sand ab. Kayne wollte aufwachen, aber es gelang ihm nicht. Das Bild flackerte. Tote Elfen lagen überall, Buggane plünderten die Häuser, Elfen wurden von Buggane gebissen und zuammengetrieben.

Mühsam versuchte Kayne, sich durch den Schleier des Schlafs zu kämpfen, war noch gar nicht wirklich wach, träumte jedoch auch nicht mehr. Dies war ein seltsames Gefühl, und er fürchtete auf einmal, sich in dieser Zwischenwelt zu verlieren, und verstärkte seine Anstrengung wach zu werden. Plötzlich quälte ihn ein dumpfer Schmerz hinter seinen Schläfen.

Hör mich an, sprach eine sanfte Stimme.

Was willst du? Wer bist du? Träume ich?, fragte er.

Ihr könnt die Mysharen nicht besiegen. Sharevyon muss vergehen, das weiß ich heute. Wieder tauchte die Elfe vor ihm auf, aber das Dröhnen in seinem Kopf wurde so laut, dass er dachte, den Verstand verlieren zu müssen.

Nicht. Hör auf.

Wehr dich nicht dagegen, ich muss dir etwas zeigen. Du musst …

Kayne hatte das Gefühl, sein Schädel würde zerplatzen. Blitze zuckten vor seinen Augen. Er wurde Zeuge, wie Drachen vom Himmel fielen, eine Art Nebel aus einem grauen Loch aufstieg, sich über das ganze Land ausbreitete und alles verschlang. Jetzt quälten ihn stechende Schmerzen, die seinen Kopf durchzuckten. Er wollte schreien, vielleicht tat er es auch, denn nun entdeckte er Leána, die vor dem Loch stand, aber da war dieser Nebel. Er verschlang sie und …

»Kayne!«

Gewaltsam riss er die Augen auf, sein Blick wurde klar, verschwamm dann wieder. Er presste die Fäuste gegen die Augen, rollte sich zusammen und spürte, wie Rob ihm eine Hand auf den Rücken legte.

»Ruhig atmen!«

Das hätte er nur zu gern getan, doch konnte er die Luft nur stoßweise herauspressen, und sein eigenes Blut rauschte in seinen Ohren. Noch einmal fuhr eine Schmerzwelle durch seinen Kopf, ein verklingendes Seufzen erfüllte seine Sinne, dann war es vorüber.

Er richtete sich auf und blickte in Robs verstörtes Gesicht.

»Ist es vorbei?«

Er nickte, nahm den Wasserbeutel, den Rob ihm hinhielt, und trank. Dann presste er erneut die Fäuste gegen die Augen.

»War das wieder eine Vision?«, wollte Rob wissen.

»Kann sein, ich weiß es nicht.«

Kayne kreiste mit seinen verspannten Schultern und sah sich um. »Ich habe von diesem Ort geträumt, vielleicht sogar vor meinem geistigen Auge miterlebt, wie die Elfen vernichtet wurden. Da war wieder dieses graue Loch, das alles verschlungen hat.«

»Kayne, sobald du zurück in Albany bist, musst du dich von Nordhalan und den anderen Zauberern ausbilden lassen«, beschwor Rob ihn.

Ruckartig stand Kayne auf, musste sich dann aber an der Wand abstützen, um nicht auf der Stelle umzukippen.

Schon war Rob bei ihm, hielt ihn an den Schultern fest und betrachtete ihn ausgesprochen besorgt. »Du siehst fürchterlich aus. Du hast geschrien und um dich geschlagen. Diese Visionen setzen dir mit jedem Mal mehr zu.«

»Ach was!« Gereizt rieb sich Kayne die Schläfen. »Außer Lharina kennt sich niemand mit Visionen aus, und momentan sind wir zudem weit davon entfernt, nach Hause zu gehen.«

Wieder tauchte das entsetzliche Bild vor ihm auf – Leána, die von dem grauen Nebel verschlungen wurde –, und er schauderte.

»Dann geh zu Lharina.«

»Vielleicht«, antwortete er ausweichend und setzte sich wieder hin.

Den Kopf in die Hände gestützt bemühte Kayne sich, seine Sinne zu klären. Sein Schädel brummte, und er fühlte im ganzen Körper diese seltsame Schwäche.

Die ganze Zeit über betrachtete Rob ihn, sagte jedoch kein Wort, offenbar dachte er nach, denn auf einmal legte er einen Finger an die Nase und beugte sich näher zu ihm.

»Hattest du diese Visionen wirklich noch nie, als du in Albany warst? Vielleicht seltsame Träume, die immer intensiver wurden?«

»Nein.« Ganz langsam spürte Kayne seine Kräfte zurückkehren, dennoch blieb ein eigentümliches Gefühl der Leichtigkeit, so als würde er seinen Körper gar nicht richtig wahrnehmen. »Weshalb fragst du?«

»Nur so ein Gedanke«, murmelte Rob.

»Wärst du so freundlich, ihn mit mir zu teilen? Ich habe nämlich momentan das ungute Gefühl, nicht mehr Herr meines eigenen Geistes zu sein.«

»Ich überlegte, ob du ein Sidhane sein könntest.«

»Ein Geisterseher? Nein, Sidhane bemerken ihre Begabung schon sehr früh, meist als kleine Kinder. Andererseits ...« Etwas schoss ihm durch den Kopf, flüchtig, dann war es wieder verschwunden. »Nein, ich hätte das gemerkt. Und auch Nordhalan und selbst Dimitan wäre aufgefallen, wenn ich Begegnungen mit Geistern gehabt hätte.«

»Dann wird es sich doch um Visionen handeln.«

»Oder dieses Land treibt mich in den Wahnsinn.«

»Wie kommst du denn darauf?« Tröstend drückte Rob Kaynes Schulter. »Abgesehen von deinen Visionen bist du vollkommen bei klarem Verstand. Nur manchmal überkommt dich ... etwas.«

»Und ich weiß nicht, was das ist«, erwiderte Kayne mit heiserer Stimme.

»Wovor fürchtest du dich?«

Eine Weile schwieg Kayne, war nicht in der Lage zu sprechen, dann konnte er nicht anders, als Rob zu erzählen, was ihn schon lange bedrückte.

»Manche Menschen behaupten, Samukal wäre verrückt gewesen. Er liebte Darians Mutter, die sich aber für Jarredh von Northcliff entschied. Das muss ihn dermaßen aus der Bahn geworfen haben, dass er sich ein anderes Ziel im Leben suchte und mit aller Gewalt danach strebte, der mächtigste Mann in Albany zu werden. Er dachte gar, er könne Dämonen beherrschen.«

»Und jetzt hast du Angst, sein Wahnsinn wäre sein Vermächtnis an dich?«

Kayne musste heftig schlucken und nickte betreten, dann blitzte er Rob wütend an. »Und sag jetzt bitte nicht etwas wie: *Das kann nicht sein, Kayne, du bist nicht Samukal, du wirst niemals so wie er!*«

»Nein, das hatte ich gar nicht vor«, entgegnete Rob zu Kaynes Überraschung. »Ich kannte deinen Vater nicht und weiß nur weniges aus Erzählungen über ihn. Aber ich habe dich kennengelernt.« Robs ungewöhnliche Augen bohrten sich in die seinen. »Du trägst Leid, Ungerechtigkeit und auch eine gewisse Dunkelheit in dir.« Als Kayne den Mund öffnete, machte Rob eine abwehrende Handbewegung. »Warte. Diese dunkle Seite lauert in uns allen. In mir vielleicht weitaus mehr als in anderen Menschen oder in Elfen, und selbst wenn ich so viele Sommer und Winter mehr gesehen habe als du, ist es auch mir nicht vollständig gelungen, meinen Hass zu überwinden. Sonst hätte ich Dymoros vielleicht verschont und sogar eines Tages verziehen. Doch wir können an uns arbeiten, es liegt an uns, was wir aus unserem Leben machen. Ich trage das Feuer der Drachen in mir, du möglicherweise eine Begabung zu dunkler Magie. Aber ich halte dich für einen sehr verantwortungsvollen jungen Mann, der vor seinen eigenen Kräften Angst hat, selbst wenn er in seinem Zorn hin und wieder ungerecht oder gar brutal ist. Doch du würdest alles für deine Freunde tun, und das macht dich zu einem guten Menschen. Samukals Wahnsinn mag dein Vermächtnis sein, doch so wie ich das sehe, hast du dich entschieden, es nicht anzutreten. Ich bin froh, dass du an meiner Seite bist.«

Verwundert sah Kayne ihn an und konnte nur Aufrichtigkeit in Robs Worten erkennen. Das verunsicherte ihn, und er wusste gar nicht, was er erwidern sollte. »Danke«, stammelte er daher nur.

»Du musst mir nicht danken.« Ein spöttisches Grinsen zeigte sich auf Robs Zügen. »Wir Drachen haben es nicht nötig, jemandem zu schmeicheln, daher tun wir das auch nicht.«

»Gilt das auch für einen Drachen, der zum Teil menschlich ist?«

»Das musst du selbst herausfinden. Versuch noch ein wenig zu schlafen. Wer weiß, was der nächste Tag bringt.«

»Nein, leg du dich hin. Ich habe den Eindruck, wenn ich schlafe, bin ich noch anfälliger für diese eigentümlichen Visionen.«

Kurz dachte er, Rob würde widersprechen, aber dann rollte er sich auf der Decke zusammen, und es dauerte nicht lange, bis gleichmäßige Atemzüge erklangen.

Kayne grübelte über das nach, was Rob zu ihm gesagt hatte und auch über die letzte Vision, die ihn einfach nicht mehr losließ. Als die Sonne über die östlichen Hügel kroch, hatte er eine Entscheidung getroffen.

Große Geschäftigkeit herrschte in Northcliff. Toran hatte schon alle Waffen, Proviant und Ausrüstung beisammen und konnte gar nicht verstehen, dass die anderen so lange brauchten. Genau wie er waren auch Jel'Akir und Nal'Righal längst fertig. Der dunkle Krieger lehnte bewegungslos an der Mauer zum Burghof und ließ sich seine Ungeduld – sollte sie vorhanden sein – mal wieder nicht anmerken. Jel striegelte ihr Pferd, eine graue Stute, und sprach leise mit ihr.

»Prinz Toran!« Mit geröteten Wangen kam Denira auf ihn zugerannt. Niemals zuvor hatte er sie in Hosen und Stiefeln gesehen. Zudem trug sie ihre Haare heute zu einem Zopf zusammengebunden, statt sie zu einer ihrer kunstvollen Frisuren aufzustecken. »Ich darf Euch begleiten!«

»Oh.« Wenn er ehrlich mit sich war, hatte er gar nicht mehr an Denira gedacht, doch jetzt stand sie vor ihm. Strahlend, mit einer Spur von Furcht in ihren blauen Augen. Er fasste sie am

Arm und führte sie ein Stück von den Dunkelelfen fort. Es war an der Zeit, etwas klarzustellen.

»Denira. Ich schätze dich, aber du solltest nicht ...«

»Ihr schätzt mich«, unterbrach sie ihn atemlos, und das Rot ihrer Wangen verstärkte sich.

»Ich muss dir das jetzt sagen, selbst wenn ich dich verletze«, fiel er ihr ins Wort, woraufhin ihre Miene erstarrte. »Ich möchte nicht, dass du uns begleitest, nur weil du Gefühle für mich hast. Ich habe Siah sehr geliebt, und niemand wird ihren Platz einnehmen können.«

Nun senkte Denira ihren Kopf, schaute zu Boden und nickte. »Das kann ich verstehen, und es ehrt Euch, Prinz Toran.«

Energisch fasste er sie an den Schultern. »Ich mag dich, Denira, aber ich liebe dich nicht. Im Augenblick kann ich mir nicht einmal vorstellen, jemals wieder eine Frau zu lieben. Daher sei so gut und bleib hier, falls du dir Hoffnungen machst, die nächste Königin von Northcliff zu werden, denn das wird nicht der Fall sein.«

Für einen Moment befürchtete er, sie könnte in Tränen ausbrechen, er rechnete damit, dass sie jetzt davonrennen würde, doch Denira blieb. Sie schaute kurz zu Boden, atmete tief durch und straffte dann die Schultern.

»Ich danke Euch für Eure offenen Worte. Aber wie ich bereits sagte. Ich möchte etwas Bedeutsames tun und nicht wie die anderen Hofdamen den Rest meiner Tage als närrisches Zierwerk mein Dasein fristen.« Noch einmal holte sie Luft, wohl um Mut zu fassen. »Ihr bedeutet mir etwas, das möchte ich nicht leugnen, aber ich werde Euch niemals zu Gefühlen drängen, die Ihr nicht habt. Ich bin gern in Eurer Nähe und möchte Euch bei einer wichtigen Aufgabe unterstützen. Und vor allem möchte ich etwas tun, an das ich mich erinnern werde, wenn ich eines Tages alt und grau bin. Wahrscheinlich wird sich mir keine bessere Gelegenheit bieten, als eine andere Welt zu erkunden.«

Was Denira da von sich gab, beeindruckte Toran gegen seinen

Willen, dennoch forschte er in ihrem hübschen, ebenmäßigen Gesicht, ob sie nicht vielleicht doch nur um seinetwillen mitkommen wollte.

»Du könntest dabei sterben.«

»Ich weiß.« Sie hob die Schultern. »Meine Mutter starb kurz nach meiner Geburt. Hält das andere Frauen davon ab, Kinder zu bekommen?«, fragte sie ihn herausfordernd.

»Vermutlich nicht«, räumte Toran ein. »Nun gut, wenn es dir darum geht, Abenteuer zu erleben, wirst du dazu Gelegenheit haben. Aber bitte erinnere dich daran, was Nordhalan von Sharevyon erzählt hat. Es wird weitaus gefährlicher als die Jagd nach diesem Nebelhexenmörder.«

Er bemerkte, wie Denira schluckte, ihre Wangen waren nun nicht mehr gerötet, sondern blass. »Mag sein. Aber fähige Krieger begleiten uns in die andere Welt.« Sie blinzelte schüchtern zu Nal'Righal hinüber. »Wir alle werden gesund nach Hause zurückkehren. Wann ist der Aufbruch geplant?«

Mit zusammengezogenen Augenbrauen schaute Toran die uralten Mauern hinauf. »Wenn endlich alle ihre Sachen gepackt haben. Ich möchte nur wissen, was sie so lange zu tun haben.«

Schon auf den Geisterinseln hatte es große Empörung ausgelöst, dass Kaya sich dafür ausgesprochen hatte, weitere Menschen hinüber nach Sharevyon zu schicken, um Kayne und Leána zu retten. Auch jetzt zeigten sich viele Adlige aufgebracht, und Männer wie der alte Lord Finlen und sein Freund Lord Etjen heizten die Stimmung zusätzlich auf.

»Sollte es zu einem Kampf gegen die Nordzwerge kommen, benötigen wir fähige Männer wie Hauptmann Sared in Albany«, tönte der jüngere Lord.

»Unser zukünftiger König bringt sich in Gefahr!«, vernahm Nordhalan eine weibliche Stimme aus der Menge.

Er war geblieben, um Kaya zur Seite zu stehen. Die Königin stand mit verschlossener Miene vor ihrem Thron, und er wusste, wie schwer es ihr gefallen war, ihrem einzigen Sohn die Erlaubnis zu geben, nach Sharevyon zu reisen. Umso mehr schätzte er sie dafür, denn alles andere hätte zu einem Bruch mit Toran geführt. Die Anschuldigungen der Ratsmitglieder machten ihr zudem spürbar zu schaffen.

Lautstark klopfte das Oberhaupt der Diomár mit seinem Zauberstab auf den steinernen Boden.

»Wir haben alles reiflich überlegt, und niemandem ist seine Entscheidung leichtgefallen«, rief er, und seine kräftige Stimme übertönte alles.

Nach und nach verstummte das Gemurre.

»Dies ist eine Angelegenheit der Elfen, Zauberer und der Königsfamilie. Was geschehen ist, konnte niemand vorausahnen, aber nun ist es an der Zeit, die Überlebenden zu retten.«

»Und das Leben wertvoller Krieger zu riskieren, nur wegen einer Nebelhexe und dem Bastardsohn eines irren Zauberers!« Zahlreiche Köpfe drehten sich um, und auch Nordhalan versuchte, denjenigen auszumachen, der gesprochen hatte. Er war froh, dass Aramia nicht anwesend war, denn sie hätte den Mann, der das von sich gegeben hatte, sicher eigenhändig erwürgt.

»Wer das Leben von Leána von Northcliff als wertlos erachtet, der möge vortreten.« Nordhalan ließ seinen Blick drohend über den vollen Saal schweifen. »Und allen, die mich jetzt korrigieren möchten – bald wird sie eine von Northcliff sein, denn ihr Vater und Aramia werden heiraten und sie ist somit die legitime Tochter von Darian von Northcliff!« Gemurmel wurde laut, und Nordhalan wusste nur zu gut, dass immer noch viele die Beziehung zwischen Darian und Aramia nicht guthießen. Er glaubte, derjenige, der vorhin gesprochen hatte, hatte aus der Gruppe um Lord Finlen gesprochen, doch nun schwieg er. »Nun gut, der Mut des Redners ist offenbar nur ausreichend, um im Schutze Gleichgesinnter den Mund aufzumachen. Aber lasst euch eins gesagt sein: Alle, die Leána und Kayne, der ein Zauberer und wichtiges Mitglied unserer Gemeinschaft ist, zu

Hilfe kommen, tun dies aus freien Stücken. Weder ich noch eure Königin«, er deutete auf Kaya, die ihren Kopf hob, »haben auch nur einen von ihnen gezwungen. Das Menschenreich und seine Ländereien werden ausreichend beschützt sein. Und was Kayne betrifft.« Erneut ließ er seinen Blick schweifen. »Wie viele von euch müsste ich persönlich dafür verurteilen, dass sie Fehenius und Samukal gedient haben? Wie viele Söhne anklagen und verunglimpfen, weil ihre Väter sich nicht gegen das Unrecht, das diese Männer begangen haben, zur Wehr gesetzt haben?«

Zufrieden beobachtete er, wie ein großer Teil der Anwesenden nun zu Boden blickte. Ganz besonders die Adligen hatten allen Grund dazu, denn Nordhalan war alt genug, um genau zu wissen, wer von ihnen damals Fehenius nach dem Mund geredet hatte.

»Und nun ersuche ich euch«, fuhr er fort. »Ich ersuche euch alle bei eurer Ehre als Bürger des Menschenreichs. Unterstützt eure Königin, statt ihr Vorwürfe zu machen. Helft ihr, sollte es zu einem Krieg gegen Hafran kommen, und betet zu den Göttern für die baldige Heimkehr von Prinz Toran und für uns alle.«

Für einen Moment herrschte Stille, dann fing irgendwo am Ende des Thronsaals jemand zu klatschen an. Hände wurden in die Höhe gereckt, und Hochrufe auf die Northcliffs erfolgten, die anschwollen und schließlich zu einem Donnern wurden.

Nordhalan blickte zu Kaya hinüber, die ihm ein dankbares Lächeln zuwarf. Er bahnte sich seinen Weg zur Tür, denn er wollte vor dem Aufbruch noch einmal zu Dimitan gehen und ihn um etwas bitten. Befreit atmete Nordhalan auf, als er die Menge hinter sich gelassen hatte, und hastete mit großen Schritten durch die Gänge zu Dimitans Gemach an der Spitze des Nordostturmes.

Bereits im Thronsaal waren ihm die dunkler werdenden Wolken aufgefallen, und als er jetzt über den Wehrgang zwischen Süd- und Ostturm schritt, zerrte ein heftiger Wind an Haaren und Bart. Entferntes Donnergrollen war zu hören.

»Nordhalan!« Die Stimme von Toran schallte zu ihm herauf. Der junge Prinz stand in der Nähe des großen Tores im Schutze der überhängenden Balustrade, rannte nun das kurze Stück über den Hof und hielt auf eine der Treppen zu den Wehrgängen zu. Nur wenig später stand er schwer atmend vor ihm.

»Können wir endlich aufbrechen?«

Tröstend legte Nordhalan ihm eine Hand auf die Schulter. »Gedulde dich noch ein wenig. Ein Unwetter zieht auf, da können die Drachen nicht fliegen.«

Auf der Stelle verfinsterte sich Torans Gesicht derart, dass es mit den Gewitterwolken konkurrieren konnte. »Vielleicht sind die Drachen längst am Portal. Weshalb braucht ihr so lange, verflucht noch mal?«

»Einiges muss vorbereitet und in die Wege geleitet werden. Ich verspreche dir, sobald ich bei Dimitan war und das Unwetter nachlässt, betreten wir den Eichenpfad. Aventura wollte auf den Weiden vor Northcliff landen, bevor sie endgültig zum Portal am Walkensee fliegt, also ist ohnehin noch Zeit.«

Torans Nicken kam sehr unwillig, und Nordhalan konnte ihn verstehen. Ihn selbst drängte es, seinen Gefährten rasch zu Hilfe zu eilen. Ein Problem, das sie noch nicht geklärt hatten, war das Portal von Glastonbury. Wie sollten sie, ohne Tausende Menschen darauf aufmerksam zu machen, einen ganzen Berg abtragen, um es den Drachen zu ermöglichen, durch das Weltenportal zu fliegen? Vielleicht konnten sie einen Zauber wirken, eine Illusion, die den Menschen vorgaukelte, der Berg stünde da wie immer.

»Ich beeile mich«, versicherte er und hastete weiter. Als Nordhalan endlich bei Dimitans Gemächern angekommen war, hätte man meinen können, die Nacht wäre hereingebrochen, so düster war es über dem Meer geworden. Er klopfte an die Tür, und von innen erfolgte ein leicht gereiztes: »Herein!«

»Dimitan.« Ein Blitz fuhr über dem Drachenmeer vom Himmel und verwandelte das Firmament in ein gleißendes Inferno.

Schon prasselten dicke Regentropfen gegen die Fensterscheiben, Donner grollte.

»Weshalb warst du nicht im Thronsaal?«, wollte Nordhalan wissen.

Der glatzköpfige Zauberer war offenbar in seine Schriftstücke vertieft, blickte nicht einmal auf und winkte ab. »Ich hatte zu tun.«

Unwillig runzelte Nordhalan die Stirn. »Wenn ich fort bin, gibt es nicht mehr allzu viele Zauberer in Albany. Bitte kümmere dich um die Schüler auf den Geisterinseln.«

»Ja, ja.«

Ein neuer Blitz fuhr hernieder, diesmal folgte der Donnerschlag deutlich früher, und Dimitan schreckte zusammen. So als würde er das Unwetter erst jetzt bemerken, schaute er zum Fenster hinaus, und seine Stirn legte sich in Falten.

»Kannst du mir einen Kerzenhalter reichen?«, fragte er.

Als Oberhaupt der Diomár lag Nordhalan zwar eine entsprechende Erwiderung auf den Lippen, doch er entzündete einen Kandelaber, der auf dem Tisch vor Dimitans Bücherregal stand, und trat zu dem anderen Zauberer.

»Was fesselt dich derart, dass du deiner Königin nicht beistehst, wenn sie vor dem aufgebrachten Volk spricht?«, erkundigte er sich missbilligend.

»Das sind einige der Schriften, die Ray'Avan herbrachte«, berichtete Dimitan, ohne auf den Tadel einzugehen. »Ich hatte sie gar nicht weiter beachtet, weil dieser alte Dunkelelf ...«, er unterbrach sich selbst und schmunzelte halbherzig, »du weißt schon, meist kann man nichts Sinnvolles aus ihm herausbekommen.«

»Und was hat deine werte Meinung über ihn geändert?« Fragend hob Nordhalan eine Augenbraue und betrachtete sein Gegenüber. Meist gab sich Dimitan sehr nüchtern, gleichgültig, beinahe schon gelangweilt. Doch nun griff er nach einem Blatt aus einem der zahlreichen Stapel, die auf der Truhe neben seinem roten Samtsessel standen, und deutete auf einen weiteren auf dem Hocker neben ihm.

»Das sind Schriften von diesem Dunkelelfen-Diomár, den sie als Wirrgeist bezeichneten.« Zynisch hob er seine rechte Oberlippe. »Vieles ist in der Tat hanebüchener Blödsinn, und dummerweise sind die meisten Bücher nicht mehr komplett. Ich konnte jedoch einige wieder beinahe vollständig zusammenfügen und werde sie binden lassen.«

Nordhalan wusste, dass Dimitan Bücher sehr schätzte – einer der sympathischeren Wesenszüge dieses Mannes, wie er fand –, aber im Augenblick gab es wirklich Wichtigeres. Doch bevor Nordhalan ihn erneut wegen Ray'Avan zurechtweisen konnte, zog er zwei vergilbte, brüchige Seiten beinahe schon liebevoll aus dem Stapel heraus.

»Ich glaube, diese hier gehören zu dem Buch, aus dem Ray'Avan uns auf den Geisterinseln vorgelesen hat. Erst vorhin habe ich einen Teil davon übersetzt, du weißt, mein Dunkelelfisch lässt ein wenig zu wünschen übrig, aber soweit ich es verstanden habe, handelt es sich erneut um diese Verbindungen zwischen den Weltenbäumen.«

»Interessant.« Nun zog sich Nordhalan doch einen Stuhl heran, entzündete auch für sich eine Kerze in einem der Halter und begann zu lesen. Draußen tobten sich die Sturm- und Regengeister über der Burg aus.

Eine ganze Weile hatten die Männer in stummem Einvernehmen die Schriften studiert, als Dimitan mit einem lauten Rascheln sein Schriftstück beiseitelegte und sich räusperte.

»Nordhalan.«

»Hm.« Der alte Zauberer ließ sein Pergament bedächtig sinken.

»Falls Morthas noch lebt.« Dimitan räusperte sich erneut und fuhr sich über die Glatze. »Bring ihn bitte wohlbehalten zurück. Ich habe keine Kinder, wie du weißt. Doch mittlerweile ist er wie ein Sohn für mich.«

Dieses Geständnis verwunderte Nordhalan ein wenig, hatte Dimitan doch vor ihrer Reise Morthas an seiner statt vorgeschickt. Aber vielleicht war es gerade das, was ihm zu schaffen machte.

»Ich werde alles daransetzen, jeden Überlebenden mit zurück nach Albany zu bringen«, versprach Nordhalan.

So als wäre es Dimitan nun peinlich, sank er zurück in den Sessel und steckte seine Nase in die Papiere.

Nordhalan hingegen blickte noch eine Weile zum Fenster hinaus und beobachtete das Spiel von Sturm, Wellen und Blitzen. Dabei dachte er über das Leben nach, das die meisten Zauberer führten. Die wenigsten in bedeutenden Positionen hatten einen Partner, so war es auch bei Nordhalan. An die Zeit, die er in der Welt verbracht hatte, in der Darian aufgewachsen war, konnte er sich kaum noch erinnern, und das war auch gut so. Danach hatten sich viele Dinge überschlagen. Der Kampf mit Darian und Atorian um den Thron, der Dämonenkrieg und später seine Aufgabe als Oberhaupt der Diomár – da war niemals Zeit für eine Frau gewesen. Es war lange her, dass er für jemanden tiefe Gefühle gehegt hatte, und wenn er ehrlich mit sich war, vermisste er genau dies in letzter Zeit. Auch Dimitan hatte, soweit Nordhalan wusste, keine feste Partnerin. Nicht sehr verwunderlich, denn Dimitan war doch ein sehr eigener Mensch, mit dem es eine Frau nicht leicht haben würde. Vermutlich vergnügte er sich hin und wieder mit einer Magd, oder er suchte eine der käuflichen Damen in Culmara auf.

»Nordhalan, du hast wirklich gerade Wichtigeres zu tun, als dir über Frauen den Kopf zu zerbrechen«, rief sich der Zauberer selbst zur Ordnung und griff erneut nach seinem Pergament, um die Dunkelelfenschrift zu übersetzen.

»Was sagtest du?«, erkundigte sich Dimitan zerstreut.

»Schon gut, nichts Wichtiges!«

Kurzfristig schien es, als würde sich das Wetter bessern, und Nordhalan wollte schon aufbrechen, denn auch wenn die Reiseberichte von Ress'Tahal tatsächlich interessant waren, so konnte er sich schon Toran zuliebe nicht damit aufhalten, wenn er nicht etwas wirklich Bedeutsames darin fand, das ihnen in Sharevyon weiterhelfen würde. Insgeheim hoffte er sogar, der Dunkelelf hätte diese Welt schon einmal bereist, doch bislang hatte er nichts gefunden, was darauf hindeutete. Gerade als Nordhalan sich erhoben hatte, bemerkte er eine neue Schlechtwetterfront, die heranbrauste, und fluchte leise.

Kurz sah auch Dimitan von seiner Lektüre auf und blickte aus dem Fenster. Er winkte ab. »Unwetter von Osten sind die schlimmsten. Heute werdet ihr nicht mehr abreisen können.« Er zog an einer Schnur hinter seinem Stuhl, woraufhin ein dumpfes und weit entferntes Läuten ertönte.

Fragend hob Nordhalan die Augenbrauen.

»Eine Neuerung. Ich habe keine Lust, jedes Mal den Turm hinabzusteigen, um eine Magd zu finden.«

Typisch Dimitan, dachte Nordhalan, sagte jedoch nichts.

Es dauerte nicht lange, bis es klopfte und auf Dimitans Aufforderung eine junge Frau, sichtlich außer Atem und mit geröteten Wangen, den Raum betrat.

»Was kann ich für Euch tun?«, erkundigte sie sich und verneigte sich.

»Abendessen, Wein, Kekse und zwei Schalen Morscôta«, verlangte Dimitan und wedelte mit der Hand. »Und hurtig, ich bin hungrig.«

Die Magd seufzte leise, dann drehte sie sich um.

»Wärt Ihr so freundlich, Prinz Toran ausrichten zu lassen, dass wir erst am Morgen aufbrechen?«, fügte Nordhalan, deutlich freundlicher, hinzu.

»Sehr gern, Meister Nordhalan.«

»Statt der Glocke hättest du einen Schacht bauen lassen sollen, durch den du einen Zettel nach unten wirfst, auf dem steht, was du gerne hättest. Dann müssten die armen Diener nicht den ganzen Weg mehrfach laufen.«

»Ach was, die sollen etwas tun für ihren Lohn«, wiegelte Dimitan ab, dann steckte er seine Hakennase erneut in sein Buch. »Ein ausgesprochen interessantes Rezept mit Pilzen des Unterreichs«, murmelte er vor sich hin.

Auch Nordhalan vertiefte sich wieder in die Schriften und war bald ganz gefangen von einem Bericht, den Ress'Tahal über eine Welt verfasst hatte, die beinahe ausschließlich aus Wasser bestand und in der Wesen existieren sollten, die auf Wolken lebten.

Lediglich zum Essen unterbrach Nordhalan seine Lektüre und riss sich mühsam von den Beschreibungen der glitzernden, sphärischen Wesen los, die den Verfasser angeblich mit in ihre Wolkenburg genommen hatten, und er angelte nach einem anderen Blatt. Mittlerweile war es Abend geworden, und der Wind hatte nach kurzer Pause neue Gewitterwolken gebracht. Bald folgte Blitz auf Blitz, und Nordhalan bemühte sich, im flackernden Kerzenlicht die verblasste Dunkelelfenschrift dieser deutlich älteren Buchseite zu entziffern.

Belustigt bemerkte er, dass Dimitan auf seinem Sessel eingeschlafen war, den Silberbecher mit Morscôta hielt er noch in der Hand und schnarchte selig vor sich hin.

Ein neuer gleißender Blitz zuckte über der aufgepeitschten See, und als nur zwei Atemzüge danach der Donnerschlag ertönte, las Nordhalan eine Überschrift, die ihm das Blut in den Adern erstarren ließ.

Mysharen – Zerstörer der Welten

Das Gespräch mit Rob und seine Vision beschäftigten Kayne, während er darauf wartete, dass die Sonne aufging. Als er bemerkte, wie Rob unruhig wurde, überdachte er noch einmal, was er zu tun vorhatte, scheute sich aber nach wie vor, das auch durchzuziehen. Plötzlich verkrampften sich Robs Hände, er schlug nach einem imaginären Feind, murmelte etwas vor sich hin, es war wohl eher ein Knurren, dann bebte er am ganzen

Körper. Instinktiv sprang Kayne auf und schüttelte ihn an der Schulter, woraufhin sich Rob fauchend aufrichtete.

»Was ist los? Hattest du etwa auch eine Vision?«

Rob rieb sich über das Gesicht, so als müsse er erst mühsam ins Hier und Jetzt gelangen. »Nein. Es war ein Traum.« Entsetzen stand in seinen Augen. »Ich habe von Merina geträumt«, flüsterte er. »Weshalb ausgerechnet jetzt? Das ist schon eine Ewigkeit nicht mehr geschehen.«

»Merina?«, hakte Kayne nach.

»Meine erste große Liebe.« Rob sprang auf die Füße und packte hektisch seine Sachen zusammen.

Kayne fühlte Mitleid mit Rob. Mittlerweile wusste er um Robs Geschichte, von der Liebe zu den beiden Hüterinnen der Steine, die ihm sein Volk auf so brutale Art genommen hatte.

Tröstend legte ihm Kayne eine Hand auf die Schulter, und er stutzte, denn er bemerkte, wie Robs Augen feucht schimmerten, als er sich umdrehte, dann verspannte sich sein Unterkiefer, und er schluckte heftig.

»Nach all der Zeit beherrsche ich diesen verdammten Menschenkörper noch immer nicht völlig«, schimpfte er dann und wischte sich energisch über die Augen.

»Niemand kann seinen Körper völlig beherrschen«, erklärte Kayne mit einem halbherzigen Lächeln. »Du … vermisst Merina noch immer.«

»Es ist weit über tausend Sommer her.« Robs Stimme war nur ein Flüstern. »Ich habe Menschen sagen hören, wenn sie jemanden verlieren, den sie lieben, lässt der Schmerz irgendwann nach. Manch einer behauptete gar, man würde ihre Gesichter eines Tages vergessen.« Er legte eine Hand auf seine Brust. »Wenn mich die Erinnerung übermannt, fühlt es sich an wie an dem Tag, als man mich gewaltsam von ihr fortriss.«

»Das kann bei jedem unterschiedlich sein«, erwiderte Kayne zögernd. »Torans Mutter sagt auch immer, sie würde Atorian mit jedem Sommer, der vergeht, mehr vermissen. Ich glaube, ich würde …« *Leána auch niemals in meinem Leben vergessen, selbst wenn ich fünfhundert Sommer oder älter würde*, fügte er stumm hinzu.

Offenbar noch in seinen Gedanken versunken antwortete Rob nicht, und sie gingen hinaus ins Freie. Anders als die meiste Zeit über hingen heute Wolken am Himmel, und die Reste des Mondes, der Sonne und des Wasserplaneten wurden immer wieder verdeckt. Außerdem kam es Kayne kühler vor.

»Wir holen jetzt Wasser und behalten die Gegend im Auge. Nordhalan wird mit Hilfe kommen.«

Zielstrebig hielt Rob auf die Quelle zu, und Kayne blickte ihm hinterher. Seine Vision ging ihm nicht aus dem Kopf, wieder und wieder tauchte vor ihm das Bild auf, wie Leána von diesem grauen Nebel verschluckt wurde. Er blieb stehen, presste die Fäuste gegen die Augen, aber auch wenn das Bild verschwand, so blieb dieses entsetzliche Gefühl, sie im Stich zu lassen und vielleicht zu verlieren.

Er spielte zahlreiche Szenarien durch, doch keine schien ihm wirklich Erfolg versprechend. Schließlich fasste er Dämonenbann und rannte Rob hinterher.

Dieser kniete vor dem Loch im Boden und ließ seinen Trinkbeutel volllaufen.

»Da bist du ja endlich. Ich habe mir überlegt …«

Aber Kayne schloss kurz die Augen, hob sein Schwert und schlug es Rob über den Hinterkopf, während er flüsterte: »Tut mir leid.«

Kapitel 28

Schicksalhafte Entscheidungen

Die dunkelsten Stunden der Nacht waren über Northcliff hereingebrochen, das Gewitter hatte sich verzogen, und nur noch leichter Nieselregen benetzte die Scheiben. Dennoch war für Nordhalan an Schlaf nicht mehr zu denken. So rasch wie möglich versuchte er, die Dunkelelfenschrift zu übersetzen, musste sich immer wieder zwingen, langsam zu lesen, um ja nichts zu übersehen. Was er las, erfüllte ihn mit Grauen, und schließlich suchte er eilig Buchseiten aus dem Stapel, die jener ähnelten, die er zuerst gefunden hatte und somit höchstwahrscheinlich zu dem Buch von Ress'Tahal gehörten. Dann rannte er durch die nächtliche Burg den Turm hinab und klopfte an Nal'Righals Tür.

Nur zwei Atemzüge später stand der kräftige Dunkelelfenkrieger vor ihm. Sein gewöhnlich unbewegtes Gesicht drückte heute Verwunderung aus.

»Wollt Ihr aufbrechen? Ich hatte nicht vor dem Morgengrauen damit gerechnet.« Trotz seiner Worte lag seine Ausrüstung griffbereit auf der einfachen Holzkiste, das Schwert lehnte in der Lederscheide davor und Nal'Righal war reisefertig gekleidet. Unwillkürlich fragte sich Nordhalan, ob das ein Normalzustand bei dem Krieger war und ob er überhaupt einmal wirklich entspannen und seine Pflichten vergessen konnte.

»Nein, wir brechen noch nicht auf. Ich habe etwas gefunden, das möglicherweise sehr wichtig ist. Könntet Ihr diese Schriftstücke für mich übersetzen?«, bat Nordhalan. »Meine Kenntnisse der Dunkelelfenschrift stoßen immer wieder an ihre Grenzen.«

Nal'Righal verneigte sich förmlich. »Es ist mir eine Ehre, dem Oberhaupt der Diomár behilflich zu sein.« Der Krieger machte eine einladende Geste, woraufhin sich Nordhalan auf einen der zwei einfachen Holzstühle setzte, die an dem Tisch neben Nals Bett standen.

»Habt Ihr von dem Buch von Ress'Tahal gehört, das Ray'Avan aus dem Unterreich mitgebracht hat?«

»Die Theorie der Weltenbäume – ausgesprochen interessant. Jel'Akir hat mir davon berichtet.«

Gebannt beobachtete Nordhalan, wie der Dunkelelf mit unbewegter Miene die erste Seite überflog, dann jedoch erschrocken die Augen aufriss und Nordhalan sprachlos anstarrte.

»Die anderen Seiten, handeln sie ebenfalls von den Mysharen?«, stieß er hervor und griff nach den porösen Blättern.

»Ich gehe davon aus. Das Wort konnte ich immer wieder erkennen. Nur dachte ich, es dauert zu lange, wenn ich alles selbst übersetze.«

»Ein weiser Entschluss, zu mir zu kommen.« Sofort vertiefte sich Nal'Righal erneut in die Schriften, überflog die Seiten, ordnete sie an, legte einige auf den Boden, die vermutlich doch nichts damit zu tun hatten. Nordhalan bebte innerlich vor Anspannung und wartete darauf, dass Nal'Righal alles durchgelesen hatte.

Am Ende wirkte selbst die dunkle Gesichtsfarbe des Dunkelelfen fahl.

»Wenn das wahr ist …« Er runzelte die Stirn. »Beinahe alle vom Blute der 'Tahal litten unter Geisteskrankheit.«

»Ist es wahr, steht auf diesen Seiten, dass Mysharen von Welt zu Welt ziehen und diese zerstören?«, fiel ihm Nordhalan ins Wort.

»Das steht hier geschrieben. Nur klingt es für mich wie die wirre Geschichte eines ehrlosen Mannes, der zu viel Pilze geraucht hat.« Eindringlich blickte Nal'Righal ihn an. »Angeblich konnten niemals Beweise dafür gefunden werden, dass Ress'Tahal tatsächlich fremde Welten bereist hat.«

»Erzählt mir, was Ihr gelesen habt, Nal«, verlangte Nordhalan.

Stille herrschte in Nal'Righals Kammer, und Nordhalan starrte den Dunkelelfenkrieger entsetzt an, als dieser geendet hatte. Sein eigener Herzschlag klang unnatürlich laut in seinen Ohren, denn was er von Nal erfahren hatte, änderte alles, stellte die ganze Rettungsaktion infrage.

»Wäre ich nicht selbst in Sharevyon gewesen, hätte auch ich die Worte von Ress'Tahal für eine Erfindung gehalten«, ergriff Nordhalan schließlich das Wort. »Nur leider deckt sich sehr vieles mit Ress' Bericht, was wir in der anderen Welt erlebt haben, und ergibt nun einen Sinn.«

»Wenn Ihr das öffentlich macht, wird man Leána und Kayne die Hilfe verweigern«, sprach Nal'Righal das aus, was Nordhalan schon die ganze Zeit durch den Kopf spukte.

»Soll ich es Kaya und allen anderen verschweigen?«

Es war das erste Mal, dass Nordhalan den Ausbilder ratlos, beinahe schon verzweifelt sah. Nal legte seine Finger an die Nasenwurzel, schloss die Augen und schüttelte den Kopf. »Wir dürfen diese Neuigkeiten nicht für uns behalten, dennoch wünschte ich beinahe, jemand hätte diese Schriften erst gefunden, nachdem wir nach Sharevyon aufgebrochen sind.«

Die beiden Männer sahen sich an, und Nordhalan hatte fast den Eindruck, Nals Augen feucht schimmern zu sehen, vielleicht lag das aber auch nur am diffusen Kerzenlicht.

»Ihr sprecht mir aus der Seele, Nal'Righal«, gab Nordhalan zu, dann erhob er sich. »Ich muss zu Königin Kaya gehen und auch Elfen und Drachen unterrichten.«

»Ich sende einen Botenvogel auf die Geisterinseln zu Ray'Avan«, versprach Nal'Righal. »Und dann reite ich auf der Stelle los, um ihn am Eichenpfad abzuholen.«

Aufmunternd klopfte Nordhalan dem Krieger auf die Schulter. Dieser zog kurz seine Augenbrauen zusammen, dann nickte er knapp und stürmte aus dem Raum.

Langsam machte sich Nordhalan auf den Weg zu Kayas Gemach, und bei jedem seiner Schritte hatte er das Gefühl, in einer zähen Masse zu gehen, die ihn am Weiterlaufen hinderte. Er haderte mit sich und dem, was er nun verkünden musste.

Wie lange saß Leána schon hier unten in der Dunkelheit ihres Gefängnisses? Selbst ihr, einer Frau mit Dunkelelfenblut, fiel es schwer, die Zeit zu messen. Im Unterreich von Albany hatte sie sich an den glimmenden Moosen orientieren können, die mal mehr, mal weniger intensiv leuchteten und somit Tag und Nacht anzeigten. Doch in den Tiefen des Palastes der Winde war alles stockdunkel, und diese Finsternis zerrte an ihren Nerven.

Die weinende Frau hatte nicht mehr mit ihr gesprochen, ein paarmal hatte sie noch die eigenartigen Klänge vernommen, die durch die Gänge hallten, sonst war alles still – totenstill. Selbst die Buggane sprachen kaum miteinander.

Taviros war nicht mehr erschienen, worüber sie einerseits froh war, doch andererseits zermürbte sie dieses endlose Warten und Nichtstun. Hin und wieder schob ihr einer der Buggane Wasser oder etwas von den getrockneten Algen herein, und Leána zwang sich, davon zu essen. Die entfernteste Ecke der Höhle benutzte sie, um ihre Notdurft zu verrichten. Da sie weder Decke noch Umhang hatte, fror sie manchmal erbärmlich. Aber vielleicht war es mehr eine innere Kälte, die Einsamkeit, die Angst, die wie ein eisiger Nebel immer wieder über ihre Haut kroch und versuchte, sie mit ihrem Grauen zu ersticken. Meist dämmerte Leána in einem Zustand zwischen Wachen und Schlafen vor sich hin, und viel zu oft wanderten ihre Gedanken nach Albany zu ihren Eltern, ihrem kleinen Bruder und ihren Freunden. Sie klammerte sich daran, dass sie bald Hilfe schicken würden. Auch an Kayne und Rob musste sie denken. Wie ging es ihrem besten Freund? Und Rob – konnte der wirklich tot sein? Hätte sie das nicht instinktiv spüren müssen? Sie hatte ihn doch geliebt. Andererseits hatten sie sich noch nicht lange gekannt, und vielleicht war ihre Liebe nicht gefestigt genug gewesen, um zu merken, wenn der andere starb. Oder war er am Ende doch noch am Leben? Leána wusste, es war ein verzweifelter Versuch, sich alles schönzureden, sich Hoffnungen zu machen, bald befreit zu werden, wenn ihre Gefährten noch alle am Leben waren.

Plötzlich ertönten Schritte, und Leána richtete sich auf. Die Buggane traten beiseite, und zu Leánas Überraschung erschien Gharion, der von Taviros ins Innere geschubst wurde. Taviros stellte einen faustgroßen, rötlichen Kristall in die Öffnung zur Höhle und lehnte sich dann mit anzüglichem Grinsen im Gesicht gegen den Fels.

»Tu deine Pflicht, und diesmal dulde ich kein Versagen!«

Gharions Gesicht war eine Maske der Wut.

»Ich habe dir schon gesagt, sie ist keine von uns, es wird nicht gelingen!«

»Den Versuch ist es wert.«

»Es ist sinnlos!«

»Was ist sinnlos?« Leána erhob sich und wich an den äußersten Rand der kleinen Höhle zurück.

»Los, zieh dich aus«, verlangte Taviros kalt. »Das wird ihn in Stimmung bringen.«

Reflexartig raffte Leána ihr Hemd vor der Brust zusammen, und auch wenn sie nun wusste, was Taviros vorhatte, so wollten die Worte doch nicht in ihr Bewusstsein vordringen.

»Wie oft soll ich dir noch sagen, dass ich das nicht kann, wenn du zusiehst!«, brüllte Gharion den großen Elfen an.

»Müssen wir wieder mit Kräutern nachhelfen?«, fragte dieser gereizt. »Bemüh dich! Du weißt, wer sonst dafür büßen wird! Bei meiner Rückkehr will ich, dass du einen Erfolg vorweist.«

Taviros machte auf dem Absatz kehrt und befahl: »Buggane, umdrehen!« Die kleinen Wesen taten wie ihnen geheißen.

Erfüllt von Entsetzen und mit wirr umherwirbelnden Gedanken beobachtete Leána, wie Gharion den Kristall mit dem Fuß zwischen den zischenden Buggane hindurch und in den Gang schoss. Es wurde dunkel, doch Leána erkannte, wie der Elf die Hände vors Gesicht schlug, ein paarmal tief durchatmete, bevor er auf sie zukam.

Leána ging in Angriffsstellung, doch Gharion streckte eine zitternde Hand aus und wisperte kaum hörbar: »Ich tu dir nichts, vielleicht können wir es noch ein wenig hinauszögern.«

»Was … ich verstehe nicht …«

Das verhärmte Gesicht des Elfen zeigte blanke Verzweiflung, Wut und Hilflosigkeit. Bisher hatte sie ihn verachtet, aber jetzt verspürte sie Mitleid mit ihm.

»Sie zwingen mich, mich mit den letzten lebenden Elfen zu paaren«, sagte er mit rauer Stimme. »Da in den vergangenen zwanzig Sommern nur zwei Elfen schwanger geworden sind, ein Kind jedoch bei der Geburt verstarb, soll ich es nun mit dir versuchen. Ich will das nicht, Leána, bitte glaube mir. Doch wenn ich mich zu standhaft weigere, muss es meine Tochter büßen.«

»Du hast eine Tochter?« Bislang war Leána keine junge Elfe im Palast aufgefallen, um die sich Gharion gekümmert hätte.

»Sie halten sie in den Tiefen des Palastes gefangen«, flüsterte er, und das Grauen auf seinem Gesicht war deutlich. »Sie wissen genau, was sie tun müssen, um deinen Willen zu brechen. Dir selbst tun sie selten Gewalt an, nur jenen, die du liebst. Sei froh, dass keiner deiner Gefährten hier ist.«

Eisige Schauer rannen über Leánas Rücken. Was sie da hörte, war unglaublich, und plötzlich schwante ihr, dass hinter Gharions abstoßendem Verhalten mehr steckte als nur Frustration und Trunksucht.

»Weshalb hast du uns verraten?« Selbst wenn sie die Antwort nun erahnte, musste sie diese Frage stellen.

»Ich wollte das nicht, wollte euch wirklich eine Chance geben zu fliehen. Aber jemand muss mein Gespräch mit dir beobachtet und es Eriyane berichtet haben.« So als müsse er sich schützen, schlang Gharion die Arme um sich, und seine Stimme bebte, als er fortfuhr: »Ich behauptete, ich hätte dir nichts verraten, keine Geheimnisse, nichts über Mysharen, und zunächst dachte ich, sie würde mir glauben. Aber dann brachte sie mich hinab in die Höhlen zu meiner Tochter. Sie peitschten sie aus, bis ich …«

»Gharion, das ist furchtbar«, flüsterte sie. Nun glaubte sie ihm, denn das Entsetzen in seinem Gesicht konnte nicht gespielt sein. »Warte kurz.« Leána ging auf den Ausgang zu, die Buggane hörten sie wohl und knurrten warnend, doch ihr gelang es, einen Blick hinauszuwerfen.

»Taviros ist fort«, flüsterte sie.

»Bist du sicher?«

»Ja.«

Gharion entspannte sich ein wenig und setzte sich hin. »Ich werde ihm sagen, meine Männlichkeit hätte versagt – das hat sie schon häufig –, und ich bin nicht böse darum.«

»Und … was ist mit deiner Tochter?« Selbstverständlich wollte Leána nicht, dass Gharion sich, wenn auch unfreiwillig, an ihr verging, aber gerade hatte er davon gesprochen, seine Tochter würde es büßen.

»Wenn ich ein- oder zweimal versage, werden sie es tolerieren, allerdings werden sie dann einen ekelerregenden Sud brauen, der meine Zeugungskraft erhöht.« Voller Verzweiflung sah er sie an. »Die Kräuter sind schwer zu beschaffen. Doch wenn es ihnen gelingt, kann ich sie nicht mehr hinhalten.«

Kopfschüttelnd ließ sich Leána Gharion gegenüber auf den Boden sinken und betrachtete ihn. »Was versprechen sie sich davon?«

»Sie haben das Leben in Sharevyon beinahe vollständig ausgerottet, und nun versuchen sie verzweifelt, Wesen, die über starke Magie gebieten, nachzuzüchten. Ich bin der letzte zeugungsfähige Elf.« Er lachte bitter auf. »Alle anderen wurden von

Eriyane und ihresgleichen getötet oder hatten mehr Ehre in sich und haben sich entweder selbst das Leben genommen oder, sofern die Gerüchte stimmen, den Dunkelelfen angeschlossen, die angeblich versuchen wollen, die verfluchten Mysharen doch irgendwie zu vernichten.«

»Mysharen!« Leánas Hand schnellte vor. »Was sind Mysharen? Erzähle mir von ihnen! Und was hat es mit den Dunkelelfen auf sich? Fressen sie am Ende doch keine Elfen?«

»Nein.« Für einen Moment schloss Gharion die Augen. »Du wirst Sharevyon ohnehin nicht mehr lebend verlassen, deshalb kann ich dir jetzt auch die düstere Wahrheit über unsere Welt erzählen, Leána.«

Die halbe Nacht war Toran nicht eingeschlafen. Das Unwetter und die Aussicht, bald durch das Portal zu reisen, hatten ihn zu sehr aufgewühlt. Ständig hatte er sich gesagt, er brauche die Erholung, denn niemand wusste, was sie in Sharevyon erwartete, aber genau das hatte ihn keine Ruhe finden lassen. Nun ließ ihn ein lautes Klopfen aus einem tiefen Schlaf aufschrecken, und er ärgerte sich, da bereits helles Morgenlicht durch die Fenster in seinem Gemach drang.

»Toran, bist du wach?«

»Ich bin gleich so weit, Jel.« Er sprang aus dem Bett, schlüpfte in seine Hose, die griffbereit auf der Truhe lag, ebenso wie Lederpanzer, Hemd und alles andere.

Er schob den Riegel zurück und da stand Jel'Akir – fertig zum Aufbruch.

»Bin ich zu spät?« Er fuhr sich durch die Haare und grinste verlegen. »Ich dachte schon, ich würde bis zum Morgen kein Auge zutun, aber dann muss ich doch eingeschlafen sein.«

Jel räusperte sich, löste ihren Blick von seiner nackten Brust und sah ihm in die Augen. »Deine Mutter hat mich gebeten, dich zu holen. Irgendetwas ist geschehen. Die gesamte Burg ist in heller Aufregung, und im Moor vor Northcliff wartet Aventura.«

»Komm rein.« In aller Eile kleidete sich Toran vollständig an. »Dass Aventura noch einmal vorbeikommt, finde ich nicht ungewöhnlich.«

»Das nicht«, stimmte Jel zu, dann legte sie den Kopf schräg und betrachtete Toran so, als würde sie überlegen, ob sie überhaupt fortfahren sollte. »Allerdings sind mir auf meinem Weg zu dir Darian und Aramia begegnet, und deine Tante sah aus, als wäre sie auf einem Kriegszug.«

Eine innere Unruhe erfasste Toran, und er bemühte sich mit fliegenden Fingern, die Schnallen des Lederpanzers an der Seite zu schließen.

»Und Mutter hat dir nicht gesagt, was passiert ist? Verflucht, weshalb geht dieses Ding nicht zu!« Er war abgerutscht und hatte sich den Finger am Dorn einer Metallschnalle aufgerissen.

»Ich helfe dir.« Jel trat hinter ihn. »Nein, deine Mutter klang aufgebracht, sie sah müde aus, aber sie sagte nur, wir sollen hinaus aufs Moor kommen.« Mit geschickten Fingern zog Jel Torans Rüstung fest. »Andere Adlige haben übrigens für derartige Tätigkeiten Knappen.«

»Ich konnte es noch niemals ausstehen, wenn irgendwelche nervösen Jünglinge an mir rumfummeln, die befürchten, wenn sie etwas falsch machen, Ärger mit Hauptmann Sared zu bekommen und der Burg verwiesen zu werden.«

»Und bei mir hegst du diese Befürchtung nicht«, erkundigte sie sich amüsiert.

»Nein.« Toran griff sich Proviant, Waffen und seine Decke. Er zwinkerte ihr zu. »Du bist Sared ebenbürtig oder vermutlich sogar überlegen und hast keine Angst vor ihm.«

Zustimmend neigte sie den Kopf. Während sie Seite an Seite durch die Burg eilten, fuhr er mit den Fingern über den leichten und doch so stabilen Dunkelelfenschutz. »Abgesehen davon gelingt es mir normalerweise, diese Panzerung allein anzulegen.«

»Dafür wurde sie entwickelt.« Tröstend lächelte Jel ihm zu. »Es wird schon nichts Schlimmes passiert sein. Spätestens morgen sind wir in der anderen Welt und vielleicht sogar schon in Sharevyon.«

Sofern es Nordhalan gelingt, das Portal so rasch zu öffnen. Und da sind noch die Drachen und der Berg und … Toran zwang sich, seinen wild umherwirbelnden Gedanken Einhalt zu gebieten, denn bevor er nicht wusste, was los war, war alles andere müßig.

Wie Jel gesagt hatte, strömten bereits zu dieser frühen Morgenzeit Menschen, Elfen und Dunkelelfen aus der Burg. Was auch immer passiert war, es musste sich wie ein Lauffeuer verbreitet haben. Vielleicht war es aber auch der Drache gewesen, den irgendjemand gesehen hatte. Selbst Kaynes dicke Tante Selfra rannte mit gerafften Röcken zur Zugbrücke. Toran überlegte, ob er sich ein Pferd satteln lassen sollte, entschied sich dann aber dagegen, da ihm dies zu lange dauern würde, und stürmte, Jel, wie ein Schatten neben sich, an der keuchenden Selfra vorbei.

Als er die Zugbrücke passiert hatte, die sich über den breiten Graben vor der Burg spannte, erkannte er in der Ferne eine größere Menge an Menschen und Pferden, sogar einige Kutschen standen herum. In diesem Augenblick erhob sich das rote Drachenweibchen Aventura in die Lüfte. Das peitschende Geräusch ihrer Schwingen durchschnitt die Luft, dann glitt ihr Schatten gen Norden davon.

Ein junger Adliger trabte auf seinem Schimmel vorbei und grüßte Toran mit einer Verbeugung.

»Warte!« Sofort zügelte der junge Mann den Hengst.

»Prinz Toran, ich wünsche Euch einen guten Morgen und möchte Euch meine Bewunderung zum Ausdruck bringen. Es ist sehr mutig von Euch, Eurer Cousine …«

»Hör auf zu schwafeln und gib mir dein Pferd!«

Für einen Moment entgleisten die Gesichtszüge des Jünglings, dann räusperte er sich und glitt aus dem Sattel.

»Komm, Jel.« Toran schwang sich auf den Hengst, wartete kurz, bis die Dunkelelfe aufgesprungen war, dann preschte er aus dem Stand los.

»Du hast ihn beleidigt«, rief sie ihm zu, allerdings mit einer Spur von Belustigung in der Stimme.

»Normalerweise verhalte ich mich nicht so, aber ich muss endlich wissen, was diesen Auflauf verursacht hat.« Er spornte das Tier zu einem fliegenden Galopp an, und sie donnerten über die Straße, dann über weiches Moorland, wo sie das Tempo verringern mussten.

Schließlich trafen sie bei einer Gruppe aus knapp fünfzig Personen unterschiedlicher Rassen ein, die wild durcheinanderredete.

Lharina sprach gestikulierend mit einigen Elfen. Adlige umringten Torans Mutter, während Nordhalan, Dimitan und Lilith ebenfalls beratschlagten. Darian und Aramia standen vor Kaya.

»Was ist hier los?« Toran drängte sich zu seiner Mutter durch, die, Sared an ihrer Seite, sich bemühte, die aufgeregten Fragen der Anwesenden zu beantworten.

»Das darf Northcliff nicht riskieren!«

»Wir müssen das Portal schließen!«

»Die Zauberer müssen Verantwortung zeigen!«

»Sosehr ich Morthas achte, wir können unsere Welt nicht dieser Gefahr aussetzen«, vernahm Toran Dimitans Worte von rechts.

»Es sind die Worte eines Mannes, dem selbst die stets korrekten Dunkelelfen den Beinamen Wirrgeist gegeben haben!« Wie eine Furie fuhr Aramia zwischen die Zauberer und stand nun dort, während der Wind vom Meer ihr schwarzes Haar aufwirbelte. Die grünen Augen funkelten voller Zorn, und Toran hätte sich nicht gewundert, wenn sie ihr Schwert gezogen hätte.

»Aramia, bei allem Respekt – es geht hier um das Überleben einer ganzen Welt. Wahrscheinlich sogar um das von zwei oder mehr Welten«, widersprach Dimitan.

Energisch schob Toran Lady Tivila beiseite, die missbilligend ihren Mund verzog, und stellte sich direkt vor Nordhalan.

»Kann mir bitte jemand erklären, was hier los ist?«

»Toran.« Müde fuhr sich das Oberhaupt der Diomár über die Augen.

»Sie wollen deine Cousine ihrem Schicksal überlassen«, fauchte Aramia.

»Noch ist nichts entschieden«, versuchte Nordhalan sie zu besänftigen, dann fasste er Toran an den Schultern und führte ihn fort von dem Auflauf.

»Letzte Nacht, als das Gewitter tobte, habe ich bei Dimitan einige der fehlenden Seiten des Buches entdeckt, in dem Ress'Tahal über das Gefüge der Welten schreibt. Mehrere Seiten handelten von Mysharen. Leider war nicht mehr alles lesbar, einige Passagen fehlten, aber Ress'Tahal schrieb sehr eindringlich eine Warnung, Mysharen seien die Zerstörer der Welten. Sie breiten sich über die Weltenbäume aus wie eine Seuche, würden eine Welt nach der anderen verschlingen wie eine Rauchschlange den Apfel, weiterziehen und nur Tod hinterlassen.«

Toran runzelte die Stirn. »Das klingt nicht gut, aber noch niemand hat zuvor von diesen Mysharen gehört, zudem soll der Kerl verrückt gewesen sein.«

»Ich weiß, Toran, ich weiß. Aber auch die Elfen, die ich in England am Portal von Glastonbury traf, sprachen von einer Elfenlegende, einer Warnung, keine fremden Welten mehr zu bereisen, da dies Verderben bringen kann. Ich selbst war in Sharevyon, diese Welt ist beinahe zerstört, ihre Magie fast vollständig versiegt. Das Portal, durch das wir kamen und nur unter großen Mühen öffnen konnten, war versiegelt – und dies wohl nicht ohne Grund.« Nordhalan kniete sich auf den Boden und malte mit einem Ast einen Baum und mehrere Äpfel in die Erde. »Ress'Tahal schreibt, die Mysharen seien wie grauer Rauch, der alle Magie in sich sammelt, die eine Welt zu bieten hat. Sobald sie mächtig genug sind, reisen sie durch ein weiteres Portal, zerstören auch diese Welt, bis eines Tages nichts mehr übrig ist und das Gefüge der Weltenbäume in sich zusammenbricht.«

»Woher will er das wissen?«, fragte Toran atemlos.

»Er behauptete, er selbst wäre auf seinen Reisen in eine von Mysharen verseuchte Welt geraten und nur mit knapper Not durch ein Portal entkommen, nach Albany zurückgekehrt und hätte daraufhin versucht, die Diomár davon zu überzeugen, die Portale zu versiegeln und ihre Standorte geheim zu halten. Zudem wollte er Warnungen anbringen an Portalen, von denen man nicht wusste, wohin sie führten – und das ist etwas, was nachweislich getan wurde.«

»Leána hat mir mal einen Kartenfetzen gezeigt«, erinnerte sich Toran. »Er stammt von Ray'Avan, und dort war an einem alten Portal eine Warnung verzeichnet.«

»Ich gehe davon aus, dass die Diomár Ress'Tahal nicht glaubten. Dieses Buch scheint eine Art Tagebuch zu sein, und er beklagte sich bitter darüber, wie schlecht sie ihn behandelten. Und auf späteren Seiten behauptete er gar, Mysharen seien bereits in Albany und hätten die Macht übernommen. Von da an wird alles sehr wirr.«

»Nordhalan.« Toran grub seine Finger in dessen Unterarm. »Gleichgültig, was davon der Wahrheit entspricht oder auch nicht. Wir können Leána und Kayne nicht im Stich lassen.«

»Nein, Toran, aber dürfen wir riskieren, unsere Welt dem Untergang zu weihen?« Nordhalans Blick wanderte nach Norden. Dorthin, wo Aventura geflogen war.

Toran konnte die gackernden, aufgebrachten Menschen nicht mehr ertragen. Mittlerweile schien sich die gesamte Burg und alle Bewohner von Culmara versammelt zu haben. Überall wurde spekuliert, viele waren unglaublich blass im Gesicht, und in Toran brodelte es ebenfalls. Immer wieder hatte ihn jemand angesprochen, wollte wissen, wie es nun weiterging, und so hatte er sich von der Gruppe entfernt. Sie alle warteten auf die Drachen, denn inzwischen wusste er, dass Aventura fortgeflogen war, um ihr Volk zu unterrichten. Beiläufig bekam er mit, wie Nal'Righal mit Leánas Ururgroßvater eintraf. Wie eine alte Krähe hockte der betagte Dunkelelf hinter Nal im Sattel, und sicher fühlte er sich im hellen Sonnenlicht nicht sehr wohl. Eigentlich hätte Toran bei seiner Mutter sein und ihr ins Gewissen reden müssen. Sie mussten Leána und Kayne um jeden Preis befreien, doch momentan wurde sie von allen möglichen Menschen belagert, und er befürchtete, bei deren feigen und nur auf ihr eigenes Wohl bedachten Einwänden die Geduld zu verlieren.

Nicht weit von ihm entfernt saß Jel auf einem Findling. Sie blickte hinauf in den Himmel und stocherte mit der Schwertspitze im Boden herum.

Als sie seinen Blick bemerkte, wandte sie den Kopf zu ihm, und Toran ging zu ihr. So wie häufig in letzter Zeit war Jel'Akir eines der wenigen Wesen, deren Gesellschaft ihn nicht wahnsinnig machte.

»Ich habe kein gutes Gefühl«, gestand er und suchte so wie sie den nördlichen Himmel nach einem Zeichen von den Drachen ab. Doch nur weiße Wolken in den unterschiedlichsten Formen zogen über das Firmament. Die Sonne schien warm herab, und nichts mehr erinnerte an das Toben der Elemente von letzter Nacht.

»Sofern das stimmt, was Nordhalan und Nal über Mysharen gelesen haben, ist Albany tatsächlich in Gefahr«, erwiderte sie leise.

»Jel, wir dürfen Leána und Kayne nicht im Stich lassen!«, beschwor er sie.

Die junge Dunkelelfe hob das Kinn und sah ihm in die Augen. »Nein, das dürfen wir nicht.«

Für Toran fühlte es sich an, als würde die Zeit stillstehen. Ständig starrte er nach Norden, so als könne er damit die Drachen herbeirufen. Inständig hoffte er darauf, dass sie sich weiterhin für die Rettungsaktion aussprechen würden – sie mussten es einfach. Leána hatte sie zurück nach Albany geholt, besonders Davaburion mochte sie und würde sie nicht im Stich lassen.

Weiterhin sprachen kleine Gruppen von Menschen, Elfen, Dunkelelfen und Nebelhexen miteinander, und schließlich raffte sich Toran doch noch auf.

»Komm, Jel, wir müssen auf sie einwirken, damit sie unsere Freunde nicht im Stich lassen.«

So als hätte sie nur auf dieses Stichwort gewartet, sprang die Kriegerin auf und gesellte sich zu Nal'Righal. Toran hingegen wagte sich in die, wie er vermutete, größte Schlangengrube: Lord Finlen, Selfra und weitere Adlige, die sowohl Nebelhexen als auch Kayne kritisch gegenüberstanden.

»Wegen der zweifelhaften Aussicht, zwei Leben zu retten, können wir nicht unsere eigene Welt riskieren«, tönte die rothaarige Lady Ruvelia, und die meisten Umstehenden nickten ihr beifällig zu.

Als Toran zwischen sie trat, zogen einige die Schultern ein oder blickten auf ihre Schuhspitzen.

»Kayne ist Euer Neffe, Lady Selfra«, erinnerte er die beleibte Frau.

Selfra räusperte sich, doch Lord Finlen ergriff das Wort. »Seine Mutter sitzt im Kerker – wegen versuchten Königsmordes. Sein Vater hat Dämonen beschworen. Wegen so einem können wir doch nicht unser aller Leben riskieren.«

»Keinem von euch hat Kayne jemals Leid angetan«, sagte Toran eiskalt und achtete dabei darauf, jedem Einzelnen in die Augen zu sehen. Nicht wenige traten daraufhin einen Schritt zurück, und in seinem Rücken hörte er ein Murmeln: »Er ähnelt König Atorian mehr als gedacht.«

Das machte Toran stolz und gab ihm Antrieb. »Leána und Kayne …«

Aufgeregte Rufe unterbrachen ihn, einige der Anwesenden deuteten nach Norden und tatsächlich – drei Drachen näherten sich in Keilformation dem Moor.

Torans Mund war knochentrocken, jetzt entschied sich alles. Es lag an den Drachen, ob Leána ausgelöst werden würde.

Nacheinander landeten sie vor den Versammelten. Davaburion setzte sich in die Mitte und schlang seinen langen weißen Schwanz um sich. Aventura und das goldene Drachenweibchen Delwaria ließen sich rechts und links von ihm nieder.

Sofort trat Darian vor, und Toran wünschte sich in diesem Moment, auch er könne mit den Drachen reden, denn so war er gezwungen abzuwarten. Er glaubte, die Spannung nicht mehr aushalten zu können.

Als er spürte, dass sich jemand neben ihn drängte, schaute er kurz nach rechts. Jel stand neben ihm, und ihre Arme berührten sich. Ihre Finger legten sich vorsichtig und ein wenig unsicher auf seine. Als er ihr zulächelte, schloss sie ihre Hand um die seine, und er war dankbar für diese Geste und erwiderte den sanften Druck.

Alles wird gut, sagten ihre dunkelgrauen Augen, und Toran hoffte inständig, das sie recht behielt.

Endlich drehte sich Darian um, seine Miene war erstarrt.

»Die Drachen verweigern ihre Hilfe. Sie erkennen eine zu große Gefahr für Albany und für die Welt, in der sich das Portal von Glastonbury befindet.«

Torans Herz setzte für einen Moment aus, nur um anschließend dreimal so schnell gegen seine Rippen zu hämmern. Was sein Onkel gerade eben mit einer tonlosen, gebrochenen Stimme verkündet hatte, konnte er nicht glauben. Aufgeregte Stimmen wurden überall laut, Nordhalans Gesicht war bewegungslos und angespannt.

»Kaya?«

Als seine Mutter vortrat, hoffte er mit aller Inbrunst, zumindest sie würde das Richtige verkünden. Doch mit einem Schlag brach seine Welt zusammen.

»Northcliff ist der gleichen Ansicht. Wir können das Fortbestehen unserer Welt nicht riskieren.«

»Kaya, du kannst doch deine eigene Nichte nicht dem sicheren Tod überlassen!« Wie eine Viper schoss Aramia nach vorne, wurde von Sared aufgehalten, setzte den Soldaten jedoch mit einigen wirbelnden Schlägen außer Gefecht, sodass er sich kurz darauf am Boden krümmte. Nun griffen Lord Petres und zwei weitere Wachen ein und hielten die tobende Aramia fest.

»Wäre es dein Sohn, der in einer feindlichen Welt gefangen ist, hättest du anders entschieden!«

»Aramia, diese Entscheidung ist mir nicht leichtgefallen ...«

»Feiglinge! Verdammte Heuchler, ich verfluche euch alle. Euch Drachen, euch widerliche Adligen. Kaya, du bist so ein Dreckstück ...«

»Majestätsbeleidigung! Werft sie in den Kerker«, empörte sich Lord Petres, was ihm von Aramia nur einen Tritt in den Unterleib einbrachte. Laut stöhnend klappte er zusammen.

Darian, das Gesicht fahl und schockiert, fasste Aramia am Arm und zog sie fort, Toran sah, wie er leise auf sie einsprach.

»Das könnt ihr nicht tun! Ist es nur, weil Leána und Kayne keine legitimen Northclifferben sind?«, schrie sie dennoch.

»Aramia, beruhige dich«, beschwor Nordhalan sie.

»Schließt du dich ihnen am Ende auch an?«, brüllte sie und zitterte am ganzen Körper.

»Als Oberhaupt der Diomár muss ich das.«

Toran konnte es kaum glauben und torkelte zurück. Waren etwa alle verrückt geworden? Wie konnte sie Leána, Kayne, Rob, Ennedal und Morthas nur im Stich lassen? Niemand wusste, wer tatsächlich tot war oder vielleicht doch noch am Leben.

»Ich kann nicht für Dun und Xin'Righal entscheiden«, krächzte nun Ray'Avan. »Doch da eine von meinem Blute in Gefahr ist, spreche ich mich dafür aus, Freiwillige hinüber in die andere Welt zu schicken und das Portal gut zu bewachen, bis sie zurück sind.«

Toran atmete erleichtert aus. Zumindest auf die Dunkelelfen war Verlass, und er würde sich ihnen anschließen – um jeden Preis.

»Auch wenn mein Volk meine Entscheidung nicht gutheißen mag«, Lharina trat vor, »ich gehe durch das Portal. Unseretwegen sind sie aufgebrochen.«

»Das könnt Ihr nicht tun, Königin Lharina!« Das sonst stets beherrschte Gesicht ihres Beschützers Tahilán zeigte Entsetzen. »Euer Volk ...«

Lharina hob die Hand, ihre Züge drückten große Entschlossenheit aus. Niemals zuvor hatte er sie derart Ehrfurcht gebietend gesehen. »Als Königin meines Volkes bin ich nicht nur Herrscherin, sondern auch Dienerin meines Volkes, und zwar eines jeden Einzelnen. Da ich in der jetzigen Situation beide Aufgaben nicht vereinen kann, lege ich das Amt als Königin nieder und bestimme meine Cousine Shelya als Regentin. Sollte ich nicht zurückkehren, wird sie meine Nachfolgerin.«

Aufgeregte Stimmen wurden laut, Tahilán fasste Lharina bei den Schultern und redete auf sie ein, auch wenn Toran nicht verstand, was sie sagten. Er bewunderte Lharina und wünschte sich, seine Mutter und Nordhalan hätten ähnlich gehandelt, selbst wenn einem Teil von ihm klar war, dass sie damit ihr Land im Stich gelassen hätten. Doch das wollte er jetzt nicht wahrhaben. In diesem Moment stieß Davaburion ein Fauchen aus. Aller Augen wandten sich zu Darian, und wo gerade eben noch Hoffnung gestanden hatte, zeigte sich nun Entsetzen.

Torans Onkel schüttelte ungläubig den Kopf und verschränkte dann die Arme vor der Brust.

»Das übersetze ich nicht, Davaburion.«

Nun knurrte der Drache, ein durchdringendes Geräusch, das nach und nach beinahe zu einem kleinen Beben wurde, als Darian weiterhin stumm blieb.

»Sag es ihnen selbst oder verreck daran.« Darian wandte sich ab, zog Aramia mit sich, und nun brach ein noch größerer Tumult aus.

»Warte, Darian, was haben die Drachen gesagt?«, schrie Nordhalan ihm hinterher, versuchte, ihm durch die Menge zu folgen. Davaburion brüllte ohrenbetäubend, aber Darian rannte auf den nahe gelegenen Wald zu. Toran versuchte, ihm zu folgen.

»Prinz Toran!« Plötzlich war Denira neben ihm und hielt ihn am Ärmel fest, aber er machte sich los.

»Jetzt nicht.«

Toran hörte, wie noch jemand seinen Namen rief, vielleicht war es seine Mutter. Einen Soldaten stieß er zu Boden, als dieser ihn aufhalten wollte. Kurz darauf war Jel neben ihm.

»Versuch ja nicht, mich zurückzuhalten.«

»Hatte ich nicht vor. Nal'Righal und ich begleiten dich, falls du durch das Portal gehen willst.«

Er blieb so ruckartig stehen, dass er beinahe hingefallen wäre. Dann umarmte er die Dunkelelfe. »Danke, Jel!«

»Nal'Righal ist gar nicht so ein Scheusal, wie ich dachte.« Jel rannte schon wieder los und zog Toran an der Hand mit sich. »Er hat Ehre in sich. Leána ist seine *keravânn*, er hat ihr lebenslange Freundschaft geschworen und wird alles tun, um sie zu retten.«

»Es ist gut, einen Dunkelelfen als Freund zu haben!«

Eine ganze Weile suchten sie in dem lichten Pinienwäldchen. Aramia war eine Nebelhexe, und die verstanden es ausnehmend gut, sich zu verbergen. Der Boden war schwammig, Moos und Nadeln bedeckten den Boden. Doch schließlich kam Jel zu Toran und machte ihm ein Zeichen. In einer Senke, verborgen hinter einem der zahlreichen Findlinge, saßen Darian und Aramia eng umschlungen. Ein wenig scheute sich Toran, die beiden zu stören, besonders als er näher trat und bemerkte, dass sowohl Darians als auch Aramias Gesicht nass vor Tränen war.

»Toran.« Darian ließ Aramia nicht los, denn sie schluchzte an seiner Schulter.

»Onkel Darian, ich weiß nicht, was in meine Mutter gefahren ist, und ich schäme mich für sie. Aber ich reise durch das Portal, Jel und Nal'Righal begleiten mich. Lharina ebenfalls, wie es aussieht und …«, sprudelte er los, doch sein Onkel schüttelte den Kopf und fiel ihm ins Wort.

»Du bist ein wunderbarer junger Mann, Toran. Ich achte deinen Mut, aber es wird nichts nützen.«

»Natürlich, meine Mutter kann mich nicht aufhalten!«

Darian seufzte tief, schloss kurz die Augen, und erneut glitzerten Tränen darin. »Sowohl die Drachen als auch Kaya und die Diomár fürchten, dass, wenn wir das Portal öffnen, die Mysharen in die andere Welt und letztendlich nach Albany gelangen können, ohne dass es uns möglich ist, sie aufzuhalten. Die Drachen wollen sogar auf der Stelle das Portal von Glastonbury zerstören. Wir gelangen nicht mehr nach Sharevyon.«

Lautlos sackte Rob zusammen, und Kayne fing ihn auf, um den Sturz zu dämpfen. Schuldgefühle plagten ihn, als Blut über seine Hände rann. Er schleifte Rob in den Schatten einer Ruine, vergewisserte sich, dass er gleichmäßig atmete, und legte auch einen Verband an, um die Blutung zu stoppen.

»Ich tue das für Leána. Pass darauf auf«, flüsterte er, als er Dämonenbann und Leánas Bogen neben Rob legte. Lediglich seinen Dolch behielt er, nahm Ennedals Schwert an sich und rannte zum Palast der Winde.

Sorgsam bedacht, nicht gleich von Buggane-Wachen entdeckt zu werden, lief er nur geduckt, kroch teilweise über die trockene Erde und verharrte auf den Boden gepresst nahe der östlichsten Ausläufer des Berges, auf dem der Palast stand. Mehr und mehr finstere Wolken brauten sich am Himmel zusammen, und ein Wetterleuchten in der Ferne verlieh Sharevyon etwas noch Bedrohlicheres und Unheimlicheres. Noch einmal spielte Kayne mit dem Gedanken, die steile Wand auf eigene Faust zu erklimmen. Aber zum einen huschten überall Buggane umher, die ihn sicher entdecken würden, zum anderen war der Fels so glatt und steil, dass Kayne es niemals geschafft hätte – schon gar nicht ohne Seil und Kletterausrüstung.

Zweifel und das Gefühl, Rob im Stich gelassen zu haben, tobten in ihm. Hätte er besser geduldig sein und auf Nordhalan und Hilfe aus Albany warten sollen? Er wusste, das wäre sicherlich vernünftiger gewesen, aber das Bild von Leána, die in diesen pulsierenden grauen Nebel gezogen wurde, ging ihm einfach nicht mehr aus dem Kopf. Eine böse kleine Stimme flüsterte ihm zu, dass er ohnehin nicht verhindern konnte, dass seine Vision Wirklichkeit wurde.

Als vereinzelte Regentropfen vom Himmel fielen, hegte er Hoffnung, doch noch ungesehen in den Palast schlüpfen zu können. Die Buggane hassten Wasser, vielleicht würden sie sich zurückziehen.

Nur leider erfüllte sich seine Hoffnung nicht, und das Gewitter kam nicht näher. Im Gegenteil, es entfernte sich, und die Buggane patrouillierten trotz des starken Windes in geschlossenen Reihen rund um die Burg.

Als Kayne sich endlich aufraffte und sich erhob, pochte sein Herz, und ein Kloß hatte sich in seiner Kehle gebildet. Angespannt pirschte er sich voran. Als er schließlich zwei Buggane entdeckte, die abseits der anderen in einer Senke zwischen den Steinen umherkrochen und vermutlich nach Insekten suchten, sah er seine Chance gekommen. Er rannte auf den Buggane zu, der ihm am nächsten war, und bevor das kleine Wesen überhaupt etwas bemerkte, schlug ihm Kayne mit der breiten Seite des Schwertes über den Kopf. Lautlos sackte der Buggane zusammen, und Kayne packte ihn am Genick. Der andere Buggane drehte sich nun herum. »Lecker, leckeren Käfer«, rief er und erstarrte.

Dann kam er mit gebleckten Zähnen und ausgestreckten Krallen herbei.

»Wage es ja nicht, sonst schneide ich deinem Freund die Kehle durch«, drohte Kayne.

Der Buggane zog die Schultern ein und wimmerte leise.

»Hast Firin geschlagen. Totmachen willst du ihn. Bist du der, den sie suchen? Einer der Menschen-Horc?«, brabbelte das Wesen vor sich hin und tippelte unruhig auf der Stelle auf und ab.

»Ich will Firin nicht totmachen«, knurrte Kayne, und als der andere Buggane näher schlich, hielt er ihm das Schwert entgegen. »Wenn du versuchst, mich zu beißen, oder du weitere Buggane holst, überlege ich es mir aber anders.«

Der Buggane zischte und kratzte sich dann an seinem struppigen schwarzbraunen Haarschopf.

»Hör mir gut zu. Du gehst hinauf in den Palast und bringst Eriyane folgende Botschaft: Kayne ist hier und bietet sich im Tausch gegen Leána an.«

Das Wesen rang die Hände und schüttelte den Kopf. »Die Herrin tauscht nicht, nein, nein. Die Menschen-Hora ist wertvoll. Sehr wertvoll ist sie, ja, ja.«

Eisige Schauer rannen über Kaynes Körper, er bebte vor Anspannung, schloss für einen Moment die Augen, dann presste er seine Worte gewaltsam heraus. »Sag ihr, ich gebe ihr zudem einen Drachen.«

Epilog

Ein Dröhnen erfüllte Robaryons Kopf. Langsam erhob er sich und blickte sich orientierungslos um. Was war geschehen? Waren sie angegriffen worden? Sein Blick fiel auf das Schwert und den Bogen sowie den gefüllten Wasserbeutel neben sich.

»Verdammter Narr«, entfuhr es ihm. Er sprang auf, musste sich jedoch an der Mauer der Ruine festhalten, da ihm übel wurde. Nun bewegte er sich bedachter, nahm den Wasserbeutel und trank. Sobald er sich etwas besser fühlte, ergriff er die Waffen und machte sich auf den Weg. Wie weit mochte Kayne schon gekommen sein? Konnte er ihn noch aufhalten? Was hatte er eigentlich vor? Wollte er Leána auf eigene Faust befreien? Der Himmel war wolkenverhangen, daher konnte Robaryon die Zeit kaum einschätzen. Er rannte Hügel hinab und andere wieder hinauf, hatte schließlich jenen Abhang erreicht, von dem aus er gestern gemeinsam mit Kayne den Palast der Winde beobachtet hatte. Auch heute erspähte er zahlreiche Buggane – von Kayne keine Spur.

Nun riss die Wolkendecke auf, die Sonne spitzte hervor, und Robaryon ließ seinen schmerzenden Kopf auf den Boden sinken. Er kam zu spät. Was auch immer Kayne getan hatte, es war vorüber. Höchstwahrscheinlich hatte man ihn gefangen, vielleicht sogar getötet.

Jetzt blieb Robaryon nur noch die Wahl, auf die Nacht zu warten, sich allen Gefahren zum Trotz zu verwandeln und zum

Portal zu fliegen. Die Hilfe aus Albany war der einzige Funke Hoffnung, an den er sich klammerte, und er fragte sich, ob die finsteren Gewitterwolken, die sich im Norden zusammengebraut hatten, ein schlechtes Omen waren.

Verzeichnis der wichtigsten Personen

Menschen aus Albany

Atorian von Northcliff	Darians toter Bruder
Kaya von Northcliff	Königin über Northcliff
Toran von Northcliff	Kayas Sohn
Elysia von Northcliff	Darians 1. Frau
Kayne	Elysias Sohn
Darian von Northcliff	jüngster Sohn der Königsfamilie
Aramia	Darians Gefährtin (Nebelhexe)
Leána	Tochter von Aramia und Darian (Nebelhexe)
Lord Vrugen und Lady Ruvelia	Adlige aus Rodgill
Lord Egmont	Adliger aus dem Norden
Lady Denira	Tochter von Lord Egmont
Lord Petres	stammt aus dem Süden, lebt jetzt in Culmara
Lord Finlen	alter Lord aus Torvelen
Lady Selfra von Rodvinn	Elysias ältere Schwester
Sared Arlevion	Hauptmann von Northcliff
Nassàr	ehemaliger Hauptmann

Zauberer

Dimitan	Hofzauberer von Northcliff
Nordhalan	Oberhaupt der Diomár
Revtan	Zwergenzauberer
Estell	Elfenzauberer
Morthas	Dimitans Schüler
Tah'Righal	dunkelelfischer Zauberschüler
Tev'Alvir	dunkelelfischer Zauberschüler

Zwerge

König Hafran	Zwergenkönig aus dem Ostreich
Brambur	Zwergenhauptmann
Edur	Zwerg aus dem Nordreich
Horac	Edurs Onkel
Horata	Horacs Schwester
Dimpel	Edurs Cousin
Rumgor	Berater des Zwergenkönigs

Elfen

Lharina	Elfenkönigin und Seherin
Tahilán	Elfenwächter
Ennedal	Elfenkriegerin
Marathis	Elfenkrieger
Terion	Elfenkrieger
Sharelya	Elfe aus England
Ereton	Elf aus England

Elfen in Sharevyon

Thylios	Elfenherr
Eriyane	Elfenherrin
Gharion	Sohn des Elfenherrn
Nevira	Elfe im Palast
Shirina	Elfe im Palast
Taviros	Elfenkrieger, Eriyanes Wächter
Lorios	Elfenkrieger

Nebelinselbewohner

Lilith	halb Elfe, halb Gnom; begabte Heilerin und Aramias beste Freundin
Siah	junge Mischlingsfrau
Elora	Mischling aus Troll und Mensch, Schülerin der Diomár
Urs und Frinn	Halbkobolde, Zwillinge von der Nebelinsel
Tink und Phred	Zwergenmischlinge

Dunkelelfen

Ray'Avan	Leánas Ururgroßvater
Dun'Righal	Herrscher der Dunkelelfen
Xin'Righal	Herrscherin der Dunkelelfen
Nal'Righal	Ausbilder in Northcliff
Jel'Akir	junge Dunkelelfe in Northcliff, Leánas Freundin
Ress'Tahal	verstorbener Diomár, bekannt als »Wirrgeist«

Drachen

Turmalan	Herr des Westens
Smaragonn	Herr des Ostens
Aventura	Herrin des Südens
Davaburion	Herr des Nordens
Robaryon	Drache, der Menschengestalt annehmen kann
Dymoros	Robaryons Bruder
Ruberia	rote Drachin
Delwaria	goldene Drachin, die in Anmhorán lebt
Phenakos	grauer Drache
Soladhion	alter blauer Drache

Andere Wesen

Murk	Halbtroll, König der Trolle
Urgha	Trollkönigin
Culahan	Berggeist
Mhortarra	schlangenhaftes Wesen des Unterreichs
Farkasz	wolfsartige Wesen des Unterreichs

Begriffe der Dunkelelfen

Keravânn	Weggefährte/Freund
Còmhraghâr	Garde der Dunkelelfen
Mhargâr	Krieger der Dunkelelfen
Marvachân	Kriegsgott der Dunkelelfen

Aileen P. Roberts

Aileen P. Roberts ist das Pseudonym der deutschen Autorin Claudia Lössl. 2009 erschien mit »Thondras Kinder« ihr erstes großes Werk bei Goldmann, danach folgten »Weltennebel«, »Feenturm« und »Elvancor«. Viele ihrer Bücher beschäftigen sich mit Schottland, seinen Mythen und Legenden und der keltischen Kultur. Claudia Lössl lebt mit ihrer Familie in Süddeutschland.
Mehr Informationen zur Autorin und Ihren Büchern finden Sie unter www.aileen-p-roberts.de.